中国叙事学

Chinese Narratology

傅修延 著

北京大学出版社

图书在版编目(CIP)数据

中国叙事学 / 傅修延著.—北京：北京大学出版社，2015.6
（文学论丛）
ISBN 978-7-301-25750-0

Ⅰ.①中⋯　Ⅱ.①傅⋯　Ⅲ.①叙述学—研究—中国　Ⅳ.①I045

中国版本图书馆 CIP 数据核字 (2015) 第 084937 号

书　　　名	中国叙事学
著作责任者	傅修延　著
责任编辑	李　娜　张　冰
标准书号	ISBN 978-7-301-25750-0
出版发行	北京大学出版社
地　　　址	北京市海淀区成府路 205 号　100871
网　　　址	http://www.pup.cn　新浪微博：@北京大学出版社
电子信箱	zb0027@pup.pku.edu.cn
电　　话	邮购部 62752015　发行部 62750672　编辑部 62754149
印 刷 者	北京虎彩文化传播有限公司
经 销 者	新华书店
	730 毫米 × 1020 毫米　16 开本　23 印张　彩插 6 页　358 千字
	2015 年 6 月第 1 版　2024 年 8 月第 5 次印刷
定　　价	68.00 元

未经许可，不得以任何方式复制或抄袭本书之部分或全部内容。
版权所有，侵权必究
举报电话：010-62752024　电子信箱：fd@pup.pku.edu.cn
图书如有印装质量问题，请与出版部联系，电话：010-62756370

目 录

导论 从西方叙事学到中国叙事学 ·············· 1
 一、经典叙事学:语言学模式与"物理学钦羡" ·············· 1
 二、后经典叙事学:认知论转向与跨学科趋势 ·············· 6
 三、中国叙事学:穿透影响迷雾与回望自身传统 ·············· 14
 四、中国叙事学的创新之途 ·············· 28

初 始 篇

第一章 元叙事与太阳神话 ·············· 3
 一、一个半圆——"出自汤谷,次于蒙汜" ·············· 4
 二、另一个半圆——"角宿未旦,曜灵安藏" ·············· 17
 三、周而复始——"苟日新,日日新,又日新" ·············· 28
 四、余论:关于"元叙事" ·············· 36

第二章 《山海经》中的"原生态叙事" ·············· 38
 一、有/无——空间承载资源 ·············· 40
 二、小我/大我——万物相互依存 ·············· 43
 三、正常/怪异——众生各有其形 ·············· 47
 四、需求/拥有——欲望永难满足 ·············· 54
 五、结束语:"吾不如老圃" ·············· 63

第三章　中国叙事传统初露端倪于先秦时期 ………………… 65
　　一、从朦胧到清晰 ………………… 66
　　二、由实录而虚构 ………………… 67
　　三、影响的沉淀 ………………… 69
　　四、种子的生长 ………………… 71

器 物 篇

第四章　青铜器上的"前叙事" ………………… 77
　　一、纹/饰 ………………… 78
　　二、编/织 ………………… 87
　　三、空/满 ………………… 92
　　四、圆/方 ………………… 99
　　五、畏/悦 ………………… 104

第五章　瓷的叙事与文化分析 ………………… 114
　　一、瓷与稻 ………………… 115
　　二、瓷与《易》 ………………… 123
　　三、瓷与玉 ………………… 127
　　四、瓷与艺 ………………… 134
　　五、瓷与china ………………… 139

经 典 篇

第六章　契约的神奇：四大古典小说新论 ………………… 149
　　一、大小契约的矛盾冲突 ………………… 151
　　二、契约的履行、警示、监督与赏罚 ………………… 157
　　三、来自深层叙述结构的解释 ………………… 162

四、余论:四大小说中的种种模拟情况 168

第七章　互文的魅力:四大民间传说新解 171
　　一、《白蛇传》——药物与变化 173
　　二、《梁山伯与祝英台》——翅膀与自由 176
　　三、《孟姜女哭长城》——眼泪与抗争 178
　　四、牛郎织女传说——银河与怅望 180
　　五、合论:从"见木"回到"见林" 183

第八章　赋与古代叙事的演进 189
　　一、赋之初——遁辞以隐意,谲譬以指事 190
　　二、赋之"铺"——极声貌以穷文 193
　　三、赋之体——遂客主以首引 197
　　四、赋之魂——曲终奏雅与述志讽喻 200
　　五、赋之根——振叶寻根,观澜索源 203
　　六、赋之功——落红不是无情物,化作春泥更护花 207

视 听 篇

第九章　外貌描写的叙事语义 213
　　一、外貌描写与传神拟态 214
　　二、譬喻运用与特征标出 221
　　三、相术影响与文化规约 228
　　四、奇形怪状与构成规律 233

第十章　听觉叙事发微 239
　　一、针砭文学研究的"失聪"痼疾——听觉叙事的研究意义 240
　　二、"聆察"与"音景"——听觉叙事的研究工具 243
　　三、声音事件的摹写与想象——听觉叙事的表现形态 251
　　四、"重听"经典——听觉叙事研究的重要任务 258

第十一章 "聚焦"的焦虑…… 263
  一、挥之不去的技术气息…… 264
  二、无法统一的分类争议…… 267
  三、"切忌照字面意义理解"…… 271
  四、余论:"焦点透视"与"散点透视"…… 275

乡 土 篇

第十二章 羽衣仙女传说的本土生成…… 281
  一、稻作湿地为传说温床…… 283
  二、候鸟王国出白鹤仙女…… 286
  三、船运要道利故事传播…… 291
  四、余论:传说何以消歇?…… 294

第十三章 许逊传说的深度释读…… 297
  一、孽龙——生态敏感与水患想象…… 298
  二、铁柱——水患沙害的树木克星…… 301
  三、谶语——"天下大乱,此地无忧"…… 303
  四、余论:买椟还珠与探骊得珠…… 307

参考文献…… 309
后　记…… 323

导论　从西方叙事学到中国叙事学

叙事学又称叙述学,"叙事"与"叙述"是当前使用频率极高的热词,其内涵正在不断扩展与泛化,但叙事的本质应当是叙述事件,也就是通常所说的讲故事。据此而言,叙事学可以说是探寻讲故事奥秘的学问。[①] 然则何谓"中国叙事学"?"中国叙事"何以成"学"? 提出"中国叙事学"有何意义? 要回答这一系列问题,首先必须对作为参照对象的西方叙事学来一番快速考察,这块他山之石或许有助于我们找准自己的方向。

一、经典叙事学:语言学模式与"物理学钦羡"

"叙事学"系舶来名词,学科意义上的"叙事学"(Narratology)诞生于20世纪60年代的法国,结构主义语言学在当时充当了这门新学科的孵化器。翻开结构主义阶段的叙事学著作,随处可以看到向语言学致敬的词句,其中最引人注目的是罗兰·巴特的一段话:

> 语言学本身虽然只需要研究大约三千种语言,却还无法做到这一点。它明智地改用演绎法,然而就是从那天起,语言学才真正形成,并且以巨大的步伐向前迈进,甚至于能够预见以前未曾发现的事实。而叙述的分析面临着数百万计的叙事作品,还更有什么可言呢? ……如果我们在入手时就遵循一个提供给我们首批术语和原理的模式,就会使这一理论的

[①] 傅修延:《讲故事的奥秘——文学叙述论》,南昌:百花洲文艺出版社,1993年。

建立工作得到许多方便。按照研究的现状把语言学本身作为叙事作品结构分析的基本模式似乎是适宜的。①

这番话再明显不过地流露出叙事学草创时期人们对语言学的钦羡，伴随这种情绪的是一种亟欲从语言学工具箱中借用利器的冲动。语言学受钦羡的原因主要在于其方法较为客观精密，在使用各种"硬"方法的自然科学面前，人文社会科学的研究者一直都有底气不足的焦虑，20世纪语言学的崛起让许多人看到了希望，于是就被当作有示范效应的带头学科。早期叙事学虽被称为结构主义叙事学或经典叙事学，但这门学科呱呱坠地时的表现并不那么"经典"，从"影响—发生"角度说，它更像是一个跟在语言学大哥后面蹒跚前行的小弟弟。

任何学科都应该锻造出适合自己对象的武器，语言学的方法本来只适用于语言学自身研究的对象，然而为了移植这一提供了"首批术语和原理的模式"，早期叙事学家千方百计地寻找叙事学和语言学之间的共同点，其结果就是将叙事比附为，甚至当作为一种语言现象。结构主义阶段的巴特说叙事与语言存在相通之处——语言元素只有与其他元素及整个体系联系起来才有意义，叙事文中某一层次也只有与其他层次及整部作品联系起来才能让人理解。② 兹维坦·托多罗夫把叙事文看作一种扩展了的句子，其谓语部分各小类的排列组合，构成了各种各样的文学故事。③ 热拉尔·热奈特响应了他的观点，认为一切鸿篇巨制都是"一个动词的扩张"，因此荷马的《奥德赛》和普鲁斯特的《追忆逝水年华》不过是"以某种方式扩大了（在修辞含义上）**奥德修斯回到伊塔克或马塞尔成为作家这类陈述句**"。④ 就体系的完备与影响的深远而言，热奈特的《叙事话语》在同时代人的叙事学著作中堪称翘楚，但其中语言学模式的烙印也最为深刻。毫不夸大地说，热奈特完全是比照语言学建立自己的叙事学体系，他的主要概念大多取自于语言学的基本范畴，讨论的出发点

---

① 罗兰·巴特：《叙事作品结构分析导论》，张寅德译，载张寅德编选：《叙述学研究》，北京：中国社会科学出版社，1989年，第4—5页。

② 同上书，第2—10页。

③ 兹维坦·托多罗夫：《从〈十日谈〉看叙事作品语法》，黄建民译，载张寅德编选：《叙述学研究》，北京：中国社会科学出版社，1989年，第177—182页。

④ 热拉尔·热奈特：《叙事话语/新叙事话语》，王文融译，北京：中国社会科学出版社，1990年，第10页。

与落脚点也在语言学。① 热奈特对语言学如此亦步亦趋,原因在于他希望按照语言学模式来探讨叙事文各个层面的各种可能性,他将《叙事话语》的副题定为"方法论"(An Essay in Method),其意图也是想在理论方法上做出示范——既然语言学可以为海量的语言现象"立法",叙事学也应当为汗牛充栋的叙事文订立规则。

由此可以看出,经典叙事学的雄心之一在于倚仗语言学模式总结出一套置之四海而皆准的叙事语法。常识意义上的语法涉及主语、谓语、宾语、定语和状语等概念,它们的排列组合被用于描述千变万化的语句,而热奈特、托多罗夫、巴特、A.J.格雷马斯等人提出的种种概念与范畴,也是为了描述浩如烟海的叙事作品。经典叙事学的"其兴也勃",在于叙事语法研究中蕴藏着一个激动人心的动机:莫非在那些数不清楚的故事后面,只有有限的一些基本单位与规则在起作用?难道它们真的像儿童手中的万花筒一样,拆卸出来只有一小撮彩色碎屑?任何将复杂问题简单化的做法都有其弊端,经典叙事学"其亡也速"的原因之一,或许在于叙事语法研究走的是一条脱离文学的语言学道路,对叙事基本法则的不懈追寻导致范畴的不断细化与概念的层出不穷,许多人很快就厌倦了在封闭的符号系统中做那种不着边际的抽象游戏。当叙事语法研究变成某些叙事学家带有自娱自乐性质的符号游戏时,它与多数人的叙事体验就没有什么关系了。人们有理由反问这些研究者:"这又能怎么样?所有这一切细分再细分的范畴对于理解文本有什么用呢?"②

如果说经典叙事学是语言学的追随者,那么语言学也有自己钦羡的对象。语言学内部对自身的科学主义倾向已有反思,认为这种一味追求客观精密的

---

① 以该书第四章"语式"(mode)为例,热奈特一开始承认,按照严格的语言学定义,叙事文的"语式"只能是直陈式,但接下来他话锋一转,指出在"语式"的经典定义中仍有供"叙述语式"回旋的余地:"利特雷在确定语式的语法含义时显然考虑到这个功能:'这个词就是指程度不同地肯定有关事物和表现……人们观察存在或行动之不同角度的各种动词形式',这个措辞精当的定义在此对我们十分宝贵。讲述一件事的时候,的确可以讲多讲少,也可以从这个或那个角度去讲;叙述语式范畴涉及的正是这种能力和发挥这种能力的方式。"(热拉尔·热奈特:《叙事话语/新叙事话语》,王文融译,北京:中国社会科学出版社,1990年,第107页)。正是凭着这一语言学支点,热奈特为自己创造的"叙述语式"(narrative mode)开辟出了讨论空间。

② 莫妮卡·弗卢德尼克:《叙事理论的历史(下):从结构主义到现在》,马海良译,载詹姆斯·费伦、彼得·J.拉比诺维茨主编:《当代叙事理论指南》,北京:北京大学出版社,2007年,第27页。

趋向来自"当代各门硬科学,尤其是物理学和计算机科学的影响":

> 近现代物理学由于成功地运用了数学工具,对物质现象的分析达到了前所未有的精深细密的程度,以致使各门自然科学甚至社会、人文科学都出现了一种"物理学的钦羡(the physics envy)",把它当作自己的楷模。……现代语言学虽自视为领先科学,但由形式语言学的原则方法观之,其物理学钦羡一点也不落人后。①

语言学尽管头戴"领先科学"的桂冠,但它毕竟还属于社会科学,包括它在内的所有"软科学"都有一种向物理学等"硬科学"看齐的欲望。据此看来,经典叙事学之所以注重移植语言学模式,其动力实际上来自这种隐藏至深的"物理学钦羡"!② 把话说得更明白一些,经典叙事学表面上是以语言学为师,其实是在语言学引导下努力趋近"精深细密"这一自然科学的目标。

最能体现这种钦羡的是叙事学中表达视觉接受的术语。人类对外部信息的感知主要通过自己的眼睛,亨利·詹姆斯是探讨视角概念的西方元老,他那个时代的"看"主要还是诉诸肉眼,所以他会用墙上的"窗户"来形容小说中展开的视觉图景。③ 然而热奈特在讨论"perspective"(透视)时刻意摒弃了"视角"这一通行表达方式,代之以自己戛戛独造的"focalization"(聚焦)④——众所周知,"聚焦"原本是一个"调节焦距以达到焦点"的物理学概念!"聚焦"目

---

① 张敏:《认知语言学与汉语名词短语》,北京:中国社会科学出版社,1998年,第37页。

② "物理学钦羡(the physics envy)"一语由美国生物学家刘易斯·托马斯最早提出。"别的研究领域,也有人执著于让自己的学科成为确切的科学。被那时以后一直存在的'物理学崇拜'(按即'物理学钦羡')所困扰,于是就动手把自己知道的任何一点东西转化成数字,并进而做出方程式,号称自己有预言的能力。我们至今仍有这东西,在经济学、社会学、心理学、历史学,我恐怕,在文学批评和语言学,也都有的。"刘易斯·托马斯:《人文与科学》,载《聆乐夜思》,李绍明译,长沙:湖南科学技术出版社,2011年,第119页。

③ "总之,小说这幢大厦不是只有一个窗户,它有千千万万的窗户——它们的数目多得不可计算;它正面那堵巨大的墙上,按照各人观察的需要,或者个人意志的要求,开着不少窗户,有的已经打通,有的还在开凿。这些不同形状和大小的窗洞,一起面对着人生的场景,因此我们可以指望它们提供的报导,比我们设想的有更多的相似之处。"亨利·詹姆斯:《一位女士的画像·作者序》,项星耀译,北京:人民文学出版社,1984年,第7页。

④ "由于视角、视野和视点是过于专门的视觉术语,我将采用较为抽象的聚焦一词,它恰好与布鲁克斯和沃伦的'叙述焦点'相对应。"热拉尔·热奈特:《叙事话语/新叙事话语》,王文融译,北京:中国社会科学出版社,1990年,第129页。

前已是叙事学领域内首屈一指的热词,使用率远远超过了位居第二的"作者"。[①] 有过之而无不及的是,西摩·查特曼用"摄影眼"(camera eye)来代表小说中纯粹客观的观察[②],甚至还用"滤光器"(filter)这种专门化的技术词汇来指涉人物的感知。[③] 晚近以来,由于计算机"Windows"操作系统的普及,"窗口"(windows,不是詹姆斯意义上的墙上窗户而是计算机屏幕上的窗口)与"界面"(interface)这样的术语又被运用于叙事学领域,玛丽-劳勒·莱恩有所谓"窗口叙事"理论,其中"多窗口叙事"构成对以往线性叙事的巨大挑战。[④] 曼弗雷德·雅安则将"windows"与"focalization"对接,组合成"聚焦之窗"(windows of focalization)这样的复杂概念,并将"聚焦"重新划分为"严格聚焦"(strict focalization)、"环绕聚焦"(ambient focalization)、"弱聚焦"(weak focalization)与"零聚焦"(zero focalization)等四种类型。[⑤] 不言而喻,这些均为"硬科学"召唤之下的产物。

需要说明,随着叙事学的发展与进步,那种大张旗鼓地移植语言学模式的做法如今已经不再时髦,然而"严格聚焦""环绕聚焦""弱聚焦"与"零聚焦"之类的表达方式告诉我们,当代叙事学家对"精深细密"目标的追求还是那样锲而不舍,"物理学钦羡"在一些人心头依然如影随形挥之不去。电子技术的突飞猛进给 21 世纪的生活带来了许多方便和乐趣,但也使我们陷于"人为物役"的境地而不能自拔。工具从来都会影响人的思维:经常在微博或微信上"晒"

[①] "'Focalization', perhaps one of the sexiest concepts surface from narratology's lexicon, still garners considerable attention nearly four decades after its coinage. The entry for the term in the online *Living Handbook of Narratology* is by far the most popular one, roughly 400 page views ahead of the second most popular, for 'author'." David Ciccoricco, "Focalization and Digital Fiction," *Narrative*, 20.3 (2012), p.255.

[②] Seymour Chatman, *Story and Discourse: Narrative Structure in Fiction and Film*. Ithaca: Cornell Univ. Press, 1978, p.154. 该书讨论的范围虽然包括了电影,但"摄影眼"所属的那节文字只涉及小说。

[③] Seymour Chatman, *Coming to Terms: The Rhetoric of Narrative in Fiction and Film*. Ithaca: Cornell Univ. Press, 1990, pp.139—160.

[④] 玛丽-劳勒·莱恩:《电脑时代的叙事学:计算机、隐喻和叙事》,载戴卫·赫尔曼主编:《新叙事学》,马海良译,北京:北京大学出版社,2001 年,第 74 页。

[⑤] Manfred Jahn, "Windows of Focalization: Deconstructing and Reconstructing a Narratological Concept," *Style*, 30.2(Sum. 1996), pp.241—267.

照片的人，会很自然地把肉眼对外部世界的观察想象成镜头的"聚焦"；同样的道理，成天坐在计算机前摆弄鼠标的人，有时候也会不由自主地将"窗口思维"运用于日常生活。然而人的眼睛不是取景镜头，人的大脑也不是计算机，不能超出譬喻意义盲目使用"聚焦""窗口"这样的术语，热奈特本人就坦承他是"借用空间隐喻"，提醒人们"切忌照字面理解"他的意思。① 在当今激烈的传媒变革影响下，有叙事学家号召"学会用媒介思维"②，此论固然不无道理，但工具思维应有底线，不能一味向机器看齐，否则长着眼睛与耳朵的人类就有变成"聚焦器"与"听诊器"的危险。③ 詹姆斯在使用"窗户"譬喻时，特别强调艺术家作为"驻在洞口的观察者"所发挥的决定性作用：

> 开的窗洞或者大，或者建有阳台，或者像一条裂缝，或者洞口低矮，这些便是"文学形式"，但它们不论个别或全体，如果没有驻在洞口的观察者，换句话说，如果没有艺术家的意识，便不能发挥任何作用。④

今天的叙事学研究者最应牢记这一叮嘱，如果不能守住"人≠机器"这条底线，我们将有可能陷入机械主义的泥淖，把人类充满灵气的精神驰骋等同于刻板僵硬的机械运动。

二、后经典叙事学：认知论转向与跨学科趋势

如前所述，早期叙事学是在结构主义语言学孵化下形成，它的起步虽然轰轰烈烈，但到20世纪70年代后期已显得有点难以为继。导致这种局面的直接原因，或可用"成也萧何败也萧何"来形容：对20世纪下半叶的法国文论界来说，结构主义是一场来也匆匆去也匆匆的思想风暴，那些昨天还在鼓吹结构

---

① 热拉尔·热奈特：《叙事话语/新叙事话语》，王文融译，北京：中国社会科学出版社，1990年，第107—108页。
② 玛丽-劳里·瑞安（一译玛丽-劳勒·莱恩）：《叙事与数码：学会用媒介思维》，陈永国译，载詹姆斯·费伦、彼得·J.拉比诺维茨主编：《当代叙事理论指南》，北京：北京大学出版社，2007年，第601—614页。
③ 国内确有人将"focalizer"（观察者）与"auscultator"（聆察者）译为"聚焦器"与"听诊器"，见本书第十章。
④ 亨利·詹姆斯：《一位女士的画像·作者序》，项星耀译，北京：人民文学出版社，1984年，第7页。

主义的人,眨眼之间便成了后结构主义的中坚人物;叙事学在今天的人们眼里已不是哪个"主义"的附庸,但当时这门学科却被许多人称为"结构主义叙事学",事实上结构主义也是推动其发展的主要动力,一旦脱落了这个"推进器",叙事学的前行速度必然会大打折扣。当然更为深刻的原因,还在于一味倡导语言学模式带来的叙事语法研究之弊。我们不妨这样来提出问题:一种理论或一门学科之所以存在,是因为它能为自己研究的对象提供解释,叙事学的题中应有之义是帮助人们更好地理解叙事现象,但是一些经典叙事学家却傲慢地声称结构分析不是"阐释的侍女","叙事学的目的就是做分类和描述工作",①这不啻是将叙事学幽禁在高高的象牙塔之内。西方学者喜欢用"工具箱"来形容一门学科使用的理论,平心而论,经典叙事学的"工具箱"其实并不是对阐释全无帮助,只不过一些人苦心营构的理论过于复杂,导致其沉重的"工具箱"只有那些理论上的大力士才能拎得起来。

经典叙事学向后经典叙事学的转型就是在这样的背景之上发生,但须指出,这种转型并不是由前者直接变为后者,而是走了一个先"反弹"后"回归"的钟摆式过程。申丹将这种情况称为"从一个极端走向另一个极端":

> 20世纪80年代初以来,不少研究小说的西方学者将注意力完全转向了意识形态研究,转向了文本外的社会历史环境,将作品视为一种政治现象,将文学批评视为政治斗争的工具。他们反对小说的形式研究或审美研究,认为这样的研究是为维护和加强统治意识服务的。在这种"激进"的氛围下,叙事学研究受到了强烈的冲击。②

但是进入20世纪90年代之后,越来越多的西方学者认识到一味进行政治批评和意识形态研究的局限性,认识到忽视形式规律的做法会给文学研究带来灾难性的后果,于是叙事学又由冷寂而复归热闹,呈现出海纳百川的新气象。

---

① "用乔纳森·卡勒的话来说:'语言学不是解释学',意思是,语言学并不对具体言说做出解释,而是对符合语法的形式和序列得以产生和处理的可能条件进行一般性说明。同样,叙事学家们也认为,不应该将叙事的结构分析看作阐释的侍女,从根本上来说,叙事学的目的就是做分类和描述工作。"戴维·赫尔曼:《叙事理论的历史(上):早期发展的谱系》,马海良译,载詹姆斯·费伦、彼得·J.拉比诺维茨主编:《当代叙事理论指南》,北京:北京大学出版社,2007年,第19页。

② 申丹:《新叙事理论译丛·总序》,载戴卫·赫尔曼主编:《新叙事学》,马海良译,北京:北京大学出版社,2001年,第1—2页。

《新叙事学》一书的主编戴卫·赫尔曼如此总结叙事学在20世纪末美国的峰回路转：

> 似乎可以一言以蔽之：关于叙事学已死的传言实在是夸大其辞了。近年来，我们亲眼看到叙事研究领域里的活动出现了小规模但确凿无疑的爆炸性局面。这场小规模的叙事学复兴的标记是多方面的，譬如发表和出版了一批对经典叙事学的研究模式重新思考和重新语境化的论文、专刊、专著；专门杂志《叙事》(1993年才创刊)取得了明显的成功；从1994年就开始出版系列专著——本书也属于这一系列。叙事理论借鉴了女性主义、巴赫金对话理论、解构主义、读者—反应批评、精神分析学、历史主义、修辞学、电影理论、计算机科学、语篇分析以及(心理)语言学等众多方法论和视角，不仅没有消亡，反而顽强地存活下来。……一门"叙事学"(narratology)实际上已经裂变为多家"叙事学"(narratologies)。[①]

"叙事学"由单数(narratology)变为复数(narratologies)，指的是这门学科从单一的语言学模式中挣脱出来，在借鉴"众多方法论和视角"中获得生机，从而开辟出柳暗花明又一村的新局面。结构主义语言学虽对叙事学有孵化之功，但任何母亲都不能用乳汁哺育孩子终生，叙事学或迟或早总会走出"孵化器"和"育婴室"，作为一门完全独立的学科踏入跨流派跨学科的时代洪流。赫尔曼说后经典叙事学"不再专指结构主义文学理论的一个分支，它现在可以指任何根据一定原则对文学、史籍、谈话以及电影等叙事形式进行研究的方法"，并说"我是在相当宽泛的意义上使用'叙事学'一词的，它大体上可以与'叙事研究'相替换。这种宽泛的用法应该说反映了叙事学本身的演变"。[②] 叙事学与结构主义脱钩，意味着森严的门户壁垒就此被打破，人们不必枯守"结构""语法"之类的研究对象，也无须拘泥于语言学模式这一种研究方法。而"叙事学"与"叙事研究"可以互换之说，则使叙事学由普通人仰之弥高的象牙塔变为不设门禁的市民广场——只要符合"叙事研究"这个更为宽泛的定义，不管是理论研究、作品批评还是别的什么，统统都在"准入"之列。降低门槛之后，叙

[①] 戴卫·赫尔曼：《新叙事学·引言》，马海良译，北京：北京大学出版社，2001年，第1页。戴卫·赫尔曼又译戴维·赫尔曼。

[②] 同上书，第23—24页。

事学便不再是理论家们苦心营构体系的专属领域,来自四面八方的人更多是为寻觅对叙事的阐释而聚集在这个平台:既然"叙事学"也可以是"叙事研究",那么放低身段当一回"阐释的侍女"又有何妨,难道叙事学不应当帮助广大消费者理解千姿百态的叙事现象和日益复杂的叙事行为?

以上所论已涉及后经典叙事学的"认知论转向",它与"跨学科趋势"一道被认为是叙事学在西方"卷土重来"的两大标志性特征。[①] 认知叙事学重视人们日常生活中的叙事体验及其认知框架,注意引导读者分析观察自己对叙事的感知,使用的术语相比较而言更为简单和"自然"。从叙事学本身的发展逻辑看,这一转向表明叙事语法研究开始让位于叙事语义研究,两者在汉语中虽然只有一字之差,其区别却不可以道里计:前者在叙事活动涉及的各个层面中观察诸多可能的变化,辨识其中重复出现的特征,致力于分门别类、整理秩序和总结规则,以证明貌似随机无序的叙事实际上还是在可以认识的各种可能性之中做出取舍;后者主要解决叙事的指代问题,即叙事使用的诸多符号如何产生意义,故事是怎样讲述出来的,讲述时发送的信息真实性如何,虚构人物与虚构世界如何在讲述时生成,它们与人们体验到的真实人物和世界有何区别与联系,等等。

叙事语法研究与叙事语义研究的此伏彼起,反映了人们认识的一大变化,即不再执著于对叙事法则的苦苦追寻,除了无助于理解文本之外,这种追寻现在看来似乎还不是时候——方兴未艾的新媒体使时下叙事呈现出种种令人眼花缭乱的形态,尘埃落定之前很难进行理论上的归纳与概括。相形之下,叙事语义研究在今天则属一项当务之急,撇开多媒体叙事带来的困惑不谈,当代小说和电影的消费者经常被弄得一头雾水,原因是一些作品使用的叙事手段过于复杂,即便是专业人士也不容易理解其意义何在。后经典叙事学家玛丽-劳勒·莱恩对新媒体叙事有深入研究,但她承认自己并未看懂好莱坞推出的电影《云图》:"直到看完整部电影,要起身离座时,我仍然不知所云,回到家的第一件事就是搜索'维基百科'里的相关文章来帮助自己理解这部电影。"[②]

[①] 乔纳森·卡勒:《当今的文学理论》,生安锋译,《外国文学评论》2012年第4期。该文介绍西方当代文论的六大趋势,其中首先提到的就是叙事学的"卷土重来",并对其认知论与跨学科趋势作了重点分析。

[②] 玛丽-劳勒·莱恩(一译玛丽-劳里·瑞安):《文本、世界、故事:作为认知和本体概念的故事世界》,杨晓霖译,"第四届叙事学国际会议暨第六届全国叙事学研讨会"(2013·广州)大会交流论文。

西方学者现在对加强叙事语义研究的紧迫性已有一定认识,赫尔曼在回顾叙事学发展历程时,多次提到雷·韦勒克与奥·沃伦合著的《文学理论》中"专论虚构叙事的章节",称赞该书对虚构世界的论述"使叙事语义成为突出的问题,而这一问题在长达三四十年的时间里鲜有论及"。① 仔细阅读过《文学理论》这部经典之作的人都知道,该书第十六章讨论的问题基本都与叙事语义有关,韦勒克(该章执笔者)的注意力集中于教人如何理解、读懂"叙述性小说",其良苦用心值得后世治文论者借鉴与深思。韦勒克的先见之明还体现在近期人们对"不可靠叙述"的强烈兴趣上,"不可靠叙述"首见于韦恩·布斯的《小说修辞学》,这一概念之所以在几十年后成为人们争相讨论的话题,一大原因是它对作品本意构成某种遮蔽或曰"欲盖弥彰"。莫妮卡·弗卢德尼克(赫尔曼和她分别撰写《叙事理论的历史》的上篇与下篇)在谈到这一点时不无幽默地写道:"我们转了一圈,现在又回到布斯这里了。"②

叙事学复兴的另一标志性特征是其"跨学科趋势"。如前所述,将"叙事学"等同于"叙事研究"就像是去除了孙悟空头上的紧箍咒,海纳百川必然导致洪流滚滚与众声喧哗,以往人们只知道小说叙事之外还有影视叙事、戏剧叙事、历史叙事和新闻叙事,现在法律叙事、教育叙事、医学叙事和社会学叙事等也来到了这个狂欢广场。如果说 20 世纪 90 年代的局面可用"小规模的叙事学复兴"(前引赫尔曼语)来形容,那么这一提法用于今天已经不大合适——《叙事》(Narrative)杂志主编詹姆斯·费伦在谈到叙事学的领域扩张时,使用了"叙事帝国主义"(narrative imperialism)这一令人惊讶的表述。③ 所谓跨学科趋势,不能简单理解为叙事学跨越自己的疆界"入侵"其他学科,而要看到叙事如韦勒克和沃伦所言是一种"跨文类现象"④——许多学科本身就带有叙事

---

① 戴维·赫尔曼:《叙事理论的历史(上):早期发展的谱系》,马海良译,载詹姆斯·费伦、彼得·J.拉比诺维茨主编:《当代叙事理论指南》,北京:北京大学出版社,2007年,第 20—21 页。
② 莫妮卡·弗卢德尼克:《叙事理论的历史(下):从结构主义到现在》,马海良译,载詹姆斯·费伦、彼得·J.拉比诺维茨主编:《当代叙事理论指南》,北京:北京大学出版社,2007年,第 46 页。
③ James Phelan, "Who's Here? Thoughts on Narrative Identity and Narrative Imperialism," Narrative 13.3(Oct., 2005), pp. 205—210.
④ "在韦勒克和沃伦将叙事看作跨文类现象的观点与后来巴特所作的类似表述之间寻找家族相似性是颇为可取的。"戴维·赫尔曼:《叙事理论的历史(上):早期发展的谱系》,马海良译,载詹姆斯·费伦、彼得·J.拉比诺维茨主编:《当代叙事理论指南》,北京:北京大学出版社,2007年,第 8 页。

性质,或者说具备可以"叙事化"①的条件,这些学科迟早都会采用或借鉴叙事手段。叙事是人们理解外部世界和表达自身体验的一种基本方式(有人认为是最好方式),用时间线索与因果逻辑串联起一系列片断事件,意义便被注入所讲述的故事之中。正是因为这个原因,法学家、社会学家、教育学家和医生(还有病人)等纷纷效仿文学叙事,因为用鲜活的故事来说明问题比冰冷的理论和枯燥的数字更为受人欢迎。

跨学科趋势不仅表现为大家都来讲故事,还反映为将其他学科的对象与叙事相类比。有人将器乐曲与叙事相比较,试图找到"音乐情节"与文学情节的相似之处——"在许多人看来,奏鸣曲曲式就像是一个故事,因为它的结束部分要将紧张和不平衡解决掉。最后部分的主要篇幅是重复头几个部分的材料,就其效果而言,它颇类于文学作品中的结尾。"②有人把医疗中的患者自诉视为某种叙事文本——"读者对文本的细读与医生关注病人叙事的细节类似,医生对病人叙事的解读与读者解读文本的过程相仿。"③有人把纪念性雕塑看作沉默的叙事,认为其功能与人物传记相仿佛——"拉什莫尔山是一部表现了一群或一系列人物的传记组合,其中这些人物代表了一个集体的历史,并且成为一种在仪式上重构社会的纪念物。"④还有人把行为艺术与叙事相对照,强调其中别具一格的"反叙事"因素——"波洛克的喷画不仅拒绝讲述故事,它还抵制我们所要讲述关于它们自己的故事。"⑤这些研究的共同点在于指出叙事不是文学的专利,有的研究甚至致力于证明最精彩的叙事可能不在文学领域,

---

① "叙事化就是将叙事性这一特定的宏观框架运用于阅读。当遇到带有叙事文这一文类标记,但看上去极不连贯、难以理解的叙事文本时,读者会想方设法将其解读成叙事文。"Monika Fludernik, "Natural Narratology and Cognitive Parameters," *Narrative Theory and the Cognitive Science*, (ed.) David Herman. Stanford: CSLI, 2003, p.251.

② 弗雷德·伊夫莱特·莫斯:《古典器乐与叙事》,周靖波译,载詹姆斯·费伦、彼得·J.拉比诺维茨主编:《当代叙事理论指南》,北京:北京大学出版社,2007年,第540页。

③ "'叙事医学'是美国哥伦比亚大学长老会医院的内科医生、文学学者丽塔·卡伦在2001年提出的新名词,这也意味着文学与医学进入了叙事医学的时代。"郭莉萍:《叙事医学:医学人文的新形式》,《光明日报》2013年12月10日。

④ 艾莉森·布思:《拉什莫尔山变化的脸庞:集体肖像与参与性的民族遗产》,乔国强译,载詹姆斯·费伦、彼得·J.拉比诺维茨主编:《当代叙事理论指南》,北京:北京大学出版社,2007年,第394页。

⑤ 佩吉·费伦:《表演艺术史上的碎片:波洛克和纳穆斯通过玻璃,模糊不清》,周靖波译,载詹姆斯·费伦、彼得·J.拉比诺维茨主编:《当代叙事理论指南》,北京:北京大学出版社,2007年,第590页。

最懂得讲故事奥秘的或许不是理论家与批评家,而是法庭上那些口若悬河的律师——"拉斯克案件的重述产生的不同结果戏剧性地证明了叙事是如何取决于设计、意图和意义的。叙事不仅仅重讲发生的事;它还给事件以形态和意义,论证其意义,宣告其结果。"①认识到叙事的"无所不在",以语言文字为叙事"正统"媒介的观念也随之被颠覆,回过头来看叙事长河的上游,那些在"说事"、"写事"之前出现的"画事""舞事"和"演事"等,不也是与语言文字无关吗?因此谁也无法预测正在发生的传媒变革会对未来叙事发生何种影响。

跨学科趋势引发的观念变革与范式创新,甚至造成其他领域对叙事学乃至文学理论的"反哺"。例如,从听觉感知角度展开的叙事研究,运用了诉诸耳朵的"音景"(soundscape)和"音标"(soundmark)等貌似怪异的词语,它们不同于诉诸眼睛的"风景"(landscape)和"地标"(landmark),其存在本身便说明单从"看"的角度讲故事不够合理。试设想一下,那些天生失明的盲人怎能读懂一般小说中展示的五颜六色画面?但是对于弗吉尼亚·伍尔芙的《丘园》和《达洛威夫人》,听觉比常人敏锐的盲人肯定会有更深的理解,因为这两部小说中的"音景"是用听觉信号来描述,不同声源发出的声音编织出了只供耳朵识别的"声音地图"。②似此,现行的文学理论需要反思自己的不足,虚构世界里不光有形还有声(以及气味等),而目前通用的文论术语,如"视角"、"观察"和"聚焦"之类,几乎都只与视觉相关,好像视觉信号的传递可以代替一切,很少有人想到我们同时也在用耳朵和其他感官接受信息。眼睛在五官接受中的中心地位,导致研究者的表达方式出现向视觉的严重偏斜。前些年有人指出国内文论在外界压迫下的"失语"表现,其实"失聪"更是中西文论的一大通弊。

跨学科趋势还对现行的学科分类构成了富有意义的挑战。叙事的跨文类性质从一开始就决定了叙事学在学科归属上的桀骜不驯,有时候为了避免矛盾,

---

① 彼得·布鲁克斯:《法内叙事与法外叙事》,陈永国译,载詹姆斯·费伦、彼得·J.拉比诺维茨主编:《当代叙事理论指南》,北京:北京大学出版社,2007年,第481页。

② "在显见于吴尔夫(按即弗吉尼亚·伍尔芙)短篇小说《丘园》的一种再现模式中,声音发自许多声源,分布在空间各处,但却通过一个固定的观者而被听诊(按即聆察)。在另一种模式中,也就是《达洛威夫人》中在大本钟报时的时刻捕捉到的,声音发自一个固定的声源,向分散在不同地点的听诊者(按即聆察者)扩散开去。"梅尔巴·卡迪-基恩:《现代主义音景与智性的聆听:听觉感知的叙事研究》,陈永国译,载詹姆斯·费伦、彼得·J.拉比诺维茨主编:《当代叙事理论指南》,北京:北京大学出版社,2007年,第446页。

人们会使用"叙事诗学""文学叙事学"之类的限定性名称,但这类规训不可能对所讨论的叙事构成真正的制约,因为谁也无法在文学叙事与非文学叙事之间划出一条清晰界限。再往深里说,学科之分本身也属人为,巴特对此用"一体无分"作了批判——"我们将书法家置于这一边,画家置于那一边,小说家安于这一边,诗人安于那一边。而写却是一体无分的。"①叙事正是不肯接受这种安置的"写",人们常常在不经意之间触及它的"一体无分"性质。亚理斯多德说历史学家与诗人都在叙事,"两者的差别在于一叙述已发生的事,一描述可能发生的事"。②海登·怀特进一步认为两者之间没有本质差别,历史学家在编排事件中也会采取小说家的叙事策略——"'发明'也在历史学家的运作中起到一定的作用。同一个事件可以构成许多不同历史故事的不同因素。"③与"跨文类现象"这样的表述相比,"一体无分"之说更能揭示叙事的本质;所谓"跨"只是就想象中设置的藩篱而言,没有现行的学科鸿沟就无所谓"跨"!一味拘泥于文学与非文学之分,不仅局限了自己的精神视野,而且不利于各学科之间互通有无。还要看到的是,当下的叙事传播正面临从纸质媒体到电子媒体的急剧转换,传统的文学地盘正在新媒体浪潮冲击下不断缩小,如果只知道抱残守缺,不改变既有的观念,人们研究的道路将会越走越窄;反过来,有了叙事学这样的学科立交桥,不同领域的研究能够从交流中获得新的活力与生机。后经典叙事学的跨学科趋势目前正方兴未艾,其未来走向有待进一步观察。

叙事学从正式诞生到现在只有近半个世纪的历史,严格地说这门学科还未发展得十分成熟。以上我们提到了经典叙事学向后经典叙事学的蜕变,实际上这种蜕变还在进行之中,因此要说它是一种凤凰涅槃还为时过早。申丹说美国早已无人愿意承认自己是经典叙事学家或结构主义叙事学家,但许多

---

① "我们这部法律,溯渊源,究民事,讲思想,合科学;仰赖这部搞分离的法律,我们将书法家置于这一边,画家置于那一边,小说家安于这一边,诗人安于那一边。而写却是一体无分的;中断在在处处确立了写,它使得我们无论写什么,画什么,皆汇入纯一的文之中。"罗兰·巴特:《字之灵》,屠友祥译,载《文之悦》,上海:上海人民出版社,2002年,第112页。

② 亚理斯多德(通译亚里士多德):《诗学》,罗念生译,北京:人民文学出版社,1962年,第28—29页。

③ 海登·怀特:《历史的诗学》(《元历史:十九世纪欧洲的历史想象》"前言"),陈永国译,载王逢振主编:《2001年度新译西方文论选》,桂林:漓江出版社,2002年,第46—47页。参见:卢波米尔·道勒齐尔:《虚构叙事与历史叙事:迎接后现代主义的挑战》,载戴卫·赫尔曼主编:《新叙事学》,马海良译,北京:北京大学出版社,2001年,第181、183页。

后经典叙事学家的研究却证明经典叙事学并未"过时"或"死亡",①她的意思是两者之间的区别并不像许多人想象的那样泾渭分明。事实确是如此,经典叙事学的语言学模式到后来虽然失去了主导地位,但语言学方法仍被许多人视为正统,话语层面的研究依旧是叙事学中的大热门。至于"物理学钦羡",前已提到,后经典叙事学对"硬科学"的倾慕之情并未有所减弱,"精深细密"一直是西方叙事学家不懈追求的目标。

三、中国叙事学:穿透影响迷雾与回望自身传统

以上对西方叙事学发展轨迹的回眸一瞥,为我们讨论中国叙事学提供了学理和话语上的双重准备。

讨论中国叙事学,不能不从中国的叙事学研究说起。受全球学术气候影响,一股势头强劲的叙事学热潮如今正席卷中国。翻开人文社会科学领域的报纸杂志与书目辑览,以叙事为标题或关键词的著述俯拾皆是;高等学校每年成批生产与叙事学有关的硕士、博士学位论文,其数量近年来呈节节攀升之势。除了使用频率大幅提高之外,叙事一词的所指泛化也已达到令人叹为观止的地步,在一些人笔下它已与"创作"、"历史"甚至"文化"同义。不管对这一现象评价如何,叙事学在我们这里受到高度关注已是不争之事实。

中国的叙事学或叙事研究不等于中国叙事学。就其荦荦大端而言,迄今为止国内叙事学研究仍未完全摆脱对西方叙事学的学习和模仿。先行者大多由翻译和介绍起步,其初试啼声之作或难脱出西方窠臼,这是可以理解的。但目前除少数能与西方同行作平等对话的大家外,一些人满足于继续运用别人的观点与方法,等而下之者更是连人家的研究对象也一并拿来——此类用西方叙事理论来研究西方叙事作品的例子多如过江之鲫,人们有理由质疑这种重复性"研究"的学术价值。2007年以来,中外文艺理论学会叙事学分会连续主办了四次叙事学国际会议,西方知名的叙事学家几乎都在会上亮过相,②他

---

① 申丹等:《英美小说叙事理论研究》,北京:北京大学出版社,2005年,第207页。
② 如杰拉德·普林斯、詹姆斯·费伦、彼得·J.拉比诺维茨、苏珊·S.兰瑟、布赖恩·麦克黑尔、玛丽-劳勒·莱恩、布赖恩·理查德森、梅尔巴·卡迪-基恩、罗宾·R.沃霍尔、雅各布·罗斯、沃尔夫·施密德、大卫·里克特、迈尔·斯滕伯格、塔玛·雅克比、约翰·彼尔和鲁思·佩基等。

们联袂来华除了传播自己的观点外,还对中国的叙事研究表现出极大兴趣。就叙事传统的源远流长而言,西方没有哪个国家能与我们这个文明古国相比,一些立国较晚的国家更拿不出多少当之无愧的叙事经典,因此就像人们经常看到的那样,一些西方学者引述的叙事作品相对有限,其中有些用我们这个叙事大国的标准看来还不够"经典"。似此,在中国举办的叙事学国际会议本应成为东道主学者展示自家宝藏的绝好机会。然而由于语言方面的障碍(尽管会议工作语言是英语),更由于我们对自己的传统研究不够和认识不深(从根源上说是信心不足),大多数中国学者在会上扮演的还是聆听者的角色。

需要特别声明,我们这里并不是主张中国的叙事研究一定得是中国叙事学。恰恰相反,本人一贯认为,叙事学不应是独属于西方的学问,经典叙事学和后经典叙事学的理论成果应当为全人类共享,中国学者完全可以参加到对其发扬光大的行列中来,申丹、赵毅衡等学者在这方面所做的出色工作已获得国际叙事学界的高度肯定。但是也要看到,像许多兴起于西方的学科一样,西方叙事学家创立的叙事学主要植根于西方的叙事实践,他们引以为据的具体材料很少越出西欧与北美的范围。这种情况当然可以理解,但若长此以往,叙事学就会真的成为缺乏普适性的西方叙事学,无法做到"置之四海而皆准"。所以中国学者在探索普遍的叙事规律时,不能像西方学者那样只盯着西方的叙事作品,而应同时"兼顾"或者说更着重于自己身边的本土资源。这种融会中西的理论归纳与后经典叙事学兼容并蓄的精神一脉相承,有利于西方诞生的叙事学接上东方的"地气",成长为更具广泛基础、更有"世界文学"意味的学科。

从理论上说,融会中西是中西学者共同面对的课题,双方都应该既知己又知彼,然而由于近代以来中西文化激荡呈现出一种"西风压倒东风"的态势,中西两方在相互认识方面存在着相当大的落差——谢天振将其称为"语言差"与"时间差":

> 所谓语言差,指的是操汉语的中国人在学习、掌握英语等现代西方语言并理解与之相关的文化方面,比操英、法、德、西、俄等西方现代语言的各西方国家的人民学习、掌握汉语要来得容易。这种语言差使得我们国家能够拥有一批精通英、法、德、西、俄等西方语言并理解相关文化的专家

学者，而在西方我们就不可能指望他们也有许多精通汉语并深刻理解博大精深的中国文化的专家学者，更不可能指望有一大批能够直接阅读中文作品、能够轻松理解中国文化的普通读者。

所谓时间差，指的是中国人全面、深入地认识西方、了解西方已经有一百多年的历史了，而当代西方人对中国开始有比较全面深入的了解，也就是最近这短短的二三十年的时间罢了。……这种时间上的差别，使得我们拥有丰厚的西方文化的积累，我们的广大读者也都能较轻松地阅读和理解译自西方的文学作品与学术著作，而西方则不具备我们这样的条件和优势，他们更缺乏相当数量的能够轻松阅读和理解译自中国的文学作品与学术著作的读者。①

"语言差"与"时间差"使得"彼知我"远远不如"我知彼"，过去我们常批评的"欧洲中心论"固然也是造成这种落差的一个原因，但是在中华国力急剧腾升的当下，大多数西方学者并不是不想了解中国，而是他们尚不具备跨越语言鸿沟的能力。可以设想，如果韦勒克、热奈特等西方学者也能够轻松阅读和理解中国的叙事作品，相信其旁征博引之中一定会有许多东方材料。相形之下，如今风华正茂的中国学者大多受过系统的西语训练，许多人还有长期在欧美学习与工作的经历，这就使得我们这边的学术研究具有一种左右逢源的比较优势。

显而易见，对于具有这种比较优势的中国学者来说，一旦将目光投向自己更为熟悉的本民族资源，他们当中必然会有人从"兼顾"走向"专骛"——即把研究重点移到探讨中国自身的叙事传统上来。所谓"中国叙事学"，我们理解就是以"中国叙事"为研究对象的学问——既然"叙事学"一词在后经典叙事学家那里已经与"叙事研究"同义，我们也没有必要刻意标榜"中国叙事学"的学科性质。中国学者杨义和西方学者浦安迪均有以"中国叙事学"为名的著作，但两位作者都未把"中国叙事学"当成一门学科来看待。② 20世纪80年代文

---

① 谢天振：《中国文化走出去：问题与实质》，《中国比较文学》2014年第1期。
② 杨义：《中国叙事学》，北京：人民出版社，2009年。浦安迪演讲：《中国叙事学》，北京：北京大学出版社，1996年。需要指出，浦书的英文标题为 *Chinese Narrative*（中国叙事），而不是 *Chinese Narratology*（中国叙事学）。

艺新学科建设留下的教训中,有一条是理论建构不能成为没有基础支撑的空中楼阁,一味凌空蹈虚的结果必然是欲速而不达,而脚踏实地的具体研究则有可能无心插柳柳成荫,最终为一门学科的建立奠定坚实基础。

举起中国叙事学这面旗帜,很容易让人想到是要与西方叙事学分庭抗礼,但此举实为借他山之石垫牢我们的立足之基。西方叙事学对许多中国学者的首要启发,是叙事问题可以提出来做专门研究。这就像当年西方美学启发了中国人对美的研究一样——既然美学在世界上已然是一个为人公认的学科,那么我们这边对美的研究也就自然而然地获得了合法性。在叙事学热潮兴起之前,大多数国人的"叙事"概念来自义务教育阶段的语文课,人们习惯于把"叙事"与"抒情"作为一对并列的范畴,似乎"事"和"情"是可以截然分开的两样东西。这种思维定势在国人心中可谓根深蒂固,一些初次接触"叙事学"这一名称的人往往会问是否还有"抒情学",直到今天还有人主张研究与中国叙事传统并行的抒情传统。[①] 而叙事学语境中的"叙事"是一个卷入因素与涉及层面更多的能指,人们在用包括语言文字在内的各种媒介"讲"故事时,除了传递事件信息外,还会或隐或显地披露立场观点,或多或少地发表议论感慨,或详或略地介绍人物与时空环境,等等。不言而喻,除了有意为之的"零度叙述"外(实际上很难做到),这些活动都有可能伴随着一定程度的情感抒发,"抒情"实际上附丽于"叙事"之中,两者之间为"毛"与"皮"的关系。因此本书所说的叙事,不能混同于记叙文写作课堂上那个内涵较窄的技术性概念,只有视其为整个讲故事活动的代称,才能明白为什么韦勒克会说叙事是一种"跨文类现象"。这种不为文体和媒介羁绊的眼光,对于叙事传统的脉络梳理来说具有特别重要的意义。

从历史角度看,中国叙事学的出现也符合中国文学的内在发展逻辑。华夏本为诗国,由《诗经》、《楚辞》、汉赋、乐府、唐诗、宋词和元曲等构成的巍峨山脉,在中国文学史上逶迤绵延了数千年。相形之下,作为"叙事文"代表形式的散文体小说,特别是那些发育不良的"类小说"与"前小说",大部分时间处于鲁

---

① 柯庆明、萧驰主编:《中国抒情传统的再发现》,台北:台湾大学出版中心,2009年。

迅所说的"丛残小语""粗陈梗概"状况。一直到明清时期,被视为"稗官""邪宗"①的说部中才涌现出能与诗体经典相媲美的高峰之作。由于诗体文学充当文坛盟主的时间太长,我们的古代文论一直是以诗论诗学为主流,明清以来虽然形成了"诗消稗长"的局面,也出现了金圣叹这种敢于将《水浒传》与《离骚》、杜诗等并列的小说评点家,但"诗重稗轻"的价值观并未从根本上得到扭转。不过文变染乎世情,受"列强进化,多赖稗官;大陆竞争,亦由说部"这一观点的影响,20世纪初年小说的地位一度被人由地下捧至云端,变成了"有无量不可思议之大势力",②梁启超甚至振聋发聩地提出"欲新一国之民,不可不先新一国之小说"。③ 今天看来,将"疗世救民"的期望寄寓于小说未免太过天真,但这至少告诉我们小说不再被视为田边路旁的稗草,人们对叙事蕴涵的巨

---

① "小说家者流,盖出于稗官,街谈巷语,道听途说者之所造也。"班固:《汉书·艺文志》。"小说和戏曲,中国向来是看作邪宗的,但一经西洋的'文学概论'引为正宗,我们也就奉之为宝贝,《红楼梦》、《西厢记》之类,在文学史上竟和《诗经》、《离骚》并列了。"鲁迅:《且介亭杂文二集·徐懋庸作〈打杂集〉序》,载《鲁迅全集》(第六卷),北京:人民文学出版社,1981年,第291—292页。

② "咄!二十世纪之中心点,有一大怪物焉:不胫而走,不翼而飞,不叩而鸣;刺人脑球,惊人眼帘,畅人意界,增人智力;忽而庄,忽而谐,忽而歌,忽而哭,忽而激,忽而劝,忽而讽,忽而嘲,郁郁葱葱,兀兀矻矻;热度骤跻极点,电光万丈,魔力千钧,有无量不可思议之大势力,于文学界中放一异彩,标一特色,此何物欤?则小说是。自小说之名词出现,而膨胀东西剧烈之风潮,握搅古今利害之界线者,唯此小说;影响世界普通之好尚,变迁民族运动之方针者,亦唯此小说。小说,小说,诚文学界中之占最上乘者也。其感人也易,其入人也深,其化人也神,其及人也广。是以列强进化,多赖稗官;大陆竞争,亦由说部。"陶祐曾:《论小说之势力及其影响》,《游戏世界》1907年第十期,载陈平原、夏晓虹编:《二十世纪中国小说理论资料》(1897年—1916年)第一卷,北京:北京大学出版社,1989年,第226页。钱大昕称小说为儒、释、道三教之外的第四教,并说"其教较之儒、释、道而更广也"。钱大昕:《潜研堂集》卷十七"正俗",上海:上海古籍出版社,1989年,第282页。

③ 梁启超:《论小说与群治之关系》,载夏晓虹编:《梁启超文选》(下),北京:中国广播电视出版社,1992年,第3—8页。梁启超还说:"仅识字之人,有不读经,无有不读小说者。故六经不能教,当以小说教之。"梁启超:《译印政治小说序》,载吴松点校:《饮冰室文集点校》(第一集),昆明:云南教育出版社,2001年,第153页。与此相似,鲁迅也说:"在中国,小说不算文学,做小说的也决不能称为文学家,所以并没有人想在这一条道路上出世。我也并没有要将小说抬进'文苑'里的意思,不过想利用他的力量,来改良社会。"鲁迅:《南腔北调集·我怎么做起小说来》,载《鲁迅全集》(第四卷),北京:人民文学出版社,1981年,第511页。

大能量已有初步认识。①

没有这种观念上的大转变,也就不会有鲁迅的拓荒之作《中国小说史略》与胡适洋洋六十万言的《中国章回小说考证》,新文化运动的两位领军人物投入大量时间与精力来研究小说,说明他们敏感到需要弥补小说研究这一缺环,总结中国人自己的叙事经验。五四时期尚无叙事学一说,但包括上述两书在内的许多研究仍能为今人带来启发,老一辈学者其实对叙事奥秘多有洞见与发明,只不过他们一般"点"到为止,这种指点为后来人留下一排排若隐若现的前行路标。顾颉刚等人对孟姜女传说的研究,②则显示出叙事的口传一脉也引起了学界的关注。

回过头来看,无论是西方还是中国的文学领域,小说研究均属叙事研究的先导。如果说明清小说评点中出现了探求叙事规律的苗头,那么20世纪小说研究中这种苗头已扩大为一种趋势,而这种趋势到近十余年来更表现为直接亮出"叙事学"或"叙事传统研究"之类的名号。杨义在《中国古典小说史论》(1995)之后完成《中国叙事学》(1997),③董乃斌在《中国小说的文体独立》(1992)之后推出《中国文学叙事传统研究》(2012),④这些看似偶然实为必然。就学理本身的逻辑而言,小说史研究终究要走向深层次的叙事研究,以叙事为关键词打通文类之间的壁垒,小说的来龙去脉反而能更清晰地呈现出来。本人在《先秦叙事研究——关于中国叙事传统的形成》等书中提出:叙事的传播一开始只有口头一途,以后方有笔头的加入,现在看来又有逐渐转向以镜头(荧屏、银幕和各种电子显示屏)为主的趋势,但不管传媒变革如何激烈,口头、笔头和镜头中呈现的都是叙事。单从某一文类或媒介入手研究,无异于画地

---

① "列强进化,多赖稗官"这一观点的得出,与日本明治时期启蒙学者借助小说开化民智有直接关系。梁启超于1902年创办的杂志《新小说》得名于日本1889年和1896年两次创办的同名杂志,他的《论小说与群治之关系》为《新小说》创刊号的首篇,其中云:"于日本明治维新之运有大功者,小说亦其一端也。"参看彭修银:《中国现代文艺学学科确立中的日本因素》,"当代文论与批评实践"高端学术研讨会(2013·重庆)大会交流论文。

② 顾颉刚:《孟姜女故事的转变》,北京大学《歌谣》周刊第六九号;载陶玮选编:《名家谈孟姜女哭长城》,北京:文化艺术出版社,2006年,第2—20页。

③ 杨义:《中国现代小说史》,北京:人民文学出版社,1993年;杨义:《中国古典小说史论》,北京:中国社会科学出版社,1995年;杨义:《中国叙事学》,北京:人民出版社,1997年。

④ 董乃斌:《中国小说的文体独立》,北京:中国社会科学出版社,1992年;董乃斌主编:《中国文学叙事传统研究》,北京:中华书局,2012年。

为牢自缚手脚,而从叙事这个不变的对象着眼,视野豁然开朗,更便于从本质上把握对象。① 就此意义而言,上述研究实际上肩负了一种历史使命,这就是因应各类叙事(不限于小说)已成为文学消费主要对象的现实,推动我们的文论由过去的"诗学"向今天的"诗稗并重之学"转变,向更适应时代潮流的方向转变。

从上可见,中国叙事学的"现在进行时",主要表现为从叙事角度梳理我们自身的文学传统。那么,为什么对叙事传统的研究会成为这方面的当务之急?我们认为这是由于它在一段时期内受到了外来影响的遮蔽。必须看到,中国小说的现代换型与近代以来西方小说的大量输入有直接关系,鲁迅在《我怎么做起小说来》中坦言"大约所仰仗的全在先前看过的百来篇外国作品",②有人甚至认为新文学的形式伏源于来华传教士翻译的西方小说。③ 这种情况之所以发生,与鸦片战争后西强中弱的时代格局有关:当时的中国在列强欺凌下诸事不顺,就连传统的章回小说也早已过了自己的高峰阶段——四大名著均属19世纪之前的产物,而正是在19世纪初至20世纪初这段时间内,西方小说迎来了一个群星灿烂的繁荣时期。"尔荣"与"我衰"碰在一起,导致西方小说成了比较文学所谓的影响"放送者",谢天振所说的"语言差"与"时间差",就是由这种失衡状态引起的。

不过,如果按照法国年鉴学派史学家费尔南·布罗代尔的做法,把考察范围由"短时代"放大到"中时段"甚至是"长时段",④那么这百多年来的落后又只不过是历史长河中的一瞬。中国是世界上硕果仅存的文明连续体,本人曾

---

① 傅修延:《先秦叙事研究——关于中国叙事传统的形成》,北京:东方出版社,1999年,第3页;傅修延:《叙事:意义与策略》,南昌:江西高校出版社,1999年,第29页。

② 鲁迅:《南腔北调集·我怎么做起小说来》,载《鲁迅全集》(第四卷),北京:人民文学出版社,1981年,第512页。

③ "中国自身的古白话是何时转化为欧化白话的?这要归结到近代来华的西方传教士,他们创作了最早的欧化白话文。……我们先看欧化白话的白话小说。西方长篇小说最早完整译成汉语的,当推班扬的《天路历程》,翻译者为西方传教士宾威廉,时间在1853年。"《天路历程》中有大量第一人称的限制叙述,这种叙述与中国传统小说的第一人称说故事叙述不同,它是严格按照第一人称所见所闻的限制视角叙述,甚至把第一人称限制叙述和第三人称限制叙述交替进行。它是具有强烈感情色彩的第一人称叙述,带有很强的抒情性。这些特点都是中国传统小说很少出现的,在白话小说中更是属于创造性的发现。"袁进:《重新审视新文学的起源》,《解放日报》2007年3月11日。

④ 费尔南·布罗代尔:《论历史》,刘北成、周立红译,北京:北京大学出版社,2008年。

提到国人对叙事的敬畏可追溯到甲骨文,青铜铭文的叙事方式在今天仍有余响,①也就是说中国叙事的薪尽火传从来未曾停止过。相比之下,西方叙事虽有荷马史诗这样辉煌的源头,西罗马的灭亡却使其陷入长达千年的一蹶不振,直至文艺复兴时期,与中世纪骑士传奇有血缘联系的流浪汉小说才在西班牙呱呱坠地,这种叙事形式为西方现代小说的成型提供了最初的胚胎。前面提到中国小说的晚出,但那只是相对于漫长的中国诗史而言,而且只是就"小说"而不是"叙事"而言。即便是拿中西小说来作比较,我们也会看到当理查生、菲尔丁和斯摩莱特等英国作家还在努力突破流浪汉小说的形式桎梏时,中国已经奉献出了像《红楼梦》这样伟大的长篇小说;唐代小说(当时称传奇)中的佼佼者如《离魂记》、《李娃传》与《长恨传》等,更比18世纪欧洲最顶尖的小说《汤姆·琼斯》早了近千年。所以歌德会如此提醒他的同胞:"中国人有成千上万这类作品(按指清代章回小说《好逑传》之类),而且在我们的远祖还生活在野森林的时代就有这类作品了。"②

将中西比较放在"长时段"内,不是为了效法阿Q而是为了"去蔽"——穿透百年来西方影响的"放送"迷雾,回望我们自身弥足珍贵的叙事传统。在中国章回体小说脱下长袍马褂换上西装的过程中,人们很容易唯西方小说马首是瞻,把人家的叙事模式奉为圭臬。鲁迅治中国小说史厥功甚伟,但或许是由于那先入为主的"百来篇外国作品",他对《儒林外史》的章法结构颇有些不以为然:"惟全书无主干,仅驱使各种人物,行列而来,事与其来俱起,亦与其去俱讫,虽云长篇,颇同短制;但如集诸碎锦,合为帖子。"③这一判断显然是以舶来的叙事规范为标尺——西方从亚里士多德起就讲究情节线索的整一连贯,荷马史诗《奥德赛》、中世纪骑士传奇、流浪汉小说和许多现代小说都是紧紧围绕

---

① "尽管后来的受述者不复为冥冥中的神道,但甲骨问事的精神却在记事者血脉中代代流淌。中国的史官精神,其核心就是认为记事之笔外关神明内系良知,对所记之'事'绝对不能苟且。""青铜铭事开始了中国的'铭事'传统,从这以后,在大型硬质载体上铭勒文字不单意味着牢固地记录事件,其仪式上的意义还为隆而重之地将所记内容昭告天地神明。进入铁器时代后,随着更为锋利的凿刻工具的产生,出现了勒石记事这种新的时尚。以后每逢历史上发生大事,便会有相应的铭金勒石之作,人神共鉴的叙事意味在碑碣、钟鼎文章中不绝如缕。即使在无神论时代,这种传统仍保留了下来。"傅修延:《先秦叙事研究——关于中国叙事传统的形成》,北京:东方出版社,1999年,第43、66页。
② 歌德:《歌德谈话录》,朱光潜译,北京:人民文学出版社,1982年,第113页。
③ 鲁迅:《中国小说史略》,载《鲁迅全集》(第九卷),北京:人民文学出版社,1981年,第221页。

主角的"流浪"式经历来展开叙述,这些作品的聚焦点都在"个人",很少像我们的《儒林外史》(也包括《水浒传》和《官场现形记》等)那样专注于讲述"集体"的故事。然而"无主干"这一结论现在来看大可商榷,《儒林外史》中那些"事与其来俱起,亦与其去俱讫"的走马灯式叙述,表面看像是排出了一长串各不相干的小故事,但这些小故事或展现儒林中的"礼崩乐坏",或指明出路在于"礼失而求诸野",也就是说与"礼"有关的叙述构成了小说的"主干"。[①]此类情况并非仅见于《儒林外史》,《水浒传》对众好汉故事的叙述之所以"形散而神不散",原因也在于这些小故事之间贯穿着一条"逼上梁山"的"主干"。大家都知道鲁迅对传统事物如中医和京剧等多持鄙夷不屑的态度,其实他对传统叙事的态度也是如此——"缘中国古书,叶叶害人,而新出诸书亦多妄人所为,毫无是处。为今之计,只能读其记天然物之文,而略其故事,因记述天物,弊止于陋,而说故事,则大抵谬妄,陋易医,谬则难治也",[②]所以他会说出"要少——或者竟不——看中国书,多看外国书"的话来。[③]但这些均可理解为积贫积弱国情下的矫枉过正之辞,我们应从"爱之深责之切"的角度来理解。[④]

"长时段"眼光与"去蔽"观念,让我们认识到叙事标准不能定于一尊——中西叙事各有不同的来源与传统,其模式、形态与特点自然会有许多差异,因此它们之间并无高低优劣之分。国画和西画各有所长,中医和西医各有千秋,功夫和拳击各擅胜场,这些道理其实非常简单,但有些人总是"这山望去那山

---

① "初看上去,小说(按指《儒林外史》)似乎是采用了最一般的'转移式'结构,叙述不停地由此轴心转移到彼轴心。然而仔细分析起来,这些轴心的绝大多数是在显示儒林中的'礼崩乐坏'——士大夫高尚的精神追求被庸俗的社会污染破坏,只有极少数轴心意在指出'礼失而求诸野'——惟有在民间和基层才可找回维系民族的礼乐文明。小说中第一个轴心是画荷花的王冕,最后一个轴心是焚香烹茶的于老者与奏高山流水的荆元,他们同是未受污染的'嶔崎磊落'之士,同样都能以艺术家的脱俗气质审视人生。"傅修延:《讲故事的奥秘——文学叙述论》,南昌:百花洲文艺出版社,1993年,第113—114页。
② 鲁迅:《致许寿裳》(1919年1月16日),载《鲁迅全集》(第十一卷),北京:人民文学出版社,1981年,第357页。
③ 鲁迅:《华盖集·青年必读书——应〈京报副刊〉的征求》,载《鲁迅全集》(第三卷),北京:人民文学出版社,1981年,第12页。
④ 当年车尔尼雪夫斯基称俄罗斯民族为"可怜的民族,奴隶的民族,上上下下都是奴隶",列宁就此评论道:"这些话表达了他对祖国的真正的爱,这种爱使他因大俄罗斯民众缺乏革命精神而忧心忡忡。"列宁:《论大俄罗斯人的民族自豪感》,载《列宁全集》(第二十六卷),中共中央马克思恩格斯列宁斯大林著作编译局编译,北京:人民出版社,1988年,第109页。

高",忘记了对面山上的人对我们也可能是"高山仰止"。传统的意义在于它形成于过去却不断作用于现在,T. S. 艾略特认为作家在写作中应该建立一种"历史意识":"这种历史意识包括一种感觉,即不仅感觉到过去的过去性,而且也感觉到它的现在性。……有了这种历史意识,一个作家便成为传统的了。"①当过艾略特老师的欧文·白璧德也说:"真正的创新是艰苦的生发过程,并且常常以深深扎根以往文学的方式来获得而不是失去什么东西。"②所以传统是无法隔断的,任何企图摆脱传统的努力几乎都属徒劳,叙事的薪火传承从来不以个人意志为转移。鲁迅断言"新文学是在外国文学潮流的推动下发生的,从中国古代文学方面,几乎一点遗产也没摄取",③但他自己的小说就从古代文学中"摄取"了不少营养:《示众》中为讽刺看客的浑浑噩噩与缺乏独立人格,故意不给他们安上名字,这其实就是"不书诸大夫之名"的"春秋笔法";④鲁迅不但写过《中国小说史略》与《汉文学史纲要》,还编定过《唐宋传奇集》与《古小说钩沉》等,他那惜墨如金的入骨刻画深得古人真传,与大段铺陈的欧洲小说几有霄壤之别。莫言确曾有过学习拉丁美洲魔幻现实主义的短暂冲动,但真正对这位高密作家产生持久影响的还是想象奇特的齐文化,我们能从《生死疲劳》和《蛙》等小说中,看到《齐谐》和《聊斋志异》中"灵异叙事"的明显印痕,所以瑞典文学院在颁发诺贝尔文学奖时,有意不用"魔幻现实主义"(magic realism)而以"谵妄现实主义"(hallucinatory realism)一词概括其叙事风格。

不过上述叙事传统的中外之分并非绝对,如源自印度的佛教文化便在一定程度上影响了唐宋以来的叙事形态。佛经行文有长行与偈颂之分,长行即句子较长的散文,偈颂则为提挈要领的韵文,用韵散两种文体穿插讲述有利于

---

① 托·斯·艾略特(通译 T. S. 艾略特):《传统与个人才能》,载《艾略特文学论文集》,李赋宁译,南昌:百花洲文艺出版社,1994年,第2—3页。
② 白璧德:《论创新》,载白璧德:《文学与美国的大学》,张沛等译,北京:北京大学出版社,2004年,第148页。
③ 鲁迅:《集外集拾遗补编·"中国杰作小说"小引》,载《鲁迅全集》(第八卷),北京:人民文学出版社,1981年,第399页。
④ 鲁襄公三十年宋国发生火灾,列国大夫会于澶渊商议筹财补偿,由于会后不认账,孔子在《春秋》中不书诸大夫之名,仅以"晋人""齐人""宋人"等代之,以此谴责他们言而无信。

受众记忆,因为佛经教义当时主要是通过口头渠道向大众传播。① 佛经翻译为汉语之后,这种韵散相间的文体便逐渐与我们的传统相融合,以韵语(诗词)入文来调整叙事节奏成了章回小说的显性特征。有趣的是,前述来华传教士在用汉语翻译西方小说时,也会在每卷结束时加上一首"诗曰",这说明"引诗入稗"在外人眼里已经成了我们的国粹。② 郑振铎说:"在音韵上,在故事的题材上,在典故成语上,(中国文学)多多少少地都受有佛教文学的影响。最后,且更拟仿着印度文学的'文体'而产生出好几种宏伟无比的新的文体出来。"③ 许地山说:"研究中国小说,也应当涉及佛乘文体之结构。"④梁启超甚至认为:"近代一二巨制《水浒》《红楼》之流,其结体运笔,受《华严》《涅槃》之影响者实甚多。"⑤陈寅恪对这种影响更有非常具体的说明:

> 佛典制裁长行与偈颂相间,演说经义自然仿效之,故为散文与诗歌互用之体。后衍变既久,其散文体中偶杂以诗歌者,遂成今日章回体小说。其保存原式,仍用散文诗歌合体者,则为今日之弹词。⑥

> 自佛教流传中土后,印度神话故事亦随之输入。观近年发现之敦煌卷子中,如维摩诘经文殊问疾品演义诸书,益知宋代说经,与近世弹词章回体小说等,多出于一源,而佛教经典之体裁与后来小说文学,盖有直接关系。此为昔日吾国之治文学史者,所未尝留意也。⑦

引文中"治文学史者"显然是指鲁迅、胡适等人,作为精通梵文与佛典的大家,

---

① "按印度三藏原典演绎佛旨,多数场合好以偈颂、长行交替使用,即先设一段散文说法,然后再缀一段韵文提挈其要领,如是散、韵相间,互为证发,循环反复,逐段配置,直至全帙的终了。"陈允吉:《汉译佛典偈颂中的文学短章》,《社会科学战线》2002年第1期。
② "每卷(宾威廉翻译的《天路历程》)结束时,都有'诗曰',有一首绝句,这是原作中没有的。"袁进:《重新审视新文学的起源》,《解放日报》2007年3月11日。
③ 郑振铎:《插图本中国文学史》,北京:人民文学出版社,1957年,第188页。
④ 许地山:《梵剧体例及其在汉剧上的点点滴滴》,载郑振铎编:《中国文学研究》(下册),北京:商务印书馆,1927年,第1页。
⑤ 梁启超:《佛学研究十八篇》,上海:上海古籍出版社,2001年,第200页。
⑥ 陈寅恪:《敦煌本维摩诘经文殊师利问疾品演义跋》,载陈寅恪撰、陈美延编:《金明馆丛稿二编》,北京:三联书店,2001年,第203页。
⑦ 陈寅恪:《西游记玄奘弟子故事之演变》,载陈寅恪撰、陈美延编:《金明馆丛稿二编》,北京:三联书店,2001年,第217页。

陈寅恪此论自然是最具分量,但影响毕竟只是外因,外因需要通过内因才能发生作用:陈寅恪自己"未尝留意"的是,佛教传入中土之前的先秦诸子散文中早就夹杂韵语,《荀子·赋篇》以《佹诗》与《小歌》作结,历代赋体文章也有不少以诗体为"曲终奏雅"手段,①因此韵散相间的佛经文体绝非后世演义小说与弹词宝卷的唯一来源。

当然有的叙事模式明显是从印度舶来,如唐代王度《古镜记》以古镜辗转人手为线索串起一批故事,这种结构方法此前罕见,其源头应在反映释迦牟尼无数次修行转世的佛本生经。② 此外,陈寅恪注意到佛经卷首所附的感应冥报传记,他在研究后指出:"(此类传记)本为佛教经典之附庸,渐成小说文学之大国。盖中国小说虽号称富于长篇巨制,然一察其内容结构,往往为数种感应冥报传记杂糅而成。"③验诸《红楼梦》《水浒传》《西游记》和《金瓶梅》等小说,其谋篇布局与冥报感应、因果轮回等皆有关系,此说确系洞烛幽微的不刊之论。但陈寅恪说一些佛典"实皆哲理小说之变相",认为中国小说须提高思想深度"以异于感应传冥报记等滥俗文学",④他也许没有意识到许多中国小说中的冥报感应只是为适应受众而披上的外衣,是为吸引读者注意力而扔出的"肉骨头",不能把这类"不可靠叙述"太当回事,这就像人们一般不把《红楼梦》

---

① 《庄子·齐物论》:"大知闲闲,小知间间;大言炎炎,小言詹詹。"《韩非子·扬权》:"一家二贵,事乃无功。夫妻持政,子无适从。"《老子·第三九章》:"天得一以清,地得一以宁,神得一以灵,谷得一以盈。"这些全都押韵。汉代张衡《思玄赋》末段起句为"天长地久岁不留,俟河之清乎只怀忧",唐代王勃《滕王阁序》末段起句为"滕王高阁临江渚,佩玉鸣鸾罢歌舞",宋代欧阳修《秋声赋》末段起句为"草木无情,有时飘零。人为动物,惟物之灵"。这些也都押韵。本书第八章对中国叙事传统的"韵散结合"有更多举证。

② "六朝那些鬼神志怪的故事,一般说都是很短的,每篇只谈一个故事,从头到尾,平铺直叙。但是到了唐初,却出现了像王度的《古镜记》这样的小说。里面有一个主要的故事作为骨干,上面穿上了许多小的故事。这种体裁对中国可以说是陌生的,而在印度则是司空惯的事。……巴利文《佛本生经》(Jātaka)是以佛的前生为骨架,把几百个流行民间的故事汇集起来,成了这一部大书。"季羡林:《中印文化关系·印度文学在中国》,载《季羡林文集》(第四卷),南昌:江西教育出版社,1996年版,第176—177页。该书第177页也言之凿凿地重复了陈寅恪的观点:"(韵文和散文互相间错)这种体裁也不是中国固有的,而是来自印度。"

③ 陈寅恪:《忏悔灭罪金光明经冥报传跋》,载陈寅恪撰、陈美延编:《金明馆丛稿二编》,北京:三联书店,2001年,第292页。

④ 陈寅恪:《敦煌本维摩诘经文殊师利问疾品演义跋》,载陈寅恪撰、陈美延编:《金明馆丛稿二编》,北京:三联书店,2001年,第209页。

第三回对贾宝玉的讥诮当真一样。①

在取得一系列骄人叙事成就的同时,古人对叙事问题也有过相当深入的思考。如果说西方叙事学是由现代语言学孵化而来,那么史学便是中国叙事理论的孕育母体。中国古代社会一大特征为史官文化先行,作为历史事件的编排记录者,史家笔下常常流露出自觉的叙事意识,《春秋》甚至被人称为"师范亿载,规模万古,为述者之冠冕"的叙事法典。所谓"春秋笔法",其实是一套非常具体的叙事法则,本人曾将其归纳为"寓褒贬于动词""示臧否于称谓""明善恶于笔削"与"隐回护于曲笔"等四条,简而言之就是依据某种伦理原则对所述事件做出不动声色的颂扬或挞伐。②"叙事伦理"为当前西方叙事学领域的热词,而我们的古人在两千多年前就觉察到叙事中"伦理取位"的重要。对叙事理论有系统研究的史家应为唐代的刘知几,《史通》卷六"叙事第二十二"为专就"叙事"而发的滔滔宏论,该书其他部分也不时涉及叙事,其中不乏吉光片羽式的妙语精言。史家对叙事问题的深刻理解和阐发,应当成为中国叙事学张开双臂拥抱的理论遗产,文史之分不能成为阻碍这种继承的学科壁垒。事实也是如此。先秦之后文史虽然分道扬镳,但在许多人那里,《春秋》和"春秋笔法"仍然是衡量一切叙事的标准。将某部小说比之为《春秋》,乃是对其叙事水平的最大赞誉;说某位作者深谙"春秋笔法",亦为对其叙事能力的高度肯定。戚蓼生《〈石头记〉序》称《红楼梦》"如《春秋》之有微词,史家之多曲笔",就是此类评论的典型。《史记》与《汉书》出来之后,"史迁""班马"之类又成了叙事高手的代名词,韩愈的《毛颖传》本为虚构游戏之作,李肇却誉之为"其文尤高,不下史迁。二篇(加上沈既济的《枕中记》)真良史才也",③白居易亦用"立词措意,有班马之风"形容韩愈的笔力雄健。④ 似此古人所说的"史才""史笔"并非专指修史才能,而"六经皆史"在一定意义上也可理解为"六经"之中皆有

---

① 《红楼梦》第三回贾宝玉出场,叙述者对其的评价为"天下无能第一,古今不肖无双,寄言纨绔与膏粱,莫效此儿形状",联系此前加在贾宝玉头上的"混世魔王"、"急懒人"等名号,可以看出作者有意让叙述者用"不可靠叙述"去"误导"读者,读者在进一步阅读中自会对这个人物得出自己的认识。

② 傅修延:《先秦叙事研究——关于中国叙事传统的形成》,北京:东方出版社,1999年,第182—185页。

③ 李肇:《唐国史补》卷下。古人心目中的"史"富文采善修饰,"史才"之语与《论语·雍也》的"质胜文则野,文胜质则史"异曲同工,新历史主义之论可谓瞠乎其后。

④ 白居易:《授韩愈比部郎中史馆修撰制》。

叙事——不管是什么样的叙事。联系前面提到的"一体无分",可以看出古人对虚构与非虚构的区别并不执著,他们或许早就察觉到了叙事的"跨文类"性质。

以上讨论旨在说明,建设中国叙事学可以吸取西方的经验,但不能走与西方叙事学完全相同的道路,更不能因为学习别人而将自己的传统视为"他者"。西方叙事学是在积累深厚的语言学中蛹化成蝶,所以在话语层面拥有丰富的理论资源,而中国叙事学却另有自己的史学渊源,要它像西方叙事学那样向语言学看齐无异于缘木求鱼。我们的语言学研究也走过罔顾自身规律的弯路——前述现代小说的换型包括将文言文改为白话文,狂飙突进的白话文运动一度使汉语付出了过分欧化的代价,而与汉语欧化相表里的还有"语言之学"的欧化。陈寅恪对《马氏文通》的欧化语法有过言辞激烈的批评:

> 从事比较语言之学,必具一历史观念,而具有历史观念者,必不能认贼作父,自乱其宗统也。往日法人取吾国语文约略摹仿印欧系语之规律,编为汉文典,以便欧人习读。马眉叔效之,遂有文通之作,于是中国号称始有文法。夫印欧系语文之规律,未尝不间有可供中国之文法作参考及采用者。如梵语文典中,语根之说是也。今于印欧系之语言中,将其规则之属于世界语言公律者,除去不论。其他属于某种语言之特性者,若亦同视为天经地义,金科玉律,按条逐句,一一施诸不同系之汉文,有不合者,即指为不通。呜呼!文通,文通,何其不通如是耶?①

"认贼作父"之语似嫌过重,但不能"自乱其宗统"则为金玉良言——印欧语与汉语属于不同语系,印欧语的规则自然不能"一一施诸不同系之汉文"。陈寅恪强调"历史观念"(与T. S.艾略特的"历史意识"可谓心有灵犀一点通),反对欧化语法,其出发点在于担心文化的灭亡。白话文运动固然是一种革故鼎新的历史进步,但语言毕竟是文化的载体,汉语的欧化必定导致文化内涵的失落,所以他会一辈子坚持使用繁体竖排的文言文。不过陈寅恪的"历史观念"并不彻底,与鲁迅对《儒林外史》结构的微词相比,他对中国小说的批评更为直

---

① 陈寅恪:《与刘叔雅论国文试题书》,载陈寅恪撰、陈美延编:《金明馆丛稿二编》,北京:三联书店,2001年,第251—252页。

白和苛刻——"至于吾国之小说,则其结构远不如西洋小说之精密,在欧洲小说未经翻译为中文以前,凡吾国著名之小说,如水浒传、石头记与儒林外史等书,其结构皆甚可议。"①一方面反对汉语的欧化,一方面又以欧洲小说结构为规范来衡量汉语经典,这一矛盾说明即便是像陈寅恪这样坚守"历史观念"的大学者,也未能彻底摆脱百多年来欧化浪潮的裹挟。

鲁迅和陈寅恪的"所见约同",可以视为文化自信心受挫后一种普遍的过激反应,对鲁迅等人的"汉字不灭,中国必亡"亦当作如是观。② 时至21世纪,划清欧化与现代化之间的界限,辨识文化殖民与全球化之间的区别,仍然是令人困扰的问题。好在国人已经从"汉字拉丁化"的噩梦中醒来,也找到了老祖宗在汉字中预留的连通信息时代的接口,如今再也没有人会认为汉语是妨碍中华民族前行的负担。本人曾论证汉语是一种极富叙事优势的优雅语言,理由是汉语的字词句均以独特的方式参与叙事:汉字构形与部件组合多具表"事"意味,易于激发动态联想,许多汉字简直就是在单独叙事;汉语中的成语多为由寓言故事压缩而成的四字词,其功能在于交流时唤起对该故事的联想。③ 汉语地位的上升和中国叙事学的提出一样,反映了时代环境与社会心理的变化,一时代有一时代之学术,没有走向全面复兴的时代大潮,没有历史创伤的痊愈和文化自信的恢复,就不会有今天中国叙事学的登堂入室。

四、中国叙事学的创新之途

中西叙事学的发展历程昭示人们,就像叙事有无数可能的形态一样,对叙事的研究也无一定之规,中国叙事学与西方叙事学不必也不可能走完全相同

---

① 陈寅恪:《论〈再生缘〉》,载陈寅恪:《寒柳堂集》,北京:三联书店,2001年,第67页。
② "所以,汉字也是中国劳苦大众身上的一个结核,病菌都潜伏在里面,倘不首先除去它,结果只有自己死。"鲁迅:《且介亭杂文·关于新文字——答问》,载《鲁迅全集》(第六卷),北京:人民文学出版社,1981年,第160页。"汉文终当废去,盖人则文必废,文存则人当亡。在此时代,已无幸存之道。"鲁迅:《致许寿裳》(1919年1月16日),载《鲁迅全集》(第十一卷),北京:人民文学出版社,1981年,第357页。
③ 傅修延:《"二合"——汉语叙事的优雅传统》,载乔国强主编:《叙事学研究》,武汉:武汉出版社2006年;傅修延:《文本学——文本主义文论系统研究》,北京:北京大学出版社,2004年,第六章"汉语文本的独特性",第199—220页。

的路径。本人从20世纪90年代起就有志于中国叙事学,①迄今为止一直念兹在兹地思考从事这项研究的各种可能性。从方法论角度说,当前的中国叙事学研究似应从以下五方面探寻创新之途。

其一为调查范围的扩大。

研究中国叙事当然不可能脱离小说,但是必须看到,鲁迅等人开拓的中国小说研究目前已是硕果累累,杨义与浦安迪的《中国叙事学》也是在这方面用力,因此继续踵武前哲很难避免拾人牙慧。开辟新生面的另一个更为重要的理由,是叙事并非只诉诸语言文字这一种媒介——学界目前反对"文本中心主义"的呼声甚为强烈,以小说研究为叙事学主业的惯性操作正面临严峻挑战。热奈特认为,叙事学按其名称 narratology 来说应当讨论所有的故事,实际上却是围绕着小说,把小说看作不言而喻的范本。② 换言之,如果一味依赖以语言文字为媒介的文本,忽略汇入叙事长河的其他源头活水,我们的研究无法达到应有的深度与广度。巴特认为"叙事遍存于一切时代、一切地方、一切社会":

> 对人类来说,似乎任何材料都适宜于叙事:叙事承载物可以是口头或书面的有声语言、是固定的或活动的画面、是手势,以及所有这些材料的有机混合;叙事遍布于神话、传说、寓言、民间故事、小说、史诗、历史、悲剧、正剧、喜剧、哑剧、绘画(请想一想卡帕齐奥的《圣于絮尔》那幅画)、彩绘玻璃窗、电影、连环画、社会杂闻、会话。而且,以这些几乎无限的形式出现的叙事遍存于一切时代、一切地方、一切社会。③

赵毅衡在其新著《广义叙述学》中批评巴特举例不当:"巴尔特开出的长单子,严重地缩小了叙述的范围,因为他感叹地列举的,都只是我们称为'文学艺术叙述'的体裁。在文学之外,叙述的范围远远广大得多。"④

然而广义叙事的范围实在过于宽广,由于力有未逮,我们只能将注意力集

---

① 本人于1993—1996年间主持完成国家教委"八五"人文社科规划项目"中国叙述学"。
② Gerard Genette, "Fictional Narrative, Factual Narrative", *Poetics Today*, 11.4, (Win. 1990), p.755.
③ 罗兰·巴特:《叙事作品结构分析导论》,张寅德译,载张寅德编选:《叙述学研究》,北京:中国社会科学出版社,1989年,第2页。
④ 赵毅衡:《广义叙述学》,成都:四川大学出版社,2013年,第3页。

中于那些特别能显示中国叙事谱系的对象。福柯在《知识考古学》等著作中强调了源自尼采的"谱系学"(genealogy)概念,赫尔曼对"谱系"作了这样的界定:

> 谱系是一种调查方式,试图发掘被忘却的内在关联性,重新建立已经模糊了的或不被承认的宗代关系,揭示可能被视为各不相同、互不相关的各种体制建构、信念系统、话语或分析方式之间的关系。①

当前的中国叙事学研究应致力于这种谱系学意义上的调查,让"被忘却的内在关联性"脉络浮现,使"已经模糊了的或不被承认的宗代关系"复归清晰。以本书第四章对青铜器上"前叙事"的研究为例。青铜时代长逾千年,青铜器上的元书写构成了后世叙事活动的逻辑起点,仔细观察青铜器上富于意味的原始符号,特别是那些构成汉字前身的纹饰与图形,可以发现它们与后世之"文"存在诸多相同之处——其中既有段落、单元与章节,也有主题、结构与功能。就组织方式而言,此类符号无可置疑地构成了后世各类叙事的先导。叙事学领域的初入门者多倾倒于巴特等人从叙事作品中提炼的网状归并结构,其实我们的古人早已深谙青铜器上花纹网饰的"编织"之道,这种"编织"意识后来沉淀在古代文论的深层,但我们偶尔也能察觉其露头的痕迹,如刘勰《文心雕龙·情采》中的"五色杂而成黼黻,五音比而成韶夏,五性发而为辞章",以及金圣叹对《水浒传》第八回评点中的"依枝安叶,依叶安蒂,依蒂安英,依英安瓣,依瓣安须"等表述。青铜时代历时一千五百多年,现代一些文类在青铜器上还可以找到它们共同的祖先,研究"前叙事"有利于我们认识叙事传统的其来所自,这就像"人体解剖"能从"猴体解剖"中获得许多启迪一样。除了青铜器之外,中国比较有代表性的"含事"器物还有陶瓷,本书第五章对这一器物也作了类似探索,兹不赘述。

其二为考察时段的提前。

前面提到的"长时段"考察自然也是一种"提前",但这里主要指考察叙事长河的起源阶段。万变不离其宗,一切事物都有自己的萌芽状态与原生环境,

---

① 戴维·赫尔曼:《叙事理论的历史(上):早期发展的谱系》,马海良译,载詹姆斯·费伦、彼得·J.拉比诺维茨主编:《当代叙事理论指南》,北京:北京大学出版社,2007年,第5页。

因此必要时研究者应回到"前小说"甚至"前叙事"之前,探讨叙事的初始形态及其对后世叙事的影响。本书第一章称"前叙事"之前的叙事称为"元叙事",也就是鸿蒙初辟之时与太阳运行有关的故事讲述。作为太阳神话的前身,这一古老对象几乎是不可考的,屈原《天问》中的"上下未形,何由考之"道出了后人的困惑,但它在神话、传说与民间故事中还是会留下星星点点的印痕,只要有足够的耐心与合适的方法,仍有可能管中窥豹见其一斑。至于这种管窥蠡测的意义,我们不妨先来看对深层结构的探寻。经典叙事学认为叙事的表层结构是由深层结构转换生成,即故事世界的种种矛盾冲突,均来自潜隐在深层的二元对立及其相互激荡,但深层结构中的二元对立又是从何而来,以及深层对立如何转换为表层冲突,西方的经典叙事学一概付诸阙如。而东方的《易经》却为破解这一难题提供了线索:如果把《易经》中的"太极"看作抽象化了的太阳,那么"太极生两仪"就是一则高度抽象的"元叙事",也就是说太阳的白天运行划分出"光明与黑暗二分的世界"。"二分"之后出现"阳/阴"这样一对原始范畴,它可以说是宇宙间诸多二元对立之母,这些二元对立包括方位上的"东/西"、亮度上的"明/暗"、温度上的"暖/冷"、高度上的"上/下"、性别上的"雄/雌"、时间上的"昼/夜"和色彩上的"白/黑",等等。而与这些状态相联系的还有行动意义上的一批二元对立,如"醒/睡"、"活/僵"、"荣/枯"、"起/卧"、"动/静"和"生/死",等等。由于上述状态与行动紧密地对应于太阳的东升西落,伴随着太阳的移动而向各自的对立面转化,这一过程堪称深层对立转化为表层冲突的最佳例证。

接下来再看"元叙事"对表层冲突的影响。较之于白天太阳"一览无余"的从东到西,先民想象中夜太阳的自西而东更具冲突性,因为西沉之日似乎是要经过一番挣扎才能从黑暗的地底下重返东方。人类学家称此为光明与黑暗相争的"自然戏剧":"日每天都被夜吞噬掉,后来又在黎明时获得解放。……伟大自然戏剧中的这些场面——光明和黑暗之间的冲突,一般地说,提供了一些简单的事实。在许多国家,多少世代以来,这些事实采取神话的方式而成为关于'英雄'或'少女'的传奇:他们被恶魔吞掉,后来又被它吐出,或从它的腹中被解救出来。"①人们在世界各地的口头叙事中,发现了大量诸如此类由魔兽体内穿腹而出的故事。由此我们看到表层冲突从无到有的演进历程:太阳被黑暗吞噬和吐出的自然现象,激发了关于故事主人公从怪物体内脱险的人间想象,"自然戏剧"就这样孕育了"英雄"与对手搏斗的神话,神话又随时间推移而衍变为民间传说以及接踵而来的各种体裁的叙事。

以上穷根究底般的探源旨在说明,太阳在先民眼里的从东到西以及在夜间想象中的自西而东,乃是原始叙事中深层结构与表层冲突的渊源所在。不仅如此,太阳运行的周而复始与循环不息,容易使地面上的仰视者产生出一种"以圆为贵"的观念,而这种观念又会影响到对叙事结构的审美反应。《文心雕龙》中多次出现"首尾圆合""首尾一体""首尾相援"和"首尾周密"之类的提法,说明刘勰非常看好开端与结尾复合的圆形结构,杨义则认为"中国比较完整的叙事作品的深层,大多运行着这个周行不殆的'圆'"。② 据此看来,太极图上那对首尾相衔的阴阳鱼,简直就是"元叙事"的符号象征,它们和汤盘上的"苟日新,日日新,又日新"一样,体现出中华民族天人合一、日新不已的进取精神。

其三为研究范式的转换。

范式转换的要义在于突破学科界限,将叙事学与其他学科的理论相糅合,针对不同问题设计出不同途径的解决方案。前面我们提到学科之分本系人为,这里要强调的是学科方法也属"一体无分",很难说哪种理论工具能为某门学科所专美。中国叙事学涉及的问题有许多不属于传统意义的文学,因此只有开展"知识考古"般的四处寻访与刨根问底,从人类学、宗教学、神话学、语言学、符号学、民俗学和社会学等相关领域广泛征求工具与材料,才有可能探明和捋清中国叙事的谱系,为中国叙事传统的发生与形成提供更为合理的解释。前面的讨论已经让我们认识到,叙事学研究不应只是西方学者擅长的文本细读,还应通过"长时段"、大范围的调查获得更为宽广的历史视野,两方面的操作完全可以并行不悖相得益彰。巴特在《S/Z》中有言:

> 文本是一个能指的星系,而不是一个所指的结构;它没有起始,是可

---

① 爱德华·泰勒:《原始文化:神话、哲学、宗教、语言、艺术和习俗发展之研究》,连树声译,桂林:广西师范大学出版社,2005年,第273页。

② 杨义:《中国古典小说史论》,北京:中国社会科学出版社,1995年,第518页。

逆的;我们通过好几个入口进到其中,但任何一个入口都不能被确认为是主要入口;它调动的代码"无止境"地显现,不可确定(除了偶然情况,其中的意义从不接受一个判定原则);各种意义系统可以控制这个绝对多元的文本,但它们的数目没有穷尽,因为量度单位是语言的无限。①

本书之所以特别强调研究范式的不拘一格,就是因为看到了意义系统的变动不居——"能指的星系"在叙事的天幕上变幻闪烁,没有哪种途径是进入其中的"主要入口",更不存在什么唯一的入口,似此最好的办法是熟悉各个入口以便适时进入。此外,就像人类学认为孤立地研究一个民族的神话没有意义一样,要懂得中国叙事唯有将它与其他民族的叙事放在一起"对读",这种相互映发或能产生克利福德·格尔茨所说的"深描"(thick description)效应:事物之间的差异有时就像正常的眨眼和有意识的递眼色,唯有多维度多层次的"扫描"方能揭示其庐山真面目。②

以第六章对四大古典小说的研究为例,虽然既有的研究多以"分而论之"的方式进行,但人们说到四大小说时往往将其"打包"为一个整体,这里面一定有非常深刻的内在缘由。从"契约"分析法这一"入口"进入之后,本人感觉四大小说就像是一个故事,因为这些故事中的"英雄"都分别与正统和非正统方面签订了"契约",其主要行为均可用"立约""履约""违约""受赏""受罚"等功能来描述,而这些归根结底是因为他们全都具有正统与非正统的双重身份——贾宝玉既是荣国公之孙又是来讨孽债的神瑛侍者,孙悟空既是齐天大圣又是异类猴精,宋江既是"星主"又是造反头领,刘备既是"皇叔"又是桃园三结义的兄长。如此一来他们就都陷入了"鱼与熊掌不可兼得"的两难处境:与正统方面签订的大契约用社会责任感压迫他们,与非正统方面签订的小契约用人性的自然萌动催促着他们,然而他们都强自挣扎为履行大契约尽了努力,并因此而付出沉重的心灵代价。这种表层叙述结构的相似,缘于四大小说拥有一个共同的深层叙述结构,而这一深层叙述结构又可印证我们古人的深层心理结构。

由于这一"入口"的选择获得了一些鼓励,本人曾想过把它复制到对中国

---

① 罗兰·巴尔特:《S/Z》(节译),车槿山译,《法国研究》1990年第2期,第34页。
② 克利福德·格尔茨:《文化的解释》,韩莉译,南京:译林出版社,2008年,第6—7页。

四大民间传说的研究上来,因为四大传说似乎也有共同的深层叙述结构,但是仔细斟酌之后这一冲动被按捺了下去,因为民间传说本身就是一目了然"透明见底"的,再作一番深层叙述结构的追踪已无必要。多年之后本人终于悟出,把握四大传说的关键在于洞察其"间性"或曰"互文性"——"互文"这个来自古汉语的修辞概念,对于中国人来说不难接受,因为我们从小就习惯了"东市买骏马,西市买鞍鞯,南市买辔头,北市买长鞭"之类"互文见义"的表述,把握"互文"的关键在于将分开来的表述当成一个整体,同理,唯有将四大传说看作是一个相互依存的有机序列,让它们彼此呼应、补充和激荡,其隐含的意义才能真正被召唤出来。第七章从"互文"这一入口进入观察,发现四大传说中行动的主动方均为追求变化的女性,她们或希望获得与男性平等的身份,或努力进入与对方同样的状态,此类"趋同"的愿望不啻是事件演进的驱动器。四大传说的相互契合和渗透,还表现为情节动力均来自女主人公、伦理取位均与正统观念相悖、传说结尾均有一抹亮色、人物身份对应士农工商以及故事时间覆盖春夏秋冬等。① 如果没有汉语修辞学提供的"互文"这一入口,以上所见都不可能获得。由此本人还进一步认识到,如果总是用同一个"套路"去应对中国叙事学中的各个不同问题,挥舞不休的总是那么几件自己觉得得心应手的工具,那么这种研究很有可能陷入机械重复的泥淖。

其四为既有观念的"裂变"。

将青铜、陶瓷等"含事"器物纳入视野已具观念变革性质,但这些还只是研究对象的"扩容",最需要发生"裂变"的是既有的一些叙事观念。例如,由于叙事的本质是"叙述事件",人们更为关注的是卷入叙事的行动,静态描写因此被许多人排除在叙事研究之外。然而古代叙事的一大妙处在于"静"往往是"动"的前奏,忽视"动""静"之间的潜在联系,必将导致我们与这种极具中国特色的叙事策略失之交臂。第九章认为,《水浒传》第十八回用"坐定时浑如虎相,行走时有若狼形"形容宋江的外貌,意在透露其胸中为县衙文员身份遮蔽的"虎"气与"狼"性,那些留意到这一暗示的读者,更容易理解宋江后来为什么会挥刀"怒杀阎婆惜"。《红楼梦》第七十四回王夫人用"水蛇腰"形容晴雯体形,其间又对王熙凤说此人"眉眼又有些像你林妹妹",这些细节委婉地提示宝玉的母

---

① 傅修延:《互文的魅力——四大民间传说新解》,《江西社会科学》2014年第4期。

亲对林黛玉印象不佳,曹雪芹在这里为"木石前盟"的破碎埋下了伏笔。《三国演义》第一回写刘备生得"两耳垂肩,双手过膝",季羡林说这种佛相与《三国志》等史书中的帝王形象一脉相承,①因此长臂大耳的叙事语义为来历不凡与天命所归,更具体地说就是预示这种长相的人未来将有一番载入史册的作为。西方叙事学家中如今也有人开始注意静态描写中蕴藏的行动能量,斯滕伯格把"描述词"称为"定时炸弹",②此说未免有点夸张,但在揭示静态描述的叙事功能方面却是一针见血。

比"重'动'轻'静'"更需要引起反思的,是迄今为止尚未引起足够警觉的"重'视'轻'听'"观念。如果说前已论及的"失聪"是中西文论领域普遍存在的现象,那么最不能容忍这种现象的应该是中国学者。马歇尔·麦克卢汉说中国人为"听觉人",中国文化是倚重听觉的精致文化,③他对中国文化究竟了解多少固然值得怀疑,但相对于西方而言,传统上我们确实更重视从听觉这一"入口"进入经典。曾国藩如此告诫家人:"《四书》《诗》《易经》《左传》诸经,《昭明文选》,李杜韩苏之诗,韩欧曾王之文,非高声朗诵则不能得其雄伟之概,非密咏恬吟则不能探其深远之韵。"④第十章因此提出中国叙事学的一项要务为"重听"经典——当前这个"读图时代"把视觉拔高到"视即知"的云端,似乎其他感觉都可以忽略不计,"重听"作为对这种倾向的一种"反拨",有利于纠正视听失衡导致的"偏食"习惯。《红楼梦》第七十五回贾珍与众人喝酒至三更时分,忽然听见隔壁祠堂内"有人长叹之声,大家明明听见,都毛发悚然",这声音究竟是何人所发,作者没有明确交代。联系该回回目中的"开夜宴异兆发悲音"来推断,这一"悲音"应是贾府衰亡曲的前奏,也就是说"白玉为堂金作马"

---

① 季羡林:《佛教与中印文化交流》,南昌:江西人民出版社,1990年,第156页。

② "一个被描述为相貌好看的女人迟早会成为爱或欲望的对象。或者,如果把一个人介绍为具有特别的天赋,无论他是猎手还是智者,我们都会满怀信心地期待其才能得到展示。所以,描述词始终是一颗定时炸弹,一定会在叙述者(以及上帝)方便的时候爆发成行动。"梅尔·斯滕伯格(通译迈尔·斯滕伯格):《静态的动态化:论叙事行动的描述词》,尚必武译,"第四届叙事学国际会议暨第六届全国叙事学研讨会"(2013·广州)大会交流论文。

③ "中国文化精致,感知敏锐的程度,西方文化始终无法比拟,但中国毕竟是部落社会,是听觉人。"麦克鲁汉(通译麦克卢汉):《古腾堡星系:活版印刷人的造成》,赖盈满译,台北:猫头鹰书房,2008年,第52页。

④ 见《咸丰八年七月二十一日谕纪泽》。

的富贵之家从此将一蹶不振,祠堂内的列祖列宗为此对不肖子孙发出了痛心的长叹。现代人阅读之弊在于只凭眼睛狼吞虎咽,叙事中许多精微之处都被买椟还珠,而从听觉渠道重新接触经典,相当于用细嚼慢咽方式消费美食。卡迪-基恩在"重听"伍尔芙小说之后说:"通过声学的而非语义学的阅读,感知的而非概念的阅读,我们发现了理解叙事意义的新方式",①这一概括也适用于对中国叙事传统的研究。

其五为"地方性知识"的介入。

格尔茨认为"普遍性知识"之外还有"地方性知识"存在,两者并无高低优劣之别。② 本人觉得需要强调与补充的是:如果真有所谓"普遍性知识"的话,那么它也是由形形色色的"地方性知识"汇聚而成——无论是西方还是东方的叙事学,统统属于"地方性知识"的范畴,单凭哪一方的经验材料都不可能搭建起"置之四海而皆准"的叙事学大厦,经典叙事学在总结"叙事语法"上的失败亦可归因于此。由于前面提到的原因,中国目前的叙事学研究尚未进展到可与西方相颉颃的地步,理论语言的捉襟见肘常使我们感到"底气"不足,为此需要尽快建立能接上自己"地气"的话语体系。后殖民理论的代表人物爱德华·赛义德提到过"理论的旅行",旅行中的理论和旅客一样都有可能因不服水土而出现种种不适症状,③所以我们这边有人主张停止对西方话语的过度搬运,下大气力实现中国叙事学的"本土化"。④ 事实的确是这样,一味依靠植根于西方的学术理路与表达方式,很难描摹出中国叙事的独特面貌,也无法说明这种面貌的其来所自。而如果让"地方性知识"介入进来,我们不但会发现一方

---

① 梅尔巴·卡迪-基恩:《现代主义音景与智性的聆听:听觉感知的叙事研究》,陈永国译,载詹姆斯·费伦、彼得·J.拉比诺维茨主编:《当代叙事理论指南》,北京:北京大学出版社,2007年,第458页。

② 克利福德·吉尔兹:《地方性知识:阐释人类学论文集》,王海龙等译,北京:中央编译出版社,2000年。按吉尔兹即格尔茨。

③ 爱德华·赛义德曾如此概括"理论的旅行":"首先,有一个起点,或类似起点的一个发轫的环境,使观念得以生发或进入话语。第二,有一段得以穿行的距离,一个穿越各种文本压力的通道,使观念从前面的时空点移向后面的时空点,重新凸显出来。第三,有一些条件,不妨称之为接纳条件或作为接纳所不可避免之一部分的抵制条件。正是这些条件才使被移植的理论或观念无论显得多么异样,也能得到引进或容忍。第四,完全(或部分)地被容纳(或吸收)的观念因其在新时空中的新位置和新用法而受到一定程度的改造。"爱德华·赛义德:《赛义德自选集》,谢少波等译,北京:中国社会科学出版社,1999年,第138页。

④ 陈保菊、王瑛:《追索与反思:本土化视野下的叙事学研究——以傅修延叙事学研究为中心》,《江西社会科学》2013年第12期。

水土滋养一方叙事,还能洞察到这一方叙事的许多奥秘,这些都是戴着别人"眼镜"所看不到的。

　　基于这样的认识,第十二、十三章对本人家乡的两则乡土传说做了一些考察。亚欧非三大洲广泛分布的羽衣仙女传说起源于古代豫章地区,本人发现其故事形塑与传播流变主要取决于"水""鸟""船"等地方因素。"水":江西从总体上看是一块巨大的稻作湿地,这种亲水环境加上炎热天气,为女性露天洗浴的民间风气提供了条件,所以故事中会出现"解衣""窥浴"和"窃衣"等撩人想象的事件;"鸟":故事中仙女化身为白鹤,而现实中全球98%的白鹤在亚洲最大的湿地鄱阳湖越冬,这一事实再有力不过地证明候鸟王国江西乃是孕育人鸟恋故事的温床;"船":千里赣江在古代中国是一条南北走向的"黄金水道",百无聊赖的船客最多的消遣便是讲故事——"晴空一鹤排云上,便引诗情到碧霄",白鹤传说应该就是这样从江西走向世界各地。许逊传说与赣鄱之水的关系更为密切,水患频仍使得该传说在鄱阳湖流域长期为人讲述,代表洪水的孽龙最后被许逊降服,反映了赣人战胜自然灾害的强烈愿望。许逊的"铁树镇蛟"实际上是启迪人们植树造林,其谶语"天下大乱,此地无忧"意为广种树木之后,江西将具有旱涝保收的地区竞争优势。然而该传说中还藏有一个至关紧要的信息,这就是对自然伟力不能以硬碰硬——许逊对孽龙既有斗争也有妥协,对其子孙也不是赶尽杀绝,但这一重要信息在历史上几乎没有得到过认真对待。江西的"与湖争田"始于唐宋,近代以来滨湖地区的围垦变本加厉,直至1998年特大洪水发作,人们才认识到"虎口夺粮"得不偿失,于是有了"退田还湖""移民建镇"等顺应自然的行为。要是许逊传说能及早得到正确解读,这段历史弯路或许可以避免。从包括乡土传说在内的传统叙事中寻求启迪,仍然是现代人要做的一项功课。研究中国叙事学不能脱离中国的现实,这就是我们用"地方性知识"来为"中国叙事学的创新之途"画句号的原因。

　　以下按"初始篇""器物篇""经典篇""视听篇""乡土篇"这样的顺序展开讨论。

初始篇

第一章

元叙事与太阳神话

【提要】 元叙事可定义为关于太阳运行的最初叙事,在其基础上产生了太阳神话。本章通过研究元叙事与太阳神话的关系及分析太阳神话中元叙事的印痕,探讨叙事的初始形态与形成原因,以期增进对叙事起源和演进规律的理解。元叙事对人类认知发育影响深远:太阳在先民视觉上的从东到西以及在夜间想象中的从西到东,为叙事提供了深层结构与基本冲突。这种周而复始运动所导致的循环论,启发了叙事思维中的"以圆为贵",以循环论为内核的易学经典对后世叙事亦有孳乳之功。讨论循环论不能不涉及对太阳神话有深入研究的西方学者弗莱,但他有时失之偏激,以其为镜有助于我们合理界定元叙事在叙事发展史上的作用。古人为什么不厌其烦地讲述太阳的故事,最根本的原因是这种讲述让他们坚信宇宙间有稳定的规则和秩序,有利于他们增强对世界的把握。在一个太阳每天升起、光明不断战胜黑暗的世界上,人类没有理由对自己的命运失去信心。构建中的中国叙事学应有独属于自己的思路和体系,元叙事无疑应在其中占据重要位置。中华民族的共祖炎帝与黄帝实际上都是光明之神,炎黄子孙理当特别重视对元叙事的发掘与研究。

元者万物之始,元叙事为鸿蒙初辟之时与太阳运行有关的叙事。讨论元叙事,旨在探讨叙事的初始形态及其对后起叙事的影响,这在中国叙事学研究中具有特别的意义。

元叙事似乎是不可考的。"遂古之初,谁传道之?上下未形,何由考之?"屈原的《天问》道出了我们的困惑:泰初之时,人类的思维尚在混沌状态,叙事活动旋生即灭而又千头万绪,后人凭借什么材料去认定元叙事?然而《天问》也给了我们一个启发,这就是像古人一样去仰望天空。天空中的太阳为世间的万物之源与万事之始,地球上一切生命活动都仰仗于万古如斯的阳光照耀,叙事活动既为人类行为之一,它的初始形态、深层结构与基本冲突就必然与这颗星球的辉映有密切关系。叙事学的主要研究对象是事件,在我们这个"万物生长靠太阳"的世界上,没有比太阳运行更为重要的事件了。

让我们先从太阳的东升西落开始。

一、一个半圆——"出自汤谷,次于蒙汜"

《天问》用提问的方式,描绘了日行于天的弧形轨迹:"出自汤谷,次于蒙汜。自明及晦,所行几里?"这当然不是关于日出与日落的最早记述,但可以代表初民对太阳运行的总体印象:它出自东边地平线上的某个地方,在空中划过一个半圆之后,又落到西边地平线上的某个地方。在保留了较多神话思维的《山海经》中,可以看到两组更具信息量的记录。一组是《大荒东经》中对日出的观察,其中提到东方有六座山是"日月所出";另一组是《大荒西经》中对日落的观察,其中提到西方有七座山是"日月所入"。这两组记录应当是汇集了许多从不同角度做出的观察,观察者的众多说明了对太阳运行的重视,因此太阳会从"大荒之东"的多座山头上升起,也会在"大荒之西"的多座山头下隐没。古人的观察对象也包括了月亮,虽然这些记录中总是日月并称,但从整个《山海经》的内容看,月亮还未重要到可与太阳相提并论的地步。

日出与日落只是太阳运行轨迹的两端,太阳在天空中的位置标志着一个个具体的时间单位。古人对此也有观察,证据就是那些"取象于日"的汉字,它们连接起来可以构成一道划过天宇的弧线。《说文解字》中有一系列"从日"或与"日"有关系的字,如"早""旦""朝""明""吻""昧""旰""暑""昃""晚""暮""昏""晓""昕"等,有语言学家提出,不妨把这些汉字看作《说文解字》建构的"时间语义场":"设若我们这里将其'字本义'看作'词本义',就会发现该'语义场'里所有的词共有两个特征:一是依次表示了从早到晚、复从暮到旦的各个时间单位,或者说划分了一个昼夜的周期。二是每个时间词都与'日'发生联系,换言之,对于一天的具体时段的确定,古人是通过对太阳在天空中运行的不同位置来观察实现的。"①汉字中的原始信息沉淀极深,但与太阳相关的造字思维在简体汉字的结体中仍有显露,如"旦"为太阳出现于地平线之上,"暮"为太阳入于草木之内,"朝"为太阳夹在草木当中(旁边还有一弯尚未隐退的月亮),而"昏"则为太阳刚至地平线之下。

对日升日落的观察如此详细,说明了太阳在古代生活中的重要地位。现代人已经懂得:光合作用为地球上的生命活动提供了物质来源和能量来源,如果没有阳光,绿色植物不可能把二氧化碳和水转化成储存能量的有机物,也不可能释放出维持生命的氧气。原始人对这些当然是懵无所知的,但他们能够直观地看到阳光下各类生物的茁壮成长,这或许就是太阳神话遍布全球的原因。根据人类学家的调查,太阳照耀下的地方大部分都产生过日神崇拜,不过由于纬度的不同,人们对太阳的感情并不完全一样。在我国新疆地区,"维吾尔音乐作品中,几乎看不到赞颂太阳的词句,反映这里是日光资源过于充分的地方。"②而在"中非那些太阳暴晒地区",当地人会"用可耻的污言秽语来咒骂"太阳。③ 即便是在纬度较高的地方,到了"赤日炎炎似火烧,野田禾稻半枯焦"的盛夏,田野里的农夫也会对头顶上的酷日产生反感之情。但是从总的方面来说,我们的祖先对太阳是有感情的,因为他们生活的华北平原较为寒冷,所栽种的耐旱谷物多为喜温作物,因此更需要阳光照耀。④

太阳不仅为人类生存提供物质保障,它还是照亮蒙昧人精神世界的智慧之光。人类学家和心理学家都认为,人的时间意识形成于空间意识之后,因此空间尺度往往被借来标志时间,"取象于日"的那些汉字就是将太阳在空中的位置作为时间符号。当初民开始认真地观察太阳运行,他们实际上是迈出了认识时空世界的第一步。"在甲骨文中记载着一种奇特的祭祀仪式,即牛、豕或犬豢祭'东母'与'西母'。迄今尚未发现有'南母'或'北母'的称呼,这似乎

---

① 臧克和:《说文解字的文化说解》,武汉:湖北人民出版社,1995年,第184—185页。
② 胡兆量等:《中国文化地理概述》,北京:北京大学出版社,2001年,第234页。
③ 爱德华·泰勒:《原始文化:神话、哲学、宗教、语言、艺术和习俗发展之研究》,连树声译,桂林:广西师范大学出版社,2005年,第630页。
④ 陈文华:《中国古代农业文明史》,南昌:江西科学技术出版社,2005年,第8—9页。

暗示了这样一种可能的情况：与尚未达到三以上的数字概念的认知水平相应，原始初民最早的空间方位观念是由两个方位——东方和西方——构成的"，①为什么人类的认识空间始于东西二方？最合理的回答是太阳的东升西落在所有运动中最为显眼，初民的目光为其吸引，并由此获得了判断空间方位的两个最初坐标。辨别了东西二方之后，南北方向与原始历法也就随之产生。"由于测定东西二方是明辨四方进而制定历法的基础，因此，即使在四方观念稳固确立以后，人们仍然会持续地关注二方。从殷墟卜辞的情况看，告祭方神之时，殷人对东西方向依旧表现出特殊的重视。"②这也就是说，东西二方在人类的认知发育史上具有特殊地位，初民由此开始辨识自己所处的时空环境，从而告别漫长的蒙昧阶段。

对于源自太阳的认知启蒙（"启蒙"的英文 enlighten 亦有"照亮"之义），我们的古人早有自己的描述，这便是《易·系辞传》中为人熟知的"易有太极，是生两仪。两仪生四象，四象生八卦"。人们一般倾向于从易理角度对这句话做出解读，实际上它还有更为具体的原始内涵。叶舒宪在考证"黄帝""黄帝四面"等的来历之后认为：

> 远古太阳神在周人神话中演变为黄帝，在周人的哲理著作《周易》中抽象化为"太极"，在晚周文献中又别称为"道"或"太一"。因此可以说，黄帝是太阳创世主的历史化和人化，太极则是同一位上帝的哲学化与非人格化。于是，我们便在有关黄帝的神话传说同有关太极的玄理之间看到一种深层结构上的暗合对应关系。……我们终于可以重构出因理性化的曲解而失去本义、淹没无闻了几千年的上古创世神话的原型结构：创世主太阳神从黑暗中出生（升），创造成光明与黑暗二分的世界，它的循环运行钦定出东西南北和春夏秋冬，确立了人类赖以生存的宇宙时空秩序。③

这种"光明与黑暗二分的世界"，就是叙事的初始环境与生成背景（图1）：

---

① 叶舒宪：《中国神话哲学》，北京：中国社会科学出版社，1992年，第205页。
② 王小盾：《中国早期思想与符号研究——关于四神的起源及其体系形成》（上），上海：上海人民出版社，2008年，第130页。
③ 叶舒宪：《中国神话哲学》，北京：中国社会科学出版社，1992年，第219—226页。

图 1 "光明与黑暗二分的世界"

太极(抽象化了的"太阳")所生的阴阳两仪作为宇宙间一切范畴之母,在方位上表现为"东/西",在亮度上表现为"明/暗",在温度上表现为"暖/冷",在高度上表现为"上/下",在性别上表现为"雄/雌",在时间上表现为"昼/夜",在色彩上表现为"白/黑",同时又衍化出生命状态的一批二元对立,如"醒/睡""活/僵""荣/枯""起/卧""动/静""生/死",等等。由于这一切紧密地对应于太阳的东西运行,伴随着太阳的移动而向各自的对立面转化,东西二方又可称为这些二元对立的"元极",因此与太阳运行有关的最初叙事自然就是"元叙事"。

从上可见,我们今天用来指代世界上一切具体与抽象事物的"东西"一词,追根溯源还与太阳的升起与落下有关。钱穆如此解释:"俗又称万物曰'东西',此承战国诸子阴阳五行家言来。但何以不言南北,而必言东西?因南北仅方位之异,而东西则日出日没,有生命意义寓乎其间。凡物皆有存亡成毁,故言东西,其意更切。"[①]

谙悉叙事理论的读者至此已可看出,经典叙事学所说的深层结构,实际上就是由诸如此类的二元对立构成。列维-斯特劳斯在神话研究中使用了深层结构一词,[②]经典叙事学在此基础上吸收乔姆斯基的语言学理论,认为表层叙述结构是由深层叙述结构转换生成,即故事世界的种种矛盾冲突,均来自潜藏

---

① 钱穆:《中国思想通俗讲话》,北京:三联书店,2002年,第115页。无独有偶,拉丁文里的"西方"(Occido)亦有"坠落在地"之义。
② 克劳德·列维-斯特劳斯:《结构人类学——巫术·宗教·艺术·神话》,陆晓禾等译,北京:文化艺术出版社,1989年,第145—199页。

在深层的二元对立及其相互激荡。深层结构似可如此界定:它本身不是叙事,却是叙事的信息基础;它是共时平面静态的,却是故事动力的源泉;它本来无喜无悲,却是故事悲喜剧色彩的配方;它简单得无以复加,却能衍生出丰富的思想内容。它像是火山深处的地层结构,能够解释火山为什么喷发,然而又不直接参与地底下岩浆的运动。①

源于太阳运行的深层结构还可从语音层面得到证明。人类学家认为,世界各民族使用的语词虽然多到无法统计,但都是由数量有限的语根演化而成。林惠祥提出,汉语 m 语根有"不明"之义,"故如暮、昧、盲、迷、梦、雾等语词都从这个语根演成"。② 如果此说成立,那么"暮"的对立面"旦"也应有自己的语根,其核心内涵便是"不明"的对立面,因为"旦"、"诞"、"蛋"等同音字与源自 m 语根的"暮"、"殁"、"墓"恰好构成倒影关系,形成"旦/暮"、"诞/殁"、"蛋(内含生命)/墓(内含死亡)"等一系列耐人寻味的二元意象对立。与语根理论有联系的一个概念是同源语族,以东西二方为"源"的两个语族中究竟包括哪些语词,目前尚无定论。但大致可以确定的是,与"东"音较近的语词(如"动""大""多"等)构成了一个意指方向为"生发"的系列,而与"西"音较近的语词(如"栖""细""稀"等)等构成了一个意指方向为"消歇"的系列。这种"东动西栖"、"东大西小"的意指方向,归根结底是由太阳的东升西落决定的。

静态的二元对立要转换生成为传递故事信息的表层叙述,必须通过一个具有运动能量、能够"生产"事件的主体,这个主体首先就是每天轰轰烈烈划过长空的太阳。根据人类学家提供的资料,我们可以更清晰地看到产生太阳神话的心理背景。爱德华·泰勒在其著作中有如下举述:

> 谈到太阳神话和太阳崇拜的时候,我们看到,从太古时代起,关于具有光明和温暖、生命、幸福和光荣的思想之东方观念的联想,就深深地植根于宗教信仰之中;而关于黑暗和寒冷、死亡和毁灭的概念总是跟关于西方的观念结合在一起。③

---

① 傅修延:《文本学——文本主义文论系统研究》,北京:北京大学出版社,2004 年,第 85 页。
② 林惠祥:《文化人类学》,北京:商务印书馆,1991 年,第 356 页。
③ 爱德华·泰勒:《原始文化:神话、哲学、宗教、语言、艺术和习俗发展之研究》,连树声译,桂林:广西师范大学出版社,2005 年,第 734 页。

对于那些能够像看诗有灵性的、有理智的人那样来看待天、地和海洋的人来说,太阳具有最明显的神人的个性,因为它给予世界以光明和生命,它升起并横过天空,在夜晚又降入地下世界,后又从那里升起。在一个萨莫耶德女人每日祷告的故事中,有原始人的纯朴记录。当太阳出来时,她向它俯首行礼,说:"当你,上帝啊,起身时,我也起床。"到傍晚,她说:"当你,上帝啊,躺下时,我也就休息。"太阳之神出现在最遥远的历史时期,例如在绛红色埃及箱子的画上,就可以看到乘船沿着宇宙的上下部分旅行的拉(Ra)——太阳神。每天早晨都可以看到,婆罗门教徒,这些现代的老年人,一只脚站着,两手伸向前方,面对着东方:他们这是在对太阳礼拜。他们每天重复地向太阳祈祷:"我们思考着非凡的太阳神的希望之光;太阳神将唤醒我们的思想!"①

旭日东升是清晨最先映入人类眼帘的宏伟景观,在阳光照耀下醒来的原始人,会很自然地把自己的由睡到醒(包括身体的"由卧到起"、状态的"由静到动"和思维的"由僵到活")归功于东方的光辉,并对太阳的升起发出由衷的赞美。当初民在朦胧的意识中把东西二方与"明/暗"、"暖/冷"、"生/死"等概念联系起来,当他们用"你"来称呼太阳并像太阳那样作息,他们也就有了讲述太阳故事的内在冲动,这种冲动的能量积蓄到一定程度,关于天空中发光体的故事就会自然而然地在人群中产生。世界各民族的宗教中,主宰天庭之神多有隐含"照耀"之义的名字,符号学家翁贝托·艾柯说:"许多文化都把上帝等同于光:闪族的神'巴尔'(Baal)、埃及的神'拉'(Ra),以及波斯神'阿忽拉·马兹达'(Ahura Mazda),都是太阳或光的人格化。"②埃及太阳神 Ra 的名字对印欧语系的"光"(ray)、"看"(look)都有影响,由印度来到中国的观世音菩萨(或译"光世音")亦带有此类语根(Avalokitesvara)。《说文解字》释"申"为"神","申"字在甲骨文中状如闪电,说明古人造字时将天空中的明光闪耀与神明相联系,当时一定有许多关于光明之神的传说在人群中广为流布。

对于太阳神话的叙述动机,荣格和泰勒分别从不同角度做出过阐释。荣

---

① 爱德华·泰勒:《人类学:人及其文化研究》,连树声译,桂林:广西师范大学出版社,2004 年,第 337 页。
② 翁贝托·艾柯:《美的历史》,彭淮栋译,北京:中央编译出版社,2007 年,第 102 页。

格认为,原始人并不在意寻求对日出日落的客观解释,"他的无意识心理有一股不可抑制的渴望,要把所有外在感觉经验同化为内在的心理事件。对原始人来讲,只见到日出和日落是不够的,这种外界的观察必须同时也是一种心理活动,就是说太阳运行的过程应当代表一位神或英雄的命运。"①泰勒则说原始人和今人一样希望解释整个世界,"他们的解释变成带有人名和地名的故事形式,于是也就变成了完整的神话"②。至于为什么他们的解释采用了拟人化的叙事形式,那是因为"对于原始哲学来说,它周围世界的现象,最好是由它里面所假设的,跟人的生活相似的自然生活和跟人类灵魂相似的自然神灵来解释,这样一来,太阳对原始哲学来说,就好像成了作为君主的个人,早晨它威风凛凛地在天空升起,夜晚就疲劳而忧伤地降落到地下世界"③。按照泰勒的观点,存在于初民想象之中的万物有灵世界,是生成神话故事的温床。众所周知,万物有灵观将包括太阳在内的自然物统统予以人格化,日月星辰的运动当然会被叙述成"跟人的生活相似的"事件。从行动主体角度说,自然物一旦变成与人同形同性的神,神话故事的主体也就应运而生。不过,这并不意味着万物有灵观的后世信奉者也能讲述出神话来,因为后来人已经丧失了原始人那种儿童般的好奇心与天真无邪的想象力。

  对于原始人的好奇心与想象力,维柯给予过高度评价,认为其中蕴涵着巨大的艺术创造力。维柯还说原始人具有一种"诗性的智慧"与"惊人的崇高气魄",应该给他们戴上"诗人"的桂冠。④ 神话叙事被维柯视为伟大的艺术创造,因此他在神话与诗之间画上了一个等号。至于为什么原始人会在维柯眼中成为儿童,最根本的原因是"他们还按照自己的观念,使自己感到惊奇的事物各有一种实体存在,正像儿童们把无生命的东西拿在手里跟它们游戏交谈,仿佛它们就是些活人"。维柯还说"伟大的诗都有三重劳动",位于"三重劳动"之首的是"发明适合群众知解力的崇高的故事情节",因为神话首先需要"发

---

① 荣格:《集体无意识的原型》,载荣格:《心理学与文学》,冯川等译,北京:三联书店,1987年,第54页。
② 爱德华·泰勒:《人类学:人及其文化研究》,连树声译,桂林:广西师范大学出版社,2004年,第364页。
③ 同上书,第368页。
④ 维柯:《新科学》,朱光潜译,北京:人民文学出版社,1986年,第161—162页。

明"出能够引起普遍崇敬的易懂故事。① 适合群众知解力的,无疑非太阳运行莫属。维柯所说的"发明"不是我们通常理解的无中生有,而是指在惊愕与崇敬中凭想象进行创造,创造出来的东西又被创造者完全信以为真,这一认识在英国诗人约翰·济慈那里被发挥成一个影响广泛的美学命题——"美即是真"。②

维柯的论述使我们能够理解,为什么古人对于太阳会有那么多奇思妙想,为什么有的想象会奇妙到匪夷所思的地步。试读以下从《山海经》中摘出的几则有关太阳的叙事(标题为本人所加):

　　1. 育日:羲和者,帝俊之妻,生十日。(《大荒南经》)

　　2. 浴日:东南海之外,甘水之间,有羲和之国。有女子名曰羲和,方浴日于甘渊。(《大荒南经》)

　　3. 行日:颛顼生老童,老童生重及黎,帝令重献上天,令黎邛下地。下地是生噎,处于西极,以行日月星辰之行次。(《大荒西经》)

　　4. 司日:有人名曰石夷,来风曰韦,处西北隅以司日月之长短。(《大荒西经》)

　　5. 逐日:夸父与日逐走,入日。渴欲得饮,饮于河渭,河渭不足,北饮大泽。未至,道渴而死。弃其杖,化为邓林。(《海外北经》)

　　6. 运日:有谷曰温源谷。汤谷上有扶木,一日方至,一日方出,皆载于乌。(《大荒东经》)

根据文化人类学的观点,孤立地研究一个民族的神话没有意义,只有把它放到世界范围中去比较观照,才能读懂其中蕴含的意义,获得更为完整准确的理解。据此,不妨再来看J.G.弗雷泽在《金枝》中所记录的太阳巫术与祭献仪式(标题为本人所加):

　　1. 射日:秘鲁的森西人也在日食之时向太阳射去燃烧着的箭,但他们这样做,显然主要不是去点燃太阳的灯,而是为了去赶走那只他们想象中的与太阳搏斗的野兽。

---

① 维柯:《新科学》,朱光潜译,北京:人民文学出版社,1986年,第162页。
② 约翰·济慈:《济慈书信集》,傅修延译,北京:东方出版社,2002年,第51页。

第一章　元叙事与太阳神话

2. 拄日：在秋分之后，古埃及人举行一个名叫"给予太阳拐杖"的节日，因为，当这颗行星在天空的轨迹日益下垂和热度日益减退时，它就被认为需要一根拐杖拄着行进。

3. 壮日：由于心脏是生命的基础和象征，于是人和动物的血淋淋的心脏便奉献给太阳以保持其活力，使它得以维持横越天空的行进。这样看来，这些墨西哥人向太阳奉献的祭品主要是为了从体力上去复苏它的精力、热量、光明和运动，而不是为了去取悦和宽慰他。

4. 继日：关于人曾经用绳套捉住太阳的故事广为流传。当太阳在秋天向南移去并在北极的天空愈来愈往下沉之时，伊格卢利克的爱斯基摩人就玩那种"翻花篮"的游戏，以便用绳子做成陷阱将太阳捉住。

5. 驻日：当一位行路的澳大利亚的土人想要在到家之前停住太阳，不让它落下去，便对着太阳将一块草皮放在一棵树杈上。

6. 载日：古希腊人相信太阳是驾着一架马车横越天空的，以太阳为其主神的罗得岛人一度献给太阳以一辆车和四匹马，并将这些车马投进海里以便太阳使用。无疑，他们认为在经过一年的工作之后，太阳的车和马都破损衰弱了。[①]

以上来自中国和其他亚、非、欧、美、澳等处的材料，实际上都是不完整的记录，然而读者能够清楚地感觉到，它们后面存在着一些比较古老的太阳故事。这些故事虽在不同时空范围内流传，却显示出对太阳的三点共识：第一，太阳不是那样高高在上。它和我们一样也是人生父母养，出生时需要洗浴和爱抚，长大后和人一道追逐戏耍；弄点法术耍点手段，它就会听从我们的使唤。第二，太阳的运行不是那样稳定可靠。人类有责任对日出日落施行管理监督，保证它一年四季的有序运行；太阳有时会疲倦，有时会遭受袭击，必须及时帮助它恢复精神或摆脱困境，包括向它提供运载或助力工具。第三，太阳的光焰不可或缺。阳光照耀与人类生存发展息息相关，因此助日即为自助，救日即为自救。这些故事的可爱之处，表现在故事讲述者对日焰减弱（日食、日偏和日没等）的天真担心，以及他们真的相信自己有能力给予解救与帮助。只有处在

---

① J.G.弗雷泽：《金枝》，徐育新等译，北京：新世界出版社，2006年，第78—82页。

精神发育之初的原始人类,才有可能产生这种充满童趣而又富有感染力的想象。

有了这种理解,对于维柯的"诗人"之喻,我们会有更为辩证和深入的认识。维柯将富于想象的原始人称为"诗人",就像我们把儿童的呢喃当成悦耳的音乐,这并不意味着他们的讲述本身就是"诗"或艺术。麦克斯·缪勒如此分析:"对我们来说是诗的东西,对他们则是散文。那些在我们看来似乎是幻想的意象,往往是由于人们不能把握周围世界和不能给它命名引起的,而非由于它想使其听众吃惊或感到愉悦。"[①]缪勒对初民"命名困惑"的生动概括——"似诗而非诗",涉及叙事起源这个极为重要的问题。他说古代雅利安人听到狮吼便会想到狮子,据此逻辑,他们听到雷声后也会觉得是什么东西在发出吼叫,于是便想出了吼叫者或雷公(路陀罗)这样的名字。"路陀罗或吼叫者这类名字一旦被创造之后,人们就把雷说成挥舞霹雳、手执弓箭、罚恶扬善,驱黑暗带来光明,驱暑热带来振奋,使人去病康复。如同在第一片嫩叶张开之后,无论这棵树长得多么迅速,都不会使人惊讶不已了。"[②]从叙事角度说,自然界的某种迹象导致了人类的某种联想和命名活动,而名字引起的后续联想又使得名字的主人成为箭垛式的行动主体,被赋予与名字相关的诸多行动——如雷公之名很容易引起"挥舞霹雳、手执弓箭"等联想。行动造成事件,事件是故事的细胞,因此行动的增多意味着故事的发育,初民的口头叙事就是如此不断积累,故事之树上的新枝嫩叶就是这样生生不已。缪勒当然不是叙事学家,但他的论述对我们研究元叙事和叙事起源有很大启发。

缪勒的论述同时提醒我们,元叙事(虽然他没有使用这个概念)与一般意义上的太阳神话还不是一回事。对于"我们的史前穴居时代的祖先们"来说,天空中的发光体虽然被命名并被赋予行动,与地面上的生命行为却是异乎其趣:"可是有一点却不能过于推进。古代雅利安人不得不用表达各种活动的名称命名太阳,太阳被称作发光者、温暖者、创造者或养育者,他们把月亮称作测量者,黎明称作唤醒者,雷称作吼叫者,雨称作雨者,火称作快跑者,但不能因这些缘故就假定古代雅利安人确信这些对象就是人,而且同样地有胳膊有腿。

[①] 麦克斯·缪勒:《宗教的起源与发展》,金泽译,上海:上海人民出版社,1989年,第192页。
[②] 同上书,第146页。

当他们说'太阳在呼吸'时,他们绝非指太阳是人,或至少是个动物,并用肺和嘴在呼吸。我们的史前穴居时代的祖先们既不是偶像崇拜者,也不是诗人。他们说'太阳(或养育者)在呼吸'时,只是指太阳像我们人一样是主动的,可以起落、工作和运动的。古代雅利安人还没有在月亮中看到两只眼睛,一个鼻子和一张嘴,也没有把风描绘成胖乎乎的小淘气。"①缪勒的提醒有利于廓清元叙事的本来面目,原始人没有时间做诗,他们是因为不得已才将反映人类活动的词语用于太阳,在其浑浑噩噩的思维中,太阳及其运行还未来得及与人类活动发生关联。也就是说,元叙事是最早的关于太阳运行的叙事,与相对后起的太阳神话是源和流的关系,我们不能将二者混为一谈。

那么,元叙事是如何孳生出后来的太阳神话呢?或者借用缪勒的比喻来说,太阳是怎样长出和人类一样的胳膊和腿来的呢?就叙事的演进而言,语言表述的作用不容小觑。在抽象思维不发达的时代,人们习惯用形象的语言来表达思想,而这种表达在很多情况下又会采用叙事的方式。即便到了今天,这种习惯似乎也未有多大改变,例如现代人都知道昼夜交替是由地球自转引起,但为了方便我们仍然说太阳东升西落。缪勒将这一习惯形容为"传说有个语言的朋友":"在我们的谈话里是东方破晓,朝阳升起,而古代的诗人却只能这样想和这样说:太阳爱着黎明,拥抱着黎明。在我们看来是日落,而在古人看来却是太阳老了、衰竭或死了。在我们眼前太阳升起是一种现象,但在他们眼里这却是黑夜生了一个光辉明亮的孩子。"②就是这种"似诗而非诗"的表达方式,提供了后人眼中具有诗意的事件骨架,使他们乐意在其上添枝加叶,太阳神话的诗性羽翼应当就是这样开始生长的。

以"太阳爱着黎明,拥抱着黎明"为例,这样的表述并非缪勒信口开河,按照恩斯特·卡西尔的描述,这节古老的叙事演化成了菲玻斯追逐达佛涅的希腊神话。据奥维德《变形记》记载:日神中了丘比特之箭后,对达佛涅产生了爱恋之情,达佛涅避之犹恐不及,在被追上之前央求神明将其变形,结果日神拥入怀中的是一棵月桂树。③卡西尔说要理解这则希腊神话,必须借助语言学

---

① 麦克斯·缪勒:《宗教的起源与发展》,金泽译,上海:上海人民出版社,1989年,第134页。
② 麦克斯·缪勒:《比较神话学》,金泽译,上海:上海文艺出版社,1989年,第68页。
③ 奥维德:《变形记》,杨周翰译,北京:人民文学出版社,1984年,第14—17页。

上的修养,因为只有语言史才能使故事变得"可以理解",只有语言史才能赋予神话以某种意义:"谁是达佛涅?要想回答这个问题,我们必须求助词源学,也就是说,我们必须研究这个词的历史。'达佛涅'(Daphne)一词的词根可以追溯到梵文中的 Ahanâ 一词,这个词在梵文中的意思是'黎明时分的红色曙光',一当我们了解了这一点,整个问题也就一目了然了。菲玻斯和达佛涅的故事无非是描叙了人们每天都可以观察到的现象罢了:晨曦出现在东方的天际,太阳神继而升起,追赶他的新娘,随着炽烈的阳光的爱抚,红色的曙光渐渐逝去,最后死在或消逝在大地之母的胸怀之中。"[①]在卡西尔看来,菲玻斯追逐达佛涅的美丽故事,不过是曙日在绚烂朝霞中冉冉升起的后世演绎。

无独有偶,叶舒宪也是这样从"词的历史"入手,辨识出隐藏在中国神话中的元叙事印痕。上古传说中的射日英雄被称为"羿",叶舒宪在考证"羿"的字形和结构之后问道:"羿是弓箭的化身,他最大的特征是善射。而这,不正是太阳神的普遍象征吗?"[②]羿之死有"被寒浞所杀""被逄蒙所杀"和"被妻嫦娥窃药而丧失永生"三种版本,叶舒宪说寒浞、逄蒙和嫦娥都是阴性力量的代表,"是严格按照太阳英雄型故事的二元对立的叙述语法而转换出来的人物"。以逄蒙的名字为例,"'逄'字据《说文》是相遇的意思。扬雄《方言》也说:'逄,逆,迎也。自关而东曰逆,自关而西或曰迎,或曰逄。''蒙'是阴暗不明的意思。《释名·释天》:'蒙,日光不明,蒙蒙然也。'神话中的日落之处,或曰'蒙谷',或曰'蒙汜',似乎都是吞没光明的象征。这样看来,羿死于逄蒙之手,也就是黑暗战胜光明、取代光明的意思,是对日落这种自然现象的拟人化故事表达。"[③]概而言之,由于将"羿/逄蒙"释读为"太阳/遭遇黑暗",这个故事在叶舒宪眼中代表夕阳在西沉过程中逐渐失去光焰。

菲玻斯追逐达佛涅的神话对应日出,羿死于逄蒙等人之手的神话对应日落,那么是否还有与日上中天相对应的神话?有,其中之一就是泰勒分析过的印度瓦曼故事。瓦曼是一个种姓卑微的婆罗门,国王巴里高踞等级金字塔之巅,对侏儒瓦曼十分鄙视,为了惩治国王的侮慢,瓦曼请求巴里赏赐给他相当

[①] 恩斯特·卡西尔:《语言与神话》,于晓等译,北京:三联书店,1988年,第32页。
[②] 叶舒宪:《英雄与太阳》,西安:陕西人民出版社,2005年,第84页。
[③] 同上书,第199页。

于侏儒三步之距的土地。获得同意之后,瓦曼立刻显现出毗湿奴的巨大身形,他第一步迈过大地,第二步穿越大气,第三步升上天空,在这个过程之中他将国王巴里赶入了地狱,并在云端之上开始了自己的统治。这个"三步走"的过程被泰勒看出是对太阳升上天空的模仿:"这大概就是关于太阳的神话,它作为一个小圆球在地平线上升起,然后扩展它的威力,达到全宇宙。因为瓦曼,'侏儒'是毗湿奴的化身之一,而毗湿奴最初就是太阳。"[①]毗湿奴只是《吠陀》中太阳的诸多名号之一,不同位置、不同情况下的太阳在古代雅利安人那里有不同的称呼,如特尤斯、伐楼那、密陀罗、苏利耶、普善、沙维德利等,它们还拥有相应的修饰语,而这些修饰语又会产生出新的形象。[②] 如果说行动的增多使故事像滚雪球那样越滚越大,那么行动主体的增多则会使故事发生"分蘖"——单个故事摇身一变成为多个故事。"黎明原本指黎明时的太阳,暮色则指落日。但后来这两种表现形式分开了,于是就给故事和神话造就了一份丰厚的财富。"[③]这样的馈赠令神话故事不断增多——"太阳的名称是无穷的,关于太阳的故事也是无穷的"[④],星星之火喷溅于四面八方,最终燃成一场燎原烈焰。

  以上三则神话,加在一起对应了太阳从东升到西沉的整个过程,从中可以看出,对太阳运行的最初叙述构成了后世叙事的一个重要生长点,如果说叙事中有什么东西类似生物学中的基因,那么这个东西非元叙事莫属。卡西尔、叶舒宪和泰勒的分析告诉我们,抓住神话、传说与民间故事中的一些线索进行合理追踪,有可能发现通往叙事源头的崎岖小道。然而元叙事对后起叙事的影响又是非常微妙的,由于被压在故事岩层的最底部,上面覆盖着层层累积的芜杂信息,初民的原始叙述有许多已经在重压之下扭曲变形。可以这样大胆推测,传世的各种故事中一定还有不少保存着元叙事留下的痕迹,只不过后人囿于自己的知识结构和透视能力,无法对覆盖其上的杂物进行有效的清理罢了。

---

 ① 爱德华·泰勒:《人类学:人及其文化研究》,连树声译,桂林:广西师范大学出版社,2004年,第373页。
 ② 麦克斯·缪勒:《宗教的起源与发展》,金泽译,上海:上海文艺出版社,1989年,第203页。
 ③ 同上书,第145页。
 ④ 同上书,第144页。

二、另一个半圆——"角宿未旦,曜灵安藏"

太阳的从东到西只是元叙事的一半,它的另一半是太阳的从西到东。前者是由诞生到死亡,后者是由死亡到复活。

前引《金枝》材料中,人们对太阳的运行可谓忧心忡忡。日过中天之后,随着太阳向西方不断下坠,它的光焰与热力也在不断消退,这种情况给太阳崇拜者带来了不安,使他们对太阳能否如期升起充满了忧虑。我们能够想象他们的担心,也知道他们心中藏着一个大大的问号:太阳明明在西方坠落,怎么又会在第二天早晨重新升起在东方?拜人类学家之赐,我们还可听到他们的心声:"在墨西哥的神庙里,人们日复一日地用喇叭的声音、熏香、从祭司的耳朵上流几滴血并奉献鹌鹑作为牺牲来迎接升起的太阳。他们说:'太阳已经升起来了,我们不知道它怎样完成自己的途程,在这个时间里没有发生不幸吧。'——于是祈祷它:'噢,君主,顺利地完成自己的事业!'"①《天问》中的"角宿未旦,曜灵安藏",传达的也是同样的疑问——星斗满天的时候,太阳躲藏到什么地方去了?与此相似,李白在《日出入行》中也向太阳发出过几乎完全相同的询问:"日出东方隈,似从地底来。历天又入海,六龙所舍安在哉?……羲和羲和,汝奚汩没于荒淫之波?"②

对于不具备近代科学知识的人来说,太阳的西沉东升确实是一个难以索解之谜,初民对这个问题有过无穷无尽的思考,他们的想象与解释构成了太阳神话的下篇。毫无疑问,这些思考主要发生在红日西坠之后的夜间,诺思罗普·弗莱说:"与太阳的白昼光明、夜间黑暗的循环密切对应的,是清醒生活与梦幻生活这一富于想象力的循环。……因为人类的节奏与太阳的节奏恰好相反:当夕阳西沉后,人内心的'力比多'却似巨人般醒来,而白昼时光天化日,常常是人们欲望的黑暗。"③夜幕低垂之后当然是讲故事的最佳时间,这时候月亮代替太阳值守天际,原始人的种种欲望开始萌生,话语也变得多于行动。洞

---

① 爱德华·泰勒:《原始文化:神话、哲学、宗教、语言、艺术和习俗发展之研究》,连树声译,桂林:广西师范大学出版社,2005年,第633页。
② 《易·明夷·上六》中的"不明,晦,初登于天,后入于地",也属对太阳运行的描述。
③ 诺思罗普·弗莱:《批评的解剖》,陈慧等译,天津:百花文艺出版社,2006年,第227页。

穴中半明半暗的篝火、旷野里悄然飞过的夜禽、静谧中似有若无的夜籁,这些都会撩拨原始人的叙事思维。爱·摩·福斯特如此描述:"故事在远古时代就已经出现,可以追溯到新石器时代,以至旧石器时代。从当时尼安得塔尔人的头骨形状,便可判断他已听讲故事了。当时的听众是一群围着篝火在听得入神、连打呵欠的原始人。这些被大毛象或犀牛弄得精疲力竭的人,只有故事的悬宕才能使他们不致入睡。"[1]

黑暗中讲述的故事肯定有许多与夜太阳有关,泰勒认为,关于太阳死亡之后复活的神话,统治着原始民族的夜间梦幻,深刻地影响了各民族的宗教信仰:

> 降入冥府的场面事实上每天都一再出现在我们眼前,就像它从前在古代神话编造家们眼前出现那样。那些神话编造家们看到太阳在傍晚就降入黑暗的地府,早晨又重新回到生物之国。这些英雄传奇跟太阳神话有密切联系。由于把太阳的日常生活拿来做了最纯粹诗意的运用,把太阳自身拟为美妙的黎明、明亮的中午和沉落后的消失中的人的生活,神话的幻想就在全世界的宗教信仰中确立了:逝去的灵魂的国家处在遥远的西方或在地下世界里。日没神话怎样深刻地进入关于未来生活的学说,西方和地府就怎样按照概念的类比形成了死人之国。[2]

从叙事学的角度说,这番话可理解为"日没神话"建构了一个与真实世界相对的虚构世界,这个形态暧昧的黑暗地府属于人类最早创造出来的"可能的世界"(possible world),其中有大量内容需要用想象去填充,而夜间的讲故事活动对人类来说无疑具有训练脑力的功能(我们今天仍在延续这种训练)。和生命活动不同,死亡是人类无法习得和传播的独特体验,燃烧的晚霞给原始人提供了一个启示,使他们猜测西方地平线之下有一个已故者灵魂聚集的冥国,后世各种宗教的地狱图景就是在这样的心理基础上生成。这种关于彼岸世界的概念,在起始阶段具有丰富人类精神生活的积极意义,原始人由此认识到自己的肉身虽不能长存,但他们的灵魂还有逃逸的去处。不仅如此,既然太阳在陨

---

[1] 爱·摩·福斯特:《小说面面观》,苏炳文译,广州:花城出版社,1984年,第23页。
[2] 爱德华·泰勒:《原始文化:神话、哲学、宗教、语言、艺术和习俗发展之研究》,连树声译,桂林:广西师范大学出版社,2005年,第446页。

落之后还会重新升起,那么人类也有希望通过西方的冥界走向新生,幽明之隔并非不可穿越。换而言之,太阳每天都在向原始人现身说法:死亡既代表一个阶段的结束,同时又意味一个新阶段的开始。

那么,对于夜太阳的活动,古人脑海中究竟掠过怎样的生动画面呢?让我们先来看维柯、弗莱、泰勒、缪勒等人描述的各民族想象:

> 住在北冰洋附近的古代日耳曼人,据塔西佗说,他们听到太阳在夜里从西到东穿过海的声音,而且见到过诸天神。①
>
> 太阳神每天穿越长空的旅程,人们常常把它视为在指引着航船或战车;接着,太阳神又在黑暗的下界(有时人们把下界设想成为一头贪婪的怪兽的腹中)经历一段神秘的行程,再回到东方的起点。②
>
> 新西兰人设想,太阳到夜晚就降到他的洞穴中,在生命之水瓦依-奥拉-塔涅(Wai-Ora-Tane)中洗澡,黎明时就从地下世界回来。③
>
> 在古埃及以太阳神话为原型的关于未来生活的学说中,阿门忒特是西方的死亡之地,是阴间或地狱;死者通过落日的隘口,横穿黑暗的道路,去看望他的父亲俄西里斯。④
>
> 斯拉夫民族把太阳描绘成晚上步入浴室,早上再次升起则精神振作,整齐干净。⑤

这些想象涉及夜太阳的运行轨迹,但故事的面貌稍嫌模糊。缪勒运用他所熟悉的语词研究法,发现希腊神话中为月神爱恋的牧羊人恩底弥翁(Endymion,又译安狄米恩),其名字来源于希腊文中"专指日落的术语",而落日安息的那个山洞则是"夜"的化身:"落日曾安睡在拉特米安山洞里,即夜的山洞(Latmos 和 Leto、Latona 来自相同的词根:夜);但是在神话中,他却安睡在卡利亚的拉特默斯山。恩底弥翁的生命只有一个白天,当其生命完结之后便进

---

① 维柯:《新科学》,朱光潜译,北京:人民文学出版社,1986 年,第 162 页。
② 诺思罗普·弗莱:《批评的解剖》,陈慧等译,天津:百花文艺出版社,2006 年,第 226—227 页。
③ 爱德华·泰勒:《原始文化:神话、哲学、宗教、语言、艺术和习俗发展之研究》,连树声译,桂林:广西师范大学出版社,2005 年,第 274 页。
④ 同上书,第 461 页。
⑤ 麦克斯·缪勒:《比较神话学》,金泽译,上海:上海文艺出版社,1989 年,第 84 页。

入永久的安睡,他是一轮落日。"①缪勒从夜之山洞中拽出的这轮落日,是欧美诗人、画家和雕刻家酷爱表现的对象,月亮女神塞勒涅满怀爱意凝视沉睡的恩底弥翁的故事,在西方国家可谓脍炙人口。不管这个故事在后人看来如何优美,其原型仍是初民"似诗而非诗"的日常话语:"在古代流行于爱利斯一带的诗歌和格言中,人们说'赛勒涅热恋并注视着恩底弥翁',而不说'月亮在晚上升起';人们说'赛勒涅拥抱着进入梦乡的恩底弥翁',而不说'日落月升';人们说'赛勒涅亲吻着进入梦乡的恩底弥翁',而不说'现在是夜晚'。这些表达方式在其意义已不再为人们理解之后还保留了很久。"②旧的意义淡出记忆,为新的解释腾出了空间,后世那些酷爱讲故事的人为了解释月亮女神为何爱恋恩底弥翁,会很自然地让安息的夜太阳变形为沉睡中的牧羊美少年,而这正符合神话听众的审美期待。

对夜太阳的表述在时光之旅中逐渐失去本义,被缪勒形容为古币在流通过程中被误认成伪币:

> 这就是一个传说的成长史,最初只是一个词,一个 μvqos(故事、传说),它或许只是某些流行的许多词中的一个,并且在流传到遥远的地方之后,失去其本来的意义——成为对日常思想交流毫无用处的词——成为众人手中的伪币——不仅未被抛弃,反而作为古玩珍品的装饰品保存下来了,如今(在许多世纪之后),又被古文物研究者辨认出来了。遗憾的是,我们并不拥有这些传说的原初形态。③

假作真来真亦假,由于元叙事在传播过程中处于弱势地位,夜太阳的角色很容易被牧羊美少年这类富于魅力的神话人物所偷换,所以我们要像"古文物研究者"那样,善于通过种种迹象识别出太阳的化身与元叙事的变形。货币流通中有一种"劣币驱逐良币"的规律,即人们都愿意将纯度足的硬币留在手中,而将成色差的硬币使用出去,久而久之,市面上流通的便全都是劣币了。如果说前面讨论的"似诗而非诗"的特点,使元叙事萌芽生长为太阳神话,那么这里所说的"劣币驱逐良币"的规律,则是太阳神话中元叙事印痕逐渐淡化的原因。

---

① 麦克斯·缪勒:《比较神话学》,金泽译,上海:上海文艺出版社,1989年,第84页。
② 同上书,第85页。
③ 同上书,第86页。

缪勒找到的希腊夜太阳躺在山洞中酣睡,王小盾看到的中国夜太阳却处在激烈的运动之中。与缪勒主要使用的语词研究法不同,王小盾更多利用书写之外的考古材料,特别是通过研究出土器物的造型与图绘,来拼合还原那些星散在暗夜之中的远古记忆。他抓住《天问》中留下的神话残片——"鸱龟曳衔",将其与马王堆汉墓"鸱龟运日"图以及其他古代图绘相比对,再结合对《山海经》中"黑水"地望的探究,最后得出了这样的结论性认识:

> 既然古人曾把鸱鹗设想为夜间的太阳、把龟设想为在黑夜中运载太阳的神使,认为它们共同承担了将太阳送返东方的使命,那么,所谓"黑水",其实就是古人观念中夜间太阳或冥间太阳经行的路径。《山海经》所描写的上述轮廓已很清晰地表明:黑水是一条从西北发端,穿过广袤的大地,最后流向东南大海的河流;是一条从死亡之国和黑暗之国出发,流向生命和光明的河流。与其说它的流向同某一条物质的河流流向接近,不如说它的流向同一条观念的河流(夜间太阳的运行路线)接近。因为它的最后目的地是若木(太阳所生之树)的故乡;它跨越了从生到死、从冥间到天堂的界限;而且,它的黑色特征正是夜和冥间的特征,同时是作为夜神和太阳之神的大龟的特征。古人的这一想象是很周密的:它出于对现实中的河流状况和龟习性的观察,加上了关于太阳夜间运行方式的推理,同时兼顾了对冥间银河的安置。——秋冬两季的星夜,大部分中国人所看到的银河,正是一条自西北向东南流淌的河流。①

勾勒出了夜太阳的行踪,太阳运行的完整路线(东升西落后又回到东方)也就浮出了水面。这项工作的叙事学意义,在于通过拼合各种书写和非书写材料,复原出初民心目中发生于"世界的一半时间和一半空间"的事件。故事轮廓在这里呈现得较为清晰:西沉的太阳化身为鸱鹗(猫头鹰)之类的神鸟,依靠黑色大龟的背负或龟与神鸟的共同运载,驶过由死亡流向生命、由黑暗流向光明的"黑水"("黑水"上游为代表死亡的大幽之国,下游为代表升仙的羽民之国,两岸居住着一批翼人或黑色的不死之人),到达东南方向的目的地——若木,最

---

① 王小盾:《中国早期思想与符号研究——关于四神的起源及其体系形成》(下),上海:上海人民出版社,2008年,第561—562页。

后复活为一轮重新升起的太阳。鸱鸮本是在夜幕中掠食的猛禽,现代人对其印象颇为不佳,然而在一些出土器物上,我们却看到许多圆睁怪眼的猫头鹰造型(如红山文化玉鸮、妇好墓鸮尊等)。为什么猫头鹰这种令人恐惧的夜禽会受到古人崇拜?上面的故事告诉我们,鸱鸮在史前想象中担任过太阳的化身,如此一来这一现象便不难理解了。

《山海经》中地下河流的流向,除了照应天上的银河之外,可能更多与地上河流的流向有关。中国位于欧亚大陆的东边,地势西高东低,东南方濒临大海,古人每天看着大江大河向太阳升起的方向奔腾而去,会很自然地把波涛滚滚的海洋看作是生命的循环之地。萧兵指出,古代的船棺葬反映了初民魂归大海的愿望,"'魂舟'观念起源甚古,遍及亚非近海各地,现代所谓'环太平洋文化区'犹存此俗"。① 但本人认为最容易产生这种想象的,还是居住在黄河与长江流域的华夏先民。神州大地不仅两条大河一起向东流,人口与财富也一直保持着向东南方向集聚的态势:地理学家胡焕庸曾在黑龙江的爱辉(黑河)与云南的腾冲之间画了一条线,这条线的西北有我们国家64%的国土面积,分布的人口只占4%,而该线的东南则以36%的国土面积承载着96%的人口。所以就连《红楼梦》中那块石头下凡,也要选择东南方向的"红尘中一二等富贵风流之地"。② 如此说来,太阳之舟的地下运行,说到底还是反映了地面之上的欲望图景,我们这个民族的神话确实相当周密和自洽。河流是文化的摇篮,河流的流向在某种意义上决定着文化的向心度和民族的认同度。单之蔷认为,欧洲的河流以阿尔卑斯山为中心,呈放射状向四面八方流去,其中最著名的莱茵河与多瑙河的流向完全相反。"背道而驰的河流必将形成不同的文化,放射状的河流必然形成放射状的发散的多元的文化。这也是欧洲难以形成一个统一的国家或者即使形成了也难以持久的深层原因。"③如果真是这样,那么作为文化萌芽的太阳神话,早就在芽苞深处便孕育了中华民族的统一基因。

中国学者中,叶舒宪对夜太阳的行踪也进行了深入探究。《楚辞·九歌·

---

① 萧兵:《楚辞与神话》,南京:江苏古籍出版社,1987年,第21页。
② 《红楼梦》第一回:"当日地陷东南,这东南一隅有处曰姑苏,有城曰阊门者,最是红尘中一二等富贵风流之地。"
③ 单之蔷:《中国景色》,北京:九州出版社,2008年,第217页。

东君》中首句"暾将出兮东方"与末句"杳冥冥兮以东行"的矛盾,曾令许多注家大惑不解,因此有人提出这应该是太阳从地下绕行回到东方。① 叶舒宪亦持这一观点,他认为"羿自羽渊之汜至蒙谷之浦的整个'杳冥冥以东行'的过程,作为故事下面的故事(即潜潜故事),却在很大程度上决定着羿史诗原型结构的整体象征意义":

> 他(按即羿)在羽渊的解羽本身就也是太阳告别此一世界,化生为另一种形态到彼一世界继续旅行的象征,这一化生的结果,在此一世界看来,就成了太阳大鸟的神秘失踪——它不知"焉丧厥体",只留下脱落的羽毛,和那回荡在羽渊上空的哀鸣之声。但从彼一世界来看,在黑暗通道中其光如烛所谓烛龙的到来,不正意味着羿的灵魂的地下旅行的开始吗?谁说他在结束地下旅行之后不会以新的化生形式,作为大鸟或"载于鸟"的太阳重新在此一世界"复活"呢?从这一意义上理解,在此一世界的人们看来,这个在西天解羽又在东方火红的朝霞中复活的不死大鸟,这个被后人叫做"金鸟"、"金乌"、"金鸦"的神秘飞禽,不恰恰是与龙相对又相辅相成的凤凰吗?②

叶舒宪以羿名字中暗藏的"羽"为穿珠之索,串联起"羽渊""解羽""金乌""凤凰"等多个神话片断,提供了夜太阳从地下通道中展翅飞往东方的另一幅图景。不管夜太阳是乘神龟之舟游向东方,还是单靠一己之力在暗夜中飞行,叶舒宪与王小盾讲述的故事都有夜太阳变形为鸟这个重要的共同点,都合理地纳入了一批过去不成系统的神话片断,两者均可视为元叙事衍生出的"异文",都为丰富文献记录不多的太阳神话做出了贡献,不存在相互排斥的问题。不仅如此,对本书来说,这些研究使我们对元叙事的另一半有了更为明确的认识,尽管我们像缪勒所说的"并不拥有这些传说的原初形态",但可以肯定与目标的距离已经有所缩短:元叙事处在叙事长河发源的高山之巅,从不同方向往上攀登都有可能到达最接近它的地方。

太阳的从东到西是一种容易理解的"顺势"行动,因为它与生命的荣枯过

---

① 刘文英:《漫长的历史源头——原始思维与原始文化新探》,北京:中国社会科学出版社,1996年,第627页。

② 叶舒宪:《英雄与太阳》,西安:陕西人民出版社,2005年,第194—195页。

程异质而同构。讲述白天太阳的故事时，先民不需要花费多大脑筋，即便是遇到乌云蔽日或转瞬即逝的日食，也可以用人生中常有的磨难来做类比。太阳的从西到东则是一种较为复杂的"逆势"行动，夜太阳如何穿过重重黑暗，克服种种阻遏，最终在东方跃然而出，需要故事讲述者绞尽脑汁去想象解释和自圆其说。对于叙事思维的发育来说，这无疑是一种极好的锻炼。如前所述，太阳之所以能够成为事件的"生产"者，是因为深层结构中的二元对立赋予了它运动的能量，然而一帆风顺的行动是没有吸引力的，故事的魅力和戏剧性来自冲突，即一方的行动受到另一方的阻遏。太阳在白天的运行基本上没有遇到任何实质性的抵抗，它的向西坠落和热力减退都是内因所致，就像人的衰老一样与外力无关。然而在对夜太阳运行的叙述中，我们看到了种种魔怪和障碍借着夜幕的掩护悄然登场，要突破它们的阻遏并非易事，所以在一些民族的神话中，初升的太阳总是伤痕累累，澳大利亚和墨西哥人的太阳神都是跛子。[①]萧兵这样描述太阳的夜航经历："赖神的太阳船在玄冥幽暗的地下世界行驶要经过许多危难，死亡的神和人的灵魂都竭力要登上这太阳之舟，驱除魔怪，战胜艰险，穿破黑暗，飞向光明。""《大招》似乎是在写灵魂乘船在'黄泉'里穿行的情形。它铺陈四方之害，全涉及江河湖海。"[②]王小盾虽未明述"黑水"之旅中的战斗，但太阳化为鸱鹗本身就是信号，它告诉我们"黑水"的环境和它的名称一样凶险无比。到什么山上唱什么歌，太阳到了黑暗通道里便得变形为黑色的猛禽，否则无法实行以恶制恶，这就像捉鬼的钟馗要比一般的鬼魅长得更为狰狞可怖一样。

太阳的从西到东具有更多的冲突性，它对后世叙事的影响自然更为深广。泰勒把太阳每天从黑暗中挣扎出来称为"自然戏剧"，这出戏剧的冲突双方分别是光明与黑暗："日每天都被夜吞噬掉，后来又在黎明时获得解放。……伟大自然戏剧中的这些场面——光明和黑暗之间的冲突，一般地说，提供了一些简单的事实。在许多国家，多少世代以来，这些事实采取神话的方式而成为关于'英雄'或'少女'的传奇：他们被恶魔吞掉，后来又被它吐出，或从它的腹中

[①] J.E.利普斯：《事物的起源》，汪宁生译，兰州：敦煌文艺出版社，2000年，第359页。
[②] 萧兵：《楚辞与神话》，南京：江苏古籍出版社，1987年，第21—22页。

被解救出来。"①这也就是说,太阳被黑暗吞噬和吐出的自然现象,激发了关于英雄(或少女)从恶魔体内脱险的人间想象,"自然戏剧"就这样孕育了人魔冲突的神话,神话又随着时间的推移变形为更具艺术意味的传奇。J. E. 利普斯也说:"在许多民族的神话中,地球上的白天生活的开始是太阳从鱼(大地怪物)的黑暗的肚子中首次出现,或者是太阳从他游泳的盒子中出来。""关于落日为黑夜所'吞噬',早晨又'吐出来',光亮之球便重新浮现的神话,也是很古老的。"②人类学家在世界各地的民间文学中,发现了大量由魔兽体内穿腹而出的故事,由于世世代代传播这类故事,夜太阳的经历成了各民族文学的重要原型。

一般人可能不会想到,我们今天仍在讲述的小红帽童话,竟然也是这个故事大家庭中的重要成员:

> 在世上存在的所有自然神话中,有少数传播如此之广,如关于日和夜的神话,其中,被吞食的牺牲者后来又被吐出来或被解脱,带有神话的真实性。祖鲁人的故事描述着作为国土的妖怪的肚子,那里有庙宇、房屋、家畜和生活着的人,当妖怪肚子裂开的时候,所有的创造物便脱离了黑暗,同时,带有真实而明显的自然特点。这个特点证明,讲故事人想到了霞光,公鸡发出的第一声叫喊:"咯咯打,我看见了光明!"我们英国的这个古代神话的异文,是关于小红帽的儿童故事,但是它被结尾的脱漏损坏了(结尾被德国保姆较好地保留了下来);按照那个结尾,当猎人撕开睡着的狼的肚子的时候,健康而没被伤害的小姑娘,穿着她那红绸衣裳,就从狼肚里走了出来。③

英国版的小红帽童话因"结尾的脱漏"而变成悲剧,狄更斯年幼时曾为小红帽死于狼腹而倍感伤痛。幸亏"德国保姆较好地保留了"童话的全貌,中国的小读者能够通过德国格林童话的中译本,读到该故事的最后部分:"狼外婆"把小红帽吞下之后鼾声大作,闻声而来的猎人用剪刀剖开它的肚皮,小红帽安然无

---

① 爱德华·泰勒:《原始文化:神话、哲学、宗教、语言、艺术和习俗发展之研究》,连树声译,桂林:广西师范大学出版社,2005年,第273页。
② J. E. 利普斯:《事物的起源》,汪宁生译,兰州:敦煌文艺出版社,2000年,第359页。
③ 爱德华·泰勒:《人类学:人及其文化研究》,连树声译,桂林:广西师范大学出版社,第370页。

恙地从里面跳了出来,同时俏皮地大叫一声:"狼肚子里好黑啊!"①泰勒在举述这则故事时特地点明小主人公穿的是一件"红绸衣服",其实更应注意的是她头上戴着的那顶"小红帽"——红色的衣帽与黑暗的狼腹形成鲜明的对照,透露出这个故事与夜太阳神话之间明确无误的联系。

说到从魔兽腹中穿腹而出,最有研究的学者似属原型批评的创始人弗莱。弗莱运用他所擅长的"向后站"方法远远地打量《圣经》,发现冲突双方一为代表光明的救世主基督,一为代表万恶之源的海上怪兽"利维坦"(Leviathan),可怜的人类则是处在海怪腹中等待拯救的对象:

> 且说,既然海怪便是亚当身陷其中的充满罪孽、死亡和暴虐的整个堕落的世界,那么亚当的子孙们自然是在海怪的腹中出生、成长乃至死亡了。因此,救世主如果想杀死海怪来解救我们,他就会从它腹中把我们释放出来。在民间的各种杀龙的故事中,我们注意到,经常是讲沦为恶龙的牺牲品的人,在恶龙被杀死后,这些人依然活生生地从龙腹中走出来。再说,既然我们都在龙的腹中,而英雄前来营救我们,那么可以想象英雄是从这恶兽的血盆大嘴中钻进去,一如约拿(耶稣视约拿为自己的原型)那样,然后带领我们这些受到拯救的人从龙腹中出来。②

按照这种基督教的观念,魔腹中的人类注定了要在黑暗中受苦受难,唯一的指望就是手握屠龙宝剑的英雄前来营救。除了这种离得极远的观察之外,弗莱还从《圣经》的具体叙事中,感受到穿越魔腹故事产生的影响(魔腹在这里首先被"设想成一个漆黑的弯弯曲曲的迷宫")。例如,忒修斯"从米诺陶的迷宫般的腹中率领一大帮原先遭它吞食的雅典青年男女走出来";"亚当被逐出伊甸园,丧失了生命之河及生命之树,在人类历史的迷宫中徘徊,最后才由救世主恢复他原来的状态";"以色列被剥夺了继承权,被俘虏后在埃及和巴比伦迷宫般的土地上流浪,最后才返回迦南乐土,恢复昔日的光景"。③

或许是由于对原型批评模式太过耽迷,弗莱在文学作品中看到了过多的

---

① Charles Panati, *Extraordinary Origins of Everyday Things*, New York: Harper & Row, 1987, p. 172.
② 诺思罗普·弗莱:《批评的解剖》,陈慧等译,天津:百花文艺出版社,2006年,第273—274页。
③ 同上书,第274—275页。

太阳神话,他甚至认为在马克·吐温的《汤姆·索耶历险记》、亨利·詹姆斯的《往昔的幽思》等现代小说中,也能听到穿越迷宫故事的袅袅余音。① 弗莱是西方 20 世纪屈指可数的几位顶尖批评家之一,但他的问题是未能合理划定原型批评的运用范围,所以有时他的论述会显得武断和牵强。不言而喻,任何批评模式都不能不加节制地运用,按照弗莱此论的逻辑,大多数叙事作品的主人公都可归入"在迷宫中徘徊"的类别。不过弗莱著作中似乎总有两种声音相互抵牾,当一种声音陷于偏激之际,总会有另一种声音出来进行弥补,在其晚年的著作——《伟大的代码——圣经与文学》一书中,弗莱借助参孙和拿破仑的故事,阐述了一个颇具辩证色彩的观点:

> 读者也许会注意到参孙的名字同古代闪语中的太阳很相像。他的故事讲的是一个有超自然力量的英雄放火焚烧了庄稼,最终坠入西部的一座黑暗牢房。这个故事在结构和叙事方法上同有关太阳横越天空的那类故事确实可以类比。任何一个称职的故事作者都不会取消这种类比。但是如果说参孙的故事来源于太阳的神话,或者说太阳的神话隐藏在参孙的故事的背后,那就是没有根据的信口而言了。我曾在别处举过这么个例子,只要撰写拿破仑生平都可能谈到他事业的"升起",荣誉的"顶点"或时运的"失色"。这些都是太阳神话学中的语言,但这并不意味着拿破仑的故事是出自太阳神话。这只告诉我们神话结构一直影响着其后的各种结构的隐喻和修辞。参孙的故事与任何可信的拿破仑生平相比,是完全不同的类型,但这两类故事中的太阳因素仍然是隐喻和修辞的因素。②

这番话实际上是大大强化了他在《批评的解剖》中提出的一个不大为人注意的见解:"在许多关于太阳的神话中,英雄从夕阳西沉到旭日东升这段时间里,危险地穿越一个到处布满怪兽的迷宫般的冥界。这一主题可以构成具有任何复杂情节的虚构作品的结构原理。"③用"结构原理"或"隐喻和修辞的因素"来形容太阳神话对后世叙事思维的渗透,这种提法的分寸是恰当的,也是符合实际

---

① 诺思罗普·弗莱:《批评的解剖》,陈慧等译,天津:百花文艺出版社,2006 年,第 274—275 页。
② 诺思洛普·弗莱(又译诺思罗普·弗莱):《伟大的代码》,郝振益等译,北京:北京大学出版社,1998 年,第 57 页。
③ 诺思罗普·弗莱:《批评的解剖》,陈慧等译,天津:百花文艺出版社,2006 年,第 274 页。

的。弗莱的意思是：人们在讲述后世某位英雄的故事时，可能会使用"日薄西山"、"旭日东升"之类的隐喻和修辞手段，甚至英雄的命运也可能表现出与太阳运行的某种相似（不管是白天还是晚上的太阳），但这并不等于说这样的故事就是"出自"太阳神话。这时的弗莱已经从他原先的立场上后退了一步，要是在从前，他一定会把太阳神话看成是参孙故事的原型。

三、周而复始——"苟日新，日日新，又日新"

太阳在先民视觉上的从东到西及其在夜间想象中的从西到东，合起来形成了一个完整的圆。把这个无限循环的圆作为一个整体对象来观察，会使我们对元叙事有更深入的认识。

在国人心目中，头顶上方的东西大多与"圆"有关：不但日月二轮在天空作弧形运动，天空本身就是一个巨大的穹隆。人是直立的动物，人身上最接近天空的脑袋也呈圆相。圆之为圆在于半径曲率处处相等，《文心雕龙·定势》说圆有一种倾向于"自转"的运行冲动——"圆者规体，其势也自转"。"自转"意味着圆周上的运动必然是周而复始的，《老子》在描述"道"的运动时，所用的提法正是"周行而不殆"。叶舒宪认为，对人类影响最大的周期性变化物象非太阳莫属，所以太阳的运行就是原生形态的"道"。他这样解释《老子》中的"大曰逝，逝曰远，远曰反"："西天的落日看似远远地消逝而去了，其实却又从地底返回东方，这也许就是逝曰远，远曰反的理由吧。太阳在循环运行中不断地重返自己的出发点，这正是所谓'道法自然'说的依据。"[①]

圆在艺术中是完美的象征，周而复始的圆周运动，或许就是这样成了一种理想的作品结构方式。刘勰在《文心雕龙》中流露了"以圆为贵"的思想，《镕裁》《章句》《附会》等篇中"首尾圆合""首尾一体""首尾相援""首尾周密"的提法，表明他非常看好开端与结尾复合的圆形结构。钱锺书以其渊博的学识，在《谈艺录》中对"以圆为贵"的中西文论作了系统举述，[②]在《管锥编》中还专门

---

① 叶舒宪：《中国神话哲学》，北京：中国社会科学出版社，1992年，第119—120页。
② 钱锺书：《谈艺录》，北京：中华书局，1984年，第111—114页。

讨论了"首尾勾连"的"蟠蛇章法",①但两书都未语及刘勰对圆形结构的首倡。杨义注意到了《文心雕龙·体性》中的"思转自圆"与"辐辏相成",他在《中国古典小说史论》的"结论"部分,指出了古代文学中广泛存在"潜隐的圆形结构":"中国比较完整的叙事作品的深层,大多运行着这个周行不殆的'圆'";"是否可以在一定的意义上这样说,中国历代叙事文本都以千姿百态的审美创造力,在画着一个历久常新的辉煌的'圆'?"②如果对这个问题的回答是肯定的,那么接下来的问题就是:为什么古往今来的故事讲述者都如此看好圆形结构?

仅用毕达哥拉斯学派的"立体中最美者为球,平面中最美者为圈"来解释是不够的,最终的答案还应与太阳有关。我们之所以如此喜爱圆相,是因为太阳运行在国人心底打下了深刻烙印,形成了所谓"从原始时代一直传递给我们,或者以大脑的解剖学上的结构遗传给我们"的潜能,这种元结构影响着世世代代国人对叙事结构的审美反应,一旦某部作品的结构方式与这种元结构契合,"我们会突然获得一种不寻常的轻松感,仿佛被一种强大的力量运载或超度。"③圆的"首尾相援"意味着结尾又回到了开始,这与太阳重新升起一样给人以新的希望。昼夜交替、四季循环、世道轮回与宇宙间的生生不已,都可以通过圆的形式表现出来。《礼记·大学》引汤之盘铭曰:"苟日新,日日新,又日新。"这句话可理解为太阳每天都是新的,因此人也每天要有新的作为,中华先民的人生观由此可见一斑。然而,不是每个民族都有这种日新不已的进取意识,《旧约·传道书》也看到"日头出来,日头落下,急归所出之地",但叙述者从中悟出的却是"虚空的虚空,凡事都是虚空",并且这样告诉人们:"已有的事,后必再有,已行的事,后必再行。日光之下,并无新事。"如果服膺这种虚无哲学,那么不但所有的叙事活动都无必要,我们的人生也无意义。

在"日光之下,并无新事"与"日新之谓盛德"之间,我们这个民族为什么取了后者,这是个很值得深入探究的问题。古代最具影响的思维模式体现在《易经》八卦与五行学说之中,我们不妨对其略作分析。八卦的"卦"从圭从卜,圭

---

① 钱锺书:《管锥编》(第一册),北京:中华书局,1979年,第229—230页。
② 杨义:《中国古典小说史论》,北京:中国社会科学出版社,1995年,第688页。
③ 荣格:《论分析心理学与诗歌的关系》,载荣格:《心理学与文学》,冯川等译,北京:三联书店,1987年,第121页。

即叠土,卜为测度,取义为立土柱以测日影。八卦阴阳爻的排列组合,起先不过是阴阳消长的有序反映,后来则被注入事物变易的内涵,单纯的天道轮回成了纷纭世相的折射,解卦析爻的卦爻辞则被当作讽喻人事沧桑的寓言。所以《郭店楚简·语丛一》中有这样的话:"易,所以会天道、人道也。"《易经》虽有筮书功能,易学中蕴含的智能却不容小觑。由阴阳二爻转换生成的八卦与六十四卦,构成一个周而复始的动态系统,其中包含一系列极具辩证色彩与启示意味的范畴,如"泰"与"否"、"损"与"益"、"剥"与"复"、"震"与"艮"、"中孚"与"小过"、"既济"与"未济"等。"易"字按某些易学家的理解是由"日""月"二字组成,"日"代表阳,"月"代表阴,阴阳之间的此消彼长使事物永远处于运动与变化之中。不仅如此,阴阳合体的"易"从读音上说是阴阳二字的语根,因此阴中有阳、阳中有阴是运动与变化的内因,事物的对立面则是运动的方向与变化的结果。以阴阳鱼为核心的太极八卦图体现了这种思维,"太极"位于该图中心,"八卦"与"六十四卦"排成的两道圈分别构成圆周上的两道外环(图2):

图 2　太极八卦图

可以看出,易学所强调的事物朝其对立面转变,其原型乃是太阳在东西两个"极点"之间的往复运行。太阳的运行可概括为"遇极则返",即到达"极点"后便向另一"极点"返回。如果对这种运行做出更细的划分,那么两个"极点"之间的中点(如日至中天)又可构成阴阳消长的分野,八卦中的母卦"乾"卦与"坤"卦,所起的就是这种坐标作用。然而,易学并不是大而化之地套用太阳的循环运行,它的着重点在于从八卦乃至六十四卦的每一卦象之中,寻找到预示循环趋势的微妙信号。换而言之,易学是用无数细微的循环趋势来组成小循环,又用无数小循环来组成大循环。因此,易学的可贵之处表现于它高度关注变化的可能与循环的趋势,"剥极必复""否极泰来"等都是易学提炼的事物变化规律。《易经》六十四卦始于"乾"与"坤",终于"既济"与"未济",将"未济"作为六十四卦的殿军,自然是循环观念的体现,这可以说是易学中最为精彩的一笔。《易经·序卦传》解释如此安排次序的用心:"物不可穷也,故受之以未济终焉。"钱穆在批判西方历史观时对此有精辟阐述:

> 从前西方的历史学家,他们观察世变,好从一条线尽向前推,再不留丝毫转身之余地。如黑格尔历史哲学,他认为人类文明,如太阳升天般,由东直向西。因此最先最低级者中是中国,稍西稍升如印度,如波斯,再转西到希腊,到罗马,西方文明自然优过东方,最后则到日耳曼民族,那就登峰造极了。他不知中国《易经》六十四卦,既济之后,又续上一未济,未济是六十四卦之最后一卦,纵使日耳曼民族如黑格尔所说,是世界各民族中之最优秀民族,全世界人类文明,到他们手里,才登峰造极。但登峰造极了,仍还有宇宙,仍还有人生,不能说宇宙人生待到日耳曼民族出现,便走上了绝境,陷入死局呀!①

黑格尔的目光短浅不仅表现于历史哲学,他的美学研究也有鄙视东方艺术之嫌。他在《美学》第二卷中分别用"不自觉的象征"与"自觉的象征"来形容东方和西方的艺术,陈良运说黑格尔可能被喜马拉雅山挡住了视线,因为《易经》八卦就是"自觉的象征"。② 所以罗素会在《西方哲学史》中这样讽刺黑格尔:"关于中国,黑格尔除知道有它而外毫无所知。"③

五行学说也是一种循环理论,五行的相克相生可以看作阴阳消长的细化与补充。"宇宙一切变化,粗言之,是阴阳一阖一辟,细分之,是五行相克相

---

① 钱穆:《中国思想通俗讲话》,北京:三联书店,2002年,第88页。
② "黑格尔把他的视线投向古代的埃及、波斯和印度,发现这些国家存在的是'不自觉'的象征。当他论及'自觉的象征'时,目光便转回了欧洲,在《伊索寓言》、《圣经》及奥维德、莎士比亚、歌德等人的著作中援引例证。很可惜,这位伟大哲人的目光,被巍峨的喜马拉雅山挡住了,他不知道上古时代的中国,已有一部用'象征'方法来阐释宇宙与人生哲学的经典,那就是《周易》。"陈良运:《论〈周易〉的符号象征》,《哲学研究》1988年第3期。
③ 罗素:《西方哲学史》(下卷),马元德译,北京:商务印书馆,1982年,第282页。

生。"①住在华北地区的古代中国人,看见太阳的运行是出于东、盛于南、衰于西、藏于北,这个过程导致一日之中也有四季般的轮替:日出东方如大地回春,日至正南似夏日当头,夕阳西下类秋意萧瑟,日隐于北效冬阳归藏。这种时间与空间、四时与四方的对应,为古人建构时空一体化的五行体系提供了启示。当然,为此需要在四方里增加一个"中",在四季中辟出一个"季夏"(或称"长夏")。除此之外,这个体系还吸纳了与人有密切关系的五色(青赤黄白黑)、五味(酸苦甘辛咸)、五音(角徵宫商羽)、五官(舌眼鼻口耳)、五脏(肝心脾肺肾)和五情(怒喜思悲恐)等范畴,以示人天不二与体用合一。与古希腊四元素说(火风地水)不同的是,中国的五行与其说是五种元素,不如说是五种推动力,五行之"行"强调的是运动与变化,图3中金木水火土的相生相克标示出不同方向的两种循环(曲线为相生,直线为相克):

图3 五行图

五行学说与八卦理论一样良莠并存,古往今来江湖术士的滥用使其声誉大受影响,然而它的循环论内核不容否定。生克制化与刑冲克害只是该学说的皮毛,真正主导国人思维的还是反映事物变化规律的循环论,所以我们中的明智者会在得意得势时居安思危,失意失势时相信时运还会再来。钱穆回忆少年时读《三国演义》,他那新受西学熏陶的老师把"分久必合,合久必分"当成中国人的旧观念,说欧洲的英法诸国"一盛便不会衰,一治便不会乱","好像由

---

① 钱穆:《中国思想通俗讲话》,北京:三联书店,2002年,第84页。

他看来,英法诸邦的太阳,一到中天,便再不会向西,将老停在那里"。① 然而曾几何时,两次大战先后在欧洲爆发,英法诸邦终究没有逃脱太阳偏西的命运。因此他这样称赞懂得循环论(他的表述是"气运观念")的中国人:

> 中国人因于此一种气运观念之深入人心,所以懂得不居故常,与时消息,得意得势不自满,失意失势不自馁。朝惕夕厉,居安思危,如临深渊,如履薄冰,一刻也不松懈,一步也不急慢。中国人因于此一种气运观念之深入人心,所以又懂得见微知著,所谓月晕而风,础闰而雨,一叶落而知秋,履霜坚冰至,君子见机而作,不俟终日。把握得机会,勇于创始,敢作敢为,拨乱返治,常自乎一二人之心之所向,而潜移默化,不大声以色。②

钱穆反复使用的"深入人心"(文中连用四次),可理解为植根于太阳运行的循环论已内化为国人心灵深处的元结构,其投影图形便是周而复始、无限循环的八卦图与五行图。不能把这些精神符号当作迷信糟粕,否则就是将婴儿连同洗澡水一道泼掉。中华民族有两根取自易学的精神支柱,一为"自强不息"的内在冲动,二为"穷则思变"的通变思维,前者受了"天行健"的激励,后者系"穷则变,变则通,通则久"的浓缩。有了这两根支柱的坚强支撑,不管前面有多少艰难险阻,中华儿女都能把握自己的命运,奋力奔向黑暗隧道尽头的光明。

循环论赐予我们的宝贵心理财富,是对事物发展趋势的乐观期待,即便眼前黑暗到伸手不见五指,我们仍坚信明天的太阳一定会如期升起。对太阳运行的坚信与否,构成现代人与原始人的一条基本区别。如前所述,初民对太阳的持续循环能力总有些疑虑,特别是担心夜太阳不能完成穿越黑暗通道的任务,因此,对于旭日初升这样的景观,现代人已不像初民那样惊喜,这也是后世叙事在感染力上不如神话的一个原因。"我们已不能用古人的眼光和感情来讲述这些景观了,对我们来说,一切都是法则、秩序和必然性了。我们已能够测算环境中难以驾驭的力量,以及每个节气中黎明的可能长度,对我们来说,太阳的升起,并不比二加二等于四有什么惊人之处。"③然而现代人身上毕竟流淌着祖先的血液,每当看到地平线上冉冉升起的红日,我们心头还是会有几

---

① 钱穆:《中国思想通俗讲话》,北京:三联书店,2002年,第87页。
② 同上书,第86页。
③ 麦克斯·缪勒:《比较神话学》,金泽译,上海:上海文艺出版社,1989年,第99页。

分莫名的兴奋。太阳每天有规律的升降，在我们祖先的脑海中留下了深刻烙印，唤起了"法则、秩序和必然性"等一系列概念。缪勒认为，这种对"利塔"（"太阳的每日道路"昭示的世界秩序）的信仰，是安顿人类心灵的坚固磐石，不管外部世界有多少不公平的事情发生，不管内心情感受到了怎样的伤害，只要"利塔"还在默默地展示自己的存在，人类对世界的依赖和信任就不会丧失：

> 关键在于，对利塔、对世界秩序的信仰究竟是什么，尽管最初它只是信仰太阳不会逾越自己的界限，但这里有混沌与秩序、盲目地祈祷机遇与理智地预见之间的差异。即使现在，有许许多多的人对诸事皆不满意，他们已放弃童年时代极为珍贵的信念，他们对人的信念已受到伤害，一切自私、卑鄙、丑陋的事物显然占了上风，他们于是不再追求真理、正义、清白的事业，认为其也不再值得为之奋斗。至少是今生今世不值得为之奋斗了。在这种情况下，有人发现自己的最后的和平与安慰存在于对利塔（世界秩序）的默默祈祷之中。而这种秩序或者在众星之恒常不变的运行中展现出来，或者在最小的易忘我花的花瓣中雄蕊与雌蕊之不变的数目中显示出来！又有多少人感到，属于这种和谐、属于这大自然的美妙秩序，在其它一切都无能为力的情况下，至少是可以依赖、可以信任、可以信仰的！对我们来说，这种利塔、法则和世界秩序的观念，或许是微不足道的。但对于古代世界的居民来说，几乎没有其它东西可以支撑他们，这种信仰就是一切。它高于人们的光明之物，高于他们的阿耆尼和因陀罗。人们一旦认识到它，一旦理解了它，它就再也不会离开人们了。①

缪勒从古人对"利塔"的信仰中看到了宗教的起源，本人从中看到的却是元叙事发展为太阳神话的深层心理背景。古人为什么不厌其烦地讲述太阳的故事，最根本的原因是这种讲述让他们（包括讲述者自己）坚信宇宙间有稳定的规则和秩序，有利于他们增强对世界的把握。在一个太阳每天升起、光明不断战胜黑暗的世界上，人类没有理由对自己的命运失去信心。相互追逐的阴阳鱼、循环不已的八卦、相生相克的五行，这些东西从某种意义上说都是中国的"利塔"符号，"古代世界的居民"需要这样的符号来抚慰自己的心灵，今天的小

---

① 麦克斯·缪勒：《宗教的起源与发展》，金泽译，上海：上海人民出版社，1989年，第177—178页。

朋友上床睡觉前也离不开"小红帽"之类的故事。

讨论至此,元叙事研究的目的、意义已经清楚呈现。本章通过研究元叙事与太阳神话的关系及分析太阳神话中的元叙事印痕,探讨叙事的初始形态、深层结构、基本冲突及其形成原因,以期增进对叙事起源与演进规律的理解。从某种意义上说,理解叙事演进规律就是理解人类自身,因为讲故事是人之所以为人的表征之一,人类讲述的故事构成了人类自己的历史。柏拉图说过这样的话:"一个人还不能知道他自己,就忙着去研究一些和他不相干的东西,这在我看是很可笑的。"① 叙事学是以研究事件"起家"的,世界上的事件虽然多如恒河沙数,但没有哪个事件比人类头顶上的太阳运行更为重要,因此将其纳入叙事研究具有十分重要的理论意义。对于国人来说,元叙事研究还有特别一层含义:众所周知,由于古文中"黄""光"通用,炎帝与黄帝都是由天空中的发光体转变而来的光明之神,因此当中国人说自己是炎黄子孙时,深层意思为我们都是太阳神的后裔(《离骚》开篇第一句话就是"帝高阳之苗裔兮")。或许是我们潜意识中元叙事在起作用,汉族人名中涉及"太阳"与"光明"的字眼(如"阳""光""明""亮""晶""辉""朝""东""红""艳"之类)特别多,少数民族的人名中也沉淀了不少阳光信息。② 既然如此,我们理当对元叙事的发掘和研究给予特别的重视。

杨义提出过这样的观点:"中国文化博大精深的独特品格,决定了中国叙事学应该有一个属于它自己的思路和体系。惟有如此,才能为人类智慧贡献出中华人文精神风韵。面对着跨世纪的中华民族全面振兴的事业,是应该设

---

① 柏拉图:《文艺对话录》,朱光潜译,北京:人民文学出版社,1983年,第95页。
② "蒙古语的'太阳'是nara,形容词是naran。清代名人'纳兰幸德'和姓'那拉氏'的慈禧太后,都是'太阳族人'。蒙古常见人名'纳兰胡'是'太阳之子'的意思,女真人名'纳良阿',乃至东周谏臣'芮良夫'之名,都是'纳兰胡'的谐音。说来古代中原人名,的确与北方民族的人名是一样的。""蒙古人叫高丽做'肃良合',明代杂著《登坛必究》附篇《蒙古译语》记作'琐珑革',现代蒙古语是Solongho,本义'彩虹'。汉语'朝'是'天','鲜'是'艳','朝鲜'是取'鲜艳天色'来代替'彩虹'。那时,蒙古民族还没有抬头,东胡鲜卑语是蒙古语的祖先,看来中原民族对这种北方民族语言是有所了解的。国名就是部落名,因此一定有人用'肃良合'来做人名。《八旗满洲氏族通谱》里的十七世纪人名'萨郎阿'、'索凌阿',都是'肃良合'的别写。非比寻常的是,连孔子父亲'叔梁纥'也是'肃良合',即一个名叫'彩虹'的人。因此'彩虹'部落是出自中原的,在古代中原和后世北方民族中,这个部落名是被用做为人名的。"朱学渊:《秦始皇是说蒙古话的女真人》,上海:华东师范大学出版社,2008年,第12—16页。此外,还有专家认为安禄山的"禄山"源出伊朗语的Roxsan,意思也是"光明"。

想这类文化历史命题了。"①中国叙事学的"思路"和"体系"究竟应当怎样来确定,是一个需要细致讨论的问题,但元叙事无疑应在其中占据一个特别重要的位置,因为它对中华先民的叙事行为给予了最初也是最具"塑型"意义的影响,住在世界东方的炎黄子孙,对元叙事应当有比别人更为深入的探索。

四、余论：关于"元叙事"

读者可能已经注意到,本章的关键词"元叙事"与一些文献使用的"元叙事"内涵不同,后者实际上是英语 metanarrative 的一种译法。依本人之见,将 metanarrative 译成"元叙事"并不恰当。汉语"元"的要义有"首位的""本原的""基本的""大的""头部的"等,它们与日行周天都可构成联想关系,本章使用的"元叙事"囊括了这些内涵,又突出了太阳神话是后世叙事的本原。而英语 metanarrative 的前缀 meta 则有"超越的""变化的""纯粹的""继……之后"等多个义项,显而易见,它们与汉语"元"的内涵之间存在着相当大的距离。

用"元叙事"来指代 metanarrative,往往导致不懂原文的读者不知所云。其实只要参看"形而上学"的英文 metaphysics(所谓"在物理学之后"),便能懂得 meta 指涉的主要是"之上""纯粹"与"超越"等内涵。将 metanarrative 作为一个重要概念来使用的人是法国的让-弗朗索瓦·利奥塔,他在《后现代状况》一书中把"后现代"定义为"对元叙事的不信任",而他所谓的"元叙事"则是"具有合法化功能的叙事",或者说是"对一般性事物的总体叙事",因此这里的"元叙事"又可与"大叙事"等量齐观。② 我们在西方著作遇到这个词的时候,不妨将其理解为"总体性叙事"或"形而上叙事",这可能有助于把握其内在涵义,否则《后现代状况》之类的书籍很难读得通。

与"元叙事"有关的概念还有"元小说"(metafiction)。将 metafiction 翻译成"元小说"也不准确,因为 metafiction 是对小说形式的反省、探索与超越,目的在于捅破叙事文本制造的假相或暴露其中的漏洞。这就像魔术师的职业是"蒙人",但他们偶尔也会主动拆碎七宝楼台,表演一些亮出魔术底细的小节

---

① 杨义:《中国古典小说史论》,北京:中国社会科学出版社,1995 年,第 715 页。
② 赵剑雄:《利奥塔论艺术》,长春:吉林美术出版社,2007 年,第 6—39 页。

目,以博取观众一笑。按照将 metafiction 译成"元小说"的逻辑,这类小节目应该命名为"元魔术",而这显然是不恰当的。metafiction 在台湾被译成"后设小说",本人认为这种译法是很有见地的,因为"这是一种后起的又超越于原有一切虚构之上的虚构"。[①]"后设小说"从总体上说属于当代方兴未艾的"后学"("后现代""后殖民""后理论"之类)范畴,它致力于用文字来破除对文字的迷思,用叙事来揭露叙事中的虚妄,所采用的虽然是"形而下"的手段,达到的却是"形而上"的目的。

本章使用"元叙事"还有一个目的,这就是"元"与"圆""源""原""缘""圜"等音义通同,"元叙事"在某种程度上就是"圆叙事""源叙事""原叙事""缘叙事""圜叙事",或者说是它们的相加与综合,因此这个名称实际上指向了包容性更广的"yuan 叙事"。汉语是世界上最为奇妙的语言,从这里也可窥见一斑。如果在"音""义"之外进一步考虑"形"的因素,那么"yuan 叙事"还可表述为"○叙事"。当然,符号毕竟只是符号,不管采用哪种表述方式,"元叙事"研究的重要性都不容低估。

[①] 帕特里莎·渥厄:《后设小说——自我意识小说的理论与实践》,钱竞等译,台北:骆驼出版社,1995年,第3页。

第二章

《山海经》中的"原生态叙事"

【提要】《山海经》的叙事策略,或者说我们祖先对自然的关注,表现在只把目光聚焦于那些对人有意义的物体,其他用途不明之物统统付之阙如。全书以山川海荒为经,以东南西北为纬,绘出了一幅以动物、植物、矿物和怪物为主要表现对象的空间图景,将世间万物组织成一个相对有序的资源系统。书中通篇渗透着"小我"处于"大我"之中的朴素思维,并用看似荒谬的故事反映了万物之间的依存和共生关系,因此说它是"原生态叙事"并不为过。这种"原生态叙事"应为现代生态叙事的滥觞:华夏先民具有丰富的自然知识和开阔的生态心胸,他们把山川大地看成资源的载体,懂得万物相互依存和众生各有其形,并且萌发了资源有限的宝贵思想。《山海经》基本上都在不动声色地描写地理环境,但在写到凤鸟乐园时,叙述者对自然美的欣赏态度似有毫不隐晦的流露,凤鸟叙事为书中一大亮点,值得认真研究和思考。"重山轻海"的倾向在《山海经》中亦有明显流露,古人之所以不把海荒看作资源的承载之地,归根结底是因为那些地方不适合发展作为立国之本的农业。在生态文明时代来临之际重温"原生态叙事",有助于我们钩沉业已失落的生态记忆。

《山海经》的基本格局是"依地而述",不是"依时而述"或"依人而述"[①]的叙事作品,所以过去的史书一般将其列入史部的地理类。然而到了小说繁荣之后的清代初期,纪昀在编修《四库全书》时将其移入子部的小说类,因为"书中序述山水,多参以神怪"以及"侈谈神怪,百无一真"。实际上,《山海经》的非真实性并不是它作为"小说之祖"的主要原因,如果仅仅是这样,《山海经》时代还有许多文献属于这一范畴。小说的本质在于叙事,"小说之祖"与后世小说的相通之处只能是叙事,虽然《山海经》中的叙事还处于原生与原发状态。

叙事即讲述故事,本书第四章讨论的"前叙事"可界定为人类学会讲述故事之前的预演,"原生态叙事"与"前叙事"一样也属于萌芽状态的叙事,但本章使用这一概念还有一层意思,这就是"原—生态叙事"可视为今天生态叙事的滥觞,两者的关系有点像原始共产主义之于共产主义。时下方兴未艾的生态叙事以批判人类中心主义为己任,提醒人们以文明的方式对待生态,其对立面是过去那种以人为世界中心的狂妄叙事。时至今日,许多人已经意识到将人类视为"宇宙的精华"是多么有害,人类再伟大也只是一个物种,而地球上任何物种都是整个有机整体(世界)的一部分,其扩张都必须是有限制的,否则便会影响到整个生态系统的平衡——失衡的结果将是包括所有个体在内的整体毁灭。

带着这样的观念来读《山海经》,可以看出它是人类中心主义建立之前的产物,因为书中的叙述者并没有把自己与自然界分开,以往的研究者用来形容《山海经》的一些词语,如"朴野""荒芜"之类,恰好说明古人并未自诩为"万物的灵长"。《山海经》中虽有少量秦汉时羼入的内容,但在传世文献中,也许没有哪本书比它保留了更多的远古思维。本章认为,生态叙事并非始于现代环保运动,早在开天辟地之初,筚路蓝缕的华夏先民就把山川大地看成了资源的载体,就在讲述万物相互依存、众生各有其形的故事,并且已经萌发了资源有限的宝贵思想。

[①] 先秦史体有"依时而述""依地而述"和"依人而述"三种大略划分,《左传》《国语》与《世本》各开其端。"依时而述"与"依人而述"后来发展为编年体与纪传体,对小说叙事也产生了很大影响。参见傅修延:《先秦叙事研究——关于中国叙事传统的形成》,北京:东方出版社,1999年,第223—226页。

一、有/无——空间承载资源

《山海经》以空间命名,并按"山""海""荒"这样的地理格局展开叙述,却不能说是空间叙事,因为它所关注的与其说是空间,不如说是空间中分布的可供人类利用的资源。《山海经》中的叙述模式大致可以归纳为"某处有某山,某山有(多)某物,某物有何形状与功用","某物"在叙述中充当逻辑主语,它们基本上都是满足人类需求的各类资源,具体来说是鸟兽虫鱼、花草树木与金玉铜铁等。"某物"的出现一般以"有……焉""有……"或"多……"为引导,据统计书中一共出现"有……焉"192处,"有……"53处,"多……"1 227处,它们主要出现在《山经》(《五藏山经》)之中。《山经》中"有……焉"主要指奇禽异兽,其次则为草木虫鱼,后面往往还有"食之不饥""食之使人无子""可以为毒""见则其国大穰"之类的利害阐述,以具体说明这些动植物的功能与用途。对比之下,"有……"和"多……"后面很少见到这类说明,据此可以判断,"有……焉"这种句式是叙述的重心所在,叙述者用以引出特别需要介绍的对象。从对各类资源的介绍中,可以看出古人对资源的利用已经大大超越了人的基本生存需要,书中提到最多的不是动植物的充饥果腹功能,而是更高层次更为复杂的多种用途,如人的肉体和精神力量的提升("食之善走""佩之无畏"),以及对集体命运与未来发展的兆示("见则天下大旱""见则天下安宁"),等等。

需要指出,《山海经》在介绍各处的山系(不限于《山经》)时,最多提到的就是"某水出焉","出水之山"与"受水之地"在《山经》之末还单独作了统计。水为生命之源,是地球上最重要的物质,古人早就懂得这个道理,所以"某水出焉"在句子中被置于非常突出的地位,远远高于山中其他资源。从这一点看,《山经》实际上是"山川之经",江水的流注与山脉的方位处于同等重要的地位。《山海经》由《山经》《海经》与《荒经》三大部分组成,但"山"占的篇幅最多,超过了"海""荒"两者之和。根据《山经》中的叙述逻辑,"有……焉"主要是为了引出"某物有何功用",海荒的范围内按理说也应有许多资源,但"有……焉"这种表述方式在海荒中总共只露面寥寥数次,相比之下在《山经》中却出现了180余次。这种情况说明什么呢?本人认为这意味着古人在取用资源时较少将目光投向大海与大荒(相当于今人心目中的天涯海角),从这里可以发现,我们的祖先从一开始就有明显的"重山轻海"倾向,这种思维定势一直延续到晚近,决定了古代中国属于"黄色文明"而非"蓝色文明"。《山经》结束语中特别强调提供"国用""皆在此内"(详后),可以说是这种思维的露骨体现。也许是由于对海荒之处相对缺乏了解,《海经》与《荒经》中匪夷所思之物更多,那些奇形怪状乃至混合了人神鸟兽特征的生灵,为后世文学提供了肥沃的想象土壤。这些生灵也并非完全对人类无用,但其功能往往非常特殊,例如《大荒东经》提到入海七千里的流波山上有兽名夔,黄帝"以其皮为鼓,橛以雷兽之骨,声闻五百里,以威天下",便是利用了夔兽之皮和雷兽之骨的特异功能。

与"有……"和"多……"呈对应关系的,是《山海经》中的"无……"句式。如果说"有……焉""有……""多……"等旨在说明某处有何资源,那么"无……"则表示某处缺何资源。"无"的对象可以有很多,但《山经》中能找到的只有"无水""无草木"和"无鸟兽"这三种表述,显然这是因为古人认为水资源与草木鸟兽是至关紧要之物。事实上,这三者构成了初民生存的必备条件,缺乏水草鸟兽之处乃是人迹罕至的不毛之地,《山海经》已经注意到有些地方是人类活动的禁区。"无……"句式在《山经》中频繁出现,计有140余处,到了《海经》和《荒经》之中却又突然销声匿迹,这是古人取用资源时"重山轻海"的又一证明——他们压根没把大海与大荒当作可以安身立命之地。"无"者"缺"也,我们的民族思维中一直存在着一种对"缺"的忌讳,例如"五行"(金木水火土)在旧时被认为是生成万物的不可或缺因素,如有缺失则须用其他方法做出弥补。此外,《山海经》中还有与"可以……"呈对应关系的"不可以……""不可……",其作用是劝阻某种可能的行动,目的仍是为了资源的合理使用(表1)。

表1 《山海经》资源句式统计表

句式 篇目	有……焉	有……	多……	多水	无……
《南山经》	23	4	67	8	21
《西山经》	48	7	191	0	14
《北山经》	39	32	143	1	37
《东山经》	23	3	79	4	23
《中山经》	65	9	526	1	24

续表

句式 篇目	有……焉	有……	多……	多水	无……
《海外南经》	0	2	0	0	0
《海外西经》	1	2	0	0	0
《海外北经》	3	4	0	0	0
《海外东经》	0	5	0	0	0
《海内南经》	0	2	0	0	0
《海内西经》	0	8	0	0	0
《海内北经》	0	7	0	0	0
《海内东经》	0	1	0	0	0
《大荒东经》	0	12	0	0	0
《大荒南经》	0	17	0	0	0
《大荒西经》	0	16	1	0	0
《大荒北经》	0	9	0	1	0
《海内经》	0	15	0	0	0
总计	202	155	1007	15	119

《山海经》的叙事策略,或者说我们祖先对自然的关注,表现在只把目光聚焦于那些对人有意义的物体,其他用途不明之物统统付之阙如。这当然是一种明智的选择,《山海经》全书仅3万余字,这样的篇幅不可能用于面面俱到的介绍,更何况四方八面之物多如恒河沙数,弱水三千只能取一瓢饮。列维-斯特劳斯在《野性的思维》中如此引述研究者的报告：

> 在植物和动物中,印第安人用名字来称呼的只是那些有用的或有害的东西,其余种种都含混地包括在鸟类、杂草类,等等之中。
> 我还记得马克萨斯群岛的朋友们……对我们1921年探险队中的那位植物学家对他所采集的没有名称的("没有用的")"野草"发生的(在他

们看来完全是愚蠢的)兴趣笑弄不已,不懂他们为什么想知道它们的名称。①

这是一种现代人无法理解的实用主义态度,穴居野食的初民眼中,只可能映入那些于人有利害关系之物。与《山海经》的功能相似,《左传·宣公三年》中提到的夏鼎也旨在教人认识自然:"昔夏之方有德也,远方图物,贡金九牧,铸鼎像物,百物而为之备,使民知神奸。故民入川泽山林,不逢不若,螭魅魍魉,莫能逢之。"对这段话历来有多种解释,本人觉得"使民知神奸"道出了它的主旨:夏鼎上的面积有限,不可能真正做到"百物而为之备","使民知神奸"就是在老百姓进入"川泽山林"之前,先教他们认识那些有用和有害之物。

对《山海经》的研究一般多注意其空间属性,对其生态内涵的关注则有待加强,本章认为,从"有……""无……"这类句式入手,容易把握住《山海经》这部奇书的基本性质——这是一部站在实用立场上编绘的生态图。许多学者都持《山海经》有图说,意思是《山海经》为某部已佚画本("山海图"之类)的文字说明,旧时坊间印行的《山海经》上,奇禽异兽成了插图作者表现的主要内容。似此可以这样来对《山海经》做出概括:该书以山川海荒为经,以东南西北为纬,绘出了一幅以动物(鸟兽虫鱼等)、植物(花草树木等)、矿物(金玉铜铁等)和怪物(形状怪异乃至混淆了人与其他生物界限的生灵)为主要表现对象的空间图景。换句话说,《山海经》实际上是"山海之物经",古人认识水平虽然低下,《山海经》却能够凿破混沌,从人类自身的需要出发,将世间万物组织成一个相对有序的资源系统,茫茫宇宙因之显示出清晰的内在秩序,这不能不说是该书的一大贡献。

二、小我/大我——万物相互依存

《山海经》虽按人的需求巡视四方天地,但人在书中并不是世界的主宰,也未归入什么特殊的类别。就表述方式而言,"有人焉"与"有兽焉""有鸟焉""有木焉""有草焉"等完全一样,并无尊卑高下之分。诚然,人的生存发展不能不

---

① 列维-斯特劳斯:《野性的思维》,李幼蒸译,北京:商务印书馆,1987年,第4页。

以其他物体的消耗为代价,但《山海经》在指出某物可为人的食物(或药物、祭物、卜物)的同时,也说到了某物"是食人",这就是说人也是大自然食物链中的一环,还没有伟大到可以免于列入掠食者的菜单。除了人和动植物之类外,《山海经》还有多处写到神,《山经》中神的出现尤多。从形貌上看,各路山神绝大多数都是人面兽身,与山中出产的怪兽没有本质区别,叙述者在提到它们时语气并不特别恭敬。《山海经》中总共只有一处使用了"有神焉"这种表述,那是用于介绍《西山经》中的帝江,但这位帝江颠覆了后人心目中庄严的神明形象,因为它"状如黄囊,赤如丹火,六足四翼,浑敦无面目,是识歌舞",分明是一位为人提供娱乐服务的搞笑角色。神似乎也是可以用巧计诓骗的,《大荒东经》载"旱而为应龙之状,乃得大雨",可见神的判断并不那么高明,读者似可透过这段话隐隐看见叙述者的逗乐嘴脸。

  既然对神的叙述都是如此,那么有理由说《山海经》的确做到了众生平等。所谓"众生",在这里不仅指现代人概念中的有生命之物,也包括日月星辰这样的自然物,它们当时还未上升为接受人类顶礼膜拜的神,而是由人类生育、抚养和节制的人格化对象:

  东南海之外,甘水之间,有羲和之国。有女子名曰羲和,方浴日于甘渊。羲和者,帝俊之妻,生十日。(《大荒南经》)
  有女子方浴月。帝俊妻常羲,生月十有二,此始浴之。(《大荒西经》)
  大荒之中,有山名日月山,天枢也。吴姖天门,日月所入。……颛顼生老童,老童生重及黎,帝令重献上天,令黎邛下地。下地是生噎,处于西极,以行日月星辰之行次。(《大荒西经》)

按照《大荒西经》和《大荒南经》的这些叙述,帝俊之妻在生下太阳和月亮后,也和生下别的婴儿一样对其进行洗浴;天地之分乃人力之所为,帝颛顼的后代掌管着日月星辰的运行秩序。在此语境下读《海外北经》中的"夸父逐日"故事,可知夸父是把太阳当作平等的玩伴来戏耍追逐,神话学家袁珂将文中"入日"二字释为"(夸父)走进太阳火热的光轮里",[1]如此说来夸父还是这场游戏的胜者,只不过他为胜利付出了太大代价。付出同样代价的是《北山经》中的"炎

---

[1] 袁珂校译:《〈山海经〉校译》,上海:上海古籍出版社,1985年,第208页。

帝之少女"女娃,因为她在东海中游泳"溺而不返",本人认为东海在这里也应理解为一个人格化了的故事角色,否则无法圆满解释女娃化为精卫后"衔木石以埋东海"的行为,明摆着女娃是把东海当作有意识的生命物体来对待。

不过,本人又不同意把"精卫填海"看成一个悲壮的复仇故事。《山海经》故事主要反映的是上古时期的思维,那时的人对生与死的界限缺乏认识,认为死亡带来的只是肉体的消亡,灵魂连同性格还可以转移到另外的躯壳中去。似此,变成精卫的女娃对东海的愤怒不会像后来人想象的那样激烈,它将木石衔来丢入东海之中,是不是以此来代替自己以往的"游于东海"呢?《海外西经》中形(刑)天断头后"操干戚以舞",似乎也在说明习惯与个性不会随同生命一道消逝,我们不必从斗争哲学出发对其做出过度解释。与此相印证,《山海经》叙述了不少这类"形变而性不变"的故事:《中山经》说天帝之女死后变为姑媱山上的草,"服之媚于人";《南山经》说亶爰山中有种"自为牝牡"的兽,"食者不妒";《西山经》说汉水边有种"黑华而不实"的草,"食之使人无子";《大荒东经》说夔牛出入水时"其声如雷",以其皮为鼓能"声闻五百里"。可以这样说,《山海经》中一些动植物的功能用途,都是依据这种"形变而性不变"的逻辑推演出来的。列维-布留尔在《原始思维》中反复阐述的"互渗律",与这种逻辑可谓异曲而同工,书中提到英属哥伦比亚的人相信"给不孕的妇女喝黄蜂窝或者苍蝇熬的汤汁能使她们生孩子,因为这些昆虫能以巨大数量繁殖"。[①]

"互渗律"的基础是初民信奉的万物有灵观,爱德华·泰勒在《原始文化》一书中深入探讨了万物有灵观的起源,他的论述有助于我们更好地理解《山海经》中那些"形变而性不变"的现象:

> 正如关于人的灵魂的概念应当是关于灵魂的第一个概念,然后才由于类推而扩展为动物、植物等等的灵魂一样,关于灵魂迁移的最初的概念也包含在下面的直接而合乎逻辑的推论之中:人的灵魂是在新的人体内复活,而这是由于家族中下代与上代的相似而被判明的;后来这种思想就被扩大为灵魂在动物等的形体内复活。在蒙昧人中就有一些完全符合这一观点的明显而确定的概念。动物的那些半人性质的特征、动作和性格,

---

① 列维-布留尔:《原始思维》,丁由译,北京:商务印书馆,1985年,第266页。

成了蒙昧人——同样也成了儿童们注意观察的对象。动物是众所周知的人的特性的真正体现：那些被用来作为形容词的名称，例如，狮子、熊、狐狸、枭、鹦鹉、毒蛇、蛆虫，在一个词中就集合了整个人的生活特征。根据这一点，在研究蒙昧人中关于灵魂迁移的学说的细节的时候，我们看到：动物在性格上跟那些灵魂仿佛转移到它们身上去的人的本性显然相似。①

从万物有灵观到万物依存论只有一步之遥。以上对《山海经》的举述，实际上涉及人与自然之间千丝万缕的联系：人是日月天地的创造者和管理者，又能变形为其他动物与植物，而它们又会反过来作用于人或服务于人。在我们古人的想象世界中，生命不断循环，万物依存而共生，众生之间没有不可逾越的生命界限。凯伦·阿姆斯特朗用"本体论的鸿沟"来形容这种界限："神话所关注的不是现代意义上的神学，而是人类经验。人们认为神灵、人类、动物和自然是不可分割地联系在一起的，服从于同一种法则，由同一种神圣物质所构成。最初之时，在诸神世界与男人女人的世界之间并没有本体论的鸿沟。"②阿姆斯特朗所指的当然是西方神话，不过希腊罗马神话中虽有大量变形故事（奥维德的《变形记》集其大成），却不大注意反映众生之间的依存关系，而《山海经》中的世界才是真正逾越了"本体论的鸿沟"——通过"生育""变化"和"使用"等桥梁，人与天地万物紧密地连接在一起。

万物依存论体现的是一种雏形的整体观，与当今生态学者大力倡导的整体主义在本质上一致。整体主义思维用"小我"指代人类，用"大我"指代有机整体，这种"小我/大我"的表达方式完全不同于人类中心主义的"我/你"思维，后者虽然也知道"我"（人类）在"你"（自然）中，但其实践往往导致"你死我活"，甚至下意识地认为只有"你死"才能"我活"。而整体主义思维则认为"小我"与"大我"息息相关，"大我"是放大了的自我，处于"大我"中的"小我"不能罔顾"大我"的健康，一味追求自己的发展和扩张。"没有一个个体能够获救，除非

---

① 爱德华·泰勒：《原始文化：神话、哲学、宗教、语言、艺术和习俗发展之研究》，连树声译，桂林：广西师范大学出版社，2005年，第422页。
② 凯伦·阿姆斯特朗：《叙事的神圣发生：为神话正名》，叶舒宪译，《江西社会科学》2008年第8期。

全体都得救。"①《山海经》通篇渗透着"小我"处于"大我"之中的朴素思维,并用看似荒谬的故事反映了万物之间的依存和共生关系,因此说它是"原生态叙事"并不为过。

三、正常/怪异——众生各有其形

《山海经》被认为是一部奇书,它给一般读者留下的主要印象是怪异,鲁迅《阿长与〈山海经〉》一文描述的阅读感受可为代表。怪异的印象来自书中怪异的形象,来自那些牛头马面和人不像人、神不像神的生灵,《山海经》为什么要不厌其烦地展示那些令人不大愉快甚至是毛骨悚然之物?读者在掩卷之余可能提出这样的问题。然而在回答之前我们又不妨反躬自问:为什么我们会提出这样的问题?这样的问题是不是暴露出我们总喜欢"以人为本"——以人类自身为标准去衡量其他事物?由此又可引出下一个问题:难道世界上的衡量标准只有一个,不符合这个标准就是不正常?经过这样的反问之后,我们或许会更心平气和一些,对《山海经》中各种形象的态度也会更加公允一些。

人类经过几千年的发展进入全球化时代,终于悟出不能以一把尺子去丈量地球上不同的对象,不能以一种文化为标杆去制定置之四海而皆准的普世价值。以人类对自身的审美为例,本来这是一个"各花入各眼"的不确定问题,然而由于西方文化与媒体所处的强势地位,符合欧美审美观的某些人种特征(譬如说金发碧眼)成了"美"的同义语。这一"定见"通过广告、影视和选美比赛等在全球范围内广泛传播,使得不具备此类特征的人种遭受许多无形排斥,有识之士已经对此提出批评。在对其他生物的观察上,我们也倾向于根据已知、已有的现象和规律去做出判断,这种判断往往会受到"定见"的影响。渊博睿智如恩格斯,也曾根据"哺乳动物不下蛋"这一"定见"对鸭嘴兽做出错误判

---

① Devall Sessions, *Deep Ecology: Living as if Nature Mattered*. Salt Lake City: Peregrine Smith Books, 1985, p.67.

断,得知事实后他向这种怪异的动物表示了道歉。① 鸭嘴兽长着一张鸭子般的嘴巴,这类混合了禽兽特征的动物在《山海经》中比比皆是,似此书中那些怪物也不能说完全没有生物学上的依据。刘小枫在《沉重的肉身》的"引子"中,讲述了自己起初未能公平地给"美猫"与"丑猫"喂食,后来在邻家女孩劝导下幡然猛省的故事,②这本身就是一种伦理叙事,说明对美丑的"定见"如何影响人的行为。至此我们可以回答前面提出的第一个问题,《山海经》的目的之一是表明众生各有其形,大千世界内没有一个统一的标准,大自然并没有规定什么正常什么不正常。古人对世界的了解未必有现代人深刻,但他们的生态心胸远比现代人开阔,至少那时候还未形成以人为中心的种种"定见"。现代人若要做到与自然和谐相处,恐怕先得把这些"定见"丢开,恢复人类过去那种能够包容万千殊像的博大襟怀。

有了这样的认识,我们才能怀着一种同情乃至喜爱的心情去对待《山海经》中的初民思维,听出其中独属于人类童年时代的天真询问:人和动物的肢体可否增减数量?可否多长几个脑袋、几条尾巴?四肢和躯体的长度形状是否可以变化?五官可否增减数量或者挪动位置?没有四肢甚至没有脑袋会是怎样的结果?动物之间乃至人和动物之间可否混用肢体、器官和毛羽?《山海经》中有大量叙述寄托了这种思维:

> 有鸟焉,其状如鸡而三首六目、六足三翼。(《南山经》)
> 有兽焉,其状如赤豹,五尾一角,其音如击石。(《西山经》)
> 三身国在夏后启北,一首而三身。(《海外西经》)
> 长臂国在其东,捕鱼水中,两手各操一鱼。(《海外南经》)
> 长股之国在雄常北,被发。一曰长脚。(《海外西经》)
> 大人国在其北,为人大,坐而削船。(《海外东经》)
> 有小人,名曰菌人。(《大荒南经》)
> 一臂国在其北,一臂、一目、一鼻孔。(《海外西经》)

---

① "1843年我在曼彻斯特看见过鸭嘴兽的蛋,并且傲慢无知地嘲笑过哺乳动物会下蛋这种愚蠢之见,而现在这却被证实了!因此……事后不得不请求鸭嘴兽原谅。"《恩格斯致康·施米特》(1895年3月12日),载《马克思恩格斯选集》(第四卷),中共中央马克思恩格斯列宁斯大林著作编译局编,北京:人民出版社,1972年,第518页。

② 刘小枫:《沉重的肉身》,上海:上海人民出版社,1999年,第8—10页。

有人一目,当面中生。(《大荒北经》)

枭阳国在北朐之西。其为人人面长唇,黑身有毛,反踵。(《海内南经》)

形(刑)天与帝至此争神,帝断其首,葬之常羊之山。乃以乳为目,以脐为口,操干戚以舞。(《海外西经》)

相柳者,九首人面,蛇身而青。(《海外北经》)

有羽民之国,其民皆生毛羽。有卵民之国,其民皆生卵。(《大荒南经》)

以上所举只涉及视觉上的怪异,《山海经》中有的怪物还有体外之躯或曰"物"外之"神",其形态更加不可思议。《海外北经》写道:"钟山之神,名曰烛阴,视为昼,瞑为夜,吹为冬,呼为夏,不饮,不食,不息,息为风,身长千里。在无启之东。其为物,人面,蛇身,赤色,居钟山下。"这也就是说,"在无启之东"的烛阴是一种身长千里之"神",其眨眼与呼吸决定着昼夜与冬夏的更替,但是作为外观上的可见之"物",它又是钟山下一种赤色的人面蛇身动物。无独有偶,《海外东经》中的水伯天吴也兼具神兽二形:"朝阳之谷,神曰天吴,是为水伯。……其为兽也,八首人面,八足八尾,皆青黄。"按照这一逻辑,《山海经》中那些由人或神变化而来的动植物(或者是那些从名字看与人或神有联系的),可能都有类似的"物"外之"神",只不过有关内容在记录时被省略了。

对照一下同类性质的欧洲民间故事,我们对这种"物""神"分离的生存形态会有更深入的理解:

鞑靼人关于灵魂化身的信仰表现在一个关于巨人恶魔的怪诞然而十分合理的故事里,不能杀死这个巨人恶魔,因为它的灵魂不在它的体内,而是在一条十二头蛇的身体里,它把蛇装在袋子里带在马上。故事的主人公知道了这个秘密之后,杀死了蛇,而巨人也同时死去了。这个故事是很有趣的,它鲜明地表现了一整类众所周知的欧洲平民故事的特有的意义。斯堪的纳维亚的故事可以作为这类故事的例子,其中巨人不能被杀死,因为心不在它的体内,而是很远很远,在鸭的蛋里。但是年轻的勇士终于找到了那个蛋,打破了它,巨人也就死了。……由此看来,灵物在世界上自由地飘荡,寻找外界的物神,以便借助它来起作用,定居在它们里面,并且对于自己的崇拜者成为可见的。①

不妨进一步推测,在持万物有灵观的初民眼里,人和动物的形态是难以确定的,由于相信"物"外有"神",他们的眼神变得迷茫,观察和叙述也就难以准确。怪异本身就是一种力量,把看到的东西说得神奇一些,有助于增加叙事的魅力,符合听故事者的心理期待。人类的想象大抵都是相同的,世界上许多民族都有自己的"山海经",泰勒在《原始文化》第十章中对此有大量举述。其中如"头如狗头一样"的安达曼群岛土著、"嘴和眼睛长在胸膛上"的布伦米人、"耳朵当斗篷"的西非矮人、"没有鼻子"的突厥人、"只有一只胳膊、一条腿和一只眼"的锡克教徒和"双脚与众相反"的对跖人等,它们与《山海经》中的叙述真是"何其相似乃尔"! 特别值得《山海经》研究者注意的是,泰勒深入分析了一些怪异形象的产生原因,发现有的是源于语言的夸张含混,或是传播中的以讹传讹。例如,因鼻子过于扁平而被说成"没有鼻子";因没有国王而被称为"无头的民族";因耳饰过重而被说成是"耳朵当斗篷",接着又夸大为睡觉时以一耳为垫一耳为盖;因未开化而被说成是"半边人",进而讹变为"只有一只胳膊、一条腿和一只眼"。② 据此想来,《山海经》中许多海外怪物的"原型",可能也是在人们的口耳相传与夸张想象中被"妖魔化"的。我们对这种情况并不陌生,相互敌对的古代民族常会将彼此视为妖魔鬼怪,利益冲突的现代国家之间往往也有这种情形发生。

怪物既有成因,其怪异也就不那么可怕。事实上,《山海经》中的怪物虽然称得上千奇百怪,其构成规律却又相当简单:无非是肢体器官的增减、形状位置的改变以及物种界限的混淆而已。古人的想象非常大胆,但再大胆的想象也不能无中生有,构筑"虚构的世界"的组件还得来自日常生活。所以,书中的怪物大多是由人和常见动物的"零部件"混合组装而成,如人面、牛身、马尾、鹿蹄、羊角、虎齿、蛇躯、鼠毛和鸟翼之类。同样的道理,怪物的颜色不可能超越

---

① 爱德华·泰勒:《原始文化:神话、哲学、宗教、语言、艺术和习俗发展之研究》,连树声译,桂林:广西师范大学出版社,2005年,第526—527页。
② 同上书,第301—340页。

古人习惯的青、赤、黑、白、黄等五种颜色,它们发出的鸣叫除了"其鸣自叫"之外,①大多也像是人耳常听到的声音——婴啼、狗吠、人笑、鼓鸣和击石等。一言以蔽之,怪物就整体而言是令人诧异的,其局部和细部又是人所熟悉的。钱锺书所谓"故事情节之大前提虽不经无稽,而其小前提与结论却必须顺条有理"②,说的就是这种道理,在"顺条有理"的"小前提"基础上,演绎出种种"不经无稽"的"大前提",应当是人类一切想象活动的共同规律。当若干个熟悉的局部"组合"成一个陌生的整体时,本来不怪的东西变成了神奇的生灵。

时至今天,对于叫不出名字的陌生动物,人们仍倾向于用已知动物的肢体进行"组合式"描述。例如,《新民晚报》2008年10月10日A7版刊出一则社会新闻,标题为《乌龟背,甲鱼腹,穿山甲尾——奇:这只"三不像"姓啥名谁》,说的是读者"姜先生"在浙江建德出差时,从偏僻山村的农民手中买到一只"怪物":"这个家伙背部有乌龟一样的几何图案,腹部和甲鱼相仿,尾巴又粗又大像穿山甲。"将这些内容按《山海经》叙事模式改写,岂不就是"有兽焉,鳖腹龟背而文,其尾大如鲮鲤"? 这则新闻从标题到内容都在告诉我们,《山海经》的认知方式仍未退出历史舞台,人类对大千世界的惊诧还在继续,我们的想象能力就是由这类惊诧锻炼出来的。

神话中"虚构的世界"属于"可能的世界"之一,人类为什么要以叙事为手段去探索形形色色的"可能的世界",原因在于真实的世界毕竟是一种有限的存在,已经实现的可能与未实现的可能相比,犹如一粟之于沧海。举例来说,生活中的牛只能长着牛角牛蹄,而故事中的"牛"却可以长出鹿角、羊角、犀角和猪蹄、马蹄、羊蹄;大自然中不是每种花都有各种颜色,而"虚构的世界"中的每种花都可以有任意一种颜色。更何况,实现了一种可能,便意味着失去了实现其他可能的可能(当了神仙便不能再做享受世俗生活乐趣的凡人,所以旧时戏文中神仙也会"思凡"),为此需要通过讲述故事来做出弥补,在"虚构的世界"里实现那些未能在真实世界中实现的可能。

《山海经》是古人探索"可能的世界"的最初尝试,真实世界提供的"零部

---

① 《山海经》中的"其鸣自叫"实为介绍动物之名。"世界各种语言中,表示动物的词和表示乐器的词,听起来常常是动物叫声和乐器音调的简单模仿。"爱德华·泰勒:《原始文化——神话、哲学、宗教、语言、艺术和习俗发展之研究》,连树声译,桂林:广西师范大学出版社,2005年,第164页。

② 钱锺书:《管锥编》(第五册),北京:中华书局,1979年,第177页。

件"在这里被重新搭配,组合成许多"可能的动物"与"可能的植物"。不要小看了这种貌似简单的组合方法,古代神话中的龙、凤和麒麟,西方神话中的飞马、不死鸟和独角兽,都是运用这种方法创造出来的。龙是中华民族的象征,按照闻一多在《伏羲考》中的描述,它是以大蛇为主体,同时"接受了兽类的四脚,马的头,鬣的尾,鹿的角,狗的爪,鱼的鳞和须……于是便成为我们现在所知道的龙了"。① 如果不是司空见惯的话,龙也许是我们认识的"可能的动物"中最骇人的一种,与其相比,《山海经》中的怪物皆可谓小巫见大巫。西方人对我们的龙甚为恐惧,世界第一部科幻小说《弗兰肯斯坦》中的怪物就是由人兽器官拼成。② 诚然,闻一多(还有李泽厚)在解释龙凤形象的成因时,主要运用的是图腾合并与融化的概念,但其实质仍为本章所说的"零部件"组合,这种思维方法在《山海经》中留下了极为明显的痕迹。

怪异的对立面是正常,《山海经》虽以被"妖魔化"的生灵为主角,但偶尔也会写到被"神圣化"的动物,其中最突出的是在《山经》《海经》和《荒经》中都露过面的凤鸟:

> 有五采鸟三名:一曰皇鸟,一曰鸾鸟,一曰凤鸟。(《大荒西经》)
>
> 有鸟焉,其状如鸡。五采而文,名曰凤皇,首文曰德,翼文曰义,背文曰礼,膺文曰仁,腹文曰信。是鸟也,饮食自然,自歌自舞,见则天下安宁。(《南山经》)
>
> 有载民之国。帝舜生无淫,降载处,是谓巫载民。巫载民盼姓,食谷,不绩不经,服也;不稼不穑,食也。爱有歌舞之鸟,鸾鸟自歌,凤鸟自舞。爱有百兽,相群爱处。百谷所聚。(《大荒南经》)
>
> 此诸夭之野,鸾鸟自歌,凤鸟自舞;凤皇卵,民食之;甘露,民饮之;所欲自从也。百兽相与群居。在四蛇北。其人两手操卵食之,两鸟居前导之。(《海外西经》)

---

① 闻一多:《伏羲考》,载《神话与诗》,上海:华东师范大学出版社,1997年,第27页。

② 玛丽·雪莱(19世纪英国浪漫主义诗人雪莱之妻)著,中译本有中国人民大学出版社、天津人民出版社、外语教学与研究出版社等多种版本,该小说对科幻文学影响巨大,对这一故事的重述、演绎与研究到今天也未停止。玛丽·雪莱笔下怪物引起后世如此强烈的关注,主要还不在于这个怪物是由收集而来的尸体碎块拼接而成(这一情节令人毛骨悚然),而是它开启了人类不经过上帝而自行"造人"这一思路,好莱坞至今仍沿此思路源源不断推出新的大片。

> 有沃之国，沃民是处。沃之野，凤鸟之卵是食，甘露是饮。凡其所欲，其味尽存。爰有甘华、甘柤、白柳、视肉、三骓、璇瑰、瑶碧、白木、琅玕、白丹、青丹，多银铁。鸾凤自歌，凤鸟自舞，爰有百兽，相群是处，是谓沃之野。（《大荒西经》）

从引文可见，凤鸟是一种能歌善舞的吉祥鸟，它的出现标志着天下安宁，其栖息之地堪称地上乐园，那里的人民拥有无比充足的自然资源，渴时可饮甘露，饥来则食凤卵和百谷，无须耕织而能衣食无忧，还有歌舞不休的凤鸟与自己做伴。

这当然是一种天真的幻想，但这几段文字足以引起当代生态主义者的共鸣，因为其中透露出初民对生态和谐的憧憬与追求，描绘了最古老的生态乐园。试看，凤鸟在这个理想国中扮演着主导者的角色，"自歌自舞""饮食自然"显示出它的自得其乐和自由自在，而"两手操卵食之"的人类则以一种寄食者的面目出现，他们享受着物产丰饶带来的巨大好处（"不绩不经，服也；不稼不穑，食也"），但还没有因此变得过分贪婪，因为他们的一切需要和爱好都能在这里得到满足（"所欲自从""凡其所欲，其味尽存"）。由于众生之间相处友好，乐园里的动植物资源高度集聚（"百兽相与群居""百谷所聚"），呈现出一派欣欣向荣的喜人态势。在生态文明旗帜指引下，国家目前正在大力提倡"环境友好型"与"资源节约型"的科学发展模式，而"环境友好"与"资源节约"正是凤鸟乐园的精髓。《山海经》行文惜墨如金，然而在有关凤鸟乐园的叙述中，笔墨的挥洒较前自如，叙述者的价值取向昭然若揭。"环境友好"意味着情感的投入，《山海经》固然通篇都在写环境，但唯有在写到凤鸟乐园时，叙述者对自然美的欣赏态度才有毫不隐晦的流露。凤鸟叙事是《山海经》的一大亮点，值得认真研究和思考。

需要指出，《山海经》中的凤鸟虽然也称"凤凰"，与后世被神化的凤凰还是有很大区别。凤鸟的外形并无神奇之处，《南山经》形容它"其状如鸡"，书中所有描述都未提到它身上带有其他动物的"零部件"，也未说起它的脑袋、翅膀和脚爪有什么异常。凤鸟的"五采而文"也算不得什么稀罕，许多鸟儿身上都有多彩的羽毛和靓丽的纹理，至于这些纹理似何符号有何意义，那是后来人带有主观色彩的揣测（"首文曰德，翼文曰义"之类的内容显系汉儒整理《山海经》原文时羼入），应与初民的观察无涉。实际上，按照《西山经》中的外形描述——

"有鸟焉,其状如翟而五采文,名曰鸾鸟",凤鸟很有可能是当时一种体姿优美鸣声悦耳的大型雉鸡("翟"为长尾野鸡),这种雉鸡栖息之处泉甘林茂,正是人类宜居的沃野,因此古人认为它的出现预示着吉祥。直到今天,南方野地里仍可见到野鸡拖着长长的尾巴从远处飞过,人们在乡间活动时常与其不期而遇,据此想来上古时代这种美丽的动物一定很多,古人大量采食野鸡卵是完全可能的。

而神化之后的凤凰则完全不同,它像龙一样也是由各种动物的"零部件"组合而成,许慎《说文解字》如此描写这种"可能的动物":"凤,神鸟也。天老曰:凤之像也,麐前鹿后,蛇颈鱼尾,龙文龟背,燕颔鸡喙,五色备举,出于东方君子之国,翱翔四海之外,过昆仑,饮砥柱,濯羽弱水,暮宿风穴,见则天下大安宁。"经过这样的变形和赋予"翱翔四海"的神通,凤这只"凡鸟"终于成了可与行云布雨之龙并列的神奇动物,这个由凡而圣的过程具有太多象征意义,同样值得细细咀嚼和玩味。

四、需求/拥有——欲望永难满足

凤鸟叙事代表了古人对美好社会的憧憬。憧憬代表需求,需求导致行动,有时一个微小愿望释放出的动力,通过逐级传递而不断放大,竟能成为驱动伟大故事的引擎。① 《山海经》中实际叙述的行动不多,勉强能称为"故事"的不过寥寥数则,故袁珂称之为有"神"而无"神话"。然而《山海经》有大量内容涉及人的意愿与需求,从欲望为行动之母这个角度说,《山海经》仍然属于叙事文本,只不过其中许多事件处于尚待"孵化"的阶段。

神话之所以是神话,主要原因在于它保存了大量人类童年时代的幻想,这

---

① "《(西游记)》故事的动力始发于一个几乎是微不足道的东西——泾河龙王向算命先生挑战的愿望及行动。这个可能性的结果引出了新的性质更为严重的可能性,人物的愿望变得越来越强烈,行动的时空幅度变得越来越大,故事的动力也就变得越来越强大。""由泾河龙王开始积蓄的故事动力能量,经李世民等中介环节的扩大最终传导至唐僧。唐僧一旦承担了取经人的角色,他便成了一头任何力量都不能遏止其愿望的狮子。""《西游记》主要是取经故事,孙悟空、猪八戒和沙和尚虽然是降妖伏怪的功臣,但他们的行动主要还是为唐僧百折不回的取经愿望所驱动。而唐僧身上之所以有这么强大的动力,却是因为自泾河龙王事件起逐渐积蓄的动力都一起作用在他背上。"傅修延:《讲故事的奥秘——文学叙述论》,南昌:百花洲文艺出版社,1993年,第79—97页。

些幻想沉淀在民族记忆的底层,遇到合适机会就会生长出新的故事。儿童的行动能力远逊于成人,但他们对未来抱有更多的憧憬,先民天真无邪的愿望为神话注入了无穷的魅力,使《山海经》之类的作品成为巴特所说的"可写的文本"。神话的不朽表现为它总是被后人重述(即重写),重述构成了世界各民族叙事的一个重要生长点——越是伟大的神话,被重述的几率就越高,而吸引后人重述的正是人类童年时大量萌发的希望。马克思说"希腊神话不只是希腊艺术的武库,而且是它的土壤",[①]这句话可以帮助我们理解《山海经》在中国叙事史上的意义。

本章第一部分的标题"有/无——空间承载资源"已透露出消息,《山海经》中的大自然主要是作为资源的载体而存在,并不是一个纯粹客观的对象,书中无论是说某处有某物还是说某处无某物,都是以人的需求为判断标准。可以这样说,《山海经》的山川海荒处处反映了人的需求,大自然用一种邀请式的姿态展示着自己,那些描述空间的文字后面潜藏着人类的声音:山川为我流金出银,草木助我健体强心,鸟兽供我食肉寝皮。书中虽未直接写出人类对资源的利用,但觊觎者的意图已是呼之欲出。这种情况令人想起"文化研究"学派对欧洲传统女性裸体画的批判,按照这一学派的说法,那些油画中虽然没有男性人物(偶尔出现也是穿着衣服的)的出现,但男人的目光构成了绘画的潜在主宰:"在一般的欧洲裸体油画中,主要的角色从来没有被画出来过。他是在油画前面的一个观察者,并且被假定为是一个男人。所有的东西都对他说话,所有的东西都必须好像是他在场的结果。正是为了他,那些画中的人物才扮演了裸体的角色。"[②]《山海经》的大部分篇幅中,人类也在扮演这种"缺席的在场"角色,许多"镜头"看上去似乎是空荡荡的,其实浸染着观察者热切的目光。

"看"与"被看"的关系并不完全是单向的,"被看"的呈现固然是一览无余,但落到"被看"上面的目光也会产生某种反弹效果,使人依稀瞥见"看"的语境,以及观察者(同时也是叙述者)的面目轮廓。《山海经》的实际作者已不可考,但读者仍能通过叙述感受到"观察/叙述者"的存在,从书中大量提到山海中的

---

① 马克思:《政治经济学批判》导言,载《马克思恩格斯选集》(第二卷),中共中央马克思恩格斯列宁斯大林著作编译局编,北京:人民出版社,1972年,第113页。

② 阿雷恩·鲍尔德温等:《文化研究导论》,陶东风等译,北京:高等教育出版社,2004年,第83页。

出产来看,"观察/叙述者"后面是一批目的明确的行动者,他们在林下水边逡巡主要不是为了寻觅食物,而是为了涉及更高层次需求的药物、饰物、兆物乃至种种强心、健体和美容之物,换句话说是为了拥有一切可以提高生活质量的东西。请看这样一张代表了各种需求的清单(同类从略):

医药——有木焉,其状如杨,赤华,其实如枣而无核,其味酸甘,食之不疟。(《东山经》)

装饰——又北二百里,曰景山,有美玉。(《北山经》)

兆示——有兽焉,其状如犬而豹文,其角如牛,其名曰狡,其音如吠犬,见则其国大穰。(《西山经》)

强心——有鸟焉,其状如鸠,其音若呵,名曰灌灌,佩之不惑。(《南山经》)

健体——有木焉,其状如棠,而员叶赤实,实大如木瓜,名曰櫰木,食之多力。(《西山经》)

美容——有草焉,其状如蘷,而方茎黄华赤实,其本如藁本,名曰荀草,服之美人色。(《中山经》)

避孕——有草焉,其叶如蕙,其本如桔梗,黑华而不实,名曰蓇蓉,食之使人无子。(《西山经》)

庇佑——有兽焉,其状如马而白首,其文如虎而赤尾,其音如谣,其名曰鹿蜀,佩之宜子孙。(《南山经》)

其他——有草焉,其状如葊,赤叶而本生,名曰夙条,可以为簳。(《中山经》)

不管怎么说,这张需求清单表明《山海经》时代的社会形态已由渔猎经济走向了农耕经济,人们之所以无须在山林中进行掠夺性的觅食,是因为他们已经学会在平原上种植粮食和饲养禽畜。《山经》在介绍各山系之余,总不忘提到对山系之神的祠礼,而祠礼的主体"毛"(猪鸡犬羊)和"糈"(精米)等只能来自山下。用山下的农副产品去孝敬山神,带有一种明显的"以物易物"意味——不能说那时的人就已经有了生态平衡意识,但从书中此类叙述来看,他们对自然资源的取用既是有度的,也是有偿的。《西山经》数次提及某物"可以毒鼠",令人揣度当时山下已有仓鼠之患,这或许是大量窖藏谷物招致的结果,考古发掘已经证明:"公元前6000多年,中国北方已有了能储藏十几万斤粮食的窖穴。"①

从"服者不怒""食之不眯""佩之不惑""席其皮不蛊""养之可以已忧"等表述来看,当时对动物资源的利用包括了服食、佩带、席卧、饲养等多种方式,并非只有从口腔进入体内一途。其中饲养方式较为文明,因为它不需要剥夺动物的生命,后世领养宠物的习惯可能始于"养物已忧"。对资源的利用还有更为间接的手段,《山经》中频频提到某种动物的出现寓何吉凶,这种以物为兆的预测方式(物占)更不会对生态本身带来任何损害。

人的欲望是其自身处境的折射,根据饥饿者容易梦见美食的道理,我们可以从作者列举的种种需求中,进一步窥见那个时代的生活质量。书中出现的"已疟""已疥""已聋""已肿""已疽""已瘅""已瘿""已垫""已痔""已风""已疠"等显示,那时的人们正为罹患疟疾、疥疮、耳聋、痈肿、疽疣、黄瘅、颈瘤、湿气、痔疮、风瘘和麻风等疾病而烦恼。其中的"已痔""已瘿"和"已肿"等表明,痔疮和肿瘤之类并非像今天人们想象的那样是现代生活的产物,古人早就在遭受这类疾病的折磨。有意思的是,《中山经》说三足龟"食之无大疾,可以已肿",今天民间也还有人用龟鳖之类来治疗肿瘤。以上诸病仅涉及内外科和皮肤五官科,《山海经》中还有"已忧""已狂""已寓""无痴疾""不愚""不魇""不眯"等记述,它们对应的是精神、心理乃至智能方面的症状,如抑郁、癫痫、昏忘、痴呆、糊涂、梦魇和神思恍惚之类,这些在一般人印象中更与工业社会结下了不解之缘。"已忧""无忧"等词语的反复出现告诉我们,古人承受的精神压力并不亚于今人,为此他们才要去山里寻找忘忧草与开心果,或者靠饲养鸟兽来解除郁闷。

在治病的药物之外,《山海经》亦提到许多动植物有助于开发人的潜能。通过对它们的"服""食""佩""席""养",人的体质可望发生积极变化,获得"不劳""善走""多力""无卧""不睡""不寒""不饥""不溺""不夭"等能力;有的动植物甚至能增强人的心理素质,达到"不畏""不怒""不惑""不妒""不忘"等境界。这些自然都无法验证,但其中寄寓的大胆幻想弥足珍贵,初生牛犊不怕虎,那时的人不但希望战胜疲劳、困倦、寒冷、饥饿乃至死亡,甚至还想拥有很高的情

---

① 严文明:《农业起源与中华文明》,《光明日报》2009年1月8日。

商与智商。如果真能实现这些愿望,人类将变成无比强大而又无须补给的永生人!《山海经》还记述了一些与人体美相关的需求:"服之媚于人""服之美人色"的花草,能够使容颜变得明媚艳丽;"可以已痤""可以已腊(皮皱)""可以已蹶(皲裂)"的鸟兽油脂,能够祛除痤疮并润泽枯涩的皮肤(今人仍然使用羊油之类润肤);"服之不字""食之使人无子"的植物果实,具有节制生育的奇妙功能。令人忍俊不禁的是,书中甚至还提到食用某些鱼类能够使人"无骄(狐臭)"或"不糜(放屁)",这说明当时有些人已经非常注意自身形象的完美,尽力避免在人前散发出异味。将这些与前面提到的"养物已忧"等联系起来,可以看出古人在调养身心上动过大量脑筋,他们对生存质量的要求比我们原先想象的要高出许多。

需求有大小缓急之分,与关乎生命存续的安全与温饱相比,身心方面的琐细需求又显得无足轻重了。《山海经》中的动物多有兆示功能,从兆示上可以看出人们对未来的最大愿景。据统计,《山经》中正面兆示有"安宁"2次、"大穰"3次,负面兆示则有"大旱"13次、"大水"9次、"兵"9次、"疫"4次、"大风"2次、"火"2次,这说明那时人们最憧憬的是平安与丰收,最畏惧的是破坏"安宁"与"大穰"的洪涝、干旱、战争与瘟疫(佛家大三灾水火风、小三灾兵饥疫之说与此相符)。物占之术不能完全视为迷信,古人比我们更懂得万物相互依存的道理,气象学家所说的物候实际上就是某种意义上的物占,即使在今天,人们仍通过观察生物的变化来判断生态:蓝藻暴发意味水体污染,桃花水母出现标志水质优越,白鹤来栖说明湿地保护良好。

表2 《山海经》物占统计表

兆物	安宁	大穰	大旱	大水	兵	疫	大风	火	恐	土功	繇	风雨	螽蝗	国败	放土	狡客	总计
鸟	2		4	2	2	2		1	1	1	1				1			17
兽		2	1	5	6	2	2	1	2	1			1				1	24
虫			5	1														6
鱼		1	3	1	1													6
神					1							2		1				4
总计	2	3	13	9	10	4	2	2	3	2	1	2	1	1	1	1	1	57

当然,将物占的适用范围盲目扩大到人类社会,将异常的生物现象与人间祸福挂起钩来,那就是占卜术士的无稽之谈了(虽然自然变化有时确实会影响到人类社会)。先秦典籍中涉及物占的灾祥叙事甚多,反映出那个时候人们普遍相信"天启",努力猜测上天垂象的种种内在涵义。① 孔子对未知世界从不轻易议论,但"凤鸟不至"之事令其感叹"吾已矣乎"(《论语·子罕》),而"西狩获麟"之事又使其涕泪沾袍(《春秋公羊传》)——祥鸟隐形与瑞兽罹难,对圣人来说都是"吾道穷矣"的征兆。

综上所述,《山海经》既介绍天下各类资源,又通过点明其用途来反映人的需求,那么接下来的问题自然是,天下的资源是否取之不尽用之不竭?大自然的出产是否可以满足所有人的欲望?《山经》结束之时,叙述者用一段"禹曰"回答了这个问题:

> 禹曰:天下名山,经五千三百七十山,六万四千五十六里,居地也。言其《五臧》,盖其余小山甚众,不足记云。天地之东西二万八千里,南北二万六千里,出水之山者八千里,受水者八千里,出铜之山四百六十七,出铁之山三千六百九十。此天地之所分壤树谷也,戈矛之所发也,刀铩之所起也,能者有余,拙者不足。封于太山,禅于梁父,七十二家,得失之数,皆在此内,是谓国用。

治理过九州大地的大禹在这里仅仅是一个叙述者符号,这位"介入叙述者"(intrusive narrator)传达的是带有结论性质的观点:世界不仅是有限的,而且是有明确尺寸的(东西与南北分别为二万八千里和二万六千里。《海外东经》则曰:"帝命竖亥步,自东极至于西极,五亿十选九千八百步。")。其中较有价值的"出水之山"只有八千里,"受水"之地也只有八千里(包括"出铜之山四百六十七,出铁之山三千六百九十"),这些就是"天地之所分壤树谷"、供给国家之用的主要来源。那些"封于太山""禅于梁父"的"七十二家"国君,所得所失都在这个范围之内。既然一切物产都集中于此,那么大家在这里你争我夺就是不可避免的了,"此……戈矛之所发也,刀铩之所起也"点出了这种争夺的血腥,"能者有余,拙者不足"更直接说出有限的资源不可能满足所有人的需要。

---

① 李镜池:《古代的物占》,载李镜池:《周易探源》,北京:中华书局,1978年,第378—397页。

时光流转到公元 1640 年,《山海经》的预言成为现实,《天工开物》的作者宋应星看到人口增长给资源环境带来的巨大压力,奋笔写下"争教杀运不重来"的诗句,其中"杀运"二字与"刀铄之所起"正好形成呼应。①

不言而喻,与《山经》中那些"朴野"的经文相比,"禹曰"透露出来的认识似乎是有些过于清醒和超前了,因此毕沅在《〈山海经〉新校正》中认为这段文字"当是周秦人释语",郝懿行在《〈山海经〉笺疏》中也说是"周人相传旧语"。然而,就算是出自"周人"或"周秦人"笔下,"禹曰"中的远见卓识也称得上石破天惊。人类只有一个地球,古往今来的战争多因争夺资源而发,这些今人耳熟能详的观点,竟然早已在《山海经》中露出端倪!《山经》的曲终奏雅,使古老的先秦文献散发出生态主义的清新气息,仅凭这段"禹曰",《山海经》就不能看成是单纯的地理之书,这也证明了本章选取的研究角度是符合对象特点的。过去的研究对这段文字未予充分注意,一个可能原因是它所处的位置不够显著(夹在《山经》与《海经》之间),其实将"禹曰"附于《山经》之末不无道理,前已提到古人资源观中有"重山轻海"倾向,他们把海荒之处看成"化外",因而认为只有山脉纵横的内陆("中国")才是物产的可靠出处。此外古本《山经》可能有较长时间的单独传播史,学界认为它到后来才与《海经》等汇合,而此时"禹曰"已经成了《山经》中不可分割的部分。

重读"禹曰"还能使我们领悟中华疆域形成的奥秘。"分壤树谷"一词强调了物产的农业属性,华夏民族以农立国,一个地方该不该开发,能不能成为"中国"的一部分,关键在于它适不适合农业生产,能不能种植出养活众多人口的粮食。《山海经》中渗透着这种以农为本的思维,古人之所以不把海荒看作资源的承载之地,归根结底是因为那些地方当时不适合发展农业。从表面上看,这种思维使我们的国家失去了由"黄色文明"向"蓝色文明"发展的机会,但历史地理学领域的专家对此有更为深刻的辨析。葛剑雄说:"儒家一向认为,尧舜地方不过数千里,并不是一味求大,主张一个国家要有适度的疆域,不要不

---

① "一人两子算盘推,积到千年百万胎;幼子无孙犹不瞑,争教杀运不重来。"宋应星《怜愚诗》第 14 首。英国经济学家马尔萨斯的《人口论》出版于 1798 年,宋应星比他早 158 年看到人口按几何级数增加的可怕。"杀运重来"在这里指的是人口增多必然导致有限的资源被血腥争夺,从而引发危及人类自身生存的战争。多子多福思想至今仍在中国城乡弥漫,三百多年前的宋应星却对持这种想法的人不以为然,明确地表达了人类应当节制生育的远见卓识。

顾自己的国力和实际需要,盲目扩张,过度开发。例如海上一些岛屿,我们的祖先早已发现了,却一直没有开发。现在有的让别国占了,大家感到遗憾。但可以设想,当初要是统治者让老百姓放弃自己的田园故乡,到人烟荒芜的海岛上去,对统治者、对老百姓都没有好处。我们不要脱离历史,正因为中国历代都遵循这样的原则,所以中国的疆域并非世界最大,却是基本稳定、逐步扩展的,没有像有些文明古国那样大起大落,它们往往大规模扩张,却很快分裂、消失了,而中国一直存在了下来。"①

"禹曰"开启的话题历久而弥新,两千多年后两位英法哲人不约而同,就这个话题展开了更为深入的讨论。英国的亚当·斯密在其《国富论》(1776)中,比较了"野蛮人"的供给不足与文明人的物质丰裕:

> 在未开化的渔猎民族间,一切能够劳作的人都或多或少地从事有用劳动,尽可能以各种生活必需品和便利品,供给他自己和家内族内因老幼病弱而不能渔猎的人。不过,他们是那么贫乏,以致往往仅因为贫乏的缘故,迫不得已,或至少觉得迫不得已,要杀害老幼以及长期患病的亲人;或遗弃这些人,听其饿死或被野兽吞食。反之,在文明繁荣的民族间,虽有许多人全然不从事劳动,而且他们所消费的劳动生产物,往往比大多数劳动者所消费的要多过十倍乃至百倍。但由于社会全部劳动生产物非常之多,往往一切人都有充裕的供给,就连最下等最贫穷的劳动者,只要勤勉节俭,也比野蛮人享受更多的生活必需品和便利品。②

亚当·斯密认为这种巨大的反差是因"劳动分工"而产生的,文明社会改进了人类的生产方式,使得"社会全部劳动生产物非常之多",可以让"一切人都有充裕的供给"。然而在《国富论》出版 22 年前,法国的卢梭却发出了另一个声音,他在《论人与人之间不平等的起因和基础》(1754)中表达了对"野蛮人"生活的羡慕之情:

> 把如此这般成长起来的人得自上天的种种超自然的禀赋,以及他通

---

① 葛剑雄:《儒家思想与中国疆域的形成》(下),《文史知识》2008 年第 12 期。
② 亚当·斯密:《国民财富的性质和原因的研究》(上卷),郭大力、王亚南译.北京:商务印书馆,2008年,第 1—2 页。

过长期的进步而获得的后天的才能,都通通剥夺掉,换句话说就是,完全按照他从大自然的手中出来时的样子观察他,我发现,他既不如某些动物强,也不如某些动物敏捷。不过,从总体上看,他身体的构造是比其它动物优越得多的:我看见他在一棵橡树下心满意足,悠然自得;哪里有水就在哪里喝,在向他提供食物的树下吃饱了就睡;他的需要全都满足了。①

  我们之所以求知,是因为我们希望得到享受。不难想象:一个既无欲望又无恐惧感的人是不会花心思去进行推理的。欲望的根源来自我们的需要,而它们的发展则取决于我们的知识的进步,因为人之所以希冀或害怕某些事物,是由于人对它们已经有了某些概念或者是出于纯粹的自然冲动。野蛮人因为没有任何知识,只具有来源于自然冲动的欲望,所以他的欲望不会超过他的身体的需要。②

  亚当·斯密和卢梭正好处于两个极端:一个主张尽力发展以满足人的各种需求,一个主张节制欲望以获得内心安宁。《国富论》诞生于18世纪后期的英国,它宣传生产劳动可以带来财富的大幅度增长,目的是为工业革命后的资本主义鸣锣开道;③卢梭的学说则是对此的当头棒喝:人类需求有限而欲壑难填,幸福并不单单取决于物质的丰富,相反倒是文明社会造成了人类之间的不平等。现在越来越多的人认识到资源环境对经济发展的约束,地球已经不能提供足够的产品去满足人们近乎无限的消费欲望,于是卢梭的学说再一次引起了当代人的共鸣。诚如当代"英伦才子"阿兰·德波顿所言:"现代社会前所未有地提高了我们的收入,至少使我们看起来更为富有。实际上,现代社会给人们真实的感受却是使我们愈来愈感觉到贫穷。现代社会激发了人们无限的期望,在我们想要得到的和能够得到的东西之间、在我们实际的地位和我们理想的地位之间造成了永远无法填补的鸿沟。我们可能比原始社会里的野人更

---

① 卢梭:《论人与人之间不平等的起因和基础》,李平沤译,北京:商务印书馆,2007年,第49—50页。
② 同上书,第59页。
③ 不过亚当·斯密另著有《道德情操论》一书,他在书中试图证明资本主义生产虽然是从利己出发,却有利人的一面。"虽然他们雇用千百人来为自己劳动的唯一目的是满足自己无聊而又贪得无厌的欲望,他们还是同穷人一起分享他们所作一切改良的成果,一只看不见的手引导他们对生活必需品作出几乎同土地在平均分配给全体居民的情况下所能作出的一样的分配。"亚当·斯密:《道德情操论》,蒋自强等译,北京:商务印书馆,2008年,第230页。

觉得一无所有。"[①]在对世界的认识上,《山海经》时代的人比我们更为实际,他们没有现代人那么多欲望与需求,因而也就少了许多幻灭之苦。

五、结束语:"吾不如老圃"

以上所论,实际上是要解决这样一个问题:《山海经》是一部什么样的书?或者说,为什么古人要写这样一本书?至此我们已经明白,与其说它描述了山川海荒的方位,不如说它着眼的是天底下的资源;与其说它介绍了各种资源的功能,不如说它更关心人的需求;与其说它是一部自然之书,不如说它是一部人与自然关系之书——"原生态叙事"中流露的资源有限观念,值得后人世世代代铭记。

懂得了《山海经》是一部什么样的书,我们也懂得了那个时代的人(《孟子·万章下》:"读其书,不知其人,可乎?")。那时的人把自己当成自然界的一部分,明白万物依存而共生,也知道众生各有其形,宇宙间没有什么值得大惊小怪的生灵。我们从书中读到了他们对自然的观察、理解与所见所闻,读出了他们的欲望、需求与所受的折磨,还读出了他们务实的宇宙观与开阔的生态心胸。令现代人望尘莫及的是,他们认识大自然中有用的一切,叫得出花草树木与鸟兽虫鱼的名字,具有合理利用资源、与自然和谐相处的天赋才能。

当然更为重要的是,我们通过这些反观了我们自己。[②] 由于种种原因,我们总习惯于看到人类取得的历史进步,现在应当是看到我们失去了什么的时候了。西方生态学家认为"我们还没有成熟到懂得我们只是巨大而不可思议的宇宙的一个小小的部分",[③]其实我们并不是"还没有成熟",而是从曾经的"成熟"退化了,退化到愚蠢地将"小我"与"大我"隔离开来。孔子说学《诗》有益"多识于草木鸟兽之名",这句话最初曾使本人感到惊愕,为什么要如此强调《诗经》的认识自然功能?将《论语》中的有关论述与《山海经》联系起来,一切就显得非常合理了:认识自然是当时最重要的知识需求,还有比大自然更为重

---

① 阿兰·德波顿:《身份的焦虑》,陈广兴等译,上海:上海译文出版社,2007年,第57—58页。
② 古希腊特尔斐神庙上有铭文曰:"认识你自己"。
③ Paul Brooks, *The House of Life: Rachel Carson at Work*, Boston: Houghton Mifflin, 1972, p. 319.

要的文本吗？遗憾的是，现代人已经不再为自己的"五谷不分"而歉疚，更不会发出"吾不如老圃"的感叹了。就人之所以为人的基本方面来说，我们实在是有愧于自己的先辈。每一项现代发明都使我们失去一样珍贵东西：时钟使我们不会观察日月运行，汽车使我们的腿部肌肉萎缩，电脑使我们忘记了许多字的写法，绝大多数人已经完全丧失了在大自然中独立生存的本领，甚至连我们"养之已忧"的狗儿也不会在生病后去野地里寻药了。现代人一辈子固然要学习许多本领，但是在摘去"文盲""车盲"和"电脑盲"之类帽子的同时，我们却又不知不觉变成了"花草盲""树木盲"和"鸟兽盲"等。即便在现代人居住的城市之中，我们也成了与外界疏离的陌生人，疏离感被认为是现代人最大的精神痛苦——由于对"水泥森林"中不断涌现的陌生事物缺乏了解和把握，我们经常会感受盲人和聋人那样的窘困。

这不是我们所要的生活。在生态文明时代来临之际重温"原生态叙事"，有助于我们钩沉许多业已失落的生态记忆，21世纪《山海经》研究的意义当在于此。

第三章

中国叙事传统初露端倪于先秦时期

【提要】 传统的一个意义是它属于过去却不断作用于现在,本章之所以认定中国叙事传统初露端倪于先秦时期,关键在于先秦叙事的许多基本特点为后人承传不息。在先秦叙事中,叙事诸要素由朦胧走向清晰,对叙事行为的驾驭逐渐成熟,其中记言能力的迅速成长尤为令人瞩目。先秦叙事已经表现出相当清醒的自觉意识,作者的主体意识亦有所抬头,这些促进了对艺术形式的讲究,导致了叙事中虚构成分的增多,为历史性叙事与文学性叙事分道扬镳各领风骚做好了准备。中国的史官精神,其核心之处在于记事之笔外关神明内系良知,对所记之事绝对不能因循苟且。先秦叙事在中华民族叙事思维上打下了根深蒂固的烙印,其形态、倾向与特征对后世叙事产生了深刻影响。在历史性叙事中,这种传统的惯性作用表现得十分明显。先秦叙事处于中国叙事史上的拓荒阶段,它播下的许多种子为后世叙事提供了丰富的生长点,它建立的一系列范型亦获得绵延不绝的发扬光大。中国叙事文学中有不少东西伏源于先秦:后来那些逐渐定型的叙事手段与模式,那些包含着强大生命力的母题的故事,那些丰富性与复杂性都颇为可观的文学性格,在先秦叙事中多可找到它们的雏形与源头。

中国叙事传统初露端倪于先秦时期,这一认识源于对先秦时期各类"含事"材料的具体分析和全面探讨。在前一时期的工作中,本人通过仔细寻找叙事行为发生、成长与壮大的痕迹,研究诉诸各类传播媒介的叙事形态,观察传世典籍的贡献与影响等,尝试性地勾勒出中国叙事传统的基本轮廓。为了更集中地阐明这一认识,我将研究中的诸多心得系统归纳提炼如下。

一、从朦胧到清晰

在先秦叙事中,叙事诸要素由朦胧走向清晰,对叙事行为的驾驭逐渐成熟,其中记言能力的迅速成长尤为令人瞩目。

叙事的基本要素为时间、地点、人物和事件始末,甲骨上的卜问记录虽与通常意义上的叙事有一定距离,但问事者已经用独特的格式为容纳这些要素留出了空间,有些卜辞已经出现细化倾向。卜辞开启了一种从问答导入正文的叙事程序,作为一种以神明为受述者(narratee)的文字通讯,叙事在这里被赋予高度的严肃性与神圣性。青铜铭文扩大了叙事的规模,逐步规范了"由大到小"的时空表述次序,事件始末在铭文中获得相应篇幅,人物面目也逐步变得清晰。值得注意的是,铭文的记言艺术有突出的发展,一些铭文中"王曰""王若曰"的内容占据了主要篇幅。雄辩、生动和个性化的人物语言,构成了铭文"言胜于行"的特点,并由此呈现出一定的戏剧色彩。青铜铭事奠定了"人神共鉴"的铭事传统,从这以后,在大型硬质载体上铭勒文字不单意味着牢固地记录事件,其仪式上的意义还为隆而重之地将所记内容昭告天地神明。

在《尚书·金縢》《诗经·卫风·氓》等优秀的叙事篇章中,开始出现连贯的事件与完整的故事,也可以看到个性鲜明的人物形象。《金縢》对成王三项举动("查验祷词""执书以泣"和"出迎周公")和故事结局("偃禾尽起""岁则大熟")的叙述,说明古人已萌生记事须首尾兼顾的思想。《氓》对故事全过程的记述细致而周详,所展示的人物情感相当细腻。以《左传》为代表的史传叙事,表现出古人已经能熟练记述线索复杂、时空跨度大的历史事件。《左传》对行动的叙述可与记言媲美,重耳兴霸故事延续 24 年,左氏将这个故事放在分别代表 5 个阶段的 5 年内集中讲述,天才地解决了依年布事与事系于人的矛盾。记言艺术在诸子之文中攀上高峰。《庄子》的人物语言瑰丽奇伟,多含耐人寻味的反讽音调;《战国策》的说辞呈现出一种敷张扬厉、辩丽恣肆的雄辩风格,令人叹为观止。《论语》中夫子之言迂徐柔缓,却能产生出点睛夺魄般的效果,这种以精粹之言为"眼"的语录体叙事对后世之文影响甚大。在记言艺术高度发达的古代,对话体小说必然在其他小说形式之前成熟。即使用现代观念来看,《庄子·盗跖》也是一篇颇为规范的对话体短篇小说,它的开篇与结局均为孔子与柳下季的对话,故事的主体则是孔子与盗跖的对话,其中盗跖对说辞的痛驳长达一千余言。就结构的严密与对话的精彩而言,《盗跖》与后世名篇相比不遑多让。屈原笔下丰满浮凸的女性形象,标志着先秦叙事中人物形象的塑造达到了新的水平。《九歌》中山鬼、湘夫人等形象的主要禀赋,那"既含睇兮又宜笑"的绰约风姿,那"思公子兮未敢言"的脉脉柔情,孕育了宋玉《神女赋》中绝代佳人的艺术胚胎。作为中国叙事史上首次用浓墨重彩装扮出台的丽人,这些人物身上带有泥土芬芳的风流气息,熏陶了后世一大批女性文学形象。

先秦时期叙事诸要素发育顺利,它们为后世叙事进一步成长打下了良好的基础,在世界各民族的叙事史上,这种较高水平的起点一般都会被后人视为值得自豪的传统。

二、由实录而虚构

先秦叙事已经表现出相当清醒的自觉意识,作者的主体意识亦有所抬头,这些促进了对艺术形式的讲究,导致了叙事中虚构成分的增多,为历史性叙事与文学性叙事分道扬镳各领风骚做好了准备。

初始阶段的叙事应当是对事件信息的被动模仿与记录,其典型表现为先秦瞽史对"言"的机械诵记。随着记事载体的丰富与认识能力的提高,叙事的自觉意识开始萌芽。与神明通话的卜问为问事者带来了庄严自豪感,中国的史官精神,其核心之处在于记事之笔外关神明内系良知,对所记之事绝对不能因循苟且。铭文的"铭者自名"性质,导致"叙述者"(narrator)"称美而不称恶",因此青铜铭事必然是一种带有夸饰成分的炫耀性叙事,"隐恶扬善"在宗法制背景下进入我们的家族纪事传统。在《诗经》的史诗片断中,可以感到一种对部族历史的有意识的记诵,周人其实也尝试过用诗篇形式记录自己的过去。"吉甫作诵,其诗孔硕"等旁白类诗章则告诉我们,创作者的主体意识正在觉醒;"穆如清风""孔曼且硕"等既是自誉,也体现了诗人的自信,"凡百君子,敬而听之"更显示了他们的自重与自尊。

子史叙事中,叙事的自觉意识表现得更为充分。"孔子成《春秋》而乱臣贼子惧"(《孟子》),乃是因为《春秋》的一大功能在于留存记事者的评价,孔子的目的是通过记述史事将"乱臣贼子"钉上历史的耻辱柱。《左传》中的"君子曰"(包括"君子谓"之类)凡87见,这个数字表明叙事主体在《左传》中频繁地现身文本,明白无误地表明自己的立场与评价,显示出一种指导阅读的高昂姿态。"君子曰"是叙事学中"介入叙述者"(intrusive narrator)的中国代表,西方的"介入叙述者"到18世纪始见活跃,由此可以看出先秦叙事中"君子曰"的难能可贵。"君子曰"的深层影响表现在开创了"卒章显志"的叙事程序,它在作者与读者之间布下了一种思维定势:在讲述完故事后倘若不安排有形无形的"君子"出来议论一番,这种叙事似乎便不完整。诸子之文中的寓言,其功能亦为宣扬作者的观点。屈原是文学史上第一个自觉的创作者,膨胀的主体意识使屈赋中的"感事"成为一种横放不羁的情感流溢,所谓"骚体"就是在这种感事之情的喷涌中形成,激情澎湃的叙述者驱驭着映入自己迷茫之眼的日月风云、善鸟香草等密集意象,与它们一道进行着风驰电掣般的天地神游。凡此种种,表明这些作者不但意识到自己在叙事,明白自己是为某种既定目的而叙事,而且认识到自己是叙事的主宰,这一切使得叙事形式逐渐变得讲究,也使叙事内容出现程度不等的虚构因素,创造性叙事就是这样在实录性叙事中逐渐生成。《尚书》中的《金縢》与《左传》《国语》中的许多篇章,完全可以作为文学作品来读,诸子之文更蕴藏了大量文学精华。

先秦时期文学尚未正式独立,文史兼涵的经史子典籍构成了"双水分流"前的共同渊源,后世历史性叙事与文学性叙事都有充分理由从中追寻自己的传统。从文学立场上看,《尚书》《左传》中的"诬谬不实",恰恰代表着文学性叙事在史传母体内的躁动。先秦史传中的文史矛盾可用"史有诗衣"或"虚毛实骨"来描述,如《左传》中的骨干事件大体真实,但敷演其外的微细事件未必皆为可信,因为作者一般不大可能获得那些"如聆謦欬"般的信息。晋灵公使鉏麑刺赵盾之事应属事实,鉏麑在行刺过程中的思维活动与自言自语则为想象的产物。细枝末节的虚构与通体虚构之间并无堤防,一旦作者的兴趣由记事移向讲述引人入胜的故事,叙事中的虚构因素便会由"衣"向"体"蔓延,由"毛"向"骨"侵蚀。《战国策》除记述摇唇鼓舌的纵横家之言外,还穿插了七十余则纯属虚构的寓言故事。《穆天子传》与《晏子春秋》由"虚毛实骨"发展为"真名假事"——穆王与晏子实有,穆王共西王母唱酬与晏子"二桃杀三士"等却未必有。在这些"非子非史""亦子亦史"的叙事中,虚构因素进一步增多,文学色彩趋于浓厚。产生于秦汉时期的《燕丹子》《吴越春秋》与《越绝书》等杂史杂传,继承并发扬了"真名假事"的叙事传统,其形态具有典型的由史传向小说过渡之特色,为后来文学性叙事"脱史入稗"奠定了基础。

三、影响的沉淀

先秦叙事在中华民族叙事思维上打下了根深蒂固的烙印,其形态、倾向与特征对后世叙事发生了深刻影响。

传统的一个意义是它属于过去却不断作用于现在,本人之所以认定中国叙事传统初步奠定于先秦时期,关键在于先秦叙事的许多基本特点为后人承传不息。在历史性叙事中,这种传统的惯性作用表现得十分明显。《春秋》为中国史传开编年体先河,其实质为"依时而述"。《国语》则体现了"依地而述"的思路,它先记周语,然后分别记述列国之语。"依地而述"不具备"依时而述"的系统性,但避免了须在同一时间内记述多国史实的麻烦,可以实行集中程度更高的叙事。《国语·吴语》对吴王夫差的记述近于为夫差作传,这种对"一人一事"的集中传述不但是对编年体的超越,同时也是以人物为纲提携各类事件的纪传体的先导。纪传体的雏形出现于先秦晚期的史著《世本》中,它的"依人而述"由《春秋》的"依时而述"和《国语》的"依地而述"发展而来,这种囊括力极强的、能够各不相扰地反映各类事物在时空中连续性存在的纪传史体,经过司马迁的大力弘扬,最终成为皇皇"二十六史"一以贯之的定式。

先秦叙事对后世文学性叙事的影响则是多种多样的,它可以在大体上分为三类。一是形态上的影响。例如荀况《成相》模仿的说唱艺术为曲艺之祖,曲艺后来在中国大地上遍地开花,今天流行的还有四百多个品种,其中绝大多数仍用"鼓""相"之类的打击乐器担纲伴奏,形态上并未发生很大变异。曲艺中的说书(唐宋时为"说话")一支直接哺育了宋以后的通俗小说,在其形态上打下了深刻烙印,讲史话本的遗痕在明清章回小说中历历可见。由宋元讲史话本发展而成的章回小说中,涌现出了《三国演义》《水浒传》这样的叙事经典。楚辞与《荀子·赋篇》对汉赋的影响亦属此类,《赋篇》携带有"赋"之所以为

"赋"的文学特征——敷陈铺排，《卜居》中的屈原一层复一层地抒发胸臆，已露出后世赋文奔腾汹涌的端倪。还须提到，《赋篇》《卜居》中以客主问答之辞为开篇的做法，对后世叙事结构产生了持久影响，"遂客主以首引"成了导入正文的一种常用叙事手段。

二是思维上的影响。这种影响往往沉淀在不易觉察的意识深层，只有在将其拈出分析之后，才能现其与后世叙事文学的联系。正因为潜藏得深，它可以顽强地穿透各种文体的壁垒，作用于后世作者的叙事思维。《山海经·大荒北经》中黄帝战蚩尤一节，隐藏着一个主人公搬救兵战胜对手的原始模式，这一模式在后世叙事作品中屡见不鲜。《西游记》中孙悟空一身都是本领，但遇到对手后总是上天入地去搬救兵，这说明"搬救兵"作为战胜对手的必备程序，已经置入了中华民族叙事思维的"记忆装置"。《山海经》介绍神怪的外形时，其想象力往往表现为器官、肢体的变形与奇特，如人兽器肢的混合（"人面蛇身，尾交首上"）及器肢数量的增减（"其为兽也，八首人面，八足八尾""为人一手一足"）等。古代小说主人公的面孔后面也似乎透出某类神怪的影子：《西游记》的主角分别是金蝉、猴精、猪妖与水怪，《三国演义》的刘备"双手过膝，目能自顾其耳"，《水浒传》的宋江"坐定时浑如虎相，走动时有若狼形"。《左传》《国语》等先秦文献中，常以与动物相关的比拟（"豺声""蜂目""熊虎之状"）来喻示人物的性格与命运；时至今日，我们仍喜欢用"虎背熊腰""莺啼燕语""獐头鼠目""尖嘴猴腮"之类的词语来臧否人物。

三是倾向与特征上的影响。先秦叙事重视记言与对话，多用引征、意象与隐喻，提倡简练与含蓄，这些构成了先秦叙事的显性"遗传特征"，它们影响了一代又一代的叙事文学。在这些倾向与特征中，最值得注意的是隐喻性叙事，它是先秦叙事中最具代表性的东西。先民造字时就懂得让汉字构形部件发生共振，如将动态的"鹿"置于静态的"土"之上合成为"尘"字（"尘"的古体是"土"上有三只"鹿"），这本身就是一个最小的叙事单元——鹿群在土地上奔跑带起滚滚尘土。以后隐喻性叙事又由"字"蔓延到"词"，如卦爻辞中"飞龙在天""潜龙在渊"等意象，容易引人联想起异质而同构的人生境况；由寓言故事压缩而成的成语，丰富了中华民族的常备语汇，汇聚成了一个脍炙人口的巨型故事库。人们在使用成语时，实际上等于从中挑出某一故事，心领神会地传递不欲明言或不便直言的信息。再进一步，这种隐喻手段又由"词"扩大到"句"，如《诗经》中的"燕燕于飞,差池其羽;之子于归,远送于野"与"桑之落矣,其黄而陨;自我徂尔,三岁食贫"等,诗歌中的"兴"可谓最具民族特色的国粹,"兴象"与"拟象"之间的共振,奏响了令人回味无穷的叙事和弦。

先秦叙事的材料足以证明,中华民族使用的是一种最具叙事优势的语言,除了通常的信息传递方式之外,汉语的字词句还以独特的方式介入叙事。文学史的事实告诉我们,凡是发扬了这种叙事优势的文学样式,其风格往往优雅蕴藉,如唐诗的主要"法宝"之一就是隐喻意象的叠加与组合。而未能继承这种隐喻传统的文学样式则往往难逃訾议,如汉代赋体文学的一味铺陈固然实现了"欲人不能加",但也因此失去了用汉语叙事时那种独具一格的含蓄意味。

四、种子的生长

先秦叙事处于中国叙事史上的拓荒阶段,它播下的许多种子为后世叙事提供了丰富的生长点,它建立的一系列范型亦获得绵延不绝的发扬光大。

从发生学角度看,开疆拓宇时期出现的一些具体形态,常常会成为后人模仿的对象,其中初露端倪之物亦有机会发展壮大,由嫩芽长成参天大树。中国叙事文学中有不少东西伏源于先秦:后来那些逐渐定型的叙事手段与模式,那些包含着强大生命力的母题的故事,那些丰富性与复杂性都颇为可观的文学性格,在先秦叙事中多可找到它们的雏形与源头。提起叙事作品的开篇,我们会想到先秦时的"遂客主以首引";谈到结尾时的"曲终奏雅",我们又会想起"君子曰"之类的"卒章显志"。不管是在哪种文体中,中国人下笔时总会不自觉地按"自从盘古开天地,三皇五帝到如今"的格局行事,历代(包括当今)重要的政治文告也常常从前人的贡献起笔,这种做法可以追溯到史墙盘铭。所以有人这样描述:"中国人做学问的方式是靠历史叙事,先列举三代故事、先秦典籍、二十四史一路下来,然后续上你的当代叙事一小段,这样你才能得到自己内心承认的合法性,也只有这样才能够建立起大家公认的正统性权威。"[①]再如,《氓》不仅以其"怨而不怒"为后世"怨妇诗"奠定了情感基调,它的"开端与结局复合"的结构方式亦为后世"蟠蛇章法"之祖,诗中讲述的"痴心女子负心

---

① 黄平、汪丁丁:《学术分科及其超越》,《读书》1998年第7期。

汉"故事更成为文学史上不断重复的母题。像《氓》这样的篇章绝非凤毛麟角,由于处在历史长河的上游,先秦时期中每一个讲述得出色的故事都能进入中华民族的叙事传统,以其独特之处对后人发挥影响。

先秦叙事中一个很重要的现象是故事以"集团军"的方式存在。庄子有意识地将多个寓言故事聚拢在一起,这种集腋成裘的尝试发挥了"故事群"的威力;韩非、吕不韦进一步将"故事群"组织成"集团军",使故事按题旨聚集成不同层次的"故事族",最后归入一个庞大的"故事库"。《说林》《储说》与《吕氏春秋》就是这样的"故事库",它们反映出古人一种伟大的叙事追求——"备天地万物古今之事"。然而世上之事多如恒河沙数,人类实际上不可能真正用笔墨复制出另一个大千世界,所以庄子、韩非与吕不韦只能聊备其梗概。尽管如此,先秦时代建立起的这些巨大"故事库"仍是中国叙事史上一道骄人的风景,它们集中了闪烁着民族智慧之光的种种寓言故事,"故事库"实际上就是"智慧海",几千年后我们仍觉得需要从中汲取人生启迪。然而古人也未忽略故事的微观层面,《吕氏春秋》在"察微"类下记录了一个"卑梁处女"寓言,说的是吴楚边境上的采桑女子因戏闹而生仇隙,双方的意气用事导致冲突不断升级,最终引发吴楚之间规模浩大的鸡父之战。这个故事不仅说明古人早有"防微杜渐"的意识,从叙事学角度看,它表明古人在先秦时代就注意到织成故事之网的细微行动具有无限丰富的可能性,宏伟的故事大厦是由一系列看似微不足道的事件砖石垒砌而成。

先秦的许多故事就单个而言不一定有很大意义,它们聚合在一起却变成了一片肥沃的"土壤",后世叙事按以下四种方式在这片"土壤"上蓬勃生长。一是先秦典籍中关于某个事件的简单记述,经过后人不断地添枝加叶,最终发育成羽翼丰满的故事。孟姜女故事属于这方面的典型,最初它只是《左传·襄公二十三年》中一个小事件(杞梁妻拒绝齐侯郊吊),[①]经过两千多年来滚雪球般的连续性叙述,这段不起眼的记述变成了妇孺皆知的中国四大民间传说之一。二是先秦典籍中的故事本已具备相当基础,后世的倍加关注与反复叙述使其如烈火烹油。元代纪君祥据"晋灵公不君"写出杂剧《赵氏孤儿大报仇》,

---

① 顾颉刚:《孟姜女故事研究》,载顾颉刚等:《孟姜女故事论文集》,北京:中国民间文艺出版社,1983年,第54—55页。

以后"赵氏孤儿"又随杜哈德(Du Halde)的《中国通志》漂洋过海,在18世纪的欧洲大放光彩。① 三是后人讲述的故事虽与先秦时代无直接干连,其叙事策略却是来自对先秦叙事的借鉴。例如,《左传》叙事几乎涉及了冷兵器时代的全部可能行动,在它之后对实施"空城计"等兵法的叙述往往很难摆脱它的影响。孙绿怡云:"《左传》中出现的战略、战术:兵不厌诈(僖25、哀17),'不备不虞,不可以师'(隐5),围点打援(桓11),设覆诱敌(桓12),骄兵必败(桓13),空城之计(庄28),设间用谍(僖24、25),连环计(僖28),等等,皆被《三国演义》等小说采用。"② 四是塑造人物的策略薪尽火传,先秦时代的文学性格在后世同类人物身上继续生长。《战国策》(《秦策一》《秦策二》)中的陈轸,可以看成《三国演义》中诸葛亮形象的先驱,罗贯中正是汲取了塑造这种军师型形象的历史智慧,才能将智术过人的诸葛亮刻画得那么成功。同样,《吕氏春秋·离俗览·举难》中的齐桓公,也为后来刘备等求贤若渴的人主型形象描绘出了基本轮廓。

以上便是本人的基本认识与主要观点。先秦是中国古代文明起源与形成的时代,考古研究的成果表明,中国古代文明基本上是在中国区域内独自发生与成长起来的。叙事传统作为中国古代文明的重要组成部分,大背景决定了它应该有独属于自身的规律与特点,本章的目的在于探求和揭示这些规律与特点。只有懂得事物的源泉和根基,才能更好地认识它们后来的发展,因此我们的讨论对象虽然属于先秦,其作用力却是指向现在。李泽厚说:"传统是非常复杂的,好坏优劣经常可以同在一体中。如何细致地分析剖解它们,获得清醒的自我意识,就显得比单纯的'保卫'或'打倒',喜欢或憎恶,对今天来说,就更为重要。"③ 本人在以上讨论中没有刻意掩饰对传统的归属感,但还是努力做到在分析剖解中保持清醒与客观。先秦叙事传统确实很复杂,它散见于甲骨青铜、卦爻歌辞、神话史传、诸子言论、民间文艺和宗教祭祀等多个方面,其形成过程亦表现为各种叙事形态与"含事"材料的融汇互渗,为了合理地反映

---

① 方重:《十八世纪的英国文学与中国》,《中国比较文学》1984年第1期(创刊号);范存忠:《〈赵氏孤儿〉杂剧在启蒙时期的英国》,载张隆溪等编选:《比较文学论文集》,北京:北京大学出版社,1984年,第83—120页。
② 孙绿怡:《左传与中国古典小说》,北京:北京大学出版社,1992年,第134页。
③ 李泽厚:《中国古代思想史论》,北京:人民出版社,1986年,第302页。

它们在传统中的作用，本人设计了以传播形态为线索的论述框架，逐一讨论各种叙事形态的条件、功能与贡献，并对诉诸声音与来自民间的叙事行为给予了特别的重视，这种安排或许有利于描绘出先秦叙事的独特面貌。不过，传世的先秦史料相对不足，其中讹伪脱错成分在所难免，加之本人对文献资料的把握力不从心，这些障碍使得以上工作挂一漏万，很可能已在一些地方与叙事传统的真正精髓失之交臂。尽管如此，本人仍愿意把这里的讨论当作研究中国叙事传统的引玉之砖，万变不离其宗，对传统认识愈深，对后世流变的把握就愈透彻。当然，这项工作绝不可能一蹴而就，T.S.艾略特在《传统与个人才能》中说："传统是一个具有广阔意义的东西。传统并不能继承。假若你需要它，你必须通过艰苦劳动来获得它。"①的确是这样，把握叙事传统是一项辛勤的劳作，没有长年累月的耕耘不可能有所收获。

---

① 托·斯·艾略特(通译 T.S.艾略特)：《传统与个人才能》，载《艾略特文学论文集》，李赋宁译，南昌：百花洲文艺出版社，1994年，第2页。

器物篇

第四章

青铜器上的"前叙事"

【提要】 一切事物都有自己的萌芽状态与原生环境,"猴体解剖"应该为"人体解剖"提供启发与借鉴。就像小说出现之前有各种各样的"前小说"一样,在人类正式讲述故事之前,也应有形形色色的"前叙事"存在。青铜时代长逾千年,青铜器上的"元书写"构成了叙事活动的逻辑起点,从叙事学角度观察青铜器上的"前叙事",倾听青铜器上那"原初意义的簌簌细响",其意义不言而喻。本章通过对"纹/饰""编/织""空/满""圆/方"和"畏/悦"等五对范畴的讨论,梳理出"前叙事"与后世叙事之间的内在联系,以期为认识中国叙事传统中的谱系提供一种新的角度。同时致力于回答自己提出的一系列饶有趣味的问题:汉字及其前身对叙事有何影响?古人为何特重"省文寡事"?传统艺术门类的相通之处何在?为什么它们一致崇尚"生气"和"活力"?叙事作品的结构方式有无"先导"?"民以食为先"如何影响到叙事的生产与消费?叙事为何对"圆"情有独钟?我们的研究是否有重"圆"轻"方"之嫌?叙事经典之"魅"来自何方?诉诸想象的虚构性叙事因何起步?

开辟鸿蒙,泰初有道。然而"道可道,非常道",漫长的历史时光不仅锈蚀了传世青铜器的外表,也使其诸多能指变得意向不明,符号系统几濒崩溃。尽管存在着解读上的困难,观察那些富于意味的"元书写",辨识那些构成叙事活动逻辑起点的纹饰与图形,倾听青铜器上那"原初意义的簌簌细响",[①]仍然是一件饶有趣味的工作,更何况这还是"文艺复兴"语境中人文学者应做的功课。

一切事物都有自己的萌芽状态与原生环境,"猴体解剖"应该为"人体解剖"提供启发与借鉴。就像小说出现之前有各种各样的"前小说"一样,在人类正式讲述故事之前,也应有形形色色的"前叙事"存在。青铜时代历时1 500多年,从叙事学角度观察青铜器上的"前叙事",其意义不言而喻。本章通过对"纹/饰""编/织""空/满""圆/方"和"畏/悦"等范畴的讨论,梳理出"前叙事"与后世叙事之间的内在联系,以期为认识中国叙事传统中的谱系提供一种新的角度。

一、纹/饰

"纹"和"饰"通常被当作一个词,即青铜器上的纹状浮饰。但"纹"与"饰"还是有区别的:"纹"者"文"也,"文"既可以表示"纹理",更有"文字""文章""文采"等意义;而"饰"有"巾"形,趋于"装饰"一义,其工艺内涵不言而喻。

"纹"与"文"因何相通?一般的解释是"文"源于"纹"——鸟兽之纹启发了古人的造字思维,仓颉等人因而模仿鸟兽的足迹和毛羽,用交错的线条组织成形形色色的汉字。"文"最初的形态"乂"留下了这种思维的痕迹,两道斜向交叉的线条成为所有文字和纹饰的起点:

> 错画者,交错之画也。《考工记》曰:"青与赤谓之文。"错画之一端也。错画者,文之本义。彣彰者,彣之义,义不同也。黄帝之史仓颉,见鸟兽蹄迒之迹,知分理之可相别异也,初造书契,依类象形,故谓之文。(《说文》段注)

> 物相杂,谓之文。(《易经·系辞》)

尽管"纹"中有"文",青铜器上的"纹"与"饰"却无法决然分开,因为青铜艺术讲究的就是"以纹为饰"。青铜器上的艺术表现手段很多,但最重要的还是纹饰,

---

[①] "索绪尔发现诗是双层的:行上覆行,字上覆字,词上覆词,能指上覆能指。这种变换字序以成新词的圆转若环的现象,索绪尔以为到处都可遇见;他被它迷住了;若是听不到原初意义的簌簌细响,他就无法读一行诗。"罗兰·巴特:《文之悦》,屠友祥译,上海:上海人民出版社,2002年,第130页。

而其中又以动物纹为主体。考古发现证明,动物纹在青铜器上盘踞了整整15个世纪,它对后世造型艺术的影响可想而知。早期青铜纹饰上可以辨识的动物很多,其中既有现实中的虎、牛、羊、鹿、蛇、鱼、兔等,也有仅存于古人想象中的饕餮、夔龙、夔凤之类。这些纹饰是上古生存环境与先民心灵结构的投影,它们在青铜器上的形态也在不断演变。除了动物纹外,青铜器上出现较多的纹样还有几何纹,其形式大致有连珠纹、弦纹、直条纹、横条纹、斜条纹、雷纹、网纹等。根据出土情况来看,早期青铜器上几何纹很少担任主角,在兽面纹、龙纹、鸟纹等大行其道的时代,几何纹只能作为主纹的陪衬或地纹使用,等到动物纹从青铜器上淡出,各种形式的几何纹才如雨后春笋一般大量涌现,春秋战国之际,以几何纹为主体纹饰的青铜器已屡见不鲜,抽象的线条取代了具体的形象。

青铜器上动物纹与几何纹的此消彼长,与早期彩陶图案的演化历程甚相契合,艺术史家这样描绘后者如何由具体形象过渡到抽象图案:"明显而有迹可寻的有半坡型鱼的抽象化:一条完整的鱼的形象慢慢地变形,头尾缩小、消灭,身躯线条慢慢转变为纯粹的几何图形;庙底沟型鸟的抽象化:一只丰腴的鸟逐渐变细,最后成为两条线、一边一个圆点的抽象图案;马家窑型蛙的抽象化:一只完整的蛙变为只剩头部,身体完全几何曲线化,到只剩双眼,再到双眼分开成为曲线中的两个多圈圆形。"[1]彩陶图案早于青铜纹饰,当青铜器开始铸造时,古人或许已经习惯了以最具特征的部分代替整体的做法,商代早期青铜器上就出现过只有一对兽目的兽面纹。[2] 与此相印证,龙山文化的陶器和玉器上也有强调眼睛的兽面纹。兽面纹即饕餮纹,属于青铜纹饰的代表,宋人以"饕餮"为其命名,可能是因为饕餮的"有首无身"正好概括这种纹饰的省略性特征,但出现在这种纹饰上的动物并非只有饕餮一种,因此这里未免有点以一概全的意思。兽面纹的特征是以兽的鼻梁为中线,两侧作对称排列,眼睛在整个纹饰中居于突出的地位。这种安排预示了中国造型艺术的抽象特征和写意精神:不重要的地方尽可省略,只保留最本质传神的部分并予以夸张表现。

---

[1] 彭吉象:《中国艺术学》,北京:北京大学出版社,2007年,第9页。
[2] 马承源:《中国青铜器》,上海:上海古籍出版社,2003年,第317页。

所谓"四体妍蚩,本无关于妙处,传神写照,正在阿堵中",①阐述的便是"眼睛就是一切"的道理。②

图4　兽面纹

这种精神表现在叙事上,就是刘知几在《史通》卷六"叙事第二十二"中总结的"省文寡事"原则:

> 夫国史之美者,以叙事为工,而叙事之工者,以简要为主。简之时义大矣哉!历观自古,作者权舆,《尚书》发踪,所载务于寡事,《春秋》变体,其言贵于省文。

《尚书》与《春秋》中体现出的惜墨如金态度,似可在青铜器上得到印证——只剩一对眼睛的兽面纹不正是"贵于省文(纹)"的体现么?甲骨问事中整十整百的数字都用"合文"来表示,此外还有"旬亡祸"(以后十天内有无灾祸出现)"三赤"(三面举火烧山驱兽)之类的独特表述方式;与此相似,青铜铭事中也有内容高度浓缩的符号代码,如有的青铜器上只用一个图形文字来表示"子子孙孙永宝用",这种情况就像今人将"招财进宝"写成一个字一样。

---

① "《顾恺之》(出《名画记》)画人物,数年不点目睛,曰:'传神写貌,正在阿堵之中'。按此本《世说新语·巧艺》……《孟子·离娄》章云:'存乎人者,莫良于眸子。'"钱锺书:《管锥编》(第二册),北京:中华书局,1979年,第714页。

② 巫鸿:《眼睛就是一切——三星堆艺术与芝加哥石人像》,郑岩译,载巫鸿主编:《礼仪中的美术——巫鸿中国古代美术史文编》上卷,北京:三联书店,2005年,第70—86页。

图5　招财进宝（合字）

　　本人在《先秦叙事研究》中提出过这样的观点：单个汉字是最小的叙事单位，汉字构件之间的联系与冲突（如"尘"中的"鹿"与"土"、"忍"中的"刃"与"心"），容易激起读者心中的动感与下意识联想；而在词语层面，由寓言故事压缩而来的成语与含事典故的使用，使得汉语交流过程中呈现出丰富的隐喻性与叙事性。① "省文"的初衷是节约书写空间，却产生了增加叙事复调性的效果——因为汉语的单字与词组都在激发对行动与故事的联想。人们对汉语的神奇有过许多议论，但是归根结底，这一切都和"省文"有密切关系。

　　兽面纹上具有启示意义的不仅是其省略性特征，人们注意到，兽面纹的形成过程中显示出一种强烈的向心性。以饕餮图形为例，"两条左右分开并置的夔龙，慢慢靠拢，两头部合并，最终形成一个了无拼合痕迹的饕餮头部"。② 无独有偶，西安半坡遗址陶器上的几例鱼头图形，也是这样用两个侧面鱼头合成一个正面鱼头。只有采用散点透视的手法，才有可能获取这样的抽象图形，我们从这里窥察到中国写意艺术的先声。比这更重要的是，这种从两侧向中心聚拢而构成的图像，透露了古代形象思维中一个非常关键的理念——对称与平衡。所谓"错画为文"，正是对称与平衡的最简练表达。要想在相对有限的面积中表现动物身上的对称与平衡，恐怕非兽面纹莫属，远古先民在与野兽正面遭遇之后，回忆中挥之不去的当属怒目圆睁的兽面。

---

① 傅修延：《先秦叙事研究——关于中国叙事传统的形成》，北京：东方出版社，1999年，第36、266页。
② 彭吉象：《中国艺术学》，北京：北京大学出版社，2007年，第12页。

沿着"错画为文"的思路看"纹"和"文",又会发现一个令人相当惊讶的现象,这就是像兽面纹一样,不少繁体汉字是左右对称的:把这些繁体汉字沿着它们的"鼻梁"(垂直中剖线)对折,其左右部分基本可以重合。这方面的例子不胜枚举,例如我们的国号(中华)、族称(炎黄)和地名(京、冀、鲁、晋、申),以及表示方位的"东、西、南、北、中"和指代万物的"金、木、水、火、土",等等。诚然,完全符合"对折"标准的汉字只有一小部分,但是请注意这样一个事实:许多不能"对折"的汉字实际上是由增加意符而分化出来的新字,如"捧"源于"奉"、"佣"源于"用"、"逮"源于"隶"、"鄱"源于"番"等。这些新字的所指当然更为明确,然而它们已非仓颉的发明,把那些后来加上去的意符拿掉,可以"对折"的汉字占了绝大多数!

汉字(或者说兽面纹)为什么如此对称?这等于是问造物主为什么将动物的肢体(包括我们人类自己的身体)安排成这种样子,刘勰用"天人合一"的理论解释这种现象:

> 造化赋形,肢体必双,神理为用,事不孤立。夫心生文辞,运裁百虑,高下相须,自然成对。(《文心雕龙·丽辞》)

刘勰认为,既然造化赋予人类偶数的肢体,那么由人心生出的文辞必然是成双成对的,依此类推,由人心生出的文字或动物纹饰也应当是对称平衡的。似此,汉字也好,兽面纹也好,就像古典文学中的骈偶手段一样,统统都是人类自身的镜像投射,我们的心灵天然地倾向对称与平衡。可以这样说,"×"(错画为文)是古人最早煅制的艺术赋形码,兽面纹与汉字中置入了这种"密码",它成了中华艺术世袭罔替的遗传基因。

对称与平衡是美的体现("美"字也能"对折"),"纹"之所以能"饰",依靠的就是对称与平衡之美。尽管青铜器上的纹饰到最后发展为以几何纹为主,但饕餮造型具有的巨大美学意义绝对不能低估。与规整而又不免单调的几何线条相比,那种尚未脱离具象的动物纹饰更能体现青铜艺术的神秘。陕西博物馆收藏的西周青铜器上,饕餮图形由四个部分组成——一只虎头形成脸的上部,两条夔龙分别构成面庞的两侧,一只牛头充当了它的下颔。大多数饕餮图形都是这样由多个动物部件组织而成,变形与重组使其造型显得更狰厉莫测,同时仍未失去对称与平衡。或许是由于人类主体意识的崛起,青铜器上的兽面纹后来蜕化为变形兽面纹,它的特点是除了趋于变小的目纹和尚能辨识的鼻准线之外,其他部位都用意义不明的弧线表示,一般只能从整体上认出兽面的大致轮廓。到了西周中晚期,甚至出现了带状的兽面纹,专家认为那是同类线条无意义的延长和重复。

然而就在动物纹趋于消歇之时,一种新的"纹"加入了"饰"的队伍,这就是青铜器上的文字(包括一些"前汉字")。商代早期的青铜器上没有文字,个别有铭文的,大都和纹饰划不清界限,实际上是一种起装饰作用的图形文字。图形文字繁荣于商末周初,其中表现动物的可谓"文"中有"纹",如羽纹、鳞纹、甲纹和翼纹等,这些纹样使得动物类图形文字成了抽象与具象的中介——它们既有符号的抽象特征,又未完全蜕去禽兽的"毛皮"。也许是出于这个原因,图形文字及其构图方式至今仍受艺术家的青睐,韩美林的《天书》中收入大量此类图形,①一些公司标志与现代美术作品显然也从图形文字中获得过灵感。当今网民用字母与数字造出的象形表意符号,可以说是图形文字的现代形式。

图6　以各类动物为主体的图形文字

---

① 韩美林:《天书》,天津:百花文艺出版社,2007年。

图7　图形文字与现代公司标志

需要指出，商代书写工具主要是毛笔，与刻写在小面积硬物上的甲骨文相比，金文笔画厚重，字体要大得多，更具毛笔字的观赏性质（裘锡圭甚至认为金文是商代书写的正体，而甲骨文只是一种专门用于卜辞的俗体字）。周代铭文不但为青铜器注入了人文信息，它还自然而然地发挥起了"饰"的功能，郭沫若主张"一时代之器必有一时代之花纹与形式"，他这样描述文字的装饰作用：

> 东周而后，书史之性质变而为文饰，如钟镈之铭多韵语，以规整之款式镂刻于器表，其字体亦多作波磔而有意求工……凡此均于审美意识之下所施之文饰也，其效用与花纹同。中国以文字为艺术品之习尚当自此始。①

一般人印象中青铜器是"以纹为饰"，在此我们看到了"以文为饰"。"饰"固然是一种辅助性的功能，但是通过发挥这种功能——"效用与花纹同"，"文"为自身赢得了成为艺术主体的机会。郭沫若说"以文为饰"标志着对"文"的审美意识开始萌芽，但"中国以文字为艺术品之习尚"可能还可以往前推，有专家指出，"在造型艺术上用书法增色的传统，实可追溯到仰韶文化的彩陶装饰形式"，因为仰韶彩陶盆的黑边上均匀地刻着具有神秘意义的符号，它们与对称的人面衔鱼纹与网纹相映成趣，使陶盆的画面更显活泼。②

汉字的亦文亦图性质，导致它的表意功能和美学功能无法截然分开。巴特在《字之灵》中说：

> 我们这部法律，溯渊源，究民事，讲思想，合科学；仰赖这部搞分离的

---

① 郭沫若：《青铜时代·周代彝铭进化观》，载《沫若文集》（第十六卷），北京：人民文学出版社，1962年，第312页。
② 谢崇安：《商周艺术》，成都：巴蜀书社，1997年，第43页。

法律,我们将书法家置于这一边,画家置于那一边,小说家安于这一边,诗人安于那一边。而写却是一体无分的:中断在在处处确立了写,它使得我们无论写什么,画什么,皆汇入纯一的文之中……写作者,画家,书法家,一言蔽之,文的编织者,必须发挥作用。①

巴特的意思是,后世人为的区划,使得"写"与"画"分属于不同领域,幸而由于"中断"的存在,②我们的"写"与"画"都"汇入纯一的文之中"。巴特对汉字的认识还不够深入,但他的"一体无分"论却有深刻的理论意义,作家、诗人、画家和书法家确实应当坐在一起共同讨论"文的编织"问题。对中国传统艺术来说,"一体无分"论特别具有针对性,因为西方人不会用油画工具写字,而我们的画家与书法家手中握着的却是同样的毛笔,这支笔免不了会把绘画与书法的技艺相互打通。德国汉学家雷德侯注意到了这种现象,他这样描述郑板桥笔下那些似同非同的竹叶:"画家一遍又一遍重复它们,好像在写一个三画组成的汉字。他的手总是以同一方式往复运动。这就是为什么中国的文人画家喜欢说他们'写'出一幅画的原因所在。"③雷德侯说在郑板桥的画作中找不到"两片绝对相同的竹叶",与此相似,他发现房山云居寺《华手经》拓片上"世界"二字每次出现都有不同,于是认定古代中国人是依照自然的法则进行创造。雷德侯的观点可能引起争论,但他对书画"一体无分"的观察确实相当犀利。

汉字一直保持着对称平衡的形态,与其最初扮演的"饰"的角色有相当关系。殷墟出土的妇好盘,盘面中心满布的夔龙纹头部左右各置一"妇好"铭文,为了使画面看起来美观,制作者特意将两个"妇"字处理成对称结构。这类事例证明,出现在青铜器上的金文书法,不可能不接受青铜艺术的整体熏陶,如果没有在青铜器上度过自己的童年,中国的书法艺术很可能跳不出普通美术字的窠臼,无从获得那种自由奔放的生命感和力量感。有书法家这样归纳金文书法的视觉冲击力:"历代书评家对金文书法总的印象是:线条弯弯曲曲,斑

---

① 罗兰·巴特:《字之灵》,载《文之悦》,屠友祥译,上海:上海人民出版社,2002年,第113页。
② "中断,未完成,未固着,因而一体无分。盖固着则有定,有定则有分。中断不止的意指过程、编织过程,而这恰是写得以成立的条件。"屠友祥注《文之悦》,该注见罗兰·巴特:《文之悦》,屠友祥译,上海:上海人民出版社,2002年,第113页。
③ 雷德侯:《万物:中国艺术中的模件化和规模化生产》,张总等译,北京:三联书店,2005年,第280页。

驳陆离,形状质朴高古,奇奇怪怪,结构错综复杂,繁复茂密,气势浑厚雄壮,大气磅礴,甚至给人一种神秘莫测和肃穆威严的感觉。"①与其说这是对金文书法的印象,不如说是对青铜纹饰的总体感觉,体现在饕餮纹饰中的赫赫威仪与勃勃生机,为金文书法所继承并传之后世。所谓"有意味的形式",在书法中可以用线条中洋溢着的生命活力来解释。金文书法最重要的一点是以曲线代替甲骨文的直线:由于龟甲兽骨比较坚硬,甲骨文的笔画一般以直折为主,而金文多为刻模浇铸而成,其线条容易形成圆转之势。曲线有利于持笔者自如挥洒一气呵成,令书写过程中的气脉流通更为顺畅,那些"弯弯曲曲""奇奇怪怪"的曲线,既像是飞禽走兽的神韵姿态,又像是它们留下的运动轨迹。

众所周知,我们的国粹多以动物为描述语言。《芥子园画谱·兰谱》在介绍画兰花线条的技法时,使用了"鲫鱼头""鼠尾""凤眼""螳螂肚"等名称,其目的显然是用活蹦乱跳的动物来强调线条的灵动性;五禽戏、太极拳与气功的各种招式多被冠以动物之名,也是为了从鹰飞兔奔中借取"精神"。不过在诸多国粹之中,最讲究"精气神"的还是书法。难道不是这样吗?字写得生动是"龙飞凤舞",写得飘逸是"天马行空",写得萎靡是"树上挂蛇",写得丑陋是"满纸涂鸦",说来说去都离不开有生命的物体。所以李泽厚会将"线的艺术"上升为中国艺术的灵魂:"中国书法……不是线条的整齐一律均衡对称的形式美,而是远为多样流动的自由美。行云流水,骨力追风,有柔有刚,方圆适度……书法由接近于绘画雕刻变而为可等同于音乐和舞蹈。并且,不是书法从绘画而是绘画要从书法中吸取经验、技巧和力量。运笔的轻重、疾涩、虚实、强弱、转折顿挫、节奏韵律,净化了的线条如同音乐旋律一般,它们竟成了中国各类造型艺术和表现艺术的魂灵。"②

在谈到传统文论时,人们常议论其取象过于鲜活,季羡林批评古人"使用一些生动的形容词,绘形绘色,给人以暗示,资人以联想,供人以全貌,甚至给人以艺术享受,还能表现出深度;但有时流于迷离模糊,好像是神龙,见首不见尾,让人不得要领。古代文艺批评家使用的一些术语,比如'神韵''性灵''境界''隔与不隔''本色天成''羚羊挂角,无迹可求'等等,我们一看就懂,一深思

---

① 李宗玮:《悟对书艺》,济南:山东画报出版社,2007年,第24页。
② 李泽厚:《美的历程》,北京:文物出版社,1981年,第44页。

就糊涂,一想译成外文就不知所措"。① 如果要"追究"的话,这种"羚羊挂角"式的表述与书法中的形象比喻可谓一脉相承。线的艺术作为一种"流动的美",必然突破字句间的壁垒而向章法蔓延,而对书法中章法的讨论势必波及诗文内在的章法结构。将传统的文论与书论对读,可以发现两者使用的范畴术语非常相似。古代文论注重的也是那种"富于生命暗示和表现力量的美",也喜欢用"气""神""韵""味"之类的概念来形容文学作品的内在精神。如曹丕《典论·论文》中的"文以气为主",章学诚《文史通义·史德》中的"文非气不立",胡应麟在《诗薮》中说得更为明白:"诗之筋骨,犹木之根也;肌肉,犹枝叶也;色泽神韵,犹花蕊也。筋骨立于中,肌肉荣于外,色泽神韵充溢其间,而后诗之美善备。"总而言之,传统文论把理想的文学作品看成是一种气脉贯通、韵味充溢的鲜活物体,导致这种审美原则的背景渊源值得认真研究和深入发掘。

二、编/织

就像"纹"和"饰"一样,"编"和"织"本来也是一个词,但这里仍要把它们"强行"分开,厘定它们的本来意义。"编"为编结,意思是将两股以上的"线"缠绕在一起。"织"为织纴或织造,它是"编"的不断重复和发展——就像"织"布、"织"毛衣一样不断将对象扩大。

"编"其实就是错画。错画为文,文的本义为左右交错的线条,青铜器上的"纹"和"文"都是用线条编结出来的。申小龙提出汉字的构形"基本上是以二合为基础","会意字的基本形式是两个(少数是两个以上)象形符号的组合"。② 受此启发,本人在《文本学》第六章中专门讨论汉语文本中的"二合"现象,指出汉字形音结构的对称平衡,与多为偶数音节的词和成语以及多为平行结构的汉语句法之间,存在着千丝万缕的内在联系。体现在错画为文中的"二合"精神由汉字层面向外渗透,弥漫在构成作品的各个层面之间,为汉语文本带来了蕴藉含蓄、咀嚼不尽的阅读效果。③

---

① 季羡林:《比较文学随谈》,载《季羡林文集》(第八卷),南昌:江西教育出版社,1996年,第272页。
② 申小龙:《汉字人文精神论》,南昌:江西教育出版社,1995年,第67页。
③ 傅修延:《文本学——文本主义文论系统研究》,北京:北京大学出版社,2004年,第199—220页。

青铜器上不仅可以看出文字之"编",还可以看出图形之"编"。古人在"编"的过程中,并不只是将相同的东西交错在一起,如前所述,饕餮就是由虎、夔龙和牛的部件编结而成,这样的图形不但没有失去对称,反而获得了一种更富动感的平衡效果。刘勰这样阐释"立文之道":

> 若乃综述性灵,敷写器象,镂心鸟迹之中,织辞鱼网之上,其为彪炳,缛采名矣。故立文之道,其理有三:一曰形文,五色是也;二曰声文,五音是也;三曰情文,五性是也。五色杂而成黼黻,五音比而成韶夏,五性发而为辞章,神理之数也。(《文心雕龙·情采》)

从"综述性灵,敷写器象"和"镂心鸟迹之中,织辞鱼网之上"等词语,可以看出刘勰对"器象""鸟迹"和"鱼网"等有过深入的观察和思考,那么他悟出"五色杂而成黼黻,五音比而成韶夏,五性发而为辞章"的道理绝对不是偶然的。根据这个道理,刘勰提出"文"的形、声、情分别由五色、五音、五性杂比而成,这些统统可归结为一个"编"字。

有"编"就有"织","织"是连续的"编",为了避免单调,"织"的过程中需要衍生出新的花样。古人如何织衣蔽体和结网渔猎,今人已无从得知,但是传世青铜器上的花纹网饰告诉我们,青铜时代的人们已经是"织"的高手。以下是有关专家对一只青铜方壶(见书中彩图1:春秋曾中斿父方壶)的描绘:

> (方壶)为典型的春秋早期的几何风格,装饰纹样以穷曲纹、环带纹为主,间以夔纹,采用多层装饰手法。如壶盖透雕环带纹,作莲瓣状,盖身饰夔纹,口沿又饰浅雕的环带纹,颈部再饰夔纹,但它不是简单机械的重复,而是加重浮雕层次的效果,壶身下的两层穷曲纹,也是以不断增强气势的环带纹盘绕器身,最后在圈足上以每边四个明快的垂麟纹作为尾声。全器多层次的装饰,使用的几乎近似的主题,却能展开繁复而有强弱节奏的律动,一气呵成,并收到了多样统一的和谐效果。颈肩一对兽头形衔环捉手进一步打破了平滞的格局,使画面更富于对立的均衡感。①

可以想见,在为这只方壶设计纹饰时,古人是如何绞尽脑汁以避免"简单机械的重复"。壶体被当作有颈、肩、体、尾的生命物体来对待,纹饰之间不断有过

---

① 谢崇安:《商周艺术》,成都:巴蜀书社,1997年,第134页。

渡和搭配，并像戏剧角色一样被赋予不同功能：盘绕器身的穷曲纹、环带纹扮演主角，装饰局部的夔纹充当配角，明快的垂麟纹则在结局时上场。主题相近的装饰保持了全器风格的统一，颈肩上的兽头捉手用以打破平滞的格局，繁复而有强弱节奏的律动收到了多样统一的和谐效果。通过出神入化的编织，坚硬的青铜表面发生了某种程度的"柔化"，它不再生硬地将外界目光"弹回"，而是像绵软的镂花织物一样将人们的眼球牢牢吸引。在大面积的青铜器表面，"织"的魅力表现得尤其明显，那些似同非同的波状与网状板块演绎出种种神秘，将人们的审美疲劳感化解得无影无踪。

无论是我们的传统文论还是西方当代文论，都有将文本等同于织物的说法。青铜纹饰上的组织化状态预示了后世文字文本的若干特征，堪称结构方式的"先导"——其中既有段落、单元与章节，也有主题、结构与功能。法国结构主义从叙事作品中抽象出来的种种归并关系，不就是这样一种网状结构吗？中国古代文论中其实也有类似表述，只不过使用的语言更为精妙，取象更具动感（西方人心目中的结构多为静态）。金圣叹对《水浒传》第八回的一段评点，为这种网状归并关系灌注了活力：

> 今夫文章之为物也，岂不异哉！如在天而为云霞，何其起于肤寸，渐舒渐卷，倏忽万变，烂然为章也。在地而为山川，何其迤逦，而入千转百合，争流竞秀，窅冥无际也。在草木而为花萼，何其依枝安叶，依叶安蒂，依蒂安英，依英安瓣，依瓣安须，真有如神缕鬼簇，香团玉削也。在鸟兽而为翚尾，何其青渐入碧，碧渐入紫，紫渐入金，金渐入绿，绿渐入黑，黑又入青，内视而成彩，外望之而成耀，不可一端指也。

所谓"依枝安叶，依叶安蒂，依蒂安英，依英安瓣，依瓣安须"，其实就是用有生命的形象——"枝""叶""蒂""英""瓣""须"来形容由大而小、由粗而细的组织统辖关系。与草木花萼的"分英布瓣"相似，天上云霞的"烂然为章"、大地山川的"窅冥无际"和鸟兽翚尾的"金碧间杂"，全都在赞颂造物主的"神缕鬼簇"之工。认真追究起来，这种思想应当是来自《文心雕龙》中的《原道》：

> 文之为德也大矣，与天地并生者为何哉？夫玄黄色杂，方圆体分；日月叠璧，以垂丽天之象；山川焕绮，以铺理地之形。此盖道之文也。仰观吐曜，俯察含章，高卑定位，故两仪既生矣。惟人参之，性灵所钟，是谓三

才,为五行之秀,实天地之心。心生而言立,言立而文明,自然之道也。傍及万品,动植皆文……夫以无识之物,郁然有彩,有心之器,其无文欤?

刘勰认为大自然中"动植皆文",日月之丽与山川之绮暗示出"道之文",人类在仰观俯察中认识到"文"与"两仪""三才""五行"之关系,悟出"天地之心"乃是通过"自然之道"来"傍及万品",于是"心生而言立,言立而文明"。金圣叹也是将文章与天地万物相比附,但他通过自己的深入观察,细化了刘勰语焉不详的"动植皆文"。不仅如此,他还以云霞、山川、花萼和翚尾(即锦鸡尾巴)的组织结构和变化过渡("青渐入碧,碧渐入紫,紫渐入金,金渐入绿,绿渐入黑,黑又入青,内视而成彩,外望之而成耀")为例,来说明应向造化学习文章的经营之术。

金圣叹并没有满足于使用比喻,在接下来对《水浒传》第九回的评点中,他径直将话题聚焦于小说中的事件。他指出,由于"有先事而起波者,有事过而作波者",事件之间具有不容忽视的关联性,"事前先起之波""事后未尽之波"与"正叙之事"实为一段环环相扣之链。金圣叹不但看出事件的重要性,他还认识到事件之间存在因果联系,正是这种因果联系导致了小事件不断归并为大事件,像云霞一样"起于肤寸,渐舒渐卷,倏忽万变,烂然为章"。无论是使用比喻还是直接谈"事",金圣叹的思维一直没有脱离与"编织"有关的意象,在第九回评点中,他要求读者在阅读时瞻前顾后统摄全局——"作者之腕下有经有纬",读者胸中也当"有针有线"。实际上,整个传统文论中有不少与"编织"相关的比喻,"针线""关合""入笋"之类的说法比比皆是。明清小说评点中屡屡提到"密针线",张竹坡等人希望通过"添针补锦,移针匀线",将文本拾掇得有条不紊,《文心雕龙》用"茧之抽绪"来描述文句经营,用"裁衣之待缝缉"来形容故事线索的整理,"编织"意象呈现得十分明显。

"织"既为连续的"编",就应当不是"过去完成时"而是"现在进行时"。在讨论文本的"编织"时,巴特发表过这样的观点:

> 文(Texte)的意思是织物(Tissu);不过,迄今为止我们总是将此织物视作产品,视作已然织就的面纱,在其背后,忽隐忽露地闪现着意义(真理)。如今我们以这织物来强调生成的观念,也就是说,在不停地编织之中,文被制就,被加工出来;主体隐没于这织物——这纹理内,自我消融

了,一如蜘蛛叠化于蛛网这极富创造性的分泌物内。①

蛛网结成之时,应是蜘蛛在网后"叠化"(隐没)之际,然而结网的目的在于捕获猎物,外界的扰动(飞虫入网等)使蛛网颤动起来,于是潜伏在网后的蜘蛛开始了新的缠绕与编织。在《S/Z》与《文之悦》等著作中,巴特反复强调文本是一种处于不断编织之中的织物,为什么文本写成后还在继续被"编织"?这是因为阅读的目光对文本造成了扰动,读者在作者的"书写"上开始了自己的"书写",巴特本人就把巴尔扎克的小说《萨拉辛》变成了"可写的文本"。沉重的青铜器不可能像蛛网那样晃晃悠悠地颤动,但它的纹饰和铭文中含有大量指向不明的信息(一些铭文文字需要发挥想象来释读),阅读目光对它的扰动实际上更为剧烈。与后世文本相比,青铜文本更能体现"织"的本质,是一种特别能够调动接受者主观能动性的"可写的文本"。

青铜器上最具"织感"的纹样,无过于不断向左右扩展的二方连续和向四周扩展的四方连续,蕴涵其中的韵律感和秩序感,不由人不想起《诗经》中那些回环往复的歌咏。试读人们熟悉的《周南·关雎》:

  关关雎鸠,在河之洲。窈窕淑女,君子好逑。
  参差荇菜,左右流之。窈窕淑女,寤寐求之。
  求之不得,寤寐思服。悠哉悠哉,辗转反侧。
  参差荇菜,左右采之。窈窕淑女,琴瑟友之。
  参差荇菜,左右芼之。窈窕淑女,钟鼓乐之。

学界一般认为,《诗经》原为乐歌总集,三百零五篇尽皆入乐可歌,因此那种复沓跌宕的章法,应当是同一旋律反复咏唱的结果。此说固然不错,本章要补充的是,青铜礼器和乐舞是周代祭祀仪式的重要组成部分,舞者的队形与礼器上的纹饰实际上构成了不可分割的整体,考虑到这种情况,礼器上铸出"一唱三叹"般的纹饰就是很自然的事情了。周代青铜器制作水平有较大提高,铭文中也开始出现铿锵协律的韵句,"美文"和"美器"的相得益彰,召唤着乐舞与纹饰的相得益彰,这可以看成是扩大了内涵的"一体无分"。陈寅恪的《清华大学王观堂先生纪念碑铭》渗透了这种精神,其中似乎还有青铜器上那种"一波三折"

---

① 罗兰·巴特:《文之悦》,屠友祥译,上海:上海人民出版社,2002年,第76页。

的遗响：

> 先生之著述，或有时而不章。
> 先生之学说，或有时而可商。
> 惟此独立之精神，自由之思想，
> 历千万祀，与天壤而共久，共三光而永光。

似此，青铜器上"图文并茂"浑然一体的编织，亦属"一体无分"之说的典型体现。中国艺术一大特征是各艺术门类间水乳交融般的配合，例如国画作品中，图画之美常与诗文、书法、印章之美交互映衬，这种和谐共处的渊源可以追溯到青铜艺术。

三、空/满

青铜器多为容器，容器的特点是"空"，否则无以盛纳物品。"满"是对"空"的充填，用德里达等人的话来说，因为"空"是对"满"的召唤，"满"又表现为青铜容器里一种"缺席的在场"。

"空"是欲望的符号，我们看到的青铜器大多空空如也敞口朝天，它们似乎仍在期待充填，只有充填才能使它们满足，所以"满"是"实现"的符号。在青铜器的存在史上，"满"总是暂时的，而"空"则为常态。无论是作为礼器还是食器，青铜器中盛纳的都是食物，因此这欲望主要表现为口腹之欲，青铜容器在这种意义上代表古人的胃。中华民族的自我生产能力过于强盛，胃的数量一多，食物资源不免有短缺之虞，因此我们在很多时候表现为一个饥肠辘辘的民族。欲望为行动之母，没有欲望就没有事件与故事，虽说青铜时代"国之大事，在祀与戎"，但祭祀与战争都不过是手段，只有获得赖以维持生存的食物才是头等大事。对食物的需求是一种不可遏制的欲望，在"民以食为天"的时代，食物在国人的欲望图谱上永远处于最重要的位置，要知道饥民起义导致了历史上多少次改朝换代！

然而对青铜器的使用者来说，食物的供应不是问题，成为问题的倒是如何加工处理大量的食物。周代宫廷中的厨房大得惊人，食官、庖丁与厨子加在一起构成了一支庞大的队伍，请看张光直根据《周礼·天官冢宰》得出的统计

数字:

> 在负责帝王居住区域的约四千人中,有二千二百多人,或百分之六十以上,是管饮食的。这包括162个膳夫,70个庖人,128个内饔,128个外饔,62个亨人,335个甸师,62个兽人,344个渔人,24个鳖人,28个腊人,110个酒正,340个酒人,170个浆人,94个凌人,31个笾人,61个醢人,62个醯人,和62个盐人。[①]

《诗经》和《楚辞》中关于宴饮活动的大量描写,为后人的想象提供了基础,我们的文学艺术从一开始就与饮食结下了不解之缘。没有什么比《周礼》中记载的数字,更能说明当时王公贵族对盛大筵席的殷切期待与巨大欲望。

《周礼》与西周金文中屡屡出现的"大宰""小宰""宰夫""膳夫"等职官名,暗示上古行政官员最初是手握屠刀的庖厨:为统治者加工和分配食物的人,很容易染指其他更为重要的权力,商汤的宰相伊尹就被后人尊为厨艺之祖。在漫长的封建社会中,人们一直用"调和鼎鼐"来形容宰相的职能,"治大国如烹小鲜"之类的比喻也就层出不穷。"调和鼎鼐"是为了使鼎鼐中的美味更为可口,鼎鼐的主人——美味的享用者才是真正的统治者(在食物匮乏的年代这点尤为突出),因此以鼎为代表的青铜器成了最高权力的象征,"问鼎"被视为泄露野心的政治姿态。

在古人的想象世界中,死者是带着未获实现的欲望走的,因此可以用满足其欲望的方式把他们的灵魂招引回来。现代人难以接受鬼魂也会饥饿的观念,但是古人可能认为死亡也无法终止胃的消化功能,那些徘徊在荒原旷野中的饥魂饿鬼一旦闻到了鼎器中美味溢出的芳香,便会像在生者一样垂涎三尺,不畏幽明之隔返回自己的家园。《楚辞·招魂》中对珍肴佳馔的细腻叙述,确实具有一种令人无法抵御的诱惑力:

> 魂兮归来!何远为些?
> 室家遂宗,食多方些。
> 稻粢穱麦,挐黄粱些。
> 大苦咸酸,辛甘行些。

[①] 张光直:《中国青铜时代》,北京:三联书店,1983年,第222—223页。

肥牛之腱，臑若芳些。
　　和酸若苦，陈吴羹些。
　　胹鳖炮羔，有柘浆些。
　　鹄酸臇凫，煎鸿鸧些。
　　露鸡臛蠵，厉而不爽些。
　　粔籹蜜饵，有餦餭些。
　　瑶浆蜜勺，实羽觞些。
　　挫糟冻饮，酎清凉些。
　　华酌既陈，有琼浆些。
　　归反故室，敬而无妨些。

从表面上看，人的欲望是很容易满足的，只要将"空"装"满"就行。然而就像西方人本主义心理学家马斯洛所说的那样，饥饿者在梦中都会见到食物，一旦饱足则立即为更高一级的需要所主宰——"一个欲望得到了满足之后，另一个欲望就立刻产生"。① 这似可概括为：无"空"不成"满"，一"满"又成"空"。按照"饮食男女"的次序和"饱暖思淫欲"的说法，口腹之欲的满足，意味着男女之情的萌发。《招魂》显示了这样的"欲望路线图"——"肴羞未通"之时，先听见"女乐罗些"；酒过数巡之后，便看见"美人既醉，朱颜酡些"；再往下就是更为不堪的"士女杂坐，乱而不分些"和"郑卫妖玩，来杂陈些"。繁衍对人类来说具有不亚于生存的重要意义，古代文献中食色互喻的例子屡见不鲜，《诗经》中常用"饥"表示性欲，用"食"表示性交，可见这两项活动结合之紧密。② 食色之结合常以文学为桥梁，达尔文认为诗歌的原始功用全在引诱异性，如同雄禽吸引雌禽的羽毛。③ 酒酣耳热之际，人们需要通过种种讲述故事的方式，来获得自己本能与情性的释放，后世艺术的源头大概就是这样形成的。朱光潜对饮食

---

① 弗兰克·戈布尔：《第三思潮：马斯洛心理学》，吕明等译，上海：上海译文出版社，1987年，第41页。
② 叶舒宪：《诗经的文化阐释》，武汉：湖北人民出版社，1994年，第547页。
③ "依达尔文说，诗歌的原始功用全在引诱异性。鸟兽的声音都以雄类的为最宏壮和谐，它们的羽毛颜色也以雄类的为最鲜明华丽。诗歌和羽毛都同样地是'性的特征'。在人类也是如此，所以诗歌大部分都是表现性欲的。"朱光潜：《性欲"母题"在原始诗歌中的位置》，载《朱光潜全集》（第八卷），合肥：安徽教育出版社，1993年，第483页。

与艺术的关系看得更深:

> 每个图腾社会都有一种"特怖"(taboo)或禁令,最普通的是不宰食图腾所尊奉的动物,如袋鼠是袋鼠图腾的圣物,凡属袋鼠图腾者都不得宰食袋鼠;其次是同图腾者不通婚。但是图腾社会在祭祀时所用的牺牲就是图腾动物,祭后聚餐,分食祭肉是一种大典。这种图腾动物就象征原始人类所共恶的父亲,牺牲图腾动物是弑父的象征,分食祭肉是庆祝成功的宴会。但是后来道德观念渐起,人类觉悟到乱伦是一种罪恶。大家受这种"罪恶意识"的影响,彼此相约:一不宰食象征父亲的图腾动物,二在本图腾之内不通婚,以免占领父亲的妇人。这是宗教伦理的起源,文艺的起源也就在此。①

按照这种理解,青铜器上的动物造型很可能与器主家族的图腾有关。青铜器上的图像叙事一直是难于索解之谜,朱光潜为复原神话叙事提供了一种思路。

对于国人来说,满足食欲还有另一层讲究,这就是人们总愿意聚在一起用餐。"一个人独食除了解饥以外,没有什么其它的结果,但是大家一起进餐,以及这后面的行为方式和理由,才是高潮。食物是为了延续生命而服食的,可是食物与其说是享用的不如说是赠送的与共享的。"②事实确是如此,无论是饮食还是喝茶抽烟,我们都倾向于和别人一道分而享之,所以李白"月下独酌"时要"举杯邀明月",以形成"对影成三人"的场面。先秦文献中直接叙述大快朵颐的地方不多,写宴饮时更多聚焦于"吃喝"之外的其他行为,如《诗经》的《大雅·行苇》:

> 戚戚兄弟,莫远具尔。
> 或肆之筵,或授之几。
> 肆筵设席,授几有缉御。
> 或献或酢,洗爵奠斝。
> 醓醢以荐,或燔或炙。

---

① 朱光潜:《性欲"母题"在原始诗歌中的位置》,载《朱光潜全集》(第八卷),合肥:安徽教育出版社,1993年,第485—486页。
② 张光直:《中国青铜时代》,北京:三联书店,1983年,第235页。

> 嘉殽脾臄，或歌或咢。

我们的古人讲究行动合乎礼仪，《礼记·礼运》有"夫礼之初，始诸饮食"之语。与他人共享食物反映了我们这个古老民族的伦理与智慧，中华文明历数千年而不衰，关键因素之一是依靠集体的力量共渡难关，没有什么比这更能揭示我们生存下来的秘密。享受美食的方式，也就是日后享受美文的方式。陶渊明《移居》中的"奇文共欣赏，疑义相与析"，表达了这种集体主义的艺术消费传统。看来要将"空"装"满"，对国人来说不仅需要充填欲望之物，他人的在场和参与也是一项非常重要的因素。

青铜时代为国人享受口福之始。青铜是红铜与锡、铅、镍等化学元素结合后的产物，具有较高的硬度与良好的耐温、保温性能，材料革命后的食器对肉类的烹煮力大为提高，鼎镬中的食物因此变得更为可口。① 商朝第一代君主以"汤"为名，国人喜爱的羹汤有可能发明于这位国君的统治时代。商汤的宰相伊尹则绝对是一位烹饪大师，《吕氏春秋·孝行览》中，记录了一则伊尹"负鼎俎以滋味说汤"的故事：

> 汤得伊尹，祓之于庙，爝以爟火，衅以牺猳。明日设朝而见之，说汤以至味。汤曰："可对而为乎？"对曰："君之国小，不足以具之，为天子然后可具。夫三群之虫，水居者腥，肉玃者臊，草食者膻。恶臭犹美，皆有所以。凡味之本，水最为始。五味三材，九沸九变，火为之纪。时疾时徐，灭腥去臊除膻，必以其胜，无失其理。调和之事，必以甘、酸、苦、辛、咸。先后多少，其齐甚微，皆有自起。鼎中之变，精妙微纤，口弗能言，志不能喻。若射御之微，阴阳之化，四时之数。故久而不弊，熟而不烂，甘而不哝，酸而不酷，咸而不减，辛而不烈，澹而不薄，肥而不腻。"

故事中的伊尹循循善诱，由烹饪之术及于帝王之道，其目的固然在于宣喻治国安邦的大学问，但仍能从中看出他熟谙"精妙微纤"的"鼎中之变"，是真正懂得品尝"至味"的美食家。《左传·昭公二十年》晏子对齐侯说味之"和"，与伊尹"说汤以至味"有异曲同工之妙，他们都把单纯满足食欲的"吃"升华为具有审美意义的"品味"，简单的进食活动变成了微妙的艺术行为。从那以后国人的

---

① 本人生于南昌，南昌人至今仍称饭锅为"鼎罐"。

饮食活动变得非常复杂:将"空"着的肚子填"满"容易,困难的是满足舌尖上那敏感而又日益挑剔的味蕾。

可能是钱锺书阐述过的"通感"在起作用,古代从"品味"角度谈论文学的做法不绝如缕。《文心雕龙》中有十多处说到"味"("清典可味""余味曲包""味深""味之必厌"等),说明刘勰已视诗歌消费为艺术享受;钟嵘的《诗品》为古代第一部诗学专著,他从"品味"出发为作品评出等级——"有滋味者"居上,"淡乎寡味"者居下。继钟嵘之后,司空图的《与李生论诗书》更深入地阐发了诗中之"味":

> 文之难,而诗之难尤难,古今之喻多矣! 而愚以为辨于味,而后可言诗也。江岭之南,凡足资于适口者,若醯,非不酸也,止于酸而已;若鹾,非不咸也,止于咸而已。华之人以充饥而遽辍者,知其咸酸之外,醇美者有所乏耳。彼江岭之人,习之而不辨也,宜哉! 诗贯六义,则讽谕、抑扬、渟蓄、温雅,皆在其间矣。

在此基础上,司空图进一步提出了"味外之味""味外之旨"的概念。钟嵘、司空图的"品味说"影响到严羽的"妙悟说",而"妙悟说"又启发了王士禛的"神韵说",在中国诗学批评史上,"品""味""悟"始终是如线穿珠般的诗歌消费命题。

古人对"至味"的追求,并不意味着我们是一个贪食的民族。然而青铜器上的**饕餮**纹饰和造型,确实很容易使人产生这样的误解,即这些食器的使用者是一帮饕餮之徒。**饕餮**为中国神话传说中的四大魔兽之一,史书中对其有如下记载:

> 周鼎著饕餮,有首无身,食人未咽,害及其身,以言报更也。为不善亦然。(《吕氏春秋·先识览》)

> 缙云氏有不才子,贪于饮食,冒于货贿,侵欲崇侈,不可盈厌,聚敛积实,不知纪极,不分孤寡,不恤穷匮,天下之民以比三凶,谓之饕餮。(《左传·文公十八年》)

> 西南方有人焉,身多毛,头上戴豕。贪如狼恶,积财而不用,善夺人谷物。强者夺老弱者,畏强而击单,名曰饕餮。《春秋》饕餮者,缙云氏之不才子也。(《神异经·西南荒经》)

这些材料都表明古人对饕餮的贪婪性格不以为然,似此青铜器上的饕餮纹饰与造型,只能解释为对饮食无度的劝阻,警示进食者勿蹈饕餮"食人未咽,害及其身"的覆辙。2003年北京全聚德店选择西周晚期重器大克鼎为该店吉祥物,①意在借美器推介美食("大克"的读音与鸭子的英文发音相近),倘若推介者了解青铜符号的真正含义,也许不会做出这样的决定。先秦文献有多处提到饮食要有节制,《论语》中有"君子食无求饱"(《学而》)和"不多食"(《乡党》)之论,《墨子·节用》更有这样的倡导:"古者圣王制为饮食之法曰:足以充虚,继气,强股肱,耳目聪明则止。不极五味之调,芳香之和,不致远国珍怪异物。"看来在"空"和"满"之间,古代圣贤主张保持一种适度的平衡,《尚书》中的"满招损,谦受益"说明了这种态度。

"满招损"的思想表现在叙事上,便是前面引述的"省文寡事"原则。就像孔子既提倡"不多食"又主张"食不厌精,脍不厌细"一样,"省文寡事"表达出来的也是一种"少而精"的原则。古代诉诸文字的叙事为什么特别强调简约?本人过去认为主要跟载体有关,这种认识现在来看不一定全面,因为叙事观是一个更具决定性的因素。刘知几提出过叙事应当"少而精"的观念,《史通·叙事》中对此有十分精彩的论述:

> 盖饵巨鱼者,垂其千钧,而得之在于一筌;捕高鸟者,张其万罝,而获之由于一目。夫叙事者,或虚益散辞,广加闲说,必取其所要,不过一言一句耳。苟能同夫猎者、渔者,既执而置钓必收,其所留者唯一筌一目而已,则庶几胼胝尽去,而尘垢都捐,华逝而实存,滓去而沛在矣。嗟乎!能损之又损,而玄之又玄,轮扁所不能语斤,伊挚所不能言鼎也。

渔夫和猎人如果能够一抓一个准,他们不会浪费自己的材料,同样的道理,叙事如果"必取其所要",也"不过一言一句耳"。关键是以少胜多,运用难以述说的微妙手段传达出最为紧要的信息。这段话文字虽然不多,却是对古代叙事观所作的重要阐述,应当引起治"中国叙事学"者的高度注意。刘知几最后又回到厨艺上来,引文中的"伊挚"即"说汤以至味"的"伊尹",按《吕氏春秋》中的说法,伊尹虽然辩才无碍,对"精妙微纤"的美味调制仍感"口不能言"。在刘知几之前,《文心雕龙》已经使用过"伊挚所不能言鼎"这个典故,复杂的"鼎中之

---

① 杜金鹏:《国宝》,武汉:长江文艺出版社,2007年,第23页。

变"始终是传统文论家常用的一个重要意象。

有意思的是,古代真有一种警示"满招损"的酒器,这就是铜卮。庄子《天下篇》与《寓言篇》中都有"卮言"之说,唐代成玄英在疏解时如此释"卮":"夫卮满则倾,卮空则仰,空满任物,倾仰随人,无心之言,即卮言也。"这样看来,"满则倾"、"空则仰"的卮与饕餮纹饰一样,其功能都是劝阻贪食。《淮南子·道应篇》还提到一种"宥卮":

> 孔子观桓公之庙,有器焉,谓之宥卮。孔子曰:"善哉,余得见此器。"顾曰:"弟子取水。"水至灌之,其中则正,其盈则覆。孔子造然革容曰:"善哉,持盈者乎!"

类似的叙述在《荀子·宥坐》与《说苑·敬慎》中都有出现,《说苑》中孔子称这种器皿为"右坐之器"——"右坐之器"是旧时人们置之座右以为鉴戒的器物,它时刻都在提醒人们勿"满"勿"空"。控制自己的欲望也是一种重要的生存智慧,为了珍贵的生命和不可再生的资源,我们都应当好好向古人学习。

四、圆/方

古人以"圆"喻天,因为极目四望,天空是一个奇大无比的穹隆;"方"在农耕时代则是九州大地的象征,因为人们脚下之地乃是平坦方正的田园。由于天空有"自强不息"的天体不断运行,"圆"和周而复始的运动发生了关联;而负载万物的大地以其"厚德载物"精神,让人感到"方"的稳重与安定(见书中彩图2:天圆地方的古代钱币)。所以《文心雕龙·定势》这样总结:"圆者规体,其势也自转。方者矩形,其势也自安。"

青铜器的形状有"圆"有"方"。面朝天空的容器似应模仿天空的形状,加上圆形比方形更容易使食物均匀受热,这就造成了青铜器中圆形多于方形。不过,沉重的青铜器要想平稳地立于地面,需要向下伸出至少三只脚以构成一个平面,或者让其底部剖面呈平整形状。出土青铜器中那些上圆下方的簋器,如邵王簋、蔡侯申簋、交龙纹簋和蟠龙纹簋等,代表了这种理想的"天圆地方"形状。

青铜器上还有另一种"圆"与"方"。

由于多数青铜器为圆形,从俯视角度看,那些遍布器身的纹饰呈现为圆环形状。在讨论"编织"时,我们曾提到纹饰与乐舞的相互配合,在这方面可供展开想象的是青海省大通县出土的舞人陶盆。①陶盆上的环状带纹反映了古人最初的舞蹈:五人一组的三组舞者执手相牵,围成了环绕盆壁的一个圆圈,舞者的发辫与尾饰摆向一律,其步法与队形体现了"圆者规体,其势也自转"的动感。周代的宫廷乐舞中应当也有这种转圈式的舞步,回环往复的歌咏本身就反映了一种连绵不绝的旋转运动,歌咏不可能没有舞蹈的配合。存在于纹饰、乐舞和歌咏之中的这种环形结构,具有周而复始、"首尾圆合"的特点,无论是钱锺书在《管锥编》中归纳的"蟠蛇章法",还是人们从叙事作品中提取的种种"圆形结构",与这种结构都有本质上的相似。"圆"在古代艺术思维中是完美的象征,《文心雕龙》以环状的"圆"为衡量标准,如《镕裁》之"首尾圆合,条贯统序",《声律》之"切韵之动,势若转圜",《论说》之"义贵通圆,辞忌枝碎",《丽辞》之"理圆事密",等等。杨义甚至这样论述:

  应该看到,贯串儒道释三教,泛化于天地万物的富有动感的圆形结构,必然也深刻地渗透到中国人的诗性智慧之中。因此,中国叙事学的逻辑起点和操作程序,带点宿命色彩的是与这个奇妙的"圆"结合在一起了,是否可以在一定的意义上这样说:中国历代叙事文本都以千姿百态的审美创造力,在画着一个历久常新的辉煌的"圆"?②

"圆"由线条弯曲而成,青铜器上的"圆"还表现在金文书法的曲线上。前文提到金文曲线较之甲骨文直线更有利于书写中的气脉流通,这里要强调的是,曲线胜过直线之处还在于其审美意义。英国的 W. 贺加斯比较了直线与曲线的优劣:"一切直线只是在长度上有所不同,因而最少装饰性。曲线,由于互相之间弯曲程度和长度都不相同,因此具有装饰性。直线与曲线结合起来,形成复杂的线条,这就使单纯的曲线更加多样化,因此有更大的装饰性。"③贺加斯指出的正是金文书法的长处,但他还未把道理说透彻。德国的席勒对曲线之美有更为深刻的认识,他在说明之前特地画出两条线以资比较——上面

---

① 青海省文物管理处考古队:《青海大通县上孙家寨出土的舞蹈纹彩陶盆》,《文物》1978 年第 3 期。
② 杨义:《中国古典小说史论》,北京:中国社会科学出版社,1995 年,第 518 页。
③ W. 贺加斯:《美的分析》,杨成寅译,《美术译丛》1980 年第 1 期。

一条是起伏中"陡然地改变趋向"的直线,下面是一条自然起伏的波状线:

> 这两种线条的区别在于,第一种陡然地改变趋向,第二种在不知不觉中改变趋向;就审美感受而言,由于它们具有两种不同的属性,它们的效果也不相同。人们的向上或向下的跳跃运动,须凭凌驾于自然的、人为的强制的力量,才能完成,而无论向上或向下,其运动的趋向都是被规定了的。但也有一种运动,它的趋向从一开始就不受什么规定,这种运动对我们来说,是出于自愿的运动。我们从图中的波状线条体会到这种运动。因此,下边这条线以其自身的自由,区别于上边那条线。①

席勒认为波状线条更加不受清规戒律束缚,属于他心许的"超越任何目的束缚而飞翔于美的崇高的自由王国"的"自由活动"。② 按此说法,曲线是心灵自由飞翔留下的轨迹,它所唤起的是接受者心灵深处对自由的共鸣,因而能予人更多的美感。

青铜器上的"圆"不仅见于金文,大多数纹饰其实都是由长短不一的曲线构成,主要形状为一团团向心卷曲的线条。青铜器粗糙单调的外壁需要用纹饰来化解调剂,倘若所有的线条都弯曲成弧,那一个个"圆"的四角之处又会出现空白。如何解决这个矛盾?聪明的古人将纹饰处理成"亦方亦圆"("方"之四角变圆)和"外方内圆"("方"内线条弯曲)等形状,这样既消除了可能出现的空白,又保持了线条的流畅柔美。仔细观察青铜器的表面,还能感觉到纹饰线条在缠绕中呈现出一种向四角伸张的趋势;在许多动物纹中,代表眼睛的圆圈也是"圆中带方",显然这是为了与外圈的"亦方亦圆"保持一致。

青铜器上的"方",应属金文在器身上排成的块状"方阵"。生产劳动在人类思维上打下的烙印最为深刻,古人长时间在方块状的田亩中耕耘,横竖成行的庄稼整天映入眼帘,这种印象是否会对汉字排列产生影响?西周金文的字数较甲骨文为多,数十字乃至百来字的屡见不鲜,数百字的亦非罕见,最长的毛公鼎铭有497字。用竖行将这么多汉字排列出来,自然会呈现出如同书籍页面那样的方形。西周早期金文的排列是竖成行而横不成排,到了康昭时期

---

① 席勒:《1793年2月23日致克尔纳》,张玉能译,转引自伍蠡甫:《中国画论研究》,北京:北京大学出版社,1983年,第45页。
② 同上。

之后，横的队列也趋于清晰，看上去更加美观整齐。当然，由于器形的问题，这些"方阵"并非全都像书页那样平整。最像书页的莫过于勒于器底平面的盘铭，如散氏盘铭、史墙盆铭和虢季子白盘铭等，而勒于器壁的鼎铭则因鼎腹的鼓凸形状而微有起伏，如著名的毛公鼎铭和大克鼎铭等，但从拓片形状来看，鼎铭基本上都还是较为规整的方形。西周晚期一些器铭（如大克鼎铭）的拓片上，还可看到非常清楚的竖行方格，一个个金文被纳入长方形的格子之中，这说明当时制范时是先画格而后按格作字，这种画格方式更加突出了器铭之"方"。从那以后，一张无形的方格网"笼罩"住了汉字的排列方式，无论是书写还是印刷，人们都按心目中的这张"网"部署字的位置。反映在青铜器上的这种"横平竖直"规范，不因后世载体的变化而更易，即便是进入了计算机时代，人们仍习惯于将电脑上处理文本的窗口设计成方形页面。

将汉字"码"在一起不自金文始。契刻在甲骨上的文字也是按竖行排列，由于兽骨与龟甲上可供书写的面积太小，能找到地方刻上卜辞已属不易，单版甲骨文的字数自然无法与西周铭文相比。不过，在没有多少腾挪余地的情况下，一些行数较多的长辞仍然露出"方"的端倪，这一点值得注意。由于今天能够见到的先秦文字不是甲骨文就是金文，这很容易引起一种误解，即甲骨与青铜是先秦文字的主要载体。实际上当时的文字主要书之于竹木，简牍在商周时期已经开始流通，证明这一点的是甲骨文中"册""典"等字的出现频率很高，它们都是以绳编简的象形——《尚书·多士》不无骄傲地提到："惟殷先人，有册有典。"竹木之类容易腐朽，所以商周的简牍至今未有发现，出土的战国楚简等告诉我们，简书是将文字按竖行形式用墨笔书写在竹片上，每片一般只写一行，片头的绳索可将多条竹片编为一个方形的平面，这样的竹编就是古人阅读最多的"书籍"。此外，从"书之竹帛"之类的提法可以看到，当时与简牍并行的另一种文字载体是缯帛，帛书上有时也会出现用朱线或黑线画成的竖行方格，其功能与青铜器上的方格相同，因此帛书文字按竖行排列成方形并不奇怪。以上现象说明，不管载体的材料如何，只要有足够大的平面，那么文字排列出的形状都是方形。然而，简书因易朽而成断简残编，帛书因贵重而数量稀少，这两种先秦时代的"书籍"到今天都已难得一见，唯有青铜器承受住了漫长时光的磨蚀，为今人完整地保存了古代"书页"的宝贵形状。

"方"是汉字聚拢成块的形状，又是汉字主要的辨识特征。在甲骨与早期青铜器上,汉字的书写表现出一定的随意性,"方"的意味并不特别明显。随着青铜技术与艺术的进步,"美器"需要有"美文"的配合,而"美文"又不能脱离"美书",所以人们才会郑重其事地画格作字,以使青铜器的各个方面都符合"子子孙孙永宝用"的标准。金文与帛书上预先画出的方格,对于汉字书写的笔法与章法来说,无疑构成一种强制性的约束,汉字之"方"由此凸显出来。然而一个个"方庭"之中的"带镣之舞",像团体操表演一样给人整齐划一的美感,方块汉字在这里又发挥了强大的"饰"的功能。凡是画有格子的金文,"页面"的呈现都更加规整。西方拼音文字排出的页面也呈方形,但字母的弧圈线条因负有表意之责,不能像青铜器上的纹饰线条那样任意向四周伸展,因而占据的空间相对有限,而汉字则可以用变化多端的笔画尽力将所在的"格子"填满,读者视野"聚焦"的有效面积能够获得最大程度的利用。从这种意义上说,汉字采用方块形状属于最佳选择,堪称对方形书籍的最佳利用。古代秀才头上戴的方巾和西方学位服饰中的方形帽,据说都是对书籍形状的模仿,"方"在某种程度上成了知识与知识分子的符号。

过去讨论艺术标准时,说"圆"者不乏其人,谈"方"者相对则比较少,这种重"圆"轻"方"的现象值得反思。"圆"与"方"是一对辩证统一的艺术范畴,无论是说"方"还是谈"圆",罔顾对立面的存在都是不完整的。"圆"的流转不定,需要系之于"方"的锚锭,才能够做到相得益彰——《文心雕龙》的"圆者规体,其势也自转"和"方者矩形,其势也自安",暗示了两者应该相辅相成。"方"的内涵是守一与不变,方正、方刚等词汇体现了这层意思。在崇尚变易和圆通的时代,"方"在一些人眼中不是一种好的生存智慧,今天仍有许多知识分子因为"方"(迂腐)而受到人们嘲讽。但人生与艺术岂能一味"圆"而无"方"?国人将得体的处世态度形容为"外圆内方",这四个字原本反映的是制币者对圆形钱币的期望——"圆"有利于流通,"方"意味在流通中保持不变。旧中国银行的行训中有"取像于钱,外圆内方"之语,则是把"圆"与"方"的结合当作为人处世的准则。

青铜器上"圆"和"方"共处一体,传达出"多"与"一"、"变"与"不变"应当相互结合的永恒道理,这个道理后来见诸传世的叙事经典。四大古典小说《西游记》《红楼梦》《水浒传》和《三国演义》的一个共同点,就是将圆周("万象纷呈")与圆心("九九归一")结合起来。为了满足读者的消费需要,四大小说展示令人眼花缭乱的人物与事件,为了信息的集中,它们又暗中统一这些人物与事件的向心性。本书第六章对此作了专门讨论,此处仅以《西游记》为例:唐僧、八戒、沙僧、龙马等与孙悟空的命运相似,他们成为异类是因为没有遵守正统的秩序,而后来又因加入正统队伍而终成正果。西天路上还有许多妖魔实际上也有同样的身份,如第六十六回中的黄眉怪原为弥勒佛手下"司磬的一个黄眉童儿"。至于那些没有"前传"的妖魔,如牛魔王、黑熊精、红孩儿等,他们被正统收服的故事可谓猴精遭遇的翻版。如此看来,小说中那些纷纭复杂的人物与事件,都可以用孙悟空改邪归正的故事来代表。从本质上说,金蝉长老不听说法、齐天大圣偷吃蟠桃和天蓬元帅调戏嫦娥,性质上都属于对正统的不耐烦;同理,男妖想吃唐僧肉与女妖想与唐僧成亲,和猴精护圣僧取经一样,其意义都是对正统的追求。《西游记》一方面叙述了许多人物和许多事件,另一方面这些人物与事件到头来都可归并为一个。

前面讨论时提到了作为酒器之一的铜卮,但对"卮言"未作进一步评论,这里需要指出,铜卮固然有警示"满招损"的功能,但那种缺乏主见的"卮言"却不值得提倡。卮是鼎的倒影,与鼎的稳重相反,卮像墙头草一样俯仰由人,代表着一种极度的圆通。南宋词人辛弃疾当年在江西上饶闲居时,见友人住宅有阁名"卮言",遂写出一首《千年调》以作调侃:

卮酒向人时,和气先倾倒。最要然然可可,万事称好。滑稽坐上,更对鸱夷笑。寒与热,总随人,甘国老。少年使酒,出口人嫌拗。此个和合道理,近日方晓。学人言语,未会十分巧。看他们,得人怜,秦吉了。

辛词味多辛辣,辛弃疾本人性格刚直不阿,这首词作以嬉笑怒骂的手法鞭挞了圆滑的市侩,其实质可理解为"方"对"圆"的一种批判。

五、畏/悦

"畏"为恐惧,"悦"乃欣喜,两种情感看似水火不容,有时候却具有深刻的内在联系和相通性。

托马斯·霍布斯在《利维坦》中提到,人和人的关系本来像狼和狼一样,处于相互敌对和防范的无序状态之中,但人能本着自己的理性互相同意订立契约,放弃各人的自然权利而把它托付给某一更高级的能统摄集体利益的力量,以结束这种整天提心吊胆的局面。① 这种"使众人畏服"的力量被霍布斯称为"利维坦"(Leviathan),其本义是《旧约》中多次提到的一种比鳄鱼更庞大的海上怪兽。为什么要用怪兽的名字来称呼这种力量?霍布斯没有作深入解释,但其中的道理不言自明:需要一种比鳄鱼更凶恶、比凶恶更可怕的力量来使人畏服。古代的傩面具为什么做得丑恶至极?原因是古人希望这种极丑极恶能令鬼魅望风而逃。青铜时代的人们明显地表现出对"利维坦"的俯顺与臣服,因为那时正当政权建立之初,青铜礼器作为对"利维坦"存在的一种提示,其外形必然是令人崇畏的,甚至是狞厉可怖的,否则无法形成强大的威慑力量。面对波谲云诡的饕餮纹饰,人们很容易想起霍布斯的名言:"我生命的惟一激情乃是恐惧。"

然而在巴特的《文之悦》中,霍布斯的这句话又被作为献辞置于全书之首,人们不禁要问:为什么巴特在讨论"悦"时首先想到"畏"?康德在讨论崇高感时提到,有些愉快感是由不愉快感转化而来,他的意思是"畏"与"悦"有时难以分开。匍匐在礼器面前的古人可谓"畏"中有"悦":一方面,青铜饕餮代表的神秘力量令他们战栗;另一方面,由于受到这种力量的庇护,他们又为自己安然无恙感到庆幸。康德在《判断力批判》中用一系列生动形象论述了这种"畏""悦"交集的情景:

> 险峻高悬的、仿佛威胁着人的山崖,天边高高汇聚挟带着闪电雷鸣的云层,火山以其毁灭一切的暴力,飓风连同它所抛下的废墟,无边无际的被激怒的海洋,一条巨大河流的一个高高的瀑布,诸如此类,都使我们与之对抗的能力在和它们的强力相比较时成了毫无意义的渺小。但只要我们处于安全地带,那么这些景象越是可怕,就只会越是吸引人;而我们愿意把这些对象称之为崇高,因为它们把心灵的力量提高到超出其日常的中庸,并让我们心中一种完全不同性质的抵抗能力显露出来,它使我们有勇气能与自然界的这种表面的万能相较量。②

当观看高耸入云的山脉,深不可测的深渊和底下汹涌着的激流,阴霾

---

① 托马斯·霍布斯:《利维坦》,黎思复等译,北京:商务印书馆,1997年,第128—132页。
② 康德:《判断力批判》,邓晓芒译,北京:人民出版社,2002年,第100页。

沉沉、勾起人抑郁沉思的荒野等等时,一种近乎惊恐的惊异,恐惧与神圣的战栗就会攫住观看者,而这在观看者知道自己处于安全中时,都不是真正的害怕,而只是企图凭借想象力使我们自己参与其中,以便感到这同一个能力的强力,并把由此激起的内心活动和内心的静养结合起来,这样来战胜我们自己中的自然,因而也战胜我们之外的自然,如果它能对我们的舒适的情感造成影响的话。①

即便是在现在,出土青铜器仍能唤起远古的恐怖回忆,幸而时光筑起的高墙挡住了一切可能的侵犯,使我们拥有一种"隔岸观火"般的安全感。然而,在认识水平低下的历史阶段,人们面对青铜器时的心情是"畏"多于"悦",特别是在改朝换代的时候,狞厉的钟鼎常常会给它们的新主人带来恐慌。一旦蒙上"钟鼎为祟"的罪名,许多古老的艺术品便难逃被毁灭的命运。《北史》开皇九年和十一年就分别记载:"毁所得秦汉三大钟,越二大鼓。""以平陈所得古器多为妖变,悉命毁之。"

霍布斯的"利维坦"之喻相当传神,初始阶段的国家机器就像是一头庞大凶残的史前怪兽,无情地驱赶着人们去与自然和同类搏斗,以谋求集体和自我的生存发展。在那个"如火烈烈"(《诗经·商颂》)的时代,人身上的"狼"性尚未褪尽,人们使用暴力手段创造历史,践踏着同类的尸体跨入文明的门槛。战争是人类最重要的行动,青铜叙事对此不能不有所反映,于是我们在虢季子白盘上看到这样的铭文:

> 佳十又二年,正月初吉丁亥,虢季子白作宝盘。
> 丕显子白,壮武于戎工,经维四方。
> 博伐玁狁,于洛之阳,
> 折首五百,执讯五十,是以先行。
> 赳赳子白,献馘于王。
> 王孔嘉子义,王格周庙,宣榭爰飨。
> 王曰伯父,孔显有光。
> 王锡乘马,是用佐王。

---

① 康德:《判断力批判》,邓晓芒译,北京:人民出版社,2002年,第109页。

> 锡用弓,彤矢其央,
> 锡用钺,用征蛮方。
> 子子孙孙,万年无疆。

这大概是最早的"战争归来者"文学,但这时的"战争归来者"没有丝毫对人类自相残杀的伤感,相反倒是沉浸在因肆意杀戮而带来的快意与喜悦之中。这段文字一直被后世当作美文来读,事隔2800多年,现代人仍能从这些四字句中读出铿锵有力的韵律。然而,如果注意到其中的"馘"指的是割取敌人左耳以计数报功,读者就会感到一股浓烈的血腥味扑面而来,原来这是一节极为恐怖的叙事:虢季子在这场战争中砍下了500颗首级,缚绑了50个战俘,凯旋时又将割下来的一大堆敌人左耳献于王前。

虢季子白盘上的带血叙事,反映出古代生活的野蛮一面。青铜器出土之处,旁边常伴以成堆的森森白骨,有的骨头上带有明显的刀斧痕迹,有的鼎器中甚至盛着当年烹煮过的颅骨。设计与制造青铜器的工匠命运究竟如何,我们不得而知,或许与《天方夜谭》中那些讲完故事便被杀掉的女子一样,精美的纹饰与造型铸成之时,便是工匠粉身碎骨之日。铭文中那些令人生畏的内容,本人认为可以称之为"威权叙事"——这类叙事不一定都涉及杀戮,但贯穿其中的必有咄咄逼人的"强力意志"。在《先秦叙事研究》的"青铜铭事"一节中,本人提到了毛公鼎铭、何尊铭等铭文中的诰语,它们也属于威权叙事的范畴。青铜材质上传来的训诰之声多半非常生硬:训话者情绪激昂地发号施令,使用的是威严的、气势汹汹的口吻,话语中饱含教训、呵斥乃至威胁的意味(甚至颁发赏赐时亦如此)。受述者诚惶诚恐地聆听教诲,恭敬得似乎连大气儿也不敢出,谢恩时则是感激涕零之情溢于言表。鲁迅曾用"臣罪当诛兮天皇圣明"来挖苦威权统治下人们的恐惧。[1]这种心态在铭文中早已露出端倪,我们前不久还在使用的"万寿无疆"也是从青铜器上学来,可见对"利维坦"的崇畏一直延续到了20世纪。同样是在《先秦叙事研究》中,本人引用了《尚书》中大量"用威"的话语,来印证上古文献中威权叙事的存在。在"以言治政"的时代,政令中的严词峻语触目皆是,《尚书》中的王公大人动辄警告臣下"汝则有大刑",不

---

[1] 鲁迅:《二心集·序言》,载《鲁迅全集》(第四卷),北京:人民文学出版社,1981年,第190页。

厌其烦地在演说中使用"杀""戮""罚""鞭"等威胁性字眼。将《尚书》与铭文对读,不难看出"用威"乃是古代统治阶级经常使用的手段,对"利维坦"的畏惧构成了威权叙事存在的基础。不过这种东西并非我们的"国粹",因为世界各民族都有过威权叙事的历史。令人惊讶的倒是在20世纪的欧洲,竟然还有尼采这样的哲学家出来为"强力意志"辩护,竟然又出现了把人变回狼的法西斯主义,看来人类离真正的文明时代还有很长一段距离。

刑罚和杀戮可以起到恫吓的作用,但是要让人从骨子里感到畏惧,还须运用"触及灵魂"的手段。张光直对青铜器上的动物纹样作过深入研究,他这样来描述纹样的功能:

> 在商周之早期,神话中的动物的功能,是发挥在人的世界与祖先及神的世界之沟通上……在古代的中国,作为与死去的祖先之沟通的占卜术,是靠动物骨骼的助力而施行的。礼乐铜器在当时显然用于祖先崇拜的仪式,而且与死后去参加祖先的行列的人一起埋葬。因此,这些铜器上之铸刻着作为人的世界与祖先及神的世界之沟通的媒介的神话性的动物花纹,毋宁说是很不难理解的现象。①

古人占卜时为什么要使用龟甲?这是因为他们相信藏匿于阴暗场所的乌龟之类具有沟通幽明之力;而青铜器上之所以要镌铸"神话性的动物花纹",也是因为它们能起到人神间的通讯媒介作用——把铭文的内容传达给天上的神明与地下的列祖列宗。似此,青铜器的神秘感应当来自它上面那些具有通灵功能的"动物花纹",它们能让敬畏鬼神的古人感到真正的恐怖。前面讨论时提到动物纹的"眼睛",至此我们已经明白:"眼睛"之所以成了青铜纹饰中最为突出的图案,乃是因为它们最能"传神",而这正是青铜礼器的功能所在。关于"目光的威力",中外艺术家有过许多研究。钱锺书在《管锥编》中拈出过许多"点睛"故事(艺术家创造的动物形象在"点睛"后获得生命),②巫鸿提到"一尊偶像的观看者会不断发现自己被偶像的眼睛所控制",于是就有了对宗教偶像眼睛的破坏行为:

---

① 张光直:《中国青铜时代》,北京:三联书店,1983年,第310—311页。
② 钱锺书:《管锥编》(第二册),北京:中华书局,1979年,第714页。

对于眼睛威力的信仰可以激发起人们制作偶像的热情,同时也可以体现在一种最常见的圣像破坏运动的形式中,即宗教敌人常常首先破坏绘画或雕刻的偶像的眼睛。例如,一位考察者在新疆的克孜尔石窟会发现佛像与菩萨像的眼睛都用尖锐的刀子划坏了……所有这些行为不言自明的前提都是:破坏造像的眼睛能够最有效地毁灭其生命。[1]

这就为前面提到的"钟鼎为祟"现象做出了进一步的解释:那些摧毁传世青铜器的人,最害怕的可能是纹饰上那些"眼睛"。

在古人所处的世界里,一个人如果拥有强大的膂力或武力,他可以说是无所畏惧的,但如果这个人相信真实世界之外还有其他"可能的世界"存在,他对自己力量的信心或许会有所保留。《左传·宣公三年》记载"楚子问鼎"——楚庄王率兵来到东周都城附近,向前往劳军的周定王使者王孙满询问"鼎之轻重",王孙满在说出"鼎之轻重,未可问也"之前,先不慌不忙地讲述了一番道理:

　　在德不在鼎。昔夏之方有德也,远方图物,贡金九牧,铸鼎像物,百物而为之备,使民知神奸。故民入川泽山林,不逢不若,螭魅罔两,莫能逢之。用能协于上下,以承天休。

这番话的大意是九鼎上铸着各种各样的动物图形(张光直认为引文中三个"物"字都指动物),老百姓看了以后懂得辨别神奸,周天子也凭着它们"协于上下,以承天休"。所谓"在德不在鼎",指的是拥有"德"比拥有"鼎"更为重要,而"德"在这里具体指的是获得神明护佑(即所谓天命所归)。"畏天命"在《论语》中被列为"君子三畏"之首,楚庄王在这里被王孙满用鼎的通灵功能"忽悠"了一下,不知道他在快快而返时是否弄清楚了王孙满的真正意思。在相信"君权神授"的古代社会,王孙满的回答确实是最好的退兵之计。《左传》这段记载也有助于我们进一步理解,为什么青铜鼎器会被人们视为国家权力的象征——除了鼎中所盛的美味之外,"百物而为之备"的鼎上图形也是一个非常重要的因素,它说明周天子拥有别人无法比拟的"通灵"话语权。

---

[1] 巫鸿:《眼睛就是一切——三星堆艺术与芝加哥石人像》,郑岩译,载巫鸿主编:《礼仪中的美术——巫鸿中国古代美术史文编》上卷,北京:三联书店,2005年,第79页。

明白了动物纹样的通灵功能,我们对青铜线条的生命感和力量感又多了一重认识。前文在讨论兽面纹向变形兽面纹的蜕化时,提到兽面轮廓的日渐依稀和线条的意义趋于模糊,此处需要补充的是,正是在这样的过程之中,中国的造型艺术由"形似"走向了"神似",线条中的生命力并未消退,只是更深地隐藏起来。传统书法和绘画之"魅",只能用这个原因来解释,为什么国人对笔锋运动这样痴迷?为什么"曹衣出水、吴带当风"令国人如此倾倒?因为我们心灵深处潜藏着萌发于青铜时代的线条崇拜。虽然那些表现衣褶的笔墨不过寥寥数笔,虽然那些纵横交错的线条是在刹那间一挥而就,但它们标示出伟大艺术家与另一"可能的世界"的心灵沟通。在龙飞凤舞般的线条后面,是艺术家在用心灵追踪着龙之飞与凤之舞。当欣赏者的心灵被巨大的艺术感染力攫获时,他们感觉到艺术家与艺术真谛、与冥冥之中艺术之神的联系,于是用"神来之笔""若有神助"之类的词语来抒发自己的感慨。这当然也是一种"畏",但同时又是一种"悦"——艺术之"魅"能够引起这种敬畏与喜悦,因为欣赏者这时也被带入了另一种"可能的世界"。当王孙满说出"在德不在鼎"时,他不知道这句话可以帮助后人更好地理解中国艺术——直到现在我们都相信艺术的主要价值在于其精神指向。

以上讨论实际上也关乎叙事之"魅"(想想这个带"鬼"旁的"魅"字)。四大小说的吸引力在很大程度上与故事的主要人物有关,而这些人物的一个惊人相同之处,就是他们都具有某种令人敬畏的身份,这些身份常常能把他们带入另一"可能的世界"。贾宝玉下凡前是替绛珠仙草浇过水的神瑛侍者,在故事中他因为这种身份不时回到"太虚幻境",甚至窥见隐喻金陵十二钗命运的簿册。按照故事的因果逻辑,绛珠仙子(林黛玉)向神瑛侍者"还泪"(即叙事学所说的恢复平衡)之后,他们还是要返回天界的。宋江本是统辖天罡地煞的"星主",他在危难之际屡获九天玄女出手相援,并被告知自己只是"暂罚下方,不久重登紫府"。唐僧曾经是如来的二弟子金蝉子,这个仅次于观音的尊贵身份在取经途中不断被挑明,因此所有人都知道他回归如来座下只是迟早问题("金蝉"之名暗喻"蜕壳")。至于齐天大圣孙悟空,他是故事中唯一自由出入过所有世界(人间、地府、天宫与西天)的人物,正是这种对约束的挑战决定了几百年来读者对他的向往。刘备系"中山靖王刘胜之后,汉景帝阁下玄孙",与汉献帝见面后他的"皇叔"身份被正式确认,从此他的"中兴汉室"任务获得了对手所不具有的合法性。作为"演史"的叙事作品,《三国演义》中不可能出现多个"可能的世界",刘备生前和死后都没有类似于"太虚幻境"的地方可去。但他的军师和事业继承人诸葛亮却呼风唤雨无所不能,给人智若神明的印象,鲁迅因此在《中国小说史略》中给他下了一个"近妖"的考语。① 还须提到,"贩屦织席"出身的刘备并非神仙转世,但他的"两耳垂肩,双手过膝,目能自顾其耳"仍然给人"天命所归"的印象。《三国演义》对刘备外貌的描述源自《三国志》,按照季羡林的解释,这类"神奇的不正常的生理现象都是受了印度的影响,佛书就说,释迦牟尼有大人物(Mahapurusa)三十二相和八十种好,耳朵大,头发长,垂手过膝,牙齿白都包括在里面"。② 也就是说,这样的外貌只有非同一般的"大人物"才配拥有。

  身份概念是理解中国古代叙事的一把钥匙。"星主""皇叔"之类的称谓当然是非常明确的身份符号,而人物拥有的宝物——如贾宝玉那块与生俱来的通灵宝玉、九天玄女赐给宋江的三卷天书、观音在孙悟空脑后变出的三根救命毫毛等,也是合法性和"天命所归"的重要证明,这些称谓和宝物标示出人物身份的特殊性和不可替代性,使人们在阅读中对他们寄予最大的期待与关心。人物身份的差异,带来了行动可能性的差异:唯有宝玉可以与女孩儿自由交往,唯有宋江能够充当山寨之主,唯有唐僧有资格取经,唯有刘备有名分继承汉朝社稷。不是没有人挑战这种霸道的行动逻辑,《西游记》第五十七回中六耳猕猴(假孙悟空)就曾幻想:"我今熟读了牒文,我自己上西天拜佛求经,送上东土,我独成功,教那南瞻部洲人立我为祖,万代传名也!"但是沙和尚立即予以驳斥:"自来没有个孙行者取经之说。""文革"中宋江和《水浒传》一道遭到批判,罪名之一是"屏晁盖于一百零八人之外",其实不是宋江处心积虑要坐第一把交椅,实在是晁盖不具备"星主"身份,他甚至还不在天罡地煞之列。一些次要人物引不起读者多少兴趣,原因也在于他们缺乏特殊身份——叙述者在这方面绝对是"嫌贫爱富"的,而叙述者的态度肯定又会影响到读者。叙事学的一个核心概念是行动决定人物,但是在中国叙事传统中,决定人物的除了行动之外还有身份。认真剖析起来,我们的阅读伦理原来是一架倾斜的天平:同样

---

① 鲁迅:《中国小说史略》,载《鲁迅全集》(第九卷),北京:人民文学出版社,1981年,第129页。
② 季羡林:《佛教与中印文化交流》,南昌:江西人民出版社,1990年,第156页。

是杀人越货,梁山好汉的行为获得满堂喝彩,"李鬼"之流却被当成剪径的毛贼;同样是春情萌动,贾宝玉的行为获得"同情之理解",贾瑞、贾环等却被投以鄙夷不屑的目光。《红楼梦》第二十回贾环一句"我拿什么比宝玉呢",道尽了无身份人物的酸楚。文学反映现实,国人不见得都把伟人当成天上星宿下凡,但大部分人确实相信"人事"拗不过"天命",我们在潜意识中还是觉得合法性无法通过内部努力来获得,而必须由来自外界的某个更高力量来赋予(就像奥运圣火必须取自诸神故乡一样)。毋庸讳言,此类心态正是许多不公平现象的根源,那些不遗余力为自己制造"背景"和"来头"的人,其实就是利用了当代社会心理中的集体容忍。

如此说来,芸芸众生岂不是有"畏"而无"悦"了吗?那么他们凭什么来维持自己的心理平衡呢?本人认为古人早就解决了这一问题,青铜面具作为一种遮蔽身份的工具,具有帮助人们跨越身份鸿沟的功能。据专家考证,最初的面具应与驱疫傩术有关,济南东郊大辛庄出土的青铜面具带有兽面纹,三星堆出土的青铜面具上眼睛呈圆柱状突出(有的"眼柱"竟长9厘米),这类狰狞外形被认为是有利于驱逐厉鬼,达到"以恶驱恶"的目的("鬼"字可理解为"人"戴上了面具)。事实上面具除了引起恐怖之外,还能让人产生愉悦之情。这种"悦"包括前文提到的安全感,不仅如此,由于面具后面的人处于"隐形"状态,他们心中还有一种狐假虎威般的欣喜——在对自己没有威胁的怪兽脚下得意洋洋地行走,将自己的渺小混同于神明的伟大,那是一种怎样的快乐!列维-布留尔研究原始思维时提出的"互渗律",正好可以用来描述这种"身份认同"的心态。[①] 原始人相信插上鹰羽可以获得鹰的敏锐视力,披上熊皮可以变得像熊那样力大无比,那么依靠面具(戴着或举着)当然也能实现与青铜饕餮的同一,成为过去畏之如虎的"利维坦"的一部分。扩而大之,从古代帝王头上的冠冕、官员身上饰有各种动物图形的袍服,到当代强力部门人员穿着的镶有各式铜饰的制服,都可以看作面具的变形,都有提示"利维坦"存在的威慑意味。《论语·乡党》有"乡人傩,朝服而立于阼阶"的记述,这句话因语境悬隔而意义不明:一贯"不语怪力乱神"的孔子为什么在乡傩时"朝服而立"?只有将傩祭仪式中的"利维坦"因素考虑进去,孔子的恭敬态度才能获得合理的解释。

---

① 列维-布留尔:《原始思维》,丁由译,北京:商务印书馆,1985年,第62—98页。

青铜面具的使用,标志着人类情感和想象的一次飞跃。人们平时都有身份约束,而身份一旦被遮蔽,伴随解脱感而来的便是情感的沸腾与想象的放飞。借用现象学的话语来表述,人"被抛"入世后遭遇种种无奈,忙碌与烦恼如影随形,而面具能使人超越不断"沉沦"的"此在",进入"诗意生存"的境界,达到精神上的短暂"绽放"。为什么面具总与狂欢同行?因为它让人进入了一个与真实的世界不同的"可能的世界",这个世界少了许多藩篱与纲纪,多了许多行动自由与可能性。还须指出,面具上的目光聚焦使人产生强烈的"被看"之感,这种感觉又会带来不可抑止的表演冲动。阿Q无师自通地吼出"过了二十年又是一个……",是因为他正处在游街示众的当口,周围那些"蚂蚁似的人"急不可耐地等待着死刑犯张口,以便发出"豺狼的嗥叫一般的"喝彩。儿童身上表现出来的"人来疯",其实也与"被看"有关。"被看"带来的喜悦接近"悦"的最高程度——"醉"(巴特在《文之悦》中将"畏"与"醉"相提并论),"醉"态对表演来说最为适宜,因为想象在这时被高度激活,而个人在真实世界的生存则被悬置。随着表演中虚拟成分的增多,戏剧化的"前叙事"逐渐发展为大众喜闻乐见的娱乐形式,中国戏剧起源虽无定论,但古希腊悲喜剧起源于祭祀酒神的仪式与狂欢歌舞(备有面具),却是一件不争的事实。

面具一方面带来了表演冲动,另一方面又有遮蔽面部表情之弊。有什么办法能够扬长避短?我们的古人发明了脸谱这种形式。脸谱是用油彩和粉墨(没有条件时用的是锅烟)在演员脸上画出的"活动面具",虽然经过数千年的演化历程,现存各类脸谱仍然带有商周文化的遗韵,青铜饕餮的狞厉隐约可辨。陕西"社火"脸谱与周代大傩的"涂脸"一脉相承,主要依靠与青铜器上相同的纹样(火纹、旋涡纹和蛙纹等)来表现人物性格。京剧脸谱上的线条堪称出神入化,脸谱的眼睛、额头和两颊部位常画出动物纹样(蝙蝠、蝴蝶和燕子等)。脸谱上未被时间抹去的"凶恶"表情,以及不易被年轻观众理解的古怪花纹,接通了戏剧叙事与"前叙事"之间的联系,使我们看到青铜时代并不像想象的那样遥远。

诉诸想象的虚构性叙事,应该是这样从青铜器上的"前叙事"开始……

第五章

瓷的叙事与文化分析

【提要】 本章从叙事与文化角度,研究瓷与"稻"《易》"玉""艺"以及 china 之间的复杂关系。瓷与稻:陶瓷业孕育于稻作文化之中,制作陶瓷像驯化植物一样需要细心与耐心,陶瓷业在性格温和的农耕民族手中达到高峰似乎是一种必然;此外,瓷的"稻性"(内在的"柔"与"润")构成了瓷与生命物质之间的潜在联系,使其具备了超越金玉之类贵重物质的可能。瓷与《易》:阴阳五行以及易学关注的垂直与圆周运动,与陶瓷加工早就结下了不解之缘,陶瓷中的圆器则是转换与和合的象征。瓷与玉:瓷与玉之间存在着某种模仿乃至替代关系,瓷器的制作史,可以说是一个对玉器不断模仿与超越的过程,然而"如玉"并非瓷的终极目标,瓷真正模仿的还是兼具生命内蕴与玉之品质的人体,这也是青花瓷之所以成为中国瓷主流品种的根本原因。瓷与艺:中国艺术的主要门类无一不可以在瓷上表现,但瓷与艺之间又不仅仅是载体与载物的关系,八大山人就从景德镇瓷绘那里吸取过重要营养,瓷的"载艺"功能更为普通百姓的日常生活带来了诗意。瓷与 china:瓷在历史上曾为中国之代名,china 一词在英语中含义暧昧,应按"名从主人"原则用 Zhongguo 作为中国的英语名。不过,就"在 china 上表现 China"而言,我们仍有许多地方要向西方瓷业学习。

瓷的内蕴博大幽深,从叙事与文化相结合的新角度迂回探入,或能窥其堂奥,因为"中华向号瓷之国",瓷在我们的叙事与文化中有许多有形与无形的在场。本章共分五节,分别研究瓷与"稻""《易》""玉""艺"、china 之间的各种关联。如果把文化定义为"由人自己编织的意义之网",①那么瓷就是镶嵌在中国文化之网上最具代表性的一种器物。然而就瓷言瓷,很可能不得要领。本章认为,要想真正知瓷识瓷,仅仅注意瓷本身是不够的,必须同时认识"意义之网"上那些与瓷有复杂微妙关系的重要事物。只有把它们与瓷的关系纳入研究范围,认识瓷与这些事物之间毗邻、互渗、隐喻和模仿的历史,才能把握瓷之所以为瓷的真谛。目前一些陶瓷研究停留在"技"的层面,未能上升到文化研究应有的高度,主要原因之一就是脱离了这张具有背景功能的关系网络,而没有背景的叙事显然是缺乏意义的。

一、瓷与稻

在现代人看来,瓷与稻分属工业与农业,两者之间没有任何直接联系。然而古代叙事中并非如此泾渭分明,在宋应星的《天工开物·陶埏》中,可以读到将瓷与稻联系起来的一节记述:

> 土出婺源、祁门二山。一名高粱山,出粳米土,其性坚硬;一名开化山,出糯米土,其性粢软。两土和合,瓷器方成。

《天工开物》首篇《乃粒》中将稻米分为粳米与糯米两大类,在《陶埏》中又以稻喻瓷,用"粳米土"与"糯米土"来分称两种瓷土,这两种名称不啻是陶瓷业从其母体——稻作业中带来的历史胎记。《陶埏》中还说景德镇的白瓷釉汁"似清泔汁",这也体现出同样的稻作文化思维。此外,《陶埏》中叙述的瓷土生产过程,不由人不联想起稻米食品的加工程序:

> 造器者将两土等分入白舂一日,然后入缸水澄。其上浮者为细料,倾跌过一缸。其下沉底者为粗料。细料缸中再取上浮者,倾过为最细料,沉底者为中料。既澄之后,以砖砌长方塘,逼靠火窑以借火力。倾所澄之泥于中吸干,然后重用清水调和造坯。

赣鄱大地传统的米制食品,如米粿、米粉、发糕之类,其制作工艺就包括上面提

---

① 克利福德·格尔茨:《文化的解释》,韩莉译,南京:译林出版社,2008年,第5页。

到的杵舂、缸澄、和料、加温等程序。不难想象,前人正是从米粿之类的加工过程中得到启发,将食品工艺移用于瓷器生产。

　　稻谷成为食品必须经过脱粒这个重要环节,景德镇一带水力资源丰富,昌江两岸曾经水碓密布,杵舂之声震耳欲聋。浮梁县瑶里乡溪水边至今尚有水碓数百座留存,让人回想起当年的盛况(见书中彩图3:村头水碓)。清人凌汝锦在《昌江杂咏》中写道:

　　　　重重水碓夹江开,未雨殷传数里雷;
　　　　舂得泥稠米更凿,祁船未到镇船回。

诗中道出了一个至关重要的事实,这就是昌江边的水碓既舂瓷石也舂稻谷。《天工开物·粹精》称赞"江南信郡(按即包括景德镇在内的广信府)水碓之法巧绝":"凡水碓,山国之人居河滨者之所为也,攻稻之法省人力十倍,人乐为之。"可以想象,没有"攻稻"的水碓为其提供动力,景德镇的瓷业不可能走上大规模发展的道路,粮食加工对当时的瓷器生产发挥了决定性的影响。直到今天,来景德镇访问的外国客人中,仍有人敏锐地察觉到两者之间的微妙互渗,德国汉学家雷德侯在其新著《万物》中写道:

　　　　烹饪与艺术创作的异曲同工之妙,我和我的学生们在景德镇曾有进一步的亲身感悟。江西省的这座城市,曾是前现代世界最伟大的工业中心之一,现在仍日产百万件以上的瓷器。一个难忘的下午,我们钦佩地观察着陶工们操作的非凡速度与灵巧,他们揉捏陶泥,使之成为圆柱形,割下一个个圆盘,将其成型为一只只杯子;再以各色釉料修饰、烧成,而且出窑后又在釉色上施加更多的描画。第二天早上,我们在一家大面馆吃早饭。厨师熟练地揉捏着几乎与陶泥一般软硬的面团,将其搓成圆柱状,再切薄片,然后添加各种蔬菜馅做成包子。蒸好出锅之后,最后还要在包子上点缀少许五颜六色的辅料。[①]

当地人司空见惯的两种劳动,被来自异域的眼睛看出其中蕴藏着意味深长的共性,看来我们需要像俄国形式主义文论提倡的那样,用"陌生化"方法来恢复对身边事物的敏感。

[①] 雷德侯:《万物:中国艺术中的模件化和规模化生产》,张总等译,北京:三联书店,2005年,第8页。

陶瓷文化与稻作文化的不解之缘一直可以追溯到史前时期。众所周知，中国是稻作文化的重要起源地，尽管学术界还有一些争论，但长江中下游地区作为世界最早的稻作农业区之一，应当是无可置疑的。考古研究证实，这一地区的万年县仙人洞是世界农业文明的源头之一，在这个新石器时代的早期洞穴之中，发现了迄今为止世界上最早的稻谷遗存，其中既有野生稻植硅石，也有栽培稻植硅石。不仅如此，洞穴内出土的数百片夹粗砂绳纹陶片，被认为是世界上最早的陶器遗存之一。两项"最早"出于同一处洞穴，而且这个洞穴距离景德镇仅数十公里之遥，说明"瓷都"在鄱阳湖平原这座粮仓内崛起绝非偶然。江西素称鱼米之乡，万年县至今仍以出产优质贡米而闻名遐迩。

还应提到，鄱阳湖周边有大量溶洞与暗河，有些地方岩洞地貌还颇为发育，这些岩洞为早期人类栖身创造了条件，为他们种稻制陶提供了方便。不言而喻，这样的洞穴对精神生产也有很大影响。离景德镇不远的重要洞穴除万年仙人洞外尚有两处。一处在鄱阳县，据丁乃通考证，具有世界影响的"云中落绣鞋"故事源出鄱阳"西北五十里"的一个洞穴，[①]虽然这个古老故事在其发源地已被人们遗忘（本人认为鄱阳湖上的鞋山可能是该故事的唯一遗痕），但它的余响在好莱坞电影《夺宝奇兵》中还能听到。另一处为陶渊明老家彭泽县的龙宫洞，这个洞穴内部四通八达，有的地方高达50米，《桃花源记》的创作不一定与其有直接关系，但陶渊明很有可能听说过曾在鄱阳湖地区广泛流传的洞中藏人故事。

民以食为天。以谷类为主食的农耕民族，对食器的重视应当超过以肉类为主食的游牧民族。肉块、肉骨头之类可以手抓啃食，谷物的热量不如肉类，需要容量较大的器皿来盛纳，经历过粮食困难时期的人，可能留有捧大碗喝稀粥的辛酸记忆。谷类中又有麦稻两大类别，面食大多可以抓食，米饭则不宜手捧，进食时还须佐以菜肴。从这些情况来揣度，稻作区内对食器的需求可能更为迫切。明朝开国皇帝朱元璋崇尚俭朴，登基后却立即在景德镇设置御器厂，研究者对此颇多猜测。本人认为在诸多原因之外，应当考虑这样一个因素：朱

---

① 丁乃通：《云中落绣鞋——中国及其邻国的AT301型故事群在世界传统中的意义》，载丁乃通著、华中师范大学民间文学研究室编：《中西叙事文学比较研究》，陈建宪等译，武汉：华中师范大学出版社，1994年，第150—269页。

元璋的家乡凤阳位于稻麦兼种的淮河边,中国的帝王历来出自北方,而凤阳相对来说比较靠近南方。

陶瓷和稻谷之间还有过"零距离"的亲密接触。古人在制陶过程中,曾经尝试过将谷壳拌入坯料之中。浙江河姆渡遗址和罗家角遗址出土的夹炭陶胎壁中,夹杂着大量稻谷碎屑,中国科学院硅酸盐研究所的专家用体视显微镜和偏光显微镜对其进行观察,并在实验室中用焦化了的谷壳进行对照试验,发现这些谷壳碎屑是用于制作陶器的羼和料:

> 陶片胎壁中的炭屑,大多数是焦化了的谷壳。当时制陶先民之所以用稻谷加工过程中产生的谷壳碎屑,直接加入到泥料中去,其目的之一是为了减少坯体的干燥收缩和烧成收缩,从而防止开裂和提高陶器耐热急变性能,使之更适合于炊煮之用。①

既然稻谷已经渗透入陶器的内部,那么在一些陶器的外壁上出现稻谷的形状,就是不难理解的现象了:

> 随着罗家角、河姆渡文化时期种稻业的发展,制陶先民还把稻叶、稻穗引入陶器装饰。如罗家角遗址出土的带脊陶釜,盘口外壁划饰横竖相间的穗状图案。河姆渡遗址出土的夹炭黑陶方钵外壁上刻饰稻穗纹,一株居中,昂然挺立,另外两束满载沉甸甸的谷穗向两侧纷披,寓意着丰收的喜悦。②

稻谷向陶瓷内外的渗透,消弭了刚柔之间的界限,为陶瓷与稻谷的互补奠定了最初的基础。"瓷有稻性"不仅表现为瓷土有"粳米""糯米"之名,前引《天工开物·陶埏》文字中的"粢软"一词,提醒人们"ci"这个读音具有柔韧、含水、内吸和可食用等内蕴,这一读音在"瓷"之外对应"粢""糍""鹚""垐""磁""甆"等汉字,它们集合在一起显示出"瓷""稻"之间的意义关联与可转换性,其表义部件("米""食""土""石""瓦"等)则标示出各自的意指方向。瓷的"稻性"——含水的生命体即伏源于此,长期以来,由于忽视了这种"稻性"或曰"植物性",一些人只看到瓷是一种被火烧硬了的脆性物质,很少关注其内在的柔韧与润

---

① 熊寥:《中国古陶瓷研究中若干"悬案"的新证》,上海:三联书店,2008年,第24页。
② 同上书,第25页。

泽。而正是这种内在的"柔"与"润",构成了瓷与生命物质之间的潜在联系,使瓷具备了超越金玉之类贵重物质的可能,在本章第三节"瓷与玉"中,我们将对这一命题展开更为详细的讨论。

  瓷与稻的互补功能,在瓷器的传统包装上表现得最为典型。瓷为易碎品,稻草则既柔软又易于降解,用俯拾皆是的稻草包裹瓷器,将瓷与稻结合成一个抗撞击的紧密整体,是传统稻作区内瓷器包装的最佳选择。本人幼时曾多次怀着钦佩的心情,观看瓷器店售货员用草绳捆扎瓷器,他们的手上功夫巧妙而又娴熟。劳动创造艺术,景德镇传统灯彩艺术中因此涌现出"草龙"这种散发出浓烈泥土气息的艺术景观:

> 但更为突出的,是行业对灯彩的影响。如茭草行业(包装),主要是用稻草包装瓷器,他们的"草龙"就很有名。包装瓷器是坐在板凳上进行,所以"板凳龙"和条凳扎的"双狮"也出自茭草行业。①

人类利用稻草的一大手段是编织,虽然"草龙"、草绳、草鞋等已经淡出了现代人的视线,但如今生态经济的兴起又在呼唤草编日用品的回归。

  先民的制陶工艺早就体现出某种程度的编织意识,泥土固然不同于植物纤维,但早期陶坯中有些是由泥绳盘绕而成,这未尝不可以视为一种"编织",有的陶器甚至是以植物编织的篮筐为骨架,在其上敷泥形成坯体。对于出土陶器上的编织纹样,人们有过各种解释,E.格罗塞认为这是出于对篮筐之类的模仿,由于日用物品中植物编织的器皿出现较早,后起的陶器不可避免地会以其为楷模,格罗塞的论述有助于我们从另一角度了解陶瓷的"植物性":

> 如果一种规整的图样不能引起人类的乐趣,那末一个懒惰的明科彼人,为什么要在他的土盆上刻上筐篮上的花纹呢?但或许这真是他们懒惰的地方,他们偷懒而且保守传统的地方。荷姆斯(Holmes)在他讨论印第安部落的陶器的文章中,说明了原始的陶器匠为什么时常编织花纹来装饰在他们的陶器上。陶业是一种比较新进的工艺;至少也比那一切野蛮民族都会的编篮子的技术较新进些。篮子在不论什么地方总是土罐的先驱者,所以它就成了土罐的模型。"土器是一个篡位者,它把先驱者的

---

① 邱国珍:《景德镇瓷俗》,南昌:江西高校出版社,1994年,第114页。

地位和衣服都占据过来了。"那些匠人竭力想把新的陶器制造得和旧有的篮子相像,不论在本质上和非本质上都要相似。他们虽然不用旧的样式,或采用篮子上的编织花样;并不是他们以为要这样看了才舒适美观,却是因为他们觉得一个罐子是不能没有一些编织花纹的。①

劳动不但创造艺术,而且影响人的性情。游牧民族因为驱赶牲畜逐水草而居,生活中的冲突和变化较多,性格趋于刚烈;对比之下,农耕民族过的是稳定的生活,主要任务是侍弄庄稼,性格相对温和。《吕氏春秋·上农》如此阐述农业对农耕民族性格的影响:

> 古先圣王之所以导其民者,先务于农。民农非徒为地利也,贵其志也。民农则朴,朴则易用,易用则边境安,主位尊。民农则重,重则少私义,少私义则公法立,力专一。

李泽厚认为这种观点是"从人君统治的功利需要(法家)出发",②"民农则朴"是中国封建社会能够维持长期稳定的一个原因。英国浪漫主义诗人约翰·济慈在致友人的信中对"民农则朴"有生动描述:

> 看一看农民与屠夫的区别吧。我深信导致区别的是他们呼吸的空气——一个呼吸着屠宰时的混合气味,另一个呼吸着地里冒出的湿润气息——从耕耘过的沟垅里不断散发出来的湿润气息对于一个神旺体壮的人来说,比他的劳动更能让他祛热败火。让他上山去割荆豆,要是他用的是藤斧,太阳下山后他的脑子还会在这把斧头上打转;让他放下犁耙,他只会安安静静地想着自己的晚饭——农耕是对人的训练,从地里冒出的热气就像是母亲的乳汁——它驯服人的性情。③

济慈的描述只涉及现象,林河从比较动物与植物的驯化入手,对中华民族温和性格的由来给出了富有说服力的解释:

> 驯化动物与驯化植物在方式方法上是有很大区别的。驯化动物只要

---

① E.格罗塞:《艺术的起源》,蔡慕晖译,北京:商务印书馆,1984年,第109—110页。
② 李泽厚:《中国古代思想史论》,北京:人民出版社,1986年,第139页。
③ 约翰·济慈:《济慈书信集》,傅修延译,北京:东方出版社,2002年,第379页。

有一根鞭子与一点食物就够了。动物不驯服,就用鞭子抽它,动物驯服了,就奖赏它一点食物。而驯化植物的方式方法大不一样,你用鞭子抽它,或者是拔苗助长,都只能使植物死亡。一定要有爱心、精心与耐心,还要有和平的环境,才能使植物得到驯化与高产,而爱心、精心、耐心与和平的环境,正是人类的科技文化赖以发展的最大前提。……中华民族的民族性,主要是农耕文化培育出来的,农耕文化赋予中华民族的爱心、精心、耐心与爱好和平的天性。[1]

与驯化植物一样,制作陶瓷也需要极度的细心与耐心,没有沉静灵巧的心灵,不可能制作出玲珑剔透的瓷器。从这种意义上说,陶瓷业在农耕民族手中达到高峰似乎是一种必然。

英国18世纪作家丹尼尔·笛福在其小说《鲁滨孙飘流记》中,描述了主人公在荒岛上的制陶经历,其过程可谓屡遭挫折,稍有不慎便前功尽弃,每个环节都是对人之情性的极大磨炼:

> 调和陶泥,做出了多少奇形怪状的丑陋的家伙;有多少因为陶土太软,吃不住本身的重量而陷了进去,凸了出来;有多少因为晒得太早了,太阳的热力太猛而爆裂了;有多少在晒干前后一挪动就碎了。总之我经常费了很大的劲去找陶土,把它挖起来,调和好,弄到家里来,把它做成泥瓮,结果费了差不多两个月的劳力,才做出两只非常难看的大瓦器,简直没法把它们叫做缸。[2]

笛福并非纸上谈兵,他本人在英国埃塞克斯拥有一家砖瓦厂,其产品包括荷兰式的仿宜兴瓷波形瓦片,还发表过多篇关于瓷器贸易的评论,因此小说中的叙事应当是以作者自己的实践和观察为基础的。文学是历史的镜子,鲁滨孙故事在某种程度上再现了先民制陶的艰难。在"亦耕亦陶"的时代,为了获得盛纳、加工食物的器皿,我们的祖先一定是以极度的耐心与细致,去尝试使用各种方法和材料,经历过无数次的失败之后,最终才烧制成满足日用之需的陶

---

[1] 李建辉:《中华民族为什么自古是一个爱好和平的民族?——访文化人类学家、作家、民俗学家林河》,《中国民族》2002年第7期。
[2] 笛福:《鲁滨孙飘流记》(现通译《鲁滨孙漂流记》),徐霞村译,北京:人民文学出版社,1982年,第106页。

器。他们在制陶方面花费的功夫,可能不会比种庄稼来得少。

陶古音为窑,与华夏人文始祖——尧音义相通("堯"字构形令人想见原始烧窑方式),故学界有尧即陶之说。以部族首领做出的重要贡献为其命名,这种方式在古代屡见不鲜:稻在五谷当中相对晚出,居住在西北地区的华夏先民,最先学会种植的是相对耐旱的稷,周人因此用后稷之名来称呼他们的始祖,后世指代国家的社稷一词也得名于这种谷物。尧又称陶唐氏,唐字的甲骨文与金文像是陶缶之上有一个用枝条编成的盖,使缶内沸汤不致溢出,一些学者据此将陶唐理解为"以陶煮汤",①那么陶唐氏可理解为"以陶煮汤之人"。这个名称实际上是一则高度压缩的叙事,其所指为华夏先民在尧的带领下进入饮食文明的新时代,很可惜这个故事的具体内容已经失落在历史的茫茫夜空中。韩非子在《五蠹》中提到茹毛饮血方式对健康带来的危害——"腥臊恶臭而伤腹胃,民多疾病",可想而知,在当时情境下,当人们捧起粗陶钵碗,喝到第一口富于营养、易于消化的美味汤食时,心里是多么喜悦与感激。笛福小说中,鲁滨孙历尽艰辛烧出了能耐火的陶器后,他来不及等它们完全冷透,便迫不及待煮了一罐久违的羊肉汤,以慰劳自己的口舌与肠胃。②

与陶唐氏之名相印证,商朝第一位君主也是以汤为名,商汤的宰相伊尹更是一位精通厨艺的烹饪大师——伊尹"负鼎俎以滋味说汤"在当时是一个著名的故事。本人在第四章中提到,在民以食为天的古代中国,摆弄食器者一直享有较高的地位,古人常用"调和鼎鼐"来形容宰相的职能,先秦文献里反复出现的"大宰""小宰""宰夫""膳夫"等职官名,告诉我们上古行政官员最初就是宰杀牲畜的庖厨,无怪乎古人会将"治大国"与"烹小鲜"相提并论。

饮食是物质变精神的最佳中介,陶这个字在中国除了物质内涵外还有精神内涵。陶字的核心构件是"缶",《说文解字》释"缶"为"瓦器所以盛酒浆",由于古代酒浆主要为米酒,"缶"在这里体现了陶瓷与稻谷的又一组合方式。持缶畅饮,酒过三巡,不但击缶叩盆之类的动作会自然发生,人的精神也会进入"其乐陶陶"的欲歌欲舞状态。③汉语中"陶然""陶醉"之类的表达方式,应与

---

① 何光岳:《炎黄源流史》,南昌:江西教育出版社,1992年,第598页。
② 笛福:《鲁滨孙飘流记》,徐霞村译,北京:人民文学出版社,1982年,第106—107页。
③ 裴骃《史记集解》引《风俗通义》:"缶,瓦器,所以盛酒浆,秦人鼓之以节歌也。"

"陶熔""陶冶"等词语有内在的因果逻辑关联,后者是高温燃烧的过程,前者则为高温燃烧(燃料是酒精)后的结果。2008年北京奥运会开幕式上,击缶者陶然自乐的神情给人留下极为深刻的印象,编导者可谓深谙中国文化精义。

二、瓷与《易》

瓷与稻的联系基本上是形而下的,让人注意瓷的本源;瓷与《易》的联系则是形而上的,所揭示的是瓷的本质。如果说在中国文化的"意义之网"上,前者属于毗邻性叙事,那么后者更多涉及隐喻性叙事。

中国古代最具影响的思维模式体现在《易》中。"易"有三义,钱锺书将其归纳为简易、变易与不易。① 而瓷的生成过程恰恰体现了这三义:水土和合为泥,何其简易;高温烧炼成瓷,可谓变易;出窑后形态稳定,是为不易。易学的精髓在于把握住"易"与"不易"之间的微妙平衡,瓷业的工艺奥妙也在于此。没有原料和工艺的简易,不可能制作出大量瓷器以供民生之需;没有制作过程中的变易,瓷坯上做不出许多文章;没有出窑后的稳定形态,瓷器不可能携带附丽其上的诸多艺术成分,经受住漫长时光的磨蚀。

《易》的基本观念是无极而太极,太极而两仪,两仪而四象八卦,最终生化出万类万物。中国文化的奥妙之处,在于用简单的方式演绎出复杂的内容。黑白二子的围棋、两根丝弦的胡琴、水墨丹青的国画,便是这方面最突出的代表。作为国器的瓷自然也不例外,清代龚钺在吟咏青花瓷的颜色时,注意到其中蕴含的易学精神:

> 白釉青花一火成,花从釉里吐分明;
> 可参造物先天妙,无极由来太极生。

青与白在这里只是阴阳两仪的一种投射,陶瓷工艺涉及的胎与釉、墨与色、纹与底等范畴,都是类似的二元对立,都有"可参造物先天妙"的功能。在这些二元对立当中,最具本质意义的是水与土的冲突、互渗与统一——两种最为普通、最为易得的东西和合在一起,通过风火激荡,产生了国人生活中不可或缺

---

① 钱锺书:《管锥编》(第一册),北京:中华书局,1979年,第6页。

的物质。

易学中最重要的概念,除了阴阳之外就是五行。钱穆说:"宇宙一切变化,粗言之,是阴阳一阖一辟,细分之,是五行相克相生。"①陶瓷在五行之中属土,《国语·郑语》中"先王以土与金木水火杂,以成万物",再典型不过地体现在陶瓷之中。陶瓷的原料取自山中之土,形状得之于调水塑泥,坚硬归功于燃烧木柴产生的火焰,色彩来自含有不同金属成分的颜料(原始彩陶之"彩"源于铁和锰,青花之"青"源于钴)。集金木水火土于一身的陶瓷,雄辩地展示着五行学说的现实智慧。江西省歌舞剧院2003年公演的大型舞剧《瓷魂》,对此有过非常形象化的诠释——稻浪翻腾的乡野背景中,背插绿叶的演员以碧水和泥,鼓风吹火,用种种动作表现陶瓷是以水土为坯胎,以草木为魂魄,在风火相激中获得艺术生命。陶瓷的泥土性、植物性以及可塑性和包容性,被这样的表演展示得淋漓尽致。文本的"编织"是当代文论中一个热门话题,陶瓷之中其实存在着更为复杂微妙的"编织",《瓷魂》中拟人化的草木精灵与水土风火在舞台上翩翩起舞,生动地叙述着陶瓷的"编织"与"解构"过程,这比使用任何理论话语来解释陶瓷的内涵都更具说服力。

易学关注的两大运动方式也与陶瓷加工有密切关系。

其一是垂直运动。《易·系辞下》曰:"断木为杵,掘地为臼,杵臼之利,万民以济,盖取诸'小过'。""小过"是《易经》第六十二卦,其卦象为上"震"下"艮"——"震"是天空呼啸而至的雷霆,"艮"是地上静止不动的山岳,古人从疾雷破山的天象中得到启发,发明了"上动下静"的杵臼,解决了稻谷脱粒这个极大的民生难题。如前所述,这件攻稻的利器也被用于攻瓷。据《瓷业志》记载,景德镇一带利用水碓粉碎瓷石已有近两千年的历史,"由于水碓粉碎的瓷土性能好,成本低,至今仍有少量水碓在作业",其原因为"水碓的舂碓效率虽不及现代化的破碎设备,但经水碓加工瓷石的工艺性能,是任何其他机械设备所难以达到的。实践证明,水碓粉碎的瓷石颗粒为棱角状,颗粒直径较小,其中小于2微米的占20%—35%左右,加之陈腐时间较长,提高了瓷土的可塑性"。②在建设生态文明的今天,这种既节约资源又保护环境的水力机械,仍有大力推

---

① 钱穆:《中国思想通俗讲话》,北京:三联书店,2002年,第84页。
② 景德镇市地方志编纂委员会:《瓷业志》(上册),北京:方志出版社,2004年,第7页。

广的必要。从这里还要引申出一点,中国的机械工程师除了力学之外还应懂一点传统文化中的工具思想和技术哲学,西方的机械技术固然发达,但东方的思想资源也是不可忽略的宝贵财富(见书中彩图3:村头水碓)。

其二为圆周运动。易学所强调的事物朝其对立面转变,无论是简单的阴阳往复,还是复杂的八卦乃至六十四卦序列,都呈现出一种周而复始的圆形轨迹,这显然是受了"周行不殆"天体的影响,因为思想者的眼睛总是朝向天空。陶瓷器皿大多为圆形,根据"圆者规体,其势也自转"(《文心雕龙·定势》)的道理,圆器从坯泥阶段起就与圆周运动结下了不解之缘。龚钺对此亦有诗描述:

几家圆器上车盘,到手坯成宛转看;
坯堞循环随两指,都留长柄不雕镘。

陶工使用的车盘可能非常简陋,但只要保证旋转,总能赋予坯胎以匀称规则的圆形。即便是在烧成之后,圆器上似乎仍然保留着一种"其势也自转"的潜能,人们在把玩杯壶之类时会情不自禁地旋转器身,镜头聚焦下的古瓷精品往往也会骄傲地转动自己的身躯。

数学家早已告诉我们,大多数容器之所以采取圆形,是因为较之其他形状,圆形器皿能够保证最大容积的盛纳。圆器的这种不同凡响的容量,使它具有一种其他器形所不具备的王者气度。美国诗人华莱士·斯蒂文斯有首诗名字叫《坛子的轶事》,它告诉人们圆器是如何在荒野之中创造奇迹:

我把一只坛子置于田纳西,
圆圆的,立于山巅。
它使凌乱的荒野,
围排着那山。
荒野朝它涌起,
在四周匍匐,不再荒莽。
俯伏四周,不再荒野,
坛子圆圆地立在那里,
高高的,气宇非凡。
它君临四方,
坛子灰色而无装饰。

>它既无鸟,也不长灌木,
>不像田纳西别的事物。①

诗中写到的"灰色而无装饰"的坛子(jar),毫无疑问是一只陶罐,它那"圆圆的"形状征服了蛮荒之地,使得旷野中的事物放弃了矜持,从四面八方涌来其下,朝一只朴实无华的坛子顶礼膜拜。为什么一只小小的坛子能有这样的神通?这是因为圆形的陶质容器是用来储藏和保存的,它的功能不是破坏或毁灭,而是接纳、延续和发展——早在新石器时代,人类就用陶罐来储藏稻种了。单之蔷在解释这首诗时说:"我想如果把诗中的'坛子'换成'剑'或者'蒸汽机',都不行,只有一只坛子才有这种让四周的荒野向它涌来的魅力,它接纳、兼容,与四周友善;而'剑'或'蒸汽机'则让四周的荒野四散逃离。这就是中国文明与西方文明的区别。西方人用机械和进攻的态度对待世界已经太久,该用瓷器或容器的态度对待世界了。"②

所谓"瓷器或容器的态度",用古代的话语来说就是"和合万方"或"协和万邦"。盛纳需要有气量,只有心气平和才能兼容并蓄,只有虚怀若谷才能海纳百川。意大利符号学家安伯托·艾柯注意到:"禅学大师们接受徒弟时常用的一种方法是,要求把内心深处所有会干扰启蒙的东西都排除干净。一个弟子来到一位禅学大师面前乞求教化,大师请他坐定,按照复杂的仪式先递给他一个茶碗。茶已经泡好,于是便向来人的碗中倒茶,茶已经开始从碗中溢出,大师仍在继续向碗里倒。"③使用这种令人错愕的方法,就是要让人认识到接纳之前需要"清空",这里充当禅学教具的仍是圆形的瓷具。

如同品茗之中蕴涵禅理一样,国人的进食方式也表明我们是一个和平的民族。中国人用餐时是用筷子和杯盘碗盏打交道,其几何图形为两条时分时合的直线在几个圆圈之间碰触往还。筷子古称箸,箸是八卦中阳爻(一根长箸)和阴爻(两根短箸)的代表,古人常借它来指画形势,《史记·留侯世家》中就有"臣请借前箸为大王筹之"的记述。使用筷子意味着将代表杀戮的切割活

---

① 华莱士·斯蒂文斯:《坛子的轶事》,蒋洪新译,载蒋洪新编:《英美诗歌选读》,长沙:湖南师范大学出版社,2004年,第2页。
② 单之蔷:《中国景色》,北京:九州出版社,2008年,第76页。
③ 安伯托·艾柯:《开放的作品》,刘儒庭译,北京:新星出版社,2005年,第183页。

动交给厨房,这是"君子远庖厨"的一种体现,显示出我们是一个讲文明的礼仪之邦。对比之下,西方人挥舞着刀叉在餐桌上又切割又戳刺,不但容易弄脏手指,还使得宴席上一片杀气腾腾。另须指出,东方世界的筷子也有多种多样,有的民族使用的筷子用金属制成,头部呈尖锐,具有戳刺功能,而中国筷子以竹木为材,前端平钝,只能用来夹取和拨拉食物,这种筷子从气质上说与圆形的瓷具最相匹配。

除了接受与盛纳之外,圆器还是转换与和合的象征。太极图中代表"你中有我""我中有你"的阴阳鱼,以及五行图中标示生克方向的往复路线,都是圆受易学浸泡之后的变形。圆器模仿的是事物循环运动的轨迹,因此它的存在具有一种默默的揭示意味:一切出发终将回到原点,一切对立都会向相反方向转化。所以中国的主要叙事作品,基本结构均与圆有不解之缘,这一点第一章和第四章中已经有过专门讨论。有了这种理解,我们会发现圆器的在场具有一种强大的和合功能,它能够柔化乃至消融周围的冲突与对立,像斯蒂文斯歌颂的那只坛子一样使万物归于和谐。如同中药中的甘草能够调和百味,器物中的圆器也可以使蛮荒变得文明。

不知是有意还是无意,在许多反映中国文化的画面与场景中,圆形器皿如瓷瓶、瓷缸、瓷壶、瓷杯之类悄无声息地占据着背景上的重要位置,发挥着润物无声的和合作用(然而在见诸文字的叙事中,圆器的存在及其功能往往被忽略)。李泽厚曾不满于中国审美文化的"缺乏足够的冲突、惨厉和崇高(Sublime)",指出问题在于"一切都被消融在静观平宁的超越之中",[1]这种"超越"其实没有什么不好,但李泽厚使用的"消融"和"静观"等词语,正好可以用来传达圆器的功能与精神。中国文化中有许多耐人寻味的现象,"禅茶一味""诗禅一体"就是其中的典型,如果将圆形瓷具在其中所起的桥梁作用考虑进来,这些现象或许可以得到更为圆满的解释。

三、瓷与玉

瓷与玉之间存在着无可置疑的隐喻关系。

---

[1] 李泽厚:《中国古代思想史论》,北京:人民出版社,1986年,第321页。

景德镇瓷器的四大特点中,"白如玉"被列在第一位。《浮梁县志》(清乾隆四十八年)卷十二记载:"武德四年,有民陶玉者,载瓷入关中,称为假玉器。"这则缺乏佐证材料的记载与其说是历史,毋宁说更像一则寓言:从主人公姓"陶"名"玉"以及所载之瓷又称"假玉器"来看,叙述者所要表达的乃是瓷为玉的模仿品,"载瓷入关中"意在宣示瓷器替代玉器时代的来临。在"美玉难得"的古代,随着各方面需求的扩大,玉的短缺已成不争的事实,"陶玉"的出现标志着这种短缺行将被弥补,可以大量生产和消费的"假玉器"正式进入了市场。

对"如玉""假玉"之类的称谓不能作简单化的理解。瓷与玉之间固然存在着模仿或替代关系,但更应看到的是,在瓷的生产与消费过程中,玉始终保持着一种如影随形般的笼罩性地位。张光直说中国有个玉器时代,本书不揣冒昧,在这里提出一个带有挑战性的观点:在我们这个源远流长的用玉大国,玉文化与后起而又同质的瓷文化之间,存在着某种亲子关系,离开玉文化的环境、影响和氛围来单独谈瓷,很可能不得其门而入。

众所周知,国人对玉的喜爱折射出儒家学说的价值取向。《荀子·法行》云:"夫玉者,君子比德焉。温润而泽,仁也;栗而理,知也;坚刚而不屈,义也。"玉之能够"比德",是因为它的诸多特征与儒家倡导的品德正相契合——所谓君子之德,乃是一种温柔敦厚、含蓄内敛的东方人格。宗白华把玉之美置于中国传统美学的金字塔顶尖,认为它是一切艺术美与人格美的模仿目标:

> 中国向来把"玉"作为美的理想。玉的美,即"绚烂之极归于平淡"的美。可以说,一切艺术的美,以至于人格的美,都趋向玉的美,内部有光采,但是含蓄的光采,这种光采是极绚烂,又极平淡。[①]

古代生活几乎不能没有玉的在场。玉可以有观赏、佩戴和使用等多种用途,赏玉、佩玉和用玉既是审美行为,也是陶冶性情、进德修身的方式。玉文化虽属物质文化,却带有更多精神层面的内涵。国人常将玉与金相提并论,相同分量的金可能比玉更为值钱,但金从未获得像玉这样的精神地位。金反映太阳的灼目光辉,有点咄咄逼人,而玉秉承了大地的低调品质,厚德所以载物,高贵而

---

① 宗白华:《中国美学史中重要问题的初步探索》,载《宗白华全集》(第三卷),合肥:安徽教育出版社,1994年,第453页。

又温驯,必要时宁为玉碎而不为瓦全。在中国文化中,"拜金"一词带有明显的贬义,"崇玉"却是一个人有修养有追求的表现。

那么,究竟应当怎样来界定玉文化对瓷文化的影响呢?借用柏拉图提出的"理式"(Idea)概念——形象地说就是决定"床之所以为床"的那个"本然的床",[①]国人赏玉过程中一些约定俗成的表达方式,如温润清凉、晶莹美白和玲珑剔透之类,归拢起加以抽象化,便构成我们心目中玉之"理式",即"玉之所以为玉"的决定性标准。很自然地,随着标榜"如玉"、"类玉"的瓷器登台亮相,这样的标准又会从玉转向瓷。早期的瓷脱胎于陶,指向于玉,虽不能至,"心"向往之。瓷器的制作史,可以说是一个对玉器不断模仿与超越的过程。早在彩陶时代,我们的祖先就制作出了相当精致的玉器,这就是说某种范式在瓷文化未曾勃兴之前就已深入人心。创造发明的规律告诉我们,只要"心中有",不怕"世间无",有了先行的玉文化提供"样板",精美绝伦的瓷器迟早会被"召唤"出来。

瓷与玉本属一家,其原料皆为山中之矿,景德镇瑶里一带所产的釉石,外表看来犹如淡绿色的美玉。如果说两者有什么不同,那就是玉为大自然用亿万年地火冶炼出来的"瓷",瓷则是人类模仿大自然用短暂时间烧制出来的"玉",人类对前者只能作外形上的打磨削剔,对后者却可以在质地、造型、色彩等方面进行随心所欲的创造。虽说人力不能胜天工,但瓷为人类驰骋自己的艺术想象铺就了一块广阔的平台。

"如玉"并不是瓷的终极目标,深究起来,在玉的后面还有一个隐藏得更深的模仿对象。人是审美活动的主体,审美活动满足的是人的需要,世上最能赏心悦目之物,无过于我们人类自身。本章第一节中在讨论瓷的"植物性"以及内在的"柔"与"润"时,提到瓷与生命物质的联系,这里需要进一步说明,瓷所努力表现之物,与其说是玉,不如说是人,更具体地说就是人之体肤,这是一种兼具生命内蕴与玉之品质的审美对象。中国艺术十分关注对象中蕴含的生气与活力,传统的书法、舞蹈、剑术和拳艺等,全都在模仿生命体的运动轨迹,如鹰飞兔奔、鹤翔鱼跃等。我们看到,对瓷所作的诸多形容,如温、润、白、青、嫩、滑、细、腻之类,皆可对应于入浴后的美女身体,这些字眼散发出生命体的质感

[①] 柏拉图:《文艺对话集》,朱光潜译,北京:人民文学出版社,1983年,第70页。

气息。古代凡是与人体(不光指女性)有关的一切,几乎都可以加上"玉"字为前缀,如玉人、玉颜、玉容、玉手、玉指、玉齿、玉腿、玉肌、玉体,等等。

古代造型艺术对裸体人物讳莫如深,然而在瓷器上可以看到大量对女性身体的模仿,瓶器上那些美妙的曲线和圆隆的起伏,不由人不联想到女性的肩颈腰臀,所以有许多瓶器名为美人瓶、美人瓮之类。可以这样说,西方人是用油彩与画布直接歌颂人体美,我们的赞美则是含蓄地表现在瓷器的轮廓与线条上。《天工开物·陶埏》曰:"陶成雅器,有素肌玉骨之象焉,掩映几筵,文明可掬。"正因为有"素肌玉骨之象",瓷器才能够"掩映几筵",产生"文明可掬"的效果。不从审美对象的"人化"着眼,无法理解瓷器为什么会如此深刻地渗入中国人的生活。

除了轮廓与线条,瓷的光滑特征值得一提。光滑是美的一个决定性要素,不光滑的东西基本与美无缘,英国美学家 E.柏克对此有专门阐述:

> 甚至我现在竟想不起任何美的东西不是光滑的。树木和花卉的光滑的叶子是美的;花园里平滑的斜坡,风景里的平滑的小溪,动物美中的鸟类和兽类的光滑的毛皮,美女的光滑的皮肤,以及某几种装饰用家具的平滑光亮的表面,也都是美的。美的相当大的一部分效果应归功于这一品质;它确实是最不可忽视的。随便哪一个美的对象,假如它的表面凹凸不平,那么不管它在其他方面可能样子很好,它也不再能使人喜爱。反过来说,就让它缺少其他许多要素,但假如它不缺少这种要素的话,那它就会比缺乏这种要素的几乎其他一切事物更可爱些。①

柏克没有探讨光滑予人美感的深层原因,这个问题仍与人类对自身的审美有关。我们的古人喜欢用"冻玉""凝脂"之类的意象来形容瓷器之美,它们同时也被用来隐喻美丽的肌肤,这类意象成了沟通瓷器与人体之间的文字桥梁。"冻玉""凝脂"自然是光滑细腻的,因为它们是由液体"凝""冻"而成,而滑腻又是细嫩的最高境界,它诉诸最能刺激人类神经的触觉。白居易《长恨歌》"温泉水滑洗凝脂"之句中,水之滑与肤之腻被相提并论;苏东坡《洞仙歌》"冰

---

① E.柏克:《关于崇高与美的观念的根源的哲学探讨》,孟纪青等译,载《古典文艺理论译丛》编辑委员会编:《古典文艺理论译丛》(五),北京:人民文学出版社,1963年,第56页。

肌玉骨,自清凉无汗"之句中,光滑无汗的人体与清凉宜人的冰玉悄然换位,在读者想象中实现美妙的融合。使用"冻玉"和"凝脂"这样的词汇,意在突出对象的"含水性"乃至"含油性"("脂"为油脂)。巴特这样强调水与皮肤的关系:"水是有益的,因为人人都能看到衰老的皮肤是干燥的,年轻的皮肤则鲜润纯净(正如某个产品所说,一种微湿的鲜润);坚实、光滑,肉体的一切正面价值都自然而然地看作是水使之伸展紧密。"由于水分容易丧失,这就需要油脂来发挥保持作用——"将油脂作为传导的要素、难得的润滑剂、把水引入皮肤深层的导体来赞美是更为稳妥的。水被视为容易蒸发,不停地流逝,游移不定,轻柔细腻;油脂则恰好相反,持久,凝重,慢慢地渗入表层,浸润,顺着'细孔'(美容广告必不可少的角色)悄悄地进入,永不复返。"①

还须提到的是瓷的颜色。瓷上虽有五光十色,使用最广泛的还是白与青。白为瓷胎的本色,从"如玉"的角度说,瓷器以白为基调是一种必然——"如玉"首先要"白如玉"。青为古代五色之首,同时也是中国文化中最吊诡的颜色,它在不同语境中呈现出不同的色调:"青天"之"青"实为蓝,"青草"之"青"属于绿,"青丝"之"青"近于黑。然而不管是哪一种"青",我们中国人都很喜爱,因为它们分别来自于"天"(头上的青天)、"地"(地下的青草)、"人"(人的青丝),是我们看得最多因此也最为习惯的颜色。中国瓷的最初品种有青瓷、青白瓷等,后来景德镇出产的青花瓷(即"白釉蓝花",英译为 blue and white porcelain)成为中国瓷的主流品种。为什么蓝色的青花受到国人如此欢迎?一般的解释是,青花的青与白具有道德训诫的用意,明清以来景德镇民窑大量生产的青花缠枝莲图案瓷,表达了老百姓希望为政者清白廉洁的愿望。

柏克认为:"似乎最适合于美的是每种颜色中较柔和的颜色,如浅绿、浅蓝、淡白、粉红和紫罗兰色。"②青花无疑符合这一标准,但更为重要的原因在于我们自身。E.格罗塞在《艺术的起源》中说:"假使有人要赏鉴活动装饰的颜色的效用,他既不能用自己的欣赏作背景,也不能就依一般人种学博物馆中所见,而加以评论,一定要和他们的肤色联合在一起来加以考虑。……凡明色

---

① 罗兰·巴特:《神话修辞术/批评与真实》,屠友祥等译,上海:上海人民出版社,2009年,第95页。
② E.柏克:《关于崇高与美的观念的根源的哲学探讨》,孟纪青等译,载《古典文艺理论译丛》编辑委员会编:《古典文艺理论译丛》(五),北京:人民文学出版社,1963年,第59页。

的饰品,每为皮肤暗色的人所乐用,而肤色白皙的人也同样喜欢暗色的饰品。"①中国人属于黄种人,但我们的皮肤在未被日光染黄之前是白皙的,我们对皮肤的审美导向也是以白为美(所谓"一白压百丑"),为什么会是这样?可能是因为白肤与青丝能够形成最佳搭配。《红楼梦》第七十八回中,贾府丫鬟麝月如此评论贾宝玉的皮肤与头发:"这裤子配着松花色袄儿,石青靴子,越显出靛青的头,雪白的脸来了!"在景德镇所在的赣鄱地域乃至整个江南,与青花相近的蓝花布是历史上最为流行的服饰布料,人们用蓝花布做成衣服、围裙、头巾、包袱皮和被褥。从明代初年开始,景德镇民窑就大量生产日用青花瓷具,白米饭与蓝边碗形成无与伦比的"绝配",代表着过去人们心目中的小康愿景。

玉为珍宝,珍宝需要珍藏,一些贵重的古瓷被人奉若拱璧。然而瓷器在硬度上不如玉石,任何鲁莽的摆放与碰撞都可能使之破碎,因此它比玉器更难于长期保有。从这个意义上说,瓷的易碎性增加了它的珍稀性。济慈在《希腊古瓮颂》中称古瓮为"完美的处子",②意思是古瓮经受住了漫长时光的冲击,躲过无数可能的劫难幸存了下来。有些对象之所以特别招人心疼,是因为它们除了可爱之外还有脆弱的一面。国人称婴儿为"宝宝""宝贝",英语以 baby 称情人,潜意识中都有对可爱而又脆弱之物施以呵护的意思。莎士比亚《哈姆莱特》中的名句——"脆弱啊,你的名字叫女人",潜台词为脆弱是女性需要宠爱的一个原因。

爱情是文学永恒的主题,然而"爱"字在中国古代文学作品中不大露面,倒是怜香惜玉的"怜"字经常出现,宋代话本小说《卖油郎独占花魁》展示了东方爱情观的可贵:爱是怜爱加上珍惜,不是罔顾对方感受的一味占有。这种爱的目光一旦投向瓷,瓷的易碎性便愈发增加了人们心中的"怜",而某些特殊瓷品正是因这种心态而生。例如,由于四时温差和内应力的影响,有的瓷器上会出现被称为"开片"的细碎裂纹,后来人们发现一些裂纹具有特殊的审美效果,于是在烧制时有意为之,这方面的追求以宋代哥窑为最。碎裂本是瓷器的灾难,前引柏克之文称破碎乃美感的大敌,哥窑碎瓷(人称"百圾碎")却能以其"似

---

① E.格罗塞:《艺术的起源》,蔡慕晖译,北京:商务印书馆,1987年,第75—76页。
② 约翰·济慈:《希腊古瓮颂》,载《济慈诗选》,查良铮译,北京:人民文学出版社,1958年,第75页。

碎非碎"的"碎裂美",触动国人心灵深处的悲悯情怀。对"碎裂美"的利用到今天还有余响,北京奥运期间众多中外媒体报道了这样一则新闻:瑞士设计师、中国国家体育馆的设计者赫尔佐格明确对外宣布,中国的瓷裂纹是"鸟巢"造型的灵感来源之一。以纵横多姿的不规则线条来构成美,这是瓷文化对世界的一大贡献(见书中彩图4:裂纹瓷;彩图5:"鸟巢"——中国国家体育馆)。

瓷既是玉的替代物,其目标自然也是要成为像玉那样的珍宝。然而物以稀为贵,成为珍宝的必备条件是稀有。瓷的原料易得,制瓷工艺早已成熟,古代也不缺乏劳动力,这些都为大规模生产奠定了基础。据统计,中国在17、18世纪期间销往西方的瓷器"达到好几亿件的数额","直至今日,景德镇每天仍生产大约一百万件瓷器"。[1] 如果这些瓷器都是满足民生之需的日用品,那么数量再多也没关系,但艺术瓷多制则滥,"龙缸"不能像"蓝边碗"那样大量投放市场,应当精制与惜售。景德镇瓷业无复往日的荣光,与城里数万工艺师与瓷艺传人的盲目生产和无序竞争大有关系。

除了"多"之外,当下的瓷器制作还有一个"大"的毛病。大件瓷器烧制不易,"以大为美"的思路更须摒弃。"美的对象是小的",[2]"巨无霸"般的瓷瓶瓷碗并不能唤起我们心中的美感,那些摆在国内外摊上降价出售的大缸大盆,给人以暴殄天物之感。如前所述,瓷来自于土,指向为玉,无论是无序的大规模生产,还是盲目的大尺寸制作,都是对瓷器本质的戕害,使瓷的价值复归于泥。古人将山中之物变为瑰宝,我们这些后人绝对不能反其道而行之。在自然资源日益萎缩的当今中国,即便是泥土也属稀缺物质——中国现有13亿人口,土地面积只有18亿亩,已经逼近了人均一亩三分地的生存底线!

瓷的精制是历史赋予当代的任务。艺术品的价值与艺术家的投入有直接关联,"一挥而就"的中国书法和水墨画,在艺术品国际市场上未能与西方绘画相颉颃,个中原因发人深省。艺术瓷在这方面具有巨大优势,它的制作涉及多种生产要素和多个工艺环节,跨越多门艺术领域,需要大量人力、物力和时间

---

[1] 雷德侯:《万物:中国艺术中的模件化和规模化生产》,张总等译,北京:三联书店,2005年,第122—127页。
[2] E.柏克:《关于崇高与美的观念的根源的哲学探讨》,孟纪青等译,载《古典文艺理论译丛》编辑委员会编:《古典文艺理论译丛》(五),北京:人民文学出版社,1963年,第55页。

的投入，艺术家对玉只能因势利导地雕琢打磨，在瓷上则可随心所欲地塑形布色，如果说玉是以天然质地取胜，那么瓷则是以人工投入见长，瓷上的英雄用武之地永远没有止境。现在人们经常说提高产品的附加值，景德镇瓷业的出路就在于如何提高瓷器产品的艺术附加值，只有坚定不移地走这条道路，瓷才有可能真正从"如玉"走向"超玉"，价值连城的元青花率先实现了这一点。郭沫若1965年访问景德镇时，为艺术瓷写下了"贵逾珍宝明逾镜，画比荆关字比苏"的赞语，其中"贵逾珍宝"的意思就是"超玉"。①

四、瓷与艺

"如玉"的瓷之所以具备"超玉"的可能，关键在于它能承载，这种禀赋来自厚德载物的大地。瓷属土，土性柔顺，甘居万物之下，与五行中的金木水火关系融洽，瓷因此成为传统艺术的最佳载体。中国艺术的主要门类如书法、绘画、诗词、雕塑、印章、篆刻等，无一不可以在瓷上表现。相比之下，玉的高贵质地会与载物争辉，不宜充当承载的角色，《论语·八佾》有"绘事后素"之语，说的就是这个道理。

瓷与艺之间又不仅仅是载体与载物的关系，景德镇陶瓷艺术作为美术领域的一朵奇葩，对中国艺术的发展有过特殊贡献。八大山人（朱耷）的水墨画在明清之交横空出世，是三百年来写意派艺术家不时回眸仰望的高峰，然而有美术史专家认为，八大山人从景德镇青花那里获得了许多借鉴：

> 只要见到元明时代景德镇的青花瓷绘，就会吃惊地发现八大山人画松、石、鸟等种种变形的特点，与景德镇的青花瓷绘上的松、石、鸟十分相似，八大山人所追求的简拙二字，瓷绘艺人早已掌握。据此笔者以为八大山人必然见过这类瓷绘，并且有意识地吸收了青花瓷绘的简拙、生动的长处，并以此为基础发展他自己的花鸟变形。元末明初的青花影响了八大山人，他也影响了后来的民间瓷绘。否则，为什么瓷绘艺人多用八大山人

---

① 郭沫若1965年《访景德镇》全诗为："中华向号瓷之国，瓷业高峰是此都。宋代以来传信誉，神州而外有均输。贵逾珍宝明逾镜，画比荆关字比苏。技术革新精益进，前驱不断再前驱。"

之名,而不用其它画家之名呢?①

最早提出此论的吴子南说自己"曾经有过一把茶壶,上画一石一鸟,署名八大山人",②此类"仿八大山人笔意"的瓷绘在民间多有流传,说明朱耷与瓷绘艺人在艺术追求上存在强烈共鸣,他的名字已经变成一个箭垛,成为具有集体意义的象征符号。朱耷为明室后裔,他将亡国之恨糅入自己的作品,创制了许多常人无法看懂的诡异符号,然而在总体风格上,他选择的却是民众喜闻乐见的表现方式。就朱耷所处的时空环境来说,做出这种选择有其必然性:明末清初是景德镇民窑青花通行全国的时代,朱耷活动的赣北在这方面更属"近水楼台"。

作为出僧入道的文人,朱耷的作品很容易被归入雅文化的范畴,然而在这位流落民间的天潢贵胄身上,"雅"与"俗"之间的壁垒并没有那么森严,粗瓷碗钵上那些简练生动的自由笔触,被他摄入眸中化于胸中,镕铸成宣纸上一种天机内蕴的变形艺术。这是大雅出于大俗的一个典型范例,瓷器在"雅""俗"之间的中介作用功不可没!吴子南文章中提到八大山人的"土气",这种"土气"细究起来带有瓷泥的芬芳。倾慕其风格的范曾用东晋郭象的"独化"论来解释朱耷,说他与同时代人少有文字与水墨丹青的对话,却能在艺术上登堂入室。③"独化"论的缺陷是片面强调"自得",似乎天才的成长无须依赖生化条件和外部营养,而朱耷对景德镇瓷绘的借鉴,应是一种确凿无误的历史事实。郑云云说:"如果史家在研究八大山人的艺术时,对于在中国大写意绘画艺术中走在前沿的明代民窑青花视而不见,那会是一场深深的遗憾。"④

瓷对艺的影响有其物理原因。景德镇艺人笔下的变形瓷绘,首先应当与瓷器在窑烧过程中发生的细微变形有关,广义的"窑变"包括变质、变形与变色,变形风格的瓷绘有可能与瓷裂纹一样是有意模仿的结果,更有可能的是这种风格最不受窑烧变化的影响。新石器时代的彩陶图案中,已经出现了变形艺术的萌芽,可见变形乃是陶瓷艺术与生俱来的特征。其次,瓷绘是在生坯之

---

① 吴子南:《略论八大山人的花鸟变形》,八大山人纪念馆编:《八大山人研究》,南昌:江西人民出版社,1988年,第162页。
② 同上。
③ 范曾:《八大山人论》,《北京大学学报》2006年第5期。
④ 郑云云:《千年窑火》,南昌:江西人民出版社,2007年,第202页。

上落笔,生坯吸水性大大超过宣纸,落墨即被吸干,要求迅速走笔一气呵成,这种情况决定了青花之类瓷绘的简笔与写意风格。

变形与速度是理解中国艺术的钥匙,变形是为了更准确集中地表现,速度是运笔时气脉流通的保障,八大山人凭着他的天才敏感掌握了这两大特征,所以广大瓷绘艺人会把他当成自己这个行当的鲁班。从某种程度上说,那些拿着蓝边碗毛坯快笔勾勒的瓷绘艺人都是朱耷,他们都是懂得变形与速度奥秘的艺术家。在瓷绘这样的传统艺术中,艺术家与工匠之间并没有不可逾越的鸿沟,那些看似单调的信笔挥洒同样蕴含着艺术创造。西方汉学家雷德侯对此深有体会,他认为西方艺术家一味追求标新立异,相比之下,"中国的艺术家们从未失去这样的眼光:大批量的制成作品也可以证实创造力。他们相信,正如在自然界一样,万物蕴藏玄机,变化将自其涌出"。[1]

瓷的载艺功能决定了它的另一贡献,这就是为单调的日常生活增添诗意。"旧时王谢堂前燕,飞入寻常百姓家。"价廉物美的载艺之瓷进入千家万户,意味着寻常百姓也有了亲近和享受艺术的机会,这种机会对锦衣玉食的上层阶级来说司空见惯,对下层民众来说却如雪中之炭。"日常生活审美化"需要物质支撑,如果说玉器主要美化了贵族的生活,那么贮存油盐酱醋茶的瓷器更多属于平民,正是由于有了瓷这类日常使用的诗性物质,普通人的"诗意栖居"才有可能。引用F.荷尔德林在当今中国已经成了一种时髦,然而人们往往忽视了一点,这就是"诗意栖居"的主体是大地上辛苦劳作的人们。荷尔德林原诗有修饰主语的"劬劳勤绩"(或译"充满劳绩")一词,从上下文来看,"诗意栖居"主要是对"劬劳勤绩"生活的超越,这就需要艺术(通过艺术品)发挥其不可替代的"移情"作用。荷尔德林的意思显然是,正是由于采取了艺术化的生存方式,人类才成功地抵御住生活中的种种辛劳与沉闷。

艾瑞丝·麦克法兰等人在《绿色黄金:茶叶的故事》一书中提出了一个振聋发聩的观点——"茶改变一切",[2]主要内容为中国茶的输入提升了18世纪英国人的身心素质:沸水冲泡的茶汤不仅驱除了传统的肠胃疾病,更使得人们

---

[1] 雷德侯:《万物:中国艺术中的模件化和规模化生产》,张总等译,北京:三联书店,2005年,第11页。

[2] 艾瑞丝·麦克法兰等:《绿色黄金:茶叶的故事》,杨淑玲等译,汕头:汕头大学出版社,2006年,第63—113页。

能够抖擞精神,承受住工业革命后各行各业的繁重劳动,暴躁冲动的酒徒因此变成了温文尔雅的绅士,无所事事的家庭主妇变成了客厅中举止优雅的女主人。① 此说固然言之成理,然而不要忘记了,与茶叶一道输入西方的还有精致的中国瓷器,没有瓷器的鼎力相助,茶不可能独自发挥如此重要的作用。碧绿的茶汤盛在造型美观的瓷壶中,注入玲珑剔透的瓷杯里,由纤纤玉手递过来供人小口啜饮,这一切散发出不可抵挡的美感魅力,足以使品茗者暂时摆脱生活中的压力。在西方文明的现代化进程中,瓷的贡献与茶一样不容忽视。

进入现代社会以来,日常生活中的审美不再是题中应有之义,亚当·斯密在《国富论》中重点论述的分工化趋势,正努力把艺术从日常生活中剥离出去。瓷器被强行分为"日用瓷"与"艺术瓷",就是生活与艺术开始"分家"的明显信号。科技进步一方面为日常活动带来了许多便利,另一方面却是以减少其中的艺术含量为代价。同样是写字,今人敲击键盘,古人留下书法作品;同样是朗读,今人用麦克风扩音,古人抑扬顿挫地吟哦;同样是喝茶,今人把茶水制成瓶装饮料,古人享受品茗的意境与过程。不能说今人的活动没有身体参与,但与古代生活相比,现代社会的问题在于感性体验的贫乏与身体审美的缺位。

古代社会物质并不充裕,但旧时的家居陈设——由瓷器、木器、铜器乃至砖墙瓦檐之类构成,较之现代住宅具有更多的艺术成分,而瓷器更在其中发挥着画龙点睛般的作用。人类学家注意到,在一些"原生态"社会,生活与艺术无法截然分开——"巴厘人的语言中没有艺术和艺术家这个词,但是他们的生活中充满着节日、庙宇、想象、珠宝和装潢、礼物的绚丽和富贵堂皇。"②事实上一切取决于心态,只有把人生当成节日,在日常生活中处处营造美感,才能真正实现"诗意的栖居"。本人在江西高安出土的一只元代青花瓶上看到这样的字

---

① "尽管有些人还不认可,但是毫无疑问,在英国成为一个更加清醒的国家这一过程中,没有哪一个国家能比中国给我们的帮助更大了。在我们国家,靠什么取代了酒精呢?为此我们应感谢谁呢?人们必定要喝一点东西的,不能仅仅是水吧。如果不是茶的出现,并在我国得以推广,我们可能就无法替代酒。中国给了我们茶,而我们给了他们鸦片,没有人可以说这是一个令人满意的回馈。"苏慧廉语,转引自沈迦:《寻找苏慧廉》,北京:新星出版社,2013年,第 331 页。苏慧廉为英国来华传教士 William Edward Soothill 的中文名,在华工作多年,后为牛津大学汉学教授。

② 克利福德·吉尔兹:《地方性知识:阐释人类学论文集》,王海龙等译,北京:中央编译出版社,2000年,第 66 页。

句:"人生百年长在醉,算来三万六千场。"①从中可以觉察到制瓶者对生活的热爱——即便是日日买醉,也不过三万六千场而已,人生苦短,还是尽情享受生活中的美好吧。

在这样的古今对照图景上,现代陶艺的勃兴缘由清晰地呈现出来。如果说火使人类跨越了文明的门槛,那么制陶这门火和泥的艺术,则使人类有了施展自己造型才华的一方天地。原始的制陶工具首先是手,在和泥、捏塑、拉坯、上色的过程中,人类通过指头和手掌的运动来放飞自己的想象。现代陶艺可以视为对原始生活和自然状态的某种复归,揉捏陶泥不仅让人体会古老艺术的魅力,更为重要的是获得久违的感性体验——用身体去触摸泥土,恢复指头、手掌和皮肤的审美功能。从这种意义上说,陶艺充当了城市生活的"解毒剂",在现代人身体感觉日益沦丧的今天,它提供了一种卡拉 OK 般的参与式消费。在艺术的消费格局中,消费者一般来说都是处于"你唱我听""你画我看""你写我读"的被动状态之中,而揉捏陶泥则是迥然不同的"我塑我乐"。

同为身体审美,参与者从陶艺中获得的愉悦可能要比"K 歌"之类更胜一筹,因为陶艺活动在主动参与之后,还留有作品可供长久观赏。对艺术家来说,现代陶艺的一大贡献是帮助他们另辟蹊径。西方艺术素有重视技艺的传统,19 世纪西欧诸国掀起过"工艺美术运动"的浪潮,德国包豪斯学院的创始人沃尔特·格罗佩斯号召艺术家深入工艺美术领域,这些启发了马蒂斯、毕加索等人的陶艺实践。联系八大山人对瓷绘的借鉴来看,东西方艺术大师在这个问题上可谓心有灵犀一点通。现代陶艺就是孕育于这样的文化语境之中,陶艺作品如今已成了后现代文化的一种标志。

放眼未来,除了方兴未艾的现代陶艺运动之外,我们还能看到瓷绘艺术的光明前景。素净的瓷器表面犹如一张白纸,本可以表现一切可能的世间景象,但传统瓷绘的主题基本上是回归自然,聚焦点不是梅兰竹菊,便是山水田园。这当然是古代诗文主潮在瓷器表面激起的回响,封建时代的社会现实难如人意,"居庙堂之高而思江湖之远"属于中国文化人的精神常态,把玩一个绘有渔樵野趣的瓷具,在许多情况下确实是对心灵的莫大慰藉。从古到今,热爱瓷器的"发烧友"不乏其人,传说清朝某位皇帝曾将一只精致的小瓷碗拿在手中朝

---

① 刘金成编著:《高安元代窖藏瓷器》,北京:朝华出版社,2006 年,第 9 页。

夕摩挲,这类行为并非都是玩物丧志,因为其中寄寓着对田园生活和自然状态的向往。进入工业化时代以来,瓷绘主题变得丰富多彩,传统瓷绘处于祛魅状态,因为其生态主题成了落后的农业社会标志。在英国也有这样的情况,19世纪小说家狄更斯的《艰难时世》中,工商业资本家葛擂硬满脑子实用主义思维,极力反对在杯盘碗盏表面绘上花鸟之类的图案。[1] 随着人类社会跨入新的生态文明时代,生态瓷绘必将迎来自己的复魅时代,陶瓷艺术将达到新的高峰。那些绘着"渊明赏菊""和靖爱梅"图景的瓷具,时刻在进行人与自然关系的教育,提醒人们"我们连同我们的肉、血和头脑都是属于自然界,存在于自然界的"[2]。

五、瓷与china

讨论瓷器,不能不涉及瓷器的英文china,由于China又被用来指称中国,瓷器在很多情况下成了中国的代名。然而存在的未必皆为合理,我们是否应该毫无保留地接受china这个名称?中西文化碰撞背景下的陶瓷叙事中,有哪些幻象需要捅破,有哪些误识应当纠正?有哪些经验和教训可供汲取?这些问题都值得认真研究。

众所周知,把瓷与中国挂起钩来的是近代欧洲人,在其关于中国的诸多想象中,瓷器扮演了重要角色。国家之间的重要交往在于贸易,在打开了通往东方的航道之后,欧洲从中国进口了大量急需的瓷器,人们凭借这些高质量的生活用具认识了中国,"瓷国"之名也在广大民众间不胫而走。与此相似,日本以其著名的漆器被欧洲人称为"漆国"(japan在英文中又有"漆器"之义)。大批中国货物抵达欧洲港口之时,启蒙思想影响下的西方人正开始用理性的眼睛观察世界,当伏尔泰等人将目光投向东方,映入他们眼帘的是以精美瓷器为代表的中国器物,于是在欧洲形成了一股对中国文化顶礼膜拜的热潮,激进者甚至宣称欧洲各国应以中国为发展楷模。瓷器、茶叶、丝绸和园林等在这种背景下进入西方,成为当时流行的时尚元素。这种"全盘中化"的狂热反映在瓷器

---

[1] 狄更斯:《艰难时世》,全增嘏等译,上海:上海译文出版社,1978年,第10页。
[2] 恩格斯:《劳动在从猿到人转变过程中的作用》,曹葆华等译,北京:人民出版社,1952年,第17页。

制造上,就是无条件的学习和模仿。1745年,由广州返航的瑞典商船"歌德堡1号"在歌德堡港附近沉没,从沉船中捞起的中国瓷器因海水浸泡而染上水晕,而瑞典工匠在仿制这些瓷具时,竟然连水晕也一并照葫芦画瓢!

"全盘中化"论在西方历史上只是昙花一现。启蒙运动为资本主义革命完成了鸣锣开道的任务后,随着包括制瓷业在内的工业化进程轰轰烈烈的开展,欧洲人对自己的文化产生了更多的自信,对中国文化也发出了批判的声音。以最早开展工业革命的英国为例,英伦三岛从17世纪、18世纪开始仿造中国瓷器,到19世纪已能完全自产,于是英国人当中出现了抵制进口中国瓷器的声音。当时有一首英国歌谣这样唱道:

> 为什么把钱往海外抛掷,
> 去讨好变化无常的商贾?
> 再也不要到中国去买china,
> 这里有的是英国瓷器。①

这首歌谣隐约可听出一种"老虎得道反伤猫"的音调。众所周知,中国的制瓷工艺是由法国来华传教士殷弘绪(昂特雷科莱)传播到西方的,这位传教士曾在景德镇"偷师"7年,1712年他给国内写信,详细介绍瓷器的原材料和制作方法。比这更为重要的是,殷弘绪信件中对景德镇瓷业链锁式生产流程的描述,对欧洲工厂建立大规模生产线产生了直接影响。工业革命不仅需要机器来提供动力,劳动力的分配和管理也是不可或缺的重要条件,正是在分工组织方面,景德镇瓷业对西方工业革命带来了巨大的启发。②

对于来自中国方面的贡献,欧洲的主流叙事却是讳莫如深。西方的文学经典一直在制造这样的印象:包括陶瓷工艺在内的西方科技是独立自足发展起来的,无须借助他山之石。本章第一节"瓷与稻"中特地引述了《鲁滨孙飘流记》主人公的塑泥经历,那次试验差不多可以称为失败,因为阳光下晒干的泥

---

① 路易·艾黎:《瓷国游历记》,北京:轻工业出版社,1985年,第36页。
② "机器不是引发工业革命的惟一因素,劳动力的组织和管理、劳动分工的技巧也是不可或缺的重要条件。1769年,韦奇伍德(Josiah Wedgwood,1730—1795)在英国斯塔福德建立了欧洲第一条贯彻工厂制度并全面实行劳动分工的瓷器生产线。在这家工厂里,每名工人都必须是专精某道生产工序的行家里手,这在当时是非常革命的观念。韦奇伍德的灵感来源于他对传教士殷弘绪神父书简的阅读。"雷德侯:《万物:中国艺术中的模件化和规模化生产》,张总等译,北京:三联书店,2005年,第143页。

瓮既不能盛水,也不耐火烧。但接下来鲁滨孙获得了成功:有一次煮完东西后,他发现火里有一块烧硬了的泥片,于是废日晒法而用窑烧法,结果"烧出了三只很好的瓦锅和两只瓦罐,虽然不能说美观,却烧得再硬也没有了,而且其中的一只由于沙土烧熔了,有一层很好的釉"。① 鲁滨孙就是用这样的罐子煮出了久违的羊肉汤。对于笛福笔下的这只罐子,伍尔芙发表过一番著名评论:

> 这样,由于笛福再三再四地把那只土罐子摆在最突出的地位,说服了我们去看那些遥远的岛屿和人类灵魂的荒凉栖息之地。正因为他坚持不断地相信这个罐子真是一只用泥土做的结结实实的罐子,他就使得一切其他因素都服从于他的意图——好像用一根绳子把整个宇宙都串联一气了。因此,当我们把这本书合上的时候,不禁要问一下:既然这只简单粗糙的土罐子所给予我们的启示——只要我们能领会其中的含意——就像人类带着他那全部的庄严雄伟气魄屹立在天空星光灿烂、山峦连绵起伏、海洋波涛滚滚的背景之中,那么,难道还有什么理由说它不能使我们完全感到心满意足呢?②

鲁滨孙烧成的罐子显然只是一只陶罐,但是当我们沿着伍尔芙耐人寻味的询问,去"领会其中的含意"时,会看到比陶更高级的瓷"如同鬼魂一般,游荡在笛福的书写边界,并与试图将其排斥在外的叙述者的权威力量进行较量"。③ 刘禾将林纾翻译的《鲁滨孙飘流记》与当代译本相对照,发现林纾多次给鲁滨孙制造的器皿重新命名,这种用心良苦的重新命名暴露出笛福对瓷的遮蔽,以及这种遮蔽后面的文化意图:

> (林纾译本)先是将"瓦"和"瓦器"用来指涉鲁滨孙的日晒产品,而当鲁滨孙讲到"忽然发现火堆里有一块瓦器(earth-ware vessel)的碎片,被火烧得像石头一样硬,像砖一样红"的地方,中文译文则成为:"见薪上有剩泥一片,久煅而成陶瓦。"还说"余坐守经夜,不欲其熄。迟明,得三瓷",

---

① 笛福:《鲁滨孙飘流记》,徐霞村译,北京:人民文学出版社,1982年,第106页。
② 维吉尼亚·吴尔夫(即弗吉尼亚·伍尔芙):《鲁滨孙飘流记》,载《书和画像——吴尔夫随笔》,刘炳善译,北京:中国国际广播出版社,2009年,第147页。
③ 刘禾:《燃烧镜底下的真实——笛福、"真瓷"与18世纪以来的跨文化书写》,丛郁译,载孟悦、罗钢主编:《物质文化读本》,北京:北京大学出版社,2008年,第365页。

笛福的原文一律使用的是"earthenware",这个字眼在译文中消失了,取而代之的是"瓷"或"陶",于是16世纪以来欧洲与中国之间的频繁贸易交往一下子变得清晰可见。显然,鲁滨孙试制的"陶器"与车恩豪斯、伯特哥、莱奥姆尔以及其他欧洲人制作的瓷器仿制品并不是什么"普普通通的瓦罐"。恰恰相反,这些器物都是同一个时代的产物,是欧洲人在艺术、科学和物质文化领域将自身"现代化"的努力——这一努力离不开欧洲人同时对其他文明的挪用、殖民和将其在认识论上野蛮化的做法。①

《鲁滨孙漂流记》出版于1719年,那时的英国陶瓷业还处在仿制中国瓷器的初级阶段,作为从事砖瓦生产的实业家,笛福当然知道天外有天,但正像刘禾所说的那样,笛福坚持用earthenware这种含义模糊的词语将瓷推到文本之外,目的是要让人相信西方文明可以不借外力自我生发。伍尔芙慧眼识出瓦罐叙事中的蹊跷,只要笛福的把戏不被揭穿,这只罐子确实会让西方人感到完全"心满意足",使他们觉得自己像盖世英雄一般,屹立于天星闪烁、山峦起伏、海涛滚滚的大自然背景之上。然而,瓦罐"这根绳子"既可以如伍尔芙所言"把整个宇宙都串联一气",它的破碎也可以使整个宇宙分崩离析。瓷器在《鲁滨孙飘流记》中"缺席的在场",说明小说毕竟是小说,"不可靠叙述"在叙事的各个层面上都有可能存在。

无独有偶,西方人自己也看出笛福笔下存在类似的"不可靠叙述"。彼得·休姆提到,鲁滨孙对星期五的驯化涉及烧烤(barbecue)与独木舟(canoe)制作两项技术,它们实际上都是加勒比人教会欧洲人的本领。但小说中这一切被颠倒过来:叙述者恬不知耻地讲述鲁滨孙如何教导星期五烧烤和做独木舟,星期五则被歪曲为对这些一无所知的蒙昧人,在受教育过程中对主人的高明发出由衷的赞叹。休姆评论道:"野蛮的加勒比人的'无知'是《鲁滨孙飘流记》的文本所制造的效果,它来自于欧洲人对于自己从加勒比文化学来的东西的全面否认。"②笛福笔下 earthenware 一词暗藏的玄机,提醒人们须对 china

---

① 刘禾:《燃烧镜底下的真实——笛福、"真瓷"与18世纪以来的跨文化书写》,丛郁译,载孟悦、罗钢主编:《物质文化读本》,北京:北京大学出版社,2008年,第373—374页。
② Peter Hulme, *Colonial Encounters: Europe and the Native Caribbean*, 1492—1797, London: Routledge, 1992, pp.210—211.

的内涵细加审察,因为权威的《牛津英语词典》(Oxford English Dictionary)就将 china 定义为"一种具半透明特征的 earthenware,最初产于中国,后经葡萄牙人于 16 世纪传入欧洲,并将其命名为 porcelain",刘禾对这种定义进行了批判:

> 此定义显然未得益于过去几个世纪的科学智慧,否则它的说法会大相径庭。因为把 china 严格定义为 earthenware 的"一种",等于是忽略了 18 世纪以来的欧洲科学史。从那时起,欧洲人的陶瓷实验已经给这个英文词予以新的含义,使得 china 和 earthenware 之间出现了质的区分。《牛津英语词典》其实是延续了笛福小说在它虚构的陶瓷实验中,以 earthenware 的名义对 china 的否认。这种否认既是欧洲建立自我认同的认识论基础,也是我们所熟悉的现代化叙事的逻辑所在。这种叙事经常暗中指导我们对文化、历史、民族的评价,让我们毫无警惕地走入文明优劣论的盲区。[1]

以上表述仍嫌委婉,更直白地说,《牛津英语词典》(OED)在解释 china 时居心叵测,它通过在 china 与 earthenware 之间画上等号,把瓷器与瓦器(陶器)混为一谈。这种解释显然不是个别人心血来潮,在英语语境中,肯定有相当多的人是按照 OED 的定义使用 china 一词,只要这种使用还在进行,"以 earthenware 的名义对 china 的否认"仍在延续,可见廓清"欧洲中心论"的迷雾在当前仍是一项长期而艰巨的任务。

china 在英语中既然含义暧昧,那么用 China 来指称中国应当引起国人反思。依照闻一多《七子之歌》首句的表达逻辑,"七子"的母亲应当像 Macau(澳门)一样大声喊出:"你可知 China,不是我真名?"早在春秋时期,孔子就提出了为后人普遍接受的"名从主人"原则,[2]按照这一原则,"中国"最恰当的英语名字应当是 Zhongguo,而不是与"中国"读音几无联系的 China,更不用说这个名字中混入了令人不快的内涵。几百年来欧风美雨的吹袭,令国人一方面对

---

[1] 刘禾:《燃烧镜底下的真实——笛福、"真瓷"与 18 世纪以来的跨文化书写》,丛郁译,载孟悦、罗钢主编:《物质文化读本》,北京:北京大学出版社,2008 年,第 382 页。
[2] "郜鼎者,郜之所为也。曰'宋',取之宋也,以是为讨之鼎也。孔子曰:名从主人,物从中国,故曰'郜大鼎'也。"《穀梁传·恒公二年》。

China之名"习矣而不察焉",另一方面又慷慨地用最美的汉字为列强命名,如"美""英""德""法""日"等。网上目前为中国的英文名"正名"的呼声甚高,许多人赞成用 Zhongguo 代替 China。1953 年波斯(Persia)改称伊朗(Iran),2005 年汉城改称首尔,北京也早已从 Peking 变为 Beijing,这些新名不是都获得了国际承认吗?

China 唤起的"瓷国"联想值得深入探究。我们的联想可能更多指向瓷的诸多美好品质("如玉""超玉"之类),指向景德镇瓷器独占鳌头的光荣岁月,指向中华民族对世界文明的伟大贡献。然而别人的联想未必如此。欧洲殖民者的 China 印象离不开昏庸颟顸的满清官员,他们脑后拖着古怪的"猪尾巴",手中捧着精致而又易碎的瓷器茶杯。后殖民思潮兴起以后,有识之士意识到"东方主义"的虚妄,西方意识形态制造出来的"东方"并不是真正的东方。好莱坞电影《阿凡达》中,纳米人脑后那根功能神异的长辫,可以看成对"猪尾巴"符号的文化颠覆。然而我们这里仍有艺术家(特别是那些急欲在国际上拿大奖者)为取媚于他人,不惜在已革除的陋俗上大做文章,甚至挖空心思炮制出非华夏固有的"伪民俗"。这种"人妖式的自戕"亟应引起陶瓷艺术家的警惕,因为与其他艺术品种相比,瓷器上的展示更容易被人视为国粹,中国陶瓷艺术家对此一定要有清醒的认识。

关于在 china 上表现 China,西方瓷绘有一成功的范例,这就是著名的柳树图案故事(willow pattern story)。柳树图案表现的是一个伤感的爱情故事,说的是中国有位富家小姐违背父命,与父亲手下的小伙计暗结同心,被富商关在柳树掩映的阁楼上,小姐逃出阁楼与小伙计一道坐船私奔,富商派人在桥头截住他们,小伙计被当场打死,小姐也投水殉情,两人死后变成鸽子在柳树梢头飞翔。柳树图案的中国源头已不可考,从情节安排可以看出,这个故事乃是中国无数个同类故事的公约化,与"韩朋化鸟""梁祝化蝶"之类民间故事有很近的血缘联系(见书中彩图 6:柳树图案)。

柳树图案最初在 1849 年的英国杂志《家庭朋友》上出现,后来在欧洲被广泛翻制,最多时有二百多家瓷厂烧制这种图案。在当今欧美,50 年以上的柳树图案瓷具已属价值不菲的藏品。柳树图案在欧洲走红二百多年后,又在美洲和澳洲等地流行,最后甚至荣归故里——本人供职的江西师范大学目前就用一套柳树图案餐具接待贵宾。为什么柳树图案能在众多选择中脱颖而出?

或许这是因为,婀娜多姿的柳树在中国最能拨响文人的心弦(古代诗文歌赋有不少以柳起兴),柳梢之上翩翩翱翔的比翼鸟,配上独具华夏韵味的阁楼、小船、拱桥和庙宇,汇成了一股西方人无法抵御的东方格调与异域风情。在用中国景物讲述中国故事方面,柳树图案取得了莫大的成功。柳树图案的色调是青花,路易·艾黎说:"欧洲陶瓷工人利用这一色调模仿中国的装饰技巧,设计了至今还流行的柳树梢头两只鸽子,这种表现出安详而美丽色调的图案,与那些在东印度公司时代早期来中国经商人的想象相吻合。"①引文中"安详而美丽"一词,颇能传达柳树图案的神韵。

柳树图案的成功说明了叙事的力量,一个在国人看来有些落套的故事,竟然把它所附丽的瓷具推向了整个世界。对比之下,我们的古代瓷绘并不缺乏故事,如元青花上就有"鬼谷子下山""萧何月下追韩信""周亚夫将细柳""尉迟恭单骑救主"等故事,但这些瓷绘故事和文人画一样,雅文化的色彩太重,更符合高端收藏的需要,未能顺应瓷的日用性质。瓷器不是玉器,它服务的主要对象是千家万户的平民百姓,它更多地栖身于餐厅、厨房和卧室之中,"鬼谷子下山"之类故事与日常生活距离太远,还是"安详而美丽"的柳树图案故事更有利于营造平和的家庭氛围。另一方面,我们确实也有为广大百姓喜闻乐见的图案,如子孙满堂、梅兰竹菊等,但其中又没有故事介入。换句话说,我们没有在瓷器上连续地经营一个故事,一个让人永远惦记的故事,结果使得我们的陶瓷叙事远远落后于我们的陶瓷制作。尽管中国有的是"天长地久有时尽,此恨绵绵无绝期"的故事,但它们没有及时在我们的国器——陶瓷上占领位置,这方面反倒让人家占了先手。或许,这就是老虎战胜猫儿(当然只是暂时的)的原因所在。

柳树图案上不仅有故事,英国人还为其创作了一首世代传唱的儿歌:"两只鸟儿高高飞翔,/中国小船驶过一旁。/三四个人桥上走着,/柳树枝条空中晃荡。/附近有座中国寺庙,/建在河边的沙滩上。/还有挂果的苹果树,/靠近弯弯的篱笆墙。"过去的英国家庭里,不知道有多少奶声奶气的声音跟着大人念这首儿歌,可能许多英国人的中国印象就是如此发端。柳树图案的消费,不仅诉诸瓷具使用时的视觉欣赏,还伴之以听觉渠道的故事讲述和诗歌朗诵,这

---

① 路易·艾黎:《瓷国游历记》,北京:轻工业出版社,1985年,第35页。

种老少咸宜、视听兼具的娱乐方式,让瓷绘艺术产生类似综合性艺术的效果。前面提到瓷是一种诗性物质,诗性关乎想象的深度与活力,有了隐藏在画面里的故事,有了朗朗上口的诗歌,瓷绘就由平面走向了立体。柳树图案提供的经验,值得我们的艺术家认真吸取。

　　以上五节,选择了"意义之网"上与瓷有密切关系的五点来展开讨论。文化人类学有所谓"深描"(thick description)概念,以眼睛开合为例,眨眼是人的正常生理行为,挤眉弄眼则是一种发送信号的方式,"如果把自己只当做一台照相机,只是'现象主义'式地观察它们,就不可能辨识出哪一个是眨眼,哪一个是挤眼。"① 而只有"深描"才能发现它们之间的区别。陶瓷叙事中存在着种种"挤眼",它们与平常的"眨眼"完全相同,实际上却在向我们递送意味深长的眼色。本章以叙事学、文化学为工具,试图通过对这类"挤眼"进行深度描述,解析出其中一些被人忽略的信息,但不知"画眉深浅入时无",很有可能是误把"眨眼"当"挤眼"。不过即便得出的结论不对,这一工作仍有延续下去的必要,因为只从技术角度研究陶瓷是不够的。巴特曾经对法国的服饰、饮食、广告和埃菲尔铁塔等有过探讨,如果他生活在中国,我们相信他一定也会对瓷作出叙事与文化方面的分析。瓷是中国的符号象征,仅从道义上说,中国学者也不能无视这一符号象征的深层内蕴。

---

① 克利福德·格尔茨:《文化的解释》,韩莉译,南京:译林出版社,2008年,第7页。

经典篇

第六章

契约的神奇:四大古典小说新论

【提要】 本章采用经典叙事学的契约类"功能"来研究小说中的表层叙述结构,指出国人视为经典的四大古典小说中均存在大契约与小契约之争,它们都是以大小契约的先后"立约"为开始,经过一系列相互排斥的"履约"("履大违小"或"履小违大")、"违约"("违大履小"或"违小履大")、"监督"、"警示"等,最后达到大小契约规定的"奖赏"或"惩罚"。书中的大契约无一例外都朝向正统方面(包括正果、正宗等),小契约也统统朝向非正统方面(包括异类、异端等);大契约带给"英雄"的是不自由(包括拘束、劳作等),小契约带给他们的则是自由(包括放任、逍遥等)。有意思的是,四大小说中的"英雄"全都同时具有正统与非正统的双重身份——贾宝玉既是荣国公之孙又是来讨孽债的神瑛侍者,孙悟空既是齐天大圣又是异类猴精,宋江既是"星主"又是造反头领,刘备既是"皇叔"又是民间豪杰。大契约用社会责任感压迫他们,小契约用人性的自然萌动催促着他们,然而他们都强自挣扎为履行大契约尽了努力,并因此而付出沉重的心灵代价。决定这种表层叙述结构的是四大小说共同拥有的深层叙述结构,而这一深层叙述结构又可印证我们古人的深层心理结构。本章从现象追踪到原因,从全局出发对四大小说提出一种全新的解释。

凡标名为"学"者,其研究对象必有非同小可的地位与价值。中国诗学之所以被公认为"学",原因在于神州大地乃是毋庸置疑的"诗国"——中国诗歌之灿烂辉煌,中国诗论之精微绝妙,在世人眼中已是不争之事实,故中国诗学无需学者大声疾呼即能傲立于学科之林。如前所述,中国叙事学也应作如是观。中国不仅是"诗国",还是光照四邻的"叙事大国"。"唐传奇的创作成就,标志着小说文体已获得独立",①当唐代文人以传奇为猎取功名的"敲门砖"甚至开始获得稿费时(这是写小说带来的政治经济双重效益),②西方文明还在中世纪的黑暗中沉睡,欧洲的英雄史诗还未来得及写定。中国古代小说盛大于明清,当《三国演义》等臻于成熟的章回体长篇小说开始流行时,西班牙流浪汉小说(欧洲长篇小说的前驱)还远未出现。在许多已经成为经典的古代小说中,蕴涵着我们古人对叙事问题的深刻理解,以及对叙事规则的巧妙运用与大胆突破。不仅如此,在独具一格的明清小说批评中,已经开始了对叙事问题的深入讨论,其中既有专题阐发的滔滔雄辩,也有吉光片羽式的妙语隽言。

  本书既以"中国叙事学"为名,就不免要以叙事学的理论方法来解决问题,而且应该做到比过去的同类研究更具洞察性与说服力。为了证明所用工具的锐利,我们还应选择古代小说中处于顶尖位置的代表性作品来"开刀"。《红楼梦》《水浒传》《三国演义》和《西游记》是中国古代小说中的经典之作,它们蕴藏着中华民族叙事艺术的许多奥秘,本章试图从叙述结构角度对它们进行逐一解剖。解剖过程中我们将会看到这样一个令人惊讶的事实:四大小说中存在着相同的表层叙述结构,决定这种表层叙述结构的是它们共有的深层叙述结构,而这深层叙述结构又可印证我们古人的深层心理结构。本章从现象追踪到原因,从全局出发对四大小说提出一种全新的解释。

  需要先行说明的是,本章采用经典叙事学的契约类"功能"来说明四大小

---

① 董乃斌:《中国古典小说的文体独立》,北京:中国社会科学出版社,1994年,第169页。
② 叙事从来就不是一种单纯的艺术活动。唐代文人的叙事意识之所以变得自觉,与作品生产的积极性受到经济、政治两方面的刺激有关。小说成为商品应始于唐,据《唐书·张荐传》记载,张荐之祖张鷟的传奇颇受中外读者欢迎,"新罗日本使至,必出金宝购其文。"张鷟的《游仙窟》显然是因为这个原因才在日本保存下来。此外,唐时举子到京要给大人物送"行卷",据宋人赵彦卫在《云麓漫钞》中记载,"行卷"中包括"文备众体,可见史才、诗笔、议论"的传奇,大人物若对"行卷"满意,举子便有及第的可能。如果此说无误的话,那么好的小说不但招财进宝,而且还能带来青云直上的希望!即使此说不确,唐代小说与政治的关系仍可从其他方面看出。《补江总白猿传》首开以小说攻讦他人风气,《周秦行纪》《牛羊日历》与《上清传》等更赤裸裸地将文学叙事当作政治斗争的工具,使人看到"利用小说反党"("党争"之"党")的提法其来有自。不过,政治介入叙事后带来的影响总是一时性的,即便是"党争"色彩最浓烈的《周秦行纪》,事过境迁之后仍可作为普通的艺术作品来欣赏。

说中的表层叙述结构。为了接受的方便,我们要暂且搁置一下"功能"与叙述结构的定义,先行论证四大小说中都存在着大契约与小契约的争斗。请读者耐心地参与本章对四大小说的逐一讨论,观察四个故事中的"英雄"(主要行动者)是怎样受大小契约的牵扯,演出一幕幕履约受奖、违约受罚的悲喜剧。倘若读者能同意第一、二部分的描述,那么接受随后的结论也就不会有太大的困难。

一、大小契约的矛盾冲突

《红楼梦》的"英雄"是贾宝玉,他用"放心"二字与林黛玉立约,这契约又导源于前世的另一份契约:神瑛侍者于绛珠仙草有灌溉之恩,后者遂发誓"还泪"。两份契约形成相互抵消的关系,神瑛侍者有恩于人引来别人回报,而这回报又造成其后身贾宝玉的有负于人。如此处理显然是要使故事获得平衡,神瑛侍者与绛珠仙草到头来谁也不欠谁。然而,由于故事世界里离恨天在暗处,大观园在明处,人们倾向于忽视"还泪"前缘而独立地看待宝黛的木石之盟,故事的张力到最后并未解除,这种接受心理使小说成为"痴情女子负约汉"的爱情悲剧。从这里又可看出贾宝玉注定是个契约型人物,他在未出生之前就被套上了太多的契约绳索。

木石之盟在小说中属于小契约,小契约未能履行是由于大契约的存在。贾宝玉呱呱落地时便与贾府订立了另一份合同:作为贾府传人,他必须克绍箕裘,荣宗耀祖。大小契约势若水火不能相容,大契约要贾宝玉走科举道路弄仕途经济,这必然规定他与"四大家族"之一联姻;小契约则是在鄙夷正统价值观念基础上的同志之盟,它对贾宝玉人生道路的规定是不去弄什么仕途经济(高墙深院封锁下的宝黛只能这样以反抗为追求)。这样,两份契约中都有不得履行对方的条款,贾宝玉陷入了鱼与熊掌不可得兼的两难处境。按常理来说,大契约与小契约不能并存,森严的贾府岂能容许木石之盟有立锥之地?但作者精心设计了大观园这个特殊的世界,借贾母的溺爱为小契约提供了暂时存在的种种条件。

贾宝玉初涉人世就处于不可解的矛盾之中。意识到大契约的存在以及随之而来的厌恶使他建立起小契约,小契约让他获得某种心理平衡并能够不时地抗拒大契约,但他的家族使命感又令其不能最终违逆大契约。大契约的压迫固然带来痛苦,小契约的精神支持也带来痛苦,因为他知道自己无力"违大履小",而屈服于大契约无异于否定自己。大小契约向两个不同方向拉扯着他,所以他老是会对姊妹们说"死""化灰"和"化烟"等,这当是发自心灵与肉体深处的一种感受。其实大契约规定了他没有死的自由,也就是说他连用死来解脱都做不到。他多次昏迷、疯疯癫癫、死去又活来,这些都表明了他欲解脱而未能的状况。

大小契约的相互排斥,决定了其中必有一份契约被撕毁。然而故事结局并不是此约履而彼约毁——虽然故事中扭结的力量都朝着"履大违小"的方向弹出,最终的结果却还是小契约被毁,大契约亦在某种程度上被撕碎。贾宝玉走进乡试考场,给了贾府一个举人身份,算是部分地履行了大契约,但他出试场即遁入空门,这又是对大契约的背叛。因此故事的悲剧美学意味非常特殊:既有小契约被毁的悲怆,又有索性连大契约也撕碎的痛快淋漓;既有"有价值的东西"被撕碎,同时也有"无价值的东西"被撕碎。曹雪芹没有完成《红楼梦》,从深层心理考虑可能是难以处理大小契约的结局(他和贾宝玉一样是"违大"不能而"违小"又不忍)。① 高鹗没有这层心理障碍,他巧妙地安排贾宝玉对林黛玉是负约而未负心(受骗成婚),对贾府则以半截子功名为搪塞(让他们对朝廷交代得过去),这实际上是钻了大小契约之间的空子。高鹗续书的成

---

① 保罗·德曼对未竟之作的产生有一个解释:一切文本都因修辞性而具有解构要素,文本需要一个主结构来支撑其意义,但文本的修辞和转义必定会产生出一个具有颠覆功能的亚结构,两个结构在建立关系以确立自己意义的过程中导致了文本的自我解构,这种情况导致一些作家无法完成自己的作品,济慈未能完成的长诗《海披瑞安》便属此例。相关论述见保罗·德曼:《对理论的抵制》,李自修译,载王逢振等编:《最新西方文论选》,桂林:漓江出版社,1991年,第223—224页。这一解释或许有助于我们进一步揭开曹雪芹未完成《红楼梦》之谜。小说中女性人物的命运,早已在太虚幻境的"正册""副册"和"又副册"中设定;警幻仙姑手下演唱的歌曲,也暗示繁盛如"烈火亨油,鲜花着锦"的荣宁二府,最终将落到"食尽鸟投林,落了片白茫茫大地真干净"的下场。曹雪芹的写作目标,毫无疑问应当指向贾氏家族的彻底毁灭,但他本人又是来自同样的贵族家庭,人皆有之的恻隐之心使得这个指向难免受到削弱,直到他搁笔的第八十回,我们还未看到"食尽鸟投林"的迹象出现。聪明的高鹗揣摸到了他的心思,为后四十回安排了"兰桂齐芳"这一折中性的结局,我们不妨把它看成一开始就与"白茫茫大地真干净"平行存在的亚结构,金陵十二钗正册中预示李纨(贾兰之母)命运的"到头谁似一盆兰",已经为贾府将来"家道复初"作了某种埋伏。第一百二十回"光着头,赤着脚"的贾宝玉披着"大红猩猩毡斗篷"向贾政拜别,这个令人惊诧的告别着装可以说是作者两难处境的折射。

功,根本原因在于他对大小契约的深刻理解以及巧妙地让贾宝玉钻出了大小契约之间的夹缝。

《水浒传》的"英雄"本是晁盖,但他只有与众好汉订立的小契约,没有导致故事进一步开展的大契约,因此他只能中箭身亡,让使命更复杂的宋江继承"英雄"的位置。小契约的核心为"义",具体说就是"义"士们聚"义"江湖同生共死,反对人世间一切不"义"之事。宋江的"及时雨""呼保义"绰号显示了他对"义"的重视,其济危救困的种种"义"行使他在江湖上声名鹊起,当上梁山寨主后他进一步扩大了"义"士们的队伍,发挥了极高的履约艺术。小说第七十一回("梁山泊英雄排座次")中有篇赞词,对小契约做出了乌托邦式的描绘与歌颂,其篇头与篇尾都强调了一个"义"字。[①] 按小契约的规定,一百零八将集体盟誓后(宋江过去与每人分别立约),宋江应领着大家进一步除暴安良,将杏黄旗插向梁山泊外。或如第六十七回中李逵天真的乱嚷:"哥哥便做皇帝,教卢员外做丞相,我们都做大官,杀去东京,夺了鸟位子,却不强似在这里鸟乱!"

然而宋江与朝廷订立的大契约阻断了小契约的过程,决定了"梁山泊英雄排座次"既是小契约的高潮又是其解体的起点。大契约的核心是"忠"或者说是"愚忠"——"宁可朝廷负我,我忠心不负朝廷"。宋江做刀笔吏时受的是"忠"的思想训练,第四十二回九天玄女的一番教导强化了这一点,大批"帝子神孙""富豪将吏"的来归更坚定了宋江的信念。可怜的是,朝廷起初不承认宋江的单相思,直到第八十二回"宋公明全伙受招安"时大契约才获得合法地位。正常情况下,以"忠"为核心的大契约与以"义"为核心的小契约可以和平共处,然而故事中豺狼当道的北宋朝廷已是不"义",因而取"忠"必不"义",取"义"则难"忠"。宋江改"聚义厅"为"忠义堂",意在同时履行大小契约,殊不知正陷入了"忠""义"不能两全的尴尬境地。宋江在第八十二回刚与朝廷立约,第八十三回便不得不"陈桥驿滴泪斩小卒",杀了一名忤逆朝廷的小兄弟,这是大契约必然破坏小契约的预兆。头脑相对简单一些的李逵、武松等人反而更能察觉大契约对小契约的危害,每当宋江说出"招安"一词,他们便会圆睁怪眼大呼小叫起来。

---

① 《水浒传》第七十一回:"有篇言语单道梁山泊的好处。怎见得:'山分八寨,旗列五方。交情浑似股肱,义气真同骨肉……列两副仗义疏财金字障,竖一面替天行道杏黄旗。'"

既然已经察觉到大契约将毁灭小契约,为什么原来与朝廷誓不两立的众英雄都跟着宋江,走上了为虎作伥的自我毁灭之途呢？这是因为宋江接替晁盖"把寨为头"后,利用小契约中众人必须听命于大哥这一条,强迫大家服从自己,又将晁盖与众人立下的"和皇帝作对"之约偷换成九天玄女交代的"为主全忠仗义,为臣辅国安民"。第七十一回"梁山泊英雄排座次"时,宋江引领众人的盟誓内涵模糊,其中既有小契约的"义"又有大契约的"忠"——"但愿共存忠义于心,同著功勋于国",众兄弟的盟誓则只有小契约的内容——"众皆同声共愿,但愿生生相会,世世相逢,永无断阻"。以后宋江每次提到大契约,都有人出来反对,甚至在大契约正式生效后,众兄弟也屡屡有废约之图。第一百一十回李俊等人欲重举造反旗帜,吴用告之无宋江号令不可,宋江闻悉后用自杀逼大家"垂泪设誓"。江湖义士最重然诺,既已答应无条件服从哥哥并已糊里糊涂地卷入了大契约,最后只能舍命陪君子。在众兄弟,小契约更重而大契约更轻,违心地履行大契约虽不情愿,忤逆哥哥却是万万不能,所以他们只能两害相权取其轻。"宋公明全伙受招安"之后,故事的进程变为"履大违小",绝大部分好汉为效忠朝廷粉身碎骨,而效忠朝廷的具体途径就是征剿自己过去的同类。宋江为了巩固大契约和彻底断送小契约,还在自己死前亲自毒害李逵,断送了可能死灰复燃的最后一颗火种。与《红楼梦》不同,《水浒传》的结局是不折不扣的此约履而彼约毁。

《三国演义》是一部历史小说,受"演史"的限制,作者只能采取"踵事增华"的叙述方式,然而高明的艺术家戴着镣铐跳舞也不显得受束缚,故事中的主要事件仍被安排成大小契约的矛盾运动,纷纭复杂的动乱历史被赋予了内在的秩序。不言而喻,刘备是故事中的"英雄",小说第一回"宴桃园豪杰三结义"是刘关张为小契约立约。故事后来的发展,赵云似有加入小契约之势,但因未有立约之举,最终还是位未获正式身份的外围成员。第七十三回关羽说:"子龙久随吾兄,即吾弟也。"一个"即"字说明了问题。这里的小契约虽然也是以"结义"为核心内容,但其中"不求同年同月同日生,但求同年同月同日死"规定了更为严酷的以死相殉,这一条决定了故事的悲剧性结局。大契约的核心内容是匡扶汉室,统一中国。第二十回刘备与汉献帝见面,被称为皇叔,第二十一回刘备在董承的"奉诏讨贼"义状上签名,这是大契约的立约阶段。后来情况发生变化,曹丕废汉自立为魏帝,刘备以汉景帝之孙的名分被拥立为汉帝,这不能看成是放弃了大契约，相反还是在特殊情况下履行大契约的积极措施。

与前两个故事不同，这里的大小契约并无明显的矛盾。刘关张誓词中早有"上报国家，下安黎庶"的内容，为后来的大契约留出了空间。大契约形成后，刘备正用得着关张二弟为汉室中兴南征北战，两契约似能互补。然而仔细考察，可以看出小契约中有一隐患：刘关张关系扭结得太紧、太僵硬。对刘备来说，关张二弟与自己是三位一体（第八十一回刘备说："云长与朕，犹一体也。大义尚在，岂可忘耶？"），两位兄弟不能有任何意外，否则自己就要抛下一切（包括大契约）以死相拼。例如在第八十一回中，赵云与侍臣等劝刘备节哀保重，刘备却头脑发昏地说："二弟俱亡，朕安忍独生！""朕不为弟报仇，虽有万里江山，何足为贵？"这样就造成了小契约重于大契约的格局，按这种格局的逻辑推演，为履行小契约而牺牲掉大契约的悲剧不可避免，以下是对这种逻辑必然性的提炼：

  1. 刘备为匡扶汉室（履行大契约）需要关张二弟征战沙场；
  2. 瓦罐不离井上破，将军难免阵中亡，关张二弟征战沙场必有伤亡；
  3. 二弟伤亡势必引出刘备自杀性的报仇雪恨（履行小契约）；
  4. 以死殉弟自然是忘记了大契约，小契约成了埋藏在大契约中间的"定时炸弹"。

据此看来，大小契约在这里也是互不相容。和上两个故事一样，大小契约的矛盾冲突也为故事提供了动力。小说前半，关张二弟事刘备如君父，忠贞不贰。关羽被羁縻于曹营时，上马一提金，下马一提银，三日一小宴，五日一大宴，然而他对这些毫不动心，得知刘备下落后便护嫂千里来归。关张二弟越是忠实于小契约，刘备就越是负欠人情，到头来便不能不还债。小契约的凝聚力不断增加，意味着形成故事冲突的发条不断被拧紧，导致大契约解体的动力就是这样积蓄而成。

作为一部历史小说，作者不能不叙述蜀汉的灭亡，以大契约的彻底毁灭作为故事的结局，但《三国演义》毕竟是小说而不是历史，因此作者能够通过叙述小契约中的许多辉煌篇章，来冲淡大契约解体带来的悲惨气氛。刘关张的情同手足、义薄云天，诸葛亮（他也与刘备有约，详后）的神机妙算、鞠躬尽瘁，在叙述中处于绝对突出的地位，从而抢占了读者的第一印象。因此小说虽属悲剧,却悲而勇,悲而壮,悲而烈。大契约未能履行,是因为目标太高不可能达到,刘备与诸葛亮(他继承了大契约)尽了人事,特别是由于后者的努力,一部失败的悲剧,在人们心目中成了几乎要成功的悲剧。小说虽也是以此约履而彼约毁结束,"白帝城托孤"与"秋风五丈原"等催人泪下,但这催下的是英雄泪而非其他。

《西游记》的"英雄"孙悟空也有自己的小契约。他率先钻进了水帘洞,为众猴寻得安身立命的洞天福地,因而被大家推举为美猴王,这是建立"合契同情"小契约的开始。以后他在外面遇到不顺心之事,第一反应便是回花果山,这和猪八戒要回高老庄同出一辙。也许因为孙悟空猴性难除,相对于以上三位"英雄",小契约对他的吸引力似乎是不可阻挡的,如果没有紧箍咒这个刚性约束,他与唐僧早就分道扬镳了。小契约的核心内容是"乐享逍遥",对习惯了自由尚未成"人"的猴精来说,这种诱惑强烈到无法抗拒。孙悟空的大契约是护唐僧取经,这是他在乐极生悲万般无奈的情况下与观音、唐僧签订的赎罪合同,其核心内容是"苦求正果"。大小契约苦乐有别判若云泥,所以必须要有紧箍咒来鞭策孙悟空"履大违小",大小契约的矛盾没有调和的余地。

据常理而言,由于对自由的向往不能自抑,孙悟空心中的大小契约之争一定比别人更为激烈,然而小说中的叙述并未给读者造成这样的印象,我们感觉孙悟空在取经途中基本上死心塌地,小契约到故事后半似乎已呈淡出之势。难道一个小小的紧箍儿真有那么大的作用?不,这是因为叙述者的视角在中途发生了一次转换。小说开始是站在小契约的立场上讲述大闹天宫等一系列事件,孙悟空被压到五行山下之后,叙述者转而介绍西天取经的缘起,这时视角与立场已移到大契约方面来,一切都从正统方面的价值取向出发。如此一来,小契约就被置于故事的背面,大契约处于故事的正面位置。说得更通俗一点,不是孙悟空不思念花果山,而是作者不想多透露这方面的信息,叙述者非要一味讲述与大契约有关的事件,叫孙悟空又有什么办法。前面三部小说中叙述角度都未发生过这种彻底转换,因此它们中的大小契约之争要明显得多。以往《西游记》研究中有一个热门话题:为什么书中既有对孙悟空犯上作乱的赞许性叙述,又有后来对他诛杀取经路上妖魔鬼怪的同样肯定?孙悟空难道不会想到他们就是以前的自己?用视角在大小契约之间的转换,可以较为圆满地解释这一矛盾。

用这个原因还可以解释《西游记》喜剧色彩的由来。它和《水浒传》一样是大约履而小约毁,但《水浒传》的结局笼罩在一片愁云惨雾之中,而《西游记》的结局却是众人成佛皆大欢喜。为什么孙悟空撕碎了小契约而未在读者心中引起遗憾,难道这不也是故事张力没有解除吗？本人一贯认为,故事本是无喜无悲的,关键是看取什么角度来叙述。欢喜后面是悲愁,一将功成万骨枯,站在唐僧角度看,到达西天是取经成功的喜剧,站在妖魔角度看则是未吃成唐僧肉反而身败名裂的悲剧。作者一旦设定某个叙述角度,读者便会自觉不自觉地接受其影响,采取与其相同、相近的价值取向与伦理取位。《西游记》转到讲述取经故事后,大小契约已不等价,透过大契约来叙述自然意味着抛弃小契约并不可惜。试问《西游记》的读者中有几个释卷后会想到花果山众猴还在苦苦盼望美猴王归来呢？

二、契约的履行、警示、监督与赏罚

契约是一种对行动的约束,这约束常由监督方面来体现;完成契约与否又意味着要实施奖赏或惩罚,这赏罚也多半是由监督方面来决定。与契约有关的这些行为在四大小说中都可以看到,有趣的是,这四大小说中都安排了独具特色的"镜像人物"。[①] 这些富于中国特色的"镜像人物"对于"英雄"的履约行为起着重要的警示作用。

"镜像人物"是"英雄"的倒影式人物,他们在本质上构成对"英雄"的倒影模拟,但在外部形态上却与"英雄"相同、相似乃至有特殊联系。《红楼梦》的甄宝玉为"镜像人物",该人物被设计出来就是作为贾宝玉履约过程中的一种动力。起初,这种动力作用于履行小契约。甄宝玉与贾宝玉不但同名同貌,也入过"太虚幻境",也爱在姊妹中玩,也厌恶那些"旧套陈言"的文章,甚至闹得比贾宝玉更厉害——吩咐下人在说"女儿"二字前须用香茶漱口！贾宝玉与他在梦中相见,醒来后引为知己,坚定了履行小契约的信心。第五十六回史湘云说得好:"你放心闹罢,先是'单丝不成线,独树不成林',如今有了个对子,闹急了,再打很了,你逃走到南京找那一个去。"后来,这种动力作用于违逆大契约。

---

① 傅修延:《"镜相"人物刍议》,载智量主编:《比较文学三百篇》,上海:上海文艺出版社,1990年。

甄宝玉长大后幡然悔悟，变为贾宝玉最不屑为伍的"禄蠹"，第一百十五回这个"禄蠹"来到贾宝玉面前，现身说法大谈仕途经济。贾宝玉见到他后方才明白，自己倘不自拔，也会变成甄宝玉这个样子，宝钗和袭人正一左一右挟持着自己向履行大契约的方向走去。得此警示后，贾宝玉大病一场，病后下定决心借入试场的机会走出名利场。甄宝玉的存在，从反面肯定了贾宝玉违逆大契约的合理性，他用活生生的形象说明了贾宝玉另一种可能的发展。贾宝玉如果履行大契约，书中就会出现一个与甄宝玉一样庸俗鄙陋的贾宝玉，这与贾宝玉的性格逻辑不合，也是读者无法接受的。高鹗续书的又一个高招，在于安排两位宝玉见面后再让贾宝玉出家，这样读者虽惊讶于贾宝玉举动的决绝，却并不会反过来肯定他的另一种可能的发展。

就契约的监督来说，大契约的监督者人多势众，贾政可谓总监；小契约的监督者却只有紫鹃一人。贾府的"老祖宗"贾母一开始忘记了自己的职责，无形中充当了小契约的保护伞，等她明白过来撤销庇护，大契约就对小契约呈现出一种泰山压顶之势。履约有赏，违约应罚，这是契约之为契约的根本。大契约粉碎小契约后，贾宝玉离家出走，这符合木石之盟对处罚的规定，宝黛立约时"当和尚"之说并非戏言。高鹗用心良苦之处，还在于安排小契约的监督者紫鹃在宝玉结婚后也来宝玉房中，让她目睹贾宝玉负约而未负心，并对他的离家出走施加一点微妙的压力（负约人在契约监督者的炯炯目光下岂能久安）。对于大契约来说，违约的处罚是不言自明的——不能完成贾府重托，则不能享有贾府的一切。贾宝玉两手空空步入大荒，只带着他生下时带来的那块玉，符合大契约规定的处罚。由于他毕竟部分地履行了大契约，所以在"光着头，赤着脚"之外，作者还给他披上一领大红猩猩毡的斗篷，这算是罚中有赏。贾宝玉在书中向大契约的总监贾政拜别，这一神来之笔只有从"认罚"的角度才能获得圆满解释。

《西游记》的"镜像人物"是六耳猕猴，他与孙悟空的酷肖不亚于甄宝玉。其"模样儿与大圣无异：也是黄发金箍，火眼金睛"，性格语言也和孙悟空一样火爆尖刻。六耳猕猴在故事中起一种严厉的警示作用，他代表着孙悟空万万不可尝试的另一种可能的发展：同时履行大小契约。六耳猕猴从花果山众猴中选出能变化者充当唐僧、八戒与沙僧，组织了另一支取经队伍，按这种可能性发展下去，假悟空可以既获得正果又维护了花果山之约。当然，由于此举有悖于天理人伦,六耳猕猴惨遭灭顶之灾。从六耳猕猴的下场可以看出孙悟空除了"履大违小"之外没有别的选择,抗拒大契约是死路一条,瞒天过海也是此路不通。那么,为什么要对忠心耿耿的孙悟空来这么一番警示呢?原来,悟空者,心猿也,心生种种魔生,唐僧师徒在遇到六耳猕猴前已生隔阂,有"二心"则引出两只心猿来搅乱乾坤。在某种意义上说,六耳猕猴是孙悟空心中的一念之恶,他身上聚集了孙悟空可能具有的全部私心杂念。第五十七回假悟空的话简直像是真悟空潜意识中的声音:"我今熟读了牒文,我自己上西天拜佛求经,送上东土,我独成功,教那南赡部洲人立我为祖,万代传名也!"话又说回来,"镜像人物"照出的只是"英雄"的倒影,孙悟空心中即使真有这一念之恶,也会在这反面教员的作用下消弭于无形。假悟空打唐僧,偷包袱,烹猴尸,种种无耻作为,正是真悟空所不齿的妖魔行径,这活生生的样板使孙悟空自觉厌弃这条道路。他最后抡起铁棒,劈头一下打死了六耳猕猴,这一棒实际上也是打杀了自己心上的魔头,从此"履大违小"的行为进入了不可逆转的阶段。

《西游记》中大契约的监督者为如来、观音、唐僧等,他们通过紧箍咒约束孙悟空,随着孙悟空自觉性的提高,唐僧念紧箍咒的频率不断降低,到了大契约功德圆满时,这履约的约束也不翼而飞。[①] 为了提高孙悟空履约的兴趣,观音等答应给他提供一切帮助。孙悟空以前何等神通广大,皈依佛门后莫名其妙地少了许多英雄气概,有事无事都去天上搬救兵,结果求援越多越增加了对监督方面的依附性。滑稽的是,取经路上多数妖魔鬼怪都是监督方面安排出来的,解铃人是系铃人,孙悟空实际上陷入了一场设计好了的游戏。小契约的监督者是花果山众猴,没有他们的怂恿、捧场、出谋划策,孙悟空成不了盖世英雄"齐天大圣",因此他们对他履行小契约构成道义上的约束。但这种约束到后来逐渐淡化,特别是六耳猕猴到花果山鸠占鹊巢,众猴不识真伪助纣为虐,算是有负小契约在先,孙悟空当然不能像以往那样留恋已染有妖氛的花果山。如前所述,由于叙述者视角的转换,孙悟空无视小契约的行为已转到故事的背面,我们只看到他履行大契约所得到的奖赏——被封为"斗战胜佛"。倘若叙

---

① "孙行者却又对唐僧说:'师父,此时我已成佛,与你一般,莫成还戴金箍儿,你还念甚《紧箍咒儿》捐勒我?趁早儿念个《松箍儿咒》,脱下来,打得粉碎,切莫叫那甚么菩萨再去捉弄他人。'唐僧道:'当时只为你难管,故以此法制之。今已成佛,自然去矣。岂有还在你头上之理!你试摸摸看。'行者举手去摸一摸,果然无之。"《西游记》第一百回。

述者的视角不转换,我们将从正面看到小契约对他的处罚(无论如何这处罚无从回避),这处罚就是丧失了小契约提供的自由与逍遥。孙悟空从正统方面获得的每一点赏赐,包括"弼马温""齐天大圣"等,都是以牺牲自由逍遥为代价,此所谓"成人不自在,自在不成人"。似此,可以认为孙悟空最后已因"履大违小"而获得了规定的赏罚。至于这赏罚的意义,读者尽可见仁见智,本章在下一节的讨论中还将涉及。

《水浒传》的"镜像人物"是李逵,他与宋江既不同名也不同貌,但两人之间的感情最深,关系最密,相互的冲突也多于其他兄弟,两人甚至死后亦葬在一处。关于他们的特殊关系,学界已有过讨论,此处不赘。和以上两位"镜像人物"一样,李逵的功能也是警示,不过他是从正面提醒宋江不能"履大违小",因而又兼任着小契约的监督角色。宋江在小契约中的主宰地位,和李逵竭力拥戴有关,然而他又铁面无情地监督着宋江,生怕他行了不"义"之事违背了小契约,为此他在第七十三回中几乎赔上了自己的头颅。他主张将小契约贯彻到底,把全国变成大梁山泊。大契约木已成舟后,他仍三番五次提出要退回到小契约,并不放过任何一个进言的机会。在归顺朝廷后的宋江那里,李逵是自己心中的"二心"或一念之"恶",他道出了自己另一种可能的发展:"只是再上梁山泊倒快活,强似在这奸臣们手下受气。"(第一百回)凡是做出了不利于小契约的决定后,宋江总要大骂跳出来反对的李逵,这可看成是压抑自己的"二心",也是为了扼杀对朝廷的愤懑。李逵对宋江的约束只有两把板斧,宋江服下朝廷送来的毒酒后,决定让他也同归于尽,大契约的监督者宿太尉、九天玄女等对宋江的约束却是君臣纲常与"星主"重任。这现世与夙世的两重压力当然比两把板斧更为沉重。

《水浒传》与前两部小说的重大区别在于赏罚不公。宋江违逆了小契约,得到的处罚是招安后的委屈痛苦,以及征剿自己同类(方腊等)和伤残自家兄弟的悲哀,这处罚还算公道。然而他忠实地履行了大契约,得到的赏赐却是一杯毒酒。朝廷的违约,表明了大契约的无意义、无价值,也使得故事的张力未获解除。小说的悲剧意味,源于一百零八将的风流云散,也源于宋江的无辜被罚——两约俱罚对"英雄"来说实在过于残忍。作者安排小契约的监督者李逵来宋江身边目睹其下场,这和紫鹃来宝玉处一样有其微妙用意。小说最后叙述宋江被玉帝封为梁山泊都土地,与众兄弟重聚于地下,朝廷亦悔罪不已,算是一种解除故事张力的努力。不过对读者来说,故事中的行动已随宋江服毒而结束,其他"故事外"的东西已经没有意义。这种情况,就像神瑛侍者与绛珠仙草重会于离恨天一样(从逻辑上说必然如此),不但不能缓解反而更加剧了读者怅然若失的心理。还须提到,李逵提出的另一种可能性已在李俊身上实现,他与费保等人的"小结义"后来在海外成功(陈忱的《水浒后传》详细铺陈这一过程),这种对照更令人惋惜宋江的命运。

比李逵更易动怒的张飞是《三国演义》中小契约的监督者,他在第二十八回中逼关羽斩蔡阳以明心迹,在第八十一回中逼刘备为关羽复仇,他的死更促成了刘备以身殉约。大契约的监督者是诸葛亮。刘备三顾茅庐,发言的内容是告以大契约并请求帮助,诸葛亮的隆中对,核心内容是如何执行大契约,这番对话决定了诸葛亮的终生使命。诸葛亮不仅是大契约的监督者,他智术过人又忠心耿耿,刘备十分情愿地给予了他履行大契约的全部权力。他出山后,故事的"英雄"在刘备和他之间发生了某种滑动,刘备固然还是大小契约中的核心人物,但诸葛亮事实上接管了大契约,成了履约活动的导演,刘备的一切行动(包括哭、笑)都必须听他安排。刘备、诸葛亮隆中之会,可以理解为两人之间订下契约:诸葛亮承诺为刘备的大契约竭尽全力,刘备承诺只保留名分,让诸葛亮作为"英雄"的代理人。刘备的三顾茅庐实际上是诸葛亮设计出来的,诸葛亮的欲擒故纵是为了立约的郑重,更是为了责任与权力的统一。当然刘备也有自己的聪明之处,第八十五回永安宫托孤时他对诸葛亮说:"若嗣子可辅,则辅之;如其不才,君可自为成都之主。"表面上这是打算连名分也一并相赠,实则是要诸葛亮重新与后主立约。诸葛亮听后"汗流遍体,手足失措",流着眼泪完成了重新立约的手续。有了与先主与后主的两次立约,诸葛亮不能不鞠躬尽瘁死而后已。

诸葛亮的特殊身份,决定了刘备之死不会影响大契约。刘禅继承的只是帝位,而诸葛亮正式继承了大契约,由于小契约已随刘关张之死而解体,他成了故事中硕果仅存的"英雄",名分与功能的矛盾不复存在。时不我待,他加快了行动的速度。两次"出师表",是重申以往的契约;六出祁山,是为了履行大契约。大契约虽注定不能成功,但只要有他在一天,大契约就能存在一天。在此情况下可看出小说的"镜像人物",是那些位置与他相同而行为相反的人。董卓、曹操父子,名为汉相,实为汉贼;司马懿父子在魏代汉后,名为魏相,实为魏贼；名与实之间只有一念之差，旗号完全可以不变。在诸葛亮面前，这些"镜像人物"一再表演了他的另一种可能的发展，这怎不会使他有戒于心、战战兢兢。诸葛亮的忠心天日可表，但他是何等聪明之人，岂能不想到别人会猜疑他心中有一念之恶，所以他辅佐蜀汉时是那样如临深渊、如履薄冰。对于像诸葛亮这样有高度自省能力的人来说，"镜像人物"与其说是向他警示不能走"名为汉相实为汉贼"之路，毋宁说是从反面督促他履行大契约。诸葛亮的才华远远高于那些"汉贼"和"魏贼"，阿斗则还不如汉献帝和几个魏主，但诸葛亮竭忠尽智匡扶蜀汉，显示了可贵的牺牲精神。刘备托孤与曹睿托孤非常相似，但诸葛亮父子殉汉与司马懿父子篡魏恰成倒影，"镜像人物"反衬出一代名相在节操上的崇高。

《三国演义》中亦有赏罚。刘备兴师伐吴，以身殉弟，所获得的至多只是关张二弟在天上的微笑。但此举破坏了履行大契约所必需的吴蜀联盟，伤了蜀汉元气，他的死又是大契约（还有隆中之约）对他的处罚。诸葛亮继承大契约后，"前出师"未捷，自贬三等，"后出师"失败，星殒五丈原，这些都是大契约（还有隆中之约）的处罚。不过，诸葛亮并不是一无所获，他在履约过程中展现了一种伟大的人格，这种千古流芳的人性美不但使蜀营内将士用命臣民敬服，就连吴魏两国的对手也自叹不如。契约给了他发展这种人格的机会，这是对追求人格完美者的最好奖赏。关羽的挂印封金和秉烛待旦，同样体现出一种人格美，但那是为"私"而诸葛亮是为"公"（第八十一回赵云劝刘备："汉贼之仇，公也；兄弟之仇，私也"），因而仍有高下之别。

三、来自深层叙述结构的解释

以上对四大小说中的大小契约之争以及立约、履约、监督、警示与赏罚等行为作了一番描述，接下来的问题自然是：为什么这些小说中都存在大小契约及种种契约性行为，什么原因使它们与契约都结下了不解之缘？这些共同现象说明了什么问题？

本书第一章提到结构有深层与表层之分，深层结构通过种种途径，转换生成为表层结构。① 叙述的表层结构与人们熟知的语法结构有几分相似,它们都是从具体对象中提取出来的抽象形式——语法中的主语、谓语、宾语等各有其"功能",故事中的"角色行为"也可从"功能"角度做出分类。众所周知,结构主义运动的先驱普罗普最早提出了故事中的"功能"概念,他把"功能"界定为"从其对于行动过程意义角度定义的角色行为":

> 我们可以有言在先:功能项极少,而人物极多。以此便可以解释神奇故事的双重特性:一方面,是它的惊人的多样性,它的五花八门和五光十色;另一方面,是它亦很惊人的单一性,它的重复性。②

普罗普归纳的"功能"有"英雄""对手""战斗""帮助人"和"胜利"等,③其后还有一些理论家从不同角度提出过自己的"功能"划分,如厄·苏里奥、克洛德·布雷蒙等。④ 不难看出,本章实际上是用契约类"功能"来描述四大小说中的表层叙述结构,前面提到的种种事件无不可以用"立约""履约""违约""监督""警示""奖赏""惩罚"等"功能"来概括。更细致一点说,四大小说中贯穿着两套平行的"功能"系列,它们分别代表着大小契约从"立约"到"赏罚"的过程。换而言之,四大小说中存在着相同的表层叙述结构,它们都是以大小契约的先后"立约"为开始,经过一系列相互排斥的"履约"("履大违小"或"履小违大")"违约"("违大履小"或"违小履大")"监督""警示"等,最后达到大小契约规定的"奖赏"或"惩罚"。

---

① 克劳德·列维-斯特劳斯:《结构人类学——巫术·宗教·艺术·神话》,陆晓禾等译,北京:文化艺术出版社,1989年,第145—199页。
② 弗·雅·普罗普:《故事形态学》,贾放译,北京:中华书局,2006年,第18页。
③ 以《西游记》的取经故事为例也许更有助于理解普罗普的"功能"概念。唐僧西行经历的"八十一难"虽然各有不同,但其结构形态极为相似:每一"难"(也就是小故事或事件)中都有一个"英雄"(唐僧),其动作指向一个恒定的目标(西天取经);又都有一个"对手"(一般是妖精,但也可能是镇元大仙这样的正统人物),其动作特征在于阻遏"英雄";还有一个"帮助人"(一般是孙悟空,但也可以是猪八戒或其他人物),其动作特征是帮助"英雄"达到目的;"英雄"和"对手"之间必然爆发"战斗",由于"帮助人"的干预,"战斗"的结果必然是"英雄"的"胜利"。因此"八十一难"可用一个由功能组成的序列来描述:"英雄"→"对手"→"战斗"→"帮助人"→"胜利"。普罗普归纳出有关功能的四条规律:第一,功能是故事中不变的常数,不管它们的执行者如何。第二,功能数目有限,普罗普发现他的功能总数从未超过三十一种。第三,功能不一定全数出现,但出现时必须是在序列的特定位置("帮助人"可以缺席,但若出现必在"战斗"与"胜利"之间)。第四,所有的俄罗斯民间故事只有一种结构形态。
④ 傅修延:《文本学——文本主义文论系统研究》,北京:北京大学出版社,2004年,第88—96页。

从契约角度考察小说不是本人的发明,罗伯特·肖尔士在其《结构主义文学》中发挥和扩展了 A.J. 葛雷马斯关于契约的观点,提出了"契约""考验"和"评价"等"功能",①我国台湾学者古添洪又从肖尔士那里得到启发,运用契约观念考察了《莺莺传》等五部唐人传奇。② 坦率地说,如果不避附会穿凿之嫌,一味在契约上着眼,许多故事都可以和契约挂起钩来。然而在国人视为经典的四大小说中,我们看到的不仅是平常的契约性行为,而且还有明白无误具备共同特征的大小契约之争,从"立约""履约"到"赏罚",这些"功能"串在小说中的存在不容否认。可以这样说,我们可以怀疑从一两个句子中归纳出来的语法,但不能怀疑从大量句子中归纳出来的语法,对于来自"名句"中的语法就更不能怀疑。《红楼梦》《三国演义》《水浒传》和《西游记》是我国最重要的四部古典小说,它们在国人的精神生活中具有不可或缺的重要意义——如果说英国人当年宁可失去印度而不愿失去莎士比亚,那么可以说我们宁可失去其他所有小说也不愿失去四大小说。对于四大小说中"不约而同"呈现出的相同表层叙述结构,小说研究者无论如何不能等闲视之。

相同的表层叙述结构意味着存在相同的深层叙述结构。根据以上讨论,四大小说中之所以会有从"立约"到"赏罚"这一系列行为,归根结底是因为它们当中隐藏着相互冲突的大小契约。大契约无一例外都朝向正统方面(包括正果、正宗等),小契约也统统朝向非正统方面(包括异类、异端等);大契约带给"英雄"的是不自由(包括拘束、劳作等),小契约带给他们的是自由(包括放任、逍遥等)。如此,我们就有了"正统与非正统"、"自由与不自由"这样两对互相对立的范畴。列维-斯特劳斯在《结构人类学》中提出,每种神话内部都隐藏着这样一个深层结构:

$$A：B：：C：D$$

A 与 B 是一对矛盾的范畴,C 与 D 也是一对矛盾的范畴,A：B：：C：D 意为"A 之于 B 如同 C 之于 D",也就是说 A 与 B 的关系和 C 与 D 的关系有共通

---

① Robert Scholes, *Structuralism in Literature: An Introduction*, Yale University Press, 1974, pp. 108—111.
② 古添洪:《唐传奇的结构分析——以契约为定位的结构主义的应用》,载《中外文学》4 卷 3 期,1975 年 8 月,第 80—107 页。

之处,理解前者有赖于理解后者。① 借用列维-斯特劳斯的模式,将本章的两对范畴代入进去,便可以得出:

非正统:正统::自由:不自由

译解出来的意思为:在四大小说中,非正统与正统的矛盾,相当于自由与不自由的矛盾;两者在很大程度上同义相通,后者中隐藏着对前者的解释。不过列维-斯特劳斯的表述形式(A:B::C:D)用在此处还不十分适合,四大小说的深层叙述结构实际上更与下图相符:

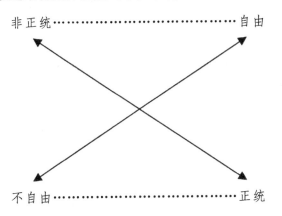

上图显示出两对范畴之间存在的内在联系(图中用虚线连接非正统与自由以及正统与不自由),因此,虽然正统与自由可以相互转化,但这必然意味着它们内在联系的断裂,并有新的内在联系取而代之。更直接地说,从非正统(异类)转化为正统相当于从自由状态进入不自由状态,而自由状态的变化当然也意味着正统地位的变化。

---

① "再回到俄狄浦斯神话故事上来,我们就可以看到它的意义了。对于一种相信人类是由土地而生的文化来说(例如《波萨尼斯》第 8 卷第 29 页第 4 段:植物为人提供了一个模式),要在这种理论与人实际上是男人与女人婚配而生的认识之间找到一种令人满意的过渡是不可能的,而神话就是要解决这一难题。虽然这个问题显然是不可能得到解决的,俄狄浦斯神话故事还是提供了一种逻辑手段,这一手段把人是由一个(土地)所生,还是由两个(男与女)所生这一原始问题与人是同一还是不同亲缘关系所生这个派生的问题联系起来。通过这种相互关系,对血缘关系估计过高与对血缘关系估计不足其间的关系,就犹如企图避开人由土地而生这一理论与这一企图的不可能实现之间的关系一样。"克劳德·列维-斯特劳斯:《结构人类学——巫术·宗教·艺术·神话》,陆晓禾等译,北京:文化艺术出版社,1989 年,第 53 页。

这就是四大小说的深层叙述结构。它本身不是叙述（叙述可理解为一种动态的信息传播），却是叙述的信息基础；它是共时平面静态的，却是故事动力的源泉；它本来无喜无悲，却是故事悲喜色彩的配方；它简单得无以复加，却能衍生出丰富的思想内容。它像是正在喷发的火山深处的地层结构，能够解释和提供火山的运动，然而又不直接参与运动。地质学家通过火山的运动和岩浆的成分把握它，我们则通过故事发现表层叙述结构，再由表层叙述结构追踪到深层叙述结构。

　　仔细观察这个深层叙述结构，我们还能进一步读出它的潜台词。四大小说中的"英雄"全都同时具有正统与非正统的双重身份——贾宝玉既是荣国公之孙又是来讨孽债的神瑛侍者，孙悟空既是齐天大圣又是异类猴精，宋江既是"星主"又是造反头领，刘备既是"皇叔"又是民间豪杰。大契约用社会责任感压迫他们，小契约用人性的自然萌动催促着他们，然而他们都强自挣扎为履行大契约尽了努力，并因此而付出沉重的心灵代价。四个故事到这一步已归并成了一个"故事之母"，我们的古人似乎通过它来进行隐喻性的叙述：每个人来到世间都面临着矛盾的人生选择，或为正统地位而委曲自己的内心，或不愿以屈求全而居于非正统地位。诚然，正统与非正统之间是一条双行道（孙悟空当了齐天大圣还可以重新造反），但作为社会中的人，正统的力量还要大过自由的诱惑。因此，从这个深层叙述结构中可听到隐隐的嗟叹：正统不可战胜，自由难以舍弃，鱼与熊掌不可得兼，人生注定是一场艰难痛苦的折磨。

　　深层叙述结构解释了表层叙述结构的相似，共同的"根"导致了四朵最美丽的"花"在本质上的相似。用"根"来解释"花"在逻辑上是行得通的，但这"根"是由"花"反向追踪而来，为了避免解释上的循环，我们有必要涉及这"根"旁边的"土壤"。虚构的世界终究是对真实的世界的模仿，"故事内"与"故事外"的世界不同质而可同构。托多罗夫在谈到语法结构与世界的关系时说："同样的结构不仅在语言中存在，在语言之外也存在。"[①]依据这种语法结构与世界结构相似的逻辑，不妨说上图所示的深层叙述结构与我们古人的深层心理结构是一致的。在漫长的封建社会中，人们的发展道路一般来说只有"朝"

---

① 兹维坦·托多罗夫：《从〈十日谈〉看叙事作品语法》，黄建民译，载张寅德编选：《叙述学研究》，北京：中国社会科学出版社，1989年，第178页。

和"野"两种主要选择,前者是正统而后者多半指向异端。人们拥挤在通往朝廷宫阙的道路上,无论是孔夫子还是民间艺人,都在告诫着"学而优则仕""学成文武艺,货与帝王家"。学文的梦想金榜题名蟾宫折桂,学武的"一刀一枪,无非博个封妻荫子",还有人故作姿态以退为进,把采菊东篱当作"终南捷径"。然而,对"野"的向往又始终是古代诗文的主潮,这里面包括了隐逸林泉扶杖山谷,也包括逃禅入佛或与知音知己相忘于江湖。从这里可以看出古人社会使命与精神追求的两极分驰:要获得社会承认、谋取进身之阶须向正统靠拢,要获得精神解放、灵魂自由则要从非正统方面探求。在我国历史上多的是这么一类人,他们就身份来说是正统成员(朝廷命官等),但他们的精神却向某种"桃花源"逃逸(逃入自然、宗教、艺术或江湖)。另外一类人与他们正好相反——"身在江湖,心存魏阙",不过这类人为数寥寥,因为多数人都不会为了较高级的需要而牺牲较为基本的需要。因此可以说古人内心深处也存在着两对矛盾的范畴,他们像四大小说中的"英雄"一样,也体验着"正统"与"非正统"、"自由"与"不自由"的争斗。正是这种深层心理结构,为上面提到的"根"提供了生长发育的"土壤"。

换个比喻说,当描述这个深层叙述结构时,本章实际上接触到了我们民族的某种心理"基因"。《红楼梦》等叙事经典之所以伟大,是因为它们都携带有源于这一"基因"的遗传密码;或者反过来说,读者由于感觉到了这些小说的遗传密码,才认为它们是伟大的著作。本章无意用荣格的"集体无意识""种族之魂"或"种族心理积淀"等概念来说明问题,但和荣格一样,本章认为许多名著应该是集体的创作。刘备、诸葛亮和宋江来自历史,孙悟空出身印度,经过史家、剧作家和说书人的反复修改加工,罗贯中、施耐庵和吴承恩才有了"英雄"的胚胎。贾宝玉虽算是"凭空捏造",但请想想有多少人参加了讲述其故事的行列(不包括续书者,单补后四十回的就大有人在),我们只不过承认了曹雪芹和高鹗合作的版本。集体的创作容易输入集体的"基因",四大小说凭借共同的深层叙述结构,终于超越了其他小说而成为我们民族的英雄史诗。不过,不能抹杀它们的作者(特别是曹雪芹)的功劳,他们无意识地同时又是天才地在"英雄"身上突出了这种"基因",导致了作品的不朽。当然最值得惊叹的是我们的读者,他们像《聊斋·司文郎》中的瞽僧一样对优秀作品怀有敏锐的直觉,《红楼梦》等就是因为他们准确的筛选才从茫茫书海中脱颖而出。

第六章 契约的神奇:四大古典小说新论

四、余论:四大小说中的种种模拟情况

　　以上通过还原、缩减的办法,从四大小说中寻找到"故事之母",在拨开繁枝冗叶的过程中,我们不可避免地会省略、绕过许多东西。以下试图证明,本章采取的还原思维仍是合理的,由于四大小说中的人物、事件和故事存在着太多的模拟情况,那些被舍弃的材料对本章的讨论结果基本没有影响。

　　本章确实只讨论了"英雄"的行动,可以想象得出,其他人物在局部范围内也是"英雄",他们似乎不应处于讨论之外。但是,许多次要人物的行动表现为对"英雄"行动的某种模拟,重复讨论它们似乎没有多大必要。以《西游记》为例,唐僧、八戒、沙僧、龙马等重复了孙悟空的命运,他们都是因为没有遵守正统的秩序而沦为异类(受罚),①又都回过头来追求正统而终成正果(受赏)。岂止是他们,西天路上那些由正统变形而来的妖魔不也是走了这条路线?②至于那些土生土长的妖魔,如牛魔王、黑熊精、红孩儿等,他们的遭遇和孙悟空更无本质区别。这样来看问题,许多似乎不相干的人物与事件便有了内在联系,猴精的故事足以代表金蝉、猪妖、水怪、龙马和种种妖魔鬼怪改邪归正的故事。泾河龙王违旨行雨、天蓬元帅调戏广寒仙子,和齐天大圣偷吃蟠桃在本质上是一回事,都属于对正统的不耐烦。同样,男妖想吃唐僧肉与女妖想与唐僧成亲,和猴精护圣僧取经一样,其意义都是对正统的追求。不大夸张地说,《西游记》叙述了许多人物、许多事件,这些人物与事件到头来都可归并为一个。

---

① 取经队伍的所有成员——金蝉、猴精、猪妖、水怪以及白马都曾置身于正统之中,他们都有过响当当的正统名号:金蝉长老、齐天大圣、天蓬元帅、卷帘大将以及玉龙三太子,他们都因为违背了正统的秩序而丧失了正统的地位甚至原身。如来二弟子金蝉长老因"不听说法"而被罚往罪孽最深重的南赡部洲投生,出世后又遭受奇祸;齐天大圣因大闹天宫而被压在五行山下,他的猴形("雷公嘴"和尾巴)一直未变,因此无须再受变形惩罚;天蓬元帅因调戏嫦娥而被投入猪胎;卷帘大将因失手打碎玉玻璃而被变貌刺胁;玉龙三太子因纵火烧了殿上明珠而被锯角褪鳞变为白马。

② "行者听说(弥勒佛承认黄眉怪原是其手下'司磬的一个黄眉童儿'),高叫一声道:'好个笑和尚,你走了这童儿,教他诳称佛祖,陷害老孙,未免有个家法不谨之过!'弥勒道:'一则是我不谨,走失人口;二则是你师徒们魔障未完;故此百灵下界,应该受难。我今来与你收他去也'"《西游记》第六十六回。据此可见正统与异类之间没有不可逾越的界限,所有的人物都在按被指定的"功能"行事,一切都在最高仲裁者的设计与掌控之中。

其他三部小说中的情况也大抵如此。《红楼梦》中,贾琏、贾珍、贾蓉、薛蟠等的"皮肤滥淫",从反面模拟了贾宝玉的"意淫",他们的行动也属向正统挑战,但这种肉欲的宣泄并不指向堪与正统匹敌的力量,因而实际上为正统所默许。秦钟、柳湘莲(还有前一阶段的甄宝玉)等从正面模拟了贾宝玉的行动,他们在叙述学上的意义相当于猪八戒、沙和尚之于孙悟空。《水浒传》中,田虎、王庆、方腊等人构成了对宋江的反向模拟,他们也反抗朝廷,但因没有"义"字作造反的旗帜和队伍的凝聚剂,因此也不堪一击。至于众义士对宋江的正向模拟,小说在叙述种种"逼上梁山"事件中有过明显的暗示。《三国演义》中,曹芳、刘禅、孙皓等反向模拟了刘备,他们也是魏、蜀、吴之主,然而缺乏令臣下归心的威望与仁德。曹睿、孙权、孙策等与刘备有一种正向模拟的关系,他们也和刘备一样获得臣下的拥戴。不言而喻,诸葛亮的反向模拟者是他那些"镜像人物",他们打着辅佐的旗号干着篡逆的勾当,因而不是"汉贼"就是"魏贼"。诸葛亮的正向模拟者则是陆逊、吕蒙、姜维、诸葛瞻等,这些人忠心不让武侯,智术则有一定差距。总之,三部小说中存在大量"英雄"的正反向模拟者,这些"英雄"的摹本(虽说可能是等而下之的)和倒影一方面扩大了故事人物的队伍,一方面又陪衬、反衬出"英雄"行动的意义。人物的模拟导致事件的模拟,三部小说中纷繁的事件大多可以和主要事件发生某种对应关系。

  文学与音乐不无相像之处。音乐作品的"主题"和"动机"往往很简单,它之所以能持续相当时间并使人印象深刻,靠的是重复、对比、扩展与和声等手段。文学实际上也依赖这些手段,艺术从来都是寓"一"于"多"又"多"中呈"一"的。没有西天路上"八十一难"的反复折腾,显不出异类向正统转变之艰难;没有贾琏、贾珍、贾赦等的"皮肤滥淫",显不出贾宝玉精神追求("意淫")之可贵;没有李俊"太湖小结义"的峰回路转,梁山好汉风流云散的悲剧就会缺乏回味;没有乱世群雄及其辅佐者的层层铺垫,刘备与诸葛亮的正面形象就不会那么突出。好的故事讲述人懂得驾驭这"多"与"一"的矛盾:为了满足读者的消费需要,他们展示令人眼花缭乱的人物与事件,为了信息的集中,他们又暗中统一了这些人物与事件的向心性。九九归一,表层叙述结构就是这个"一",它像音乐中的"主题"或"主导动机",是它决定了"英雄"的行动并派生了种种正反向的对"英雄"行动的模拟。这一切最终又归因于深层叙述结构,由于它与我们民族的深层心理结构同型,归根结底是中国人自己决定了中国人最爱听什么故事,这样来考虑问题,四大小说内部与彼此间的种种相似就不足为奇,它们共同获得我们喜爱更是理所当然。

至此,本章似可用英国诗人罗伯特·格雷夫斯的一句著名诗句作结:"有一个故事而且只有一个故事,真正值得你细细地讲述。"①

---

① "There is one story and one story only / That will prove worth your telling, / Whether as learned bard or gifted child; / To it all lines or lesser guards belong / That startle with their shining / Such common stories as they stray into." Robert Graves, "To Juan at the Winter Solstice", *Poems 1938—1945*, London: Cassell, 1945.

第七章

互文的魅力：四大民间传说新解

【提要】 把握四大民间传说的关键在于洞察其"间性"或曰"互文性"——将四个故事看作是一个相互依存的有机序列，也就是说唯有让这四个故事彼此印证，相互映发，其隐含的意义才能真正被召唤出来。从"互文"这一角度观察，四大传说之间的配合相当默契，它们固然是四个不同的故事，但是由于那些复杂微妙的"异中之同"，它们给人的印象就像是同一故事的不同变体。故事中行动的主动方均为追求变化的女性（蛇精变形跨越了人妖之隔，祝英台易服跨越了男女之隔，孟姜女投海跨越了生死之隔，织女下嫁跨越了仙凡之隔），她们或希望获得与男性平等的身份，或努力进入与对方同样的状态，此类"趋同"的愿望不啻是事件演进的驱动器，而对这些追求的反复讲述则构成了叙事语义中的"互文见义"。四大传说的相互契合还有如下表现：1.情节动力均来自女主人公；2.伦理取位均与正统观念相悖；3.传说结尾均有一抹亮色；4.人物身份对应士农工商；5.故事时间覆盖春夏秋冬。四大传说之所以能够成为中国民间传说的代表，全仗成千上万同类故事的"顶托"，其脱颖而出乃是无数同类故事自动筛选淘汰的结果。四大传说流传至今还与其承载的教化功能有关。这些故事实际上是在进行伦理教育，它们携带古人对生命的理解与对爱情的诠释，告诉我们什么最有价值，什么最有力量，什么最有意义，一代又一代的国人就是在这样的爱情学校与人生课堂中接受启蒙。

中国古代不但有四大古典小说，还有四大民间传说，它们分别是笔头叙事与口头叙事的经典之作,我们不能只讨论前者而不涉及后者。按照民俗学和民间文学界的共识,四大民间传说包括《白蛇传》《梁山伯与祝英台》《孟姜女哭长城》与《牛郎织女》四个故事。

如果说四大小说之间存在着令人诧异的结构相似,那么四大传说更像是一个天然契合的有机序列。像四大小说一样,四大传说也有其共同的深层结构,用前述列维-斯特劳斯的模式来表述,或许就是"镇压/反抗"与"禁锢/自由"这样两组相互对立的范畴。但本章无意重作冯妇,以四大传说为对象再作一番深层叙述结构的追踪剖析,因为民间故事本身就是一目了然"透明见底"的。真正值得做深入研究的,本人认为还是四大传说之间的"间性"。

"间性"又称"互文"或"互文性"(intertextuality),这里指的是单个故事与所属故事群中其他故事之间的差异与相似,亦即故事"家族"成员之间的区别与联系。哈罗德·布鲁姆说"文本的意义取决于文本间性":

> 为要解释一首诗,你必须解释它与别的诗的差异。这种差异,正是该诗生气勃勃地创造意义的地方,这是一种家庭的差异,一首诗正是借此差异来抵偿另一首诗的。[1]

"互文"这个概念对于中国人来说不难接受,因为我们从小就习惯了"东市买骏马,西市买鞍鞯,南市买辔头,北市买长鞭"之类"互文见义"的表述,把握"互文"的关键在于将分开来的表述当成一个整体,这样我们就不会以为"东市"才有"骏马","西市"才有"鞍鞯"。同理,把握四大传说的关键在于洞察其"间性"——将四个故事看作是一个相互依存的有机序列,唯有让这四个故事彼此印证,相互映发,其隐含的意义才能真正被召唤出来。从"互文"这个角度观察,四大传说之间的配合相当默契,它们固然是四个不同的故事,但是由于那些复杂微妙的"异中之同",它们给人的印象就像是同一故事的不同变体。这就是四大传说的"互文见义"功能,它们之所以能从浩如烟海的民间故事中脱颖而出,或者说为什么中国的四大传说偏偏是它们而不是别的什么故事,原因就在于它们是一个被"间性"牢牢吸附在一起的不可分割的整体。

---

[1] 哈罗德·布鲁姆:《强劲有力度诗歌的延迟》,朱立元译,载朱立元等编:《二十世纪西方文论选》(下册),北京:高等教育出版社,2002年,第253页。

为了更好地说明互文的魅力,本章不得不先对这个"不可分割"的整体进行逐一讨论,然后再从"见木"回到"见林"状态上来。当然"见木"与"见林"也并非绝对相斥,在集中剖析一个传说时,也不妨让其他传说保持一种若隐若现的"在场"状态。

一、《白蛇传》——药物与变化

白蛇传说中弥漫着浓郁的药香。现代文论把故事的讲述比喻成织物的"编织","编织"中需要有东西来穿针引线,白蛇传说中起这种作用的就是药物。故事的大部分事件发生于药店,许仙的身份是药店学徒,白素贞因服用药酒(雄黄酒)而露出蛇精原形,后来又寻来药草(灵芝草)让吓死过去的许仙恢复生命。如果没有药物在其中充当道具,故事的许多事件无从演绎与推进。丁乃通对蛇女型故事的来龙去脉有过详细考论,认为"这个故事首先在纪元前后流传于西亚或中亚的一个不崇拜蛇的民族中",传入中国后"经过了重大的修正,以适应中国的文化"。① 药物因素的添加显然属于他所说的"重大的修正",因为中医药是典型的中国国粹,我们是世界上最善于以植物、动物和矿物入药的民族。在中药的采集、炮制与使用过程中,贯穿着万物相互依存的思想,中医相信恰当地使用这些药物,能够激发人的生命活力,改变身体内部的各项机能。

雄黄酒和灵芝草的药理功能正好相反。雄黄的主要成分为硫化砷,是提炼砒霜的主要原料,据《抱朴子》和《本草纲目》等记载,雄黄能杀毒驱邪,对夏日多见的蛇虫之患尤为有效,故事中法海在端午期间唆使许仙逼妻子饮下雄黄酒,目的是为了"以毒攻毒",使蛇精的变化之术失效。灵芝的难能可贵之处是它没有任何毒副作用,临床使用有健神强心、延缓衰老、提升免疫能力等效果,因此在古代传说中,灵芝成了一种浓缩生命精华的药物,它不仅能使神仙长生不老,还可以让凡人起死回生。除了"有毒"和"无毒"之外,雄黄和灵芝还有更深一层的区别:如果说有毒的雄黄能使美女变回丑物,那么无毒的灵芝可

---

① 丁乃通:《高僧与蛇女——东西方"白蛇传"型故事比较研究》,载丁乃通著、华中师范大学民间文学研究室编:《中西叙事文学比较研究》,陈建宪等译,武汉:华中师范大学出版社,1994年,第15页。

以美化容颜——《山海经·中山经》提到帝女死后"化为瑶草"（灵芝又名瑶草），"服之媚于人"。通过这棵可以美容的瑶草，白蛇传说响应了古代文学中著名的巫山神女故事——《太平御览》卷二九九引《襄阳耆旧记》曰："我帝之季女也，名曰瑶姬，未行而亡，封巫山之台，精魂依草，寔为茎之，媚而服焉，则与梦期，所谓巫山之女，高唐之姬。"虽然故事中没有给出任何证据表明白素贞服用过灵芝草，但从许仙惊厥后她立即想到寻找药草这一反应看，这位在大自然中修炼得道的蛇精应该非常熟悉这种药物，她的神通与灵芝草之间存在着一种隐然的联系。

雄黄酒和灵芝草的迥然相异，衍生出故事中一系列矛盾对立与斗争。法海用雄黄酒让白素贞露出怪物的丑形，没想到却使许仙由生入死；白素贞为救丈夫不惜冒死盗取灵芝草，这一事件使其被蛇精身份遮蔽的善良获得现象学所谓的"绽放"机会，从而改变了人们对她的印象。药物之为药物，在于它能带来肉体和精神上的某种改变。与雄黄酒扮演的负面角色不同，灵芝草在故事中起着一种"正能量"的作用：对许仙来说它有起死回生之功，对白素贞来说它又有化丑为美之效——白素贞的本相固然是面目狰狞的异类，但其心灵美却因"盗草"的执著而大放光彩，此举感动了灵芝草的主人南极仙翁，也使死而复生的许仙对她有了新的认识。在这场由雄黄酒和灵芝草引发的冲突中，生与死、美与丑、善与恶、正统和异类之间展开了激烈的较量，各自都实现了向自己对立面的转变。

按照经典叙事学的理论，决定冲突胜负的应当是故事世界中的仲裁者。南极仙翁在故事中充其量只是一个次级仲裁者，因为他只能决定灵芝草的归属，对于"盗草"之后的事件进程他已无能为力。南极仙翁属于道教人物，按说他也是正统队伍中的一员，但其法力远逊于法海背后的佛教大人物。《西游记》等故事已经告诉我们，道教出身的孙悟空可以大闹天宫，却跳不出如来佛的掌心，无论是太上老君还是玉皇大帝都不能与佛祖平起平坐。就此意义而言，法海在故事中是代表"正统中的正统"向异类宣战，不管白素贞如何通过"水漫金山"之类的手段奋起反抗，法海后面的最高仲裁者最终一定会出手干预，因此故事的结局必定是蛇精伏法，被仲裁者用强力镇压于佛塔之下。不过法力的胜利不等于道德的胜利，这一结局明显违背了佛教本身的"众生平等"原则——作为蛇精的白素贞也有自己追求幸福的权利，任何生灵的心灵自由都不应该遭到如此粗暴的践踏。

或许是由于此种考虑,国人在讲述白蛇传说时多半还会添上一个尾声,这就是让法海变成人人得而食之的丑陋螃蟹。公道自在人心,善恶报应不爽,"故事外"的这种绝妙安排体现了更高的伦理取位,原先扭曲的价值轴至此被拉直,美与丑均获得自身的安顿。与此同时,故事的动物语义也因这一尾声而臻于平衡:外表骇人的蛇精升华成心灵美丽的女性,道貌岸然的法师变形为面目可憎的螃蟹。民间故事其实只是看起来简单,在"蛇→美女"/"僧→螃蟹"这对变化范畴中,隐藏着生命不断循环的深刻思想:人与万物之间的联系是如此紧密,以至于众生之间没有什么不可逾越的本体论界限。

以上讨论已于无形之中由药物转到了变化。再重要的道具也只是道具,药物在白蛇传说中的作用就是为了引出变化,如果说药物是故事中的引子,那么变化便是故事的关键。① 变化不仅出现于《白蛇传》中,在其他三大传说中也有程度不同的存在:祝英台先是女扮男装,后又与梁山伯一道化蝶;织女开始隐瞒了自己的天女身份,后来又与牛郎双双变为星辰;在少数民族地区的孟姜女传说中,女主人公生于葫芦之中,投海殉夫之后又变成白鱼逃避进一步的迫害。这些变化的共同之处,是人物变成日常生活中的司空见惯之物,它们体现了民间传说的普世性质,其"易见性"又有助于传说本身的流行与传播。世世代代的故事讲述人正是利用这一点来为自己的讲述"起兴",例如,到了把酒持螯的时节,准备讲白蛇传说的爷爷会用筷子指着餐桌上的螃蟹对孙子说:"你知道这东西是怎么来的吗?"

不过四大传说的真正目的并不在于解释事物的由来。人物的变化实际上是身份或状态的变化,发生这种变化为的是跨越形形色色的鸿沟:蛇精变形跨越了人妖之隔,祝英台易服跨越了男女之隔,孟姜女投海跨越了生死之隔,织女下嫁跨越了仙凡之隔——她与牛郎变星还跨越了动静(瞬间与永恒)之隔。我们在后文中还要提到,四大传说全是爱情故事,故事中行动的主动方都是女性,她们或希望获得与对方平等的身份(白素贞、祝英台和织女),或是要进入与对方同样的状态(孟姜女以死殉夫),这类"趋同"的愿望成了事件演进的驱

---

① "传奇中标准的逃脱手段是身份转变。"诺思洛普·弗莱:《世俗的经典:传奇故事结构研究》,孟祥春译,上海:上海人民出版社,2010年,第152页。

动器。对变化所作的这种"集体讲述",包括反复讲述与多角度讲述,构成了叙事语义中的"互文见义",四大传说的"间性"从中可见一斑。

如果把考察范围放大,还会看到这种"互文"关系不只存在于四大传说之间,我们的古人特别喜欢讲述诸如此类的"趋同"故事,故事主人公的原身既有动物(鸟兽蛇虫)和植物(花精树魅),也有地下的鬼魂与天上的神仙。在这些被称为人妖恋、人鬼恋、人神恋的故事当中,无一例外都有变化发生,变化成了异类与人交往的先决条件。而将变化演绎得最精彩的当属白蛇故事,没有哪个故事能将变化呈现得如此不可思议;故事的"妖氛"到最后被稀释殆尽,外部形骸的可憎可怖彻底让位于内在心灵的可爱可亲。至此我们明白,白蛇传说能够进入四大传说之列,全仗成千上万同类故事的"顶托",四大传说脱颖而出乃是无数同类故事自动筛选淘汰的结果。

二、《梁山伯与祝英台》——翅膀与自由

梁祝传说中也有变化,这变化不像白蛇那样由异类变成人,而是到最后由人变为异类——一对翩翩飞舞的蝴蝶。蝴蝶最吸引人之处是其翅膀,没有翅膀就没有无拘无束的自由飞翔。

这个故事一开始就提出了困扰女主人公的身份问题:祝英台身为女性不能上学,被剥夺了像男性那样的受教育权利。解决这个问题的方案是乔装打扮,穿上男性的衣衫之后,祝英台顺利实现了自己的意愿。但是接下来又有新问题产生,祝英台对同窗共读的梁山伯产生了感情,解决这个问题可不像女扮男装那样容易——没有父母之言与媒妁之命,旧时男女要实现自由结合难于上青天。在故事的大部分时间内,梁山伯一直处于不明真相的状态,等他明白过来已经是噬脐莫及。故事的最后场景是男女主人公一在坟外一在坟内,然而幽明之隔阻挡不了爱情的力量,一对有情人最后通过化蝶获得了比翼齐飞的自由。

白蛇传说中引起变化的是药物,梁祝传说中反映变化的则为长出了翅膀。作为由爬行动物进化而来的地面物种,人类总是用羡慕的目光注视着天空中振翼翩飞的生灵,长有翅膀的鸟类与昆虫似乎享有比其他物种更多的活动自由。世界各民族的先民大多相信万物有灵和灵魂转移,他们骨子里都希望自

己有朝一日也能拥有其他物种的本领。《山海经·北山经》说"炎帝之少女"女娃死后变为精卫,这个神话故事说明我们祖先很早就萌发了凌空御风的想象。不过精卫展翅是为了"衔木石以埋东海",梁祝化蝶却是为了坚贞不屈的爱情。古代文学中有许多让人物插上翅膀"飞"抵爱情彼岸的故事,它们与梁祝传说之间的关系,就像人妖恋故事之于白蛇传说,也就是说它们乃是"顶托"这两个故事的"群众基础"。《孔雀东南飞》与《搜神记》"韩凭夫妇"故事的结尾几乎完全一样——男女主人公的坟头均出现连理枝与鸳鸯,但两者都未说明鸳鸯是由人物变化而来,李商隐的《咏青陵台》中人物终于长出翅膀——"莫许韩凭为蛱蝶,等闲飞上别枝花",据此可认定化蝶结尾定型于汉唐之间。① 化蝶与化鸟从性质上说属于一类,古代文学中但凡涉及"爱而不得所爱"的叙事,都倾向采用"在天愿为比翼鸟"之类的譬喻,今天的人们在遇到不可逾越的障碍时,往往也会产生"愿依此日生双翼"的幻想冲动。

故事需要美感,与其他三大传说一样,梁祝传说讲述的也是凄美的爱情。刘再复曾说从《诗经》到当代文学存在着一个不断重复的母题,这就是"爱而不得所爱,但又不能忘其所爱"。② 梁祝传说极其有力地证明了人是情感的动物,男女主人公的殉情显示出爱情的不可阻挡,故事的全部魅力来自这种"之死靡他"的坚贞与决绝。与梁祝传说有异曲同工之妙的是莎士比亚的《罗密欧与朱丽叶》,这部悲剧也是用年轻人的殉情来彰显精神的自由与爱情的永恒,用莎学专家的话来说,它们的主题都可以用拉丁文的 Amor Vincit Omnia(爱战胜一切)来概括。由于比《罗密欧与朱丽叶》多了一个化蝶的结尾,梁祝传说把真爱不朽的思想表达得更加淋漓尽致:美好的事物不会真正死去,自由值得以生命为代价来换取,死亡在爱情面前显得是那样无能为力。

或许是出于这一原因,死后比翼齐飞被认为是极富中国神韵的叙事安排,西方人在向我们学习制瓷技术时,也把一个浪漫的东方爱情故事画上了他们的瓷器,这就是瓷绘界著名的柳树图案故事。瓷绘的作者大概通过某种途径听过梁祝传说并为之感动,于是产生了这个引发广泛效仿的创意。③ 由于语

---

① 钱南扬:《梁祝故事叙论》,中山大学《民俗周刊》第 93、94、95 期合刊,1930 年 2 月 12 日出版;载陶玮选编:《名家谈梁山伯与祝英台》,北京:文化艺术出版社,2006 年,第 2—10 页。
② 刘再复:《近年来我国文学研究的若干发展动态》,《读书》1985 年第 2、3 期连载。
③ 参看本书第五章。

言不同造成的阴差阳错,瓷绘上的细节与梁祝传说有所不同,尤其是男女主人公死后不是化蝶而是变为鸽子。①但画面上那两对大得不成比例的翅膀完全不像是鸽子所有,这种夸张的处理说明传播过程中局部环节虽有错讹,但故事的精髓——翅膀代表的自由追求并未失落(见书中彩图 7:柳树图案的鸽子翅膀)。

三、《孟姜女哭长城》——眼泪与抗争

药物是白蛇传说的道具,翅膀是梁祝传说的标志,而孟姜女传说给人印象最深的是女主人公的眼泪。

眼泪代表悲伤,悲伤源于苦难。其他传说中自然也有哭泣,但只有在孟姜女传说中,眼泪被置于如此突出的地位。这或许是因为孟姜女遭遇的苦难太过深重,别的女主人公皆有背景——织女为天孙,白素贞有法力,祝英台出生于大户人家,唯有孟姜女是地地道道的民间女子。役夫之妻的社会身份决定了她的命运要比别人更为悲惨,送寒衣事件透露出她的孤苦无助,所以听到丈夫死讯后她除了痛哭之外别无他能。与其他传说相比,这个故事似乎更具悲剧意味——万喜良的死亡意味着一切希望都已破灭,因为男女主人公都是既无背景又无神通的普通人,他们生聚的可能性至此不复存在。孟姜女传说的正式名称为"孟姜女哭长城",其他三个传说的标题都只有人物之名,唯独它多了一个代表主要事件的动词——"哭"。标题是高度浓缩的叙事,这个"哭"字凝聚了故事的精华,强调了它的主题是受苦受难。

讲述孟姜女的苦难,也就是讲述中国古代所有"思妇"的苦难。徭役、战争与饥荒,使多少怨女旷夫处于天各一方的分离状态,可以与孟姜女传说"互文见义"的是历史上那些反映"所思在远道"的篇章,《古诗十九首·行行重行行》如此写道:

> 行行重行行,与君生别离。

---

① "欧洲陶瓷与工人利用这一色调模仿中国的装饰技巧,设计了至今还流行的柳树梢头两只鸽子,这种表现出安详而美丽色调的图案,与那些在东印度公司时代早期来中国经商人的想象相吻合。"路易·艾黎:《瓷国游历记》,北京:轻工业出版社,1985 年,第 35 页。

> 相去万余里,各在天一涯。
> 道路阻且长,会面安可知。
> 胡马依北风,越鸟巢南枝。
> 相去日已远,衣带日已缓。
> 浮云蔽白日,游子不顾返。
> 思君令人老,岁月忽已晚。
> 弃捐勿复道,努力加餐饭。

古代文学中这类作品为数不少,它们大多遵循"温柔敦厚"的诗教,称得上"怨而不怒"或"哀而不伤"。孟姜女传说与它们不同,女主人公对命运的安排不是逆来顺受地默默流泪,而是用痛彻心扉的啼哭发出抗议。孟姜女之哭最能体现民间文学的格调,草根民众的情绪反应不像上层阶级那样含蓄,他们没有必要控制自己的情感,当背负的苦难沉重到无法继续忍受时,他们会用翻江倒海、惊天动地的声音表达自己的痛苦。

被孟姜女哭声崩倒的是长城。长城是隔断的象征,秦始皇当初修建长城,意在用人造屏障隔断北方游牧民族对农耕民族的侵扰,但在孟姜女传说中,长城的功能是在男女主人公之间形成隔断。其他三个传说中,我们也能发现这种起隔断作用的"负能量":白蛇传说中的雷峰塔、牛郎织女传说中的银河以及梁祝传说中的坟墓。这些隔断都只是貌似强大,四大传说有一个共同的故事逻辑,这就是主人公最后总能以某种形式战胜这些"负能量"。长城的崩倒在四大传说中最不可思议,因为长城是由海量物质堆积而成,它占据的空间和绵延的长度在地球上无与伦比,卡夫卡有篇小说就把长城写成权力意志的象征,[①]但这样一座建筑巨无霸竟然会因一名民女的啼哭而轰然倾圮!有意思的是,很少有聆听者对这一"不可能"表示过怀疑,这不仅是出于"姑妄言之姑听之"的特定心理,还因为人们在潜意识中确实相信,孟姜女恣情一恸形成的巨大冲击力非长城所能抵御。孟姜女身上汇聚了所有时代一切薄命女子的痛苦,似乎有无数个声音跟着她一道同声悲哭,用《红楼梦》第五回的话来说就是"万艳同悲"和"千红一哭",因此这哭声具有摧毁一切障碍的神奇力量。

---

① 卡夫卡:《万里长城建造时》,载《卡夫卡短篇小说选》,叶廷芳译,北京:外国文学出版社,1985年。

孟姜女传说因其悲剧性质，很容易被纳入所谓"泪水叙事"的范畴，有必要特别指出，该故事强调的不是诉诸视觉的泪水，而是诉诸听觉的哭声，它从呱呱坠地起就是一个声音事件，其成长和衍变都与听觉有关。"哭夫"的前提是"夫死"，据顾颉刚等人考证，"夫死"最初见于《左传·襄公二十三年》关于杞梁妻的一段记述，《礼记·檀弓》想当然地为女主人公增加了"哭夫"行动，接下来《孟子·告子》顺理成章地赋予其"善哭"的本领，而《说苑·善说》则迈出了关键的一步——让其哭声崩倒了齐国的城墙。[1] 沃尔夫冈·韦尔施认为西方文化是由听觉文化逐步过渡到视觉文化，[2]马歇尔·麦克卢汉说中国文化仍然是听觉主导的精致文化，[3]不管这些说法是否准确，起源于春秋时代的孟姜女传说称得上听觉叙事的一个早期标本。《说苑·善说》说杞梁妻的哭声产生了"隅为之崩，城为之阤"的地震般后果，我们无法认同两者之间的因果关系，但这一叙述透露出古人的听觉敏感，以及他们对声音力量的崇信。即便是在今天，女性的痛哭也是一种颇为有效的抗争武器。

四、牛郎织女传说——银河与怅望

与孟姜女传说不同，牛郎织女传说是一个需要视觉配合的故事，它适宜在夏秋之际的星空之下讲述，这时横亘天际的银河为故事讲述人提供了天然的道具，而聆听者的目光则为银河两岸的牵牛星与织女星牢牢吸引。

由于视觉的原因，银河的隔断作用在这个传说中呈现得最为直观，《古诗十九首·迢迢牵牛星》称牛郎织女的处境为"盈盈一水间，脉脉不得语"。四大传说虽说全为"爱而不得所爱"，但正如托尔斯泰所说不幸者均有其独特的不幸，这个传说的与众不同之处，在于男女主人公几乎总是处在可望而不可即的

---

[1] 顾颉刚：《孟姜女故事的转变》，北京大学《歌谣》周刊第六九号；载陶玮选编：《名家谈孟姜女哭长城》，北京：文化艺术出版社，2006年，第2—20页。

[2] "最初，西方文化根本就不是一种视觉文化，而是一种听觉文化。……在荷马笔下的贵族群里，听觉是头等重要的。视觉的优先地位最初出现在公元前5世纪初叶……到了柏拉图的时代，已完全盛行视觉模式。"沃尔夫冈·韦尔施：《重构美学》，陆扬、张岩冰译，上海：上海译文出版社，2002年，第213—214页。

[3] "中国文化精致，感知敏锐的程度，西方文化始终无法比拟，但中国毕竟是部落社会，是听觉人。"麦克鲁汉（通译麦克卢汉）：《古腾堡星系：活版印刷人的造成》，赖盈满译，台北：猫头鹰书房，2008年，第52页。

怅望状态。钱锺书在论及《诗经·秦风·蒹葭》的"在水一方"时,曾将怅望状态归入"西洋浪漫主义所谓企慕之情境",并借清人之语反映怅望者所受的煎熬——"夫悦之必求之,然惟可见而不可求,则慕悦益至"。① 古往今来不能团圆的有情人太多,用脍炙人口的牛郎织女故事来指代其境况最为相宜,故"牛郎织女"在现代汉语中又成了"两地分居"的代名词。郑板桥曾说:"尝笑唐人《七夕》诗,咏牛郎织女,皆作会别可怜之语,殊失命名本旨。"②他不知道能指与所指的关系并非固定不变,"牛郎织女"最初的男耕女织内涵已被时光冲淡,后人使用这一成语时主要指涉男女的分离。汉语中大部分成语后面都有一个故事,用到这些成语时相关故事便被"激活"于交流背景之上,汉语因之成为特别适合叙事的美丽语言。

仔细推敲"牛郎织女"一词,我们会发现它还有一重指涉,这就是有情人并非绝对不能聚首,而是这种机会太少太珍贵。织女毕竟是天宫的金枝玉叶,这里的隔断较之其他传说中多了一点弹性,或许是由于王母娘娘用发簪划出银河时没有用尽全力,或许是值守者曲意奉承网开一面,银河上居然每年一度会有鹊桥铺通。婚姻之被称为爱情的坟墓,乃是因为终日厮守带来的审美疲劳,这种情况导致聚少离多的牛郎织女反而成为某些人的羡慕对象,秦观在《鹊桥仙》中说他们的聚首是以少胜多——"金风玉露一相逢,便胜却人间无数",并由此发出"两情若是久长时,又岂在朝朝暮暮"的感叹。从维护爱情的角度看,怅望者所受的煎熬恰恰是情感的"保鲜剂",被隔断的男女更容易维持彼此之间的美好印象,也不可能像普通的柴米夫妻那样为鸡毛蒜皮之事发生龃龉。所以纳兰性德会说:"人生若只如初见,何事秋风悲画扇。"③

牛郎织女变为隔河怅望的双星,让人想起梁祝传说中比翼齐飞的蝴蝶,两个传说都以变形收尾,不同在于变形后的一静一动。这种差异化的故事处理,体现的正是具有互补意义的"间性"。许多人可能倾向于让有情男女在故事结

---

① "陈启源《毛诗稽古编·附录》论之曰:'夫说之必求之,然惟可见而不可求,则慕说益至。'二诗所赋,皆西洋浪漫主义所谓企慕(Sehnsucht)之情境也。古罗马诗人桓吉尔名句云:'望对岸而伸手向往'(Tendebantque manus ripae ulterioris amore),后世会心者以为善道可望难即、欲求不遂之致。"钱锺书:《管锥编》(第一册),北京:中华书局,1979年,第123—124页。
② 郑燮:《范县署中寄舍弟墨第四书》。
③ 纳兰性德:《木兰花令·拟古决绝词柬友》。

束时团圆，哪怕是死后化作比翼鸟与连理枝，但牛郎织女最后的隔河怅望更是民间故事天才的神来之笔，每次抬头看见那两颗始终不渝、脉脉无语的星辰，我们心头都会泛起一股酸楚之情。英国浪漫诗人济慈如此讴歌希腊古瓮上的石雕画面：

> 树下的美少年呵，你无法中断
> 你的歌，那树木也落不了叶子；
> 鲁莽的恋人，你永远、永远吻不上，
> 虽然够接近了——但不必心酸；
> 她不会老，虽然你不能如愿以偿，
> 你将永远爱下去，她也永远秀丽！①

画面上的美少年一直享受着接吻前的甜蜜期待，虽然他总也吻不上恋人的嘴唇，那位年轻的少女也永葆青春与美丽，虽然她注定不能与近在咫尺的情郎执手相牵。这种情况就像镶嵌在天宇之上的牛郎织女，由于瞬间已经变为永恒，他们的爱情花朵永远不会凋谢。

  读者或许已经注意到，前述三个传说中的隔断，无论是注定会倒塌的佛塔，还是已经崩裂的坟墓与长城，全都阻挡不住爱情的力量，牛郎织女传说中鹊桥飞架银河，同样突出了"爱战胜一切"这个共同主题。按照四大传说的叙事逻辑，有隔断就会有跨越，至于怎样跨越，则是每个传说需要完成的具体设计。不过这些设计也有其必然性。如前所述，四大传说由人和动植物共同演绎而成，万物相互依存的思想在许多民间故事中都有流露，似此让会飞的鸟儿搭起空中的天桥，应是一种水到渠成的安排。这还不是故事中的动物第一次对人施以援手，牛郎所牵之牛就对主人有过许多帮助，对牛郎来说它已从劳动工具变为亲密伙伴。如果说牛郎与老牛之间存在着一种特殊关系，那么这种关系在织女和鸟儿之间也同样存在，我们不要忘记织女当初就是凭借"羽衣"飞临人间的池塘洗浴，牛郎是按老牛之计窃得羽衣后才得以与织女喜结良缘，②所以鹊桥在故事最后出现并不让人觉得突兀。

---

① 约翰·济慈：《希腊古瓮颂》，载《济慈诗选》，查良铮译，北京：人民文学出版社，1958年，第76页。
② 羽衣仙女传说为亚、欧、非三大洲广泛传播的民间故事，其源头在西晋郭璞《玄中记·女雀》（东晋干宝《搜神记》卷十四有相似记载）中，牛郎织女传说与该传说有交织之处。

五、合论:从"见木"回到"见林"

以上四节系对四大传说分而论之,即前文所说的以"见木"为主,本节则对四大传说进行以"见林"为主的合论。如前所述,四大传说虽各有其苦难内容与解脱方式,但它们的共性非常明显——所讲述的都是鹣鲽情深和棒打鸳鸯,其深层冲突皆涉及"身份与变化""禁锢与自由""镇压与抗争"和"隔断与跨越"。不仅如此,四大传说的相互契合还有如下表现:

1. 情节动力均来自女主人公

情节动力与人物愿望关系密切,因为没有愿望就没有行动,愿望像发动机一样推动着故事情节不断向前演进,导致事件一个接一个地发生。四个爱情故事中,全部都是女主人公在主动追求,她们比男主人公更有勇气,而男主人公则处于相对被动的地位:白素贞几乎是强迫许仙接受自己的爱;祝英台在男女之情上可谓"先知先觉";孟姜女千里迢迢为丈夫送去寒衣;织女纡尊降贵下嫁凡夫俗子。这四位女性都有美丽而又坚强的心灵,她们敢于突破身份禁锢,奋起追求自由,为此不惜付出一切代价与强大的正统力量抗争,虽然从结果上说这种抗争无异于以卵击石,但她们对爱情的执著不由人不肃然起敬。这些魅力四射的形象使男主人公显得稍逊一筹,甚至被反衬得黯淡无光:许仙缺乏男子汉应有的气概;梁山伯长时间被蒙在鼓里;万喜良在故事中几乎只是个符号;牛郎的命运完全因织女的到来而改变。当然,男性之力一旦调动起来可能更具能量,但四大传说中女性处于无可置疑的掌控位置,故事中着重展示的是女性的追求,男性在故事中的作用主要是配合与跟从。

由此我们想到歌德《浮士德》结尾的"永恒之女性,领导我们走"。弗·雅·普罗普对民间故事的特征有过精辟归纳:"一方面,是它的惊人的多样性,它的五花八门和五光十色;另一方面,是它亦很惊人的单一性,它的重复性。"① 女性在四大传说中的引领功能,是对这种"单一性"和"重复性"的最好说明,至于为什么四大传说都以"永恒之女性"为主旋律,答案应在叶舒宪等人

---

① 弗·雅·普罗普:《故事形态学》,贾放译,北京:中华书局,2006年,第18页。

倡导的女神文化研究之中。① 早在鸿蒙初辟的旧石器时代,世界多地的人类就用石头和玉器打造出丰乳鼓腹的大母神形象,以此向担负生育与繁衍重任的母亲表示崇敬。迈入文明时代之后,人类的成长仍然离不开母亲温暖的怀抱,女性的厚德载物永远是男性自强不息的精神支撑,西方的维纳斯情结自不待言,在我们的女娲、西王母甚至观音故事中,也留下了大母神崇拜留下的印痕。据此而言,四大传说中不约而同的女性引领,似乎是由世代传承的文化基因所决定,史前时代的"元叙事"对后世叙事产生的影响,是无论如何也不能小觑的。

2. 伦理取位均与正统观念相悖

与《三国演义》等小说中的宏大叙事不同,四大传说站在民间立场上进行私人叙事,采用的是社会底层的视角,诉说的全为细民百姓的悲欢。四大传说的伦理取位处处与正统观念相悖:佛门不允许异类与人来往,白素贞执意要与许仙结为恩爱夫妻;儒家宣传男女授受不亲,祝英台乔装打扮与男子同窗共读;道教人士希望长生不老悠游自在,织女偏偏向往男耕女织的人间生活;封建帝王以修建长城为宏伟业绩,孟姜女却把它看成邪恶与压迫的象征。四大传说中流露的是一种颠覆性的伦理观念:那些维护既有秩序的等级藩篱与类别屏障,不管是人妖之分还是男女之大防,不管是仙凡之隔还是尊卑之别,在叙述中全都成了被冲击的伪善堤防。那些貌似正确的行为,如拯救被蛇精蛊惑的男子、避免两性交往失慎以及构筑维护帝国安全的城墙等,突然间暴露出违背人性的丑陋一面;而那些在其他叙事中显得冠冕堂皇的人物,如佛门长老与王母娘娘等,在四大传说中不但丧失其神圣光环,甚至变成了被嘲弄的对象。

这样的伦理取位当然并非仅见于四大传说,在以往的戏文说唱、稗官野史与私家笔记中,也存在着无数诸如此类的颠覆性叙事,它们讲述着比"钦定正史"更为真实的历史故事。这类私人叙事的功能在于补宏大叙事之失,将居高临下的伦理取位拨正为平视与细观,使得被正史忽略的民间呻吟获得关注,放大成像孟姜女哭声那样的振聋发聩之音。宏大叙事的最大弊端在于漠视普通

---

① 叶舒宪:《千面女神——性别神话的象征史》,上海:上海社会科学院出版社,2004年。

人的痛苦,他们为历史进程付出的代价没有理由不在叙事中得到体现,只有将宏大叙事与私人叙事相结合,我们才能认识历史的全貌。四大传说的伦理意义体现于此,聚合在一起的四个故事最为鲜明和集中地反映了普通人的欲求,故事中主人公并没有奢望太多东西,四对男女只不过希望此生能长相厮守,但即便是这样的愿望也得不到满足,无怪乎从古到今的受众都会为他们的命运而唏嘘叹息。

3. 传说结尾均有一抹亮色

中国古代戏曲多以喜剧收场,普罗普研究的俄罗斯民间故事大都在"婚礼"的钟声中结束,弗莱如此归纳传奇故事的普遍规律:

> 大多数传奇故事结局圆满:它自身份脱离开端,以身份恢复结局。即使是那些最具现实主义色彩的故事也往往流露出这样的痕迹:开头有明显的下沉,结尾又有反弹。这意味着大多数传奇显示出了一种循环的推进:先是沉入到夜的世界,然后又回归到田园的世界,或者通向田园世界的某种象征,如结婚。①

我们的四大传说由于有神奇因素,也在弗莱所说的"传奇故事"之列,但它们都不是以"回归"和"恢复"告终,因而在世界文学中属于异数。

不过如前所述,四大传说中虽然没有大团圆式的结局,留给人的印象却不是一味悲苦,故事背景到最后都会出现一抹亮色。白蛇传说中,白素贞虽然被镇压在佛塔之下,但"雷峰塔倒,西湖水干"的谶语暗示了她总有复出的一天;梁祝传说中,男女主人公虽然死去,但他们的精灵至少还能在一起同飞共舞;牛郎织女传说中,男女主人公虽然被银河分隔,但毕竟还有每年一度的鹊桥相会;孟姜女传说虽然以女主人公投海为结局,但按鲁迅关于悲剧与喜剧的定义——"悲剧将人生的有价值的东西毁灭给人看,喜剧将那无价值的撕破给人看",②故事中"有价值的东西"固然被毁灭,造成这种毁灭的长城也被崩倒。

---

① 诺思洛普·弗莱:《世俗的经典:传奇故事结构研究》,孟祥春译,上海:上海人民出版社,2010年,第59页。
② 鲁迅:《坟·再论雷峰塔的倒掉》,载《鲁迅全集》(第一卷),北京:人民文学出版社,1981年,第197—198页。

似此四大传说结尾都提供了情绪的宣泄口,它们就像隧道尽头的一线光明,作用在于驱除听故事者心头的郁结。这种处理似在告诉人们,镇压带来反抗,隔断呼唤跨越,禁锢不可能长久得逞,自由的愿望总有一天会以某种方式获得满足或释放。与廉价的大团圆收场相比,"镇塔""化蝶""崩城"与"变星"的结局更能产生曲终奏雅般的效果,这也是四大传说经久不衰的魅力所在。

悲剧的长处在于深入人心,又会造成挥之不去的伤痛,因此那些懂得讲故事奥秘的人,常常在悲剧中羼入一丝喜剧的色调,以免形成过于压抑的气氛。《红楼梦》中贾府的下场无疑是"白茫茫大地真干净",不过故事的未来倘若真是如此毫无悬念,那么读者在阅读过程中将会一直紧皱眉头,因此小说中又预设了"兰桂齐芳"这一影影绰绰看不分明的远景。把某种可能发生但不一定就要在作品中实现的未来放在"故事外",可以说是一种相当高明的叙事策略,即便是在遨游虚构世界的精神旅行中,读者也会下意识地憧憬道路尽头能有令人惊喜的风景。一个故事是悲是喜其实取决于观察角度,四大传说既是受苦受难的故事,也是冲破牢笼的故事。《罗密欧与朱丽叶》中男女主人公双双死去,但这出悲剧并不让人太过伤感,因为两人的爱情烈焰融解了双方家族的世代仇恨,这种情况就像崩倒长城一样给人一丝胜利的喜悦。传奇故事中的死亡并不可怕,真正可怕的是没有"爱战胜一切",没有希望与光明。

4. 人物身份对应士农工商

四大传说的男主人公皆为普通人,封建社会将平民百姓分为"士农工商四民",①有意思的是,梁山伯为读书人,牛郎为农夫,万喜良为役夫,许仙为药店学徒,他们的身份恰好与"四民"分别对应。

这种对应似非完全出于偶然,四大传说作为一个有机的故事序列,其筛选机制应当带有分殊与"间性"的要求,不然难以解释为何单单是这四个故事被挑选出来,更无法说明为何它们能契合得如此亲密无"间"。中国是文明古国,儒家文化一直处于主流地位,四大传说中自然需要一个关于读书人的故事;中国又是农业大国,稼穑为立国之本,没有农民的故事对四大传说来说也是不可想象的;中国还是一个疆土辽阔的帝国,修建长城之类的工程需要从各地征调

---

① 《管子·小匡》:"士农工商四民者,国之石民也。""石民"此处意为柱石之民。

大量役夫,这一庞大的流动人群势必又会推出自己生离死别的故事;"商"在重农轻商的古代被列为"四民"之末,但无"商"不成"市",城市生活也有权在四大传说中占有一席之地。如果按先来后到排序,白蛇传说在四大传说中应当"叨陪末座",但这个故事在今天的"重述率"比其他故事要高得多,究其原因,应当说与其对应的城市生活背景有很大关系。

有了这样的"分工",故事讲述中就有了乡村、道路和城市,有了书堂、店铺和寺庙,有了边关、山川与大海。四大传说从内容上说并不复杂,故事线索也很简单,但其牵涉的社会阶层相当广泛,上场人物来自三教九流五花八门,其中还不乏"天地君亲师"方面的代表。就地理空间而言,四大传说涉及中华大地的东西南北,孟姜女不远万里从秦国走到海边,梁山伯与祝英台同窗共读于教育昌明的中原,牛郎织女故事中的洗浴和窃衣带有楚地民俗色彩,白素贞与许仙邂逅于美丽的西子湖畔。白蛇传说虽然起源于域外,但西湖和中药等因素已经使这个故事完成了本土化的过程。其他三个传说中也有像中药这样的"国粹",如梁祝传说中的书堂,牛郎织女传说中的男耕女织以及孟姜女传说中的万里长城等,这些来自"士农工商"的标志性事物,赋予四大传说鲜明的中国叙事特征。

5. 故事时间覆盖春夏秋冬

时间在四大传说中也参与了叙述。就故事持续的时间长度来说,四大传说均不止一次地跨越了四季,但在人们印象中,每个故事似乎都只对应某个季节,或者说故事的主要行动各有其发生的季节。梁祝传说是春天的故事,那里有成双成对的蝴蝶飞舞;白蛇传说为夏天的故事,许仙与白素贞在端午节同饮雄黄酒;牛郎织女传说为秋天的故事,有情人聚首在金风送爽的七夕;孟姜女传说为冬天的故事,女主人公顶风冒雪为丈夫送去寒衣。有春夏秋冬之分,就会有物候、节令与天象之别,所以故事背景有时蝶舞翩翩,有时洪水滔天,有时星汉灿然,有时北风其凉。

除了主要行动的季节属性外,四大传说中的爱情也分属不同的季节:梁山伯与祝英台从未获得真正亲近的机会,他们纯洁的爱情就像含苞待放的春天花朵,离繁花似锦的夏天和果实累累的秋天还很遥远;白素贞到端午时腹内已有爱情的结晶,如果不是爱得太热烈太盲目,她无论如何也不会喝下那杯让自已出乖露丑的雄黄酒；牛郎织女之爱因银河隔断而趋于深沉，要是不沉下心来耐心等待，鹊桥相会之前的日子将会无比难熬；孟姜女到最后已成形单影只的孤鸿，在长城边看到丈夫尸骸的那一刻，她的内心一定因绝望而变得冰凉彻骨。故事当然是没有"体温"的，但四大传说之间确实存在着微妙的爱情"温差"：其中既有初恋、暗恋和苦恋，又有热恋、痴恋与绝恋；既有情窦初开、浓情蜜意与深情厚谊，又有一见钟情、两地相思与始终不渝。

四大传说与四季的对应，和它们与"四民"的对应一样，显示出这四个故事确实构成了一个有机的序列。如果说"士农工商"这四大人群都有自己的故事，那么每一个季节也应该有最适合讲述的故事，例如秋天的夜晚银河呈现得特别清晰，这时坐在豆棚瓜架下面讲"鹊桥相会"便很应景。与此相似，化蝶的故事适合在春回大地时讲述，饮雄黄酒的故事适合在气温升高时讲述，送寒衣的故事适合在冰封大地时讲述。如此看来，我们的祖先在推出顶尖故事时一定考虑到了它们的季节属性，以便自己的子子孙孙一年四季都有故事可听。

民间故事是知识的宝藏，四大传说合起来是一部袖珍版的百科全书。任何叙事都有传授知识的功能，四大传说的独特之处在于通过相互补充而做到无远弗届无所不包，其覆盖范围之广胜过了许多鸿篇巨制。我们在聆听故事中经历四时八节，走过北国南疆，往来天上人间，巡游各行各业。这种"巡游"带有走马观花的性质，但就是这种体验让我们了解世事人生的基本格局，获得相互联系的整体印象。不仅如此，四大传说流传至今还与其承载的教化功能有关。这些故事实际上是在进行伦理教育，它们携带古人对生命的理解与对爱情的诠释，告诉我们什么最有价值，什么最有力量，什么最有意义，一代又一代的国人就是在这样的爱情学校与人生课堂中接受启蒙。《毛诗序》在论"诗"之功效时，使用了"正得失，动天地，感鬼神"和"经夫妇，成孝敬，厚人伦，美教化，移风俗"等表述，四大传说和"三百篇"一样来自民间，其特点亦可用"思无邪"来概括，底层叙事在很大程度上支撑着中华文明的薪火传承。

第八章

赋与古代叙事的演进

【提要】 以往人们总喜欢沿着"前小说→早期小说"这样的线索去寻找叙事演进的痕迹,实际上在叙事生长发育的关键时期,赋体文学曾经发挥了比其他文体更为重要的作用,因此在研究叙事的演进方面,它应当比"前小说"或早期小说获得更多一些的重视。使用骈辞韵语的赋体文学一般被归入诗的范畴,但其"极声貌以穷文"的铺叙方式、"遂客主以首引"的问答结构和"曲终奏雅"的述志讽喻,又对后世散文体叙事产生了深远的影响。赋之根深扎在通过俗赋反映出来的古老韵诵传统之中,只有懂得了这种源远流长的韵诵传统,才能更深刻地理解中国叙事的演进历程。敦煌出土文献早已昭告人们,依靠韵诵传播的俗赋具有深厚的民间基础与鲜明的草根特征。而俗赋在汉文化圈内长期流传这一新发现则进一步提示:兴盛于汉代的文人赋可能只是"古老的韵诵传统"逸出的一个分支,真正值得大力关注的应是这个传统中生气勃勃奔腾不息的底层。在以声音传播为主的故事消费时代,使用骈辞韵语的赋具有较大的传播优势,即使在散文体的叙事崛起之后,古老的韵诵传统仍然潜伏在我们这个民族的叙事思维之中。叙事文学由韵诵转换到无韵是一个漫长的历程,直到明清小说这种过渡还未真正结束。

赋是中国文学中一种非常独特的文体。由于使用骈辞韵语,赋体文学在广义上属于诗的范畴,但其反复敷陈的铺叙手段与"遂客主以首引"的结构方式又对后世散文体叙事产生了深刻的影响,因此可视为诗稗之间的一道桥梁。

赋也不是知识阶层的专利，敦煌出土文献早已昭告人们，依靠韵诵传播的俗赋具有深厚的民间基础与鲜明的草根特征。而俗赋在汉文化圈内长期流传这一新发现则进一步提示：兴盛于汉代的文人赋可能只是"古老的韵诵传统"逸出的一个分支，①真正值得大力关注的应是这个传统中生气勃勃奔腾不息的底层。完全有理由认为，赋在叙事史上发挥的作用比我们过去想象的要重要得多，不懂得这种极具民族特色的文体，不可能正确认识中国的叙事艺术，也无从理解其形态特征的由来。因此，赋体文学应当成为中国叙事学的重要研究对象。

一、赋之初——遁辞以隐意，谲譬以指事

讨论赋与叙事演进的关系，绕不开首先写作赋体作品的先秦大儒荀况。

荀况于叙事演讲有大贡献。李泽厚在谈到荀况时说道："荀子可说上承孔孟，下接易庸，旁收诸子，开启汉儒，是中国思想史从先秦到汉代的一个关键。"②从叙事史角度看，荀况亦可称为承上启下、和同雅俗的一个关键。

荀况对中国叙事的贡献首推《成相》。"成相"是中国最早见诸记载的说唱艺术，荀况作为知识阶层的代表，注意到了这种艺术并进行模仿性的创作，使一门本来在社会底层传播的民间文艺登上大雅之堂，这项工作既开后世引俗入雅之风，也为知识阶层向民间文艺学习树立了范例。"成相"为曲艺之祖，今天流行于中国各地的说唱艺术多达四百多个品种，它们绝大多数都用"鼓""相"之类的打击乐器担纲伴奏。曲艺在历史上曾分泌出哺育戏剧的乳汁，如宋代诸宫调的演唱成为元杂剧音乐与唱腔的主体，近代的莲花落衍生出评剧，二人转衍生出吉剧，山东琴书衍生出吕剧，地花鼓衍生出花鼓戏。

尤为值得注意的一个事实是，曲艺中的说书（唐宋时为"说话"）一支直接孕育了宋以后的话本小说，由宋元讲史话本发展而成的章回小说中，出现了《三国演义》《水浒传》这样的小说经典。即使是在《红楼梦》这种纯粹由文人创作的小说中，也能看到"话说""看官"之类的说书遗痕；在讲述这些脍炙人口的

---

① 王昆吾：《从敦煌学到域外汉文学》，北京：商务印书馆，2003年，第144页。
② 李泽厚：《中国古代思想史论》，北京：人民出版社，1986年，第106页。

故事时,作者经常安排叙述者(其文本符号为"在下""小的"之类)以说书人的身份出现。以此而论,荀况保存并提升的说唱艺术,竟然是戏剧与小说这两种主要叙事形态的渊源所在!

荀况对民间文艺的兴趣并非一时心血来潮,兼容并蓄的学术品格,决定了他不会轻易放过任何一种有特色的艺术品种。除《成相》外,荀况的模仿之作还有《赋篇》。《汉书·艺文志》著录荀卿赋十篇,今《赋篇》中仅存其五,其中《礼》《知》的性质为论道说理,《云》《蚕》《箴》则为标准的设谜咏物之赋,《赋篇》最后还附有政治忧患意识很浓的《佹诗》与《小歌》各一,这两首简短的诗歌以咏叹调为全篇作结,有如《楚辞》的"乱曰"。

《赋篇》最重要的当然是《云》《蚕》《箴》,它们的格式相当统一:

1. 设问——"有物于此……臣愚不识,敢请之王(或臣愚而不识,请占之五泰,或弟子不敏,此之愿陈,君子设辞,请测意之)。"

2. 回答——"王(或君子,或五泰占之)曰:此夫……者欤? 此夫……者欤? 此夫……者欤?(最多达六次反问)……夫是之谓(或请归之)□。□。"(省略号代表围绕谜底而展开的敷陈形容之辞,□代表云、蚕、箴等谜底)

这种格式反映出的益智活动与今天的猜谜有所不同,它预设了一套客主问答程序,先由问者提出谜面,然后答者围绕谜底提出一连串肯定疑问句,提问后再和谜面一样对谜底加以铺排形容,最后亮出谜底。

可以看出,荀况留下来的文本不是对具体射隐活动的记录,而是为有阅读能力的读者而创作的书面谜语,它让读者在阅读过程中一直处于思考状态,直至文章结束。但是,它毕竟又概括性地再现了当时人们在进行此类活动时所遵循的程序,这一点有《吕氏春秋·审应览·重言》中的一段记述可作印证:

> 荆庄王立三年,不听而好讔。成公贾入谏,王曰:"不穀禁谏者,今子谏,何故?"对曰:"臣非敢谏也,愿与王讔也。"王曰:"胡不设不穀矣?"对曰:"有鸟止于南方之阜,三年不动不飞不鸣,是何鸟也?"王射之曰:"有鸟止于南方之阜,其三年不动,将以定志意也;其不飞,将以长羽翼也;其不鸣,将以览民则也。是鸟虽无飞,飞将冲天;虽无鸣,鸣将骇人。贾出矣,不穀知之矣。"明日朝,所进者五人,所退者十人。群臣大悦,荆国之众相贺也。

刘勰《文心雕龙》中有两段话："荀结隐语,事数自环。"(《诠赋》)"讔者,隐也。遁辞以隐意,谲譬以指事也。……而君子嘲隐,化为谜语。"(《谐隐》)这表明谜语、隐语、"讔"在意义上可以相通。楚庄王与成公贾事先商定以"不谷"(庄王自谓)设讔,然后如此这般地问答一番,透露出在射隐活动中更强调的是问与答的艺术。《庄子·应帝王》中阳子居见老聃时用"有人于此"起问,老聃用"……如是者,可比明王乎?"作答,亦遵循着同样的射隐程序。

隐语又名廋辞,结合《国语·晋语五》中"有秦客廋辞于朝,大夫莫之能对也"的记载来看,此类活动当时还比较流行。《汉书·艺文志》所录"隐书"十八篇虽已佚失,但能说明除荀况外还有别人也很注意隐语的创作。《左传·宣公十二年》则记述了一个生死关头打哑谜的故事:

> 冬,楚子伐萧……萧溃。申公巫臣曰:"师人多寒。"王巡三军,拊而勉之。三军之士,皆如挟纩。遂傅于萧。还无社与司马卯言,号申叔展。叔展曰:"有麦曲乎?"曰:"无。""有山鞠穷乎?"曰:"无。""河鱼腹疾奈何?"曰:"目于眢井而拯之。""若为茅绖,哭井则已。"明日萧溃,申叔视其井,则茅绖存焉,号而出之。

楚军压境,萧国大夫还无社向他的楚国朋友申叔展求助,申叔展影射萧国危如累卵,还无社明白过来后暗示城破后眢井将是自己的藏匿之地,并按申叔展意见置茅绖于井口为标志,战后申叔展就是根据井口放置的茅绖找到了还无社。就像"不学诗,无以言"一样,不懂得使用隐语者在当时的政治与军事生活中寸步难行,聪明的还无社正是凭着这种本领挽救了自己的性命,中外历史中此类以隐语救命的事例甚多。①

艺术与游戏之间的界限常常是非常微妙的,《赋篇》中反映的射隐活动,从今天的眼光看固然是一种小巧的游戏,历史文献却显示它曾是人际间一种颇为重要的信息交流艺术,当然这并不意味着否认它同时具有的游戏功能。显而易见,孕育这种艺术的温床,是本人在《先秦叙事研究》等著作中一再提及的

---

① 美国总统林肯当年在弗吉尼亚州做律师,遇到一个案子是妇人杀夫,庭辩休息时妇人问何处有水喝,林肯说"田纳西州有"——美国各州法律不同,该案如在田纳西判,当事人罪不至死,妇人明白过来后,立即跳窗逃往田纳西州。

隐喻性叙事传统。① 赋诗言志毋庸置疑是它的同类，一些引诗言事的话语也包含隐语——如《国语·鲁语下》的"豹之业及《匏有苦叶》矣"与《左传·定公十年》的"臣之业在《扬水》卒章之四言矣"，熟悉"诗"的人一听就知道这些话传达了什么信息。② 当时下层民众的讽事歌谣亦大多以喻语代直言，《左传》记录的"泽门之皙"（襄公十年）、"睅目皤腹"（宣公二年）和"娄猪艾豭"（定公十四年）等，都是用某项具体的体貌特征来指代具体人物。如果要追溯得更早一些，《易经》卦爻辞就近乎隐语，其中不但"隐事"而且处处"设谜"。如《易·归妹·上六》中的"女承筐，无实；士刲羊，无血"，本义指剪羊毛；《易·明夷·上六》中的"不明，晦，初登于天，后入于地"，原是形容太阳的运行。在这样深厚的传统基础上，生长出向隐语方向发展的一种文体可谓顺理成章。不过，随着"战国虎争，驰说云涌"时代的来临，人际间隐喻性的信息交流逐渐失去用武之地，隐语终于还是走上了向游戏发展的道路。后世各种猜谜游戏均不讲究揭谜前的言来语往，仅有"射覆"的游戏程序中还留有它的一抹余痕。③

二、赋之"铺"——极声貌以穷文

然而，如果仅仅看到"隐语→谜语"这条发展线索，那么《赋篇》充其量只能为荀况赢来"谜语之祖"的桂冠。事实上，《赋篇》的主要贡献在"赋"而不在"谜"，作为文学史上以"赋"名篇的第一部作品，它为后人留下了赋的雏形，对后世赋体文学产生了巨大而深远的影响。在此之前，虽然存在着含有叙事因素的多种传播形态，但卜辞、铭文、卦爻辞乃至子史之文的功能都不以文艺为

---

① 傅修延：《先秦叙事研究——关于中国叙事传统的形成》，北京：东方出版社，1999年，第81—83页。

② 匏为古代涉具，即士卒涉水渡河时腰间所系的葫芦，当一名领军者在讨论军事行动时提到《邶风·匏有苦叶》，自然是暗示自己有渡河进攻之志；《唐风·扬之水》卒章之四言为"我闻有命"，说话者以此暗示自己将按命令展开行动。

③ 酒令中的射覆以典故中的字句隐寓事物，令人猜度，猜者亦用隐寓该事物的字句作答，猜中后彼此心照不宣，这种情形有如《赋篇》中未亮出谜底前的双方问答。《红楼梦》第六十二回："打开一看，上写着'射覆'二字。宝钗笑道：'把个令祖宗拈出来了！射覆从古有的，如今失了传；这是后纂的，比一切的令都难……'……'宝琴想了一想，说了个'老'字。香菱原生此令，一时想不到，满室满席都不见有与'老'相连的成语。湘云先听了，便也乱看，忽见门斗上贴着'红香圃'三个字，便知宝琴覆的是'吾不如老圃'的'圃'字；见香菱射不着，众人击鼓又催，便悄悄地拉香菱，教他说'药'字。"

主,歌谣、《诗经》与"成相"的传播手段也不是单纯依靠文字,而在《赋篇》中却出现了由模仿民间文艺而产生的一种独立用文字传播的文体,这不能不说是文学史上一次重大的创新和进步。

《赋篇》的主要贡献既然在"赋",那么首先需要对"赋"的内涵进行一番正本清源的考辨,这种考辨分别从传播与文学两个不同角度进行。

从传播方式说,"赋"是一种有别于"歌诗"的吟诵方式。在先秦时代的采诗活动中,"赋"所扮演的角色是与方音诵("风")相对的"雅言诵",即用当时的流通语对官府采集的民歌进行转述。[①] 从"赋诗言志"、"瞽献曲,史献书,师箴,瞍赋,矇诵"(《国语·周语上》)以及"不歌而诵谓之赋,登高能赋,可以为大夫"(《汉书·艺文志》)等记载中,可以看出"赋"在荀况名篇前实际上已是一种毋庸音乐伴随的口头传播技艺,有无音乐伴随在当时成了诗赋之间的区别性标志。《战国策·楚策四》中"孙子为赋"的内容与《赋篇·小歌》基本相同,唯语气助词"也"变为"兮",这提示出"赋"的诵读应有唏嘘顿挫等独特之处。《汉书·王褒传》中"太子喜褒所为《甘泉》及《洞箫颂》,令后宫贵人左右皆诵读之"一段说明,即使在"赋"壮大为一种重要的书面文体之后,声音传播仍是它在人际间传递的一个重要渠道,其听觉审美特征并未完全失去。

从文学表现看,"赋"是属于叙事艺术范畴的一种铺叙手段——刘勰在《文心雕龙·诠赋》中一言以蔽之:"赋者,铺也。"朱熹在《诗集传》中对刘勰的定义作了进一步的展开——"赋者,敷陈其事而直言之者也。"朱熹的话有两层意思:"敷陈其事"指《诗经》(特别是《雅》中的史诗片断)中表现出来的铺排式叙述;"直言"指"赋"与"比""兴"的不同之处在于它的非隐喻性。这两层意思抓得相当关键,众所周知,"赋"与"敷""铺""布"等在字义上相通相近,它的要义可据此确定为不假比兴地对所叙述的对象进行敷陈铺排。

荀况在以"赋"名篇时显然兼顾了它的双重内涵,在《赋篇》中仍能依稀听出一点"不歌而诵"的韵诵声调:

  生于山阜,处于室堂。无知无巧,善治衣裳。
  不盗不窃,穿窬而行。日夜合离,以成文章。

[①] 王小盾:《中国韵文的传播方式及其体制变迁》,《中国社会科学》1996年第1期。

> 以能合从，又善连衡。下覆百姓，上饰帝王。
> 功业甚博，不见贤良。时用则存，不同则亡。
> 臣愚不识，敢请之王。

而《赋篇》设问与回答中围绕"有物于此""此乎……者欤?"的巧言状物之辞，又继承发扬了"赋"的文学性敷陈特色。《赋篇》反映的射隐过程亦对此起了推波助澜作用，射隐中注重问答艺术而不是急于揭谜(楚庄王与成公贾甚至先"设"后"譎")，刘勰《文心雕龙·谐隐》对此形容道：

> 谜也者，回互其辞，使昏迷也。或体目文字，或图象品物，纤巧以弄思，浅察以衔辞，义欲婉而正，辞欲隐而显。

隐语的"遁辞以隐意，谲譬以指事"与"赋"的铺排敷陈相遇合，为"赋"的发展起到了为虎添翼般的作用。在后世赋体文学以及受其影响的诗文中，隐语的痕迹仍然存在，有些咏物篇章简直可以当作谜语来读。

《赋篇》文字简短而说教味重，孤立来看似乎艺术价值不高，但它携带有"赋"之所以为"赋"的本质特征——铺排敷陈，这种特征在它身上得到放大，成为由其开创的赋体文学的标志性手段——铺叙。铺叙发挥到极致时，可以用《文心雕龙·诠赋》中的"极声貌以穷文"来概括，它致力于追求对事物做出穷形尽相的描绘，多角度全方位地表现其声貌行迹，因此其辞藻必然趋于赡丽繁富。由于没有音乐格律的羁绊，铺叙具有较高的表现自由度。《赋篇》中它仍在一定程度上受制于射隐程序，不可能摆脱"巧言状物"的要求而肆意挥笔。《楚辞》的《卜居》没有这种约束，文中的屈原一层复一层地抒发胸臆，已露出后世赋文奔腾汹涌的端倪：

> 吾宁悃悃款款朴以忠乎? 将送往劳来斯无穷乎? 宁诛锄草茅以力耕乎? 将游大人以成名乎? 宁正言不讳以危身乎? 将从俗富贵以媮生乎? 宁超然高举以保真乎? 将哫訾栗斯，喔咿儒儿以事妇人乎? 宁廉洁正直以自清乎? 将突梯滑稽、如脂如韦以洁楹乎? 宁昂昂若千里之驹乎? 将氾氾若水中之凫乎，与波上下、偷以全吾躯乎? 宁与骐骥亢轭乎? 将随驽马之迹乎? 宁与黄鹄比翼乎? 将与鸡鹜争食乎? ——此孰吉孰凶? 何去何从? 世溷浊而不清：蝉翼为重，千钧为轻；黄钟毁弃，瓦釜雷鸣；谗人高张，贤士无名。吁嗟默默兮，谁知吾之廉贞?

在稍后托名于宋玉的赋文中,铺叙更进一步从问答之辞中突破出来。《高唐赋》中楚襄王先是一再用"此何气也""何谓朝云""其何如矣"等问句来向宋玉发问,后来又干脆命宋玉"试为寡人赋之",于是宋玉赋道:

> 惟高唐之大体兮,殊无物类之可仪比。巫山赫其无畴兮,道互折而曾累。登巉岩而下望兮,临大阺之蓄水。遇天雨之新霁兮,观百谷之俱集。濞汹汹其无声兮,溃淡淡而并入。滂洋洋而四施兮,蓊湛湛而弗止。长风至而波起兮,若丽山之孤亩。势薄岸而相击兮,隘交引而却会。

宋玉相传为屈原弟子,屈赋如《招魂》等本身长于敷陈,《离骚》《九歌》中亦多问答,宋赋继承了屈赋的这些特点并向前推进,为这种手段的发展辟出了新天地,刘勰因此说赋体文学是"拓宇于楚辞"。

汉赋中铺叙的运用最为发达,对动作、语言、服饰、器物、车马、宫室、环境等事物的正面敷陈达到了无所不用其极的地步,试看司马相如《子虚赋》中对动静两态的叙述:

> 楚王乃驾驯驳之驷,乘彫玉之舆……案节未舒,即陵狡兽。蹴蛩蛩,轔距虚……于是楚王乃弭节徘徊,翱翔容与,览乎阴林。观壮士之暴怒,与猛兽之恐惧。……于是郑女曼姬,被阿緆,揄紵缟……于是乃群相与獠于蕙圃,媻姗勃窣,上金堤,揜翡翠,射鵕䴊……于是楚王乃登阳云之台,泊乎无为,澹乎自持,勺药之和,具而后御之。
>
> 其山,则盘纡茀郁,隆崇嵂崒,岑崟参差,日月蔽亏。交错纠纷,上干青云;罢池陂陀,下属江河。其土则丹青赭垩,雌黄白坿……其石则赤玉玫瑰,琳珉昆吾。……其东,则有蕙圃:衡兰芷若……其南,则有平原广泽:登降陁靡……其高燥,则生葳薪苞荔……其埤湿,则生藏莨蒹葭……其西,则有涌泉清池……其中,则有神龟蛟鼉……其北,则有阴林巨树,楩枏豫章……其上,则有鹓雏孔鸾……其下,则有白虎玄豹……

人体解剖有助于深化对猴体的认识,"极声貌以穷文"的特点,在赋的登峰造极时代显示得最为清楚。《子虚赋》(包括它的连体之篇《上林赋》)写游猎一事用去四千字的篇幅,它以游猎为中心,以铺叙为穿经度纬之梭,将游猎过程及其涉及的山海河泽、林木鸟兽、土地物产与宫殿苑囿等编织成一幅既宏伟壮观又细腻生动的巨型画卷。那一系列"于是……"引导了一系列连续展开的行动,

"其山……其石……其土……其高……其埤……其东……"则将事物情状摹写得无微不至,淋漓尽致的铺叙大大地扩充了文学作品的规模,空前地提高了叙事的表现力,称得上厥功甚伟。

然而任何手段都不能无限制地推向极致,某些赋家一味追求敷陈,手段的滥用导致目标的迷失与想象力的枯竭,使其作品中出现诡滥夸饰、堆砌辞藻与雷同沿袭等毛病。"为赋而赋"带来的弊端,使赋在此等赋家笔下几沦为缺乏思想内容的文字游戏。后人对此弊端多有批评,应当说这些批评都有道理,但是人们只注意到铺叙的泛滥成灾,很少有人指出汪洋恣肆的赋文对当时叙事的枯涩来说是一种有益的滋润,本章在后面还要对这个问题再作阐述。

三、赋之体——遂客主以首引

《赋篇》对叙事的另一个贡献是"遂客主以首引"。刘勰在《文心雕龙·诠赋》里面将"遂客主以首引"与"极声貌以穷文"并举,认为"斯盖别诗之原始,命赋之厥初也"。所谓"遂客主以首引",指的是引述客主问答之辞以为故事开篇,它与"极声貌以穷文"之间的不同,在于它是一种框架结构而非具体的写作手段,但这种结构像铺叙一样对后世文学产生了持久影响。《赋篇》最触目的形态特征就是其问答格式,孤立地看,它仅仅是射隐程序的反映(今天的猜谜活动照样也是你问我答),但实际上这种问答有其更为广泛深厚的社会基础。甲骨占卜中早就伏下了以问答导入正文的叙事程序,当时的社交仪式往往以客主问答为首引,试看《逸周书·太子晋解》:

师旷罄然,又称曰:"温恭敦敏,方德不改。闻物□□,下学以起。尚登帝臣,乃参天子。自古谁?"

王子应之曰:"穆穆虞舜,明明赫赫。立义治律,万物皆作。分均天财,万物熙熙。非舜而谁能?"

师旷东蹋其足曰:"善哉!善哉!"王子曰:"太师何举足骤?"师旷曰:"天寒足蹋,是以数也。"王子曰:"请入座。"遂敷席注瑟。师旷歌《无射》曰:"国诚宁矣,远人来观。修义经矣,好乐无荒。"乃注瑟于王子,王子歌《峤》曰:"何自南极,至于北极,绝境越国,弗愁道远?"

师旷是古代乐师中的箭垛式人物,他与神童太子晋之间的问难斗智含有虚构成分,鲁迅在《中国小说史略》中认为"其说颇似小说家",但这段记述中反映的交际仪式应来自实际生活。"师旷见太子晋"故事中,包括了射隐、对歌、馈赠、引诗与测寿等一系列行动,当时的客主应答不一定都要经历这些环节,但在探询或问难性的交谈中夹入隐语以及长歌互答却是常见之事,上文所举成公贾见楚庄王以及阳子居见老聃,《列子·周穆王》与《穆天子传》所记"西王母为天子谣"及穆王以歌相和,还有《左传·宣公二年》记载筑城者对华元骖乘的嘲歌等,都反映出相同的社会风气。荀况的功绩在于将这种客主问答之仪凝固为一种结构,刘知几《史通·杂论》说"自战国以下,词人属文,皆伪立客主,假相酬答",赋体文学的"伪立客主"之源无疑伏于此处。

不过,《赋篇》中问语与答辞已构成它的全部内容,并无下文可以"首引",而且问答者无明确指属,只闻其声不见其人,文中尚未形成具体的叙事。《楚辞》的《卜居》与《渔父》则不同,客主问答成为叙事的框架结构,以全知角度展示的屈原与卜者、渔父的谈话构成了故事的主体,并有对人物行动、状态与心理等方面的简略介绍。《卜居》与《渔父》的可贵在于既有问答又有故事,问答是叙事的展开方式。所谓宋赋进一步巩固了这种问答式的叙事结构,《风赋》《高唐赋》与《神女赋》叙述的都是宋玉为楚襄王作赋的故事,其中客主问答充当导入正文的引子,说明作赋的具体缘由,全文是一个以赋文内容为核心的有机整体,这三篇赋文可谓"遂客主以首引"的典范。入汉以后,枚乘仿宋赋写成《七发》,"遂客主以首引"遂成汉代大赋之定式。汉代以后的赋文仍有不少保留了客主问答的格式,其中包括脍炙人口的《赤壁赋》(苏轼)与《秋声赋》(欧阳修),敦煌俗赋更是大量运用对话。鲁迅在《汉文学史纲要》中强调了这种渊源关系:"又有《卜居》《渔父》……其设为问难,恢复履韵偶句之法,则颇为词人所效,近如宋玉之《风赋》,远如相如之《子虚》《上林》,班固之《两都》皆是也。"任半塘对此则看得更为深透:

> 盖赋中早有问答体,原于楚辞之《卜居》、《渔父》;厥后宋玉辈述之;至汉,乃入《子虚》、《上林》及《两都》等赋。大抵首尾是文,中间是赋,实开后来讲唱与戏剧中曲白相生之机局,亦散文与韵文之间,一种极自然之配合也。赋以铺张为靡,以诙诡为丽,渐流为齐梁初唐之俳体。其首尾之文,

初以议论为便;迫转入伎艺,乃以叙述情节为便,而话本剧本之雏形备矣。①

他的目光超越了赋体文学的范围,指出了问答体为后世叙事文学之滥觞。事实的确是这样,不单是话本和戏剧,就连明清小说中也可见到以两人言来语往导入故事的情况。《三国演义》以渔樵谈古论今开篇,《西游记》取经故事以渔樵口角争胜为引,《红楼梦》贾府故事从冷子兴与贾雨村谈话开始,这些都可以看成"遂客主以首引"穿透文体壁垒激起的回响。有意思的是,毛泽东晚年的《念奴娇·鸟儿问答》也属于这种回响之一,这首词作虽然未用赋体,却与古代写"鸟儿问答"的赋文(《神鸟赋》《鹍雀赋》《燕子赋》等)同出一辙。当年许多读者对该词中一些俚俗用语(如"不须放屁"之类)感到大惑不解,殊不知作者戏仿的正是《燕子赋》这一类俗赋的谐谑风格。

在文学尚未独立的时代,问答体的出现推动了虚构性叙事的发展。写对话须先"伪立客主",所以《上林赋》中会有"子虚""乌有"与"亡是公"这三个从作者脑袋里走出来的人物,对其言行的描述形成了纯属虚构的叙事。与子史之文中的"真名假事"相比,"子虚""乌有"这类人物的出现是叙事文学向前迈进的重要一步,尽管持"史贵于文"观念的人对此痛心疾首。虚构性(fictionality)是文学性叙事的生命,它取决于作者的想象力,是叙事发育的先决条件。客主问答为作者放飞想象提供了"发射"的平台,循着问答体的轨道,作者很容易进入虚构人物的内在世界,用他们的眼睛、口吻来观察和叙说。在客主问答过程中,叙述者(narrator)与受述者(narratee)的身份被凸显出来,一方饶有兴致或咄咄逼人的询问,引出了另一方口若悬河般的回答。换而言之,受述者的"在场"鼓励了叙述者的尽兴发挥,营造了适合铺叙的最佳语境。赋文中那些匪夷所思而又栩栩如生的场景,在当时其他文体中是难以见到的。客主问答还有利于作者转换叙述立场,从不同角度驰骋辩才。司马迁在《史记·司马相如列传》中评论:"相如以'子虚',虚言也,为楚称(《史记集解》引郭璞注:'称说楚之美');'乌有先生'者,乌有此事也,为齐难。(郭璞注:'诘难楚事也。')'无是公'者,无是人也,明天子之义。(郭璞注:'以为折中之谈也。')

---

① 任半塘:《唐戏弄》(下册),上海:上海古籍出版社,1984年,第888页。

故空藉此三人为辞,以推天子诸侯苑囿。"客主问答本身就是叙述故事,有时故事中还有人讲故事,这样就出现了新的叙述层次,如《高唐赋》中宋玉向楚襄王讲述了一个巫山神女的故事:

> 玉曰:"昔者先王尝游高唐,怠而昼寝,梦见一妇人曰:'妾,巫山之女也,为高唐之客。闻君游高唐,愿荐枕席。'王因幸之。去而辞曰:'妾在巫山之阳,高丘之阻,旦为朝云,暮为行雨,朝朝暮暮,阳台之下。'旦朝视之如言,故为立庙,号曰'朝云'。"

这则典型的男性叙事不仅引起了楚襄王的巨大兴趣,还触发了后世许多骚人墨客的灵感,成为诸多"女子自荐枕席"故事的母题。

四、赋之魂——曲终奏雅与述志讽喻

赋之所以为赋,不仅因为"极声貌以穷文"与"遂客主以首引",它还有一个关键性特征,这就是曲终奏雅与述志讽喻。也就是说作者在篇章之末披露襟怀,从幕后走到前台来进行述志与讽喻。

为了说明这一点,有必要再次回到"赋之初",观察《赋篇》的卒章形态。《赋篇》最后的"佹诗"与"小歌"的内容为:

> 天下不治,请陈佹诗:天地易位,四时易乡。列星殒坠,旦暮晦盲。幽暗登昭,日月下藏。公正无私,见谓从横。志爱公利,重楼疏堂。无私罪人,憼革贰兵。道德纯备,谗口将将。仁人绌约,敖暴擅强。天下幽险,恐失世英。螭龙为蝘蜓,鸱枭为凤凰。比干见刳,孔子拘匡。昭昭乎其知之明也,郁郁乎其遇时之不祥也,拂乎其欲礼义之大行也,暗乎天下之晦盲也,皓天不复,忧无疆也。千岁必反,古之常也。弟子勉学,天不忘也。圣人共手,时几将矣。与愚以疑,愿闻反辞。
>
> 其小歌曰:念彼远方,何其塞矣,仁人绌约,暴人衍矣。忠臣危殆,谗人服矣。琁、玉、瑶、珠,不知佩也,杂布与锦,不知异也。闾娵子奢,莫之媒也;嫫母力父,是之喜也。以盲为明,以聋为聪,以危为安,以吉为凶。呜呼!上天!曷维其同!

仔细品味这些饱含讽喻的牢骚文字,可以感觉到它与《楚辞》(特别是其中的

《离骚》)存在某种相同相通之处。"奏雅""显志"并不意味着一定要忧国忧民，《赋篇》本是设谜咏物，为什么到了结尾突然发为变徵之声？《汉书·艺文志·诗赋略》中的相关叙述，为我们了解这种叙事语调从何而来提供了背景材料：

> 传曰："不歌而诵谓之赋，登高能赋，可以为大夫。"言感物造端，材知深美，可与图事，故可以为列大夫也。古者诸侯卿大夫交接邻国，以微言相感，当揖让之时，必称诗以谕其志，盖以别贤不肖而观盛衰焉。故孔子曰："不学诗，无以言也。"春秋之后，周道寖坏，聘问歌咏不行于列国，学诗之士逸在布衣，而贤人失志之赋作矣。大儒孙卿及楚臣屈原，离谗忧国，皆作赋以风，咸有恻隐古诗之义。其后宋玉、唐勒，汉兴枚乘、司马相如，下及扬子云，竟为侈丽闳衍之词，没其风谕之义，是以扬子悔之。

古代只有掌握了赋诵技艺的人，才有资格充当交接邻国的大夫，因为他们可以在登高揖让之际以赋诗方式含蓄地传达信息。然而春秋之后礼崩乐坏，聘问歌咏不行于列国，懂得赋诗之法的士子沦为布衣，成为英雄无用武之地的失业人员。在此情况之下，"赋"被这些人当作抒发个人牢骚郁闷的手段，这便是后世文人赋兴起的基础。赋诗本为言志，当赋诗者的身份是"大夫"时，赋是一种传达官方意志的政府行为，具有宏大叙事的性质；但当赋诗者不具备这种身份时，赋变成了一种宣泄个体之志乃至愤世嫉俗情绪的文艺传播，属于私人叙事的范畴。从这里可以看出，官方性质的"聘问歌咏"被废止，无形中导致了个体文艺创作的兴起——"贤人失志之赋作矣"。"愤怒出诗人"是古罗马诗人朱文纳尔的名言，我们的李白也说过"哀怨起骚人"(《古风》)，牢骚太盛固然有肠断之虞，但愤怒和忧伤从来就是文学的滋养剂。始于《赋篇》的赋中之骚，说明述志讽喻从一开始就与赋体文学结下了不解之缘。

明白了这种缘分，不难理解述志讽喻乃是赋家行文的题中应有之义。荀况为一代大儒，他以赋体为文不仅仅是为了设谜咏物，因此披露忧患情绪的"佹诗"与"小歌"应是《赋篇》的重心所在。汉代扬雄本是赋坛高手，但看到后来的赋家"竟为侈丽闳衍之词，没其风谕之义"之后，遂有悔不当初之意（"是以扬子悔之"）。诚然，就像后世赋文不一定都用客主问答为框架一样，并非所有的赋家都喜欢卒章显志，但是有一点无可置疑：优秀的赋体作品无不含有述志讽喻的内容。甚至可以进一步说，赋中佳作的亮点都在于述志讽喻，这些咏叹调般的文字留给后世读者的印象最为深刻。试读以下一些脍炙人口的片断与警句：

> 呜呼！灭六国者，六国也，非秦也。族秦者，秦也，非天下也。嗟夫！使六国各爱其人，则足以拒秦。使秦复爱六国之人，则递三世可至万世而为君，谁得而族灭也。秦人不暇自哀，而后人哀之。后人哀之，而不鉴之，亦使后人而复哀后人也。（杜牧《阿房宫赋》）

> 逝者如斯，而未尝往也；盈虚者如彼，而卒莫消长也。盖将自其变者而观之，而天地曾不能以一瞬；自其不变者而观之，则物与我皆无尽也。而又何羡乎？且夫天地之间，物各有主。苟非吾之所有，虽一毫而莫取。（苏轼《前赤壁赋》）

> 嗟乎！草木无情，有时飘零。人为动物，惟物之灵。百忧感其心，万事劳其形。有动于中，必摇其精。而况思其力之所不及，忧其智之所不能；宜其渥然丹者为槁木，黟然黑者为星星。奈何以非金石之质，欲与草木而争荣？念谁为之戕贼，亦何恨乎秋声！（欧阳修《秋声赋》）

> 不以物喜，不以己悲，居庙堂之高，则忧其民；处江湖之远，则忧其君。是进亦忧，退亦忧；然则何时而乐耶？其必曰：先天下之忧而忧，后天下之乐而乐欤！噫，微斯人，吾谁与归？（范仲淹《岳阳楼记》）

本人以前研究过古代叙事中的"君子曰"现象，[①]"君子曰"同样是曲终奏雅，其中也有一定程度的述志讽喻成分。作为"副文本"(paratext)，赋的卒章显志和"君子曰"都是为"主叙事"画龙点睛，因此它们都属作品的灵魂所在。"君子曰"伏源于历史叙事，赋的卒章显志属于文学叙事，文史两大叙事在这一点上合流，使得曲终奏雅成为国人心目中牢不可破的叙事范式。诚然，其他民族的叙事偶尔也有曲终奏雅式的表现，但是没有哪个民族的表现有我们古代叙事那样强烈。古代作者如果在篇末不"奏雅"或"显志"一番，整个叙事就仿

[①] "叙事主体意识在《左传》中的觉醒有一个明显的标志，这就是'君子曰'之类的频繁出现。据统计，《左传》中'君子曰''君子谓'凡六十五见，'孔子曰''仲尼曰'凡二十二见，这个数字表明大约每述三年史事便有'君子'、孔子出来感慨一番。……'君子'的意见一般出现在记述了较为重要的言行之后，它们或为一针见血的品评，或为一锤定音的论判，在文本中显得非常醒目。"傅修延：《先秦叙事研究——关于中国叙事传统的形成》，北京：东方出版社，1999年，第216—217页。

佛没有结束,作者自己似乎也无法走出故事世界。唐代元稹在《莺莺传》末感叹"天之所命尤物也,不妖其身,必妖于人",陈鸿在《长恨歌传》最后标榜"惩尤物,窒乱阶,垂于将来",都是刻意与故事中的"尤物"划清界限,提醒读者不要将作者对号入座。明清长篇小说以《红楼梦》《三国演义》《西游记》《水浒传》和《金瓶梅》等最为著名,其中除《西游记》结尾为众人念诵佛号外,其他四部作品均以讽喻性质的诗歌作结:

说到辛酸事,荒唐愈可悲。由来同一梦,休笑世人痴。(《红楼梦》)

纷纷世事无穷尽,天数茫茫不可逃。鼎足三分已成梦,后人凭吊空牢骚。(《三国演义》)

莫把行藏怨老天,韩彭赤族已堪怜。一心报国摧锋日,百战擒辽破腊年。煞曜罡星今已矣,逸臣贼子尚依然! 早知鸩毒埋黄壤,学取鸱夷范蠡船。(《水浒传》)

阀阅遗书思惘然,谁知天道有循环。西门豪横难存嗣,敬济癫狂定被歼。楼月善良终有寿,瓶梅淫佚早归泉。可怪金莲遭恶报,遗臭千年作话传。(《金瓶梅》)

从形式上说,这些收束全书的手段仍属赋诗言志,并未脱出《赋篇》中"佹诗""小歌"的窠臼,由此可见赋对后世叙事的影响是多么强大。卒章显志不仅见之于以上诸例,"三言""二拍"几乎全部以叹息般的诗句殿后,章回小说中这类做法俯拾皆是。直至近代,"子曰"诗云仍在许多小说末尾出现,一些作者甚至还要来上几句"呜呼""嗟乎"之类,这就与赋的最初形式更加相像了。更有意思的是,19世纪来华传教士在用汉语翻译西方长篇小说时,为了便于中国民众接受,也在每卷结束时诌上一首"诗曰"。①

五、赋之根——振叶寻根,观澜索源

以上提到的赋均为文人赋,古代除文人赋之外还有俗赋,赋之根深扎在通

---

① "每卷(宾威廉翻译的《天路历程》)结束时,都有'诗曰',有一首绝句,这是原作中没有的。"袁进:《重新审视新文学的起源》,载《解放日报》2007年3月11日。

过俗赋反映出来的古老韵诵传统之中,只有懂得了这种韵诵传统,才能更深刻地理解中国叙事的演进历程。

俗赋在形式上与文人赋大体相似,除了语言俚俗、协韵宽泛与手法夸张之外,它还具有更强的故事性与诙谐性。俗赋是20世纪敦煌学的一大发现,敦煌写本《晏子赋》《韩朋赋》和《燕子赋》等具有明显的表演艺术特征,可以判断它们对应着一种以韵诵方式讲述故事的大众文艺传播。前文提到的射隐嘲歌、客主问难等活动,表明古代社会长期存在着以韵诵方式来斗智取乐的文艺风气,因此俗赋并非从天而降。就像荀况作《赋篇》一样,庄周也曾戏仿过民间的文艺传播,试读《庄子·外物》中的"儒以诗礼发冢":

> 儒以诗礼发冢。大儒胪传曰:"东方作矣,事之何若?"小儒曰:"未解裙襦,口中有珠。《诗》固有之曰:'青青之麦,生于陵陂。生不布施,死何含珠为?'"接其鬓,压其顪,儒以金椎控其颐,徐别其颊,无伤口中珠。

与其说这是最早的俗赋(有人这样认为),毋宁说它代表着赋的文人化之初,但它的诙谐风格与俗赋确实存在着共通之处。容肇祖根据《韩朋赋》等唐代俗赋的存在,推断西汉时期已有这种易听易记、以韵语讲述故事的民间赋体,[①]1993年连云港东海县出土西汉时期的《神乌赋》,其风格与敦煌俗赋如出一辙,完全证实了容肇祖的猜测。事实上,汉代蔡邕的《短人赋》、潘岳的《丑妇赋》、束皙的《饼赋》和左思的《白发赋》等,都比较接近俗赋的风格,可以看成文人对民间文艺的戏仿。如此一来,呈现在我们面前的是这样一幅画面:当文人赋在上层建筑内蔚为大国之时,俗赋所反映的韵诵活动也在民间和基层蓬勃开展。

那么,这种韵诵活动是否到唐代以后就偃旗息鼓了呢?王小盾近年来追寻海外汉学文献,他发现越南汉喃文古籍中存在着数百种俗文学文献,它们的结构与风格非常接近敦煌写本,其中一些俗赋明显与我国宋代以后的俗文学存在血缘关系。这也就是说,俗赋并未像以前人们想象的那样,随着宋初敦煌文献的封存而退出历史舞台,至少到书面叙事大兴之前,这种大众文艺传播还继续活跃在汉文化圈内。王小盾这样写道:

---

① 容肇祖:《敦煌本韩朋赋考》,载《敦煌变文论文集》,上海:上海古籍出版社,1982年。

事实上,当我在河内市西南郊披阅群书的时候,我就是这样想象的:面对越南古籍,不断地怀想敦煌。最令人激动的是那数百种赋集,其中关于刘平和杨礼友悌事迹的《刘平赋》、关于汉代王陵母子忠义故事的《王陵赋》,以及作为附载的《孔子项橐相问书》。这些赋文的形式和内容,都再现了敦煌俗赋的风貌。
　　……倘若考虑到越南汉文古籍在时间上的大幅度跨越——从公元二世纪到二十世纪,那么毋宁说,在越南,现在正有一个内涵更深厚的、正在活生生地流动着的敦煌。①

是否可以这样认为,敦煌之后俗赋在中国再未有大规模的发现,并不说明这类文献不再产生,而是正统文学观导致了它们的佚失。大众文艺传播的生长与消歇有其必然规律,它不可能毫无预兆、缺乏理由地自行熄灭。本章开篇提到文人赋为"古老的韵诵传统"逸出的分支,这是王小盾的创见。这个观点的意义在于将"古老的韵诵传统"看作一座冰山的水下部分,文人赋其实是冰山的露出水面部分,在看到水上的冰山时,应该想到整座冰山在水面之下还有七分之六,这个水下的庞然大物更应该引起研究者的关注。

　　按照这个观点,传世的俗赋也属于冰山的水上部分,因为它仍然是一种记录的文本或演出的底本,它在写定时不可能没有文人的介入。古代并无摄像与录音的设施,活生生的韵诵活动已然湮没于忘川,我们现在无法准确地描述其原生形态。但是俗赋在某种程度上映出了它的背影,这背影足以令人产生出许多联想。敦煌卷子中的其他文体,如变文、讲经文等,很有可能也是这种韵诵活动的记录形式,否则无法解释一些写本内容相同而形式相异。不仅是俗赋,文人的作品有时也反映出与民间文艺的特殊联系。唐代张鷟的《游仙窟》原已失传,20世纪初在日本发现后回归中国,作者行文时多用口语,修辞上喜用通俗的双关语与拆字法,描写男女之间的调情全无忌讳,其中有大量的问答调侃与细腻叙述。因此与其说它是传奇,不如说它更像是文人创作的俗赋。传奇兴盛于唐代,但是用笔讲述故事的作者对口传渠道仍然存在着"路径依赖",无怪乎《游仙窟》中会携带十分明显的声音传播特征。

---

① 王小盾:《越南汉喃文献目录提要·序言》,台北:"中研院"中国文哲研究所,2002年。

赋体文学从社会底层吸取的养分甚多,其本质性特征铺叙可以说直接脱胎于民间文艺。从叙事学角度比较文人赋与俗赋,可以看出俗赋最突出的一个特征是叙事的细化。人们早就注意到,敦煌俗赋在讲述故事时,有一种将事件反复叙述乃至"掰开来"细细叙述的倾向,此前的叙事很少能细腻到这种程度。为什么俗赋中会出现这种繁复的叙事呢?这是因为声音传播不像文字传播那样容易辨识,因此需要用"重复"和"具体"来加深印象,这和利用骈辞韵语来辅助记忆是一个道理。在这方面,屈赋也为我们提供了有力的证据。屈原之所以在铺叙手段的开拓上成为宋玉的先导,与其受到民间文艺的滋润大有干系。细而究之,这种滋润首先来自于湘楚地区巫风的"仪式性"。像其他早期艺术一样,楚地巫觋的念诵与表演兼具宗教仪式与艺术歌舞的双重属性,由于宗教仪式对程序的要求更具刚性,它更容易在艺术的表现形态上留下自己的特征。屈原的《九歌》与《招魂》系统地再现了祀神与招魂的全套仪式,《离骚》的框架结构也借用了民间巫术的方式。更具体地看,屈原在细节模仿上也是一丝不苟的。以《招魂》为例,它不避繁冗地模仿招魂仪式中招魂者恐吓与引诱亡灵的絮言密语(甚至包括招魂咒语的尾音),不论是"外陈四方之恶",还是"内崇楚国之美",均极尽语言表现之能事:

> 魂兮归来,南方不可以止些!雕题黑齿,得人肉以祀,以其骨为醢些。蝮蛇蓁蓁,封狐千里些。雄虺九首,往来倏忽,吞人以益其心些。归来兮,不可以久淫些。魂兮归来,西方之害,流沙千里些。旋入雷渊,靡散而不可止些。幸而得脱,其外旷宇些。赤蚁若象,玄蜂若壶些。五谷不生,丛菅是食些。其土烂人,求水无所得些。彷徉无所倚,广大无所极些。归来兮!恐自遗贼些!魂兮归来,北方不可以止些。增冰峨峨,飞雪千里些。归来兮,不可以久些。

文学史家在评论《招魂》的敷陈夸饰时,往往提到它直接影响了汉赋"写物图貌,蔚似雕画"特点的形成。与《招魂》相似的还有《大招》,"二招"在敷陈手法上并无二致,两位招魂者都是极言四方之可怖可惧以及死者所在地之可喜可乐,这说明招魂仪式的核心是招魂者施展其蛊惑性的语言。不难看出,招魂仪式对招魂者的语言表达能力有一种特殊的要求,作为"专业"的招魂者,他们理当具有比普通人更强的驾驭语言能力,将"外之可怖"与"内之可乐"敷陈到他人无以复加的地步。目前记录到的各民族的招魂词,大多都是这样不厌其烦地进行诉说,《招魂》中复沓周匝、辞藻纷披的敷陈,可视为民间语言特点在文字形式中的发扬。刘熙载《艺概·赋概》曰:

> 赋起于情事杂沓,诗不能驭,故为赋以铺陈之。斯于千态万状,层见叠出者,吐无不畅,畅无或竭。《楚辞·招魂》云:"结撰至思,兰芳假些,人有所极,同心赋些。"曰"至"曰"极",此皇甫士安《三都赋序》所谓"欲人不能加"也。

"吐无不畅,畅无或竭"与"欲人不能加"等语,不管用在哪种形式的"招魂"上都是合适的。"招魂"这一表达方式扩大了叙事的规模,无意间充当了叙事发育的催长剂。

六、赋之功——落红不是无情物,化作春泥更护花

在文学史著作中,赋的毛病被人数落得较多。与其他文体相比较,赋从来没有获得像"唐诗""宋词""元曲""明清小说"那样彪炳一时的地位,王国维论述"一代有一代之文学"时,曾经将"汉之赋"与"唐之诗"等并列,但此说遭到不少反对。诚然,赋的"极声貌以穷文"中确实伏下了一味堆砌之弊,但正是这种敷张扬厉的铺叙,推动了叙事艺术向前发展。

在文人赋与俗赋兴盛的那段时期内,形形色色的"前小说"和早期小说也在发展,然而作为文学叙事,它们表现出较为明显的欠发育症状。症状之一是故事残缺不全,在由事件组成的逻辑链或因果链上每每出现缺环,这种情况过去常用"丛残小语"来形容之,但是当时人们并不以叙事中的残缺为病。以魏晋南北朝志人小说的代表作《世说新语》为例,虽然其中的人物描绘达到了"恍惚生动"的高度,但就故事而言都是断枝缺干的片断事件。症状之二是事件光裸疏简,故事讲述人未将事件分解成足够微细的事件来展开叙述,因此叙事成了"粗陈梗概",缺乏繁枝茂叶与细毫皴染。事件本来是无限可分的,一部叙事文学史,可以说就是事件不断细分的历史。诚然,不能要求古人在几千年前就像意识流小说家那样叙述,但用几百字甚至几十字的篇幅来记录一个故事是过于惜墨如金了。魏晋南北朝以前的单篇作品至多数百字,即便到了志怪小

说亦不逾千,在这短小的篇幅内,叙事做到"粗陈梗概"已是不易,遑论"施之藻绘,扩其波澜"。"丛残小语"与"粗陈梗概"仅仅是表面症状,排斥虚构和想象是造成这些症状的病因。虚构性是文学叙事的生命,英语中"小说"(fiction)一词就与"虚构"同义,然而古代叙事文学长期处在史传的阴影笼罩下,史传的实录原则导致许多作者只敢叙述自己"一耳一目之所亲闻睹"。可想而知,由于无力开展虚构与想象,"丛残小语"中的事件缺环不可能得到补齐,"粗陈梗概"的故事讲述也就不可能变得丰满起来。

以上所论仅仅是从小说史的观察角度出发,如果把观察角度转回到赋体文学上来,那么就像本章在前面讨论过的那样,赋的铺叙手段与问答格式对于叙事的枯涩与想象的缺乏来说,正好是一剂对症治疗的良药。稗体和赋体在同一时段内共存并进,不可能一直平行永不相交:一方的枯涩凝滞,正好由另一方的敷张扬厉来弥补,这种取长补短应当是势所必然。《游仙窟》是稗赋杂交的一个绝妙标本,因为它既是传奇又像俗赋,要考察小说与俗赋的关系,要观察小说叙事如何从民间文艺中汲取营养,没有哪个文本比《游仙窟》更具典型意义了。

古代文学分为诗稗两大阵营,由于小说到后来成了叙事文学的主力军,人们习惯于从无韵的叙事文体中探求中国叙事的根源,而不大重视诗歌阵营内赋体文学所起的作用。然而在以声音传播为主的故事消费时代,使用骈辞韵语的赋较之散文体的叙事具有更大的传播优势,它理所当然地会对继之而起的叙事品种产生重要影响。笔头叙事代替口头叙事成为文坛盟主之后,赋的传播优势不复存在,由无韵的民间"说话"发展而来的话本小说逐渐成为故事消费的新宠,于是文学史掀开了新的一页。董乃斌这样总结赋的贡献与局限:

> 汉魏以来的赋作者们,在赋这一文体之内,已经努力尝试过发展它的叙事功能,并取得了难能可贵的成绩。然而实践证明,赋体文章对于进一步发展和完善叙事艺术,局限很大,前途不广。它的优长还是在于像诗那样言志抒情,宣泄怀抱。古代文人渐渐懂得,赋并不是充分发挥文学叙事性特征的合适文体,他们必须探索新路。这路无疑是存在的,那就是小说

这种文学样式。①

这个总结委婉地道出了一个事实：赋在叙事这个方向上逐渐走向了穷途末路。然而必须看到，赋倒下之后以自己庞大的身躯挚乳了后起之秀。小说虽然不是由赋直接衍变而来，但是赋在小说体制上打下的烙印似乎比那些"前小说"还深。前文已经讨论了赋在问答结构、敷陈手段和曲终奏雅等方面的影响，除了这些之外，无论是唐宋的传奇、话本还是明清的章回小说，都有在文本各个部位插入韵文的现象，这是古代叙事的一个重要而又有趣的特征。这些插入的韵文或诗或赋，石昌渝将其功能归纳为："一、男女之间传情达意；二、人物言志抒情；三、绘景状物；四、暗示情节的某种结局；五、评论。"②不妨这样来描述：唐宋以后本已是散文体叙事的天下，但古老的韵诵传统仍然潜伏在我们这个民族的叙事思维之中，所以作者会在关键时刻换用韵文来讲述故事，他们在潜意识中觉得只有韵文才能使叙事变得有力。这一现象说明叙事文学由韵诵转换到无韵是一个漫长的历程，直到明清小说这种过渡还未真正结束，如果没有20世纪域外叙事的冲击，不知道这个过程会延续到什么时候。传统的力量不可小觑，《光明日报》前几年开辟的《百城赋》专栏引起强烈反响，说明人们对使用韵文的宏大叙事依然情有独钟。

古代叙事中为什么会有那么多谜语机关？为什么作者对人物的言来语往那么感兴趣？为什么散文体的小说中有那么多骈辞韵语？为什么叙述者有时会翻来覆去地讲述甚至停下来吟诗作赋？为什么庄重的叙述者会说出戏谑的俚语？为什么叙述到最后语调总是转为悲凉？为什么作者喜欢把叙述意图和盘托出？这些都是人们在阅读中可能提出的问题，以上所论，或许有助于回答这些问题。把赋的影响考虑进来，一切似乎都能得出合理的解释。当然，这样的解释不能排斥其他文体对叙事演进产生的作用。

最后，本人想把撰写过程中的三点认识作为本章的结束语。第一，叙事的演进不是简单的线性运动，应当用更复杂、更具穿透性的眼光来探寻各种文体的相互影响。本书导论部分引述的材料中，有来华传教士用欧化白话文翻译的西方小说构成中国新文学前驱之说，可见文体之间的壁垒不可能构成对叙

---

① 董乃斌：《中国古典小说的文体独立》，北京：中国社会科学出版社，1994年，第138页。
② 石昌渝：《中国小说源流论》，北京：三联书店，1994年，第167页。

事演进的真正障碍。第二,叙事的演进是雅俗互动的结果,大众文艺传播往往比作家文学更具活力。学术界固然早有对"重雅轻俗"的批判,但真正要做到一视同仁并不容易,例如当前对俗赋的研究就无法与对文人赋的研究相提并论,因此应当加强对"古老的韵诵传统"及其传播形态的研究。第三,以往人们总喜欢沿着"前小说→早期小说"这样的线索去寻找叙事演进的痕迹,实际上在叙事生长发育的关键时期,赋体文学曾经发挥了比其他文体更为重要的作用,因此在研究叙事的演进方面,它应当比"前小说"或早期小说获得更多一些的重视。总而言之,赋虽然和诗一样具有抒情言志的功能,它对叙事的贡献却不容抹杀。

视听篇

第九章

外貌描写的叙事语义

【提要】 外貌描写的叙事语义十分复杂微妙，本章从功能、修辞、影响与构成等角度分别进行论述。一、叙述者提供人物外形与相貌方面的信息，主要是为了反映其精神面貌，除了作为"灵魂之窗"的眼睛外，身体的其他部位也有传神拟态的功能。外貌描写理论上应当"神""形"兼备，实际上的情况却是"形"淡而"神"浓，即与"形"相关的信息往往失之模糊，而与"神"相关的信息却有清晰释出。二、外貌描写多以譬喻为修辞手段。动物之名因初民的灵魂转移信仰而被赋予形容词的修饰功能，这一转义从文学角度说具有重大意义，因为它既标示出人物的性格特征，又保持了感性的鲜活，这不啻是为文学发生埋下了最初的种子。汉民族因长期从事农耕而喜用植物譬喻，矿物之中则对玉情有独钟，玉喻的深层成因在于古人对玉之德或者说玉之精神的无限向往。三、观相理论与文学传统的互渗互动，形成了影响外貌描写的一系列规约，这些规约又与特定的文化有密切关系。如果不懂得某些身体部位的暗示意味，不清楚世界各民族文化传统中的相关规约，对外貌描写的叙事语义很难有透彻的理解。四、异相的构成规律可归纳为"增减""改变"和"混淆"三大类，"大人物"形象的"放大"缘于芸芸众生的匍匐与仰观，而异族外貌的"妖魔化"则出于"非我族类，其貌必异"的歧视性想象。对异相的敬畏并非一成不变，"圣人异相""异相异能"等观念在晚近叙事中遭遇严重挑战。

本章探讨外貌描写的叙事语义。外貌指人物的形体与相貌,主要诉诸"看"。人长什么样源于父母遗传,形体与相貌的社交功能主要在于识别与审美,日常生活中不存在"读懂"别人外貌的问题。然而叙事中的人物并非真人,提供外貌方面的信息是为了贯彻某种叙事意图,其中存在许多复杂微妙的讲究。叙事作品中不可能没有人物,人物不可能没有外貌,但与外貌有关的叙事作为一种司空见惯的文学现象,迄今为止尚未获得学术意义上的深入探究,本章愿在这方面为一引玉之砖。

一、外貌描写与传神拟态

叙事即讲故事,故事固然是由一系列事件构成,但人物是行动的主体,故事讲述过程同时也是人物形象在读者心目中的"生成"过程,讲故事的一大目的为"讲"出一个个栩栩如生的人物,外貌描写首先服务于这一目的。每个人物当然都有名字,但名字只是符号,如果人物上场没有伴随以相应的外貌介绍,阅读中的想象便会失去根据与依凭,人物之间的区别也就不会那么明显。很多情况下,外貌特征比人物名字更使人印象深刻,《左传·襄公十七年》的"泽门之晳"和"邑中之黔",以及《左传·宣公二年》的"睅目皤腹"和"于思于思"等,都是用具体的体貌特征来指代人物。[①]

外貌描写的叙事功能不止于此。在故事的讲述过程中,读者对人物的认识会随着事件演进而不断深化,还会与外貌描写留下的最初印象发生激荡。这种激荡大多表现为相互契合,如《红楼梦》第三回中林黛玉的"两弯似蹙非蹙罥烟眉,一双似泣非泣含露目",预示了女主人公日后的不断哭泣——那双"似泣非泣"的眼睛原本就是为流泪而生。但作者有时也会故意制造两者之间的冲突,用反衬手法达到令人错愕的叙事效果,如莫泊桑的短篇小说《菲菲小姐》中,一名绰号为"菲菲小姐"的普鲁士军官生得"身段漂亮,腰身纤细,看上去好像用了女人的紧身褡",如此女性化的身材本应与温柔善良的性格搭配,但偏

---

① "筑者讴曰:'泽门之晳,实兴我役;邑中之黔,实慰我心。'"(《左传·襄公十七年》)。"城者讴曰:'睅其目,皤其腹,弃甲而复。于思于思,弃甲复来。'"(《左传·宣公二年》)。今天我们在指代人物时,仍然会用"那个长得白一点的""那个长着络腮胡子的"之类表达方式。

偏就是这个最不像赳赳武夫的人物做出了侵略者中最为残忍变态的举动。①

外貌描写的焦点在于人物的五官容貌,而焦点中的焦点又是人物的眼睛。鲁迅在《我怎么做起小说来》中主张:

> 要极省俭地画出一个人的特点,最好是画他的眼睛。我以为这话是极对的,倘若画了全副的头发,即使细得逼真,也毫无意思。②

这种被巫鸿称为"眼睛就是一切"的思想,③在中国早期造型艺术中有非常典型的流露:彩陶图案上原来有明显的动物纹,后来逐渐过渡为抽象的几何纹,但动物眼睛在许多彩陶上还有顽强保留;青铜器的饕餮纹以兽鼻为中线,两侧作对称排列,眼睛在整个纹饰中处于最突出的位置。我们的古人早就懂得以最具特征的部分指代整体,这种安排开启了为后世艺术承传不息的写意传统:不重要的地方尽可省略,只保留最为本质的部分并予以夸张表现。那么为什么眼睛是人身上最重要的东西呢?《世说新语·巧艺》如此记述:

> 顾长康画人,或数年不点目精。人问其故,顾曰:四体妍蚩,本无关于妙处。传神写照,正在阿堵中。

所谓"传神写照,正在阿堵中",意思是眼睛最能传递人的精神状态,表现人物最要紧的是传神拟态。曹雪芹用"似蹙非蹙""似泣非泣"形容林黛玉的眼神,可谓深谙此道,他对贾宝玉眉目的描述(第三回)也是在神态上着墨:"目若秋波,虽怒时而若笑,即瞋视而有情""天然一段风骚,全在眉梢;平生万种情思,悉堆眼角"。

眼睛毕竟只是五官之一,要让人物获得较为完整的呈现,脸部和躯体不能不予以一定程度的描写。西方文艺复兴时期以"人的发现"为重要标志,绘画和雕塑自然是对此的最好证明,但这方面的先行者不是艺术家而是作家。雅各布·布克哈特在《意大利文艺复兴时期的文化》的"人的外貌的描写"一章中

---

① 莫泊桑:《菲菲小姐》,郝运译,载《莫泊桑中短篇小说选》,北京:人民文学出版社,1981年,第159页。小说中"菲菲小姐"因过分残暴嚣张而被一名法国妓女用餐刀捅死。
② 鲁迅:《南腔北调集·我怎么做起小说来》,载《鲁迅全集》(第四卷),北京:人民文学出版社,1981年,第513页。
③ 巫鸿:《眼睛就是一切——三星堆艺术与芝加哥石人像》,郑岩译,载巫鸿:《礼仪中的美术——巫鸿中国古代美术史文编》(上卷),北京:三联书店,2005年。

说:"注意阅读这个时代的意大利作家的作品,我们不能不惊讶于他们抓住外部特征的敏锐性和准确性,以及描述个人一般外貌的全面。"他举出的具体例子是薄伽丘的《爱弥多》:

> 他描写了一个白面、金发、碧眼的女人和一个皮肤、头发、眼睛都带浅黑色的女人,很像一百年以后一个画家所描绘的那样——因为在这方面,文学也是远远走在艺术前面的。在对那个浅黑色女人——或者严格地说,这两个人当中的比较不白的那一个——的描写里边,有着应该被称为古典式的笔触。在"宽广开阔的前额"这些个字里边,含有一种超过优雅漂亮的庄严仪表的感觉。①

布克哈特还不避繁冗地引述了16世纪费伦佐拉的《论妇女的美丽》,该书对女性身体的每个"可见"部位都提出了具体的审美标准,其中有些已经相当细化,如"前额清秀,宽为高的一倍""耳轮应该带有透明的石榴红色"以及"当这个女人不说不笑的时候,露出来的上牙必须不多于六个"等,②这不啻为女性审美提供了一套完整的参考系数。在19世纪法国作家梅里美的小说《卡门》中,我们看到当时社会对女性美已形成共识,并有约定俗成的程序化表达方式:

> 照西班牙人说,一个女人要称得上漂亮,必须符合三十个条件,或者换句话说,必须用十个形容词,每个形容词都能适用到她身体的三个部分。比方说,她必须有三黑:眼睛黑,眼睑黑,眉毛黑;三纤巧:手指,嘴唇,头发,等等。③

钱锺书在论及中西美女外貌时印证了这种说法:

> 异域选色,亦尚广颡,如拉丁诗咏美人三十二相,西班牙旧传美人三十相,亚剌伯古说美人三十六相,无不及之。④

我们古人对"广颡"的推崇,与上引"宽广开阔的前额""(前额)宽为高的一倍"

---

① 雅各布·布克哈特:《意大利文艺复兴时期的文化》,何新译,北京:商务印书馆,1979年,第339页。
② 同上书,第341—342页。
③ 梅里美:《卡门》,载《梅里美短篇小说集》,郑永慧译,北京,人民文学出版社,1980年,第368页。
④ 钱锺书:《管锥编》(第一册),北京:中华书局,1979年,第92页。按"广颡"指额头宽广。

相映成趣,这说明大额头的女性在世界许多地方都受到人们喜爱。

用若干个"相"来形容的对象还不限于女性,季羡林说佛书对"大人物"(Mahapurusa)的外貌便有"三十二相"和"八十种好"等表述(详后),这些"相"和"好"覆盖了人体的多个重要部位。但在具体的叙述中,即便是梅里美本人也不会逐一落实这"三十个条件",绝大多数作家对人物外貌是点到为止,他们都懂得为读者留出独属于自己的想象空间。与此同时,并非身体的所有部位都是"可叙述的"(narratable),[①]触犯社会禁忌也是一件得不偿失的事情。不过像左拉这样的自然主义作家属于例外,小说《娜娜》对女主人公肉体那颇招物议的过度描述,为的是证明人是一种无法逃脱遗传规律支配的本能动物。

外貌描写不是静物写生,作者不仅要提供形体相貌方面的信息,更要通过这些信息反映人物的精气神,除了作为"灵魂之窗"的眼睛外,人物身体的其他部位也有传神拟态的功能。《水浒传》第三十八回描写李逵:

> 黑熊般一身粗肉,铁牛似遍体顽皮。交加一字赤黄眉,双眼赤丝乱系。怒发浑如铁刷,狰狞好似狻猊。

这段文字强调的不是眼睛,而是那又黑又硬的皮肉与毛发,作者通过它们渲染了李逵身上那股令人望而生畏的绿林气息,小说中宋江看到李逵这副尊容后"吃了一惊",现代人在阅读中也会觉得有一股凶神恶煞之气扑面而来。这样的人物不要说抡起两把板斧,就凭其猛兽般的外形也能唬住对手。

无独有偶,巴尔扎克《高老头》中的伏脱冷身上也有这样一股掩饰不住的强悍之气:

> 人家看到他那种人都会喊一声好家伙!肩头很宽,胸部很发达,肌肉暴突,方方的手非常厚实,手指中节生着一簇簇茶红色的浓毛。没有到年纪就打皱的脸似乎是性格冷酷的标记。[②]

此类描写可以涉及身体的多个部位。巴尔扎克在《邦斯舅舅》中说手是"相貌

---

① 罗宾·R.沃霍尔:《新叙事:现实主义小说和当代电影怎样表达不可叙述之事》,宁一中译,载詹姆斯·费伦、彼得·J.拉比诺维茨主编:《当代叙事理论指南》,北京:北京大学出版社,2007年。该文第四部分为"不应叙述者:因社会常规不允许而不应该被叙述事件"。

② 巴尔扎克:《高老头》,傅雷译,北京:人民文学出版社,1978年,第12页。

的缩影",①茨威格《一个女人一生中的二十四小时》更集中描写了一名赌徒的双手——由于赌徒刻意避免让自己的心情现形于眼神,作者不得不将其泄露情感的双手作为主要观察对象:

> 我看见——的确,我大吃一惊!——两只我还从未见过的手,一只右手和一只左手,像两头凶狠的野兽互相纠缠在一起,十分紧张地弓起身子,互相揪斗,互相推拒,结果指关节喀嚓作响,发出核桃开裂的那种脆声。这是两只罕见的美丽的手,细长纤巧,不同寻常,可是肌肉绷紧——色泽白皙,指甲没有血色,修成秀气的弧形,泛出珍珠的光泽。整个晚上我一直看着这双手——是的,凝视着这异乎寻常、简直可说绝无仅有的一双手——可是首先使我如此深感意外的乃是它们表现出来的激情,它们的激情如炽的表情,这种痉挛似的互相纠结,互相推拒。我顿时意识到,这里有个精力充沛的人,正把他全部激情都挤到指尖上去,免得自己被这激情炸得粉碎。②

以上讨论意在说明,外貌描写的主要功能为传神拟态。"形"为"神"之表,"神"系"形"之魂,会讲故事的人一般都会由"形"及"神",着重在人物的"神"上做文章。汉语中的"音容笑貌"一词,所指即为言笑之际流溢于眉间目上的动感神态。我们的古人很早就展示了这方面的修辞能力,典型例子有《易经·震》中的"震来虩虩,笑言哑哑",《诗经·卫风·硕人》中的"巧笑倩兮,美目盼兮",《楚辞·大招》中的"靥辅奇牙,宜笑嘕只"以及《楚辞·招魂》中的"美人既醉,朱颜酡些。娭光眇视,目曾波些"等。传神拟态不是简单的照葫芦画瓢,功力深厚的作家善于攫获面部表情上闪烁的灵魂光华,用恰如其分的语言揭示出人物皮囊之下的生气灌注。《红楼梦》第三回的"粉面含春威不露,丹唇微启笑先闻",让王熙凤这个人物鲜活灵动地呈现于读者眼前。同一回中露面的还有迎春、探春和惜春三姊妹,她们虽然是"一样的妆饰",但探春身上明显流露

---

① "某些目光犀利的人,觉得每个人的命运都给上帝印在他的相貌上;倘若把相貌当全身的缩影,那末为什么手不能做相貌的缩影呢?手不是代表人的全部活动,而人的活动不是全靠手表现的吗?这就是手相学的出发点。"巴尔扎克:《邦斯舅舅》,傅雷译,北京:人民文学出版社,1978年,第126页。

② 斯台芬·茨威格:《一个女人一生中的二十四小时》,载《茨威格读本》,张玉书、张意译,北京:人民文学出版社,2012年,第87—88页。

出比别人更多的活力——曹雪芹对她的形容是"俊眼修眉,顾盼神飞,文采精华,观之忘俗",这一描述为探春后来一系列不让须眉的表现做出了铺垫。①
《安娜·卡列尼娜》中,托尔斯泰把女主人公脸上"被压抑的生气"归因于其内在的"过剩的生命力":

> 在那短促的一瞥中,渥伦斯奇已经注意到了有一股被压抑的生气在她的脸上流露,在她那亮晶晶的眼睛和把她的朱唇弄弯曲了的轻微的笑容之间掠过。仿佛有一种过剩的生命力洋溢在她的全身心,违反她的意志,时而在她的眼睛的闪光里,时而在她的微笑中显现出来。她故意地竭力隐藏住她眼睛里的光辉,但它却违反她的意志在隐约可辨的微笑里闪烁着。②

一般认为"画"(空间艺术)在描摹人物外形上更具优势,但若就传神拟态而言,还是"诗"(文学)这种时间艺术要略胜一筹,因为神态的流露实际上是由一连串细微行动构成的动态过程,摹写行动与表现动感正是叙事的长处所在。

外貌描写侧重传神拟态,导致"形"与"神"在叙事中的比重往往失衡:理论上外貌描写应当"神""形"兼备,但验之于具体的叙事作品,可以发现较为普遍的情况是"形"淡而"神"浓,也就是说与"形"相关的信息失之模糊,读者有时甚至不大清楚人物究竟长得如何;与之相反,与"神"相关的信息多半有清晰的释出,这当然与作者叙事时注意扬长避短有关。《世说新语·容止》主要描写人物的仪容举止,但其中对"形"的介绍甚少(有时几近于无),更多表现的是"神"及其冲击力:

> 时人目王右军:"飘如游云,矫若惊龙。"
> 海西时,诸公每朝,朝堂犹暗,唯会稽王来,轩轩如朝霞举。
> 庾长仁与诸弟入吴,欲往亭中宿。诸弟先上,见群小满屋,都无相避

---

① 探春"不让须眉"的表现包括:1.组建海棠社,为此致书贾宝玉称"孰谓莲社之雄才,独许须眉;直以东山之雅会,让馀脂粉"(第三十七回);2.受赵姨娘委屈时说"我但凡是个男人,可以出得去,我必早走了,立一番事业,那时自有我一番道理"(第五十五回);3.管理大观园时兴利除弊,显露出比王熙凤更强的管理才干(第五十六回)。
② 列夫·托尔斯泰:《安娜·卡列尼娜》(上册),周扬、谢素台译,北京:人民文学出版社,1956年,第90页。

第九章 外貌描写的叙事语义

意。长仁曰:"我试观之。"乃策杖将一小儿,始入门,诸客望其神姿,一时退匿。

对"形"的摹写仅仅诉诸视觉感知,对"神"的表述则把听觉也囊括在内。仔细揣摩"音容笑貌"这一表达方式,可以发现古人往往把"音""笑"看得比"容""貌"更为重要,也就是说传神拟态中必须要有欢声笑语的参与。《聊斋志异·婴宁》中那位时而"含笑拈花"时而"狂笑欲坠"的女主人公,无疑是蒲松龄笔下最令人难忘的人物之一。《红楼梦》中王熙凤虽然长了一对与众不同的"三角眼",但曹雪芹着力强调的还是她的声音。小说第三回写她人未到而笑语先闻,引起初进贾府的林黛玉纳罕——"这些人个个皆敛声屏气,恭肃严整如此,这来者系谁,这样放诞无礼"。第十四回中王熙凤协理宁国府威重令行,用严厉的训斥震慑那些"有脸的"和"没脸的"婆娘媳妇,第二十七回她称赞传话的红玉"口声就简断",批评身边人说话"咬文咬字,拿着腔儿,哼哼唧唧的,急的我冒火",这些都是为了塑造这个人物的声音形象。汉语中涉及"神"的固定表述除"音容笑貌"外,尚有"声情并茂""绘声绘色""声色俱厉""声泪俱下"等,这些词语中声音均占首位,给人印象是"声"比"色"重要,显然这是因为声音更能唤起对人物神貌的动态联想。

西方一些小说写女主人公外貌并不十分美丽,但其馨欬能令周围男性为之倾倒。菲茨杰拉德的短篇《女儿当自立》中,女演员伊夫林"长得并不美,可是她只消花上十来秒钟工夫,就能让人相信她是个美人儿",这当然靠的是一颦一笑的功夫。① 简·奥斯丁的《傲慢与偏见》中,初识伊丽莎白的达西认为"她还可以,但还没有漂亮到能够打动我的心",②然而这位傲慢的绅士不久就被女主人公的脱俗言谈所征服。托尔斯泰的《战争与和平》中,长得并"不漂亮"的纳塔莎以跑动和大笑的姿态登场亮相,③她的可爱神情令彼尔、安德烈

---

① 弗·司各特·菲茨杰拉德:《女儿当自立》,舒心译,载《菲茨杰拉德小说选》,上海:上海译文出版社,1983年,第461页。
② 简·奥斯丁:《傲慢与偏见》,王科一译,上海:上海译文出版社,1980年,第12页。
③ 列夫·托尔斯泰:《战争与和平》(第一册),董秋斯译,北京:人民文学出版社,1978年,第65页。按托尔斯泰对纳塔莎的外貌描写几经修改,定稿中的"不漂亮"在原稿中为"她一点也算不上漂亮。她的面孔的全部特点是不吸引人的,眼睛小,额头窄,鼻子不坏,但脸的下部,下巴和嘴都显得太大,嘴唇又是不成比例地显厚了一点,你把她端详之后,就简直闹不明白,她为什么讨人喜欢"。

和捷尼索夫等皆为其裙下之臣。这些都是"神"比"形"美的经典例证。

二、譬喻运用与特征标出

外貌描写多以譬喻为修辞手段。运用譬喻的前提是本体与喻体之间存在着某种相似性,显而易见,由于某些高等动物在外形上与人类最为接近,人们在取譬用喻时首先会想到它们,如前引李逵的"黑熊般一身粗肉,铁牛似遍体顽皮"等。古代叙事作品中以动物喻人的例子屡见不鲜,具体有《左传·宣公四年》的"熊虎之状,而豺狼之声"、《国语·晋语八》的"虎目而豕喙,鸢肩而牛腹"以及《史记·秦始皇本纪》的"蜂准,长目,挚鸟膺,豺声"等。即便是在今天,我们仍然经常以"獐头鼠目""尖嘴猴腮"和"虎背熊腰"等来形容人。使用这类譬喻还有一个原因——人们对符号的选择和提炼不是"近取诸身"就是"远取诸物",因此一些与人关系密切的动物会很自然地被用作喻体。试读《旧约·雅歌》中"新郎称美新妇"中的一段:

> 我的佳偶,你甚美丽,你甚美丽!你的眼在帕子内好像鸽子眼。你的头发如同山羊群卧在基列山旁。你的牙齿如新剪毛的一群母羊,洗净上来,个个都有双生,没有一只丧掉子的。你的唇好像一条朱红线,你的嘴也秀美。你的两太阳在帕子内如同一块石榴。你的颈项好像大卫建造收藏军器的高台,其上悬挂一千盾牌,都是勇士的藤牌。你的两乳,好像百合花中吃草的一对小鹿,就是母鹿双生的。[①]

动物譬喻的起因值得深入探究。人类为什么会把自己的外貌与动物联系起来,初民这样做的时候究竟是怎样想的,这类问题也许只有人类学家才能回答。爱德华·泰勒提到,亲子间外貌的相似令初民感到困惑,导致他们萌发出人的灵魂能够在代际间迁移的思想,这种灵魂迁移信仰不久又被用来解释人与动物的某些相似:

> 正如关于人的灵魂的概念应当是关于灵魂的第一个概念,然后才由于类推而扩展为动物、植物等等的灵魂一样,关于灵魂迁移的最初的概念

---

① 《新旧约全书》,南京:中国基督教协会印发,1989年,第629页。

也包含在下面的直接而合乎逻辑的推论之中:人的灵魂是在新的人体内复活,而这是由于家族中下代与上代的相似而被判明的;后来这种思想就被扩大为灵魂在动物等的形体内复活。在蒙昧人中就有一些完全符合这一观点的明显而确定的概念。动物的那些半人性质的特征、动作和性格,成了蒙昧人——同样也成了儿童们注意观察的对象。①

对于所谓"蒙昧人"来说,这样的解释不仅符合他们对人和动物的观察,而且在逻辑上也是自洽和周延的:人为什么会长得像自己的上代人,是因为上代人的灵魂进入了下代人的身体,既然灵魂可以在人体之间自由迁移,那么它们在动物体内复活亦非不可能之事,似此某些动物的类人性质也就有了圆满解释——那些强壮威猛的部落首领,他们的灵魂会进入狮子体内,而对那些狡猾或狠毒的人来说,狐狸与毒蛇的身躯将是其灵魂的最后归宿。

根据泰勒的论述,灵魂由人向动物的迁移,导致动物身上呈现出"半人性质的特征、动作和性格",于是"狮子""狐狸""毒蛇"这样的名字就不单单指涉动物自身,还可以用来作为某类性格与特征的代称:

> 动物是众所周知的人的特性的真正体现:那些被用来作为形容词的名称,例如,狮子、熊、狐狸、枭、鹦鹉、毒蛇、蛆虫,在一个词中就集合了整个人的生活特征。根据这一点,在研究蒙昧人中关于灵魂迁移的学说的细节的时候,我们看到:动物在性格上跟那些灵魂仿佛转移到它们身上去的人的本性显然相似。②

这也就是说,"狮子""狐狸"与"毒蛇"等本来仅仅是表示某种动物的名词,因灵魂转移信仰而被赋予形容词的修饰功能,对动物有仔细观察的初民不但以其区别彼此,还把这些名词当作标出人物特征的个性标签。可以看出,动物之名用作形容词,强调的是人与动物之间的"神似"而非"形似"——一个人不必长得像狮子,只要他有一颗"狮子的心",就可以被人称为"狮子"。时至今日,印第安人还在使用这类富于诗意的名字,如"站着的熊""黑麋鹿""白鹤""飞鹰"

---

① 爱德华·泰勒:《原始文化:神话、哲学、宗教、语言、艺术和习俗发展之研究》,连树声译,桂林:广西师范大学出版社,2005年,第422页。
② 同上。

和"斑点马"等。① 从文学角度说,名词向形容词的转义具有重大意义,动物譬喻既传递人物的特征又保持感性的鲜活,这不啻为文学发生埋下了最初的种子。

泰勒对灵魂转世信仰的讨论,不经意间拈出了动物名称与人物内心之间的隐秘联系,他的洞见有助于进一步理解外貌描写的叙事语义。如前所述,故事的讲述过程也就是人物形象的"生成"过程,故事讲述人将人物长相与某种动物挂钩,除了凸显外貌特点以利识别之外,更有标出内在性格的用意。《三国演义》中,关羽的丹凤眼和卧蚕眉,在多次强调后成了忠义品格的外显标志;张飞的豹头环眼、燕颔虎须也成了火爆脾气的代表。真实世界中,人们一般不会简单到以貌取人:堂堂一表者未必是君子,长相猥琐者未必是小人,然而在叙事投射出的虚构世界中,读者会觉得长着鹰钩鼻的人阴险,脑后有反骨的人奸诈,尖嘴猴腮者肚量狭窄,獐头鼠目者心术不正,因为我们知道作者不会无缘无故地提供诸如此类的信息。斯滕伯格把人物特点介绍形容为在叙述中埋下一颗"定时炸弹",这颗炸弹"一定会在叙述者(以及上帝)方便的时候爆发成行动",②这一说法让我们看到静态叙述中蕴涵的巨大能量。

外貌信息的暗示或诱导作用有时候又是非常微妙的。《红楼梦》第七十四回中生病的晴雯被赶出大观园,起因在于王夫人注意到了她的"水蛇腰",在贾宝玉的母亲看来,长着"水蛇腰"的人便是"妖精似的东西",绝不能让这种人留在自己情窦已开的儿子身边。由于王夫人又对王熙凤提到其"眉眼又有些像你林妹妹",我们得知她对林黛玉也没有什么好印象,有心的读者能根据这个看似轻描淡写的细节,判断出"木石前盟"被粉碎乃是一种必然。"晴为黛副"一般理解为晴雯在外貌与性格上为林黛玉之"副",这里我们看到相似的外貌还预示了相似的命运。《水浒传》中宋江"怒杀阎婆惜"的举动,缘于他那为县

---

① 参见约翰·内哈特与印第安人中的圣者尼古拉斯·黑麋鹿合著的《黑麋鹿如是说》(宾静荪译,台北:立绪出版社,2003年),书中介绍了不少此类名字。

② "一个被描述为相貌好看的女人迟早会成为爱或欲望的对象。或者,如果把一个人介绍为具有特别的天赋,无论他是猎手还是智者,我们都会满怀信心地期待其才能得到展示。所以,描述词始终是一颗定时炸弹,一定会在叙述者(以及上帝)方便的时候爆发成行动。"梅尔·斯滕伯格(一译迈尔·斯滕伯格):《静态的动态化:论叙事行动的描述词》,尚必武译,"第四届叙事学国际会议暨第六届全国叙事学研讨会"(2013·广州)大会交流论文。

衙文员身份所遮蔽的男子血性,作者在这个人物出场的第十八回中,对其外貌已有"坐定时浑如虎相,行走时有若狼形"等描述,可能有不少读者尚未留意到这一伏笔。第二十一回阎婆惜之所以不怕激怒宋江,一再以其与"打劫贼通同"作要挟,也是因为她认定眼前这个舞文弄墨的书吏无法奈何自己,殊不知宋江既然敢"担着血海也似干系"给晁盖等人通风报信,其体内潜藏至深的胆气便非一般人可比。

需要说明,《水浒传》说宋江有虎狼之形并无贬义,梁山好汉大多喜欢以掠食性的动物自命,因为落草为寇无异于进入弱肉强食的丛林社会,这里的生存原则就是像猛兽猛禽一样占据食物链的顶端位置。所以一百零八位绿林头领各有自己认可的诨名,其中相当一部分为动物想象,如"豹子头""扑天雕""青面兽""九纹龙""插翅虎""混江龙""两头蛇""双尾蝎""井木犴""摩云金翅""火星狻猊""锦毛虎""锦豹子""矮脚虎""出洞蛟""翻江蜃""通臂猿""跳涧虎""白花蛇""九尾龟""花项虎""中箭虎""病大虫""金眼彪""金钱豹子""出林龙""独角龙""笑面虎""青眼虎""母大虫""白日鼠""鼓上蚤"和"金毛犬"等。以动物特别是以如今被"污名化"的蛇蝎鼠蚤之类为绰号,对现代人来说是不可思议之事,但不要忘记了人类与动物为邻的历史非常漫长,它们身上其实有许多值得学习之处,《韩诗外传》(卷二)称鸡有"五德":"头戴冠者,文也;足傅距者,武也;敌在前敢斗者,勇也;见食相呼者,仁也;守夜不失时者,信也。"持此观点看"两头蛇""双尾蝎""白日鼠"和"鼓上蚤"等,可以发现小说是用此类符号来暗喻好汉们的体貌、性格或特长,它们与作者的伦理取向没有必然联系。

当然,人类毕竟不是动物,动物譬喻在许多情况下还是带有一定程度的"野性未泯"意涵。达尔文指出,由于"人从一个半开化状态中崭露头角原是比较晚近的事",人和动物之间没有天渊之别,其体内始终存在社会本能与低级冲动之间的斗争:

> 不同本能之间的斗争有时候既然可以在低于人的动物身上看到,到了人,以他的一些社会性本能,加上从其派生出来的种种德行,为斗争的一方,他那些比较低级而暂时可以变得比社会性本能更为强烈的种种冲动或情欲,为又一方,两方也会进行斗争的这一情况,就不足为奇了。这一层,高耳屯先生曾经说过,尤其值不得大惊小怪,因为人从一个半开化状态中崭露头角原是比较晚近的事。我们在一度屈从于某种诱惑之后,

> 会有一种不满、羞愧、追悔,或懊丧的感觉,这种感觉是和其它强有力的本能或欲望得不到满足或受到阻碍后所产生的感觉可以比类而观的。①

似此叙事中人物外貌的动物特征,简直就是对某种低级本能的刻意标出。宋江因阎婆惜一再挑衅而按捺不住,终于让层层设防的虎狼本性冲破牢笼,然而挥刀见血发泄完冲动之后,其社会本能又占了上风,要不然他不会主动告诉阎婆自己杀了她的女儿,此时其心中应如达尔文所言"会有一种不满、羞愧、追悔,或懊丧的感觉"。达尔文还说:

> 不过我以为我们总得承认,人,尽管有他的一切华贵的品质,有他高度的同情心,能怜悯到最为下贱的人,有他的慈爱,惠泽所及,不仅是其它的人,而且是最卑微的有生之物,有他的上帝一般的智慧,能探索奥秘,而窥测到太阳系的运行和组织——有他这一切一切的崇高的本领,然而,在他的躯干上面仍然保留着他出身于寒微的永不磨灭的烙印。②

这不啻是用进化论来支持叙事中的以动物喻人,让读者无须为书中人物长得像动物而大惊小怪。左拉在这一点上与达尔文灵犀相通,他在描述《娜娜》女主人公的肉体时,使用了"马""鹅""兽性""母狮子""畜生力量""圣书上所讲的野兽""圣书上那个金黄的动物"等涉及动物的比喻。③ 如此看来,人类身上那些无法抹去的"起源于低等生物的标记",为叙事作品中的外貌描写提供了遗传学意义上的能指,联系《水浒传》中"人肉馒头"等事件来看,我们离茹毛饮血的时代并不像想象的那样遥远。

动物譬喻在叙事中往往与植物譬喻混搭使用。《诗经·卫风·硕人》的"手如柔荑,肤如凝脂,领如蝤蛴,齿如瓠犀,螓首蛾眉"中,"柔荑"与"瓠犀"为植物,"蝤蛴"与"螓""蛾"等为动物。曹植《洛神赋》既有"翩若惊鸿,婉若游龙",又有"荣曜秋菊,华茂春松"与"灼若芙蕖出渌波"。中西叙事文学中都有不少植物譬喻,汉民族因长期从事农耕生产,受"近取诸身,远取诸物"习惯的

---

① 达尔文:《人类的由来》(上册),潘光旦、胡寿文译,北京:商务印书馆,1997年,第188页。
② 达尔文:《人类的由来》(下册),潘光旦、胡寿文译,北京:商务印书馆,1997年,第939—940页。
③ 左拉:《娜娜》,焦菊隐译,合肥:安徽人民出版社,1982年,第238—247页。

支配,我们使用的植物譬喻似乎比别人要多一些。① 以对美女的形容为例,国人的想象总是离不开各种各样的植物,不是说"眼如杏葡"、"颊如桃花"和"唇如樱桃",就是说"手如葱笋""腰如杨柳"和"脚如金莲",甚至连其呼吸也是"吐气如兰",这与前引《雅歌》中的鸽子、山羊、小鹿等动物譬喻形成鲜明对照。植物譬喻之所以与我们的女性特别有缘,是因为植物的静好更符合"静女其姝"一语透露出的贞静娴淑气质。从总体形态上看,植物不像高等动物那样与人相近,因此人们更多取其神韵。《红楼梦》第三回说林黛玉"闲静时如姣花照水","姣花"当然是美丽的,但又是经不住风吹雨打的——众所周知,《红楼梦》第二十七回"葬花词"中的"风刀霜剑严相逼"为林黛玉自况。第七十七回贾宝玉对晴雯命运的形容更令人叫绝——"他这一下去,就如同一盆才抽出嫩箭来的兰花送到猪窝里去一般。"对林黛玉的形容还有一句是"行动处似弱柳扶风",俯仰由风的弱柳历来是女性依附地位的写照。②古代叙事中女性人物常用"蒲柳贱躯"之类话语来指称自己的身体,这在今人眼中完全是一种自我糟践。以植物譬喻男性相对少些,其典型为《世说新语》中的"岩岩若孤松之独立"(《容止》)与"松柏之质,经霜弥茂"(《言语》)等,如果说蒲柳体现的是女性的阴柔,那么松柏标出的便是男性的阳刚。

　　动物与植物之外,矿物——或者更具体地说玉石类珍贵矿石,也是外貌描写经常调用的譬喻资源,这主要体现在我们这个崇玉国度的叙事作品中。《诗经·魏风·汾沮洳》中已有"彼其之子,美如玉"之喻,《世说新语·容止》中更有大量以玉喻人的例子:

　　　　潘安仁、夏侯湛并有美容,喜同行,时人谓之连璧。
　　　　魏明帝使后弟毛曾与夏侯玄共坐,时人谓"蒹葭倚玉树"。
　　　　王夷甫容貌整丽,妙于谈玄。恒捉白玉柄麈尾,与手都无分别。
　　　　裴令公有俊容仪,脱冠冕,粗服乱头皆好,时人以为玉人。见者曰:"见裴叔则,如玉山上行,光映照人。"

---

① 试比较世界三大国的国徽:中国国徽中有麦稻穗(植物),美国与俄国的国徽中则有白头鹰与双头鹰这样的猛禽(动物)。

② 典型例子见唐代许尧佐的传奇《柳氏传》,其中写韩翃寄书旧日情人柳氏:"章台柳,章台柳!昔日青青今在否?纵使长条似旧垂,亦应攀折他人手。"柳氏回信亦以柳自况:"杨柳枝,芳菲节,所恨年年赠离别。一叶随风忽报秋,纵使君来岂堪折!"

> 骠骑王武子是卫玠之舅，俊爽有风姿。见玠，辄叹曰："珠玉在侧，觉我形秽。"
>
> 有人诣王太尉，遇安丰、大将军、丞相在坐。往别屋，见季胤、平子。还，语人曰："今日之行，触目见琳琅珠玉。"

审美标准总是与时俱进，魏晋之后"玉人"之类譬喻逐渐集中于女性，美女身体的任何部位几乎都可用玉来形容，如

> 玉臂——"香雾云鬟湿，清辉玉臂寒。"（杜甫《月夜》）
>
> 玉肤——"蝉翼轻绡傅体红，玉肤如醉向春风。"（杜牧《宫词》之二）
>
> 玉齿——"娟娟双青娥，微微启玉齿。"（韦应物《拟古诗》之二）
>
> 玉手——"掩红泪，玉手亲折。"（周邦彦《浪淘沙慢》）
>
> 玉骨——"冰肌玉骨，自清凉无汗。"（苏轼《洞仙歌》）
>
> 玉肌——"玉肌多病怯残春，瘦棱棱，睡腾腾。"（周密《江城子》）
>
> 玉指——"玉指尖纤指何许，似笑姮娥无伴侣。"（郑燮《题双美人图》）

以玉为喻主要是取其青白纯净的色泽与温润滑腻的质感，包括中国在内的整个东亚地区都有"慕白"的审美倾向，拥有"白如玉"的肌肤一般来说是一件值得骄傲的事情。但是就像鸡有"五德"而被人称赞一样，对玉之德或者说玉之精神的向往才是玉喻的深层成因。荀子在玉身上看到儒家价值观的体现，他在《荀子·法行》中如此写道：

> 夫玉者，君子比德焉。温润而泽，仁也；栗而理，知也；坚刚而不屈，义也；谦而刖，行也；折而不挠，勇也；瑕适并见，情也；扣之，其声清扬而远闻，其止辍然，辞也。故虽有珉之雕雕，不若玉之章章。《诗》曰："言念君子，温其如玉。"此之谓也。

所谓"以玉比德"，即以玉的种种品质晓喻君子应有的德行，成语"守身如玉"凸显了这层意思。荀子所说的七种德行（其他人甚至有"九德"乃至"十一德"之说，此处不赘）合成为一种刚柔相济的东方人格美，宗白华认为玉之美为"一切艺术的美，以至于人格的美"的最高境界：

> 中国向来把"玉"作为美的理想。玉的美，即"绚烂之极归于平淡"的美。可以说，一切艺术的美，以至于人格的美，都趋向玉的美，内部有光

采,但是含蓄的光采,这种光采是极绚烂,又极平淡。①

根据这种认识,"君子如玉"之类的表述旨在标出人物含蓄内敛之"神"。在以"温柔敦厚"为伦理规范的中国文化语境中,由于玉代表着一种"极绚烂,又极平淡"的美,以玉为喻往往透露出作者对相关人物的高度肯定。

三、相术影响与文化规约

相术为江湖之技。如前所述,外貌美丑与内心善恶并不存在必然的联系,现实生活中我们一般不会以貌取人。然而将外貌与性格相联系者并非只有专业相士,《孟子·尽心下》中便有"胸中正,则眸子瞭焉;胸中不正,则眸子眊焉"之说,许多人在内心深处还是会觉得"相由心生",相信有其人必有其貌。达尔文大学毕业后以博物学者身份登上贝格尔舰环游地球,没有这次历时5年的航行也许就不会有进化论的诞生,但该舰舰长费支罗伊当时差点因达尔文的鼻子而拒绝他登船,达尔文说"他怀疑一个具有像我这种鼻子的人,未必能够有充分的精力和决心去航海"。②《史记·留侯世家》结尾,司马迁说"运筹策帷帐之中,决胜千里外"的张良长得与自己原先的想象截然不同:"余以为其人计魁梧奇伟,至见其图,状貌如妇人好女。盖孔子曰:'以貌取人,失之子羽。'"郭沫若在《创作十年续编》中引述了太史公这一评论,以反映自己初见毛泽东时的印象。③ 这些都说明不是相士的人有时也会以貌取人,或者说外貌与性

---

① 宗白华:《中国美学史中重要问题的初步探索》,载《宗白华全集》(第三卷),合肥:安徽教育出版社,1994年,第453页。
② 达尔文:《达尔文回忆录》,毕黎译,北京:商务印书馆,1982年,第41页。
③ "到了祖涵家,他却不在,在他的书房里却遇着了毛泽东。太史公对于留侯张良的赞语说:'余以为其人计魁梧奇伟,至见其图,状貌如妇人好女。'吾于毛泽东亦云然。人字形的短发分排在两鬓,目光谦抑而潜沉,脸皮嫩黄而细致,说话的声音低而娓婉。不过当时的我,倒没有预计过他一定非'魁梧奇伟'不可。在中国人中,尤其在革命党人中,而有低声说话的人,倒是一种奇迹。他的声音实在低,加以我的耳朵素来又有点背,所说的话我实在连三成都没有听到。"郭沫若:《创作十年续编》,载《郭沫若全集·文学编》(第十二卷),北京:人民文学出版社,1992年,第297—298页。按,请注意引文中"他的声音实在低"一语,加拿大麦克马斯特大学David Feinberg教授通过分析大量实例后认为:睾酮水平较高的男性嗓音较低,青春期内的男性体内睾酮迅速增加,这导致了他们的声音由高变低;就像动物中的大块头音调更低一样,人类中的大块头男性不但嗓音更为低沉,而且被认为更具支配性。

格的搭配在其心中已固化为某种模式。

早在先秦时期荀子就对相术作过批判,他在《非相》中提出人体长短、大小和美丑并不构成与吉凶祸福的对应,然而具有讽刺意味的是,他主张的"相形不如论心"却成了自己送给后世相士的一块遮羞布——如果后来发生的事情证明相士判断失误,他们便会用"相随心转"等借口来为自己辩护。① 关汉卿的杂剧《山神庙裴度还带》中,相士根据裴度的"冻饿纹入口,横死纹鬓角连眼"预测其性命危在旦夕,但裴度第二天因还人玉带而积下"活三四人性命的阴骘",这一善举不但使他免遭横死,其面相也发生了"福禄纹眉梢侵鬓,阴骘纹耳根入口"等奇迹般的变化。

传播相术的并非只有《麻衣相法》《柳庄相法》之类的著作,叙事中特别是经典作品中的外貌描写,在某种意义上比相书更有效地推广了观相理论。一些人说起相术来可能会鄙夷不屑,但这并不妨碍他们在阅读时把"豹头环眼、燕颔虎须"当作火爆性格的标签。这类外貌与性格的搭配又会很自然地由文学带入生活,所以人们经常下意识地认定毛发茂密者凶猛剽悍,身躯粗胖者迟钝麻木,浓眉大眼者正直坦荡,魁梧奇伟者雄才大略。

前面我们谈到动物之名在语言中被当作形容词来使用,鲁迅在《狂人日记》中干脆表述为"狮子似的凶心,兔子的怯弱,狐狸的狡猾",②按照基思·托马斯的解释,这些特点与其说来自人们对动物的观察,不如说源于文学传统的影响:

> 人们自古就倾向于从每一个物种身上看到与社会中的人有关的特性,因为人们总期望动物能够给他们描述自我提供类型。各种畜牲有固定的特点,往往基于文学传统的原型,而非源自观察;来自希腊、罗马与中世纪的汇编,而非源自对田野与森林中生命的仔细详察。几个世纪以来,人们一直认为狐狸狡猾、山羊淫荡、蚂蚁节俭。在戈德史密斯的作品以及十八世纪其它通俗作品中,猪永远是肮脏的、"令人厌恶",虎"残忍",蛇

---

① "如果没有'相形不如论心'这一条铁的原则作最后的武器,在相人的实践过程中,很有可能被驳倒。有了这一条,相人之术便似可永远立于不败之地。谁也不敢置信,送给相术家这一法宝的,正是反对相术的大儒荀况。"萧艾:《中国古代相术研究与批判》,长沙:岳麓书社,1996年,第167页。
② 鲁迅:《狂人日记》,载《鲁迅全集》(第一卷),北京:人民文学出版社,1981年,第427页。

"奸诈",而鼬鼠"残忍、贪吃且怯懦"。①

托马斯道出了动物语义学的形成原因,用动物当标签"往往基于文学传统的原型,而非源自观察",虎豹豺狼其实并不比人类更为"残忍"。"相"人与"相"物同出一理,文学中的人物长成什么样子,很大程度上受到文学传统的暗中摆布。

观相理论与文学传统的互渗互动,形成了影响外貌描写的一系列规约,这些规约又与特定的文化有密切关系,我们先来看女性的身体。中国古代叙事中很少写到女性的鼻子,虽然鼻子引人注目地生在脸部正中,与之相反,裙裾之下若隐若现的三寸金莲却受到大量审美观照。究其原因,可能是因为"中国自古至今的相面学中鼻子代表男性的生殖器,女性是处于缺少状态的,所以人们观看、描写女性时不太关注她的鼻子";②而赏玩女足之所以成为传统男性无伤大雅的文字游戏,按霭理士的观点是因为"足的色相的授与等于全部色相的授与,在古代的罗马也复如此。无论甚么时代,一个正常的在恋爱状态中的人也认为足部是身体上最可爱的一部分";③霭理士还说:"一个人的足也是一个怕羞的部分,一个羞涩心理的中心","把足和性器官联系在一起,原是中外古今很普遍的一个趋势,所以足恋现象的产生可以说是有一个自然的根柢的。就在犹太人中间,说到性器官的时候,有时候婉转的用'足'字来替代。"④似此不懂得某些身体部位的暗示意味,不清楚各民族文化传统中的相关规约,对外貌描写的叙事语义便不可能有透彻的理解。

文化规约并非只与性器官或性暗示有关,我们不妨再来看男性的身体。《三国演义》第一回说刘备"生得身长七尺五寸,两耳垂肩,双手过膝,目能自顾其耳",这种异相与南北朝史书中描写的帝王形象一脉相承,季羡林说它们之间的相似缘于佛教文化的影响:

> 在南北朝的许多正史里都讲到帝王,特别是开基立业的帝王们的生

---

① 基思·托马斯:《人类与自然世界:1500—1800年间英国观念的变化》,宋丽丽译,南京:译林出版社,2008年,第56页。
② 贾佳:《美女缘何不见"鼻"——谈古代文学作品描写美女外貌的鼻子缺少》,《光明日报》2012年7月12日,第12版。
③ 霭理士:《性心理学》,潘光旦译注,北京:三联书店,1987年,第206页。
④ 同上。

理特点,比如:《三国志·魏书·明帝纪》裴注引孙盛的说法,说明帝的头发一直垂到地上;《三国志·蜀书·先主纪》说,刘备垂手下膝,能看到自己的耳朵;《晋书·武帝纪》说,武帝的手一直垂到膝盖以下;《陈书·高祖纪》说,高祖垂手过膝;《陈书·宣帝纪》说,宣帝垂手过膝;《魏书·太祖纪》说,太祖广颡大耳;《北齐书·神武纪》说,神武长头高颧,齿白如玉;《周书·文帝纪》说,文帝头发垂到地上,垂手过膝;如此等等。这些神奇的不正常的生理现象都是受了印度的影响。佛书就说,释迦牟尼有大人物(Mahapurusa)三十二相和八十种好、耳朵大,头发长,垂手过膝,牙齿白都包括在里面。①

这也就是说,小说中的刘备和史书中的帝王共同拥有长臂大耳等特征,强调这些源于佛祖的异相意在表明他们是天命所归的"大人物",因此别看刘备在《三国演义》的开篇中只是个"贩屦织席"之人,他的外貌早已显示其发展前景不可限量。杜甫《哀王孙》的"高帝子孙尽隆准,龙种自与常人殊",也是说帝子龙孙在外貌上就烙下了有别于等闲之辈的高贵标记。

不管是文学还是历史,在宗教影响大于世俗力量的时代,让统治者在外貌上与宗教创始人看齐,乃是一种有利于增强政权合法性的叙事策略。俄罗斯汉学家李福清指出,这种策略在拜占庭史家笔下也有运用:

> 唐代以前常用佛教套语来描写皇帝,把释迦牟尼相征挪到皇帝身上。有趣的是,类似情况我们在中世纪初期拜占庭文学中可以看到,史学家描写皇帝外貌往往也采用基督教经典描写耶稣之用语。②

许多读者可能不会想到,原来刘备的长臂大耳还是一个如此隐秘的身份符号,它和小说对这位天潢贵胄的介绍——"中山靖王刘胜之后,汉景帝阁下玄孙"具有相同的叙事语义。对于另一位人物曹操的外貌,小说第一回的介绍则为"身长七尺,细眼长髯",这种模糊化的处理显然出于"尊汉抑曹"的正统思维。外貌描写一般不会重复,但对关键特征还是需要强化印象的,《三国演义》第十

---

① 季羡林:《佛教与中印文化交流》,南昌:江西人民出版社,1990年,第156页。
② 李福清:《从历史诗学的角度看中国叙事文学中人物描写的演化过程》,《兰州大学学报》2005年第4期。

九回吕布骂刘备为"大耳儿",第二十六回袁绍骂刘备为"大耳贼",应该说都是服务于这一叙述意图。

对于长臂大耳等异相的来历还须进一步追踪。佛教文献对释迦牟尼外貌有种种描摹,《大般若波罗蜜多经》第五七三卷对"三十二相"和"八十好"("好"又作"随好"或"随形好")作了全面介绍,其中与本章相关的内容为:

> 如来双臂修直腨圆,如象王鼻平立摩膝。(第九相)
> 如来容仪洪满端直。(第十八相)
> 如来身相修广端严。(第十九相)
> 如来体相纵广量等,周匝圆满如诺瞿陀。(第二十相)
> 如来颔臆并身上半,威容广大如狮子王。(第二十一相)
> 如来齿相四十齐平,净密、根深、白逾珂雪。(第二十三相)
> 如来四牙鲜白锋利。(第二十四相)
> 如来诸齿方整鲜白。(第三十四种好)
> 如来眼相修广,譬如青莲花叶甚可爱乐。(第三十七种好)
> 如来耳厚、广大、修长、轮埵成就。(第四十二种好)
> 如来两耳绮丽齐平离诸过失。(第四十三种好)
> 如来首发修长、绀青、稠密不白。(第四十七种好)
> 如来身体长大端直。(第五十三种好)①

这些文字印证了季羡林所说的"耳朵大,头发长,垂手过膝,牙齿白都包括在里面"。在描述如来外貌时,叙述者使用了许多形象的譬喻,其中动物有狮、象、马、牛、鹿、雁、鹅和孔雀等,植物则有莲花、花赤铜、频婆果和青莲花叶等,这些都是南亚次大陆温暖环境中孕育出来的生命。一方水土养一方人,耳朵大有利于热量散发,"两耳垂肩"故尔在印度被视为进化成功的标志,如果是在寒风刺耳的高纬度地区,长着这种耳朵的人绝对不会被人羡慕。至于"双手过膝",一般认为手臂长的人类种群距树居时代更近,这种体形使其在采撷和攀援等

---

① 《大正新修大藏经》No. 0220e。参见 Guang Xing,*The Concept of the Buddha: Its Evolution from Early Buddhism to the Trikāya Theory*,RoutledgeCurzon,2005,pp. 26—35。《佛说造像量度经》则给出了用手指量度佛像各个部位的具体数字。

方面更具优势,①事实上某些人种中确实存在手指能"达到膝盖骨的情况"。②《大般若经》以象鼻喻如来手臂之长(第九相),以莲叶喻如来眼睛可爱(第三十七种好),大象和莲花因此类比喻而成为佛教文化的视觉标志。

毋庸讳言,由于不同时空的文化规约存在差异,加之不同人种在人体审美上也有不尽相同的标准,外貌描写的叙事语义在跨文化传播时往往会遭遇理解障碍。对佛教文化圈之外的读者来说,长臂大耳之类的外貌特征不一定会导致"大人物"的印象;而前引费伦佐拉阐述的美女标准,在白种人集聚的区域之外也未必能获得一致认同。诚然,以西方文化目前在全球传播中所处的强势地位,白肤金发这样的外貌特征自然会受到更多青睐,但总的来说这方面不存在什么"置之四海而皆准"的普世标准,达尔文就谈到过非洲黑人对欧洲白人皮肤的恐怖与厌恶。③即便在同一文化中,一些规约也会因时过境迁而淡出甚至失效。时至今日,我们已经不会再用"面如傅粉,唇若涂朱"来形容美男,也不会用"领如蝤蛴"和"螓首蛾眉"来形容美女,至于"懿厥哲妇,如枭如鸱"(《诗经·大雅·瞻卬》)这样的表述,对现代人来说就更是匪夷所思了。

四、奇形怪状与构成规律

外貌叙事的天地十分广阔,现实生活中的人虽有黑白高矮等方面的不同,但总体构造基本一致,虚构世界中的人物则可以长得比"如枭如鸱"更为怪异。试看《山海经》中的有关描写:

---

① 乔玉成:《进化·退化:人类体质的演变及其成因分析——体质人类学视角》,《体育科学》2011年第6期。

② "长臂猿在直立姿势时能用垂下的手的中指摸到脚掌,猩猩直立时能摸到脚趾的关节,黑猩猩则能摸到膝盖,而人高低只能摸到大腿。但是,在这方面,在人类种族之间显然存在着实际的差别。黑种人士兵在操练时,中指尖比白种人靠近膝盖一两英寸,甚至也能看到有达到膝盖骨的情况。"爱德华·泰勒:《人类学:人及其文化研究》,连树声译,桂林:广西师范大学出版社,2004年,第50页。

③ "非洲东海岸的黑人男孩子们,当他们看到柏尔屯的时候,嚷着说,'瞧那白人,他不是像一只白的猩猩么?'在西海岸,据瑞德对我说,黑人对皮肤很黑的人,要比任何浅色皮肤的更为赞赏。……转到世界上的另外一些地区:在爪哇,据法伊弗尔(甲523)夫人说,黄皮肤的女子是个美人,而白皮肤的不是。一个交趾支那的男子'用瞧不起的口气说到英国大使的夫人,说她牙齿白得像狗牙齿,而皮肤红得像马铃薯花。'我们已经看到,中国人是不喜欢我们的白皮肤的,而北美洲的印第安人则赏识'一张黄褐色的皮'。"达尔文:《人类的由来》(下册),潘光旦、胡寿文译,北京:商务印书馆,1997年,第874—875页。

> 三身国在夏后启北，一首而三身。（《海外西经》）
> 长臂国在其东，捕鱼水中，两手各操一鱼。（《海外南经》）
> 长股之国在雄常北，被发。一曰长脚。（《海外西经》）
> 大人国在其北，为人大，坐而削船。（《海外东经》）
> 有小人，名曰菌人。（《大荒南经》）
> 一臂国在其北，一臂、一目、一鼻孔。（《海外西经》）
> 有人一目，当面中生。（《大荒北经》）
> 相柳者，九首人面，蛇身而青。（《海外北经》）
> 有羽民之国，其民皆生毛羽。有卵民之国，其民皆生卵。（《大荒南经》）

如果说这些人物属于"可能的世界"中的"可能的人物"，那么这些形形色色的长相便属"可能的外貌"。人类的想象力固然神奇，但万变不离其宗，仔细分析这些反常的长相，便会发现它们还是由正常的外貌变化而来：要么是增加或减少肢体器官的数量（一首变九首，两臂变一臂），要么是改变了形状或位置（身体变大或变小，或将眼睛挪到面部正中），再不然就是混淆人类与其他物种的界限（人面兽身或长出羽毛）。以上三端可名之为"增减法""改变法"和"混淆法"，无论古今中外，再怪异的外貌描写也离不开"增减""改变"和"混淆"这三条基本规律。

神奇的外貌并非仅见于《山海经》这样的"侈谈神怪"之书，与前引如来"三十二相"的描述相仿佛，我们历史上的一些"圣人"也有种种异相。刘安《淮南子·修务训》如此记载：

> 若夫尧眉八彩，九窍通洞，而公正无私，一言而万民齐。舜二瞳子，是谓重明，做事成法，出言成章。禹耳参漏，是谓大通，兴利除害，疏河决江。文王四乳，是谓大仁，天下所归，百姓所亲。皋陶马喙，是谓至信，决狱明白，察于人情。

王充《论衡·骨相篇》的叙述也庶几近之：

> 传言黄帝龙颜，颛顼戴午，帝喾骈齿，尧眉八彩，舜目重瞳，禹耳三漏，汤臂再肘，文王四乳，武王望阳，周公背偻，皋陶马口，孔子反羽。斯十二圣者，皆在帝王之位，或辅主忧世，世所共闻，儒所共说。……仓颉四目，

为黄帝史。晋公子重耳仳胁,为诸侯霸。苏秦骨鼻,为六国相。张仪仳胁,亦相秦魏。项羽重瞳,云虞舜之后,与高祖分王天下。

这些外貌描述大多采用"增减法"中的增多手段,"九窍""重瞳""骈齿""三漏""四乳""再肘""四目"等都是指肢体或器官在数量上多于常人。增多手段在这里占据上风,或许是因为"多多益善"的思维在起作用。许慎释"文王四乳,是谓大仁"曰:"乳所以养人,故曰大仁也。"他的意思是"乳"与挚养之"仁"同义,文王之乳比常人多上一倍,故为"天下所归,百姓所亲"的"大仁"。①其他肢体或器官的"多"也能带来相应的好处:"重瞳"或"四目"的人应比别人更能观察,耳朵比别人多一窍("三漏")的人应更善听闻,肘关节比别人多一个("再肘")的人应更会劳作。当然,引文中也有一些表述难以读通,如尧的"眉八彩,九窍通洞"为什么代表"公正无私",皋陶的"马喙"("马口")为什么意味"至信",显然这与我们对当时的规约缺乏深入了解有关。

将"圣人异相"与前面讨论过的"三十二相"放在一起比较,不难看出它们的共同点在于将人物形体予以"放大",这种"放大"符合芸芸众生对"大人物"的观感。德里达从儿童心理出发讨论过这种现象,他认为"放大"的原因在于对他人的"远视":

> 人们最初远远地遇到他人,为接近他人并把他作为同伴,必须消除隔阂和恐惧。从远处看,他高大无比,他像一个天神和令人恐惧的力量。这是矮小的幼儿的体验。他开始说话仅仅出于这些走样的自然放大的知觉。②

维柯则从宗教角度做出分析,他把"放大"归因于"人类心智的神圣本性",我们不妨将其归纳为匍匐于神坛之下的"仰视":

> 神话故事都有一种永恒特征,就是经常要放大个别具体事物的印象。关于这一点,亚里士多德在《修词学》里就说过,心眼儿窄狭的人爱把每一

---

① "可以对圣人'多'相得出如下解释:'有'的,就是被默认合理的,因而可以再'有'。'多多益善'的思维正源于此。即使这个多有的是男人的乳或是腔上黑子,也是神异而合理的。"张远:《佛陀三十二相与圣人异相》,《文史知识》2013年第3期。

② 雅克·德里达:《论文字学》,汪堂家译,上海:上海译文出版社,2005年,第405—406页。

种特殊事例提高成一种模范。其原由必然是人的心智还不明确,受到强烈感觉的压缩作用,除非在想象中把个别具体事物加以放大,就无法表达人类心智的神圣本性。也许就是由于这个缘故,在希腊诗人和拉丁诗人的作品里,神和人的形象都比一般人的形象较大。到了复归的野蛮时期,特别是上帝,耶稣和圣母的画像都特别高大,也是由于上述缘故。①

维柯和德里达对"放大"的阐释道出了"大人物"之相的成因。现实生活中有些人身材并不特别高大(如拿破仑),但由于他们高踞于政坛(或神坛、文坛和艺坛等)之上,人们会有意无意地把他们与"长大端直""魁梧奇伟"等外貌特征联系起来,所以就有了"矮个巨人"这样的提法。还有一种较为常见的情况,许多人见到名人后会觉得他们的真身比自己原先的印象要"小"一些,②这也是由于以往的"远视"或"仰视"导致了观察对象的"放大"。

除了"多"和"大"之外,"怪"也是异相的一大表征,上引《论衡》中的"反羽""望阳""背偻"和"仳胁"等皆属此类。"孔子反羽"指其头顶生得如同屋宇倒扣("反羽"即"反宇",意为中间低四边高),《史记·孔子世家》说"孔丘"之名就是得之于这种异相("生而首上圩顶,故因名曰丘")。除此之外,司马迁描述孔子"长九尺有六寸,人皆谓之'长人'而异之",也是说他未出茅庐之前便被人看出有异相。在一些未入经传的民间叙事中,孔子的外貌还被进一步"怪异化",有的描述甚至到了人兽混淆的地步——"狮鼻牛唇,海口鸳肩,龟脊虎掌",③但这种描述不是为了证明孔子与《山海经》中的怪物属于同类,而是为了传递"天生异相,必为圣人"的消息。前引《大般若经》第五七三卷对如来"三十二相"的描述也具有同样的叙事语义,如第十种相的"阴相势峰藏密,其犹龙马亦如象王",第十一种相的"毛孔各一毛生,柔润绀青右旋宛转"以及第二十六相的"舌

---

① 维柯:《新科学》,朱光潜译,北京:人民文学出版社,1986年,第426页。
② "他把亨利夫妇介绍给外国的武官们和纳粹领袖们,包括戈培尔和里宾特洛甫。这两人的形象跟新闻片里一模一样,只是小了一些。他们两个跟人握手很快,完全是敷衍,这就使亨利感觉到自己是个多么渺小的人物。"赫尔曼·沃克:《战争风云》(第一册),施咸荣等译,北京:人民文学出版社,1979年,第71页。
③ 圣人外貌中集合的各种动物特征,在传统文化中似乎是吉祥之兆,许慎《说文解字》云:"凤,神鸟也。天老曰:凤之像也,麐前鹿后,蛇颈鱼尾,龙文龟背,燕颔鸡喙,五色备举,出于东方君子之国,翱翔四海之外,过昆仑,饮砥柱,濯羽弱水,莫宿风穴,见则天下大安宁。"

相薄净广长,能覆面轮至耳毛际"等——我们很难想象男性的隐秘器官能与"龙马"与"象王"相比,也无法理解人身上的毛发会全部遵循佛教认为吉祥的"右旋"规律,而更骇人的是舌头的"广长"竟然可以达到"覆面轮至耳毛际"的地步!①

然而不是所有的异相描写都是为了激发敬畏之心。历史上的民族隔阂不但导致"非我族类,其心必异"这样的偏激揣度,还会连带出"非我族类,其貌必异"的歧视性想象。上古时期,华夏之外的族群多被安上有虫兽偏旁的丑名,如"狄""蛮""貉""貊""猃"和"狁"等,这种"妖魔化"的称呼,说明相关族群在命名者心目中形同兽类。《镜花缘》第十四回说聂耳国人"耳垂至腰",人们"行路时两手捧耳而行",还说有个地方"其人两耳下垂至足,就像两片蛤蜊壳,恰恰将人夹在其中。到了睡时,可以一耳作褥,一耳作被",这一叙述与泰勒提供的报告相映成趣——"西非的矮人,据说他们用一只耳朵作床垫,一只作被盖,躺下睡觉就这样用"。② 不过泰勒并不相信此类有关大耳人的传说,他认为语言的夸张含混和传播中的以讹传讹,加上某些蒙昧人确有用饰物扯大耳朵的习俗,导致"这些人就被说成两耳垂肩了"。③ 有了"两耳垂肩""耳垂至腰"与"下垂至足"等进一步的夸张也就顺理成章。不过这种超级大耳在《镜花缘》中并非福气的象征,第十四回提到"此国(按指聂耳国)自古以来,从无寿享古稀之人",作者在该回中还借书中人物之口对这种"过犹不及"的外貌描写进行了讽刺:

> 多九公道:"据老夫看来,这是'过犹不及'。大约两耳过长,反觉没用。当日汉武帝问东方朔道:'朕闻相书言:人中长至一寸,必主百岁之寿。今朕人中约长寸余,似可寿享百年之外,将来可能如此?'东方朔道:'当日彭祖寿享八百。若这样说来,他的人中自然比脸还长了。——恐无此事。'"林之洋道:"若以人中比寿,只怕彭祖到了末年,脸上只长人中,把鼻子、眼睛挤得都没地方了。"

---

① 与这些相似,三星堆出土的青铜面具上,眼耳鼻口的尺寸都较正常比例为大。
② 爱德华·泰勒:《原始文化:神话、哲学、宗教、语言、艺术和习俗发展之研究》,连树声译,桂林:广西师范大学出版社,2005年,第317页。
③ 同上。

《镜花缘》中诸如此类的议论,简直就是对以往叙事中异相描写的一种解构,作者对奇异外貌的解构式批评可归纳为三条:一是"不可能"——耳朵太大导致走路须"两手捧耳而行",人中太长"把鼻子、眼睛挤得都没地方了",似此器官与肢体并不是越大越好或"多多益善";二是"无美感"——那些涉及"多""大""怪"的外貌在作者眼里大多丑陋无比,因为他们有悖于人们习以为常的审美标准,第二十五回两面国人的那张恶脸便把访客吓得退避三舍;三是"无须畏"——异相给人的感觉首先是可怕,但贴近观察后就会发现异相不等于异能,许多有异相者其实是外强中干,不合理的身体结构给他们造成不少痛苦,有的异相如第二十七回的"结胸"("胸前高起一块"),甚至是"好吃懒做"引起的"积瘕"。相信《镜花缘》的读者再看《山海经》等书,又会有一番新的感受。《镜花缘》赋予外貌描写另一重叙事语义,我们不能说它一举颠覆了人们对异相的敬畏,但至少"圣人异相""异相异能"之类传统规约,在这部相对晚出的小说中遭遇了严重挑战。

外貌描写看似简单实则复杂,本章从功能、修辞、影响与构成等角度所作的粗浅分析,只是探寻其奥秘的初步尝试,这方面的精微研究还有待于来者。不仅如此,以上所论只涉及与人体有关的外貌描写,但我们对人的印象除了音容笑貌外,实际上还包括服饰、随身物品与外围环境等。在大部分读者的记忆中,孔乙己永远穿着那件"又脏又破,仿佛十多年没有补,也没有洗"的长衫,孔乙己本人的外貌可能还没有其长衫浮现得那么清晰。与此相似的是李逵手中的那两把板斧,因为一想到这位"黑旋风",人们眼前便会浮现他那不分青红皂白"照排砍去"的动作。同样的道理,林黛玉与其所住的潇湘馆之间也不能发生切割,因为"潇湘妃子"的哭声已与馆内的"凤尾森森,龙吟细细"融为一体。诸如此类还有贾宝玉的通灵宝玉,诸葛亮的羽扇纶巾,关羽的赤兔马和孙悟空的金箍棒等,它们都属外貌描写的"扩延",从某种意义说也是人物形象的有机组成部分。似此外貌描写并非外形与相貌所能局限,其叙事语义尚有进一步发掘的余地。

第十章

听觉叙事发微

【提要】"听觉叙事"这一概念进入叙事学领域,与现代生活中感官文化的冲突有密切关联。人类接受外界信息诉诸多种感觉渠道,然而在高度依赖视觉的"读图时代",视觉文化的过度膨胀对其他感觉方式构成了严重的挤压,眼睛似乎成了人类唯一拥有的感觉器官。听觉叙事研究的意义,在于通过弘扬感觉在文学中的价值,达到针砭文学研究"失聪"这一痼疾的目的。由于汉语中缺乏相应的话语工具,有必要创建与"观察"平行的"聆察"概念,引进与"图景"并列的"音景"术语。叙事中的"拟声"或为对原声的模仿,或以声音为"画笔"表达对事件的感觉与印象。视听领域的"通感"可分为"以耳代目"和"听声类形"两类,后者由"听声类声"发展而来——声音之间的类比往往捉襟见肘,一旦将无形的声音事件转变为有形的视觉联想,故事讲述人更有驰骋想象的余地。听觉叙事研究的一项要务是"重听"经典,过去许多人沉湎于图像思维而不自知,"重听"作为一种反弹琵琶的手段,有利于拨正视听失衡导致的"偏食"习惯,让叙事经典散发出久已不闻的听觉芬芳。

外貌描写侧重于唤起读者的视觉联想,而叙事中还有一些信息主要诉诸听觉思维。"听觉叙事"这一概念进入叙事学领域,与现代生活中感官文化的冲突有密切关联。人类接受外界信息诉诸多种感觉渠道,然而在高度依赖视觉的"读图时代",视觉文化的过度膨胀对其他感觉方式构成了严重的挤压,眼睛似乎成了人类唯一拥有的感觉器官。对此的觉察与批评始见于英国学者

J.C.卡罗瑟斯20世纪50年代的研究,他认为西方人主要生活在相对冷漠的视觉世界,而非洲人所处的"耳朵的世界则是一个热烈而高度审美的世界",其中充满了"直接而亲切的意义"。①在卡罗瑟斯影响下,马歇尔·麦克卢汉于20世纪60年代尖锐批评了西方文化中的视听失衡现象,指出根源在于用拼音字母阅读和写作而产生的感知习惯,为了治疗这种"视觉被孤立起来的失明症",②需要建立与"视觉空间"感受相异的"听觉空间"(acoustic space)概念。③不过,真正赋予"听觉空间"学术意义的是麦克卢汉的加拿大同胞R.M.沙弗尔,20世纪70年代他在西蒙·弗雷泽大学推动闻名遐迩的"世界音景项目"(相当于给世界各地的"声音花园"摄影留念),为研究听觉文化奠定了基本的学术规范和坚实的理论基础。④进入21世纪以来,恢复视听平衡的呼吁愈益响亮,在其推动下对"听"的关注成了整个人文学科的一种新趋势——2009年美国得州大学奥斯汀分校专门举办"对倾听的思考——人文学科的听觉转向"国际研讨会,此类活动表明人们意识到自己正沦为视觉盛宴上的饕餮之徒,要摆脱这种耽溺唯有竖起耳朵进行"安静的倾听"。

一、针砭文学研究的"失聪"痼疾——听觉叙事的研究意义

文学研究领域的"听觉转向",表现为涉及听觉感知的学术成果不断增多,"听觉叙事"(acoustic narrative)这一概念逐步为人接受,对其内涵的认同渐趋一致。国外这方面的开拓之作,应属加拿大学者梅尔巴·卡迪-基恩2005年的论文《现代主义音景与智性的聆听:听觉感知的叙事研究》,该文将声学概念与叙事理论相结合,对伍尔芙小说中的听觉叙事作了富有启迪性的研究,指出"耳朵可能比眼睛提供更具包容性的对世界的认识,但感知的却是同一个现实。具有不同感觉的优越性在于,它们可以相互帮助。"⑤国内文学研究一直都有涉及声

---

① J. C. Carothers, "Culture Psychiatry and the Written Word", *Psychiatry*, 22.4(Nov.1959).
② 埃里克·麦克卢汉等编:《麦克卢汉精粹》,何道宽译,南京:南京大学出版社,2000年,第162页。
③ 同上书,第364—368页。
④ R. M. Schafer. Ed, *The Vancouver Soundscape*, Vancouver: A. R. C. Publications, 1978.
⑤ 梅尔巴·卡迪-基恩:《现代主义音景与智性的聆听:听觉感知的叙事研究》,陈永国译,载詹姆斯·费伦、彼得·J.拉比诺维茨主编:《当代叙事理论指南》,北京:北京大学出版社,2007年,第456页。

音的内容,近年来不断有文章关注听觉与叙事之间的联系,虽然理论上的研究有待全面推进,但"听觉叙事"这一概念已呈呼之欲出之势。以上简略勾勒显示:开展对听觉叙事的专门研究,既是对视听失衡现状的一种理论反拨,也是人文学科"听觉转向"的逻辑必然,一个前景广阔的领域正向研究者发出强力召唤。

听觉叙事的研究意义不只体现于视听文化激荡之际闻鸡起舞,更为重要的是响应文学内部因听觉缺位而郁积的理论诉求。众所周知,当一种感官被过度强化,其他感官便会受到影响,在当前这个"眼睛"全面压倒"耳朵"的时代,人们的听觉已在一定意义上为视觉所取代。文学叙事是一种讲故事行为(莫言把作家定位为"讲故事的人"),然而自从故事传播的主渠道由声音变为文字之后,讲故事的"讲"渐渐失去了它所对应的听觉性质,"听"人讲故事实际上变成了"看"人用视觉符号编程的故事画面,这种聋子式的"看"犹如将有声电影转化成只"绘色"不"绘声"的默片,文学应有的听觉之美受到无情的过滤与遮蔽。按理来说,这种不正常的情况应当早就被人察觉,然而人的感知平衡会因环境影响而改变,就像鱼对水的存在浑然不觉一样。与此相应,迄今为止的中西文论均有过度倚重视觉之嫌,当前使用频率较高的一些文论术语,如"视角""观察""聚焦""焦点"之类,全都在强调眼睛的作用,似乎视觉信号的传递可以代替一切,很少有人想到我们同时也在用耳朵和其他感官接受信息。本人曾多次提到,"视角"之类概念对天生的盲人来说毫无意义,他们因失明而变得灵敏的耳朵也无法"聚焦"。眼睛在五官接受中的中心地位,导致研究者的表达方式出现向视觉的严重偏斜。前些年有人批评国内文论在外界压迫下的"失语"表现,其实"失聪"更是中西文论的一大通弊。

"失聪"现象之所以普遍存在,深层原因为人们忘记了文学最初是一种诉诸听觉的艺术,听觉叙事研究的最大意义,在于通过弘扬感觉在文学中的价值,达到针砭文学研究"失聪"这一痼疾的目的。许多天才艺术家都有"重感觉轻认知"的倾向,约翰·济慈"宁愿过一种感觉的生活,而不要过思想的生活",[1]T. S. 艾略特要人"像闻到玫瑰花香一样"感觉到思想,[2]维克托·什克

---

[1] 约翰·济慈:《一八一七年十一月二十二日致本杰明·贝莱》,载《济慈书信集》,傅修延译,北京:东方出版社,2002年,第51页。

[2] 托·斯·艾略特:《玄学派诗人》,载《艾略特文学论文集》,李赋宁译,南昌:百花洲文艺出版社,1994年,第22页。

洛夫斯基主张用"陌生化"手法来恢复人们对事物的初始感觉,[1]这些言论都奉感觉为文学圭臬。在蒲松龄《聊斋志异·口技》故事的结尾,人们发现听到的事件原来只存在于自己的想象之中,但这也揭示了"听"是一种更具艺术潜质的感知方式——听觉不像视觉那样能够"直击"对象,所获得的信息量与视觉也无法相比,但正是这种"间接"与"不足",给人们的想象提供了更多的空间。济慈如此描述"一段熟悉的老歌"对感官构成的刺激:

> 你是否从未被一段熟悉的老歌打动过?——在一个美妙的地方——听一个美妙的声音吟唱,因而再度激起当年它第一次触及你灵魂时的感受与思绪——难道你记不起你把歌者的容颜想象得美貌绝伦?但随着时光的流逝,你并不认为当时的想象有点过分——那时你展开想象之翼飞翔得如此之高——以至于你相信那个范型终将重现——你总会看到那张美妙的脸庞——多么妙不可言的时刻![2]

被声音激起的想象显然是"过分"的,但欣赏口技表演的人和济慈一样并不认为"当时的想象有点过分",这就是听觉想象"妙不可言"的地方。麦克卢汉用"热"和"冷"来形容媒介提供信息的多寡:"热媒介"要求的参与度(或译为"卷入程度")低,"冷媒介"要求的参与度高;听觉与视觉相比要"冷"得多,参与者的想象投入(卷入程度)也要高得多,因此必然是更"酷"(cool)的。[3]

听觉不但比视觉更"酷",其发生也较视觉为早。人在母腹中便能响应母亲的呼唤,这时专司听觉的耳朵尚未充分发育,孕育中的小生命是用整个身体来感受体外的刺激,而眼睛在这种状态下全无用武之地。听觉的原始性质决定了人对声音的反应更为本能。《周易》"震"卦以"震来虩虩,笑言哑哑,震惊百里,不丧匕鬯"等生动叙述,来反映"迅雷风烈"情况下人的镇静自若;《三国演义》第二十一回曹操邀刘备"青梅煮酒论英雄",曹操的"今天下英雄,惟使君与操"把刘备唬得匙箸落地,此时倘无惊雷突至,为刘皇叔的本能反应提供再

---

[1] 维克托·什克洛夫斯基:《作为手法的艺术》,方珊译,载《俄国形式主义文论选》,北京:三联书店,1989年,第6—7页。

[2] 约翰·济慈:《一八一七年十一月二十二日致本杰明·贝莱》,载《济慈书信集》,傅修延译,北京:东方出版社,2002年,第52页。

[3] 马歇尔·麦克卢汉:《理解媒介——论人的延伸》,何道宽译,北京:商务印书馆,2000年,第51—52页。

合适不过的借口,多疑的曹瞒一定不会将其轻轻放过。T. S. 艾略特将艺术范畴的听觉反应称为"听觉想象力"(auditory imagination):

> 我所谓的听觉想象力是对音乐和节奏的感觉。这种感觉深入到有意识的思想感情之下,使每一个词语充满活力:深入最原始、最彻底遗忘的底层,回归到源头,取回一些东西,追求起点和终点。①

所谓"深入最原始、最彻底遗忘的底层",指的是对声音的反应来自通常处于沉睡状态的感觉神经末端,只有听觉信号才能穿透重重阻碍抵达此处,唤起与原始感觉有千丝万缕联系的想象与感动。与此异曲同工的是 W. B. 叶芝说过的一句话——"我一生都用来把诗歌中为视觉而写的语句清除干净",②这样的话只有极度重视感觉的诗人才能说出。李商隐《宿骆氏亭寄怀崔雍崔兖》末句为"留得枯荷听雨声",《红楼梦》第四十回林黛玉说李诗中她只喜欢这一句,此语应视为曹雪芹本人的夫子自道,因为小说有太多地方反映作者的听觉敏感。遗憾的是,不是所有的作家诗人都深谙视听之别,许多人不知道听觉渠道通往人的意识深处,不明白听觉叙事所具有的独特魅力,他们的作品因而难免罹患"失聪症"。要而言之,听觉叙事研究指向文学的感性层面,这一层面貌似浅薄实则内蕴丰厚,迄今为止尚未获得本应有之的深度耕耘。

二、"聆察"与"音景"——听觉叙事的研究工具

"失聪"的并发症是"失语",研究听觉叙事所遇到的最大障碍,是汉语中缺乏相应的话语工具。遵照孔子"工欲善其事必先利其器"的教导,当前最具迫切性的任务是创建和移植一批适宜运用的概念术语。

1. "聆察"

汉语中其实已有一些与"听"相关的现成词汇,如"听证""聆讯""听诊""声

---

① T. S. Eliot, *The Use of Poetry and the Use of Criticism*, New York: Barnes & Noble, 1955, pp. 118—119.
② 菲利普·马尔尚:《麦克卢汉:媒介及信使》,何道宽译,北京:中国人民大学出版社,2003 年,第 42 页。

纳""收音""监听"之类,但它们几乎都是舶来的技术名词,对应的全为专业领域的"听"。在描述"听"这一行为上,我们缺乏一个像"观察"这样适用范围较广的概念,以指代一般情况下凭借听觉对事件的感知。本来"观察"应当将"听"与其他感知方式都包括在内,但由于受到视觉文化的压力,"味""嗅""触""听"等陆续被挤出"观察"的内涵,人们对此习焉不察,在长期的使用过程中逐渐接受了这一事实。不仅如此,"观"字的部首为"见",这个"见"也使望文生义者觉得"观察"应该是专属于"看"的行为,繁体字"觀"中甚至还保留了两只眼睛的形状。有鉴于此,汉语中有必要另铸新词,用带"耳"旁的"聆"字与"察"搭配,建立一个与"观察"相平行的"聆察"概念。

"聆察"与"观察"可以说是一对既相像又有很大不同的感觉兄弟。"观察"可以有各种角度,还像摄影镜头一样有开合、推移与切换等变化,而"聆察"则是一种全方位全天候的"监听"行为,倘若没有从不关闭的"耳睑",人类在动物阶段或许就已经灭亡。许多动物依靠听觉保持对外部世界的警觉,"聆察"有时候比"观察"更为真实可靠:林莽间的猛虎凭借斑纹毛皮的掩护悄悄接近猎物,然而兔子在"看"到之前先"听"到了危险的到来。人们总以为"看"是主动的,"听"是被动的,殊不知"聆察"也是一种主动积极的信息采集行为。当"观察"无能为力的时候,"聆察"便成了把握外界信息的主要途径。许慎《说文解字》如此释"名"——"名,自命也,从口夕。夕者冥也,冥不相见,故以口自名",意思是"名"的产生首先与"听"有关:夜幕下人们看不清楚对方的面孔,不"以口自名"便无法相互辨识。如果说"观察"的介质是光波,那么"聆察"的介质便是声波,潜水艇上有种"声纳"装置,其功能为在黑暗的海洋深处探测外部动静,同样的作用还有医学领域的听诊器,门诊医生借助它了解患者体内的疾病信息。听诊器的"听诊"(auscultation)在英语中本义就是"聆察",译成汉语"听诊"后染上了浓重的医学色彩(主要原因在于"诊"字),只宜在专业领域内运用,但auscultation在英语中不是医学上的专用名词,人们赋予其适用范围更广的"聆察"含义。

行文至此,读者或已看出将"聆察"与"观察"对举并非本书首创。英语世界中人们早已察觉到描述听觉时相关术语的捉襟见肘,卡迪-基恩的论文对此有过专门提议:

> 新的声音技术、现代城市的声音,以及对听觉感知的兴趣,共同构成

了对听觉主体的新的叙事描写的背景。但是,要理解叙事的新的听觉,我们需要一种适当的分析语言。我曾经提议用听诊、听诊化和听诊器等术语,并行于现存的聚焦、聚焦化和聚焦器术语。我的动机不是要断言听是与看根本不同的一个过程——尽管属性相当不同——而是要表明专业术语可以帮助我们区别文本中与特定感知相关的因素。①

引文中加重点号的原文为 I proposed the terms auscultation, auscultize, and auscultator to parallel the existing terminology of focalization, focalize, and focalizer。显而易见,这段文字的更准确翻译应为"我曾经提议用聆察(auscultation,名词)、聆察(auscultize,动词)和聆察者(auscultator)等术语,并行于现存的观察(focalization,名词)、观察(focalize,动词)和观察者(focalizer)"。在医学领域之外将 auscultation, auscultize 之类译为"听诊",只会给读者带来困惑,而用"聆察"来代替"听诊",就不会闹出"聆察者"译成"听诊器"的笑话。此外,把 focalization, focalize 之类译成"聚焦"虽有许多先例,但本人总觉得不大妥当,因为"聚焦"是一个表示焦距调整的光学概念,带有特定的专业术语色彩,不如译成"观察"更具人文意味,"观察者"这种译法也比冷冰冰的"聚焦器"更符合原文实际,因为叙事学中的 focalizer 多半还是有血有肉的人物。

"聆察"概念的创建,对于叙事分析来说不啻于打开了一只新的工具箱。视角与叙述的关系是叙事学中的核心话题,"看"到什么自然会影响到"说"(叙述)些什么,有了"聆察"概念之后,人们便无法否认"视角"之外还有一种"听角"("聆察"角度)存在,"听"到什么无疑也会影响到"说",视听各自引发的叙述显然不能等量齐观。卡迪-基恩讨论过的伍尔芙小说《丘园》中,"聆察"显示了比"观察"更为强大的包容性与融合力,无法"聚焦"的声音或先或后从四面八方涌向"聆察者"的耳朵,听觉叙事向读者展现了一个不断发出声响的动态世界,与视觉叙事创造的世界相比,这个世界似乎更为感性和立体,更具连续性与真实性。人们常说"耳听是虚,眼见为实",这一俗语后面还有另一层意思:与"眼见"相联系的"实"代表着图像信息已经收到,而与"耳听"相联系的

---

① 梅尔巴·卡迪-基恩:《现代主义音景与智性的聆听:听觉感知的叙事研究》,陈永国译,载詹姆斯·费伦、彼得·J.拉比诺维茨主编:《当代叙事理论指南》,北京:北京大学出版社,2007年,第445—446页。

"虚"则意味着有待于从其他渠道进行验证。

换而言之,"观察"可以将明确无误的视觉形象尽收眼底,"聆察"却需要凭经验对不那么实在的声音信号做出积极的想象与推测,这一过程中必定会发生许多有意思的误测或误判。《红楼梦》第六回刘姥姥在贾府内"听见咯当咯当的响声",大有似乎打箩柜筛面的一般,后来"只听得当的一声,又若金钟铜磬一般",自鸣钟的声音在乡村老太那里唤起的听觉想象,创造了令人忍俊不禁的叙事效果。从"观察"出发的叙述给人"边看边说"的印象,而从"聆察"出发的叙述则有"边听边想"的意味,后者的浮想联翩往往更能引人入胜。

文学是想象的艺术,"聆察"时如影随形的想象介入,不但为叙事平添许多趣味,还是叙事发生与演进的重要推进器。以叙事的源头——神话为例,无神不成话,神的产生与"聆察"之间的关系,是一个很值得探讨的问题。在认知水平低下的上古时代,初民主要凭藉自己的经验和感觉来认识世界,看到和听到的一切都可以激发他们的想象,但由于神不是一种直观的存在,"聆察"过程中的积极思维显然有利于神的形象生成。麦克斯·缪勒在考察宗教的起源时谈到,神是由不同的感官觉察到的,太阳、黎明以及天地万物都可以看到,但还有不能看到的东西,例如《吠陀》中诉诸听觉的雷、风与暴风雨等,"看"对躲在它们后面的神来说完全无能为力:

> 我们能听到雷声,但我们不能看到雷,也不能触、闻,或尝到它。说雷是非人格的怒吼,对此我们完全可以接受,但古代雅利安人却不然。当他们听到雷声时,他们就说有一个雷公,恰如他们在森林中听到一声吼叫便立刻想到有一位吼叫者如狮子或其它什么东西。……路陀罗或吼叫者这类名字一旦被创造之后,人们就把雷说成挥舞霹雳、手执弓箭、罚恶扬善,驱黑暗带来光明,驱暑热带来振奋,令人去病康复。如同在第一片嫩叶张开之后,无论这棵树长得多么迅速,都不会使人惊讶不已了。[1]

看不见带来的一大好处,是想象可以在一张白纸上尽情泼墨,不必拘泥于那些看得见的具体因素。太阳是天空中的发光体,人人仰首可见,因此古雅利安人眼里的太阳神是一个披金袍驾金车巡游周天、全身上下金光闪闪的神明。相

---

[1] 麦克斯·缪勒:《宗教的起源与发展》,金泽译,上海:上海人民出版社,1989年,第145—146页。

比较而言,他们对雷神的听觉想象没有诸如此类的约束,这位看不见的神被称为"吼叫者"或"路陀罗",被赋予各种各样的装扮、功能与品质,到头来成为一位集众多故事于一身的箭垛式人物(希腊神话中的宙斯也是雷神)。缪勒说的"这棵树",指的是神话生长之树,"聆察"为其发育提供了丰富的养料,先民的口头叙事就是这样从无到有不断积累,故事之树上的新枝嫩叶就是这样萌芽绽放生生不已。

2. "音景"

"音景"也是听觉叙事研究中亟待运用的重要概念。就像"观察"与"聆察"构成一对视听范畴一样,故事发生的"场域"(field)也有"眼见""耳听"之分,它们对应的概念分别为"图景"(landscape)与"音景"(soundscape)。

在阅读文学评论和文学史著作时,我们经常会读到"展开了波澜壮阔的历史画卷""提供了栩栩如生的人物画廊"之类的表述,这类表述实际上是用"图景"遮蔽住"音景"。汉语中带"景"字的词语,如"景观""景象""景色""景致"等,全都打上了"看"的烙印,"听觉转向"研讨活动旨在提醒人们,声音也有自己独特的"风景",忽视"音景"无异于听觉上的自戕。本章之所以把虚构空间称为"场域",就是为了避免"背景""场景"之类词语引发单一视觉联想。将声学领域的"音景"概念引入文学,不是要和既有的"图景"分庭抗礼,更不是要让耳朵压倒眼睛,而是为了纠正因过分突出眼睛而形成的视觉垄断,恢复视听感知的统一与平衡。"音景"概念的首倡者 R. M. 夏弗回忆自己一次乘观光列车穿行于洛基山脉,虽然透过大玻璃窗能清晰地看到车外景色,但由于听到的声音只是车厢里播放的背景音乐,他觉得自己并未"真正"来到洛基山脉,眼前飞速掠过的画面就像是一部配乐的风光纪录片。[①] 许多文学作品中也存在这种隔音效果极好的透明玻璃窗,有些作家甚至缺乏最起码的听觉叙事意识,当然他们也就觉察不到自己笔下的视听失衡。

"音"能否成"景",我们的耳朵能否"听"出场域或空间?这是"音景"概念传播时必然遇到的拷问。罗兰·巴特对此有肯定回答,他认为人"对于空间的占有也是带声响的":

---

① 王敦:《声音的风景:国外文化研究的"听觉转向"》,《中国社会科学报》2011 年 7 月 12 日。

听是依据听力建立起来的,从人类学的观点看,它借助于截取有声刺激的远近程度和规则性回返也是对于时间和空间的感觉。对于哺乳动物来说,它们的领地范围是靠气味和声响划定的;对于人来讲——这一方面通常被忽视,对于空间的占有也是带声响的:家庭空间、住宅空间、套房空间(大体相当于动物的领地),是一种熟悉的、被认可的声音的空间,其整体构成某种室内交响乐。①

不仅室内有"声音的空间",室外也是一样,走过夜路的人都知道,眼睛在伸手不见五指的野外没有多大作用,这时辨别方向与位置主要靠耳朵。有意思的是,空间明明是首先诉诸视觉的,人们却喜欢用听觉来做出种种表示:《老子》用"鸡犬之声相闻"形容彼此距离之近;英国人对"伦敦佬"的定义为"出生在能听到圣玛丽-勒-博教堂钟声的地方的人";②麦克卢汉的"地球村"意为全世界已经融合为一个共同的"听觉空间"——拜无线电通信技术之赐,"地球人"在全球化时代变成了能"听"到相互动静的邻居。

以上所举的三个具体例子都属"共听"——发自于不同空间位置的"聆察",围绕声源"定位"出一个相对固定的"听觉空间"。西方教会的堂区大致相当于教堂钟声传播的范围,也就是说"共听"同一钟声的教徒多半在同一座教堂做礼拜。不过在教堂星罗棋布的富庶地区,钟声编织的"声音网络"更为稠密,对19世纪法国乡村听觉文化有深入研究的阿兰·科尔班绘制了这样一幅钟声地图:

> 组成讷沙泰勒昂布赖区(下塞纳省)的161个堂区,在1738年拥有231个"挂着钟"的钟楼——161个堂区教堂,54个小教堂,7个修道院,9个隐修院。和19世纪相比,这个空间的声音网络更稠密,事实上这时堂区网络也更稠密。另外大修道院和众多小教堂填补了一些过渡空间的音响空白。……估计1793年以前,自格朗库尔起方圆6公里都能同时听到

---

① 罗兰·巴特:《显义与晦义》,怀宇译,天津:百花文艺出版社,2005年,第252页。
② "传统上,伦敦作为听觉社区的概念深深地隐藏在对'伦敦佬'的定义中,指出生在能听到圣玛丽-勒-博教堂钟声的地方的人。在类似的声音地图中,吴尔夫(按即伍尔芙)用大本钟的报时重绘伦敦,极大地扩大了伦敦的地理范围。大本钟的单一声源把位于不同地点的众多听者聚集在时间的和谐之中了。"梅尔巴·卡迪-基恩:《现代主义音景与智性的聆听:听觉感知的叙事研究》,陈永国译,载詹姆斯·费伦、彼得·J.拉比诺维茨主编:《当代叙事理论指南》,北京:北京大学出版社,2007年,第448页。

分布在19个堂区的50口钟的声音。①

与钟声不绝的法国乡村一样,晨钟暮鼓下的中国古代城市也属某种"听觉空间",对时空艺术有独到见解的巫鸿把老北京的钟鼓楼看作"声音性纪念碑",它们发出的声音威严地回荡在帝国首都的每一个角落:

> 作为建筑性纪念碑,钟、鼓楼的政治象征性来自它们与皇城和紫禁城的并列。而作为"声音性纪念碑",它们通过无形的声音信号占据了皇城和紫禁城以外的北京。②

这种对空间的声音"占据"带有无法抗拒的规训意味,日复一日的撞钟击鼓传递出统治者的秩序意志,控制着"共听"者的作息起居。不过好景不长,采用西方的计时系统之后,钟鼓楼作为"声音性纪念碑"的功能逐渐式微,1884年国际经度会议将英国确定为中时区(零时区),格林尼治天文台的钟声从此成为全球"共听"的中央声源,昔日的"中央帝国"在世界时区中沦落到"东八区"这样的边陲位置。不无讽刺意味的是,我们有的城市至今还保留着废弃钟鼓楼后建立的西式钟楼(赣州的"标准钟"仍为市中心一景),这一"后殖民"遗物似乎并未引起当地人的反感。

"听觉空间"不仅诉诸"共听","独听"也能单独支撑起一片"音景"。"独听"对中国古代文人来说代表着沉浸于诗的意境,唐代诗文涉及"独听"者甚多,如李中的"独听月明中"(《遥赋义兴潜泉》)、徐铉的"独听空阶雨"(《九月三十夜雨寄故人》)以及赵嘏的"独听子规千万声"(《吕校书雨中见访》)等,听觉叙事为营造这些诗中的"画意"均有贡献。张继的《枫桥夜泊》中,钟声从"姑苏城外寒山寺"飘荡到客船,将月落乌啼、渔火点点的江景统摄为一个听觉上的整体。同为寂寞难眠的"夜泊",刘言史的《夜泊润州江口》却是"独听钟声觉寺多"——此起彼伏的钟声唤起了诗人寺庙林立的想象。李白《春夜洛城闻笛》的"谁家玉笛暗飞声,散入春风满洛城",借春风之力将笛声布满全城;王勃《滕王阁序》的"渔舟唱晚,响穷彭蠡之滨,雁阵惊寒,声断衡阳之浦",声音弥漫的

---

① 阿兰·科尔班:《大地的钟声:19世纪法国乡村的音响状况和感官文化》,王斌译,桂林:广西师范大学出版社,2003年,第7页。

② 巫鸿:《时间的纪念碑:巨形计时器、鼓楼和自鸣钟楼》,载巫鸿:《时空中的美术:巫鸿中国美术史文编二集》,梅玫等译,北京:三联书店,2009年,第127页。

空间更为辽阔。不过最为匪夷所思的"音景"还属李白的《早发白帝城》：长江三峡两岸猿声清凄，诗人乘坐的轻舟在这一"听觉空间"中飞流直下，仿佛在不断突破一声声猿啼制造的声音屏障。

"音景"的接受及构成与"图景"有很大不同。人的眼睛像照相机一样，可以在一刹那间将"图景"摄入，而耳朵对声音的分辨却无法瞬间完成：声音不一定同时发出，也不一定出自同一声源，大脑需要对连续性的声音组合进行复杂的拆分与解码，在经验基础上完成一系列想象、推测与判断。声学意义上的"音景"包括三个层次：一是"定调音"（keynote sound），它确定整幅"音景"的调性，形象地说它支撑起或勾勒出整个音响背景的基本轮廓；二是"信号音"（sound signal），就像"背景"（background）之上还有"前景"（foreground）一样，有些声音在"音景"中因个性鲜明而特别容易引起注意，如口哨、铃声和钟声等就属此类；三是"标志音"（soundmark），这个概念由"地标"（landmark）一词演绎而来，是构成"音景"特征的标志性声音——如果说大本钟是现代伦敦的"地标"，那么大本钟的钟声就是它的"声标"（"标志音"）。《儒林外史》第八回南昌府新任太守王惠与原任太守之子蘧公子有番对话：

> 蘧公子见他问的都是些鄙陋不过的话，因又说起："家君在这里无他好处，只落得个讼简刑清；所以这些幕宾先生，在衙门里都也吟啸自若。还记得前任臬司向家君说道：'闻得贵府衙门里有三样声息。'"王太守道："是哪三样？"蘧公子道："是吟诗声，下碁声，唱曲声。"王太守大笑道："这三样声息却也有趣的紧。"蘧公子道："将来老先生一番振作，只怕要换三样声息。"王太守道："是那三样？"蘧公子道："是戥子声，算盘声，板子声。"

同为"三样声息"，前者显示"讼简刑清"，后者代表搜刮勒索，它们构成两类衙门迥然有异的"标志音"。

再以辛弃疾《西江月·夜行黄沙道中》为例，这首词上下两阕严格按"音景""图景"划分，我们不妨来看它的上阕：

> 明月别枝惊鹊，清风半夜鸣蝉。
> 稻花香里说丰年，听取蛙声一片。

在稻田环境尚未被化肥农药污染的时代，蛙声如鼓是夜行人司空见惯的听觉景观,"蛙声一片"因此构成了背景上连绵不绝的"定调音"。鹊儿被月光惊起后的枝头响动,以及半夜里被清风激起的蝉鸣,扮演了画面上突出的"前景"角色,这种情况就像是人声嘈杂的大街上一位迎面而来的熟人打了个响亮的忽哨,人们不可能忽略这种"信号音"。然而这些都属自然之声,在其他地方也能听到,为此词人特别用"稻花香里说丰年"中的"说",作为整幅"音景"的"标志音"——"说"的主体本人理解是夜行人(紧接其后的"听"与"说"共一主体),就像明月惊鹊与清风鸣蝉一样,稻花香里的穿行也激起了夜行人诉说(自言自语或对同伴)丰年的冲动。

以上只讨论了"聆察"与"音景",对于它们引出的一些概念,如"聆察者""聆察"角度("听角")"聆察"对象以及"听觉空间""共听""独听""标志音"等,尚未来得及作更为细致的分析,但其内涵已基本明确。需要说明的是,不管是"聆察""音景"还是更细的范畴,过去人们讨论相关问题时实际上对其已经有所涉及,本章只不过赋予其名称,希望它们能为今后的听觉叙事研究提供方便。

三、声音事件的摹写与想象——听觉叙事的表现形态

事件是故事的细胞,声音如何"制造"事件,声音事件怎样叙述,听觉叙事有哪些表现形态,这是本章必须回答的问题,而这又得从听觉信号与事件信息之间的关联机制说起。

1. 声音与事件之间的逻辑关系

事件即行动,行动在许多情况下是会发声的,当"聆察者"听到周围的响动时,其意识立即反映为有什么事件正在身边发生。从因果逻辑上说,行动是因,声音是果,声音被"聆察"表明其前端一定有某种行动存在,或者说每一个声音都是事件的标志,不管这声音事件是大还是小。刘姥姥为什么会被"金钟铜磬一般"的声音吓了一跳,是因为她无法确定这"当的一声"源于何方神圣。然而,自鸣钟敲击声给刘姥姥造成的困惑,与《红楼梦》第七十五回不明声音给贾珍等人带来的惊恐相比,简直就是小巫见大巫了:

那天将有三更时分,贾珍酒已八分,大家正添衣喝茶、换盏更酌之际,

忽听那边墙下有人长叹之声。大家明明听见,都悚然疑畏起来。贾珍忙厉声叱咤:"谁在那里?"连问几声,没有人答应。尤氏道:"必是墙外边家里人,也未可知。"贾珍道:"胡说!这墙四面皆无下人的房子,况且那边又紧靠着祠堂,焉得有人?"一语未了,只听得一阵风声,竟过墙去了。恍惚闻得祠堂内槅扇开阖之声。只觉得风气森森,比先更觉凉飒起来。月色惨淡,也不似先明朗。众人都觉毛发倒竖。贾珍酒已吓醒了一半,只比别人撑持得住些,心下也十分警畏,便大没兴头起来。

墙外究竟是何人出声,书中没有明确交代,联系第七十五回回目中的"开夜宴异兆发悲音"来推断,这一令人毛骨悚然的"悲音"应是贾府衰亡曲的前奏,也就是说"白玉为堂金作马"的富贵之家从此将一蹶不振,祠堂内的列祖列宗为此对不肖子孙发出了痛心的长叹。曹雪芹这里选择贾珍充当"聆察者"颇具匠心,因为贾珍在书中是以长房长孙的身份(且袭世职)担任族长,"忽喇喇似大厦倾"的声波只有先传到他耳朵里才有意义。

声音与事件之间的联系一经拈出,"音景"也就可以定义为一系列声音事件的集成。可能有人会觉得叙事作品中某些听觉信号无足轻重,实际上所有的声音都有自己的独特作用,否则作者不会为此耗费笔墨。按巴特在《叙事作品结构分析导论》中的说法,事件有核心与非核心之别,前者构成故事的骨干,后者为前者烘云托月,或提供某种"情报",或展示某种"迹象"。① 声音事件亦可据此划分:"开夜宴异兆发悲音"属于核心事件,因为它标志着贾府盛极而衰的重大转折;《夜行黄沙道中》中的蛙鸣蝉唱则为非核心事件,其功能在于为整幅"音景"定调或发出独特的信号,它们相当于巴特所说的"情报"或"迹象"。

不过"核心"与"非核心"有时很难判定,有的"音景"一方面充当故事中的背景道具角色,另一方面又用暗示方式透露故事进展。莫泊桑短篇小说《菲菲小姐》结尾,一名爱国妓女杀死普鲁士军官后消失得无影无踪,本堂神父顺从地按侵略者要求敲响教堂的丧钟:

这时候那口钟第一次敲响了丧钟,节奏轻松愉快,真像有一只亲切友

---

① 罗兰·巴特:《叙事作品结构分析导论》,张寅德译,载张寅德编选:《叙述学研究》,北京:中国社会科学出版社,1989年,第13—15页。

爱的手在轻轻抚摸它似的。晚上钟又响了,第二天也响,以后每天都响,而且叮叮当当你要他怎么打,它就怎么打。有时候甚至在夜间不知什么缘故它突然醒来,怀着令人惊奇的欢乐心情,自己晃动起来,轻轻地把两三下叮当声送进黑暗之中。当地的乡亲们都说它中了邪魔。[①]

这钟声"欢乐"得有些诡异,夜间"醒来"也不合常规,因此这段文字实际上是在提前叙述女主人公逃逸之后的一个新事件:本堂神父安排她藏身钟楼,父老乡亲对此心照不宣——他们当然知道那口钟"自己晃动起来"意味着什么。这种集"景""事"于一身的手法在电影艺术中有更多运用:"音景"在骤然间发生的变化,常常能使观众提前意识到发生了什么事情,而这时银幕上的相关事件还未来得及呈现。

2. 声音的模拟与事件的传达

声音如何表现,怎样对声音事件进行逼真的摹写,这是故事讲述人为之挠头的大问题。听觉信号旋生即灭,看不见摸不着,对"观察"对象可以勾勒其整体轮廓,描绘其局部细节,这些在"聆察"对象那里通常都难以实现。"聆察"过程中为什么会发生许多错误的推测与判断,是因为对于人类日益迟钝的"聆察"能力来说,声音具有很大的模糊性和不确定性:刘姥姥没见过自鸣钟,在她听来它的响声就像是农村常有的"打罗筛面",这种经验主义的错误是任何人都难以避免的。因此表现声音的最便捷手段,就是像曹雪芹那样用"咯当咯当"的拟声词来模拟自鸣钟的声音。拟声词在世界各民族语言中都有不同存在,其功能主要为表音,即《文心雕龙·物色》所说的"'喈喈'逐黄鸟之声,'喓喓'学草虫之韵"。但汉语中有些"拟声"还有表意之用,如古代文人常把鹧鸪、杜鹃的啼鸣听成"不如归去""行不得也哥哥"。英语中有许多诗歌因鸟鸣而发,雪莱《致云雀》以四短一长的诗行模仿四短一长的云雀啼鸣,济慈《画眉鸟的话》以"半似重复的语句,传出了画眉歌唱的节奏"。[②] 这些"拟声"属于上升到艺术层面的模仿。

[①] 莫泊桑:《菲菲小姐》,郝运译,载《莫泊桑中短篇小说选》,北京:人民文学出版社,1981年,第161页。

[②] 济慈诗《画眉鸟的话》译者注,载《济慈诗选》,查良铮译,北京:人民文学出版社,1958年,第98页。

"拟声"可以是对原声的模仿,也可以是用描摹性的声音传达对某些事件的感觉与印象,而这些事件本身不一定都有声音发出。这一"以耳代目"的现象比较复杂,有必要究其原始回到从前。西方人认为"拟声"(onomatopoeia)概念源起于希腊语的"命名"(onomatopoiia),古希腊斯多葛派哲学家用"拟声"解释语言的形成,认为先民最初用模拟声音的方法来为事物命名(我们的《山海经》也用"其名自叫"称呼动物),由此而来的词语为语言诞生创造了条件。列维-布留尔对此有深入研究,他发现那些停留在原始状态的民族,特别擅长用"拟声"来表达自己的感知,其中最重要的是对动作的刻画:

> 土人可以通过德国研究者所说的 Lautbilder(声音图画),亦即通过那些可以借助声音而提供出来的对他们所希望表现的东西的描写或再现而达到对描写的需要的满足。魏斯脱曼(D. Westermann)说,埃维人(Ewe)各部族的语言非常富有借助直接的声音说明所获得的印象的手段。这种丰富性来源于土人们的这样一种几乎是不可克制的倾向,即摹仿他们所闻所见的一切,总之,摹仿他们所感知的一切,借助一个或一些声音来描写这一切,首先是描写动作。但是,对于声音、气味、味觉和触觉印象,也有这样的声音图画的摹仿或声音再现。某些声音图画与色彩、丰满、程度、悲伤、安宁等等的表现结合着。①

"声音图画"在这里并不是"音景",而是用声音为"画笔"描摹"所闻所见的一切",列维-布留尔认为这是后来名词、动词与形容词的前身,此论与斯多葛派哲学家的观点不谋而合。为了说明"声音图画"对具体事件的叙述,列维-布留尔引述了埃维语对"走"这一动作的多种表达方式:埃维人的动词 zo(走)可以与 bia bia, ka ka, pla pla 之类的声音分别搭配,这类声音有数十个之多,zo 与它们的结合对应着形形色色的走路姿态,如"一瘸一瘸地走""挺着肚子,大踏步地走"与"摇着脑袋摆着屁股地走",等等。② 列维-布留尔特别指出 bia bia 之类不是拟声词,它们传递的只是说话人对它们的声音印象,而不是某种走姿发出的标志性响声。与"走"一样,"跑""爬""游泳""骑乘""坐车"等动作也有

---

① 列维-布留尔:《原始思维》,丁由译,北京:商务印书馆,1981年,第157—158页。
② 同上书,第158—159页。

诸如此类的声音搭配,"一般的走的概念从来不是孤立存在的;走永远是借助声音来描写的按一定方式的走。"①这种惟妙惟肖、声情并茂的声音描摹无疑更贴近感官,如今只有在方言文化区的基层民众那里,才能听到与其相近的生动表达,遗憾的是,并非所有人都能认识到这种"草根"表达方式的可贵。

"声音图画"在今天似乎还未成广陵绝响。作为一种表音文字,英语中的拟声词非常丰富,其中许多兼具动词性质,常见的如 murmur(咕哝)、whisper(耳语)与 giggle(咯咯笑)等,仍然保留着以声音指代动作的特征。汉语属于表意文字,"拟声"并不是其最突出的特征,但这并不意味着拟声词在汉语中的地位不够重要。恰恰相反,不管受教育程度如何,日常生活人人都会无师自通地使用拟声词,口语中"拟声"是一种不可或缺的修辞手段。不仅如此,汉语中有些表述也带有"声音图画"的色彩——在叙述某些根本不发声的事件时,人们居然会用拟声词来形容,如"脸唰的一下白了"和"眼泪哗的一声流了下来"等,这类表述的形成机制值得深入探究。

3. 从"听声类声"到"听声类形"

以上所论,已经涉及曾引起广泛讨论的"通感"话题。李渔批评"红杏枝头春意闹"的"闹"字用得古怪,钱锺书《通感》一文举出宋诗中大量同类,嘲笑其"少见多怪",并用近代与西方的例子说明这是一种"通感"现象:

> 《儿女英雄传》三八回写一个"小媳妇子"左手举着"闹轰轰一大把子通草花儿、花蝴蝶儿"。形容"大把子花"的那"闹"字被"轰轰"两字申说得再清楚不过了,这也足证明近代"白话"往往是理解古代"文言"最好的帮助。西方语言用"大声叫吵的"、"砰然作响的"(loud, criard, chiassoso, chillón, knall)指称太鲜明或强烈的颜色,而称暗淡的颜色为"聋聩"(la teinte sourde),不也有助于理解古汉语诗词里的"闹"字么?用心理学或语言学的术语来说,这是"通感"(synaesthesia)或"感觉挪移"的例子。②

按照钱锺书的说法,"通感"或"感觉挪移"在视听领域有"以耳代目"和"听声类

---

① 列维-布留尔:《原始思维》,丁由译,北京:商务印书馆,1981年,第159—160页。
② 钱锺书:《七缀集》,北京:三联书店,2002年,第64页。

形"两种表现。前者"把事物无声的姿态说成好像有声音的波动,仿佛在视觉里获得了听觉的感受",那些带"闹"字的诗句和引文中的例子皆属此类。后者则正好相反——听到声音后将其类比为视觉形象,《礼记·乐记》用"累累乎端如贯珠"形容声音的"形状",孔颖达《礼记正义》对此解释为"声音感动于人,令人心想其形状如此",这便是"听声类形"的由来。"以耳代目"说到底是化"形"为"声","于无声处听惊雷"就是这种想象之"听";而"听声类形"则是化"声"为"形",将听觉反应转化为想象中的"看"。

如果说"以耳代目"有助于增进语言的感染力,那么"听声类形"则属"不得已而为之"。如前所述,用语言表现声音的手段有限,要想"如实"反映转瞬即逝的声音事件,除了运用模仿性的声音之外几乎无计可施。《三国演义》第四十二回长坂桥头张飞那三声怒喝,罗贯中只付之以"声如巨雷"四个字的形容,这两种声音之间的类比或可名之为"听声类声"。唐诗中此类手段运用甚多,如李白《听蜀僧浚弹琴》的"为我一挥手,如听万壑松"、韩愈《听颖师弹琴》的"昵昵儿女语,恩怨相尔汝"以及韦应物《五弦行》的"古刀幽磬初相触,千珠贯断落寒玉"等。然而,仔细琢磨这些听琴诗,其中可供驱驾的听觉意象实在不多,白居易《琵琶行》的"银瓶乍破水浆迸"固然绝妙,"大珠小珠落玉盘"的比喻在唐诗中却是司空见惯,由琴声想到松涛者也大有人在。似此,由"听声类声"向"听声类形"转变,乃是一件顺理成章之事,因为后者的天地更为广阔,更具驰骋想象的余地。白居易《小童薛阳陶吹觱篥歌》与《琵琶行》的不同之处,在于其中充满了"听声类形"的各种联想:"有时婉软无筋骨,有时顿挫生棱节。急声圆转促不断,轹轹轥轥似珠贯。缓声展引长有条,有条直直如笔描。下声乍坠石沉重,高声忽举云飘萧。"

"听声类声"与"听声类形"之间,其实并不存在一条特别明确的界限,叙事中"类声"与"类形"的区别有时并不明显,或者说作者不一定都清楚地意识到自己笔下是"声"还是"形"。《水浒传》第一回洪太尉强行让人掘开禁闭妖魔的洞穴,此时穴内发出一阵天崩地裂之声:

> 只见穴内刮喇喇一声响亮。那响非同小可,恰似:天摧地塌,岳撼山崩。钱塘江上,潮头浪拥出海门来;泰华山头,巨灵神一劈山峰碎。共工奋怒,去盔撞倒了不周山;力士施威,飞锤击碎了始皇辇。一风撼折千竿竹,十万军中半夜雷。

引文中叙述的与其说是各种各样的轰然巨响,毋宁说是造成这些声音的惊心动魄场面,"声"与"形"在这里呈现出相互争斗之势,感觉上后者似乎略占上风。再来看《老残游记》第二回"黑妞说书":

> 几啭之后,又高一层,接连有三四叠,节节高起。恍如由傲来峰西面,攀登泰山的景象:初看傲来峰削壁千仞,以为上与天通,及至翻到傲来峰顶,才见扇子崖更在傲来峰上;及至翻到扇子崖,又见南天门更在扇子崖上:愈翻愈险,愈险愈奇。那王小玉唱到极高的三四叠后,陡然一落,又极力骋其千回百折的精神,如一条飞蛇在黄山三十六峰半中腰里盘旋穿插。顷刻之间,周匝数遍。

请注意引文中加重点号的"看"与"见",它们暴露出"声"已经完全让位于"形"——明明写的是声音的盘旋缠绕与低昂起伏,展示在读者"眼"前的却是登山者不断向峰顶攀登的情景,这情景紧接着又叠变为一条飞蛇在黄山三十六峰间快速游动,让人惊叹作者的"听声类形"与黑妞说书一样神奇莫测。这里"声"的谦恭退让与"形"的咄咄逼人,将前述视觉文化的强势尽显无遗,尽管"形"不能直接反映声音,但它可以自由表现声音造成的印象与效果。《三国演义》几乎未对张飞长坂桥怒喝作直接描述,① 不过罗贯中让"曹操身边的夏侯杰惊得肝胆碎裂,倒撞于马下",却是对张飞声音杀伤力的最好反映。

"黑妞说书"虽然用了"看"与"见"这样的字眼,不等于刘鹗本人意识到自己是"听声类形"。就这方面的自觉意识来说,似乎没有哪部小说能比得上雨果《巴黎圣母院》对钟声的摹写,因为书中用了"耳朵似乎也有视觉"这样明白无误的表述:

> 你突然会看见——有时耳朵似乎也有视觉——你会看见各个钟楼仿佛同时升起了一股声音的圆柱,一团和声的烟雾。……你可以看见每组音符从钟楼飘出,独立地在和声的海洋里蜿蜒游动。……你可以看见八度音符从一个钟楼跳到另一个钟楼,银钟的声音像是长了翅膀,轻灵,尖

---

① 李斗《扬州画舫录》卷一一:"(吴天绪说书)效张翼德据水断桥,先作欲叱咤之状。众倾耳听之,则唯张口努目,以手作势,不出一声,而满室中如雷霆喧于耳矣。谓人曰:'桓侯之声,讵吾辈所能效?状其意使声不出于吾口,而出于各人之心,斯可肖也。'"

利,直冲云霄;木钟的声音微弱,蹒跚,像断了腿似的往下坠落。……你看见如光一般快速的音符一路奔跑,划出三、四道弯弯曲曲的光迹,像闪电一样消失。……你不时地听见圣日耳曼-德-普雷教堂的大钟连敲三下,看见各种形状的音符掠过眼前:这雄伟壮丽的钟乐合奏有时微微让出一条通道,让圣母玛丽亚修道院的三下钟声穿插进来。①

耳朵有了视觉之后,"声"也变得像是"形"了:不可见的钟声化作可见的"圆柱"与"烟雾",音符可以奔跑、游动、坠落或上升,可以从"一个钟楼跳到另一个钟楼",还会给别的钟声"让出一条通道"。这些表达并不令人感到特别陌生,因为前引白居易与刘鹗等人的诗文中,也有坠落、上升、游动之类的动作联想,这些说明了中西听觉叙事的"文心攸同"。引文只保留了原文中与"看"相关的文字,其他大段叙述都付之阙如,因为雨果写到此处时思如泉涌左右逢源,"听声类形"开启的想象之门,让他进入了"下笔不能自休"的自由天地。

"听声类形"堪称听觉叙事的高级境界。"听声类声"的捉襟见肘常使叙述者陷入"欲说还休"的窘境,而一旦改变思路将"类声"调整为"类形",挥笔的自由度骤然间增大,这时叙述对象已由无形的声音事件变为有形的视觉联想,后者更有利于故事讲述人的"施之藻绘,扩其波澜"。本章开始部分提到视觉对听觉的"挤压",这里要指出"挤压"并不完全是坏事,听觉叙事的千姿百态乃是外力塑形的结果,没有"挤压"就不会有听觉信号向视觉形象的倾斜与变形。所谓"烦恼即菩提",尴尬与无奈正是叙事智慧的生成条件。释道二教把"诸根互用"作为成佛成圣的判断依据,"听声类形"打通耳朵与眼睛之间的隔阂,在叙事艺术上也可以视为登堂入室的标志。

四、"重听"经典——听觉叙事研究的重要任务

听觉叙事概念的提出,为中国叙事学的研究增加了一项新任务,这就是对经典的"重听"。

近年来读书界不断有人提出"重读"经典,这类呼吁之所以未见多大成效,

---

① 维克多·雨果:《巴黎圣母院》,潘丽珍译,杭州:浙江文艺出版社,1994年,第133—134页。

是因为未将"重读"的路径示人,如果"重读"走的仍然是"初读"的老路,那么再读多少遍也无济于事。"重听"经典明确标举从"听"这条新路走向经典,它当然也是一种"重读",但这次是以经典中的听觉叙事为阅读重点。由于前面提到的种种原因,以往的阅读存在一种"重'视'轻'听'"的倾向,人们一味沉湎于图像思维而不自知,"重听"作为一种反弹琵琶的手段,有利于拨正视听失衡导致的"偏食"习惯,让叙事经典散发出久已不闻的听觉芬芳。

"重听"经典不是简单的侧耳倾听,听觉叙事有自己的生成语境,我们无法返回或还原历史的现场,但至少应当认识到这方面的古今之别。视觉排挤听觉是印刷文化兴起之后的事情,先秦经典产生于"读图时代"远未来临之前,那时人与人之间的信息交流主要通过声音渠道,古人的听觉神经细胞比现代人要丰富得多。宋玉《对楚王问》说"客有歌于郢中者,其始曰《下里》《巴人》,国中属而和者数千人",这是怎样盛大热烈的歌咏场面啊!《论语·述而》提到孔子在齐闻韶,竟然"三月不知肉味";《韩非子·十过》叙述晋平公为了听到天下最悲之音,可以不顾自己的生命危险。古人对美妙声音的狂热追求,说明他们对听觉信号是何等敏感,古今之耳简直不可同日而语。只有认识到这种差别,我们才不会将后来的变化强加于古人,才有可能理解他们叙述的声音事件,"听"出声音后面的情感,这应当是"重听"的一个重要前提。

古今之耳存在差别,古今之"听"也有很大不同。了解社情民意从来都是为政者必须要做的功课,古代文献有对"听政"的大量记述:

> 古之王者,政德既成,又听于民。于是乎使工诵谏于朝,在列者献诗使勿兜,风听胪言于市,辨祅祥于谣,考百事于朝,问谤誉于路,有邪而正之,尽戒之术也。(《国语·晋语六》)

> 自王以下,各有父兄子弟,以补察其政。史为书,瞽为诗,工诵箴谏,大夫规诲,士传言,庶人谤,商旅于市,百工献艺。(《左传·襄公十四年》)

值得注意的是,采诗者不单将民间呼叹用文字记录下来,而且还按原腔原调予以讽咏,所谓"瞽不失诵",强调的是瞽蒙瞽瞍之辈通过口耳渠道的诵记,就采诗而言这比"史不失书"更为重要,因为只有这样才能让上面如实听到百姓声音。古之王者明白声音信息更具"原汁原味",他们不仅想知道人家说些什么,还想知道人家说话时所用的语气与声调,后者往往比前者更能反映真情实感。

相比之下,中央电视台的"你幸福吗?"调查只关心回答是肯定还是否定,却不注意像古人那样细心"聆察",其实真正的回答就在答问者的语气与声调之中,所以《文心雕龙·物色》会说"写气图貌,既随物以宛转;属采附声,亦与心而徘徊"。

对声音的高度敏感与重视,决定了先秦时期是使用"拟声"的黄金年代。《诗经》劈头就是"关关雎鸠"的鸟声,细细"聆察"则有虫、兽、风、雨、雷、水等多种自然之声,以及来自人类社会的车马声、军旅声、钟鼓声、伐木声、割禾声、金铁声、玉石声等。据不完全统计,《诗经》涉及"音景"多达 120 余处,"三百篇"至少有 53 篇使用了拟声词,它们赋予《诗经》无穷的艺术魅力。先秦之后,文学中视觉形象的涌现令人瞩目,《文心雕龙·诠赋》用"写物图貌,蔚似雕画"来概括赋文,说明图像思维那时已经有所抬头。后世的声音模拟虽然无复《诗经》中的盛况,但这并不意味着听觉叙事从此走入下坡路,应当看到,拟声词与口耳传播的关系最为密切,《诗经》中的"拟声"主要来自"风""雅"两部,北朝乐府民歌《木兰诗》开篇即传来"唧唧复唧唧"的织布声,后来又有"不闻爷娘唤女声,但闻黄河流水鸣溅溅"等声音模拟。与此不同,文人笔下的听觉叙事多半不是直接的"拟声",而是从"类声""类形"等角度展开摇曳多姿的想象,存世经典绝大多数都为文人所作,我们"重听"的重点应当放在声音摹写艺术的发展与进步上。

当然,声音摹写的文野之分并不是那么绝对,"咯当咯当"的声音之所以在《红楼梦》中响起,是因为此时的"聆察者"为来自乡间的刘姥姥,拟声词用在这里可谓恰到好处。杜甫《兵车行》首句为"车辚辚,马萧萧",尾句为"新鬼烦冤旧鬼哭,天阴雨湿声啾啾","拟声"在这里与乐府诗的民歌性质甚相契合,更何况诗句假设为"路旁过者"与"行人"之间的问答,钟惺、谭元春《古诗归》甚至说诗中可以听到《木兰诗》"爷娘唤女声"的回响。听觉叙事与古代兵法一样讲究"运用之妙,存乎一心",没有什么永远不变的规则,只求能创造令人满意的叙事效果。当然,如果将《诗经》以来的经典逐一"听"来,"拟声"的运用确有每况愈下之势,先秦时期的许多拟声词到今天已成古董,声音事件在整个故事中所占的比重也越来越小。不过,对这种数量上的减少应作更进一步的辨析:听觉叙事实际上是变得更为精当和灵活了——许多名篇巧妙地将声音事件作为点睛之笔,放在文本的关键位置,作者对其着墨不多,给读者留下的印象却非常

深刻。除前引多例可为此作证外,《儒林外史》第五十五回的"弹一曲高山流水"也非常典型:

> 荆元慢慢地和了弦,弹起来,铿铿锵锵,声振林木,那些鸟雀闻之,都栖息枝间窃听。弹了一会,忽作变徵之音。凄凄宛转,于老者听到深微之处,不觉凄然泪下。自此,他两人常常往来。当下也就别过了。

小说就在这样的"变徵之音"中结束,作者此前用浓墨重彩刻画儒林丑类的嘴脸,对两位世外高人的雅聚只挥洒了寥寥数笔,但由于这一声音事件处于整部作品的"压轴"位置,且与第一回同类性质的"王冕画荷"构成首尾呼应,"礼失而求诸野"的叙事主旨因此获得放大与突出。"曲终奏雅"(又称"卒章显志")的手法在古代文学中屡见不鲜,声音事件于恰到好处时登台亮相,往往能收"一锤定音"之效。由于耳朵与心灵之间的特殊联系,声音触发的感动可以说无与伦比:张祜《宫词》对此有生动形容——"一声何满子,双泪落君前";李益《夜上受降城闻笛》的"不知何处吹芦管,一夜征人尽望乡",倾倒了古往今来多少读者!

"重听"之"听"有多种形式。"听"的对象可以是单部作品,也可以是多部作品的组合——如"听雨""听禽""听钟"与"听琴"等,仅陆游一人便有"听雨诗"数十首之多。① 由于文学传统的影响,某些声音特别能激发人们的文思,对闻声之作分门别类整理归纳,乃是"重听"经典的题中应有之义。为了避免"重听"过程中的"以目代耳",当前还应大力提倡恢复讽咏、诵读等传统"耳识"方式。郑樵《通志·乐略》之问似乎是向今人而发:"古之诗,今之辞曲也,若不能歌之,但能诵其文而说其义,可乎?"现代人阅读之弊在于只凭眼睛囫囵吞枣,而从听觉渠道重新接触经典,相当于用细嚼慢咽方式消费美食,曾国藩《咸丰八年七月二十一日谕纪泽》如此告诫:"《四书》《诗》《易经》《左传》诸经,《昭明文选》,李杜韩苏之诗,韩欧曾王之文,非高声朗诵则不能得其雄伟之概,非密咏恬吟则不能探其深远之韵。"《红楼梦》第四十一回林黛玉评论刘姥姥酒后手舞足蹈:"当日圣乐一奏,百兽率舞,如今才一牛耳。"语言学家根据江淮官话

---

① 三野丰浩:《关于陆游的听雨诗——以"夜里听雨"的主题为中心》,载《中文学术前沿》(第五辑),杭州:浙江大学出版社,2012年,第66—73页。

中 n,l 不分,"牛"与"刘"是同音字,断定"黛玉所说必是江淮官话,才能以'牛'来讥笑'刘姥姥'"。① 这一解释让人真正"听"到经典中的声音,《诗经·卫风·淇奥》说"善戏谑兮,不为虐兮",《红楼梦》这段叙述庶几近之。

最后要说的是,"重听"经典的主要目的在于感受和体验。由于听觉联想的白云苍狗性质,我们不可能"听"得十分清晰,因此也无须过于较真,对声音事件的解释更不必强求一致。音乐欣赏中的自由想象方式,完全可以用于听觉叙事的接受与消费。当发现声音事件发送的信息具有很大的不确定性时,最聪明的反应是像外交家那样运用"模糊应对"策略。《汉晋春秋》卷二载"桓帝幸樊城,百姓莫不观之,有一老父独耕不辍,议郎张温使问焉,父啸而不答",这啸声到底意味着什么,叙述者不想交代也不必交代。《晋书·阮籍传》说"(阮籍)时率意独驾,不由径路,车迹所穷,辄恸哭而反",这"恸哭"究竟是因何而发,需要读者见仁见智自行推测。声音信息的含混或曰"复义",特别有利于传递无法形之于文字的复杂情感,《红楼梦》第九十八回林黛玉临终喊出"宝玉!宝玉!你好……",就是将一切尽付"不言"之中。今天人们在手机上收到某些短信时,也会用"呵呵"之类来应对。声音甚至可能模糊到似有若无的地步,《红楼梦》第一百零八回"死缠绵潇湘闻鬼哭"中,是贾宝玉出现"幻听"还是潇湘馆内真有"鬼哭",叙述者态度模棱两可,然而不管相信的是前者还是后者,读者都会被这段叙述感动。此类捕风捉影的"莫须有"之事,在《红楼梦》中居然出现了多次,与铁证如山的"可靠叙述"相比,这种"不可靠叙述"更能激发读者的想象。

说得透彻一点,虚构世界中的声音事件无所谓可靠不可靠,因其引发的感受和体验才最为要紧,似此"重听"作为一种理解经典的新途径,其功能接近于俄国形式论为恢复感觉而倡导的"陌生化"。卡迪-基恩说"通过声学的而非语义学的阅读,感知的而非概念的阅读,我们发现了理解叙事意义的新方式",② 这一概括应当也适用于"重听"经典。

---

① 周振鹤、游汝杰:《方言与中国文化》,上海:上海人民出版社,1986年,第183—184页。
② 梅尔巴·卡迪-基恩:《现代主义音景与智性的聆听:听觉感知的叙事研究》,陈永国译,载詹姆斯·费伦、彼得·J.拉比诺维茨主编:《当代叙事理论指南》,北京:北京大学出版社,2007年,第458页。

第十一章

"聚焦"的焦虑

【提要】"聚焦"在现代汉语中已成为一个高频词,但在文学领域,人们多半是在讨论西方叙事时才使用这个术语,一旦涉及中国文学特别是传统叙事,研究者还是倾向于用"视角"之类的概念来表达。为什么"聚焦"一词与中国叙事之间会出现这种不"和谐"现象?原因在于中西文化在空间表现上的巨大差异,这种差异在绘画上体现得最为明显。众所周知,中西绘画的"投影"方式分别为"散点透视"与"焦点透视":前者的"视点"可以自由移动,后者因固守一处而只有一个消逝点。与此相似,西方叙事也喜欢在主要人物身上"聚焦",从荷马史诗、骑士传奇到流浪汉小说(18世纪之后的小说更不用说),都是紧紧围绕主要人物的行动(战斗、漂流、游侠、流浪等)展开叙述。中国叙事则不那么讲究"聚焦",叙述的重点经常发生偏离与游动。"聚焦"这一概念与中国叙事的疏离,其道理就像西洋拳击术语不适合形容中国的太极拳一样。从某种程度上说,西方文化是讲究"聚焦"的"焦点透视",而中国文化则是不那么注重"聚焦"的"散点透视","聚"有"聚"的好处,"散"也有"散"的优势,这两种方式各有所长,在这方面我们也要警惕某种"西方学术钦羡"。

在上一章中,我们从反对视觉文化的过度膨胀出发,提出汉语中应建立"观察"(focalization)与"聆察"(auscultation)这样一对概念,以对应人最主要的两种感知方式——"看"与"听"。"观察"在英语中的对应词应为

focalization,这个词被造出来虽然只有 40 年的历史,目前却是叙事学领域内首屈一指的热词,据说使用率远远超过了位居第二的 author。[①] 但 focalization 在汉语中多被生硬地直译为"聚焦",而本人一贯主张将其意译为更具人文意味的"观察",而且"观察"较之"聚焦"更能体现 focalization 的本义。

以下围绕这一主张展开讨论,虽然是从 focalization 的汉译入手,侧重点仍为感知方式与视听之辨。

一、挥之不去的技术气息

将 focalization 译为"聚焦"貌似不无道理。focalization 的词根为 focus,意为"焦点""焦距"或"中心",变成动词 focalize 和名词 focalization 之后,意思便成了"调节焦距以达到焦点",简而言之就是"聚焦"。从解剖学角度说,人类对视觉信息的接受似乎离不开"聚焦"这个环节:眼球中角膜和晶体组成的屈光系统,使外界物体在视网膜上形成映像,角膜的曲率虽然是固定的,但晶体的曲率可经眼球的悬韧带由睫状肌加以调节,这种调节或曰"屈光"能使物体在视网膜上成像清晰,于是"看"的感觉便由视神经传递到大脑。

细心的读者不难发现,用"聚焦"形容眼球晶体的曲率调节(屈光),实际上是一种修辞或借喻,因为"聚焦"(focusing)乃是经典物理学的一个广为人知的概念,其本义为将光或电子束等聚集于一点。由于经典物理学的许多术语在我们这里早已深入人心,汉语世界已经习惯了 focusing 的对译"聚焦",以往人们运用"聚焦"一词时,心里想的也只是物理学意义上的 focusing。换言之,"聚焦"这个概念在中国少说也有数十年的普及历史,它和物理学中 focusing 的对应早已固定。而 focalization 则是热拉尔·热奈特 1972 年的发明,这位

---

① "'Focalization', perhaps one of the sexiest concepts surface from narratology's lexicon, still garners considerable attention nearly four decades after its coinage. The entry for the term in the online *Living Handbook of Narratology* is by far the most popular one, roughly 400 page views ahead of the second most popular, for 'author'." David Ciccoricco, "Focalization and Digital Fiction," *Narrative*, 20. 3 (Oct. 2012), p. 255.

法国叙事学家在其长文《叙事话语》中,[①]首先使用了这个后来广为人知的法文词 focalisation(英文为 focalization)。

这样我们就发现了将 focalization 译为"聚焦"的不妥:热奈特放着现成的 focusing 不用,而以同一词根的 focalization 取而代之,原因显然是 focusing 这个词属于物理学领域,其既有的技术气息已经挥之不去,[②]因此需要熔铸新词,以适用于叙事学这门新创立的学科;我们这里将"聚焦"与 focalization 对应,显然违背了热奈特的本意!虽然经典叙事学走的是"技术"路线,法国叙事学家希望自己归纳的范畴能臻于客观与精确的境地,但叙事学毕竟不是自然科学,它所研究的对象处于人文艺术领域,这一领域与自然科学的最大不同就是主观性和不确定性。将汉语中的物理学术语"聚焦"一词顺手拿来,对应于叙事学中的新词 focalization,从思想方法上说未免有点"偷懒"。如今"聚焦"这一汉译渐呈"约定俗成"之势,许多人对其技术气息已经是习焉不察,但本章认为必须正本清源,应该让更多的人知道叙事学中的 focalization 与物理学中的 focusing 不能等量齐观。

从汉语角度说,将视觉感知称之为"聚焦"也有问题。focalization 的施动者并不是没有感觉的照相机镜头,即便将人的眼睛比附为镜头,这个"镜头"除了"聚焦"外也还有许多其他工作要做,如"推移""切换""取景"和"调焦"等。"聚焦"这一汉译的最大弊端,在于该词表示的是一个冷冰冰的技术性动作——通过调节焦距将呈现于镜头中的图像清晰化,好莱坞电影《终结者》里的机器人就是这样不带感情地"聚焦"外部世界。相比较而言,"观察"这种译法虽然缺失了原文"调节焦距"的字面意义,不像"聚焦"那样贴切地对应于

---

① 《叙事话语》收入作者 1972 年出版的文集《辞格 III》,占据其中四分之三篇幅。中译文主要有:1. 杰拉尔·日奈特:《论叙事文话语——方法论》,杨志棠译,载张寅德编选:《叙述学研究》,北京:中国社会科学出版社,1989 年;2. 热拉尔·热奈特:《叙事话语/新叙事话语》,王文融译,北京:中国社会科学出版社,1990 年;3. 杰哈·简奈特:《叙事的论述——关于方法的讨论》,载《辞格 III》,廖素珊、杨恩祖译,台北:时报文化出版企业股份有限公司,2003 年。需要说明,杨译为该文的节译,王译与廖杨译皆为全译。王译将该文与热奈特 1983 年的"复盘"文章《新叙事话语》合为一书,名之为《叙事话语/新叙事话语》。本书主要采用王译。

② "大多数新词是由原有的其他词演变来的。语言的创造是一个保守的过程,旧物翻新,很少浪费。每有新词从旧词脱颖而出,原有的意思往往像气味一样在新词周围萦绕不去,诡秘莫辨。"刘易斯·托马斯:《语汇种种》,载《细胞生命的礼赞》,李绍明译,长沙:湖南科学技术出版社,2011 年,第 120 页。

focalization，但它传递的却是原文的本质内涵——毕竟"聚焦"是为了"观察"，而且"观察"中既有"观看"又有"觉察"，这一汉译不带任何技术成分，更多指向与视觉有关的人类感知。直译在许多情况下不如意译，原因就在于直译往往只照顾了字面上的意义，却使原文的本义或要义受到遮蔽。

"聚焦"一词让人想到时下人们常用的"吸引眼球"。如果说"聚焦"是"聚焦者"向"聚焦对象"施以视觉上的关注，那么"吸引眼球"代表着"聚焦对象"向"聚焦者"发出"看"的召唤，两者代表方向正好相反的两种流行表述方式。流行意味着时髦，但时髦不一定就是美的，鲁枢元对"吸引眼球"之类的表述方式有过尖锐批判：

> 不知诸位是否注意到，现在的媒体说到"眼睛"或"目光"喜欢将其说成"眼球"——不再说吸引目光，而是吸引眼球。在这一蜕变中，语言的审美属性被大大缩减。——以前若是赞美一位姑娘，说"你的眼睛像月亮"，那就是诗，就是美；如今要说"你的眼球像月球"，诗和美将荡然无存。[①]

为什么往昔被称为灵魂之窗的"眼睛"会蜕变为解剖学词库中的"眼球"？我们认为原因在于当前社会中的理工科思维过于发达，技术化大潮的铺天盖地导致了人文艺术的萎靡不振，原本优雅的汉语因此出现粗鄙化的危机。"文革"时期日常语言趋向于军事化，如今则带有太多被技术学科规训过的痕迹：文学批评被纳入"科学研究"的范畴，艺术活动被冠以"工程"和"招标项目"的名号，最要命的是为了获得经费资助进入"项目化生存"状态，人文艺术领域的学者被迫要填写显然是从自然科学中照搬过来的各种申请表格。

这便是孕育"聚焦"汉译的时代环境，这个词就像技术化大潮溅起的一颗水珠，反映的正是当今汉语世界"重理轻文"的颜色。focusing 的词根 focus 在拉丁文中有"火炉"之义，物理学上的"聚焦"还能产生升温效应，但"聚焦"这一汉译却缺乏人文学科词语应有的温暖。上一章提到 focalizer 在我们这里被误译为"聚焦器"（与此同时将 auscultator 译成"听诊器"），读者可能会为这种近乎搞笑的译法而忍俊不禁，其实这一误译应该由过去的错误负责——既然

[①] 鲁枢元：《奇特的汉字"风"》，《光明日报》2012 年 5 月 7 日。

focalize,focalization 的汉译与物理学上的"聚焦"没有区别,那么将 focalizer 译作"聚焦器"就是一件顺理成章之事。如果 focalize,focalization 从一开始就被译为"观察",这类"前仆后继"的误译也许根本不会发生。同样的道理,由于迄今为止诉诸听觉的 auscultate,auscultation 在各类英汉词典中只有医学意义上的对译——"听诊",要是不尽快将它们与汉语"聆察"的对应关系固定下来,今后还有人会把"聆察者"译成"听诊器"!不管是"观察者"还是"聆察者"(或者一身二任),也不管这两者在叙述中是否被赋予血肉之躯,其"观察"与"聆察"的结果最终还是要作用于真实读者的视听感知,因此我们在翻译这类关乎感知的概念时,特别要注意将其与既有的专用技术名词划清界限。

二、无法统一的分类争议

focalization 的"始作俑者"虽然是热奈特,但他使用这个词显然是受了克林斯·布鲁克斯与 R. P. 沃伦的启发:"由于视角、视野和视点是过于专门的视觉术语,我将采用较为抽象的聚焦一词,它恰好与布鲁克斯和沃伦的'叙述焦点'相对应。"[①]在对布鲁克斯和沃伦的视角概念提出异议之前,热奈特先强调了自己的分类依据,以下这段话对大多数叙事学研究者来说可能是耳熟能详:

> 然而我认为有关这个问题的大部分理论著述(基本上停留在分类阶段)令人遗憾地混淆了我所说的语式和语态,即混淆了视点决定投影方向的人物是谁和叙述者是谁这两个不同的问题,简洁些说就是混淆了谁看和谁说的问题。二者的区别,看上去清晰可辨,实际上几乎普遍不为人知。[②]

热奈特对"谁看"与"谁说"所作的区分,与其提出的 focalization 概念一道,构成了他对叙事学研究的重要贡献。《叙事话语》于 1980 年译成英文后产生了广泛影响,此后凡是讨论视角问题,人们都没有忘记他的提醒——叙事文中那个"说"的人不一定就是"看"的人,focalization 与 narration 的主体可以重合也

---

① 热拉尔·热奈特:《叙事话语/新叙事话语》,王文融译,北京:中国社会科学出版社,1990 年,第 129 页。
② 同上书,第 126 页。

可以分离。

厘定了"谁看"与"谁说"之后,热奈特着手把 focalization 分成三类:"零聚焦"(zero focalization)、"内聚焦"(internal focalization)与"外聚焦"(external focalization)。他的分类随即引起激烈而又持久的争议,其热闹程度在叙事学发展史上无与伦比,热奈特后来诙谐地说"聚焦研究使人费了不少而且恐怕有点过多的笔墨"。①阐述这些争议可能至少需要一本书的篇幅,好在申丹等学者已对此作了系统梳理,②以下删繁就简,只按分类多寡述其荦荦大端。

如果说热奈特的分类属于"三分法",那么米克·巴尔主张的就是"二分法"。米克·巴尔认为 focalization 只有"内聚焦"与"外聚焦"之别(当然其下有更细的类别),她从施动与受动角度将"聚焦"的主客体分为"聚焦者"与"聚焦对象",同时提出了一系列"聚焦层次"。由于将电影纳入研究范畴,她从"聚焦"讨论到"视觉叙述",甚至提出了"视觉叙述学"这样的概念。③ 里蒙-凯南注重考察内外"聚焦"的各个侧面,因此其分类实际上属于"多分法",所划分的有感知侧面(涉及时间与空间)、心理侧面(涉及认知与情感)以及意识形态侧面等,④这样做固然更为精细,但似乎也过于繁琐。除了"三分法""二分法"与"多分法"之外,曼弗雷德·雅安依据"聚焦者"自身的时空位置角度,提出了所谓适应范围更广的"四分法"——"严格聚焦"(strict focalization)、"环绕聚焦"(ambient focalization)、"弱聚焦"(weak focalization)与"零聚焦"(zero focalization)。⑤ 不过这四种"聚焦"中有的比较费解,从名称看也有自相冲突之嫌。

热奈特的分类惹出众声喧哗,表面原因是其分类标准游移不定。里蒙-凯

---

① 热拉尔·热奈特:《叙事话语/新叙事话语》,王文融译,北京:中国社会科学出版社,1990 年,第 229 页。
② 申丹:《视角》,载赵一凡等主编:《西方文论关键词》,北京:外语教学与研究出版社,2006 年,第 511—527 页;申丹、王丽亚:《西方叙事学:经典与后经典》,北京:北京大学出版社,2010 年,第 88—111 页。
③ 米克·巴尔:《叙述学:叙事理论导论》(第二版),谭君强译,北京:中国社会科学出版社,2003 年,第 167—208 页。
④ 里蒙-凯南:《叙事虚构作品——当代诗学》,姚锦清等译,北京:三联书店,1989 年,第 139—149 页。
⑤ Manfred Jahn, "The Mechanic of Focalization: Extending the Narratological Toolbox," *GRATT* 21(1999), pp. 85—110.

南如此批评:"热奈特的分类是基于两个不同的标准的:无聚焦和内部聚焦的区分是以观察者(聚焦者)的位置为基准,而内部聚焦和外部聚焦却是依据被观察者(被聚焦者)的位置划分的。"[1]申丹等人也说:"热奈特的一大贡献在于廓清了'叙述'(声音)与'聚焦'(眼睛、感知)之间的界限,但他在对聚焦类型进行分类时,又用叙述者'说'出了多少信息作为衡量标准,这样就又混淆了两者之间的界限,并导致变换式和多重式内聚焦与全知模式的难以区分。"[2]这些批评无疑都是对的,但问题的根源还在于 focalization 自身,我们不妨对此稍作辨析。

本书之所以坚持将 focalization 译为"观察",是因为它的本义为从某个特定角度出发进行观察(此即热奈特所说"视点决定投影方向")[3],选择某个"视点"是为了获得有利的观察视野,同时也会受到该"视点"所处位置的限制,通常所说的"盲区""死角"即由此而生。[4] 显而易见,这一本义与全知模式存在矛盾,因为全知模式意味着"无所不在"与"无时不在",没有什么东西能对这种模式下的"看"与"说"构成障碍。据此我们能够理解,为什么热奈特的"零聚焦"会遭到米克·巴尔与里蒙-凯南等人的扬弃——与其说全知模式是一种不受限制的"零聚焦",不如说它是在内外"聚焦"之间执行随心所欲的变换。热奈特本人肯定也意识到了这一点,要不然他不会在后来的《新叙事话语》中说"零聚焦=可变聚焦"。[5]不难看出,热奈特提出"零聚焦"等概念时思考还不全面,《叙事话语》一文主要是借普鲁斯特的《追忆逝水年华》来"磨刀"——将刚提炼出的叙事学范畴尝试性地运用于批评实践。这些都是完全可以理解的,没有创始人的自我完善与别人的"接着说",任何理论观点都不可能真正走向

---

[1] 里蒙-凯南:《叙事虚构作品——当代诗学》,姚锦清等译,北京:三联书店,1989 年,第 245 页。

[2] 申丹、王丽亚:《西方叙事学:经典与后经典》,北京:北京大学出版社,2010 年,第 97 页。

[3] "投影"原文为 perspective,又译"透视点"(杰拉尔·日奈特:《论叙事文话语——方法论》,杨志棠译,载张寅德编选:《叙述学研究》,北京:中国社会科学出版社,1989 年,第 240 页),或译"景深"(杰哈·简奈特:《叙事的论述——关于方法的讨论》,载《辞格 III》,廖素珊、杨恩祖译,台北:时报文化出版企业股份有限公司,2003 年,第 228 页)。这几种译法各有千秋,但我们觉得译为"视野"与原文意义似乎更为契合。

[4] "不要忘记,按布兰的话说,聚焦的本质是限制。"热拉尔·热奈特:《叙事话语/新叙事话语》,王文融译,北京:中国社会科学出版社,1990 年,第 131 页。

[5] 热拉尔·热奈特:《叙事话语/新叙事话语》,王文融译,北京:中国社会科学出版社,1990 年,第 233 页。

成熟。

但是划分"聚焦"类型无法避免一个与生俱来的问题,这就是 focalization 的"调整焦距"内蕴常常会与该词前面的限定词发生冲突,而分类其实就是为各种类型找到合适的限定词。汉语中将 focalization 译为"聚焦"后,这一"不兼容性"表现得更为明显。如果只读汉语文本,许多人或许永远无法理解"可变聚焦""环绕聚焦"是什么意思,因为一般来说只有固定观察点才能调焦,"可变"和"环绕"这样的限定词与"聚焦"结合,给人造成一种自相矛盾的印象——人们很难理解那种处在不稳定状态下的"可变聚焦",更难以想象"聚焦"变换所形成的"环绕"效果。再则,"聚焦"应当是专注于一点,"弱聚焦"这样的提法带有匪夷所思的解构性质,按此逻辑推演,"聚焦"类型中是否还要分出"强聚焦"与"中聚焦"？热奈特在《新叙事话语》中还将"谁看"改为"谁感知",①意在用"感知"囊括"听"和其他感觉,这一修正受到过一些称赞,但如此一来又有新矛盾产生：我们的耳朵没有"耳睑",也不像兔子耳朵那样可以转动方向,因此听觉是没有办法实现"聚焦"的。②

或许就是因为这一根本原因,对热奈特方案提出的每一个看似更为完善的修正案,都未能获得一致认同：人人都对划分"聚焦"类型有自己的主见,谁都觉得自己的分类体系最有道理,但就是没有办法说服对方。申丹把这种情况称之为"繁杂的混乱",并引述博尔托卢西和狄克逊的感叹作为梳理相关争议的归结："视角理论其实已发展成看上去不可调和的各种框架和争论。"③

事实上,热奈特作为 focalization 的提出者,他从一开始就预感到这一概念有可能引发争议。在《叙事话语》中,他已经把划分"聚焦"类型的相对性说得非常清楚,可惜后来的争议者大多没有认真对待该文中的一段话：

---

① 热拉尔·热奈特：《叙事话语/新叙事话语》,王文融译,北京：中国社会科学出版社,1990年,第228—229页。
② "另一方面,听却没有同世界隔开距离,而且承认世界。'语音的穿透力没有距离。'这类穿透性、脆弱性和暴露性,正是听觉的特征。我们有眼睑,没有耳睑。听的时候我们一无防护,听觉是最被动的一个感官,我们无以脱逃喧嚣吵闹。"沃尔夫冈·韦尔施：《重构美学》,陆扬、张岩冰译,上海：上海译文出版社,2002年,第223页。
③ 申丹：《视角》,载赵一凡等主编：《西方文论关键词》,北京：外语教学与研究出版社,2006年,第525页。

聚焦方法不一定在整部叙事作品中保持不变,不定内聚焦(这个提法已十分灵活)就没有贯串《包法利夫人》的始终,不仅出租马车那一段是外聚焦,而且我们已有机会说过,第二部分开始时对永镇的描写并不比巴尔扎克的大部分描写更聚在一个焦点上。因此聚焦方法并不总运用于整部作品,而是运用于一个可能非常短的特定的叙述段。另外,各个视点之间的区别也不总是像仅仅考虑纯类型时那样清晰,对一个人物的外聚焦有时可能被确定为对另一个人物的内聚焦:对菲莱阿斯·福格的外聚焦也是对被新主人吓得发呆的帕斯帕尔图的内聚焦,之所以坚持认为它是外聚焦,唯一的原因在于菲莱阿斯的主人公身份迫使帕斯帕尔图扮演目击者的角色。[1]

这番话的意思可以概括为两点:第一,"聚焦"类型的划分并不绝对,彼此之间没有"截然分明"的区别——张三的"外聚焦",有时候可以是李四的"内聚焦";第二,任何"聚焦"都不可能在整部作品中一以贯之,它们往往只适合于"一个可能非常短的特定的叙述段"。既然热奈特都说自己的划分只是相对而言,由其引发的争议还能有什么意义?热奈特在1983年的《新叙事话语》开篇中说,他写该文是"受了叙述学十年来取得的进展或倒退的启迪",[2]这样的表述颇为耐人寻味。

三、"切忌照字面意义理解"

本章第一节提到"聚焦"一词在汉语世界中产生的背景,这里有必要对酿成 focalization 的法兰西语境再作追踪。

众所周知,叙事学(Narratology)在20世纪60年代的法国呱呱坠地,与当时结构主义思潮的涌动有密切关系,而结构主义语言学则是这门学科直接的孵化器。本书导论提到巴特的观点,他说"叙事作品是一个大句子,正如任何

---

[1] 热拉尔·热奈特:《叙事话语/新叙事话语》,王文融译,北京:中国社会科学出版社,1990年,第130—131页。
[2] 同上书,第195页。

语句从某种意义上说都是一个小叙事作品的雏形一样"。①托多罗夫更把叙事文看作句子的扩展,指出其具体单位"与词类划分有惊人的相似之处"。②热奈特的《叙事话语》也体现了这种"结构主义时髦",该文在"引论"部分响应了巴特和托多罗夫的观点:

> 既然一切叙事,哪怕像《追忆逝水年华》这样复杂的鸿篇巨制,都是承担叙述一个或多个事件的语言生产,那么把它视为动词形式(语法意义上的动词)的铺展(愿意铺展多大都可以),即一个动词的扩张,或许是合情合理的。**我行走,皮埃尔来了**对我来说是最短的叙述形式,反之,《奥德修纪》或《追忆》不过以某种方式扩大了(在修辞含义上)**奥德修斯回到伊塔克**或**马塞尔成为作家**这类陈述句。③

热奈特所说的一种"聚焦"方法无法在叙事文中贯穿始终,实际上也是受了语言学中人称研究的启发,巴特比他先看到叙事文中存在人称与无人称的交替使用:"我们今天看到许多叙事作品,而且是最常见的叙事作品,经常是在同一个句子的范围内以极快的节奏交替使用人称和无人称。"④看来在叙事学的草创阶段,人们不仅把语言学方法当成了自己的工具箱,甚至还把"开箱取用"作为一项值得标榜的举动。

那么,为什么经典叙事学家纷纷以语言学为楷模建构自己的体系呢?巴特在《叙事作品结构分析导论》中谈到,由于采用了先进方法,"从那天起,语言学才真正形成,并且以巨大的步伐向前迈进,甚至于能够预见以前未曾发现的事实。"⑤巴特在这里表达的钦羡之情颇具代表性,由于所用的方法更为精密有效,语言学在20世纪取得了有目共睹的成绩,被人们称为社会科学领域中

---

① 罗兰·巴特:《叙事作品结构分析导论》,张寅德译,载张寅德编选:《叙述学研究》,北京:中国社会科学出版社,1989年,第6—7页。
② 兹维坦·托多罗夫:《从〈十日谈〉看叙事作品语法》,黄建民译,载张寅德编选:《叙述学研究》,北京:中国社会科学出版社,1989年,第181页。
③ 热拉尔·热奈特:《叙事话语/新叙事话语》,王文融译,北京:中国社会科学出版社,1990年,第10页。
④ 罗兰·巴特:《叙事作品结构分析导论》,张寅德译,载张寅德编选:《叙述学研究》,北京:中国社会科学出版社,1989年,第31页。
⑤ 同上书,第4页。

的带头学科。有带头者就会有追随者,在使用各种"硬"方法的自然科学面前,社会科学的研究者一直都有底气不足的焦虑,语言学的崛起让许多人看到了希望,于是就有了包括归纳"叙事语法"在内的种种"语言学转向"行为。

《叙事话语》一文处处表现出向语言学致敬的冲动,其主要概念大多取自于语言学的基本范畴,讨论的出发点与落脚点也是语言学。以 focalization 所属的第四章"语式"(mode)为例,热奈特一开始承认,按照严格的语言学定义,叙事文的"语式"只能是直陈式,但接下来他话锋一转,指出在"语式"的经典定义中仍有供"叙述语式"回旋的余地:

> 利特雷在确定语式的语法含义时显然考虑到这个功能:"这个词就是指程度不同地肯定有关事物和表现……人们观察存在或行动之不同角度的各种动词形式",这个措辞精当的定义在此对我们十分宝贵。讲述一件事的时候,的确可以讲多讲少,也可以从这个或那个角度去讲;叙述语式范畴涉及的正是这种能力和发挥这种能力的方式。①

热奈特为"叙述语式"(narrative mode)开辟的讨论空间,包括了"观察存在或行动之不同角度",这就是 focalization 的语言学支点。

以上所述,或可用导论中提到的"语言学钦羡"(the linguistics envy)一言以蔽之。但是,仅仅看到叙事学是语言学的追随者是不够的,如果把包括自然科学和社会科学在内的所有学科看作一列浩浩荡荡的队伍,那么举着大旗走在最前面的还不是语言学。语言学内部人士认为,该学科中的"客观主义"来自当代各门硬科学,尤其是物理学和计算机科学的影响:"现代语言学虽自视为领先科学,但由形式语言学的原则方法观之,其物理学钦羡一点也不落人后。"②也就是说,语言学虽然是叙事学的前导,但它自身又是物理学等"硬科学"的追随者。明乎此,我们就会看出在经典叙事学的"语言学钦羡"深处,隐藏着与其他"软科学"一脉相承的"物理学钦羡"。说得更直白一些,热奈特等人虽然借用了许多语言学术语,骨子里却是希望自己能做到像物理学那样"精深细密"。如前所述,focalization 一词本身就有挥之不去的技术气息,它后面

---

① 热拉尔·热奈特:《叙事话语/新叙事话语》,王文融译,北京:中国社会科学出版社,1990年,第107页。
② 张敏:《认知语言学与汉语名词短语》,北京:中国社会科学出版社,1998年,第37页。

还隐约可见物理学名词"聚焦"（focusing）的身影，我们这里将 focalization 译为"聚焦"（包括将 auscultation 译为"听诊"），说到底也是"物理学钦羡"在暗中作祟！

话又说回来，热奈特本人的阐述还是很注意分寸的。每逢使用非文学词语的场合，他都会秉持学术研究应有的严谨态度，坦承这是一种譬喻意义上的借用。试读"语式"一章的开篇部分：

> 叙事可用较为直接或不那么直接的方式向读者提供或多或少的细节，因而看上去与讲述的内容（借用一个简便常用的空间隐喻，但切忌照字面理解）保持或大或小的距离；叙事也可以不再通过均匀过滤的方式，而依据故事参与者（人物或一组人物）的认识能力调节它提供的信息，采纳或佯装采纳上述参与者的通常所说的"视角"或视点，好像对故事作了（继续借用空间隐喻）这个或那个投影。我们暂且这样命名并下定义的"距离"和"投影"是语式即叙述信息调节的两种形态，这就像欣赏一幅画，看得真切与否取决于与画的距离，看到多大的画面则取决于与或多或少遮住画面的某个局部障碍之间的相对位置。①

由于原文已用粗体字强调关键词语，这里只能将表达譬喻意思的文字用着重号（字下加点）标出。从标出内容看，一是频繁使用譬喻（两次"借用"空间隐喻），二是使用的喻体如"距离"（distance）、"投影"（perspective）和"欣赏一幅画"等均与空间有关，三是陈述的语气为"像是"而非"就是"（"看上去""好像""就像"和"暂且这样命名"等）。据此我们明白，热奈特对"叙述语式"的探讨，建立在"借用空间隐喻"的基础之上。在接下来"投影"一节的开头，他又一次称讨论对象为"运用隐喻暂且称作的叙述投影"，②由于 focalization 是在该节末尾第一次横空出世，可以确定"空间隐喻"乃是这一概念脱胎的语境。换句话说，focalization 就本质而言属于"空间隐喻"，热奈特在"投影"一节中将其从所嵌入的空间背景上抽离出来，作为一个在逻辑上与"距离""投影"等构成并列关系的研究对象，以便在接下来的"聚焦"一节中进行专门讨论。

---

① 热拉尔·热奈特：《叙事话语/新叙事话语》，王文融译，北京：中国社会科学出版社，1990年，第107—108页。
② 同上书，第126页。

循着热奈特的提示——"切忌照字面意义理解",我们认识到了focalization 的譬喻性质,而将 focalization 译成"聚焦",恰恰强化了原文字面上的空间意义——"调节焦距",这正是热奈特不愿意看到的。譬喻这种修辞手段让人看到"A 像 B",但其后面的意思却是"A 非 B",如果只看到"像"而忘记了"非",便会把字面意义当成本义,不知不觉由"A 像 B"滑向"A 是 B"。叙事学研究中这类混淆层出不穷,例如,在使用"距离控制"与"叙述声音"等术语时,许多人根本就忘记了它们在本质上属于譬喻,这些概念中的"距离"与"声音"均不能按字面意义理解,因为它们并非真正地诉诸视听感官。我们并不笼统反对使用技术领域的概念,但不加界定的使用显然会把自己连同他人拖入"A 是 B"的误区。换句话说,叙事学朝"精深细密"方向的发展不能轻率否定,但研究者应警惕"物理学钦羡"的负面影响。热奈特在《新叙事话语》开篇中以"机械论式的叙述学"为话题,自嘲般地提到它那"没有'灵魂'的、往往没有思想的技术性,以及在文学研究中扮演'尖端科学'角色的奢望",[①]我们千万不要成为这一嘲弄的对象。

总而言之,遵循热奈特本人所说的"切忌照字面意义理解"空间隐喻,我们应当让他的 focalization 在汉语中回归其本义——"观察"。本人注意到许多汉语文章在解释"聚焦"这一概念时,绕来绕去还是离不开"观察"一词,既然如此,何不径用"观察"代替"聚焦"?"观察"中其实就有"聚焦"的成分,这层意思并未真正"撇"去,而是作为深层内蕴隐藏在字面之下,这就像人们看东西时自然要通过眼球晶体"屈光"一样,但人们从来不会将"看"机械地表述为"屈光",那样做的话未免有点大煞风景。

四、余论:"焦点透视"与"散点透视"

语言问题的背后是文化,"聚焦"这一译法折射出的诸多问题,归根结底还要到文化上去寻求解释。

读者或许已经注意到,"聚焦"在现代汉语中已经成为一个高频词(媒体上

---

① 热拉尔·热奈特:《叙事话语/新叙事话语》,王文融译,北京:中国社会科学出版社,1990 年,第 195 页。

这个词几乎等于"关注"),但在文学领域,人们多半是在讨论西方叙事时才使用这个术语,一旦涉及我们自己的文学特别是传统叙事,研究者还是倾向于使用"视角"之类的表达方式。为什么"聚焦"一词与中国叙事之间会出现这种不"和谐"现象?本人认为原因在于中西文化在空间表现上的巨大差异,这种差异在绘画上体现得最为明显。众所周知,中西绘画的"投影"方式分别为"散点透视"与"焦点透视":前者的"视点"可以自由移动,后者因固守一处而只有一个消逝点。张择端的《清明上河图》依靠"散点透视",将绵延几十里的水陆景观纳入五米多长的画幅之内,这种面面俱到的动态观察,使画家能逐一描绘清明时节汴河两岸的市相百态;拉斐尔的《雅典学派》运用的是"焦点透视",画家把古希腊五十多位学者名人集中到一间大厅之内,把他们表现为仿佛是从背景上的拱顶长廊深处走来,挺立于画面正中的亚里士多德与柏拉图成了最吸引观众目光的人物(见书中彩图8:拉斐尔的《雅典学派》;彩图9:张择端的《清明上河图》〈局部〉)。

与此相似,西方叙事也喜欢在主要人物身上"聚焦",从荷马史诗、骑士传奇到流浪汉小说(18世纪之后的小说更不用说),都是紧紧围绕主要人物的行动(战斗、漂流、游侠、流浪等)展开叙述。中国叙事则不那么讲究"聚焦",叙述的重点经常发生偏离与游动,这方面《水浒传》《儒林外史》《官场现形记》等可为代表。鲁迅对《儒林外史》所作的考语——"惟全书无主干,仅驱使各种人物,行列而来,事与其来俱起,亦与其去俱讫,虽云长篇,颇同短制;但如集诸碎锦,合为帖子",①指的就是叙述中观察对象的不断转移。"聚焦"这一概念与中国叙事的疏离,其道理就像西洋拳击术语不适合描述中国太极拳的动作一样。借用上文的空间譬喻,西方文化是讲究"聚焦"的"焦点透视",而我们的文化则是不那么注重"聚焦"的"散点透视","聚"有"聚"的好处,"散"也有"散"的优势,这两种方式各有所长,没有高下优劣之别,在这方面我们也要警惕某种"西方学术钦羡"。本书不同意将 focalization 译为"聚焦",还有更深一层的用意:该词的滥用有可能酿成"重'聚'轻'散'"的偏见。当然,如同有些人已经做过的那样,在"聚焦"前面加上"可变""环绕"之类的限定语,或许可以规范其适用范围,但此类自我矛盾的表达总令人感觉别扭。

---

① 鲁迅:《中国小说史略》,载《鲁迅全集》(第九卷),北京:人民文学出版社,1981年,第221页。

文化不但有中西之分,还有视觉文化、听觉文化等基于感知方式的区分。如前所述,热奈特发明 focalization 一词是为了避开"专门的视觉术语"("由于视角、视野和视点是过于专门的视觉术语,我将采用较为抽象的聚焦一词"),但是事与愿违,该词在人们印象中始终摆脱不了"专门的视觉含义",[1]不仅如此,"聚焦"这一汉译的流行如今反而扩大了视觉文化的强势地位。可能有人会说"观察"这一表述也指涉视觉,这点我们完全承认,不过请注意,"观察"(诉诸视觉)在这里是与"聆察"(诉诸听觉)平行的一对范畴,也就是说使用该词为的是给其他感觉的表达留出余地!而热奈特的意图则是以 focalization 囊括所有感觉,所以他会在《新叙事话语》中将"谁看"改成"谁感知",但由于前面提到的原因,不是所有的感知方式都能"聚焦",因此"聚焦"这一汉译与"谁感知"又有龃龉。

按照沃尔夫冈·韦尔施的意见,西方文化最初是一种听觉文化,但从公元前5世纪初赫拉克里特宣布眼睛"较之耳朵是更为精确的见证人"开始,"听觉领先已经在向视觉领先转移","到了柏拉图的时代,已完全盛行视觉模式"。[2]从那以后人们更倾向于用视觉来代替其他所有的感觉,似乎"看到"就是"知道"——"'视'与'知'画上了等号"。[3]《我们赖以生存的譬喻》一书举出大量与视觉相关的喻语,来说明西方文化中"视即知"这种语言表达习惯。[4] 不过西方的有识之士对此早有警觉,索福克勒斯的《俄狄浦斯王》中,主人公得知自己弑父娶母后弄瞎双眼,莎士比亚的《李尔王》中,主人公失明后反而"看"清三

---

[1] "'聚焦'一词涉及光学上的焦距调节,很难摆脱专门的视觉含义。"申丹、王丽亚:《西方叙事学:经典与后经典》,北京:北京大学出版社,2010年,第89页。

[2] 沃尔夫冈·韦尔施:《重构美学》,陆扬、张岩冰译,上海:上海译文出版社,2002年,第214页。

[3] "无论是柏拉图的'心灵的视力',还是奥古斯丁的'光明之眼',或者笛卡尔的'精神察看',它们有一个共同的特点:均以视觉为认知中心,强调视觉中包含的知性和理性成分以及视觉对外部世界的把握能力。眼睛上升为智性器官,'视'与'知'画上了等号,视者理性的目光冷静客观,看穿隐藏在表象下的秘密。"陈榕:《凝视》,载赵一凡等主编:《西方文论关键词》,北京:外语教学与研究出版社,2006年,第351页。又,"'知道'一词在词源学上是'看见'的同义词。我们大多数其他表达认知的词汇:洞见、证据、理念、理论、反思等等,都是凭视觉裁定。我们的政治修辞和我们的私下期望同样是为视觉所主导:我们期待开放性,希望看穿某人的灵魂。"沃尔夫冈·韦尔施:《重构美学》,陆扬、张岩冰译,上海:上海译文出版社,2002年,第216页。

[4] 乔治·雷可夫、马克·约翰逊:《我们赖以生存的譬喻》,周世箴译,台北:联经出版事业股份有限公司,2012年,第91—93、177—180页。

个女儿的真实面目,这两部悲剧似乎都在说明"看到"不一定就是"知道"。麦克卢汉说中国文化倚重听觉甚于视觉,①不管他的看法是否准确,我们都应该尊重和珍惜自己的感觉表达习惯。本书当然不主张大家都怀疑自己的眼睛,只希望恢复感觉的丰富与均衡,以抵御视觉霸权对其他感知方式的压迫。不加辨析地使用乃至推广"聚焦"概念,有可能把叙事学推向狭隘的视觉叙事学,这对中国叙事学的研究来说显然是不利的。

---

① 麦克鲁汉(通译麦克卢汉):《古腾堡星系:活版印刷人的造成》,赖盈满译,台北:猫头鹰书房,2008年,第52页。

乡土篇

第十二章

羽衣仙女传说的本土生成

【提要】 羽衣仙女传说起源于古代的豫章地区,本章分别从"水""鸟""船"三方面探讨该传说的本土成因。第一,江西从总体上看是一块巨大的稻作湿地,这种亲水环境加上炎热天气,为女性露天洗浴的民间风气提供了条件;第二,故事中仙女化身白鹤,而现实中全球98%的白鹤在鄱阳湖越冬,这一数字显示了白鹤在其他地方的稀见程度,同时也有力地证明了白鹤传说最有可能起源于江西;第三,由于千里赣江是一条南北走向的"黄金水道",江西古代船舶交通特别繁忙,百无聊赖的船客最多的消遣便是讲故事,"晴空一鹤排云上,便引诗情到碧霄"说明鹤类容易引发人们的叙事灵感,现在的鄱阳湖国家级自然保护区管理处就设在当年的水上交通重镇吴城镇,而白鹤最为集中的大湖池、中湖池等湿地就坐落在吴城镇周围。羽衣仙女传说向海外传播的第一站可能是琉球群岛,在印度尼西亚的巴厘岛也能看到它留下的痕迹,但该传说在其起源之地反而知者寥寥,究其原因,还是因为"不语怪力乱神"的儒家思想构成故事传播的巨大障碍。

羽衣仙女传说在全球范围内有广泛传播,与其动人的故事情节不无关系:美丽的仙女飞临清池沐浴,男子窃得羽衣后与其结婚生子,仙女取回羽衣后飞返天界,伤心的家人踏上寻亲的旅程。这个故事中的"解衣""窥浴"和"窃衣"等事件具有强烈的戏剧性,"寻亲"一节转喜为悲,既引人同情又包含了许多可能性,因而很能够撩发人们的兴趣与想象。从发生时间上说,羽衣仙女传说被记录下来的时间很早,它的开放性结尾在中国还与牛郎织女传说发生交织。从空间分布来说,羽衣仙女传说流行于亚、欧、非三大洲的许多地区,本人曾在巴厘岛博物馆看到一幅描绘该传说的当地图画。① 世界各地的环境与物种不尽相同,因此传说中的女主角或化身为白鹤,或赋形为天鹅,在鸟迹罕至的北欧,这位仙女甚至会以海豹的面目出现——海豹皮也像羽衣一样可以蜕去。

民间文学界对羽衣仙女传说的起源与传播已有充分研究。一般认为,最早记录该传说的为西晋人郭璞,因为《玄中记·女雀》中有如下一段文字:

> 豫章男子,见田中有六七女人,不知是鸟。匍匐往,先得其所解毛衣,藏之,即往就诸鸟。诸鸟各走就毛衣,衣之飞去。一鸟独不得去,男子取以为妇,生三女。其母后令女问父,知衣在积稻下,得衣飞去。后以衣迎三女,三女得衣亦飞去。

东晋干宝的《搜神记》卷十四中也有约略相同的记载,只不过对男主角的介绍更为具体——由"豫章男子"变为"豫章新喻县男子"。② 迄今为止,国际学术界尚未发现比《玄中记·女雀》或《搜神记·毛衣女》更早的记录。钟敬文认为:"干氏《搜神记》和《玄中记》中的记录,不但在文献的'时代观'上,占着极早的位置,从故事的情节看来,也是'最原形的',至少'较近原形的'。"③ 据此可以合乎逻辑地认定,古代豫章地区乃是羽衣仙女传说的故乡。

羽衣仙女传说起源于豫章,引出了以下将着重讨论的一个问题:为什么这个传说会在江西首先形成?事物的发生固然有其偶然性,但偶然之中有必然,本章希望对这一具体对象的剖析,能以小见大地展现民间传说的成因,进而引导我们对中国叙事的生成条件与本土形态得出更为深入的认识。作为土生土长的豫章学人,本人对羽衣仙女传说可谓情有独钟——既从地域文化角度对

---

① 巴厘岛乌布地区的 Puri Lukisan 博物馆中藏有一幅画,表现"Raja Pala steals the scarf of one of the heavenly nymphs in the hope that she will not be able to fly back to heaven so he could have her as his wife. She agrees to be his wife with one condition after having his child, Raja Pala will return her scarf"。画面上的窥浴少年藏于树上,正用树枝挑起一位仙女的衣服,画上仙女的数量也是七位。

② 《搜神记》卷十四关于"毛衣女"的记载:"豫章新喻县男子,见田中有六七女,皆衣毛衣,不知是鸟。匍匐往,得其一女所解毛衣,取藏之,即往就诸鸟。诸鸟各飞去,一鸟独不得去,男子取以为妇,生三女。其母后使女问父,知衣在积稻下,得之,衣而飞去。后复以迎三女,女亦得飞去。"

③ 钟敬文:《钟敬文民间文学论集》(下),上海:上海文艺出版社,1985年,第55页。

其作过观察与思考,①又有作为"非遗"项目传承人对其进行推介的实际经历,②这种"地方性知识"③也是不亚于叙事理论的操作利器。

一、稻作湿地为传说温床

羽衣仙女传说的关联因素中,第一位是水。没有地面上那一泓清水,天空中翩翩飞翔的羽衣仙女不会在此落下,更不会有"解衣入浴"这一打开事件阀门的导火索行动。

《玄中记》与《搜神记》中所说的"豫章"应为豫章郡,西汉豫章郡的管辖区域几乎覆盖今日江西省全境,但到晋时大为缩小,大约只相当于今天南昌市的行政范围,现在人们心目中的"豫章"已与当年豫章郡的郡治南昌同义(过去戏文中称南昌为豫章城)。《搜神记》将"新喻"(即今"新余",已由县升市)说成"豫章新喻",使用的还是"大豫章"概念。不管是"大豫章"还是"小豫章",江西自古以来就是水乡泽国,吸纳"赣、抚、信、饶、修"五河来水的鄱阳湖如今已成中国第一大淡水湖,"湖在城中,城在湖中"的南昌还因水资源丰富而被称为"洪州""洪都",至今南昌市政府文件还按"洪发"编号。翻开乾隆时期的南昌地图,城外有东西南北濠环绕,贤士湖、青山湖经东濠、南濠和西濠与赣江连接,城内四湖(东湖、西湖、南湖与北湖)原本就属一体,它们通过豫章沟、归极津、三德津等与东濠和北濠相连,而沟通四湖的城内水道密如蛛网,它们像街道一样将老城区分割成一个个方格。与省城的情况相似,省内一些城市也有"江城""湖城""水城"之类的别名,城内城外均有星罗棋布的湖塘与纵横交叉的沟渠。

除了水之外,气温也是不可或缺的入水条件。鄱阳湖周边位于北纬28~29度之间,夏季酷日当头,属亚热带湿热气候,露天洗浴因此成了人们解暑降

---

① 傅修延:《羽衣仙女与赣文化》,载《江西师范大学学报》2000年第3期;傅修延:《白鹤何时成省鸟?》,载傅修延:《赣文化论稿》,南昌:江西教育出版社,2004年。
② 南昌市西湖区非物质文化遗产保护中心以本人为主要传承人申报的"浴仙池传说"(即羽衣仙女传说),已于2013年列入第四批江西省级非物质文化遗产名录。
③ 克利福德·格尔茨著有《地方性知识》一书,格尔茨指出,"地方性知识"与西方所谓普遍性知识各有千秋,没有高低优劣之别。

温的简便途径。本人少年时在豫章城南的"将军渡"一带学习游泳,那时男性无论老幼皆坦荡入水,竹排上的洗衣女对此亦视若无睹,但洗衣女若与水中男熟悉,彼此间免不了交换几句不登大雅之堂的戏谑。20世纪60年代后期本人在鄱阳湖边的朱港农场开了三年船,船老大给我们这些下放知青讲过不少各地男女同浴的故事;70年代初本人调到新余一家工厂工作,亲眼看见袁河上的女子洗衣之后又入水自洗。再后来接触到记载此类事象的历史文献,始知它们属于毋庸惊怪的地方习俗。《尚书大传》说"吴越之俗,男女同川而浴"①,古代江西的土著居民属于越族,②赣地又有"吴头楚尾"之称(江西地名中仅"吴城"就有两处),看来这一习俗很早就与江西有缘。

"男女同川而浴"告诉我们,中国古代虽有"男女授受不亲"的两性禁忌,教化之外的草根民众仍按自己的习俗率性而为。《玄中记》与《搜神记》记述的"田中有六七女人""衣在积稻下",让我们看到故事发生在栽种水稻的农田背景之上。句道兴本《搜神记·田昆仑》(或称《田章》,敦煌出土文献)进一步点明女子洗浴的"水池"是在禾田之中,男主人公于"禾熟之时"借"谷苙"为掩护进行偷窥:

> 昔有田昆仑者,其家甚贫,未娶妻室。当家地内,有一水池,极深清妙。至禾熟之时,昆仑向田行,乃见有三个美女洗浴。其昆仑欲就看之,遥见去百步,即变为三个白鹤,两个飞向池边树头而坐,一个在池洗垢中间。遂入谷苙底,匍匐而前往来看之。③

这些记述中反复出现的"田""稻""禾""谷""水""洗"等字样,透露出稻作湿地乃是"裸泳"与"窥浴"的生成环境——烈日下劳动的田中男女免不了就近洗浴,这就为两性间的某种接触提供了条件。至于"窥浴"之后的"窃衣"与"取以为妇",应该说均属男女之爱的自然进程,可以看作稻作文化区古老婚恋习俗

---

① 女性野浴甚至与男子同川而浴在南方较为普遍。《后汉书·南蛮传》:"其俗男女同川而浴,故曰交阯。"沈德符《万历野获编》:"(粤地)老少男妇俱解衣入水,拍浮甚乐。"六十七《番社采风图考》:"(台湾)彰化以北,番妇日往溪潭盥□(□字左上为'水',左下为'艹',右为'页')沐浴,女伴牵呼,拍浮蹀躞,谑浪相嬲,虽番汉聚观,无所怖忌。"
② 陈文华、陈荣华主编:《江西通史》,南昌:江西人民出版社,1999年,第34页。
③ 句道兴:《搜神记·田昆仑》,载王重民等编:《敦煌变文集》(下集),北京:人民文学出版社,1984年,第882页。

的一种折射。

以上讨论已经显示,稻作湿地的文化习俗乃是孕育羽衣仙女传说的温床。如果说本书第七章讨论的四大传说皆为女性引领,那么羽衣仙女传说就是一个男性在性爱中占据主动的故事,而女性在这一故事中处在"被看""被动"和"被强迫"的地位。有一定社会阅历的读者都知道,反映性别眼光与欲望的故事极易在处于性饥渴状态的男性群体中流传,更何况这一传说带有占女性便宜的内容。羽衣仙女传说的起源与传播,与社会上普遍存在的"偷窥"心理大有关系。《田昆仑》中就有对女性"被看"的津津乐道,故事中池边男子占据主动居高临下,池中女子失去衣衫羞怯难当:

> 小女遂于池内不敢出池,其天女遂吐实情,向昆仑道:"天女当共三个姊妹,出来暂于池中游戏,被池主见之。两个阿姊当时收得天衣而去,小女一身邂逅中间,天衣乃被池主收将,不得露形出池,幸愿池主宽恩,还其天衣,用盖形体出池,共池主为夫妻。"昆仑进退思量,若与此天衣,恐即去,昆仑报天女曰:"娘子若索天衣者,终不可得矣。若非吾脱衫,与且盖形,得不?"其天女初时不肯出池,口称至暗而去。其女延引,索天衣不得,形势不似,始语昆仑,亦听君脱衫,将来盖我着出池,共君为夫妻。其昆仑心中喜悦,急卷天衣,即深藏之。遂脱衫与天女,被之出池。①

这段文字让我们感觉到,故事讲述者这时候实际上是在邀请听众"消费"失衣女子在池中的诸多尴尬和无奈。鲁迅曾说:"净坛将军摇身一变,化为鲫鱼,在女妖们的大腿间钻来钻去。"②钟敬文也说:"中国故事中的这种情节,最深印于我们的脑海的,怕是《西游记》里蜘蛛精在濯垢泉洗澡,而猪八戒前往鬼混的一幕喜剧吧。"③两位大家都用具体事例暗讽了这种"消费"心理。无独有偶,江西还有一个"男人讲述的女人故事",这就是同样有全球影响的云中落绣鞋

---

① 句道兴:《搜神记·田昆仑》,载王重民等编:《敦煌变文集》(下集),北京:人民文学出版社,1984年,第882—883页。
② 鲁迅:《准风月谈·查旧账》,载《鲁迅全集》(第五卷),北京:人民文学出版社,1981年,第233页。
③ 钟敬文:《钟敬文民间文学论集》(下),上海:上海文艺出版社,1985年,第65页。

传说。① 羽衣仙女传说讲述的是窃取女性的衣服,云中落绣鞋传说则为捡到女性的鞋子,两者都在女人衣物上做文章,这种"巧合"恐怕也不是偶然的。

二、候鸟王国出白鹤仙女

仅用故事背景来解释羽衣仙女传说起源于江西,理由还不够充分,因为江西之外的其他地方也有大片稻作湿地和相同气候,但故事中还有一个因素能说明它与江西的特殊联系,这就是传说的女主角白鹤仙女。

在一切生灵中,高高飞翔的鸟类最容易纳入人类的视线,特别是在人工建筑尚未遮天蔽日而且鸟类还不那么畏惧人类的时代。羽衣仙女传说属于人鸟恋类型,从美学角度看,不是任何鸟类都会激发人们对异性的联想,形态可怖的鸱鸮之类绝对没有资格充当清池中的浴女,只有那些外形优美且体形较大的鸟类才有此可能。学名为 Grus leucogeranus 的白鹤符合这一标准,它的长度可达 130—140 厘米,站立时通体白色,飞翔时肢体飘逸,行起路来步姿潇洒,两条长腿令其亭亭玉立。可以想象,当白鹤躲在某个水塘边觅食时,人们一不留神会把这种白色的鸟儿当作浴女,有可能就是某位眼神不好者的报告导致了该传说的缘起。羽衣仙女传说又名天鹅处女传说,白色的天鹅在欧洲等地较为多见,也是一种令人赏心悦目的大型涉禽,天鹅与处女并称表明两者在人们心中的感觉相似(见书中彩图 10:白鹤图)。

---

① 丁乃通:《云中落绣鞋——中国及其邻国 AT301 型故事群在世界传统中的意义》,载丁乃通撰、华中师范大学民间文学研究室编:《中西叙事文学比较研究》,陈建宪等译,武汉:华中师范大学出版社,1994年,第 150—269 页。刘守华:《一个影响深远的唐代民间故事——"望夫冈"与"云中落绣鞋"型故事》,《文史知识》1997 年 1 期。云中落绣鞋传说的现代口头异文十分丰富,几乎分布在中国每一个主要省份,而且被改编成弹词、木鱼歌和越剧、桂剧、莆剧、庐剧、和剧、莆仙戏与郧零剧等。丁乃通对云中落绣鞋传说有详尽研究,他认为这个故事显然是在民间传诵多年后才进入江西地方文献《鄱阳记》,以后又被《初学记》所引用,估计是一位胡人在公元 10 世纪左右把它带到西方,13 世纪骑士传奇《托切》是这个故事最早的欧洲异文。这个故事的落鞋与望夫情节在儒家文化圈之外失落,而下洞斩妖、寻宝救美情节则在西方大行其道。直到今天,"山洞寻宝"仍是世界性的热门话题,媒体渲染与影视演绎代代都有花样翻新(如好莱坞电影《夺宝奇兵》)。

《玄中记》与《搜神记》只笼统用"鸟"指称故事中的仙女化身,但上引《田昆仑》已写明仙女是由白鹤变形而来,北宋洪刍《豫章职方乘》也说池中仙女"化白鹤飞去"(详后)。传世的南昌地方文献,包括各个时期的府志、县志以及地名志等,涉及该传说时均沿袭《豫章职方乘》中仙女变白鹤的记述。明代王直《豫章十咏》第八首《浴仙池》中,亦有"鹤归瑶岛"这样的字眼。① 那么,仙女化身白鹤又能说明什么问题呢?海阔凭鱼跃,天高任鸟飞,难道白鹤与江西之间存在什么特殊的联系?

让我们来看与白鹤有关的一些事实。

白鹤并非终年驻守一地的留鸟,而是南北迁徙的候鸟,其繁殖地点在西伯利亚北极圈的冻土带内(白鹤的英文因此是"西伯利亚鹤"——Siberia Crane),但每年秋冬之际都要不远万里飞来鄱阳湖湿地越冬,第二年油菜开花之际返回。候鸟迁徙的路径并不是随心所欲的,为了保证长途跋涉中有食物补充,白鹤把自己的"航线"固定在东亚大陆海岸以内,更具体地说总是飞行在那些盛产鱼虾螺蚌与草虫茎块的水系上空。并非巧合的是,当白鹤南飞至长江流域时,正遇上鄱阳湖因大幅度退水而露出港汊纵横的湖滩草洲,于是这块芦苇密布的湿地形成了吸引它们在此停留的重要目标。仔细研究地图可以发现,在北纬30度附近,没有哪个地方比鄱阳湖对越冬候鸟更有诱惑力,因为这里具有冬不结冰、面积巨大、人烟稀少、水质优良和食物丰富等综合优势。鄱阳湖湿地是亚洲最大的一块湿地,这里建有全球最大的候鸟越季栖息地——鄱阳湖国家级自然保护区,保护区内现有鸟类300多种,列为国家一级保护的有11种,列为二级保护的有43种,冬夏候鸟总数都在30万只以上。② 至于越冬白鹤的数量,请看专业人士的分析统计:

> 在这里觅食、栖息的候鸟不仅种类繁多、数量巨大,而且与自然环境和谐统一的亚热带湿地生态系统保持完好,从而受到国内外广大学者的高度重视。特别是80年代以前已处于濒危的物种——白鹤(Grus leucogeranus),近几年在保护区观测记录到的数量达2000多只,从而受

---

① 王直《浴仙池》全诗为:"翩翩仙侣下涟漪,香雾霏散显翠旗。鹊渡银河当七夕,鹤归瑶岛已多时。萧条杨柳秋风后,零落芙蓉夕露滋。青鸟不来云路杳,凤箫空向月中吹。"
② 朱海虹、张本等:《鄱阳湖》,合肥:中国科学技术大学出版社,1997年,第217—218页。

到包括世界野生生物基金会（WWF）主席英国女王的丈夫菲利浦亲王、丹麦女王的丈夫亨里克亲王、国际鹤类基金会主席阿奇柏博士等学者、专家的极大兴趣并前往考察。1993年12月6—7日，在保护区考察的中外专家共同目睹了多达2800多只白鹤汇聚大湖池的壮丽景观，其数量几乎占全世界白鹤的98%。因此，鄱阳湖自然保护区有"白鹤王国"和"鸟类乐园"的美誉。①

全世界98%的白鹤在鄱阳湖越冬，这一数字显示了白鹤在其他地方的稀见程度，同时有力地证明了白鹤传说最有可能起源于江西。《田昆仑》中白鹤出现是在"禾熟之时"，这也完全符合白鹤从西伯利亚飞抵江西的时间——长江流域至迟在西晋时期就已栽种双季稻，②晚稻成熟于10月底至11月初，而白鹤正是在这段时间内乘西伯利亚刮起的寒风飘然而至。

人鸟恋的后面是鸟崇拜习俗，这一习俗不止流行于江西一地，从我国东北到长江中下游以及沿海地区，到处都有鸟崇拜的遗存。③ 并非巧合的是，这些地方正好构成了亚洲东部种群候鸟在我国的迁徙范围。作为候鸟的主要栖息地与绵延数千年的稻作区，赣鄱大地的鸟崇拜习俗与稻作文化的关系似乎更为密切，这一点《玄中记》与《搜神记》已用"鸟"在"田"中作了再明显不过的提示。"鸟"与"田"的结合还让人想到古人的"鸟田"之说，一般将"鸟田"或"鸟田之利"释为鸟类具有为农田除草、啄虫和施粪等功能，王充《论衡·书虚》对此

---

① 朱海虹、张本等：《鄱阳湖》，合肥：中国科学技术大学出版社，1997年，第216页。又，"谈起在鄱阳湖大湖池和常湖池见到世界最大的白鹤群时，他（国际鹤类基金会会长阿奇波博士）眉飞色舞：'啊，那确是激动人心的时刻，我高兴得要发疯了。你知道吗，世界上现存十五种鹤，半数已临绝迹，而白鹤更是稀少珍贵。我跑了几十个国家，在伊朗发现了五只，在印度发现了十四只，而在鄱阳湖，1月13日这一天就发现了一千三百五十只！简直似不可思议的梦幻！'"西璘：《鄱湖鹤鸣惊四海——访国际鹤类基金会会长阿奇波》，载《江西日报》1985年1月23日。

② 西晋左思《吴都赋》有"国税再熟之稻"的表述。

③ 试由北而南依次撮述：东北满族曾奉神鹊为保护神，有羽衣仙女型传说《佛库伦吞果》流传至今（满语称母亲为"额娘"，据云源于仙女变天鹅飞去后儿子向天呼喊"鹅娘"）；渤海东北一带史称"燕"，奉燕子为神明，至今以"燕"为名的女性甚多；山东大汶口文化、龙山文化以及江浙的良渚文化，均有大量器物纹饰与鸟有关，至于吴、闽、粤文化，鸟崇拜之存在不言而喻。

有辩证分析。①陈桥驿认为鸟类啄食野草害虫之类有利于耕作。② 但除草之类均属农耕的辅助环节，以此来解释"鸟田"之"田"仍不能使人满足：如果"鸟田"不能对应稻作的主要环节——耕种，那么"鸟田"之说也就算不上什么奇迹！本人的看法是，古代汉语中"田""佃"相通，可作动词用，其引申义为"耕种"，如"田彼南山"之类。③ 从传世文献中有关"鸟田"的记述看，这个"田"（"佃"）字解作他义相当牵强，只有释为"耕种"才能说得通：

> 百鸟佃于泽。（《吴越春秋·越王无余外传》）
>
> 天美禹德，而劳其大功，使百鸟还为民田。（同上）
>
> 大海越滨之民，独以鸟田。（《越绝书·越绝外传记地传》）

联系古籍中"象田鸟耘""有鸟来为之耘"（《水经注·浙江》）等表述，可以认为它们实际上都是指鸟类帮助耕耘。那么，为什么不顺理成章地将"鸟田"释作"鸟耕"或"鸟耘"呢？这或许是因为现代人实在无法想象鸟类会像水牛那样耕地。幸运的是，"鸟田"现象至今仍未绝迹，白鹤在鄱阳湖湿地上的活动为破译这一千古之谜留下了线索。试读白鹤研究者对其觅食动作的一段客观描述：

> 白鹤取食的方式为用喙挖坑觅食，将喙垂直插进泥土，用力5—7次，衔出一块像香蕉样的泥块，迅速甩向两旁。泥块直径为17—20mm，长70—80mm。每分钟挖掘约7—8块。白鹤觅食挖掘的坑深为17—20cm，宽20—40cm。坑口与坑底同样大小，坑的两旁为白鹤用喙挖的泥土堆。在白鹤群觅食过的湖滩上，每平方米约有3—4个坑，像拖拉机翻耕过一样。④

---

① "由此言之，鸟田象耕，报佑舜禹，非其实也。实者，苍梧多象之地，会稽众鸟所居。《禹贡》曰：'彭蠡既潴，阳鸟攸居。'天地之情，鸟兽之行也，象自蹈土，鸟自食苹。土蹶草尽，若耕田状，壤靡泥易，人随种之，世俗则谓为舜禹田。"王充：《论衡·书虚篇》。

② "所谓会稽鸟田，实际上是一种被王充称为'雁鸿'的候鸟的越冬过程。这种候鸟，来到今绍兴北部的这片沼泽平原时正值秋末冬初，当时，庄稼已经收割，大批候鸟在田间啄食野草害虫，这当然有利于来年的春耕。"陈桥驿：《〈论衡〉与吴越史地》，《浙江学刊》1986年第1期。

③ 王力释"田"："《孟子·梁惠王上》：'百亩之田，勿夺其时。'引申为耕种（此义又写作'佃'）。《杨恽报孙会宗书》：'田彼南山。'"见王力主编：《古代汉语》上册（第一分册），北京：中华书局，1979年，第61页。

④ 曾南京、纪伟涛、黄祖友、刘运珍、贾道江：《白鹤研究》，载吴英豪、纪伟涛主编：《江西鄱阳湖国家自然保护区研究》，北京：中国林业出版社，2002年，第135页。

白鹤并非像一般人想象的那样只会翩翩起舞,它的喙长 175 厘米,脖颈长而有力,觅食时犹如农民的锄头(有一种锄头就叫"鹤嘴锄")上下挥动,所以鹤群觅食后会留下一片"像拖拉机翻耕过一样"的土地。这段引文的执笔者不一定知道"鸟田"之说,其"翻耕"之喻无意中为"鸟田"即"鸟耕"提供了绝佳的佐证材料。

白鹤传说只是候鸟王国中的一个个案。民以食为天,"饭稻羹鱼"的饮食习惯,使江西先民与鸟类相濡以沫地依存在一条食物链上,因此他们必然崇鸟、畏鸟、敬鸟、爱鸟。候鸟文化因之成为赣鄱文化的一个重要组成部分。《禹贡》中"彭蠡既潴,阳鸟攸居"之句,揭示了古彭蠡一带多鸟的历史事实。"赣巨人"这个名称见于《山海经》中的《海内经》,《海内南经》又提到"赣巨人"的另一名称——"枭阳",这个凶猛的"枭"字暗示了江西原住民与鸟类的联系。"枭阳"同时又是汉代豫章郡的古县名,今已沉入鄱阳湖底。鄱阳湖边还有一个汉代也属豫章郡的余干县,1958 年该地发掘出一件"雁监甗",[①]李学勤考证此器属于江西一个名为"应"的早期地方政权。[②] 考虑到世界上最大的鸿雁群也在鄱阳湖越冬,这个"应"字或许意味着该地方有过对雁的崇拜。江西出土的器物屡有候鸟文化的印痕,如新干县大洋洲商墓出土的"虎鸟"青铜器与大量鸟饰鸟纹,清江吴城遗址发现的以精美凤鸟为纽饰的青铜器盖,以及江西各地出土的各类陶鸟和鸟状把手等。最令人惊喜莫名的是大洋洲商墓中一件随葬的玉羽人:

> 羽人用青田玉雕成,枣红色,浮雕,作侧身蹲坐状,粗眉,臣字大眼,半环大耳,鸡喙钩鼻,头顶有鸡冠状饰物,顶后部悬有用掏雕技法琢出的三个相套链环。臂拳屈于胸前,蹲腿,腰背至臀部阴刻鳞片和羽纹,肘下至臂部雕出羽翼。[③]

这简直就是羽衣传说的一个实物例证,它表明赣鄱先民早就萌发了穿上羽衣自由飞翔的瑰丽想象!

---

① 朱心持:《江西余干黄金埠出土铜甗》,《考古》1960 年第 2 期。
② 李学勤:《应监甗新解》,《江西历史文物》1987 年第 1 期。
③ 王水根:《鸟图腾及相关问题》,《南方文物》1994 年第 1 期。贾峨:《关于新干大墓几个问题的探讨》,《南方文物》1994 年第 1 期。

三、船运要道利故事传播

全球98%以上的白鹤每年来鄱阳湖湿地越冬,意味着在江西看到白鹤的机会远远高于其他地方,但这还不是白鹤传说的唯一成因。故事的主角虽为白鹤仙女,但人是讲故事活动的主体,倘若没有四面八方路过江西的人流,没有人际之间的口口相传,这个传说不可能自动生成。

古代交通工具中最重要的是船舶,李肇《国史补》曾用"舟船之盛,尽于江西"来形容唐代江西的樯橹如林:

> 舟船之盛,尽于江西。编蒲为帆,大者或数十幅。……江湖语云:"水不载万。"言大船不过八九千石。然则大历、贞元间,有俞大娘航船最大,居者养生、送死、嫁娶悉在其间。开巷为圃。操驾之工数百。南至江西,北至淮南,岁一往来,其利甚溥,此则不啻载万也。洪、鄂之水居颇多,与邑屋殆相半。凡大船必为富商所有,奏商声乐,众婢仆,以据舵楼之下。

李白《豫章行》中的"楼船若鲸飞",说明李肇对俞大娘航船的描述并不夸张;洪州都督张九龄《登郡城南楼》中的"邑人半舻舰",也是对"与邑屋殆相半"之说的一种印证——与此相关的记述还有王勃《滕王阁序》中的"舸舰迷津,青雀黄龙之轴"。为什么江西古代舟楫如此繁忙?答案为千里赣江是一条南北走向的"黄金水道":由赣江北端的鄱阳湖进入长江后不但可西溯或东下,更可沿着大运河北上中原;溯赣江而上则可一路南行至赣南大余县的南安码头,由此上岸只须翻过数十公里的大庾岭到达广东南雄县,便能进入连通大海的珠江水系。近来江西有关方面提出"江西是海上丝绸之路的起点",不管此说是否成立,当年无数瓷器、茶叶、夏布通过这条路线运出中国总是事实。

然而水上生涯毕竟是单调的,今天的旅行者绝对无法忍受那种"岁一往来"的漫长旅途。那么,用什么来消磨狭窄船舱中的枯燥时光呢?不管是中国还是西方,小说这种文体崛起之初,作者常用实录的形式来表明自己的叙述并非杜撰,从那些介绍故事来历的唐代传奇中,我们看到百无聊赖的船客最多的消遣是讲故事:

> 建中二年,既济自左拾遗于金吾将军裴冀,京兆少尹孙成,户部郎中

崔需,右拾遗陆淳,皆适居东南,自秦徂吴,水陆同道。时前拾遗朱放因旅游而随焉。浮颍涉淮,方舟沿流,昼燕夜话,各征其异说。众君子闻任氏之事,共深叹骇,因请既济传之,以志异云。(沈既济《任氏传》)

贞元丁丑岁,陇西李公佐泛潇湘、苍梧。偶遇征南从事弘农杨衡,泊舟古岸,淹留佛寺,江空月浮,征异话奇。(李公佐《古岳渎经》)

公佐贞元十八年秋八月,自吴之洛,暂泊淮浦,偶觏淳于生儿楚,询访遗迹,翻覆再三,事皆摭实,辄编录成传,以资好事。(李公佐《南柯太守传》)

古代文人讲述的故事有不少发生在江西,如白居易的《琵琶行》、李公佐的《谢小娥传》与冯梦龙的《马当神风送滕王阁》等。不难想象,当年舟楫来往的赣江与鄱阳湖中,一定有许多寂寞的眼睛从船舱里往外寻觅,这个时候在别处难得见到的白鹤便很容易成为话题并引出各种想象。"晴空一鹤排云上,便引诗情到碧霄",这大概就是羽衣仙女传说的传播语境。

有意思的是,现在的鄱阳湖国家级自然保护区管理处,就设在当年水上交通重镇——永修县吴城镇。该镇历史上口岸转输功能超过省城南昌,人称"装不尽的吴城,卸不完的汉口",①而白鹤最为集中的大湖池、中湖池等湿地就坐落在吴城镇周围,20世纪90年代观光热兴起之后,人们多来此地用望远镜观看白鹤。江西从地貌上看是一个三面环山、一水中穿的巨大盆地,这个盆地与其说是故事的聚宝盆,毋宁说是故事的发源地与扩散地。民间文学中有所谓边缘理论,意思是边缘地区容易保持民间故事的原型,而交通发达的中部地区常受到来自四周文化的冲击,给故事形态带来种种非始料所及的变化,"正如在水塘中,一片菜叶总是被波浪推到岸边才停留下来一样。"②根据这一理论,我们能够理解为什么一些古老故事在起源地的传播已告消歇,其原型却在边缘地区顽强地保存下来。江西当年得天独厚的交通位置,使得许多传说随着瓷器与茶叶的贸易在世界各地播撒,但这些飘向边缘的"菜叶"在本地只留下

---

① "凡商船之由南昌而下,由湖口而上,道路所经,无大埠头,吴城适当其冲。故货之由广东而来江者,至樟树而会集,由吴城而出口;货之由湘、鄂、皖、吴人江者,至吴城而匮存,至樟树而分销。"傅春官:《江西商务说略》,载《江西官报》光绪丙午二十七期。

② 陈建宪、黄永林:《编译后记》,载丁乃通著、华中师范大学民间文学研究室编:《中西叙事文学比较研究》,陈建宪等译,武汉:华中师范大学出版社,1994年,第271页。

一些遗迹,如鄱阳湖上的鞋山很可能与云中落绣鞋传说有关,而当地(都昌一带)流传的鞋山故事早已蜕变为王母娘娘失履之类的仙话。

从"海上丝绸之路"角度考虑,羽衣仙女传说离开中国后应首先到达一衣带水的东瀛。日本记录鹤衣女故事的《近江风土记》也属相当早的文献,1979年来中国演出的日本歌剧《夕鹤》正是根据日本流传的《鹤妻》之类民间故事改编,①所以日本的君岛久子曾以为这一传说是日本的固有财富。但这位民俗学家在仔细比对了《搜神记》与日本材料后,不得不心悦诚服地承认:"中国华南的羽衣传说与日本冲绳、九州岛一带,属于同一个故事文化圈",豫章地区乃是羽衣仙女传说的发祥地。

> 开始,我认为这一传说的最早记录是《近江风土记》中的有关记载,进一步考查的结果证明,中国晋代干宝的《搜神记》是最古老的记录,然后是六朝的《玄中记》。②

> 前次所讲的《豫章新喻县男子》是最早的羽衣传说形态,便具有最基本的情节:发现毛衣女、隐衣、生子女、发现羽衣飞走。所以即使历史地看,中国的《搜神记》的记载也并未改变基本情节。③

君岛久子对羽衣仙女传说的分布与流变有深入研究,她拈出的琉球中山王察度为天女所生的传说,与《搜神记》中的记载十分相似。④ 琉球与中国大陆离得很近,这启发我们推测琉球群岛可能是该传说向海外传播的第一站,赵翼《廿二史札记》(卷三十四《明史》)记"琉球王左长史朱辅,本江西饶州人,仕其国多年,年八十余,彼国贡使偕来,奏明许其致仕还乡",似可作为这一推测的

---

① 木下顺二:《夕鹤》,陈北鸥译,北京:中国戏剧出版社,1961年。
② 君岛久子:《羽衣故事的背景》,刘晔原译,载中国民间文艺研究会上海分会编:《民间文艺集刊》(第8集),上海:上海文艺出版社,1986年,第285页。
③ 同上书,第290页。
④ "中山王察度乃琉球三山的统一者,在位时期乃琉球历史最辉煌之页,他也是天仙的孩子。'奥间大亲不知为何人后裔'。在森川(泉名)旁,见到了正在沐浴的美丽妇女,于是,他把她挂在树枝上的衣服藏了起来。他的靠近惊动了她,一看,自己的衣服也不见了,急得大哭起来。在他的再三询问下,她才说'我乃天女,下界洗浴,现在飞衣被盗,不能返回天上了。'他遂把她带回了自己的家里,把衣服悄悄藏在了仓房里。'十年后,遂有一女一男'。女的从弟弟唱的歌里知道了衣服的秘密,'即穿上它飞回了天上。……男子即察度'。这一故事的情节内容构成,近似于晋干宝撰《搜神记》卷十四的传说。"君岛久子:《仙女的后裔——创世神话的始祖传说形态之一》,刘刚译,《云南民族学院学报》1990年第3期。

第十二章 羽衣仙女传说的本土生成

辅证。本章一开始提到印度尼西亚乌布博物馆藏有反映羽衣仙女传说的图画，君岛久子认为：

> 东南亚诸民族的历史不能脱离中国华南诸民族，十四世纪前后，傣族南下建立了王国。无论是越南、柬埔寨，还是老挝，如果寻找一个种族的系谱，都能找到与古代华南先民的种种关系。印度尼西亚也同样如此。因而在印度尼西亚有从中国华南传来的故事。[①]

按照这一观点，该传说反映的正是华南先民向东南亚和印度尼西亚一带南下的事实。传说往往具有历史的功能，琉球中山版的羽衣仙女传说旨在宣谕整个群体，他们的首领不是平庸之辈而是天女的后裔。这一版本有助于我们理解为什么羽衣仙女传说在时空两方面都能传之久远：天女与凡夫结合这一情节不啻是一个引发想象的自由"接口"，任何有话语权的人都可以通过这一"接口"将自己的血统神圣化，从中受惠的还有其亲族与群体成员，因此再漫长的辗转迁徙也不会导致该传说的失落。《诗经·商颂》中的"天命玄鸟，降而生商"，其后面也应当有一个类似传说。

四、余论：传说何以消歇？

以上三节，分别从"水""鸟""船"三方面探讨了羽衣仙女传说的成因，至此本章开篇提出的问题似乎有了差强人意的答案。但本人在这里还想接着提问：既然环境和条件都如此有利，为什么这个美丽的传说后来在江西没有得到更为广泛的传播，究竟是什么原因导致了它在本地的消歇？

让我们把目光投向该传说在江西的一处遗迹。

白鹤仙子之所以下凡洗浴，最初的原因是看中了那口"极深清妙"的池塘。传说中的清池似已不可寻觅，当年的"豫章新喻"如今已升格为新余市（设区市），市里倒是有个"仙女湖"，湖上还有"毛衣女"之类的雕塑，但这片水域实际上是1958年才上马兴建的江口水库，"仙女湖"之名为近年所改，地方文献上

[①] 君岛久子：《羽衣故事的背景》，刘晔原译，载中国民间文艺研究会上海分会编：《民间文艺集刊》（第8集），上海：上海文艺出版社，1986年，第295页。

没有与"毛衣女"相联系的任何记载。① 然而江西真有一方池塘与羽衣仙女传说有实实在在的关系,这就是南昌市中心的洗马池。明嘉靖四年的《江西通志》说洗马池"又名浴仙池":

> 洗马池,在府子城东南隅,旧传灌婴饮马处。《职方乘》云:尝有少年,见美女七人,脱五彩衣岸侧,浴池中。少年戏藏其一。诸女浴竟,就衣化白鹤飞去,独失衣女不能去。随至少年家,为夫妇,约以三年。还其衣,亦飞去。故又名浴仙池。②

本人最初就是根据这一记述,判定它是羽衣仙女传说在豫章城中留下的余响。洗马池位于闹市繁华地段,其地位犹如王府井之于北京,但熙来攘往的市民全然不知浴仙池传说,绝大多数人甚至也不知道洗马池曾是一个闹中取静的地方。明初胡俨在《颐庵集·临清轩记》中对洗马池有过描述:

> 豫章洗马池,在子城东南隅,旧传为浴仙池。事不经,儒者不道。郡志载汉颍侯灌婴初定豫章尝饮马于此,故名。此或然也。今在阛阓中,与民居相接,岁久随塞。广不及半亩,而深不至寻丈。有司以为古迹,树木阑以护其三面,而池之北则范仲华氏居之。仲华作轩以临池上。昕夕之间,日光泛艳,月华澄莹;清风徐来,游气不侵。帘幕高张,市喧顿息;华玉森列,书声琅琅。于时也,景物与人俱清,仲华欣然有得于心,于是名其轩曰临清。③

胡俨为执掌过国子监和翰林院的豫章大儒,④从引文中可以看出他对浴仙池传说是了解的,但他用"事不经,儒者不道"七个字将其轻轻放过,这说明"不语怪力乱神"的儒家思想构成故事传播的巨大障碍。

---

① 经查《新喻县志》(康熙十二年刻本,《稀见中国地方志汇刊》第二十八册,中国书店1992年版)、《新余市志》(汉语大辞典出版社1993年版)与《江西省新余县地名志》(江西省新余县地名办公室1985年编印出版),未发现任何与"毛衣女"传说有关的地名与记录,"仙女湖"所在水域1993年尚称"江口水库"。

② 明代《新修南昌府志》、清代乾隆、同治年的《南昌府志》以及光绪年、1935年重刊的《南昌县志》均有相似记载。

③ 对洗马池的更早记述见元刘埙《隐居通议》卷二十九:"江西龙兴市心有一方池临街,绿水泓澄,名曰洗马池。……予去年(按指公元1311年)到龙兴,乃见已为民居障蔽,不复得见。"

④ 《明史·胡俨传》:"俨馆阁宿儒,朝廷大著作多出其手,重修《太祖实录》、《永乐大典》、《天下图志》皆充总裁官。"

第十二章 羽衣仙女传说的本土生成

西方历史学研究中有所谓"反事实历史"理论,即通过研究某些"真实的替代项"(有可能实现但未最终实现),达到深刻理解"发生了什么以及为什么发生"的目的。① 不妨假设一下,如果"浴仙池"之名没有被"洗马池"替代而一直沿用至今,那么浴仙池传说在南昌和江西一定会有比今天高得多的知名度:浴仙池之名会让人顾名思义地联想到它后面的故事,其广告作用不容小觑。以胡俨的文学才华与政治影响,如果他能挥动自己的如椽之笔,稍微对这一传说作点"重述",浴仙池之名也许不至于被历史的尘埃封住。然而假设毕竟只是假设,胡俨的儒家世界观注定他必然会将诉诸想象的传说斥责为荒诞不经,相对而言属于历史叙事范畴的灌婴饮马之说更符合他的胃口,因此他在记录此说时下了一个近乎肯定的断语——"此或然也"。不过"洗马池"又有得名于北宋太子洗马李虚舟故居之说,将"洗马"解读为"太子洗马"似乎更符合我们这里对地名的命名逻辑——豫章城地名中不少带有官本位倾向,如宫保第、状元桥、司马庙、皇殿侧、高升巷和官巷之类。余秋雨曾说南昌是全国省会城市中"不太好玩的一个",②这一评价虽然刺耳却不无道理,因为缺乏想象与官本位取向确实是豫章城魅力不足的重要原因。本人十几年前大力呼吁将白鹤作为江西省的省鸟,要求在浴仙池旧址恢复那个"广不及半亩"的方塘,在其四周刻石镌文介绍羽衣仙女传说,但这些吁求至今未获响应。看来赣鄱大地上的想象力恢复尚需时日,什么时候人们觉得天空中的白鹤比汉大将军胯下的战马更有意义和价值,那就是羽衣仙女传说在江西重放光彩之日。

---

① 卢波米尔·道勒齐尔:《虚构叙事与历史叙事:迎接后现代主义的挑战》,载戴卫·赫尔曼主编:《新叙事学》,马海良译,北京:北京大学出版社,2001年,第194—197页。
② 余秋雨:《文化苦旅》,北京:知识出版社,1992年,第72页。

第十三章

许逊传说的深度释读

【提要】 凡是千古不磨的民间传说,其中必定蕴藏着地域文化的精华与智慧。饱受洪涝之苦的历史事实,导致许逊降服孽龙的民间传说在鄱阳湖流域长期讲述。水体涨落激发的生态敏感与自然敬畏,使水患在人们的想象中化作一条兴风作浪的孽龙,孽龙最后的束手就擒反映了赣人战胜自然灾害的强烈愿望。江西为人杰地灵之邦,涌现过许多彪炳千古的人物,但最终竟然是许逊这位外省籍人士赢得了民间百姓的永远纪念,究其原因,还是因为伏波安澜在水患频仍的江西乃是压倒一切的头等大事。许逊的"铁柱镇蛟"实际上是启迪人们植树造林,用扎入地下的草木根须来涵蓄水源保育土壤,其谶语"天下大乱,此地无忧"意为广种树木之后,江西将具有旱涝保收的地区竞争优势,而"北沙高过肩,城里出神仙"则指出"哪里有危险,哪里就有救"。总而言之,许逊传说提示与自然博弈应怀敬畏、尊重与怜惜之心,以自然力量相互制约方为正道。

许逊传说或为最能体现赣鄱文化内蕴的地域叙事。

许逊为六朝时期的道士,做过旌阳县令,曾在江西和周边地区帮助老百姓消除水患,后被净明忠孝道奉为始祖,宋徽宗封其为神功妙济真君,民间因此称许逊为许真君。道教文献中的许真君是一位道貌岸然的忠孝神仙,其化金斩蛟、拔宅飞升等行为带有明显的"仙话"色彩,然而在生动活泼的民间传说中,许逊更多是以擒获孽龙、为民除害的英雄面目出现,这就昭示出为什么许真君崇拜会在鄱阳湖流域及周边地区长盛不衰,①为什么祭祀许逊的万寿宫会逐渐衍变为赣鄱大地的符号象征——祭祀许逊的万寿宫曾经遍布江西城乡,省外江西移民建立的万寿宫则成了敦睦乡谊、寄托故里之思的江西会馆。②

可能有人会以为许真君崇拜在江西已成历史,事实恰恰相反,尽管南昌城里的铁柱万寿宫毁于十年浩劫,城外西山玉隆万寿宫(净明道祖庭)的香火依旧十分旺盛:每年农历七月二十至九月初一的庙会期间,省内外来进香朝拜的信众竟达数十万人之多,这样的庙会规模在整个中国都属罕见!然而除了极少数对地域文化有兴趣的人之外,文化精英们基本上对这一现象是浑然不知,城外的轰轰烈烈与城里的冷漠以对形成极大反差。有鉴于此,本章认为需要对许逊传说进行深度审视,也就是说撇去其宗教迷信泡沫,对其中的"孽龙""铁柱"与"谶语"等关键符码作出透视性的释读,或许这种释读能解析出一些有趣和有用的信息。

一、孽龙——生态敏感与水患想象

许逊传说的民间版本十分简单,主要内容是孽龙兴风作浪危害四方,许逊费尽心力将其擒获,最后用八根铁索把它紧紧地捆绑在豫章城南万寿宫的铁柱之上,完成之后还留下让人回味不已的谶语。不言而喻,故事中孽龙的形象显然是水患的人格化,许逊降伏孽龙意味着人对自然的征服。然而为什么江西人会选择这样一个治水故事作为自己的文化图腾,要回答这个问题还得从赣鄱水系说起。

本书第十二章提到江西是一个群山环抱、口开北面的巨大盆地,此处要补充的是,这个盆地中流淌着由东、西、南三个方向朝北面鄱阳湖流去的赣江、抚河、信江、饶河、修水等五条大河,江西人民就是生活在这样一个众水归湖、自成系统的自然环境之中。赣鄱水系的一大特征是春涨秋消:鄱阳湖洪水期间

---

① "公有功于洪,而洪人祀之虔且久。"王安石:《重建许旌阳祠记》。
② 江西省外万寿宫据考有600多座,其功能除祭祀、联络外尚有助学(向赣籍学生发放油米资助及创办豫章学校等)与文艺(万寿宫无一例外均有戏台,湖南益阳万寿宫的戏台有9个之多)。

烟波浩渺一望无际,面积最大时超过5000平方公里,而枯水季节核心湖区只有50平方公里,其他水域这时变成了狭窄的河道、湖汊和范围广阔的湿地。每年一到秋天,江西各地媒体便有五河水位迅速降落的报道,有时水位甚至会低到影响自来水公司的取水,引起城市居民的一片恐慌。除了"水来一大片,水去一条线"之外,鄱阳湖还带有北纬30度线附近地区特有的神秘特征,"老爷庙"一带经常发生莫名其妙的船翻人亡事故,人们称这片水域为中国的百慕大魔鬼三角区。[①]从历史上看,鄱阳湖有一个由北而南的扩展过程。距今六七千年前,位于江西正北端的赣鄂皖交界区域,有一片横跨长江南北的彭蠡泽,由于地壳升降带来的湖盆变化,彭蠡泽的江北部分在三国时演变为鄂皖境内的龙感湖与大官湖,江南部分则逐渐向南蔓延,水面至隋代抵达鄱阳县境内的古鄱阳山,这就是鄱阳湖之名的来历。

鄱阳湖水体自春到秋和自古到今的变动不居,严重影响了鄱阳湖流域的经济生产与社会生活,培育了当地人民在这一特定自然条件下生存发展的智慧,赣鄱文化因此被打上深刻的生态烙印。人与自然关系之所以构成赣鄱文化最为重要的主题,生态意识之所以深刻地渗透在赣鄱文化当中,与江西之水的变化莫测有密切关系。[②]桀骜不驯的水体既给周边人民带来巨大苦难,也赋予他们特殊的生态敏感,使他们对大自然怀有一种铭心刻骨的敬畏之情。时至今日,途经"老爷庙"水域的船只还会燃放鞭炮,湖边"鼋将军庙"依然香烟缭绕,这些行动看似愚昧无知,实际上却是敬畏自然伟力的表现。据不完全统计,1862年至1990年的128年间,江西水灾年份有122次,其中大水灾年份26次,特大水灾年份15次!水灾对滨湖地区人民的生产生活造成巨大破坏,鄱阳湖边的余干县曾有民谣如此唱道:"实在无奈何,大水浸了禾;一床破絮一

---

① "该水域位于江西省都昌县与星子县之间,全长24公里,是鄱阳湖连接长江出口的狭长水域,自古以来就是鄱阳湖最为险要之处,水流湍急、恶浪翻滚,沉船事故常常发生,被称为'中国的百慕大''鄱阳湖的魔鬼三角形',一直都有着神秘色彩。"胡晓军:《鄱阳湖神秘水域首度确认发现沉船》,《光明日报》2013年3月25日。

② 傅修延(主讲):《赣鄱文化的生态智慧》,http://www.icourses.cn/viewVCourse.action?courseCode=10414V001。该课程包括"物华天宝与人杰地灵""隐逸田园与回归大地""敬畏自然与顺应环境""人口压力与保育生态""节约资源与务实发展"与"生态智慧与美丽中国"等六讲,列入"中国大学视频公开课"。

担箩,出去挨户叫婆婆。"①

饱受洪涝之苦的历史事实,导致许逊降服孽龙的民间传说在江西各地长期讲述。水体涨落激发的生态敏感与自然敬畏,使水患在人们的想象中化作一条兴风作浪的孽龙,孽龙最后的束手就擒反映了人们战胜自然灾害的强烈愿望。传说对孽龙的本领与危害有许多渲染,但这更显示出治水英雄的伟大。江西为人杰地灵之邦,涌现过许多彪炳千古的人物,但最终竟然是许逊这位外省籍人士赢得了民间百姓的永远纪念,究其原因,还是因为伏波安澜在水患频仍的江西乃是压倒一切的头等大事。传说中许逊对孽龙的四处搜寻与不懈追击,体现出人们在自然灾害面前不是俯首帖耳逆来顺受,而是奋发进取顽强抗争,这种昂扬的姿态具有穿越时空的强大感召力,从中可以感受到一种不屈不挠的斗争精神。从一定意义上说,万寿宫不啻是一座抗洪胜利纪念碑,一代又一代赣鄱儿女来此叩头进香,深层意图是通过重温往事汲取精神力量,分享前人奠立安居乐业之地的成功喜悦(见书中彩图11:许逊降服孽龙)。②

然而切莫只将孽龙看作恶的化身。孽龙在传说中的变幻无常与所作所为,确实给人留下怙恶不悛的印象,但正因为这一形象暗喻赣鄱水体的变化莫测,我们看到民间传说对孽龙的态度又是十分微妙的。态度微妙的根源在于水患固然可怕,没有水对人来说也是万万不行,因此祸害地方的孽龙身上并非一无是处,其蛮力还可以用来为人造福。以下是民间传说中的"孽龙耕河"故事:

> 孽龙被许逊弟子团团围住,自愿与许逊讲和。许逊要他在一夜之内,耕出一百条河,疏通水路,以鸡鸣为限。果然,当晚孽龙豁出全身解数,到四更时分就耕出了九十九条,只差一条。土地公吓呆了,心想如果让孽龙达到目的,岂不隐藏祸心?便用嘴唇作鸡叫声,引得村鸡齐鸣,孽龙眼见交不了账,只好自缚请罪。观音见状,告诉许逊,"孽龙耕河九十九条,也有功劳,念他尚有悔过之意,放过他这一趟吧,以后倘再闯祸,我会帮你收拾。"便在南昌市罗家集一座小桥上释放了孽龙,后来这座桥叫"鸡鸣桥",

---

① 许怀林:《鄱阳湖流域生态环境的历史考察》,南昌:江西科技出版社,2003年,第50页。
② 南昌铁柱万寿宫的水井中有铁柱与铁索,以示孽龙仍被锁在井底,西山玉隆万寿宫门前有许逊用铁索锁住孽龙的巨幅雕塑。

至今还有遗迹。①

"孽龙耕河"透露出赣鄱文化中化害为利的生态智慧,驯服洪水不能靠四面围堵,还得用疏导之法令其归槽畅流。就像许逊与孽龙斗法实际上是斗"智"一样,湖区百姓与洪水的斗争也是以"变"应"变"。本人20世纪60年代末在鄱阳湖边的朱港农场开船时,亲眼看到农场对面的农民如何与水博弈:涨水之前他们并不拼命加高圩堤,对堤内稻田也不多加施肥和管理——如果洪水漫过圩堤,他们就在水退后捕捉留在田里的鱼虾;如果这一年水势不大,他们就收获堤内未被水淹的稻谷。如此看来,洪水并不等于洪灾,只要应对得宜,水"患"也可变为水"利"。这样我们就可理解,为什么传说中的许逊会对孽龙手下留情,对孽龙的子孙也不是赶尽杀绝,而是斩去尾巴后让其逃生,这种网开一面的做法代表着一种尊重自然、珍惜生命和留有余地的思想。每年春夏之交鄱阳湖上都会刮起风暴,人们此时会用"孽龙探母"故事来做解释,这些都显示孽龙在人们心中并非不共戴天之敌。凡是千古不磨的民间故事,其中必定蕴藏着地域文化的精髓,我们应耐心地对其刮垢磨光,弄清楚故事讲述人的真正态度。

二、铁柱——水患沙害的树木克星

"铁柱镇蛟"是许逊传说的画龙点睛之笔——南昌的铁柱万寿宫以"铁柱"为名,便是为了强调镇蛟的那根铁柱。那么镇蛟为什么要用铁柱呢?铁柱又名铁树,②这一名称已让人联想到树木,章文焕循此思路给出了极富冲击力的解释:

> (许逊)最终在南昌城南铸铁柱,象征树木;下施八索象征树根,而以铁柱镇蛟螭的谶语表达他抗御水旱灾的用意。多少年来,人们还不了解他的宗教涵义。随着现代科学实验证实,一株25年生的天然树,每小时能吸收150毫米降水,而22年生的人工水源树每小时吸收300毫米降

---

① 章文焕:《万寿宫》,北京:华夏出版社,2004年,第291页。
② 冯梦龙《警世通言》第四十卷《旌阳宫铁树镇妖》。

水。一公顷树木蓄水量是300立方米,为无林地的20倍。3000公顷森林蓄水量相当一个容量100万立方米的水库。这就是许真君铁柱镇蛟或铁树锁蛟的秘密。①

"铁柱镇蛟"传递的信息,就是让人大力植树造林,用覆盖地面的植被和扎入地下的草木根须,以涵蓄水源保育土壤,这是在江南地区防治旱涝灾害和水土流失的最好方法。然而水患危害主要是广大农村,为什么要把那根铁柱安在豫章城内呢?这或许是因为豫章郡的郡治在南昌,让被缚的孽龙在政治中心示众,更有利于将"以木克水"的道理晓谕四方。"豫章"之名据说得之于江西城乡广为种植的樟树,《水经注》说南昌城内有棵"垂荫数亩"的大樟树,②流行于赣地的"樟树崇拜"显然也具保育生态的隐性功能。

印证这一观点的还有许逊植树传说,据章文焕调查,江西各地有不少据说是许逊手植的植物,包括仙柏、侧柏、罗汉柏、倒插松、槐树杉树、樟树、竹子、仙茅与紫荆等,分布在南昌、新建、丰城、奉新、高安、安义、宜丰、永修、新余、宜春等地。"西山猴岭之东禅悟院井有深岩,藤生井上,摇藤取雨,许祖谶云:'老龙寄在蟾坞内,留与江南救旱灾。'此谓用森林涵蓄水源,抗旱救灾。"③与擒龙传说一样,植树传说反映的也是故事讲述人即广大民众的经验与智慧,他们将自己的认识附会于名人,是因为名人传说能使其传之久远。树木吸水缘于其内部有特殊管道,这些管道通过水分子之间以及水分子与木质管道之间的分子间力,把水从地下提升到树木的支干与根须之中,因此一棵树就是一具吸水器与储水器。赣江上过去常常发生一种被称为"清涨"的现象,④山上植物根系蓄积的水分超过饱和程度之后,会突然之间释放出来,形成不含泥沙的绿色山洪,这种奇观告诉我们树木蓄水的能力是多么不可思议。

与水患一道影响江西生态环境的还有沙害。"赣抚信饶修"五条巨龙从古

---

① 章文焕:《万寿宫》,北京:华夏出版社,2004年,第277页。
② "汉高祖六年,始命陈婴以为豫章郡,治此,即陈婴所筑也。……晋又名为豫章。城之南门曰松阳门,门内有樟树,高七丈五尺,大二十五围,枝叶扶疏,垂荫数亩。应劭《汉官仪》曰:'豫章,樟树生庭中,故以名郡矣。'此树尝中枯,逮晋永嘉中,一旦更茂,丰蔚如初。"郦道元著《水经注》(卷三十九),陈桥驿注释,杭州:浙江古籍出版社,2001年,第610页。
③ 章文焕:《万寿宫》,北京:华夏出版社,2004年,第278—279页。
④ "无雨而涨,士人谓之清涨。"(宋)方勺撰:《泊宅编》卷三,北京:中华书局,1983年,第17页。

到今不舍昼夜地流动，将大量沙土搬运至下游和滨湖地区，形成了"豫章十章"之一的"龙沙夕照"和新建县境内的"厚田沙漠"，濒临鄱阳湖的都昌县更有江南大的4.5万亩沙山。沙多了不是好事，大风吹起的沙土不仅吞噬良田毁坏植被，对湖区人民的正常生活也构成严重侵扰。清代同治年间的《星子县志》记载该地蓼华池周围沙害猖獗，民不聊生，知府董文伟以蔓荆遍种沙山，取得了良好的治沙效果：

  又购蔓荆百担，遍种近地沟旁诸沙山，禁民采取。数年后荆藤滋蔓，葛累联络，解飞沙填淤沟道之患。询之耆老，蓼池左近，原皆柴草山林，其沙系外湖冬涸狂风所扬而集，日积月增，山头沙均数尺，或深及丈馀，致草木不能生发。唯蔓荆一种可生于沙，蔓密则山头之沙不能起，诚为良法。第冬旱湖涸，风扬沙飞则亦不能有恃无恐也。唯当是时，岁修奏效，故数十年人食其惠，民到于今称之。

选择合适的植物在沙化土地上栽种，现在看来仍是消弭沙害的唯一有效途径。近年来湖区人民通过引入湿地松、蔓荆子、沙棘、香根草等五十多种适应当地环境的先锋物种，让大片沙山披上绿装，这是对历史经验与智慧的最好继承。

三、谶语——"天下大乱，此地无忧"

许逊传说中最耐咀嚼的是长短不一的几则谶语，我们不妨先读其内容：

  真君曰：吾上升去，一千四百四十年后，有当洪都龙沙入城，柏枝扫地，金陵火烧报国寺，骊龙下地来地陵，沙涌钱塘江，黄河澄清，暴水冲坝桥断濠，复筑满坝桥作路，潭水剑龙腾空，出辅圣仙。在延年金山，石生石塔，禅僧脱胎，流迹古心塔，四川古柏显神。五陵之内，采金烹矿，洪水涨濠。当此时也，吾道当兴，首出者樵阳子也。八百地仙，相继而出，逐蛟至洪都而大会聚矣。谶曰：维木维猴，吾心甚忧。洪泽北决，疫瘴南流，沙井涨遏，孽其浮游，若人斯出，生民之疢。强围大献涂月。

  铁柱锁洪州，万年永不休。八索钩地脉，一泓通江流。天下大乱，此地无忧。天下大旱，此地薄收。地胜人心善，应不出奸谋。若有奸谋者，终须不到头。

  北沙高过肩,城里出神仙;北沙高过城,城里出圣人。

  这几则谶语在民间流传甚广,第一则为镌铸于万寿宫铁柱之上的《龙沙谶记》,第二则见于《江城名迹》第三卷,第三则至今仍为南昌人茶余饭后的谈资。

  《龙沙谶记》中的"首出者樵阳子也",透露出谶语作者与这位"樵阳子"的关系非同一般,其动机似为确立"樵阳子"的许逊接班人名分,这类"大楚兴,陈胜王"式的把戏历史上屡见不鲜。不过这则谶语的其他内容,特别是与江西有关的预言,倒是与一千多年后的事实有一定程度的契合。"龙沙入城"中的"龙沙"在今日南昌下沙窝一带,随着豫章城范围的扩大,"龙沙入城"是早晚会发生的事情。①接下来的"柏枝扫地"也不难预测:许逊对柏类植物情有独钟,其手植之树以柏类为多,千百年后它们必然长成枝叶垂地的大树。再往下的叙述亦符合这一时间逻辑与事物发展规律:许逊治理过的江河不可能永远驯服地流淌下去,按照"三十年河东,三十年河西"的自然规律,"暴水冲坝""洪水涨濠"等乱象在千百载之后必然出现,这时候就需要许逊式的拯救者出来重整河山!《龙沙谶记》使用闪烁其词的模糊词语,但其"预言"的生态变化却是注定会"应验"的,这就为好事猎奇者提供了强大的再叙述动力,看来这则谶语的炮制者深谙传播之术。

  较之《龙沙谶记》,《江城名迹》记录的谶语文字虽短而意味深长,其中承载的不是自命为拯救者的个人欲望,而是叙述者对赣鄱大地的宏伟瞻瞩。如果说"八索通地脉"如前所释是用植物根系涵养水源,那么"一泓通江流"可以理解为赣鄱之水连通长江,为江西提供了交通运输的莫大便利。在靠天吃饭的农耕经济时代,一个地区如果拥有抵御旱涝袭击的能力,又有舟楫、灌溉与水产养殖等方面的便利,那么该地的经济繁荣指日可待。从前面对江西山水的描述中,我们看到这个巨大盆地构成了一个自成体系且与行政区划高度契合的地理单元,这种生态格局意味着赣鄱大地的农业生产不会遭受周边省份的影响。"天下大乱,此地无忧。天下大旱,此地薄收"这十六个字,道出了植被

---

① "许逊留下的这一谶语事件很多,现在很多也可算作是应验了,'龙沙入城',其中的龙沙是指下沙窝一带,现在已经成为南昌市的主城区了。"张泽兵:《谶纬叙事研究》,北京:社会科学文献出版社,第207页。

繁茂的江西从此具有旱涝保收的地区竞争优势。① 历史事实告诉我们，先秦时仍属化外之地的江西，到汉代已进入全国经济发展的先进行列，②此后鄱阳湖流域一直是全国重要的征粮区，宋、元、明三代江西无论是人口数量还是上交税粮在全国都是数一数二，明清以来每遇饥荒发生，中央政府便从江西调出大量粮食支持其他地区。③ 或许是由于江西在历史上一直是"物华天宝，人杰地灵"的鱼米之乡，人们已经习惯了把"江西是个好地方"归因于得天独厚的自然条件，很少有人会想到赣鄱大地并非天生就对自然灾害有免疫力（这一点可从前举江西历年发生的水灾次数看出），而是许逊传说反映的生态敏感与自然敬畏让江西人较早懂得如何与灾害作斗争。

由于时代悬隔，这则谶语中的"奸谋"带来一点理解障碍，章文焕的解释是"一些奸巫乘各地洪水为患，疯狂鼓吹蛟蜃兴洪将豫章化为沧海的谎言"。④ 谎言不可能凭空白地发生，前述彭蠡泽的南浸致使豫章郡属下的海昏、枭阳两县沉入水底，⑤这一陵谷之变引发了整个豫章郡都将被洪水淹没的恐慌性传闻。平息水患的同时需要收拾人心，"地胜人心善，应不出奸谋"是对豫章民情的判断与安抚，"若有奸谋者，终须不到头"则是对妖言惑众者的严厉警告。谶语在现代人看来属于荒诞不经的表述，但这里传递的却是不折不扣的正能量——只有用"终须不到头"之类的狠话令"奸媒者"畏避，⑥才能恢复人民大众对地区发展的信心。赵毅衡在论及预言等"意向张力特别强"的"意动型叙述"时说："意动型叙述诸体裁，以预言与宣传为代表，主导模态是祈使，主导语

---

① "地方千里，水陆四通，风土爽垲，山川特秀，奇珍异货，此焉是出。奥区神皋，处处有之。嘉蔬精稻，擅味于八方；金铁条荡，资给予四境。沃野垦辟，家给人足，蓄藏无缺。"雷次宗：《豫章记》。

② "东汉时期豫章郡人口居全国各郡第二位，即以口粮数而论，豫章郡是全国粮食产量最多的一个地区。"许怀林：《江西史稿》，南昌：江西高校出版社，1993年，第43页。

③ "明清时期江西除完成税粮、漕粮和养活众多的人口外，江西还要运销大量的粮食到江、浙、闽、粤、皖五省。""乾隆五十年（1785）湖北受灾而发生饥荒，江西在短期内逆流而上，接济大米数百万石，维护了社会的稳定。"陈荣华等：《江西经济史》，南昌：江西人民出版社，2004年，第426、428页。江西还是中华人民共和国成立以来从未间断调出粮食的两个省份之一，即使是在"三年自然灾害时期"，江西也累计外调粮食43.5亿斤。

④ 章文焕：《万寿宫》，北京：华夏出版社，2004年，第35—36页。

⑤ 江西民间有"沉枭阳起都昌，沉海昏起吴城"之说。

⑥ "夫忌讳非一，必托之神怪，若设以死亡，然后世人信用。"王充：《论衡·四讳篇》。

力则是'以言成事',是'为促使听者实行某目的而叙述'。"①这则谶语让我们感受到一股强大的"语力"存在,它和"铁柱镇蛟"一样都有稳定局势的"以言成事"功能。

第三则谶语中的"北沙"即"龙沙",孟浩然的"龙沙豫章北"可为证明,②旧时过往南昌的文人多来这一胜地登高赋诗,一代英豪方志敏亦于此处慷慨成仁。这则谶语看似与"黄河清,圣人出"同出一理,但"黄河清"为河沙减少,而"北沙"增高为河沙堆积,因此前者明显是以祥瑞兆示圣人诞生,后者则有不祥的意蕴在内。联系《龙沙谶记》中的"首出者樵阳子也",可以看出此类灾祥成了拯救者将"出"的前奏,但由于这里并未点出具体人名,因此不存在什么人以"神仙"或"圣人"自命的问题。

那么"北沙"之谶究竟何指?"北沙"增高是坏事还是好事?此类问题到最近似乎有了答案。前面提到水能为"患"亦能为"利",其实沙"害"未尝不可变为沙"益"。赣江上的沙丘过去只是供人观风弄景,但后来随着沙丘的隆起与扩大,南昌城区获得了向江边不断扩展的机会。清代姚鼐《南昌竹枝词》云:"城边江内出新洲,南北弯弯客缆舟。莫上滕王阁上望,青天无地断江流。""新洲"现在已是南昌"九洲十八坡"中的一个地名,"九洲"之中除"新洲"外还有"新填洲"(或称"新添洲")等,③河泥堆出的此类"新洲"如今都属闹市,这一现象让我们想到北半球广泛分布的"捞泥造陆"创世神话。④ 不仅如此,新世纪以来横空出世的红谷滩新区(相当于上海的浦东)也属江上新出之洲,其范围包括《龙沙谶记》中提到的"沙井"。许逊生活在公元3世纪,姚鼐为18世纪的人物,姚鼐写《南昌竹枝词》差不多正是"一千四百四十年后"。匪夷所思的是,

---

① 赵毅衡:《广义叙述学》,成都:四川大学出版社,2013年,第35页。
② "龙沙豫章北,九日挂帆过。风俗因时见,湖山发兴多。客中谁送酒?棹里自成歌。歌竟乘流去,滔滔任夕波。"孟浩然:《九月龙沙作寄刘大容虚》,《孟浩然集校注》,北京:人民文学出版社,1989年,第187页。"赣水又北迳龙沙西,沙甚洁白,高峻而陁,有龙形,连亘五里中,旧俗九月九日升高处也。"郦道元著:《水经注》(卷三十九),陈桥驿注释,杭州:浙江古籍出版社,2001年,第611页。
③ 九洲包括新洲、潮王洲、打缆洲、杨家洲、新填洲(新添洲)、黄泥洲、里洲、黄牛洲和大洲。
④ "捞泥造陆"创世神话的关键成分有"水中出泥""泥生陆地"与"动物帮忙"等,许逊驱孽龙耕河以及"北沙"之谶显然羼入了这一创世神话的记忆残余。日本学者大林太良认为鲧窃息壤的上古传说为捞泥造陆神话的组成部分,参见大林太良:《神话学入门》,林相泰、贾福水译,北京:中国民间文艺出版社,1989年,第51页;胡万川:《捞泥造陆——鲧、禹神话新探》,载胡万川:《真实与想象——神话传说探微》(《胡万川文集》①),台北:里仁书局,2010年,第1—33页。

江西河道两岸与下游湖区貌似取之不尽用之不竭的砂石,在建筑事业大发展的当下竟然成了市场上的抢手货,赣江丰城段的河沙甚至因色白质硬而备受省外建筑商青睐。如此看来,"北沙高过肩(城),城里出神仙(圣人)",传达的原来是"哪里有危险,哪里就有救"的哲理。①

四、余论:买椟还珠与探骊得珠

以上所论,让我们看到许逊传说实为生态叙事:"孽龙"与"铁柱"暗喻水患与植物,提示与自然博弈应怀敬畏、尊重与怜惜之心,以自然力量相互制约方为正道;"谶语"则将独特的意义赋予"水""沙""树"等自然之物,凸显它们与地区命运休戚相关。如果一代又一代的后人能从中获得启示,不折不扣地按自然规律行事,那么他们就成了自己命运的"拯救者"。许逊在历史上虽然实有其人,但民间传说中的许逊只是个箭垛式人物,讲述其人其事为的是传播鄱阳湖流域的集体记忆。遗憾的是,后人在接受传说时往往只将注意力聚焦于传说主人公——其实从传播学意义上说,传说主人公只是一名携带信件的邮递员,信息递送到位后他应当立即退隐:

> 一旦递送完成,邮递员即从任务中撤回或"递回"自己。因为一旦"递送"达成,信件丢失之可能性——此前与信件一同由邮递员携带——即可以被消除。邮递员此时撤回因为他不再被需要,而他不再被需要是因为信件不再与他同在。②

---

① 又译"哪里有危险,拯救之力就在哪里生长。""'哪里有危险,拯救之力就在哪里生长。'让我们慎思荷尔德林这两句话。'拯救'的意思是什么?通常我们认为这个词只是指,抓住一个被毁灭威胁着的事物,以便把它保护在它的先前的持续中。但动词'拯救'说的还不止这些。'拯救'就是让某物归于它的本质之家,以便将其本质带入真正的呈现。"海德格尔:《〈人,诗意地安居〉——海德格尔语要》,郜元宝译,上海:上海远东出版社,2004年,第137—138页。

② "Once the delivery is made, the postman withdraws or undelivers himself from the given task. For once the delivery is made, the possibility of the message's being lost, which the postman carries no less than the message itself, can, happily, be eliminated. The postman now withdraws because he is no longer needed, and he is no longer needed because the message is no longer with him." 张正平(Briankle G. Chang):《媒介之消失》,谷李译,"中外文化诗学国际研讨会"(2013·南昌)大会交流论文。张正平为美国马萨诸塞大学传播系教授。

这种情况就像古希腊从马拉松平原一路狂奔到雅典广场的菲迪波德斯,他在说出"我们赢了"之后便倒地身亡——没有他的死亡这故事或许不会流传到现在。而我们的问题在于过度关注递送信息的许逊,对其递送的信息反而是买椟还珠。

如前所论,许逊传说递送给后人的一个至关紧要的信息,便是对自然伟力不能一味抗争——许逊对孽龙可谓"得饶人处且饶人",既有妥协让步,也有手下留情。但这一重要信息在历史上几乎一直处于"无人认领"状态:江西自唐宋起就有"与湖争田"的盲目冲动,近代以来滨湖地区不断扩大围垦面积,用修建和加高圩堤的方法来约束湖水,20世纪下半叶围湖造田的面积更达620万亩之多,两千多公里长的湖岸线被缩短了将近一半。这种破坏生态平衡的行为最终导致了大自然无情的惩罚,后来的水灾一次比一次规模大,一次比一次范围广。1998年特大洪水发作之后,人们终于认识到"虎口夺粮"得不偿失,于是顺应自然的"退田还湖"行动正式登场。1998年至今,由于湖盆扩大后蓄洪能力大为增强,"九八洪水"那样的水患再未出现。如果人们能早点领会许逊传说的真谛,不至于走过如此漫长的弯路,付出如此沉重的代价!

不过买椟还珠易,探骊得珠难,在缺乏科学话语的历史条件下,古人的真知灼见常常是包裹在封建迷信之类的泡沫之中,今人要善于聆听传世故事,学会对其去芜存菁,养成"得古人真意于千载之上"的披沙拣金本领。"洪水猛兽"之类危害已成既往,国人目前的焦虑来自不可须臾无之的空气,时代在呼唤新的伏霾英雄,从包括乡土传说在内的传统叙事中寻求启迪,仍然是一条实现"自我拯救"的重要途径。①

---

① 对《山海经》中的"原生态叙事"以及许逊传说等的研究,使本人进一步认识到生态文明建设在地区发展中的重要性,2008年1月18日,本人在中共江西省委宣传部组织的专家座谈会上提议江西省应向国务院申请建设环鄱阳湖生态经济试验区,时任中共江西省委书记当场表示认可(2008年1月19日《江西日报》对此有详细报道),本人主持的"关于建议申报环鄱阳湖生态经济试验区的研究报告"随后为江西省政府采纳。2009年12月12日经国务院批准,鄱阳湖生态经济区规划成为江西省有史以来第一个上升到国家层面的地区发展战略。

参考文献

导 论

David Ciccoricco, "Focalization and Digital Fiction," *Narrative*, 20. 3(2012).

Gerard Genette, "Fictional Narrative, Factual Narrative," *Poetics Today*, Vol. 11, No. 4(1990).

James Phelan, "Who's Here? Thoughts on Narrative Identity and Narrative Imperialism," *Narrative* 13. 3(Oct. 2005).

Manfred Jahn, "Windows of Focalization: Deconstructing and Reconstructing a Narratological Concept," *Style*, 30. 2(Sum. 1996).

Monika Fludernik, "Natural Narratology and Cognitive Parameters," *Narrative Theory and the Cognitive Science*, (ed.) David Herman. Stanford: CSLI, 2003.

Seymour Chatman, *Coming to Terms: The Rhetoric of Narrative in Fiction and Film*. Ithaca: Cornell Univ. Press, 1990.

Seymour Chatman, *Story and Discourse: Narrative Structure in Fiction and Film*. Ithaca: Cornell Univ. Press, 1978.

爱德华·泰勒:《人类学:人及其文化研究》,连树声译,桂林:广西师范大学出版社,2004年。

爱德华·泰勒:《原始文化:神话、哲学、宗教、语言、艺术和习俗发展之研究》,连树声译,桂林:广西师范大学出版社,2005年。

白璧德:《文学与美国的大学》,张沛等译,北京:北京大学出版社,2004年。

曹雪芹、高鹗:《红楼梦》,北京:人民文学出版社,1982年。

陈寅恪撰、陈美延编:《金明馆丛稿二编》,北京:三联书店,2001年。

陈寅恪:《寒柳堂集》,北京:三联书店,2001年。

陈允吉:《汉译佛典偈颂中的文学短章》,《社会科学战线》2002年第1期。

戴卫·赫尔曼主编:《新叙事学》,马海良译,北京:北京大学出版社,2001年。

董乃斌主编:《中国文学叙事传统研究》,北京:中华书局,2012年。

董乃斌：《中国小说的文体独立》，北京：中国社会科学出版社，1992年。
费尔南·布罗代尔：《论历史》，刘北成等译，北京：北京大学出版社，2008年。
傅修延：《讲故事的奥秘——文学叙述论》，南昌：百花洲文艺出版社，1993年。
傅修延：《听觉叙事初探》，《江西社会科学》2013年2期。
傅修延：《先秦叙事研究——关于中国叙事传统的形成》，北京：东方出版社，1999年。
傅修延：《叙事：意义与策略》，南昌：江西高校出版社，1999年。
歌德：《歌德谈话录》，朱光潜译，北京：人民文学出版社，1982年。
郭莉萍：《叙事医学：医学人文的新形式》，《光明日报》2013年12月10日。
亨利·詹姆斯：《一位女士的画像》，项星耀译，北京：人民文学出版社，1984年。
《季羡林文集》（第四卷），南昌：江西教育出版社，1996年。
柯庆明、萧驰主编：《中国抒情传统的再发现》，台北：台湾大学出版中心，2009年。
克利福德·格尔茨：《文化的解释》，韩莉译，南京：译林出版社，2008年。
李希泌主编、毛华轩等编：《唐大诏令集补编》，上海：上海古籍出版社，2003年。
李肇等：《唐国史补/因话录》，上海：上海古籍出版社，1979年。
梁启超撰、夏晓虹编：《梁启超文选》，北京：中国广播电视出版社，1992年。
梁启超：《佛学研究十八篇》，上海：上海古籍出版社，2001年。
梁启超撰、吴松点校：《饮冰室文集点校》，昆明：云南教育出版社，2001年。
刘易斯·托马斯：《聆乐夜思》，李绍明译，长沙：湖南科学技术出版社，2011年。
《鲁迅全集》：北京：人民文学出版社，1981年。
鲁迅：《中国小说史略》，北京：人民文学出版社，1973年。
罗兰·巴特：《S/Z》，屠友祥译，上海：上海人民出版社，2000年。
罗兰·巴特：《文之悦》，屠友祥译，上海：上海人民出版社，2002年。
玛丽-劳里·瑞安：《文本、世界、故事：作为认知和本体概念的故事世界》，第四届叙事学国际会议暨第六届全国叙事学研讨会（广州·2013）大会交流论文。
彭修银：《中国现代文艺学学科确立中的日本因素》，"当代文论与批评实践"高端学术研讨会暨中国文艺理论学会2014年理事会（重庆·2013）大会交流论文。
浦安迪：《中国叙事学》，北京：北京大学出版社，1996年。
钱大昕撰、吕友仁校点：《潜研堂集》，上海：上海古籍出版社，1989年。
乔纳森·卡勒：《当今的文学理论》，生安锋译，《外国文学评论》2012年第4期。
热拉尔·热奈特：《叙事话语/新叙事话语》，王文融译，北京：中国社会科学出版社，1990年。
申丹等：《英美小说叙事理论研究》，北京：北京大学出版社，2005年。
陶玮选编：《名家谈孟姜女哭长城》，北京：文化艺术出版社，2006年。
托·斯·艾略特：《艾略特文学论文集》，李赋宁译，南昌：百花洲文艺出版社，1994年。
王逢振主编：《2001年度新译西方文论选》，桂林：漓江出版社，2002年。

谢天振:《中国文化走出去不是简单的翻译问题》,《社会科学报》2013年12月5日。

亚理斯多德:《诗学》,罗念生译,北京:人民文学出版社,1962年。

杨义:《中国古典小说史论》,北京:中国社会科学出版社,1995年。

杨义:《中国现代小说史》,北京:人民文学出版社,1993年。

杨义:《中国叙事学》,北京:人民出版社,1997年。

叶舒宪:《中国神话哲学》,北京:中国社会科学出版社,1992年。

袁进:《重新审视新文学的起源》,《解放日报》2007年3月11日。

詹姆斯·费伦、彼得 J. 拉比诺维茨主编:《当代叙事理论指南》,申丹等译,北京:北京大学出版社,2007年。

张敏:《认知语言学与汉语名词短语》,北京:中国社会科学出版社,1998年。

张寅德编选:《叙述学研究》,北京:中国社会科学出版社,1989年。

赵毅衡:《广义叙述学》,成都:四川大学出版社,2013年。

郑振铎编:《中国文学研究》,上海:商务印书馆,1927年。

郑振铎:《插图本中国文学史》,北京:人民文学出版社,1957年。

中共中央马克思恩格斯列宁斯大林著作编译局编译:《列宁全集》(第二十六卷),北京:人民出版社,1988年。

初始篇

Charles Panati, *Extraordinary Origins of Everyday Things*, New York: Harper & Row,1987.

Devall, Sessions, *Deep Ecology: Living as if Nature Mattered*. Salt Lake City: Peregrine Smith Books, 1985.

Paul Brooks, *The House of life: Rachel Carson at Work*, Boston: Houghton Mifflin, 1972.

阿兰·德波顿:《身份的焦虑》,陈广兴等译,上海:上海译文出版社,2007年。

阿雷恩·鲍尔德温等:《文化研究导论》,陶东风等译,北京:高等教育出版社,2004年。

爱·摩·福斯特:《小说面面观》,苏炳文译,广州:花城出版社,1984年。

爱德华·泰勒:《人类学:人及其文化研究》,连树声译,桂林:广西师范大学出版社,2004年。

爱德华·泰勒:《原始文化:神话、哲学、宗教、语言、艺术和习俗发展之研究》,连树声译,桂林:广西师范大学出版社,2005年。

奥维德:《变形记》,杨周翰译,北京:人民文学出版社,1984年。

柏拉图:《文艺对话录》,朱光潜译,北京:人民文学出版社,1983年。

曹雪芹、高鹗:《红楼梦》,北京:人民文学出版社,1982年。

陈良运:《论〈周易〉的符号象征》,《哲学研究》1988年第3期。

陈文华:《中国古代农业文明史》,南昌:江西科学技术出版社,2005年。
单之蔷:《中国景色》,北京:九州出版社,2008年。
恩斯特·卡西尔:《语言与神话》,于晓等译,北京:三联书店,1988年。
方重:《十八世纪的英国文学与中国》,《中国比较文学》1984年第1期(创刊号)。
傅修延:《讲故事的奥秘——文学叙述论》,南昌:百花洲文艺出版社,1993年。
傅修延:《文本学——文本主义文论系统研究》,北京:北京大学出版社,2004年。
傅修延:《先秦叙事研究——关于中国叙事传统的形成》,北京:东方出版社,1999年。
葛剑雄:《儒家思想与中国疆域的形成》(下),《文史知识》2008年第12期。
顾颉刚等:《孟姜女故事研究集》,北京:中国民间文艺出版社,1983年。
胡兆量等:《中国文化地理概述》,北京:北京大学出版社,2001年。
黄平、汪丁丁:《学术分科及其超越》,《读书》1998年第7期。
J. E. 利普斯:《事物的起源》,汪宁生译,兰州:敦煌文艺出版社,2000年。
J. G. 弗雷泽:《金枝》,徐育新等译,北京:新世界出版社,2006年。
季羡林:《佛教与中印文化交流》,南昌:江西人民出版社,1990年。
凯伦·阿姆斯特朗:《叙事的神圣发生:为神话正名》,叶舒宪译,《江西社会科学》2008年第8期。
克劳德·列维-斯特劳斯:《结构人类学——巫术·宗教·艺术·神话》,陆晓禾等译,北京:文化艺术出版社,1989年。
李福清:《从历史诗学的角度看中国叙事文学中人物描写的演化过程》,《兰州大学学报》2005年第4期。
李镜池:《周易探源》,北京:中华书局,1978年。
李泽厚:《中国古代思想史论》,北京:人民出版社,1986年。
列维-布留尔:《原始思维》,丁由译,北京:商务印书馆,1985年。
列维-斯特劳斯:《野性的思维》,李幼蒸译,北京:商务印书馆,1987年。
林惠祥:《文化人类学》,北京:商务印书馆,1996年。
刘文英:《漫长的历史源头——原始思维与原始文化新探》,北京:中国社会科学出版社,1996年。
刘小枫:《沉重的肉身》,上海:上海人民出版社,1999年。
卢梭:《论人与人之间不平等的起因和基础》,李平沤译,北京:商务印书馆,2007年。
罗素:《西方哲学史》,马元德译,北京:商务印书馆,1982年。
麦克斯·缪勒:《比较神话学》,金泽译,上海:上海文艺出版社,1989年。
麦克斯·缪勒:《宗教的起源与发展》,金泽译,上海:上海人民出版社,1989年。
诺思罗普·弗莱:《批评的解剖》,陈慧等译,天津:百花文艺出版社,2006年。
诺思洛普·弗莱:《伟大的代码》,郝振益等译,北京:北京大学出版社,1998年。

帕特里莎·渥厄:《后设小说——自我意识小说的理论与实践》,钱竞等译,台北:骆驼出版社,1995年。
钱穆:《中国思想通俗讲话》,北京:三联书店,2002年。
钱锺书:《管锥编》,北京:中华书局,1979年。
钱锺书:《谈艺录》,北京:中华书局,1984年。
荣格:《心理学与文学》,冯川等译,北京:三联书店,1987年。
孙绿怡:《左传与中国古典小说》,北京:北京大学出版社,1992年。
托·斯·艾略特:《艾略特文学论文集》,李赋宁译,南昌:百花洲文艺出版社,1994年。
王小盾:《中国早期思想与符号研究——关于四神的起源及其体系形成》,上海:上海人民出版社,2008年。
维柯:《新科学》,朱光潜译,北京:人民文学出版社,1986年。
闻一多:《神话与诗》,上海:华东师范大学出版社,1997年。
翁贝托·艾柯:《美的历史》,彭淮栋译,北京:中央编译出版社,2007年。
萧兵:《楚辞与神话》,南京:江苏古籍出版社,1987年。
亚当·斯密:《道德情操论》,蒋自强等译,商务印书馆,2008年。
亚当·斯密:《国民财富的性质和原因的研究》,郭大力等译,北京:商务印书馆,2008年。
严文明:《农业起源与中华文明》,《光明日报》2009年1月8日。
杨义:《中国古典小说史论》,北京:中国社会科学出版社,1995年。
叶舒宪:《英雄与太阳》,西安:陕西人民出版社,2005年。
叶舒宪:《中国神话哲学》,北京:中国社会科学出版社,1992年。
袁珂校译:《山海经》,上海:上海古籍出版社,1985年。
约翰·济慈:《济慈书信集》,傅修延译,北京:东方出版社,2002年。
臧克和:《说文解字的文化说解》,武汉:湖北人民出版社,1995年。
詹姆斯·费伦、彼得 J. 拉比诺维茨主编:《当代叙事理论指南》,申丹等译,北京:北京大学出版社,2007年。
曾国藩:《曾国藩家书》(传忠书局刻本),郑州:大象出版社,2011年。
张隆溪等编选:《比较文学论文集》,北京:北京大学出版社,1984年。
赵剑雄:《利奥塔论艺术》,长春:吉林美术出版社,2007年。
中共中央马克思恩格斯列宁斯大林著作编译局编:《马克思恩格斯选集》,北京:人民出版社,1972年。
周振甫:《周易译注》,北京:中华书局,1991年。
朱学渊:《秦始皇是说蒙古话的女真人》,上海:华东师范大学出版社,2008年。

器物篇

Peter Hulme, *Colonial Encounters: Europe and the Native Caribbean*, 1492—1797, London: Routledge, 1992.

W. 贺加斯:《美的分析》,杨成寅译,《美术译丛》1980年第1期。

艾瑞丝·麦克法兰等:《绿色黄金:茶叶的故事》,杨淑玲等译,汕头:汕头大学出版社,2006年。

安伯托·艾柯:《开放的作品》,刘儒庭译,北京:新星出版社,2005年。

八大山人纪念馆编:《八大山人研究》,南昌:江西人民出版社,1988年。

柏拉图:《文艺对话集》,朱光潜译,北京:人民文学出版社,1983年。

狄更斯:《艰难时世》,全增嘏等译,上海:上海译文出版社,1978年。

笛福:《鲁滨孙飘流记》,徐霞村译,北京:人民文学出版社,1982年。

丁乃通:《中西叙事文学比较研究》,陈建宪等译,武汉:华中师范大学出版社,1993年。

杜金鹏:《国宝》,武汉:长江文艺出版社,2007年。

E. 格罗塞:《艺术的起源》,蔡慕晖译,北京:商务印书馆,1987年。

恩格斯:《劳动在从猿到人转变过程中的作用》,曹葆华等译,北京:人民出版社,1952年。

范曾:《八大山人论》,《北京大学学报》2006年第5期。

弗兰克·戈布尔:《第三思潮:马斯洛心理学》,吕明等译,上海:上海译文出版社,2006年。

傅修延:《文本学——文本主义文论系统研究》,北京:北京大学出版社,2004年。

傅修延:《先秦叙事研究——关于中国叙事传统的形成》,北京:东方出版社,1999年。

古典文艺理论译丛编辑委员会编:《古典文艺理论译丛》(五),北京:人民文学出版社,1963年。

韩美林:《天书》,天津:百花文艺出版社,2007年。

何光岳:《炎黄源流史》,南昌:江西教育出版社,1992年。

《季羡林文集》(第八卷),南昌:江西教育出版社,1996年。

季羡林:《佛教与中印文化交流》,南昌:江西人民出版社,1990年。

蒋洪新编:《英美诗歌选读》,长沙:湖南师范大学出版社,2004年。

景德镇市地方志编纂委员会:《瓷业志》,北京:方志出版社,2004年。

康德:《判断力批判》,邓晓芒译,北京:人民出版社,2002年。

克利福德·格尔茨:《文化的解释》,韩莉译,南京:译林出版社,2008年。

克利福德·吉尔兹:《地方性知识:阐释人类学论文集》,王海龙等译,北京:中央编译出版社,2000年。

雷德侯:《万物:中国艺术中的模件化和规模化生产》,张总等译,北京:三联书店,2005年。

李建辉:《中华民族为什么自古是一个爱好和平的民族?——访文化人类学家、作家、民俗学家林河》,《中国民族》2002年第7期。

李泽厚:《美的历程》,北京:文物出版社,1981年。

李泽厚:《中国古代思想史论》,北京:人民出版社,1986年。
李宗玮:《悟对书艺》,济南:山东画报出版社,2007年。
列维-布留尔:《原始思维》,丁由译,北京:商务印书馆,1985年。
刘金成编著:《高安元代窖藏瓷器》,北京:朝华出版社,2006年。
《鲁迅全集》,北京:人民文学出版社,1981年。
路易·艾黎:《瓷国游历记》,北京:轻工业出版社,1985年。
罗兰·巴特:《神话修辞术/批评与真实》,屠友祥等译,上海:上海人民出版社,2009年。
罗兰·巴特:《文之悦》,屠友祥译,上海:上海人民出版社,2002年。
马承源:《中国青铜器》,上海:上海古籍出版社,2003年。
孟悦、罗钢主编:《物质文化读本》,北京:北京大学出版社,2008年。
《沫若文集》(第十六卷),北京:人民文学出版社,1962年
彭吉象:《中国艺术学》,北京:北京大学出版社,2007年。
钱穆:《中国思想通俗讲话》,北京:三联书店,2002年。
钱锺书:《管锥编》,北京:中华书局,1979年。
青海省文物管理处考古队:《青海大通县上孙家寨出土的舞蹈纹彩陶盆》,《文物》1978年第3期。
邱国珍:《景德镇瓷俗》,南昌:江西高校出版社,1994年。
单之蔷:《中国景色》,北京:九州出版社,2008年。
申小龙:《汉字人文精神论》,南昌:江西教育出版社,1995年。
沈迦:《寻找苏慧廉》,北京:新星出版社,2013年。
司马迁撰、裴骃集解、司马贞索隐、张守节正义:《史记》,北京:中华书局,2005年。
托马斯·霍布斯:《利维坦》,黎思复等译,北京:商务印书馆,1997年。
维吉尼亚·吴尔夫:《书和画像——吴尔夫随笔》,刘炳善译,北京:中国国际广播出版社,2009年。
巫鸿主编:《礼仪中的美术——巫鸿中国古代美术史文编》,北京:三联书店,2005年。
伍蠡甫:《中国画论研究》,北京:北京大学出版社,1983年。
谢崇安:《商周艺术》,成都:巴蜀书社,1997年。
熊寥:《中国古陶瓷研究中若干"悬案"的新证》,上海:三联书店,2008年。
杨义:《中国古典小说史论》,北京:中国社会科学出版社,1995年。
叶舒宪:《诗经的文化阐释》,武汉:湖北人民出版社,1994年。
约翰·济慈:《济慈诗选》,查良铮译,北京:人民文学出版社,1958年。
约翰·济慈:《济慈书信集》,傅修延译,北京:东方出版社,2002年。
张光直:《中国青铜时代》,北京:三联书店,1983年。
郑云云:《千年窑火》,南昌:江西人民出版社,2007年。

《宗白华全集》，合肥：安徽教育出版社，1994年。
朱光潜：《诗论》，北京：中华书局，2012年。

经典篇

Robert Graves, "To Juan at the Winter Solstice", *Poems* 1938—1945, London：Cassell，1945.
Robert Scholes, *Structuralism in Literature：An Introduction*, Yale University Press，1974，pp. 108—111.
曹雪芹、高鹗：《红楼梦》，北京：人民文学出版社，1982年。
陈维崧等撰、钱仲联选编：《清八大名家词集》，长沙：岳麓书社，1992年。
丛立新主编：《文赋释讲》，南京：江苏教育出版社，2011年。
董乃斌：《中国古典小说的文体独立》，北京：中国社会科学出版社，1994年。
弗·雅·普罗普：《故事形态学》，贾放译，北京：中华书局，2006年。
傅修延：《瓷的叙事与文化分析》，《江西师范大学学报》2012年第1期。
傅修延：《文本学——文本主义文论系统研究》，北京：北京大学出版社，2004年。
傅修延：《先秦叙事研究——关于中国叙事传统的形成》，北京：东方出版社，1999年。
干宝撰、胡应麟辑、王一工等译注：《搜神记》，上海：上海古籍出版社，1995年。
管仲：《管子》，杭州：浙江人民出版社，1987年。
哈罗德·布鲁姆：《影响的焦虑》，徐文博译，北京：三联书店，1989年。
丁乃通撰、华中师范大学民间文学研究室编：《中西叙事文学比较研究》，陈建宪等译，武汉：华中师范大学出版社，1994年。
《卡夫卡短篇小说选》，叶廷芳译，北京：外国文学出版社，1985年。
克劳德·列维-斯特劳斯：《结构人类学——巫术·宗教·艺术·神话》，陆晓禾等译，北京：文化艺术出版社，1989年。
李泽厚：《中国古代思想史论》，北京：人民出版社，1986年。
刘再复：《近年来我国文学研究的若干发展动态》，《读书》1985年第2、3期连载。
《鲁迅全集》，北京：人民文学出版社，1981年。
路易·艾黎：《瓷国游历记》，北京：轻工业出版社，1985年。
麦克鲁汉：《古腾堡星系：活版印刷人的造成》，赖盈满译，台北：猫头鹰书房，2008年。
诺思洛普·弗莱：《世俗的经典——传奇故事结构研究》，孟祥春译，上海：上海人民出版社，2010年。
钱锺书：《管锥编》，北京：中华书局，1979年。
任半塘：《唐戏弄》，上海：上海古籍出版社，1984年。
周绍良等：《敦煌变文论文集》，上海：上海古籍出版社，1982年。

施耐庵、罗贯中:《水浒传》,北京:人民文学出版社,1975年。
石昌渝:《中国小说源流论》,北京:三联书店,1994年。
陶玮选编:《名家谈梁山伯与祝英台》,北京:文化艺术出版社,2006年。
陶玮选编:《名家谈孟姜女哭长城》,北京:文化艺术出版社,2006年。
王逢振等编:《最新西方文论选》,桂林:漓江出版社,1991年。
王小盾:《中国韵文的传播方式及其体制变迁》,《中国社会科学》1996年第1期。
王昆吾:《从敦煌学到域外汉文学》,北京:商务印书馆,2003年。
王小盾:《越南汉喃文献目录提要》,台北:"中研院"中国文哲研究所,2002年。
王秀梅注解:《诗经》,北京:中华书局,2006年。
沃尔夫冈·韦尔施:《重构美学》,陆扬、张岩冰译,上海:上海译文出版社,2002年。
吴承恩:《西游记》,北京:人民文学出版社,1955年。
叶舒宪编选:《结构主义神话学》,西安:陕西师范大学出版社,2011年。
叶舒宪:《千面女神——性别神话的象征史》,上海:上海社会科学院出版社,2004年。
袁进:《重新审视新文学的起源》,《解放日报》2007年3月11日。
约翰·济慈:《济慈诗选》,查良铮译,北京:人民文学出版社,1958年。
张寅德编选:《叙述学研究》,北京:中国社会科学出版社,1989年。
智量主编:《比较文学三百篇》,上海:上海文艺出版社1990年。

视听篇

David Ciccoricco, "Focalization and Digital Fiction," *Narrative*, 20. 3(Oct. 2012).

Guang Xing, *The Concept of the Buddha: Its Evolution from Early Buddhism to the Trikāya Theory*, RoutledgeCurzon, 2005.

J. C. Carothers, "Culture Psychiatry and the Written Word", *Psychiatry*, 22. 4(Nov. 1959).

Manfred Jahn, "The Mechanic of Focalization: Extending the Narratological Toolbox," *GRATT* 21(1999).

Manfred Jahn, "Windows of Focalization: Deconstructing and Reconstructing a Narratological Concept," *Style*, 30. 2(Sum. 1996).

R. M. Schafer. Ed. *The Vancouver Soundscape*, Vancouver: A. R. C. Publications, 1978.

Seymour Chatman, *Coming to Terms: The Rhetoric of Narrative in Fiction and Film*. Ithaca: Cornell Univ. Press, 1990.

Seymour Chatman, *Story and Discourse: Narrative Structure in Fiction and Film*. Ithaca: Cornell Univ. Press, 1978.

T. S. Eliot, *The Use of Poetry and the Use of Criticism*, New York: Barnes & Noble, 1955.

阿兰·科尔班:《大地的钟声:19世纪法国乡村的音响状况和感官文化》,王斌译,桂林:广西师范大学出版社,2003年。

埃里克·麦克卢汉等编:《麦克卢汉精粹》,何道宽译,南京:南京大学出版社,2000年。

霭理士:《性心理学》,潘光旦译注,北京:三联书店,1987年。

爱德华·泰勒:《人类学:人及其文化研究》,连树声译,桂林:广西师范大学出版社,2004年。

爱德华·泰勒:《原始文化:神话、哲学、宗教、语言、艺术和习俗发展之研究》,连树声译,桂林:广西师范大学出版社,2005年。

巴尔扎克:《邦斯舅舅》,傅雷译,北京:人民文学出版社,1978年。

巴尔扎克:《高老头》,傅雷译,北京:人民文学出版社,1978年。

曹雪芹、高鹗:《红楼梦》,北京:人民文学出版社,1982年。

达尔文:《达尔文回忆录》,毕黎译,北京:商务印书馆,1982年。

达尔文:《人类的由来》,潘光旦、胡寿文译,北京:商务印书馆,1997年。

戴卫·赫尔曼主编:《新叙事学》,马海良译,北京:北京大学出版社,2001年。

杜预注、孔颖达等正义:《春秋左传正义》,上海:上海古籍出版社,1990年。

菲利普·马尔尚:《麦克卢汉:媒介及信使》,何道宽译,北京:中国人民大学出版社,2003年。

冯梦龙评纂:《太平广记钞》,北京:团结出版社,1996年。

弗·司各特·菲茨杰拉德:《菲茨杰拉德小说选》,上海:上海译文出版社,1983年。

《郭沫若全集·文学编》,北京:人民文学出版社,1992年。

赫尔曼·沃克:《战争风云》,施咸荣等译,北京:人民文学出版社,1979年。

亨利·詹姆斯:《一位女士的画像》,项星耀译,北京:人民文学出版社,1984年。

基思·托马斯:《人类与自然世界:1500—1800年间英国观念的变化》,宋丽丽译,南京:译林出版社,2008年。

季羡林:《佛教与中印文化交流》,南昌:江西人民出版社,1990年。

贾佳:《美女缘何不见"鼻"——谈古代文学作品描写美女外貌的鼻子缺少》,《光明日报》2012年7月12日。

简·奥斯丁:《傲慢与偏见》,王科一译,上海:上海译文出版社,1980年。

杰哈·简奈特:《辞格III》,廖素珊、杨恩祖译,台北:时报文化出版企业股份有限公司,2003年。

李斗撰、王军评注:《扬州画舫录》,北京:中华书局,2007年。

李福清:《从历史诗学的角度看中国叙事文学中人物描写的演化过程》,《兰州大学学报》2005年第4期。

里蒙-凯南:《叙事虚构作品——当代诗学》,姚锦清等译,北京:三联书店,1989年。

列夫·托尔斯泰:《安娜·卡列尼娜》,周扬、谢素台译,北京:人民文学出版社,1956年。

列夫·托尔斯泰:《战争与和平》,董秋斯译,北京:人民文学出版社,1978年。

列维-布留尔:《原始思维》,丁由译,北京:商务印书馆,1981年。

刘易斯·托马斯:《细胞生命的礼赞》,李绍明译,长沙:湖南科学技术出版社,2011年。
刘易斯·托马斯:《聆乐夜思》,李绍明译,长沙:湖南科学技术出版社,2011年。
鲁枢元:《奇特的汉字"风"》,《光明日报》2012年5月7日。
《鲁迅全集》,北京:人民文学出版社,1981年。
罗兰·巴特:《显义与晦义》,怀宇译,天津:百花文艺出版社,2005年。
麦克鲁汉:《古腾堡星系:活版印刷人的造成》,赖盈满译,台北:猫头鹰书房,2008年。
马歇尔·麦克卢汉:《理解媒介——论人的延伸》,何道宽译,北京:商务印书馆,2000年。
麦克斯·缪勒:《宗教的起源与发展》,金泽译,上海:上海人民出版社,1989年。
《梅里美短篇小说集》,郑永慧译,北京,人民文学出版社,1980年。
米克·巴尔:《叙述学:叙事理论导论》(第二版),谭君强译,北京:中国社会科学出版社,2003年。
《莫泊桑中短篇小说选》,北京:人民文学出版社,1981年。
钱锺书:《管锥编》,北京:中华书局,1979年。
钱锺书:《七缀集》,北京:三联书店,2002年。
乔玉成:《进化·退化:人类体质的演变及其成因分析——体质人类学视角》,《体育科学》2011年第6期。
乔治·雷可夫、马克·约翰逊:《我们赖以生存的譬喻》,周世箴译,台北:联经出版事业股份有限公司,2012年。
热拉尔·热奈特:《叙事话语/新叙事话语》,王文融译,北京:中国社会科学出版社,1990年。
三野丰浩:《关于陆游的听雨诗——以"夜里听雨"的主题为中心》,载《中文学术前沿》(第五辑),杭州:浙江大学出版社,2012年。
申丹、王丽亚:《西方叙事学:经典与后经典》,北京:北京大学出版社,2010年。
斯台芬·茨威格:《茨威格读本》,张玉书、张意译,北京:人民文学出版社,2012年。
托·斯·艾略特:《艾略特文学论文集》,李赋宁译,南昌:百花洲文艺出版社,1994年。
王敦:《声音的风景:国外文化研究的"听觉转向"》,《中国社会科学报》2011年7月12日。
维柯:《新科学》,朱光潜译,北京:人民文学出版社,1986年。
维克多·雨果《巴黎圣母院》,潘丽珍译,杭州:浙江文艺出版社,1994年。
维克托·什克洛夫斯基等:《俄国形式主义文论选》,方珊等译,北京:三联书店,1989年。
约翰·济慈:《济慈书信集》,傅修延译,北京:东方出版社,2002年。
沃尔夫冈·韦尔施:《重构美学》,陆扬、张岩冰译,上海:上海译文出版社,2002年。
巫鸿:《礼仪中的美术——巫鸿中国古代美术史文编》,北京:三联书店,2005年。
萧艾:《中国古代相术研究与批判》,长沙:岳麓书社,1996年。
《新旧约全书》,南京:中国基督教协会印发,1989年。
许慎:《说文解字》,北京:中国书店,1989年。

雅各布·布克哈特:《意大利文艺复兴时期的文化》,何新译,北京:商务印书馆,1979 年。
雅克·德里达:《论文字学》,汪堂家译,上海:上海译文出版社,2005 年。
约翰·济慈:《济慈诗选》,查良铮译,北京:人民文学出版社,1958 年。
约翰·内哈特、尼古拉斯·黑麋鹿:《黑麋鹿如是说》,宾静荪译,台北:立绪文化事业公司,2003 年。
詹姆斯·费伦、彼得 J. 拉比诺维茨主编:《当代叙事理论指南》,申丹等译,北京:北京大学出版社,2007 年。
张敏:《认知语言学与汉语名词短语》,北京:中国社会科学出版社,1998 年。
张寅德编选:《叙述学研究》,北京:中国社会科学出版社,1989 年。
张远:《佛陀三十二相与圣人异相》,《文史知识》2013 年第 3 期。
赵一凡等主编:《西方文论关键词》,北京:外语教学与研究出版社,2006 年。
周振鹤、游汝杰:《方言与中国文化》,上海:上海人民出版社,1986 年。
《宗白华全集》,合肥:安徽教育出版社,1994 年。
左拉:《娜娜》,焦菊隐译,合肥:安徽人民出版社,1982 年。

乡土篇

陈蓝森等修、谢启昆等纂:《江西省·南昌府志》,台北:成文出版社有限公司,1989 年。
陈良运主编:《中国历代赋学曲学论著选》,南昌:百花洲文艺出版社,2002 年。
陈桥驿:《〈论衡〉与吴越史地》,《浙江学刊》1986 年第 1 期。
陈荣华等:《江西经济史》,南昌:江西人民出版社,2004 年。
陈文华、陈荣华主编:《江西通史》,南昌:江西人民出版社,1999 年。
戴卫·赫尔曼主编:《新叙事学》,马海良译,北京:北京大学出版社,2001 年。
丁乃通:《中西叙事文学比较研究》,陈建宪等译,武汉:华中师范大学出版社,1994 年。
范涞修、章潢:《日本藏中国罕见地方志丛刊·万历·新修南昌府志》,北京:书目文献出版社,1985 年。
范晔撰、李贤等注:《后汉书》,北京:中华书局,1997 年。
方勺撰,许沛藻、杨立扬点校:《泊宅编》,北京:中华书局,1983 年。
冯梦龙编著:《警世通言》,上海:上海古籍出版社,1996 年。
傅春官:《江西商务说略》,《江西官报》光绪丙午二十七期。
傅修延主讲:《赣鄱文化的生态智慧》,中国大学视频公开课,http://www.icourses.cn/viewVCourse.action?courseCode=10414V001
傅修延:《赣文化论稿》,南昌:江西教育出版社,2004 年。
干宝撰,胡应麟辑、王一工等译注:《搜神记》,上海:上海古籍出版社,1995 年。

海德格尔:《〈人,诗意地安居〉——海德格尔语要》,郜元宝译,上海:上海远东出版社,2004年。
胡晓军:《鄱阳湖神秘水域首度确认发现沉船》,《光明日报》2013年3月25日。
贾峨:《关于新干大墓几个问题的探讨》,《南方文物》1994年第1期。
江西省新余市地方志编纂委员会编:《新余市志》,上海:汉语大词典出版社,1993年。
江西省新余县地名办公室编:《新余县地名志》,1986年。
君岛久子:《仙女的后裔——创世神话的始祖传说形态之一》,刘刚译,《云南民族学院学报》1990年第3期。
克利福德·吉尔兹:《地方性知识:阐释人类学论文集》,王海龙、张家瑄译,北京:中央编译出版社,2000年。
蓝煦等修、曹徵甲等纂:《江西省·星子县志》,台北:成文出版社有限公司,1989年。
李学勤:《应监甗新解》,《江西历史文物》1987年第1期。
刘纬毅:《汉唐方志辑佚》,北京:北京图书馆出版社,1997年。
刘埙:《隐居通议》,北京:中华书局,1985年。
六十七:《番社采风图考》,北京:中华书局,1985年。
《鲁迅全集》,北京:人民文学出版社,1981年。
木下顺二:《夕鹤》,陈北鸥译,北京:中国戏剧出版社,1961年。
沈德符:《万历野获编》,北京:中华书局,1959年。
王充:《论衡》,北京,中华书局,1985年。
王力主编:《古代汉语》,北京:中华书局,1979年。
王水根:《鸟图腾及相关问题》,《南方文物》1994年第1期。
王重民等编:《敦煌变文集》,北京:人民文学出版社,1984年。
吴英豪、纪伟涛主编:《江西鄱阳湖国家自然保护区研究》,北京:中国林业出版社,2002年。
西璘:《鄱湖鹤鸣惊四海——访国际鹤类基金会会长阿奇波》,《江西日报》1985年1月23日。
许怀林:《江西史稿》,南昌:江西高校出版社,1993年。
许怀林:《鄱阳湖流域生态环境的历史考察》,南昌:江西科技出版社,2003年。
余冠英、周振甫、启功等编:《唐宋八大家全集》,北京:国际文化出版公司,1997年。
余秋雨:《文化苦旅》,北京:知识出版社,1992年。
张廷玉等撰修:《明史》,长沙:岳麓书社,1996年。
张泽兵:《谶纬叙事研究》,北京:社会科学文献出版社,2013年。
张正平(Briankle G. Chang):《媒介之消失》,谷李译,"中外文化诗学国际研讨会"(2013·南昌)大会交流论文。
章文焕:《万寿宫》,北京:华夏出版社,2004年。
赵毅衡:《广义叙述学》,成都:四川大学出版社,2013年。
中国科学院图书馆选编:《稀见中国地方志汇刊》(第二十八册),北京:中国书店,1992年。

中国民间文艺研究会上海分会编:《民间文艺集刊》(第8集),上海:上海文艺出版社,1986年。
钟敬文:《钟敬文民间文学论集》,上海:上海文艺出版社,1985年。
朱海虹、张本等:《鄱阳湖》,合肥:中国科学技术大学出版社,1997年。
朱心持:《江西余干黄金埠出土铜甗》,《考古》1960年第2期。

后 记

写书如造屋,书成如屋成。金圣叹提到过人生中 33 个"不亦快哉"的片刻,其中之一为新屋落成之后:

> 本不欲造屋。偶得闲钱,试造一屋,自此日为始,需木,需石,需瓦,需砖,需灰,需钉,无晨无夕,不来聒于两耳。乃至罗雀掘鼠,无非为屋校计,而又都不得屋住。既已安之如命矣。忽见一日屋竟落成,刷墙扫地;糊窗挂面。一切匠作出门毕去,同人乃来分榻列坐。不亦快哉!

写作本书时,我也曾遇到过许多"需木,需石,需瓦,需砖,需灰,需钉"的烦恼,营构一书的艰难与造屋相较不遑多让。然而写到"后记"这两个字时,这一切都已成为过去,原先已"安之如命"的诸多繁难忽然间没了踪影,我真想像金圣叹一样大喊一声"不亦快哉"!

金圣叹说自己造屋是因为"偶得闲钱",我寻这场烦恼却是因为自己的兴趣。我对叙事学产生兴趣是在赴多伦多大学访学的 20 世纪 80 年代,该校比较文学中心卢波米尔·道勒齐尔教授不但在讲课时经常提到 Narratology(叙事学)这个词,他还把引人入胜的"可能的世界"理论介绍给我们,因此他的课堂上总是充满了对叙事中诸多可能的热烈讨论。那时享誉西方的诺思罗普·弗莱教授还没有放下教鞭,我听过他开设的课程"《圣经》叙事",他讲课的教室位于以他自己名字命名的弗莱大楼,大楼进门处立着一尊他本人的塑像,我不知道他老人家经过自己塑像时是何种心情。回国之后,我看到自己一向钦佩的陈良运教授正兴致勃勃地做着中国诗学研究,受其鼓舞我也开始把中国叙事学提上议事日程。那时我还未料到西方叙事学会出现"柳暗花明又一村"的局面，只是凭直觉感到不应在叙事学与结构主义之间画等号，我们中国人应该研究自己的叙事传统。由于叙事学在当时还属于新生事物，许多人把它当成异端，我的"标新立异"因此经常遇上怀疑的眼光。好在世纪轮替之后，申丹、赵毅衡等中国学者将经典叙事学向后经典叙事学的转变介绍到中国，"叙事学"在国人心目中逐渐变得与"叙事研究"同义，我的日子才慢慢好过起来。二十多年来我围绕中国叙事学这个大题目，从不同角度做了不少具体探索，成果大多以论文形式发表在《江西社会科学》的"叙事学专栏"上，可以说它们相当于造屋的砖瓦木石。这些"材料"日积月累不断增多，到最近似乎已准备就绪，我便按"初始篇""器物篇""经典篇""视听篇"和"乡土篇"这样的框架将它们纳入其中，作为一个整体成果奉献给读者和同道。

然而这并不意味着本书已经完成了中国叙事学大厦的构建任务，由于材料简陋、工艺落后，我这里搭起的充其量只是半山腰一间勉强能遮风避雨的小屋，其作用是让有志者来此憩息一程，恢复精力后继续向上攀登。如果小屋内有片瓦半砖引起他们注意，也就是说本书或有一二之言可供哂纳，那于造屋者而言便是望外之喜。学术研究从来都是寂寞的事业，钱锺书说"大抵学问是荒江野老屋中二三素心人商量培养之事"，我于此言深有体会。滔滔者天下皆是，愿来"荒江野老屋中"清谈的能有几人？因此我特别欢迎有共同志趣的"素心人"。

感谢张冰教授与李娜女士为编辑本书付出的辛劳。感谢萧惠荣和刘涛两位学术助手，他们在文献查询、编排校对等方面为本书提供了许多帮助，为本书核稿的还有刘勇、杨志平、周兴泰、桑迪欢、刘碧珍和易丽君等青年才俊，我永远不会忘记他们为减少书稿中大量文字瑕疵而付出的努力。

2015 年 5 月 11 日于豫章城青蓝湖畔

彩图 1　春秋曾中斿父方壶

彩图 2　天圆地方的古代钱币

彩图 3　村头水碓

彩图 4　裂纹瓷

彩图 5　"鸟巢"——中国国家体育馆

彩图6 柳树图案

彩图7 柳树图案的鸽子翅膀

彩图8　拉斐尔的《雅典学派》

彩图9　张择端的《清明上河图》(局部)

彩图 10　白鹤图

彩图 11　许逊降服孽龙